W0004541

Sara Paretsky
Ihr wahrer Name

Sara Paretsky

Ihr wahrer Name

Ein Vic Warshawski Roman

Aus dem Amerikanischen
von Sonja Hauser

Piper
München Zürich

Die amerikanische Originalausgabe
erschien 2001 unter dem Titel »Total Recall«
bei Delacorte Press, New York

Von Sara Paretsky liegen auf deutsch bereits vor:
»Blood Shot«
»Brandstifter«
»Deadlock«
»Eine für alle«
»Engel im Schacht«
»Fromme Wünsche«
»Geisterland«
»Schadenersatz«
»Tödliche Therapie«
»Die verschwundene Frau«
»Windy City Blues«

ISBN 3-492-04396-8

Gesetzt aus der Garamond-Antiqua
Satz: Uhl + Massopust, Aalen
Druck und Bindung: GGP Media, Pößneck
Printed in Germany

www.piper.de

Für Sara Krupnik und Hannah Paretsky,
deren Namen ich trage.

Möge derjenige, der dort oben für Frieden sorgt,
uns allen Frieden gewähren.

Inhalt

Lotty Herschels Geschichte: Arbeitsmoral

Die Kälte in jenem Winter fraß sich in unsere Knochen. Das kannst du dir nicht vorstellen, denn du lebst in einer Zeit, in der du nur die Heizung aufzudrehen brauchst, um es so warm zu haben, wie du möchtest, aber damals in England war der einzige Brennstoff Kohle, und in jenem zweiten Winter nach dem Krieg herrschte schrecklicher Mangel. Wie alle hatte ich Sixpenny-Münzen für die elektrische Heizung in meinem Zimmer gesammelt, aber selbst wenn ich es mir hätte leisten können, sie die ganze Nacht laufen zu lassen, hätte sie nicht viel Wärme gespendet.

Eine der Frauen in meiner Unterkunft bekam eine Bahn Fallschirmseide von ihrem Bruder, der bei der britischen Luftwaffe gewesen war, und wir machten uns daran, Mieder und Schlüpfer daraus zu schneidern. Damals konnten wir alle noch stricken; ich trennte alte Pullover auf, um Schals und Westen zu machen – neue Wolle kostete seinerzeit ein Vermögen.

In der Wochenschau sahen wir, daß amerikanische Schiffe und Flugzeuge den Deutschen alles brachten, was sie brauchten. Während wir uns in Decken und Pullover wickelten und Graubrot mit Butterersatz aßen, machten wir bittere Scherze darüber, daß es falsch gewesen war, die Amerikaner zum Kriegseintritt zu bewegen, um den Ausgang der Auseinandersetzungen für uns zu entscheiden – wären wir die Verlierer gewesen, hätten sie uns besser behandelt, sagte die Frau, die die Fallschirmseide von ihrem Bruder bekommen hatte.

Ich hatte meine Ausbildung zur Ärztin begonnen und konnte deshalb nicht viel Zeit im warmen Bett verbringen. Außerdem war ich froh, daß ich jeden Tag ins Krankenhaus gehen konnte, obwohl es dort auch nicht warm war: Patienten und Schwestern drängten sich um den großen Ofen in der Mitte der Station, tranken Tee und erzählten Geschichten. Wir Studenten beneideten sie um ihre Kameradschaft. Die Schwestern erwarteten professionelles Verhalten von uns Medizinstudenten – oder besser gesagt: Sie hatten Freude daran, uns herumzukommandieren. Wir machten unsere Runden mit zwei Paar Strumpfhosen übereinander und hofften, daß die Fachärzte unsere Handschuhe nicht bemerkten, wenn wir ihnen von Bett zu Bett folgten und über Symptome aufgeklärt wurden, die in vielen Fällen Mangelerscheinungen waren.

Sechzehn bis achtzehn Stunden Arbeit am Tag ohne richtiges Essen forderten ihren Tribut von uns allen. Viele meiner Mitstudenten erkrankten an Tuberkulose und bekamen deshalb frei – nur bei einer solchen Erkrankung erlaubte es das Krankenhaus, daß wir die Ausbildung unterbrachen und hinterher wieder aufnahmen, auch wenn bei manchen die Genesung länger als ein Jahr dauerte. Allmählich begannen sich die neuen Antibiotika durchzusetzen, aber sie kosteten ein Vermögen und waren noch nicht überall erhältlich. Als es auch mich erwischte und ich zu meiner Vorgesetzten gehen und ihr erklären mußte, daß ein Freund meiner Familie ein Cottage in Somerset habe, wo ich mich erholen könne, nickte sie nur düster, denn in meinem Kurs waren bereits fünf Studenten erkrankt. Trotzdem erledigte sie die nötigen Formalitäten für mich und trug mir auf, ihr einmal monatlich zu schreiben. Gleichzeitig drückte sie ihre Hoffnung aus, mich vor Ablauf eines Jahres wiederzusehen.

Ich blieb acht Monate weg. Eigentlich hatte ich früher zurückkehren wollen – ich sehnte mich danach, endlich wieder dazusein –, aber Claire – Claire Tallmadge, die seinerzeit bereits Medizinalassistentin war und eine Stelle als Fachärztin so gut wie sicher in der Tasche hatte – überzeugte mich, daß ich noch zu schwach sei.

Meine Rückkehr ins Royal Free empfand ich als höchste Freude. Die Routine im Krankenhaus, meine Studien – all das war wie Balsam für mich, es trug zu meiner Heilung bei. Eines Tages rief meine Vorgesetzte mich sogar zu sich ins Büro, um mir zu sagen, daß ich mich nicht überanstrengen solle; es sei nicht im Interesse der Klinik, wenn ich einen Rückfall erlitte.

Sie begriff nicht, daß die Arbeit meine einzige Rettung war, ja, vielleicht schon so etwas wie eine zweite Haut. Das Vergessen, das einem harte Arbeit schenken kann, ist ein Rauschmittel. »Arbeit macht frei«, so lautete eine jener fast schon obszönen Parolen, die die Nazis sich ausdachten, aber kann sie einen möglicherweise sogar betäuben? Über dem Eingang all ihrer Lager befanden sich solche und ähnliche Slogans wie aus Orwells *1984*; über dem von Auschwitz hing der obenerwähnte. Natürlich handelte es sich dabei um eine diabolische Parodie, aber ich bin der Meinung, daß Arbeit tatsächlich betäuben kann. Wenn man auch nur einen Augenblick zu arbeiten aufhört, beginnt das Innere des Menschen sich aufzulösen; schon bald ist er so formlos, daß er sich überhaupt nicht mehr bewegen kann. Das jedenfalls war meine Angst.

Als ich erfuhr, was mit meiner Familie passiert war, verlor ich völlig den Boden unter den Füßen. Eigentlich hätte ich mich auf den Schulabschluß vorbereiten sollen, denn das Ergebnis war wesentlich für die Einschreibung in die Universität, aber plötzlich besaßen die Prüfungen nicht mehr die Bedeutung, die sie den ganzen Krieg über für mich gehabt hatten. Jedesmal wenn ich mich zum Lernen hinsetzte, hatte ich das Gefühl, als würden mir die Eingeweide mit einem riesigen Staubsauger weggesaugt.

Daß ausgerechnet meine Cousine Minna mir zu Hilfe kam, war Ironie des Schicksals. Seit ich zu ihr gekommen war, hatte sie nichts als Kritik für meine Mutter übrig gehabt. Die Nachricht vom Tod meiner Mutter hatte kein respektvolles Schweigen zur Folge, sondern eine noch heftigere Schimpftirade. Heute weiß ich aufgrund meiner Lebenserfahrung, daß das hauptsächlich auf ihre Schuldgefühle zurückzuführen war: Sie hatte meine Mutter gehaßt und war so viele Jahre auf sie eifersüchtig gewesen, daß sie jetzt ihre Gefühllosigkeit, ja sogar Grausamkeit nicht zugeben konnte. Wahrscheinlich trauerte sie selbst, weil auch ihre eigene Mutter verschwunden war und die ganze Familie, die den Sommer stets mit Schwimmen und Reden am Kleinsee verbracht hatte, aber egal. Das ist alles längst vorbei.

Wenn ich nach Hause ging, streifte ich so lange durch die Straßen, bis ich erschöpft genug war, daß ich nichts mehr empfand, wenn Minna mich fragte: »Du findest also, daß du ein schlimmes Schicksal erleidest? Daß du die einzige Waise in einem fremden Land bist? Hättest du nicht Victor seinen Tee geben sollen? Er sagt, er hat über eine Stunde auf dich gewartet und ihn sich dann selbst gemacht, weil du dir zu gut dazu bist, dich wohl für eine von den ›gnädigen Frauen‹ hältst.« Dabei machte Minna, die zu Hause nur Deutsch sprach, weil sie Englisch nie richtig gelernt hatte – wofür sie sich schämte, was sie aber auch wütend machte –, einen Knicks vor mir. »Willst dir wohl die Hände nicht schmutzig machen mit richtiger Arbeit oder dem Haushalt. Du bist genau wie Lingerl. Ich frage mich wirklich, wie eine solche Prinzessin dort so alt werden konnte, so ganz, ohne verwöhnt zu werden. Hat sie den Kopf schräg gelegt und mit den Wimpern geklimpert, bis die Aufseher oder die anderen Gefangenen ihr das eigene Brot gegeben haben? Madame Butterfly ist tot. Es wird Zeit, daß du lernst, was richtige Arbeit ist.«

Da stieg die größte Wut in mir auf, die ich in meinem Leben je empfunden habe. Ich gab ihr eine Ohrfeige und schrie sie an: »Wenn die Leute sich um meine Mutter gekümmert haben, dann deshalb, weil sie sie mit Liebe belohnte. Und aus dir machen sie sich nichts, weil du einfach abscheulich bist.«

Sie starrte mich einen Augenblick mit offenem Mund an. Allerdings fing sie sich schnell wieder und versetzte mir ihrerseits einen so heftigen Schlag, daß meine Lippe von ihrem großen Ring aufplatzte. Und dann fauchte sie mich an: »Ich hab' dich das Stipendium für die Schule nur annehmen lassen, weil ich davon ausgegangen bin, daß du dich für meine Großzügigkeit revanchierst, indem du dich um Victor kümmerst. Und ich muß dir wohl nicht sagen, daß du das nicht getan hast. Statt ihm seinen Tee zu machen, treibst du dich in den Kneipen und Tanzsälen herum wie deine Mutter. Max oder Carl oder einer von den anderen Einwandererjungen wird dir irgendwann noch das gleiche schenken wie Martin – so hat er sich jedenfalls selbst genannt – damals Madame Butterfly. Gleich morgen früh gehe ich zu deiner Schulleiterin, deiner geliebten Miss Skeffing, und sage ihr, daß du deine Ausbildung nicht fortsetzen kannst. Es wird allmählich Zeit, daß du dich hier nützlich machst.«

Mit blutigem Gesicht rannte ich völlig durcheinander durch halb London zu der Jugendherberge, in der meine Freunde wohnten – du weißt schon, Max und Carl und die anderen. Sie waren im Jahr zuvor sechzehn geworden und hatten nicht mehr in ihren Pflegefamilien bleiben können. Ich flehte sie an, mir für die Nacht irgendein Bett zu besorgen. Am nächsten Morgen, als Minna in ihrer geliebten Handschuhfabrik war, schlich ich mich zurück, um meine Bücher und meine Kleidung zu holen, die ohnehin nur aus zwei Sets Unterwäsche und einem Kleid zum Wechseln bestand. Victor döste im Wohnzimmer und bekam gar nicht richtig mit, daß ich da war.

Miss Skeffing machte eine Familie in North London für mich ausfindig, die mir ein Zimmer zur Verfügung stellte, wenn ich das Kochen für sie übernahm. Und ich begann zu lernen, als könnte ich meine Mutter durch meine Arbeit wieder ins Leben zurückholen. Sobald ich am Abend mit dem Abspülen fertig war, beschäftigte ich mich mit chemischen und mathematischen Problemen und schlief manchmal nur vier Stunden, bevor ich aufstand, um das Frühstück für die Familie zuzubereiten. Und seitdem habe ich eigentlich nie mehr mit dem Arbeiten aufgehört.

So endete die Geschichte, die Lotty mir an einem trüben Oktobertag auf einem Hügel über einer trostlosen Landschaft erzählte, bis sie zu erschöpft war, um noch weiterzureden. Schwerer fällt es mir festzustellen, wo die Geschichte begann.

Selbst jetzt noch, da ich ruhig bin und wieder denken kann, ist es schwierig zu sagen, ja, genau, deswegen war's oder deswegen. In jener Zeit hatte ich tausend andere Dinge im Kopf. Zum Beispiel Morrell, der gerade die letzten Vorbereitungen für seine Reise nach Afghanistan traf. Darüber machte ich mir die meisten Gedanken, aber natürlich versuchte ich gleichzeitig, meine Arbeit zu erledigen, meine ehrenamtlichen Tätigkeiten zu bewältigen und meine Rechnungen zu bezahlen. Vermutlich begann meine eigene Verwicklung in die Geschichte mit Isaiah Sommers, vielleicht aber auch mit der Konferenz der Birnbaum Foundation – mit beiden hatte ich es am selben Tag zu tun.

1 Babysitter

»Sie wollten nicht mal die Beisetzungsfeier machen. Die Kirche war voll, die Frauen haben geweint. Mein Onkel war Diakon und ein rechtschaffener Mann. Als er gestorben ist, war er siebenundvierzig Jahre in der Kirche. Meine Tante ist völlig zusammengebrochen, das können Sie sich ja wahrscheinlich vorstellen. Die hatten doch tatsächlich den Nerv zu sagen, daß die Police bereits ausbezahlt worden ist. Aber wann? Das würde ich gern wissen, Ms. Warshawski, oder ob überhaupt. Mein Onkel hat fünfzehn Jahre lang seine fünf Dollar in der Woche eingezahlt, und meine Tante hat kein Wort davon gehört, daß er die Versicherung jemals beliehen oder sie sich auszahlen hätte lassen.«

Isaiah Sommers war klein und stämmig und sprach langsam und gesetzt, als wäre er selbst Diakon. Ich hatte Mühe, während der Pausen, die er zwischen den Sätzen machte, nicht einzuschlafen. Wir saßen im Wohnzimmer seines Bungalows in der South Side. Es war kurz nach sechs, und der Tag hatte sich für meinen Geschmack schon viel zu lange hingezogen.

Ich war bereits morgens um halb neun im Büro gewesen, um jene routinemäßigen Nachforschungen zu erledigen, aus denen meine Arbeit zum größten Teil besteht, als Lotty Herschel mich mit einer dringenden Bitte anrief. »Du weißt doch, daß der Sohn von Max Calia und Agnes aus London mitgebracht hat, oder? Und jetzt hat sich für Agnes plötzlich die Gelegenheit ergeben, ihre Dias in einer Galerie in der Huron Street zu zeigen, aber sie braucht einen Babysitter für Calia.«

»Ich bin kein Babysitter, Lotty«, sagte ich ungeduldig. Calia ist die fünfjährige Enkelin von Max Loewenthal.

Aber Lotty schenkte meinem Einwand keinerlei Beachtung. »Max hätte mich nicht angerufen, wenn jemand anders dagewesen wäre. Seine Haushälterin hat heute ihren freien Tag, und er muß zu dieser Konferenz im Hotel Pleiades, obwohl ich ihm tausendmal gesagt habe, daß er sich dort nur unnötig selbst zur Schau stellt – doch das spielt jetzt keine Rolle. Jedenfalls ist er mit seiner Diskussion um zehn dran – sonst hätte er selbst auf Calia aufgepaßt. Ich hab' Mrs. Coltrain bei mir in der Klinik gefragt, aber die haben alle zu viel zu tun. Michael probt den ganzen Nachmittag mit dem Orchester, und die Sache mit der

Galerie könnte eine wichtige Chance für Agnes sein. Vic, ich weiß, daß ich dich überrumple, aber es wäre ja auch nur für ein paar Stunden.«

»Warum fragst du nicht Carl Tisov?« erkundigte ich mich. »Der ist doch auch bei Max, oder?«

»Carl und Babysitten? Wenn der seine Klarinette in der Hand hat, merkt er nicht mal mehr, wenn's das Dach über seinem Kopf vom Haus fegt. Das hab' ich selbst mal erlebt, bei den V-1-Angriffen. Kannst du mir sagen, ob du's machst oder nicht? Ich bin gerade bei meiner Runde in der Klinik und habe auch ansonsten ein volles Programm.« Lotty ist Leiterin der Perinatologischen Abteilung im Beth Israel Hospital.

Ich versuchte selbst noch jemanden aufzutreiben und fragte auch meine Teilzeitassistentin, die drei Pflegekinder hat, aber niemand konnte mir helfen. Schließlich sagte ich Lotty mürrisch zu. »Ich hab' um sechs einen Termin bei einem Klienten ganz draußen in der South Side, also muß mich jemand bis spätestens fünf ablösen.«

Als ich zu Max nach Evanston fuhr, um Calia abzuholen, war Agnes ziemlich hektisch, aber auch sehr dankbar. »Jetzt finde ich nicht mal mehr meine Dias. Calia hat mit ihnen gespielt und sie in Michaels Cello gesteckt, worüber er sich furchtbar aufgeregt hat. Und nun weiß er nicht mehr, wo er sie in seinem Zorn hingeschmissen hat.«

Michael gesellte sich, mit einem T-Shirt bekleidet, den Cello-Bogen in der Hand, zu uns. »Tut mir leid, Schatz. Sie müssen im Wohnzimmer sein – da habe ich geübt. Vic, ganz herzlichen Dank, daß du uns hilfst. Dürfen wir dich und Morrell nach unserem Konzert am Sonntag nachmittag zum Abendessen einladen?«

»Das geht nicht, Michael!« fuhr Agnes hastig dazwischen. »Da gibt doch Max die Dinnerparty für dich und Carl.«

Michael spielt Cello im Cellini Chamber Ensemble, jenem Kammerorchester, das in den vierziger Jahren von Max und Lottys Freund Carl Tisov in London gegründet worden war. Der Auftakt der im Zweijahresturnus stattfindenden internationalen Tournee des Ensembles fand in Chicago statt. Außerdem sollte Michael ein paar Konzerte zusammen mit dem Chicago Symphony Orchestra geben.

Agnes nahm Calia kurz in den Arm, bevor sie sagte: »Victoria, vielen, vielen Dank. Aber bitte tu mir den Gefallen und setz sie nicht vor den Fernseher. Sie darf nur eine Stunde pro Woche schauen, und amerikanische Sendungen sind meiner Meinung nach sowieso nicht für sie geeignet.« Dann hastete sie ins Wohnzimmer, und man konnte hören, wie sie auf der Suche nach den Dias wütend die Kissen vom Sofa riß. Calia verzog das Gesicht und nahm meine Hand.

Schließlich zog Max ihr die Jacke an und sorgte dafür, daß ihr Hund, ihre Puppe und ihre »Allerlieblingsgeschichte« in ihrem kleinen Rucksack landeten. »Was für ein Durcheinander«, brummte er. »Man könnte meinen, die NASA startet ein Raumschiff. Lotty hat mir gesagt, daß du abends einen Termin in der South Side hast. Wir könnten uns um halb fünf im Foyer des Hotels Pleiades treffen. Bis dahin müßte ich eigentlich fertig sein und könnte dir diesen kleinen Wildfang wieder abnehmen. Wenn's irgendwelche Probleme gibt, kannst du mich über meine Sekretärin erreichen. Victoria, wir sind dir wirklich sehr dankbar.« Er begleitete uns nach draußen, wo er Calia auf die Stirn küßte und mich auf die Hand.

»Ich hoffe, deine Diskussion wird nicht zu schmerzlich für dich«, sagte ich.

Er lächelte. »Dann hat Lotty dir also von ihren Ängsten erzählt? Sie reagiert allergisch auf die Vergangenheit. Ich mag mich selbst auch nicht ständig damit auseinandersetzen, bin aber der Meinung, daß es gut ist, wenn andere Menschen sie verstehen.«

Ich schnallte Calia auf dem Rücksitz meines Mustangs an. Die Birnbaum Foundation, die oft solche Veranstaltungen organisierte, hatte beschlossen, eine Konferenz zum Thema »Christen und Juden: ein neues Millennium, ein neuer Dialog« abzuhalten. Das Programm hatte die Stiftung veröffentlicht, nachdem eine Baptistengruppe aus den Südstaaten im gerade zu Ende gegangenen Sommer ihren Plan verkündet hatte, zur Bekehrung der Juden hunderttausend Missionare nach Chicago zu schicken. Diese Initiative der Baptisten war schließlich im Sande verlaufen, weil nur ungefähr eintausend hartgesottene Anhänger der Gruppe auftauchten. Ganz billig war die Sache für die Baptisten nicht, weil sie den Hotels Stornogebühren für die reservierten Zimmer zahlen mußten. Zu dem Zeitpunkt jedoch waren die Planungen für die Konferenz der Birnbaum Foundation bereits in vollem Gange.

Max nahm an der Finanzdiskussionsrunde teil, was Lotty wütend machte: Er würde dabei seine Nachkriegserfahrungen im Zusammenhang mit seinem Versuch beschreiben, seine Verwandten und ihr jeweiliges Vermögen aufzuspüren. Lotty meinte, er stelle so nur sein persönliches Elend zur Schau und trage zur Verstärkung des Klischees vom Juden als Opfer bei. Außerdem gebe die Beschäftigung mit verlorengegangenen Vermögenswerten einer zweiten beliebten Klischeevorstellung Nahrung, nämlich daß alle Juden geldgierig seien. Doch darauf antwortete Max jedesmal: Wen interessiert das Geld hier denn wirklich? Die Juden? Oder nicht vielmehr die Schweizer, wenn sie sich weigern, es den Leuten zurückzugeben, die es verdient und auf Konten eingezahlt haben? Worauf stets eine heftige Auseinandersetzung folgte. In ihrer Gesellschaft zu sein, war in jenem Sommer ziemlich anstrengend gewesen.

Auf dem Rücksitz hinter mir plapperte Calia fröhlich vor sich hin. Die Privatdetektivin als Babysitter: Dieses Bild kam einem nicht unbedingt als erstes in den Sinn, wenn man an Krimis dachte. Ich glaube nicht, daß Race Williams oder Philip Marlowe sich jemals als Babysitter betätigt haben. Am Ende jenes Vormittags kam ich zu dem Schluß, daß sie einfach nicht stark genug gewesen waren, um mit einem fünfjährigen Kind fertig zu werden.

Als erstes ging ich mit Calia in den Zoo, weil ich dachte, das würde die Kleine so müde machen, daß sie sich hinterher ein bißchen ausruhen würde, während ich ein paar Arbeiten in meinem Büro erledigte, aber dieser Optimismus erwies sich als naiv. Sie malte ungefähr zehn Minuten lang mit ihren Buntstiften, dann mußte sie aufs Klo, wollte ihren Großvater anrufen, beschloß, mit mir in dem langen Flur des Lagerhauses, in dem sich mein Büro befindet, Fangen zu spielen, jammerte, sie sei trotz der Sandwiches, die wir im Zoo gegessen hatten, »schrecklich« hungrig, und verkeilte schließlich einen meiner Dietriche in der Rückseite des Fotokopierers.

Da gab ich auf und fuhr mit ihr in meine Wohnung, wo mir die Hunde und mein Nachbar von unten Gott sei Dank zu ein wenig Ruhe verhalfen. Mr. Contreras, früher Maschinenschlosser und jetzt im Ruhestand, freute sich, sie auf dem Rücken durch den Garten zu tragen; die Hunde begleiteten sie. Ich ging unterdessen hinauf, um am Küchentisch ein paar Anrufe zu erledigen; die hintere Tür ließ ich offen, damit ich hörte, wenn die Geduld von Mr. Contreras sich erschöpfte, doch ich schaffte tatsächlich eine ganze Stunde Arbeit. Danach erklärte Calia sich bereit, zusammen mit den beiden Hunden Peppy und Mitch im Wohnzimmer zu sitzen und sich ihre »Allerlieblingsgeschichte« *Der treue Hund und die Prinzessin* vorlesen zu lassen.

»Ich hab' auch einen Hund, Tante Vicory«, verkündete sie und holte ihren blauen Plüschhund aus dem Rucksack. »Er heißt Ninshubur, genau wie der in der Geschichte. In der Sprache des Volkes von der Prinzessin heißt Ninshubur ›treuer Freund‹.«

Als Calia und ich uns knapp drei Jahre zuvor kennengelernt hatten, war sie noch nicht in der Lage gewesen, »Victoria« auszusprechen, und seitdem war es bei »Vicory« geblieben.

Calia konnte noch nicht lesen, kannte die Geschichte aber auswendig und rief: »Denn lieber verliere ich das Leben als meine Freiheit«, als die Prinzessin sich in einen Wasserfall stürzte, um einer bösen Zauberin zu entgehen. »›Ninshubur, der treue Hund, sprang von Fels zu Fels, ohne auf die Gefahr zu achten.‹« Schließlich rettete er die Prinzessin aus dem Fluß.

Calia drückte ihren blauen Plüschhund tief in das Buch und warf ihn dann auf den Boden, um seinen Sprung in den Wasserfall zu demonstrieren. Peppy, meine wohlerzogene Golden-Retriever-Hündin, saß in Habachtstellung und wartete auf den Befehl, das Plüschtier zu holen, während ihr Sohn sich sofort darauf stürzte. Calia schrie auf und rannte Mitch nach. Beide Hunde begannen zu bellen. Als ich Ninshubur endlich gerettet hatte, waren wir alle den Tränen nah. »Ich hasse Mitch. Er ist ein böser Hund, ich bin höchst verärgert über sein Verhalten«, erklärte mir Calia.

Gott sei Dank war es mittlerweile halb vier. Ungeachtet der Bitte von Agnes setzte ich Calia vor den Fernseher, während ich mich duschte und umzog. Auch heute, in der Zeit der legeren Kleidung, erwarten neue Klienten ein professionelles Auftreten, und so schlüpfte ich in ein graugrünes Kostüm und einen rosafarbenen Seidenpullover.

Als ich ins Wohnzimmer zurückkam, lag Calia auf dem Boden, den Kopf auf Mitchs Rücken, Ninshubur zwischen seinen Pfoten, und protestierte heftig gegen meinen Vorschlag, Mitch und Peppy zu Mr. Contreras zu bringen.

»Mitch wird mich verlassen und weinen«, jammerte sie, inzwischen so müde, daß nicht mehr vernünftig mit ihr zu reden war.

»Weißt du was, mein Schatz? Wir bitten Mitch, Ninshubur eins von seinen Halsbändern zu schenken. Dann erinnert Ninshubur sich an Mitch, wenn er ihn nicht sehen kann.« Ich ging in die Abstellkammer und holte eines der kleinen Halsbänder, das ich verwendet hatte, als Mitch noch ein Welpe war. Calia hörte immerhin zu weinen auf, während sie mir half, es Ninshubur anzulegen. Schließlich befestigte ich noch ein paar von Peppys alten Hundemarken daran, die an dem kleinen blauen Hals lächerlich groß wirkten, Calia aber riesige Freude machten.

Dann stopfte ich ihren kleinen Rucksack und Ninshubur in meine eigene Tasche und hob sie hoch, um sie zu meinem Wagen zu tragen. »Ich bin kein Baby mehr, ich will nicht getragen werden«, schluchzte sie, klammerte sich aber gleichzeitig an mich. Im Wagen schlief sie fast auf der Stelle ein.

Eigentlich hatte ich vorgehabt, meinen Mustang die Viertelstunde, die ich brauchen würde, um Calia bei Max abzuliefern, beim Pförtner des Hotels Pleiades zu lassen, aber als ich am Wacker Drive vom Lake Shore Drive herunterfuhr, merkte ich, daß das nicht möglich sein würde, weil eine Menschenmenge die Zufahrt zum Hotel blockierte. Ich streckte den Kopf aus dem Fenster, um zu sehen, was los war. Offenbar handelte es sich um eine Demonstration mit Posten und Megaphonen. Fernsehteams vergrößerten das Chaos noch. Polizisten versuchten, Autos mit schrillen Pfiffen umzuleiten, aber es herrschte bereits ein solches Durcheinander, daß ich einige Minuten lang mit wachsender Frustration warten mußte, in denen ich überlegte, wo ich Max finden könnte und was ich mit Calia anstellen würde, die auf dem Rücksitz hinter mir tief und fest schlief.

Ich holte das Handy aus meiner Tasche, aber der Akku war leer, und das Ladegerät fürs Auto befand sich in Morrells Wagen, mit dem wir vergangene Woche einen Tag aufs Land gefahren waren. Entnervt trommelte ich aufs Steuer ein.

Trotz meiner Wut blieb mir nichts anderes übrig, als die Demonstranten zu beobachten, die sich für einander widersprechende Dinge einsetzten. Die eine Gruppe, die ausschließlich aus Weißen bestand, trug Schilder, auf denen sie die Verabschiedung des Illinois Holocaust Asset Recovery Act, eines Holocaust-Vermögensvergütungsgesetzes, forderte. »Keine Geschäfte mit Dieben«, skandierten die Leute, und: »Banken, Versicherungen, wo ist unser Geld?«

Der Mann mit dem Megaphon hieß Joseph Posner. Er war in letzter Zeit so oft in den Nachrichten gewesen, daß ich ihn selbst in einer größeren Menschenansammlung als dieser erkannt hätte. Er trug den langen Mantel und den schwarzen Hut der Ultraorthodoxen. Als Sohn eines Holocaust-Überlebenden war er auf so ostentative Weise religiös geworden, daß Lotty nur noch das Gesicht verzog. Er protestierte gegen alles – mit Unterstützung christlicher Fundamentalisten gegen Pornofilme, aber auch gegen jüdische Geschäfte wie zum Beispiel Neiman-Marcus, die am Samstag geöffnet waren. Seine Anhänger, offenbar eine Mischung aus Jeschiwa und Jewish Defense League, begleiteten ihn überallhin. Sie bezeichneten sich selbst als Maccabees und schienen sich in ihren Aktionen an den militärischen Fähigkeiten ihrer historischen Vorbilder, der Makkabäer, zu orientieren. Wie eine immer größere Zahl von Fanatikern in Amerika waren sie stolz auf ihre Verhaftungen.

Posners aktuellstes Projekt war der Versuch, die Regierung von Illinois dazu zu bringen, daß sie den Illinois Holocaust Asset Recovery Act, kurz IHARA, verabschiedete. Dieser IHARA, der sich am Vorbild von Florida und Kalifornien orientierte, untersagte es Versicherungsgesellschaften, sich innerhalb des Staates geschäftlich zu betätigen, solange sie nicht nachwiesen, daß in ihrem Unternehmen keine ausstehenden Lebens- oder Vermögensversicherungsansprüche von Holocaust-Opfern existierten. Er beinhaltete außerdem Klauseln bezüglich Banken und Unternehmen, die vom Einsatz von Zwangsarbeitern im Zweiten Weltkrieg profitiert hatten. Posner war es gelungen, die Aufmerksamkeit der Öffentlichkeit auf dieses Problem zu lenken und so eine Diskussion des Gesetzesentwurfs in einem Regierungsausschuß zu bewirken.

Die zweite Gruppe von Demonstranten vor dem Hotel Pleiades, die hauptsächlich aus Schwarzen bestand, trug Schilder, auf denen der Satz »Verabschiedet den IHARA« dick und rot durchgestrichen war. Ihre eigenen Forderungen lauteten: »Keine Geschäfte mit Sklavenbesitzern« und: »Finanzielle Gerechtigkeit für alle«. Auch der Mann, der diese Gruppe anführte, war leicht zu erkennen: Es handelte sich um Alderman Louis »Bull« Durham. Durham hatte schon lange nach einem Thema gesucht, das ihn zu einem ernstzunehmenden Konkurrenten für den Bürgermeister machen würde. Ich persönlich allerdings hielt den Protest gegen den IHARA nicht für eine Frage, die die ganze Stadt betraf.

Posner hatte seine Maccabees und Durham seine eigenen militanten Anhänger. Er hatte sogenannte Empower-Youth-Energy-Teams aufgebaut, zuerst in seinem eigenen Bezirk, später in der ganzen Stadt, um die jungen Männer weg von der Straße und in Ausbildungsprogramme zu bringen. Aber manche dieser EYE-Teams, wie sie allgemein hießen, hatten auch eine düstere Seite. Man munkelte, daß Ladeninhaber, die sich Durhams politischen Kampagnen nicht anschlossen, vertrieben oder verprügelt wurden. Außerdem hatte Durham eine eigene Gruppe von EYE-Bodyguards, die ihn, bekleidet mit ihrem unverwechselbaren marineblauen Blazer, bei allen öffentlichen Auftritten umgaben. Falls Maccabees und EYE-Team vorhatten, aufeinander loszugehen, war ich froh, als Privatdetektivin in meinem Wagen zu sitzen, und nicht als Polizistin die Demonstranten auseinanderhalten zu müssen.

Im Schrittempo fuhr ich am Hoteleingang vorbei und bog in Richtung Osten auf Höhe des Grant Park in die Randolph Street ein. Dort waren alle mit Parkuhren ausgestatteten legalen Parkplätze besetzt, aber, so dachte ich, die Polizisten hatten sicher vor dem Hotel Pleiades so viel zu tun, daß sie sich jetzt nicht um Parksünder kümmern konnten.

Ich legte meine Tasche in den Kofferraum und holte Calia vom Rücksitz. Sie wachte kurz auf, dann sank ihr Kopf wieder auf meine Schulter. Sie würde also nicht selbst bis zum Hotel gehen. Ich biß die Zähne zusammen und trug ihre zwanzig Kilo stolpernd die Stufen zur tiefer gelegenen Ebene des Columbus Drive hinunter, wo sich der Seiteneingang des Hotels befand. Es war mittlerweile schon fast fünf Uhr: Hoffentlich würde ich Max ohne große Probleme finden.

Wie ich gehofft hatte, befand sich vor dem unteren Eingang keine Menschenmenge. Ich ging mit Calia auf dem Arm an den Angestellten vorbei und fuhr mit dem Aufzug hoch zum Foyer. Hier waren genauso viele Leute wie draußen, allerdings ging es ruhiger zu. Hotelgäste und Teilnehmer an der Birnbaum-Konferenz drängten sich an der Tür und fragten sich besorgt, was da los sei und was man dagegen unternehmen könne.

Ich machte mir wenig Hoffnung, Max in dieser Menge zu sehen, als ich ein mir bekanntes Gesicht entdeckte: Al Judson, der Chef des Hotelsicherheitsdienstes, stand neben der Drehtür und sagte gerade etwas in sein Funkgerät.

Ich drückte mich zu ihm durch. »Wie geht's, Al?«

Judson, ein Schwarzer von kleiner Statur, fiel in Menschenansammlungen nicht weiter auf. Als ehemaliger Polizist, der vierzig Jahre zuvor zusammen mit meinem Vater im Grant Park Streife gegangen war, wußte er, wie man brisante Situationen im Auge behielt. Als er mich sah, trat ein erfreutes Lächeln auf sein Gesicht. »Vic! Na, auf welcher Seite stehst du?«

Ich lachte, wenn auch ein bißchen verlegen: Mein Vater und ich hatten uns seinerzeit in die Haare gekriegt, als ich an den Antikriegsdemonstrationen im Grant Park teilnahm, während er den dortigen Einsatzkräften zugewiesen wurde. Ich war damals noch ein Teenager gewesen, dessen Mutter im Sterben lag, und so verwirrt, daß ich selbst nicht wußte, was ich wollte. Also hatte ich mich eine Nacht lang den Yippies angeschlossen und mit ihnen den Park unsicher gemacht.

»Eigentlich suche ich den Großvater des kleinen Mädchens hier. Aber sollte ich deiner Meinung nach raus auf die Straße?«

»Tja, dann müßtest du dich zwischen Durham und Posner entscheiden.«

»Ich weiß, daß Posners Kampagne gegen die Versicherungen gerichtet ist, aber was will Durham?«

Judson zog die Schultern hoch. »Er will die Regierung dazu bringen, daß sie es Unternehmen untersagt, hier Geschäfte zu machen, wenn sie von der Sklaverei in den Vereinigten Staaten profitiert und den Nachkommen der Sklaven keine Entschädigung gezahlt haben. Seiner Meinung nach darf der IHARA erst dann verabschiedet werden, wenn diese Klausel darin aufgenommen wird.«

Ich stieß einen leisen Pfiff aus: Der Stadtrat von Chicago hatte bereits eine Resolution verabschiedet, die Entschädigungszahlungen für die Nachkommen von Sklaven forderte. Aber solche Resolutionen sind nicht mehr als nette Gesten – Zugeständnisse an die jeweiligen Wahlkreise ohne tatsächliche Zahlungsverpflichtung. Es konnte gut sein, daß der Bürgermeister sich in eine prekäre Situation manövrierte, wenn er sich öffentlich Durhams Forderung widersetzte, aus der Resolution einen rechtskräftigen Beschluß zu machen.

So interessant diese politische Frage auch war, im Augenblick konnte ich mich nicht damit auseinandersetzen, denn allmählich begannen meine Arme, sich gegen Calias Gewicht zu wehren. Außerdem wollte einer von Judsons Leuten unbedingt mit ihm reden. Also erklärte ich Al schnell die Sache mit Calia und Max. Er sagte etwas in sein Funkgerät, und schon wenige Minuten später tauchte eine junge Frau vom Sicherheitsdienst des Hotels zusammen mit Max auf, der mir Calia abnahm. Sie wachte auf und begann zu weinen. Max und ich hatten nur noch Zeit für ein paar geflüsterte Worte über die Diskussion, das Chaos vor den Hoteltüren und Calias Tag, bevor ich ihm die undankbare Aufgabe überließ, Calia zu beruhigen und sie zu seinem Wagen zu bringen.

Während ich mich wieder im Schrittempo an den Demonstranten vorbei in Richtung Lake Shore Drive bewegte, nickte ich ein paarmal ein. Als ich schließlich Isaiah Sommers' Haus am Avalon Park erreichte, war ich zwanzig Minuten zu spät dran und unendlich müde. Er schluckte seine Verärgerung hinunter, und ich mußte mich sehr zusammenreißen, um nicht in seiner Gegenwart einzuschlafen.

2 Bares für den Sarg

»Wann hat Ihre Tante dem Bestattungsinstitut die Police gegeben?« Der schwarze Plastikschutz über dem Polster warf Wellen, als ich mich auf der Couch bewegte.

»Am Mittwoch. Mein Onkel ist am Dienstag gestorben. Sie wollten ihn am Vormittag abholen, aber zuerst einen Nachweis sehen, daß sie das Geld für die Beisetzung hat, die am Samstag stattfinden sollte. Meine Mutter war bei meiner Tante und hat die Police unter Onkel Aarons Papieren gefunden, wo wir sie auch vermutet hatten. Er war in allen Dingen, den großen wie den kleinen, sehr genau. Das galt auch für seine Dokumente.«

Sommers massierte seinen Nacken mit den großen Händen. Er war Dreher bei Docherty Engineering Works; von der täglichen Arbeit an der Maschine hatte er kräftige Nacken- und Schultermuskeln. »Tja, und dann haben sie meiner Tante, als sie am Samstag in die Kirche gekommen ist, gesagt, daß sie erst mit der Beisetzung anfangen, wenn sie ihnen das Geld gibt. Aber das habe ich Ihnen ja schon erzählt.«

»Die Leute vom Bestattungsinstitut haben Ihren Onkel am Mittwoch abgeholt. Danach müssen sie der Versicherung die Policennummer durchgegeben haben, und die hat ihnen gesagt, daß die Versicherung schon ausbezahlt worden ist. Wie schrecklich für Sie alle. Wußte der Leiter des Bestattungsinstituts denn, an wen das Geld gezahlt worden war?«

»Das ist ja genau der Punkt.« Sommers schlug sich mit der Faust aufs Knie. »Die haben behauptet, an meine Tante. Und sie wollten die Beisetzung nicht machen. Das habe ich Ihnen doch bereits gesagt.«

»Und wie haben Sie's dann angestellt, daß sie Ihren Onkel doch noch beigesetzt haben? Sie haben's doch geschafft, oder?« Ich stellte mir vor, wie Aaron Sommers in irgendeinem gekühlten Raum lag, bis die Familie dreitausend Dollar herausrückte.

»Ich habe das Geld bezahlt.« Isaiah sah mit nachdenklichem Blick zum Flur hinüber: Seine Frau, die mich hereingelassen hatte, war in der Mißbilligung seiner Bemühungen für die Witwe seines Onkels ganz offen gewesen. »Glauben Sie mir, das war gar nicht so einfach. Aber machen Sie sich keine Sorgen um

Ihr Honorar, das kriegen Sie. Und wenn Sie rausfinden, wer sich das Geld unter den Nagel gerissen hat, bekommen wir's ja vielleicht wieder zurück. Wir würden Ihnen sogar einen Finderlohn zahlen. Die Police war zehntausend Dollar wert.«

»Einen Finderlohn brauchen Sie mir nicht zu geben, aber ich würde gern die Police sehen.«

Er nahm ein Freiexemplar von *Roots* vom Beistelltischchen, unter dem sorgfältig gefaltet die Police lag.

»Haben Sie eine Fotokopie davon?« fragte ich. »Nein? Dann schicke ich Ihnen die morgen zu. Sie wissen, daß mein Honorar hundert Dollar pro Stunde beträgt mit einem Minimum von fünf Arbeitsstunden, ja? Außerdem stelle ich sämtliche Spesen in Rechnung.«

Als er zustimmend nickte, holte ich zwei Exemplare meines Standardvertrags aus meiner Tasche. Seine Frau, die offenbar direkt vor der Tür gewartet hatte, kam herein und las sie zusammen mit ihm durch. Während sie sich jeden Punkt einzeln ansahen, warf ich einen Blick auf die Police. Sie war von der Midway Insurance Agency im Auftrag der Ajax Life Insurance auf Aaron Sommers ausgestellt, und zwar, genau wie Isaiah gesagt hatte, schon vor etwa dreißig Jahren. Die Verbindung zur Ajax-Versicherung würde mir helfen, weil ich einmal mit dem Mann liiert gewesen war, der jetzt die Leistungsabteilung bei der Ajax leitete. Zwar hatte ich ihn schon etliche Jahre nicht mehr gesehen, aber vermutlich wäre er bereit, sich mit mir zu unterhalten.

»In dem Punkt hier«, sagte Margaret Sommers, »heißt es, daß Sie das Geld nicht zurückerstatten, wenn wir die gewünschten Ergebnisse nicht erhalten. Habe ich das richtig verstanden?«

»Ja. Aber Sie können mir jederzeit sagen, daß ich mit den Nachforschungen aufhören soll. Außerdem werde ich mich mit Ihnen in Verbindung setzen, sobald ich etwas herausgefunden habe, und wenn ich das Gefühl habe, daß ich damit nicht weiterkommen werde, sage ich Ihnen das offen. Das ist auch der Grund für die Fünfhundert-Dollar-Minimum-Klausel: Wenn ich mit meinen Nachforschungen beginne und damit auf keinen grünen Zweig komme, weigern sich manche Leute zu zahlen.«

»Hmm«, sagte sie. »Richtig finde ich das nicht, wenn Sie Geld verlangen und nichts dafür bieten.«

»Keine Angst, ich habe meistens Erfolg.« Es kostete mich Mühe, aus Müdigkeit nicht unfreundlich zu werden, aber auf diesen Punkt hatten mich schon mehr Leute angesprochen. »Allerdings muß ich gestehen, daß es mir nicht immer gelingt, das herauszufinden, was die Leute hören wollen. Nach den ersten Nachforschungen kann ich abschätzen, wie lange ich brauchen werde, um den Fall abzuschließen. Manchmal wollen die Leute nicht so viel Geld investieren. Doch auch darüber können Sie frei entscheiden.«

»Aber die fünfhundert Dollar von Isaiah behalten Sie auf jeden Fall.«

»Ja. Das ist die Bezahlung für mein Fachwissen. Es ist ganz ähnlich wie bei einem Arzt. Auch der bekommt sein Geld, selbst wenn er Sie nicht heilen kann.« Ich habe Jahre gebraucht, so hartherzig – vielleicht auch nur so nüchtern – zu werden, daß ich ohne Verlegenheit Geld fordern kann.

Ich erklärte ihnen, wenn sie die Sache noch miteinander besprechen wollten, könnten sie mich anrufen, sobald sie eine Entscheidung getroffen hätten. Ich würde aber die Police des Onkels erst dann mitnehmen und erst dann irgendwelche Telefonate führen, wenn sie meinen Vertrag unterzeichnet hätten. Isaiah Sommers sagte, er brauche keine Bedenkzeit mehr, Camilla Rawlings, die Nachbarin seiner Cousine, habe für mich gebürgt, und das reiche ihm.

Margaret Sommers verschränkte die Arme vor der Brust und verkündete, solange Isaiah sein eigenes Geld für die Sache ausgebe, könne er tun, was er wolle; sie mache nicht die Buchhaltung für diesen geizigen alten Juden Rubloff, damit Isaiah ihre hartverdienten Dollars für seine nichtsnutzige Familie zum Fenster rauswerfe.

Isaiah sah sie mit strafendem Blick an, unterzeichnete aber beide Exemplare des Vertrags und holte eine Rolle Geldscheine aus seiner Hosentasche. Er zählte fünfhundert Dollar in Zwanzigern ab und ließ mich nicht aus den Augen, während ich die Quittung ausstellte. Dann unterschrieb ich meinerseits die Verträge, gab einen Isaiah und steckte den anderen zusammen mit der Police in meine Aktentasche. Schließlich notierte ich mir die Adresse und Telefonnummer seiner Tante sowie die Angaben zu dem Bestattungsinstitut und erhob mich, um zu gehen.

Isaiah Sommers begleitete mich zur Tür, aber bevor er sie hinter mir schloß, hörte ich Margaret Sommers noch sagen: »Ich hoffe bloß, daß du nicht zu mir gekrochen kommst, wenn du feststellst, daß du dein Geld sinnlos verschleudert hast.«

Als er ihr eine wütende Antwort gab, war ich schon auf dem Weg zum Auto. In letzter Zeit hatte ich ein bißchen zuviel mit Verbitterung zu tun, zuerst bei den Streitereien zwischen Lotty und Max und jetzt bei der Auseinandersetzung zwischen Isaiah und Margaret Sommers. Bei ihnen schien der unfreundliche Tonfall ein Teil der Beziehung zu sein; allzuviel Kontakt mit ihnen wollte ich nicht haben. Ich fragte mich, ob sie Freunde hatten und wie diese Freunde sich verhielten, wenn die beiden aufeinander einzuhacken begannen. Hoffentlich entwickelten sich Max' und Lottys Scharmützel nicht in die gleiche Richtung.

Mrs. Sommers' überflüssige Bemerkung über den geizigen alten Juden, für den sie arbeitete, hatte mich ebenfalls hart getroffen, weil sie mich an Max' und Lottys Streit darüber erinnerte, ob er bei der Konferenz der Birnbaum Foundation sprechen sollte. Was würde Margaret Sommers wohl sagen, wenn sie Max von seinem Leben in der Zeit der Machtübernahme durch die Nazis erzählen hörte, davon, daß er die Schule nicht mehr besuchen durfte und mit ansehen mußte, wie sein Vater gezwungen wurde, sich nackt auf die Straße zu knien? Hatte Lotty vielleicht doch recht, und sein Vortrag wäre eine Erniedrigung für ihn, die nichts bezweckte? Würde er die Margaret Sommers' dieser Welt lehren, sich der Gedankenlosigkeit ihrer Vorurteile bewußt zu werden?

Ich war nur ein paar Häuserblocks südlich vom Haus der Sommers' aufgewachsen, inmitten von Leuten, die keine gute Meinung von Margaret Sommers gehabt hätten, wenn sie ihre Nachbarin geworden wäre. Und wenn sie dann die rassistischen Schmähungen wiederholt hätte, mit denen sie vermutlich groß geworden war, wären meine alten Nachbarn höchstwahrscheinlich nicht bereit gewesen, diese Meinung zu ändern.

Mittlerweile war ich bei meinem Wagen angekommen und versuchte, mich vor der langen Fahrt nach Norden ein wenig zu strecken. Die Vorhänge im vorderen Fenster des Sommers-Hauses bewegten sich. Ich stieg in meinen Mustang. Es war

September, und als ich die Route 41 in nördlicher Richtung nahm, leuchteten nur noch die letzten Sonnenstrahlen am Horizont.

Warum blieben Menschen zusammen, wenn sie unglücklich miteinander waren? Bei meinen Eltern hatte ich auch nicht das Idealbild echter Liebe erlebt, aber immerhin hatte meine Mutter sich bemüht, für häusliche Harmonie zu sorgen. Sie hatte meinen Vater aus Dankbarkeit geheiratet und auch aus Angst, denn sie war seinerzeit gerade erst ins Land gekommen, ganz allein in der Stadt, und hatte kein Englisch gekonnt. Mein Vater, ein einfacher Streifenpolizist, hatte sie in einer Bar an der Milwaukee Avenue gerettet, in der sie geglaubt hatte, aufgrund ihrer Opernausbildung einen Job als Sängerin zu bekommen. Er hatte sich in sie verliebt, und das hatte sich meines Wissens auch nie geändert. Sie war ihm gegenüber stets liebevoll, aber soweit ich das beurteilen konnte, galt ihre wahre Leidenschaft immer nur mir.

Zum Zeitpunkt ihres Todes war ich erst sechzehn. Was weiß man in dem Alter schon über seine Eltern?

Und was war mit dem Onkel meines Klienten? Isaiah Sommers war sich sicher, daß sein Onkel seiner Tante Bescheid gesagt hätte, wenn er sich die Versicherung hätte ausbezahlen lassen. Aber Menschen brauchen für viele Dinge Geld, manchmal für so peinliche, daß sie ihren Familien lieber nichts davon erzählen.

Ich war so in meine Gedanken vertieft gewesen, daß ich von der Gegend, in der ich als Kind gelebt hatte, nicht viel mitbekommen hatte. Nun befand ich mich schon auf der Höhe der Route 41, wo sie achtspurig am Ufer des Lake Michigan entlangführt. Mittlerweile war der Himmel ganz dunkel, und der See schimmerte schwarz wie Tinte.

Wenigstens hatte ich einen Geliebten, zu dem ich gehen konnte, wenn auch nur noch ein paar Tage: Morrell, mit dem ich seit einem Jahr zusammen war, wollte am Dienstag nach Afghanistan fliegen. Als Journalist, der sich häufig mit Menschenrechtsfragen beschäftigt, hatte er sich seit der Machtübernahme durch die Taliban ein paar Jahre zuvor gewünscht, die Situation dort persönlich in Augenschein zu nehmen.

Die Vorstellung, mich schon bald in seinen Armen zu entspannen, ließ mich schneller fahren, das lange dunkle Band des South Lake Shore Drive entlang, vorbei an den hellen Lichtern des Loop in Richtung Evanston.

3 Was sagt ein Name schon?

Morrell begrüßte mich an der Tür mit einem Kuß und einem Glas Wein. »Na, wie ist's gelaufen, Mary Poppins?«

»Mary Poppins?« wiederholte ich verständnislos, dann fiel mir Calia wieder ein. »Ach so, das. Es war einfach toll. Leute, die glauben, Kinderfrauen kriegen zuwenig Geld, wissen bloß nicht, wieviel Spaß der Job macht.«

Ich folgte ihm in die Wohnung und mußte ein Stöhnen unterdrücken, als ich auf dem Sofa seinen Lektor sitzen sah. Nicht, daß ich etwas gegen Don Strzepek gehabt hätte, aber lieber wäre mir ein Abend gewesen, an dem sich mein Beitrag zum Gespräch auf ein Brummen hin und wieder hätte beschränken können.

»Don!« rief ich aus, als er aufstand und mir die Hand zum Gruß entgegenstreckte. »Morrell hat mir gar nicht gesagt, daß ich die Freude haben würde, dich hier zu sehen. Ich dachte, du bist in Spanien.«

»Ja, war ich auch.« Er klopfte auf der Suche nach Zigaretten auf seine Hemdtasche, doch als ihm einfiel, daß er sich in einer Nichtraucherwohnung befand, fuhr er sich mit der Hand durch die Haare. »Ich bin vor zwei Tagen nach New York zurückgekommen, und da habe ich erfahren, daß unser Starreporter hier an die Front fährt. Also hab' ich dem *Maverick* den Auftrag abgeluchst, über die Birnbaum-Konferenz zu schreiben, und bin hergeflogen. Leider muß ich jetzt für das Vergnügen, mich von Morrell verabschieden zu können, auch noch arbeiten. Aber das werde ich dich spüren lassen, Amigo.«

Morrell und Don hatten sich ein paar Jahre zuvor während der Berichterstattung über den schmutzigen Kleinkrieg in Guatemala kennengelernt. Don hatte später als Lektor bei Envision Press in New York angefangen, übernahm aber immer noch hin und wieder Reportagen für Zeitungen und Zeitschriften. Die meisten seiner Artikel erschienen im *Maverick*-Magazin, einer kritischeren Version von *Harper's*.

»Hast du das Zusammentreffen von Maccabees und EYE-Team schon mitgekriegt?« fragte ich.

»Davon habe ich Morrell gerade erzählt. Ich hab' Informationsmaterial von Posner und Durham mitgebracht.« Er deutete auf einen Stapel Broschüren auf dem Beistelltischchen. »Ich werde versuchen, mich mit beiden zu unterhalten, aber natürlich greife ich da jetzt vor. Was ich eigentlich brauche, sind Hintergrundinformationen. Morrell meint, du könntest mir vielleicht das eine oder andere sagen.«

Als ich ihn fragend ansah, fügte er hinzu: »Ich würde mich zum Beispiel gern mit Max Loewenthal treffen, weil er in dem nationalen Komitee sitzt, das sich mit Vermögenswerten von Holocaust-Überlebenden beschäftigt. Seine Kindertransportgeschichte würde für sich schon eine gute Story abgeben, und Morrell hat mir erzählt, daß du zwei seiner Freunde kennst, die in den dreißiger Jahren ebenfalls als Kinder nach England gekommen sind.«

Ich runzelte die Stirn bei dem Gedanken an Lottys Zorn über Max' Beschluß, die Vergangenheit wieder aufzurollen. »Nun, vielleicht kann ich dich Max vorstellen, aber ich weiß nicht, ob Dr. Herschel mit dir reden möchte. Und Carl Tisov, der andere Freund von Max, ist im Rahmen einer Konzertreise aus London hergekommen, also hat er möglicherweise keine Zeit und auch kein Interesse ...«

Ich zuckte mit den Achseln und nahm die Broschüren in die Hand, die Don von der Demonstration mitgebracht hatte. Darunter befand sich ein Flugzettel von Louis Durham in teurem Dreifarbdruck auf Hochglanzpapier. Der Text wandte sich gegen den Illinois Holocaust Asset Recovery Act, solange dieser nicht auch die Nachkommen afrikanischer Sklaven in den Vereinigten Staaten mit einschloß. Warum sollte Illinois deutschen Unternehmen Beschränkungen auferlegen, die aus der Zwangsarbeit von Juden und Zigeunern Kapital geschlagen hatten, aber amerikanische Unternehmen tolerieren, die sich an afrikanischen Sklaven bereichert hatten?

Meiner Meinung nach war das ein gutes Argument, aber die Rhetorik störte mich: *Kein Wunder, daß der Staat Illinois sich mit dem IHARA beschäftigt. Die Juden haben immer schon zusammengehalten, wenn's um Geld ging, und dieser Fall ist keine Ausnahme.* Die beiläufige Bemerkung von Margaret Sommers über den »geizigen alten Juden Rubloff« kam mir wieder in den Sinn.

Ich legte das Flugblatt zurück auf den Tisch und wandte mich Posners Schriften zu, die mich ebenfalls verärgerten: *Der Jude wird nicht mehr länger Opfer sein. Wir werden nicht untätig zusehen, wie deutsche und Schweizer Firmen ihre Aktionäre mit dem Blut unserer Eltern bezahlen.*

»Pah. Viel Spaß bei deinen Gesprächen mit den beiden.« Ich ging die restlichen Broschüren durch und war überrascht, darunter auch die Firmengeschichte zu entdecken, die die Ajax Insurance erst kürzlich hatte drucken lassen: »Hundertfünfzig Jahre Leben und kein bißchen alt« von Dr. Amy Blount.

»Willst du sie dir ausleihen?« fragte mich Don grinsend.

»Danke, ich hab' selber ein Exemplar – die haben vor ein paar Wochen zur Feier des Firmenjubiläums eine Gala veranstaltet. Mein wichtigster Klient sitzt bei der Ajax im Aufsichtsrat, also hab' ich alle Informationen aus erster Hand bekommen. Ich hab' sogar die Autorin kennengelernt.« Sie war eine schmale junge Frau mit strengem Gesicht gewesen, die Dreadlocks mit grobgerippten Seidenbändern zurückgebunden, die am Rand einer festlich gekleideten Menge Mineralwasser getrunken hatte. Ich tippte auf das dünne Buch. »Woher hast du das? Will Bull Durham der Ajax was am Zeug flicken? Oder Posner?«

Wieder klopfte Don auf seine Hemdtasche mit den Zigaretten. »Soweit ich das beurteilen kann, wollen das beide. Jetzt, wo die Edelweiß Rück Eignerin von der Ajax ist, will Posner eine Auflistung all ihrer Policen seit 1933. Und Durham ist genauso scharf drauf, daß die Ajax ihre Geschäfte offenlegt, damit er sieht, wen die Gesellschaft zwischen 1850 und 1865 versichert hat. Natürlich wehrt sich die Ajax mit Händen und Füßen dagegen, daß der IHARA, egal ob mit oder ohne Durhams Zusatz, hier oder sonstwo verabschiedet wird, obwohl die entsprechenden Gesetze in Florida und Kalifornien, die Vorbilder für Illinois, den Versicherungsgesellschaften bis jetzt nicht sonderlich geschadet zu haben scheinen. Vermutlich sind sie der

Meinung, daß sie die Sache so lange rauszögern können, bis der letzte Begünstigte das Zeitliche gesegnet hat... Morrell, ich werde zum Mörder, wenn ich nicht sofort meine Dosis Nikotin kriege. Du kannst inzwischen ein bißchen mit Vic knutschen. Ich warne euch mit meinem hübschen kleinen Raucherhusten, bevor ich wieder reinkomme.«

»Der Arme.« Morrell folgte mir ins Schlafzimmer, wo ich mich umziehen wollte. »Hm. Den BH kenne ich ja noch gar nicht.«

Es handelte sich um ein silbern-rosafarbenes Ding, das ich selbst ganz gern mochte. Morrell knabberte an meiner Schulter und fummelte an den Häkchen herum. Nach ein paar Minuten wand ich mich aus seiner Umarmung. »Gleich werden wir Dons Raucherhusten hören. Wann hast du denn erfahren, daß er nach Chicago kommt?«

»Er hat mich heut' morgen vom Flughafen aus angerufen. Ich wollte es dir sagen, aber dein Handy war nicht eingeschaltet.«

Morrell nahm meinen Rock und meinen Pullover und hängte beides in den Schrank. Seine fanatische Ordnungsliebe ist ein wesentlicher Grund, warum ich mir nicht vorstellen kann, mit ihm zusammenzuleben.

Er setzte sich auf den Badewannenrand, während ich mich vor dem Spiegel abschminkte. »Ich glaube, Don hat einfach 'ne Ausrede gebraucht, um von New York wegzukommen. Du weißt ja, daß er keine rechte Freude mehr an seinem Job hat, seit Envisions Muttergesellschaft von dem französischen Gargette-Konzern gekauft worden ist. Die Zusammenarbeit mit so vielen seiner Autoren wird nicht fortgesetzt, und er hat Angst, er könnte seine Stelle verlieren. Er möchte ausloten, wieviel die Birnbaum-Konferenz und alles, was damit zu tun hat, hergibt, ob's reicht, daß er selber ein Buch darüber schreibt.«

Wir gingen wieder ins Schlafzimmer, wo ich eine Jeans und ein Sweatshirt anzog. »Und was ist mit dir?« Ich schmiegte mich an ihn, schloß die Augen und überließ mich ganz meiner Müdigkeit. »Könnte es sein, daß sie auch von dem Vertrag für dein Taliban-Buch zurücktreten?«

»Tja, Pech gehabt, Baby.« Morrell zerzauste mir die Haare. »Ein bißchen weniger hoffnungsvoll hättest du schon klingen können.«

Ich wurde rot. »So deutlich wollte ich nicht sein. Aber... Kabul. Ein amerikanischer Paß ist dort genauso gefährlich wie die unbedeckten Arme einer Frau.«

Morrell drückte mich fester an sich. »Wahrscheinlich stolperst du hier in Chicago eher wieder in Probleme als ich in Afghanistan. Ich habe noch nie zuvor eine Frau geliebt, die man halbtot auf den Kennedy Expressway geworfen hat.«

»Aber du hast mich in der Genesungsphase wenigstens jeden Tag besuchen können«, erklärte ich.

»Victoria Iphigenia, ich verspreche dir hiermit, daß ich Humane Medicine dazu bringe, dich zu mir zu fliegen, damit du mich jeden Tag sehen kannst, sollte ich sterbend am Khyberpaß liegen.«

Humane Medicine war eine Menschenrechtsorganisation, mit der Morrell bereits in der Vergangenheit zu tun gehabt hatte. Sie hatte ihren Hauptsitz in Rom und wollte ein Impfprogramm für afghanische Kinder beginnen, bevor der Winter im Himalaja richtig anfing. Morrell hatte vor, sich mit so vielen Leuten wie möglich zu unterhalten, die vom Staat sanktionierten Jungenschulen anzusehen, wenn es ging, eine der Mädchenschulen, die im Untergrund geführt wurden, aufzuspüren, und sich ganz allgemein über die Taliban zu informieren. Er hatte sogar einen Korankurs in einer Moschee in der Devon Street besucht.

»Ich schlafe auf der Stelle ein, wenn ich nicht was tue«, murmelte ich. »Laß uns was für Don kochen. Wir haben doch noch die Fettuccine da, die ich am Wochenende gekauft habe. Mit Tomaten, Oliven und Knoblauch gibt das ein wunderbares Essen.«

Wir gingen wieder ins Wohnzimmer, wo Don gerade eine Ausgabe der *Kansas City Review* durchblätterte, in der sich eine Besprechung Morrells über einige aktuelle Bücher zum Thema Guatemala befand. »Guter Artikel, Morrell – wirklich eine schwierige Frage, was man mit alten Junten in neuen Kleidern machen soll, was? Und genauso schwierig ist die Frage, wie man mit der Verwicklung unserer eigenen Regierung in die Machenschaften von manchen dieser Gruppen umgehen soll.«

Ich döste ein bißchen vor mich hin, während sie sich über südamerikanische Politik unterhielten. Als Don erklärte, er müsse noch eine Zigarette rauchen, folgte Morrell mir in die

Küche, um zusammen mit mir das Essen zuzubereiten. Wir aßen auf Barhockern an der Arbeitsfläche in der Mitte der Küche, und Don erzählte uns mit einer gehörigen Portion schwarzem Humor über die Veränderungen im Verlagswesen. »Während meines Barcelonaaufenthalts haben die Herren ganz oben den Leuten von *Journal* erklärt, daß die Aufgabe der Autoren einzig und allein darin besteht, den Inhalt bereitzustellen. Und dann haben sie gleich noch 'ne Anweisung nachgeschickt für die Form von Manuskripten, was aus den Inhalt-Bereitstellern reine Tippsen macht.«

Ein paar Minuten vor zehn rückte er mit seinem Hocker von der Arbeitsfläche weg. »In den Zehn-Uhr-Nachrichten müßten sie eigentlich über die Birnbaum-Konferenz berichten. Ich würd's gern sehen, auch wenn sie die Kameras wahrscheinlich hauptsächlich auf die Demo draußen gerichtet haben.«

Er half Morrell, die Essensreste in den Abfall zu kratzen, und ging dann auf eine weitere Zigarette auf die hintere Veranda. Während Morrell die Spülmaschine einräumte, die Arbeitsfläche abwischte und die übrigen Fettuccine in Tupper-Schüsseln füllte, ging ich ins Wohnzimmer, um Channel 13, den Chicagoer Lokalsender von Global Entertainment, einzuschalten. Dennis Logan, der Sprecher der Abendnachrichten, beendete gerade seine Kurzzusammenfassung der folgenden Meldungen.

»Zeitweise ging es bei der Konferenz zum Thema Juden in Amerika im Hotel Pleiades heute recht stürmisch zu, aber die größte Überraschung kam am Ende des Nachmittags von jemandem, dessen Name nicht einmal im Programm stand. Beth Blacksin wird Ihnen später in unserer Sendung ausführlich darüber berichten.«

Ich rollte mich in der Ecke von Morrells Couch zusammen. Gerade als ich eingedöst war, klingelte das Telefon, und als ich hochschreckte, schwärmten im Fernsehen zwei junge Frauen von einem Mittel gegen Pilzinfektionen. Morrell, der nach mir ins Wohnzimmer gekommen war, stellte den Ton leiser und nahm den Hörer von der Gabel.

»Für dich, Schatz. Max.« Er hielt mir den Hörer hin.

»Victoria, tut mir leid, daß ich so spät anrufe«, entschuldigte sich Max. »Wir haben hier ein Problem, das du hoffentlich lösen kannst. Ninshubur – du weißt schon, der kleine blaue Plüschhund, den Calia überallhin mitnimmt –, hast du den vielleicht?«

Ich hörte Calia im Hintergrund heulen, Michael rufen und Agnes brüllen. Verschlafen rieb ich mir die Augen und versuchte mich zu erinnern, was mit Calias Hund passiert war. Ich hatte Calias Rucksack in meine Aktentasche gepackt und ihn dann aufgrund meiner hektischen Bemühungen, Calia zu Max zu bringen, völlig vergessen. Ich legte den Hörer weg und sah mich im Wohnzimmer um. Schließlich fragte ich Morrell, ob er wisse, wo meine Aktentasche sei.

»Ja, V.I.«, sagte er mit Leidensmiene. »Du hast sie aufs Sofa fallen lassen, als du reingekommen bist, und ich hab' sie ins Arbeitszimmer gebracht.«

Ich ging in sein Arbeitszimmer hinüber. Auf seinem Schreibtisch lag, abgesehen von seiner Ausgabe des Koran mit dem langen grünen Lesezeichen, nur meine Aktentasche. Ninshubur befand sich ganz unten, unter Calias Rucksack und dem Buch mit der Geschichte von der Prinzessin und ihrem treuen Hund. Ich nahm den Hörer im Arbeitszimmer in die Hand, entschuldigte mich bei Max und versprach ihm, den Plüschhund gleich vorbeizubringen.

»Nein, nein, das ist nicht nötig. Es sind bloß ein paar Häuserblocks, und ich bin ganz dankbar, wenn ich ein bißchen aus dem Chaos hier rauskomme.«

Als ich ins Wohnzimmer zurückkehrte, erklärte mir Don, die Spannung steige, es sei gerade die zweite Werbepause, und gleich würden wir den interessanten Teil der Nachrichten sehen. Max klingelte genau in dem Augenblick an der Tür, als Dennis Logan wieder zu sprechen begann.

Als ich Max hereinließ, sah ich, daß er in Begleitung von Carl Tisov war. Ich gab Max den Plüschhund, aber Max und Carl blieben so lange an der Tür stehen, daß Morrell sich zu uns gesellte und sie auf einen Drink hereinbat.

»Irgendwas Starkes, Absinth zum Beispiel«, sagte Carl. »Ich hab' mir immer eine große Familie gewünscht, aber nach der Heulerei heute abend glaube ich, daß mir nicht viel entgangen ist. Wie kann eine einzelne kleine Stimme nur mehr Lärm erzeugen als die gesamten Blechbläser eines Orchesters?«

»Daran ist der Jetlag schuld«, sagte Max. »Die Kleinen erwischt's immer am schlimmsten.«

Don gab uns ein Zeichen, daß wir still sein sollten. »Jetzt geht der Bericht über die Konferenz los.«

Max und Carl gingen ins Wohnzimmer und stellten sich hinter die Couch. Don drehte lauter, als Beth Blacksins elfenhaftes Gesicht auf dem Bildschirm erschien.

»Als die Baptisten aus dem Süden ihr Vorhaben verkündeten, diesen Sommer im Rahmen ihres Plans, die Juden zum Christentum zu bekehren, hunderttausend Missionare nach Chicago zu schicken, reagierten viele Leute besorgt, aber die Birnbaum Foundation handelte. In Zusammenarbeit mit der Illinois Holocaust Commission, der römisch-katholischen Erzdiözese von Chicago und Dialogue, einer überkonfessionellen Gruppe hier in Chicago, beschloß die Stiftung, eine Konferenz über Themen abzuhalten, die nicht nur die umfangreiche jüdische Bevölkerung von Illinois betreffen, sondern die jüdische Gemeinde in Amerika als ganze. Und so lautete der Titel der heutigen Konferenz: ›Christen und Juden: ein neues Millennium, ein neuer Dialog‹. In manchen Augenblicken konnte man jedoch den Eindruck gewinnen, daß es den Teilnehmern am allerwenigsten um einen Dialog ging.« Nun waren Bilder von der Demonstration vor dem Hotel zu sehen. Gleich lange Ausschnitte aus Posners und Durhams Reden wurden eingespielt, dann waren wir wieder im Tanzsaal des Hotels bei Beth Blacksin.

»Auch die Sitzungen im Hotel wurden bisweilen ziemlich hitzig. Die lebhafteste befaßte sich mit genau dem Thema, das zu den Demonstrationen gegen den geplanten Illinois Holocaust Asset Recovery Act geführt hat. Eine Diskussion mit Vertretern von Banken und Versicherungen, die behaupteten, ein solches Gesetz würde so kostspielig werden, daß alle Kunden darunter zu leiden hätten, rief heftige Kritik hervor und hatte mehrere bedrückende Szenen zur Folge.«

Jetzt waren auf dem Bildschirm aufgebrachte Menschen zu sehen, die in die in den Zwischengängen für eventuelle Fragen aufgestellten Mikrophone riefen. Ein Mann gab genau das von sich, was ich sowohl von Margaret Sommers als auch von Alderman Durham bereits gehört beziehungsweise gelesen hatte: daß die Debatte um die Entschädigungszahlungen nur wieder die Geldgier der Juden beweise.

Ein anderer Mann brüllte zurück, er begreife nicht, warum immer die Rede von der Geldgier der Juden sei, wenn sie doch nur das Geld von den Konten wiederhaben wollten, das ihre Familien dort eingezahlt hätten: »Warum wirft man nicht den Banken Geldgier vor? Schließlich haben sie das Geld sechzig Jahre lang nicht herausgerückt, und jetzt wollen sie's ganz behalten.« Eine Frau trat vor eins der Mikrophone und erklärte, nach dem Erwerb der Ajax durch den Schweizer Rückversicherer Edelweiß habe die Edelweiß wohl ihre eigenen Gründe für ihren Widerstand gegen das neue Gesetz.

Wir durften das Durcheinander ungefähr zwanzig Sekunden lang mitverfolgen, dann meldete sich Beth Blacksin wieder zu Wort. »Der verblüffendste Vorfall des Tages ereignete sich allerdings nicht beim Thema Versicherungen, sondern bei einer Diskussion über Zwangsbekehrung, als ein kleiner, erstaunlicher Mann eine außergewöhnliche Eröffnung machte.«

Wir sahen, wie ein Mann mit einem Anzug, der ihm eine Nummer zu groß zu sein schien, in eins der Gangmikrophone sprach. Er war Ende Fünfzig und hatte ergrauende Locken, die an den Schläfen bereits schütter wurden.

»Ich möchte folgendes sagen: Ich weiß erst seit kurzem, daß ich Jude bin.«

Eine Stimme vom Podium bat ihn, seinen Namen zu nennen.

»Oh. Ich heiße Paul, Paul Radbuka. Ich bin nach dem Krieg im Alter von vier Jahren von einem Mann hierhergebracht worden, der sich als mein Vater ausgegeben hat.«

Max holte deutlich hörbar Luft, und Carl rief aus: »Was! Wer ist der Mann?«

Don und Morrell sahen ihn erstaunt an.

»Kennst du ihn?« fragte ich.

Max drückte mein Handgelenk, um mich zum Schweigen zu bringen, während der kleine Mann auf dem Bildschirm weitersprach: »Er hat mir alles genommen, besonders meine Erinnerungen. Erst vor kurzem habe ich erfahren, daß ich den Krieg in Terezin verbrachte, dem Konzentrationslager, das die Deutschen Theresienstadt nannten. Ich dachte, ich sei Deutscher und evangelisch, genau wie Ulf der Mann, der sich als mein

Vater ausgegeben hat. Erst als ich nach seinem Tod seine Papiere durchgegangen bin, habe ich die Wahrheit herausgefunden. Ich sage, es ist falsch, ja, ein Verbrechen, Menschen die Identität wegzunehmen, die dem Recht nach ihnen gehört.«

Es herrschte ein paar Sekunden lang Stille, bevor Dennis Logan und Beth Blacksin auf dem in zwei Hälften geteilten Bildschirm erschienen. »Das ist wirklich eine außergewöhnliche Geschichte, Beth. Sie haben nach der Diskussion mit Mr. Radbuka gesprochen, stimmt's? Wir zeigen dieses Exklusivinterview mit Paul Radbuka nach unseren Nachrichten. Und jetzt berichten wir für die Fans, die geglaubt haben, daß die Cubs nicht mehr tiefer sinken könnten, aus dem Wrigley-Field-Stadion über eine weitere Niederlage ihrer Mannschaft.«

4 Gelenkte Erinnerung

»Kennen Sie ihn?« fragte Don Max und stellte den Ton wieder leiser, als eine weitere Werbepause begann.

Max schüttelte den Kopf. »Ich kenne den Namen, aber nicht diesen Mann. Es ist nur... der Name ist ziemlich ungewöhnlich.« Er wandte sich Morrell zu. »Darf ich mich aufdrängen und mir noch das Interview ansehen?«

Genau wie Max war Carl ein wenig kleiner als ich, doch während Max der Welt mit einem gutmütigen Lächeln begegnete – oft amüsierte ihn das Treiben der Menschen auch nur –, gab sich Carl ständig wachsam wie ein kampflustiger Hahn. Im Augenblick wirkte er noch nervöser als sonst. Ich musterte ihn, beschloß aber, ihm in Gegenwart von Don und Morrell keine Fragen zu stellen.

Morrell brachte Max Kräutertee und schenkte Carl einen Brandy ein. Endlich war der ausführliche Wetterbericht im Fernsehen zu Ende, und Beth Blacksin erschien wieder auf dem Bildschirm. Sie unterhielt sich in einem kleinen Konferenzzimmer des Hotels Pleiades mit Paul Radbuka. Bei ihnen war eine weitere Frau, deren ovales Gesicht von einer schwarzen Mähne umrahmt wurde.

Beth Blacksin stellte sich selbst und Paul Radbuka vor, dann schwenkte die Kamera auf die andere Frau. »Heute abend bei uns zu Gast ist auch Rhea Wiell, die Therapeutin, die Mr. Radbuka behandelt und ihm geholfen hat, verschüttete Erinnerungen freizulegen. Ms. Wiell hat sich bereit erklärt, sich später noch in einer Sondersendung der Reihe ›Auf den Straßen von Chicago‹ mit mir zu unterhalten.«

Nun wandte Beth Blacksin sich dem kleingewachsenen Mann zu. »Mr. Radbuka, wie kam es, daß Sie Ihre wahre Identität entdeckten? Sie haben auf der Konferenz gesagt, Sie hätten die Papiere Ihres Vaters durchgesehen. Was haben Sie darin gefunden?«

»Des Mannes, der sich als mein Vater ausgegeben hat«, berichtigte Radbuka sie. »Es handelt sich dabei um kodierte Schriften. Anfangs habe ich ihnen überhaupt keine Beachtung geschenkt. Nach seinem Tod habe ich jeglichen Lebenswillen verloren. Ich verstehe selbst nicht warum, denn ich mochte ihn nicht; er war immer sehr brutal zu mir. Aber ich bin in solche Depressionen verfallen, daß ich meine Arbeit verloren habe. An manchen Tagen bin ich nicht mal mehr aus dem Bett aufgestanden. Und dann habe ich Rhea Wiell kennengelernt.«

Er sah die schwarzhaarige Frau voller Bewunderung an. »Es mag melodramatisch klingen, aber ich bin der festen Überzeugung, daß ich ihr mein Leben verdanke. Außerdem hat sie mir geholfen, Sinn in die Schriften zu bringen und meine fehlende Identität aufzuspüren.«

»Rhea Wiell ist Ihre Therapeutin«, sagte Beth.

»Ja. Sie hat sich auf die Freilegung von Erinnerungen spezialisiert, die Menschen wie ich ausblenden, weil sich mit ihnen ein schweres Trauma verbindet.«

Er sah weiter Rhea Wiell an, die ihm aufmunternd zunickte. Beth Blacksin brachte ihn dazu, von den quälenden Alpträumen zu erzählen, über die er aus Scham fünfzig Jahre lang geschwiegen hatte, und von der allmählich dämmernden Erkenntnis, daß der Mann, der sich als sein Vater ausgegeben hatte, möglicherweise in Wirklichkeit überhaupt nicht mit ihm verwandt gewesen war.

»Wir waren nach dem Zweiten Weltkrieg als Vertriebene nach Amerika gekommen. Ich war damals erst vier. Als ich größer wurde, hat dieser Mann mir gesagt, wir seien aus Deutschland.«

Zwischen den Sätzen rang er um Luft wie ein Asthmatiker. »Aber durch meine Arbeit mit Rhea habe ich erfahren, daß seine Geschichte nur zur Hälfte stimmte. Nur er war aus Deutschland. Ich hingegen kam aus einem Lager; ich hatte ein Lager überlebt. Ich stamme aus einem Land, das die Nazis in ihre Gewalt gebracht hatten. Und dieser Mann hat sich in den Nachkriegswirren einfach mir angeschlossen, um ein Visum für die Vereinigten Staaten zu bekommen.« Er sah seine Hände an, als schäme er sich schrecklich.

»Fühlen Sie sich in der Lage, uns von diesen Alpträumen zu erzählen, die Sie dazu gebracht haben, Rhea Wiell aufzusuchen?« fragte Beth Blacksin ihn.

Rhea Wiell streichelte aufmunternd Radbukas Hand. Er hob den Blick und sprach mit fast schon kindlicher Unbefangenheit in die Kamera.

»Diese Alpträume verfolgten mich. Ich konnte nicht laut darüber sprechen und habe sie nur im Schlaf durchlebt. Es kamen schreckliche Dinge darin vor, Prügel, tote Kinder im Schnee, rund um sie herum Blutflecken, die aussahen wie Blumen. Jetzt kann ich mich dank Rhea wieder an die Zeit erinnern, in der ich vier Jahre alt war. Wir waren unterwegs, dieser fremde, zornige Mann und ich, zuerst auf einem Schiff und dann in einem Zug. Ich hab' immerzu geweint: ›Meine Miriam, wo ist meine Miriam? Ich will meine Miriam zurück.‹ Aber der Mann, der die ganze Zeit behauptet hat, mein Vater zu sein, hat mich geschlagen, und irgendwann habe ich dann gelernt, nicht mehr zu weinen.«

»Und wer war diese Miriam, Mr. Radbuka?« fragte Beth Blacksin, die Augen geweitet vor Mitgefühl.

»Miriam war meine kleine Spielkameradin. Als ich sie das erste Mal gesehen habe, war ich erst zwölf Monate alt.« Radbuka begann zu weinen.

»Sie ist zusammen mit Ihnen in das Lager gekommen, stimmt's?« meinte Beth Blacksin.

»Wir haben zusammen zwei Jahre in Terezin verbracht. Insgesamt waren wir zu sechst, heute sehe ich uns als die sechs Musketiere, aber meine Miriam war mir die wichtigste. Ich wünsche mir so, daß sie noch am Leben und gesund ist. Vielleicht erinnert sie sich ja sogar noch an ihren Paul.« Er schlug die Hände vors Gesicht; seine Schultern bebten.

Plötzlich schob sich Rhea Wiell zwischen ihn und die Kamera. »Hören wir jetzt lieber auf, Beth. Mehr möchte ich Paul heute nicht zumuten.«

Nun erschien wieder Dennis Logan auf dem Bildschirm. »Diese traurige Geschichte läßt nicht nur Paul Radbuka, sondern auch Tausende von anderen Holocaust-Überlebenden nicht los. Wenn jemand von Ihnen glaubt, Pauls Miriam zu kennen, wählen Sie die eingeblendete Nummer oder besuchen Sie uns im Internet unter www.Globe-All.com. Wir sorgen dafür, daß Paul Radbuka Ihre Botschaft erhält.«

»Widerlich«, platzte es aus Carl heraus, als Morrell den Ton wieder leiser stellte. »Wie kann man nur so schamlos mit seinem Leid hausieren gehen?«

»Du klingst ganz wie Lotty«, murmelte Max. »Wahrscheinlich ist sein Leid so groß, daß er gar nicht merkt, wie er damit hausieren geht.«

»Die Menschen reden eben gern über sich selbst«, meldete sich Don zu Wort. »Das macht es den Journalisten so leicht. Sagt Ihnen sein Name etwas, Mr. Loewenthal?«

Max sah ihn fragend an. Er wunderte sich wohl, woher Don seinen Namen kannte. Morrell stellte die beiden einander vor. Don erklärte, er sei wegen der Konferenz nach Chicago gekommen und habe Max im Nachmittagsprogramm gesehen.

»Kennen Sie diesen Radbuka? Seinen Namen oder auch den Mann selbst?« fügte Don hinzu.

»Sie sind also ein Journalist, der mich dazu bringen möchte, daß ich über mich selbst rede?« fuhr Max ihn an. »Ich habe nicht die geringste Ahnung, wer er ist.«

»Er hat auf mich wie ein Kind gewirkt«, sagte Carl. »Gänzlich unbefangen, obwohl er von haarsträubenden Dingen erzählt hat.«

Das Telefon klingelte. Es war Michael Loewenthal, der meinte, wenn sein Vater Calias Plüschhund habe, möge er doch bitte damit nach Hause kommen.

Max zuckte schuldbewußt zusammen. »Victoria, darf ich dich morgen früh anrufen?«

»Natürlich.« Ich holte eine Visitenkarte aus meiner Aktentasche, damit Max auch meine Handynummer hatte, dann begleitete ich Max und Carl zum Wagen. »Habt ihr zwei den Mann erkannt?«

Im Licht der Straßenlaterne sah ich, wie Max Carl einen Blick zuwarf. »Den Namen. Der Name ist mir bekannt vorgekommen – aber es ist einfach nicht möglich. Ich rufe dich morgen früh an.«

Als ich wieder in die Wohnung kam, merkte ich, daß Don sich erneut mit einer Zigarette auf die Veranda zurückgezogen hatte. Ich gesellte mich zu Morrell in der Küche, der gerade Carls Brandyglas spülte. »Und – haben sie dir da unten, wo der neugierige Journalist nicht dabei war, alles erzählt?«

Ich schüttelte den Kopf. »Das hat mich umgehauen, aber die Sache mit der Therapeutin hat mich auch neugierig gemacht. Wollt ihr beiden euch die Sondersendung mit ihr noch anschauen?«

»Don kann's kaum erwarten. Er glaubt, daß er aus der Sache ein Buch machen kann, das seinen Job rettet.«

»Das dürft ihr glauben«, rief Don von der Veranda herein. »Auch wenn die Arbeit mit dem Typ wahrscheinlich ziemlich schwierig ist – er wirkt schrecklich emotional.«

Wir kehrten alle in dem Augenblick wieder ins Wohnzimmer zurück, in dem das Logo von »Auf den Straßen von Chicago« auf dem Bildschirm erschien. Der Ansager erklärte, es folge nun eine Sondersendung, und überließ Beth Blacksin die Bühne.

»Danke, Dennis. In dieser Sondersendung von ›Auf den Straßen von Chicago‹ haben wir Gelegenheit, uns ausführlicher jenen faszinierenden Eröffnungen zuzuwenden, von denen wir vor ein paar Stunden gehört haben, und zwar exklusiv bei Global Television. Ein Mann, der als Junge aus den Kriegswirren Europas zu uns gekommen ist, hat uns erzählt, wie seine Therapeutin Rhea Wiell ihm geholfen hat, Erinnerungen freizulegen, die fünfzig Jahre lang verschüttet waren.«

Nun folgten ein paar Ausschnitte von dem, was Radbuka während der Konferenz gesagt hatte, und aus ihrem eigenen Interview mit ihm.

»Wir wollen uns jetzt mit der Therapeutin unterhalten, die mit Paul Radbuka gearbeitet hat. Rhea Wiell hat erstaunlichen Erfolg, Menschen bei der Freilegung vergessener Erinnerungen zu helfen. Allerdings sollte ich auch erwähnen, daß ihre Arbeit eine kontroverse Diskussion in Gang gesetzt hat. Bei diesen Erinnerungen handelt es sich um Erlebnisse, die normalerweise deshalb vergessen werden, weil es zu schmerzhaft wäre, sich an sie zu erinnern. Glückliche Erinnerungen vergraben wir nicht so tief, stimmt's, Rhea?«

Die Therapeutin trug jetzt ein zartgrünes Kleid, das sie wie eine indische Mystikerin aussehen ließ. Sie nickte lächelnd. »Erinnerungen an ein Eis oder Strandspiele mit Freunden verdrängen wir normalerweise nicht, nein. Erinnerungen, die wir beiseite schieben, bedrohen uns in unserer ureigensten Persönlichkeit.«

»Wir haben heute abend auch Professor Arnold Praeger bei uns, den Leiter der Planted Memory Foundation.«

Der Professor erhielt genug Zeit, um auszuführen, daß wir in einer Zeit lebten, die die Opfer feierte, was bedeutete, daß manche Leute unbedingt folgendes beweisen wollten: Sie hatten schrecklichere Dinge erlitten als alle anderen. »Solche Leute suchen Therapeuten auf, die ihre Opferrolle gegenüber der Öffentlichkeit bestätigen. Sehr wenige Therapeuten haben sehr vielen Möchtegernopfern geholfen, sich an die schockierendsten Dinge zu erinnern. Plötzlich entsinnen sie sich satanischer Rituale, in denen Tiere geopfert wurden, die überhaupt nie gelebt hatten. Viele Familien haben durch solche gelenkten Erinnerungen schrecklichen Schaden erlitten.«

Soweit mir bekannt war, befaßte sich die Stiftung mit ebensolchen Fällen.

Rhea Wiell lächelte milde. »Sie wollen damit doch hoffentlich nicht sagen, daß irgendeiner meiner Patienten sich an satanische Opferrituale erinnert, oder doch, Arnold?«

»Aber einige von ihnen haben Sie dazu gebracht, ihre Eltern zu dämonisieren, Rhea. Sie haben das Leben ihrer Eltern durch abscheuliche Anschuldigungen ruiniert, Anschuldigungen übelster Brutalität, die sich vor Gericht nicht belegen ließen, weil der einzige Zeuge die Phantasie Ihrer Patienten ist.«

»Sie meinen der einzige Zeuge, abgesehen von den Eltern, die bis dahin dachten, ihre Missetaten würden nie entdeckt werden«, sagte Rhea Wiell mit sanfter Stimme, die sich deutlich von Praegers heftigem Tonfall unterschied.

Praeger fiel ihr ins Wort. »Im Fall des Mannes, den wir gerade gesehen haben, ist der Vater tot und kann nicht einmal mehr für sich selbst sprechen. Es ist die Rede von kodierten Schriften. Ich frage mich, wie Sie den Kode entschlüsselt haben und ob jemand wie ich durch die Beschäftigung mit diesen Schriften zu denselben Ergebnissen gelangen würde.«

Rhea Wiell schüttelte immer noch sanft lächelnd den Kopf. »Die Privatsphäre meiner Patienten ist sakrosankt, Arnold, das wissen Sie. Die Schriften gehören Paul Radbuka. Ob irgend jemand sonst sie sehen kann, ist einzig und allein seine Entscheidung.«

Hier schaltete sich Beth Blacksin ein, um das Gespräch wieder zu dem Thema zurückzuführen, worum es sich bei freigelegten Erinnerungen eigentlich handelte. Rhea Wiell erläuterte kurz das Phänomen der posttraumatischen Störung und erklärte, es gebe eine Reihe von Symptomen, unter denen Menschen nach Traumata litten, seien es Kriegserfahrungen – bei Soldaten und Zivilisten gleichermaßen – oder andere Erlebnisse wie sexueller Mißbrauch.

»Sexuell mißbrauchte Kinder, gefolterte Erwachsene und Soldaten mit Kriegstraumata leiden alle unter ähnlichen Problemen: Depressionen, Schlafstörungen, Unfähigkeit, anderen Menschen zu vertrauen oder enge Bindungen einzugehen.«

»Aber Menschen können auch Depressionen oder Schlafstörungen haben, ohne mißbraucht worden zu sein«, fauchte Praeger. »Wenn jemand mit diesen Symptomen zu mir kommt, gehe ich sehr, sehr vorsichtig an die Ergründung der eigentlichen Ursache heran und behaupte nicht gleich, der Betreffende sei von Hutu-Schlächtern gefoltert worden. Menschen, die Hilfe beim Psychotherapeuten suchen, sind besonders verletzlich und angewiesen auf den anderen. Es ist ausgesprochen leicht, ihnen Dinge einzureden, von denen sie dann felsenfest überzeugt sind. Wir würden gern glauben, daß unsere Erinnerung genau und objektiv ist, aber leider ist es sehr leicht, Erinnerungen von Vorfällen zu schaffen, die sich nie ereignet haben.«

Im Anschluß daran faßte er die Forschung über gelenkte – oder geschaffene – Erinnerungen zusammen, die zeigte, wie Menschen eingeredet worden war, daß sie an Märschen und Demonstrationen teilgenommen hatten, obwohl es objektive

Beweise dafür gab, daß sie sich zum Zeitpunkt jener Demonstration nicht einmal in der fraglichen Stadt aufgehalten hatten.

Kurz vor elf führte Beth Blacksin die Diskussion dann zu ihrem Ende. »Solange wir nicht richtig begreifen, wie das menschliche Gehirn arbeitet, wird diese Auseinandersetzung weitergehen. Ich würde Sie nun bitten, Ihre jeweiligen Positionen in dreißig Sekunden zusammenzufassen, bevor wir uns von unseren Zuschauern verabschieden. Ms. Wiell?«

Rhea Wiell sah mit ernstem Blick in die Kamera. »Oft tun wir die schrecklichen Erinnerungen anderer Leute einfach ab, nicht, weil wir kein Mitleid mit ihnen hätten. Und auch nicht, weil wir keine Opfer sein wollen, sondern weil wir Angst haben, in unser Inneres zu schauen. Wir fürchten uns vor dem, was dort verborgen sein könnte – was wir anderen Menschen angetan haben oder was mit uns selbst geschehen ist. Viel Mut ist nötig, um die Reise in die Vergangenheit anzutreten. Ich würde niemandem empfehlen, auf diese Reise zu gehen, der nicht stark genug ist, sie bis zum Ende durchzustehen. Und keinesfalls lasse ich jemanden diesen gefährlichen Weg allein beschreiten.«

Nach diesen Worten klangen Professor Praegers Gegenargumente grausam und herzlos. Wenn die anderen Zuschauer genauso waren wie ich, wünschten sie sich Rhea Wiell zurück, die ihnen sagen sollte, daß sie stark genug waren, um die Reise in die Vergangenheit anzutreten, und gut oder interessant genug, um von ihr dabei begleitet zu werden.

Als die nächste Werbepause begann, schaltete Morrell den Fernseher aus. Don rieb sich die Hände.

»Was die Frau macht, schreit geradezu nach einem Buch, und ich wette, es gibt einen sechsstelligen Vorschuß dafür. Die Leute in Paris und New York werden mich als Helden feiern, wenn ich sie Bertelsmann und Rupert Murdoch wegschnappe. Vorausgesetzt natürlich, das, was sie sagt, stimmt. Was haltet ihr von ihr?«

»Erinnerst du dich noch an den Schamanen in Escuintla?« fragte Morrell Don. »Der hatte den gleichen Blick wie sie. Als könnte er in die Tiefen deiner Seele schauen.«

»Ja.« Don schauderte. »Was für eine schreckliche Reise. Wir haben achtzehn Stunden unter einem Schweinestall gewartet, bis die Armee vorbei war. Damals habe ich erkannt, daß es mir mehr Spaß machen würde, mich fest an Envision Press zu binden und Leuten wie dir, Morrell, den Ruhm zu überlassen. Oder so ähnlich. Glaubt ihr, sie ist eine Scharlatanin?«

Morrell zuckte mit den Achseln. »Ich weiß nichts über sie. Aber an mangelndem Selbstbewußtsein leidet sie jedenfalls nicht, oder?«

Ich mußte gähnen. »Ich bin zu müde, um mir eine Meinung zu bilden. Aber morgen früh ist es sicher kein Problem, ein paar Informationen über sie einzuholen.«

Ich erhob mich steifbeinig. Morrell sagte, er würde sich in ein paar Minuten zu mir gesellen. »Aber bevor Don sich ganz und gar in die Pläne für dieses neue Buch hineinsteigert, möchte ich gern noch ein paar Dinge über mein eigenes mit ihm besprechen.«

»Wenn das so ist, Morrell, machen wir das draußen auf der Veranda. Ohne Nikotin führe ich mit dir keine Vertragsdiskussionen.«

Ich habe keine Ahnung, wie lange die beiden aufblieben; ich selbst schlief praktisch schon, als die Tür zur Veranda sich hinter ihnen schloß.

5 Erste Spuren

Als ich am nächsten Morgen vom Joggen zurückkam, war Don immer noch dort, wo ich ihn am Abend zuvor das letzte Mal gesehen hatte: mit einer Zigarette auf der hinteren Veranda. Er trug sogar dieselbe Jeans und dasselbe zerknitterte grüne Hemd.

»Du siehst unglaublich gesund aus. Da muß ich ja fast aus Selbstverteidigung noch mehr rauchen.« Er zog ein letztes Mal an seiner Zigarette und drückte sie dann ordentlich auf einer Tonscherbe aus, die Morrell ihm gegeben hatte. »Morrell hat gesagt, du würdest die Kaffeemaschine für mich anschmeißen. Du weißt wahrscheinlich, daß er in der Stadt ist, um mit jemandem vom Außenministerium zu reden.«

Ja, das wußte ich, denn Morrell war zur gleichen Zeit wie ich aufgestanden, nämlich um halb sieben. Je näher der Tag seines

Abflugs rückte, desto schlechter schlief er – ich war in der Nacht mehrfach aufgewacht und hatte gesehen, daß er die Decke anstarrte. Am Morgen war ich so leise wie möglich aus dem Bett geschlüpft, hatte mich im Gästebad gewaschen und dann von seinem Arbeitszimmer aus Ralph Devereux, den Leiter der Leistungsabteilung bei der Ajax Insurance, angerufen, um ihm auf seinem Anrufbeantworter die Nachricht zu hinterlassen, daß ich ihn gern treffen würde, sobald es ihm paßte. Als ich das erledigt hatte, war auch Morrell schon aufgestanden. Während ich meine Dehn- und Streckübungen machte und ein Glas Saft trank, beantwortete er seine Post. Als ich zum Joggen ging, war er in eine Internet-Unterhaltung mit Humane Medicine in Rom vertieft.

Auf dem Rückweg kam ich an Max' Haus am Lake vorbei. Sein Buick stand zusammen mit zwei anderen Autos in der Auffahrt, vermutlich die Leihwagen von Carl und Michael. Ansonsten konnte ich noch kein Lebenszeichen entdecken: Musiker gehen spät zu Bett und stehen spät auf. Max, der normalerweise bereits um acht arbeitete, paßte sich offenbar dem Tagesrhythmus von Michael und Carl an.

Ich starrte das Haus an, als könnte ich durch die Fenster in die Seelen der Männer darin blicken. Woran hatte der Mann aus der Fernsehsendung vom Vorabend Max und Carl erinnert? Zumindest den Namen hatten sie erkannt, da war ich mir ziemlich sicher. Hatte einer ihrer Londoner Freunde zur Familie Paul Radbukas gehört? Max hatte mir ganz deutlich gezeigt, daß er noch nicht darüber reden wollte, deshalb durfte ich mich nicht aufdrängen. Ich schüttelte meine Beine aus und joggte weiter.

Morrell hatte eine Espressomaschine, die fast so groß war wie die in den Lokalen. Als ich wieder in der Wohnung war, machte ich für Don und mich einen Cappuccino, bevor ich unter die Dusche ging. Während ich mich anzog, hörte ich mir meine Nachrichten auf dem Anrufbeantworter an. Ralph von der Ajax hatte zurückgerufen und würde sich freuen, wenn ich um Viertel vor zwölf vorbeikäme. Ich schlüpfte in den rosafarbenen Seidenpullover und den grüngrauen Rock, die ich am Tag zuvor getragen hatte. Manchmal ist es gar nicht so einfach, einen Teil meines Lebens bei Morrell zu verbringen – die Kleidung, die ich gern hätte, ist immer in meiner eigenen Wohnung, wenn ich bei ihm bin, und umgekehrt.

Als ich die Küche betrat, saß Don mit dem *Herald-Star* am Eßbereich in der Mitte. »Wenn dich jemand in Paris zu einer Fahrt auf einen russischen Berg mitnimmt, wo bist du dann?«

»Auf einen russischen Berg?« Ich gab Orangenschnitze und Granola in meinen Joghurt. »Bereitest du dich so auf deine Interviews mit Posner und Durham vor?«

Er grinste. »Ja, das ist so etwas wie Intelligenztraining. Wenn du schnell ein paar Informationen über die Therapeutin von gestern abend bräuchtest, wo würdest du da anfangen?«

Ich lehnte mich beim Essen gegen die Arbeitsfläche. »Ich würde die Datenbanken mit den Zulassungen von Psychotherapeuten durchgehen, um zu sehen, ob sie eine Lizenz und was für eine Ausbildung sie hat. Ich würde es zuerst bei ProQuest versuchen; da könnte es ein paar Artikel über sie geben.«

Don machte sich eine Notiz am Rand der Kreuzworträtselseite. »Wie lange würdest du brauchen, um das für mich zu erledigen? Und was würde das kosten?«

»Kommt drauf an, wie tief ich schürfen soll. Die Grundinformationen könnte ich dir ziemlich schnell besorgen, aber ich verlange hundert Dollar die Stunde mit einem Fünf-Stunden-Minimum. Wie großzügig ist Gargette denn in puncto Spesen?«

Er warf den Bleistift auf die Arbeitsfläche. »In der Hauptstelle in Rheims gibt's vierhundert Leute in der Buchhaltung, die alle drauf achten, daß Lektoren wie ich unterwegs nicht mehr als 'nen Big Mac essen. Die Chance, daß sie mir eine Privatdetektivin finanzieren, ist also eher gering. Aber die Sache könnte heiß sein. Falls die Frau tatsächlich das ist, wofür sie sich ausgibt, und falls der Mann ist, wer er behauptet zu sein. Könntest du einfach ins Blaue ein paar Nachforschungen für mich anstellen?«

Ich wollte gerade ja sagen, als mir Isaiah Sommers wieder einfiel, wie er mir die Zwanziger abgezählt hatte. Ich schüttelte bedauernd den Kopf »Ich kann auch für Freunde keine Ausnahme machen. Es fällt mir ja schon schwer, was von Fremden zu verlangen.«

Er holte eine Zigarette heraus und klopfte den Tabak auf der Zeitung fest. »Na schön. Könntest du ein paar Nachforschungen für mich anstellen und mir das Geld erst mal stunden?«

Ich verzog das Gesicht. »Ja, ich denke, das geht. Ich bring' heut' abend einen Vertrag mit.«

Er ging wieder auf die Veranda hinaus. Ich aß die letzten Bissen von meinem Joghurt und ließ Wasser über die Schale laufen – Morrell bekäme einen Anfall, wenn er abends den verkrusteten Joghurt sähe –, dann folgte ich Don nach draußen, denn mein Wagen stand in der kleinen Straße hinter dem Haus. Don hob nur kurz den Kopf von der Zeitung, um sich von mir zu verabschieden. Auf den Stufen fiel mir das Wort plötzlich ein, das er mich zuvor gefragt hatte. »Achterbahn. Wenn es auf französisch das gleiche heißt wie auf italienisch, ist ein russischer Berg eine Achterbahn.«

»Dein Honorar hast du dir damit schon verdient.« Er wandte sich dem Kreuzworträtsel zu.

Bevor ich in mein Büro fuhr, schaute ich noch kurz bei den Studios von Global Entertainment in der Huron Street vorbei. Die Gesellschaft hatte erst ein Jahr zuvor einen Wolkenkratzer in dem angesagten Viertel gleich nordwestlich vom Fluß gekauft. Das Regionalbüro für den Mittleren Westen, von wo aus nicht nur die hundertsiebzig Zeitungen des Konzerns, sondern auch ein großer Teil des DSL-Geschäfts kontrolliert wird, befindet sich in den oberen Stockwerken, die Studios sind im Erdgeschoß.

Die Leute von Global sind nicht meine dicksten Freunde in Chicago, aber mit Beth Blacksin habe ich schon vor der Übernahme von Channel 13 durch Global zusammengearbeitet. Sie war gerade mit einem Ausschnitt für die Abendnachrichten beschäftigt und kam mit der abgerissenen Jeans, die sie nicht tragen kann, wenn sie auf Sendung ist, zu mir heraus, um mich wie eine Freundin zu begrüßen, die sie lange nicht mehr gesehen hatte – oder doch zumindest wie eine wertvolle Informantin.

»Dein Interview gestern abend mit diesem Paul Radbuka hat mich fasziniert«, sagte ich. »Wie bist du denn auf den gekommen?«

»Warshawski!« Ihr Gesichtsausdruck wurde lebhaft. »Bitte sag mir nicht, daß ihn jemand ermordet hat. Ich muß gleich vors Mikro.«

»Ganz ruhig, meine kleine Reporterin. Soweit ich weiß, weilt er noch unter uns. Was kannst du mir über ihn sagen?«

»Dann hast du also rausgekriegt, wer die mysteriöse Miriam ist.«

Ich packte sie bei den Schultern. »Beth, nun beruhige dich doch. Ich strecke nur die Fühler aus. Hättest du 'ne Adresse, die du mir geben könntest? Seine oder die der Therapeutin?«

Sie führte mich am Häuschen des Sicherheitsdienstes vorbei zu einem Gewirr aus Kabinen, in denen sich die Schreibtische der Nachrichtenleute befanden. Dort ging sie einen Stapel Papiere neben ihrem Computer durch und holte eins der Standardformulare heraus, die die Leute unterzeichnen, bevor sie ein Interview geben. Radbuka hatte eine Wohnungsnummer in einem Haus an der North Michigan Avenue angegeben, die ich mir notierte. Seine Unterschrift war groß und schlampig und erinnerte mich ein bißchen daran, wie er in seinem zu großen Anzug ausgesehen hatte. Rhea Wiells Handschrift hingegen war gestochen scharf, fast wie gedruckt. Als ich mir die Schreibweise ihres Namens ansah, merkte ich, daß Radbukas Adresse dieselbe war wie die von Rhea Wiells Praxis im Water Tower.

»Könntest du mir eine Kopie von dem Video besorgen? Von deinem Interview und der Diskussion zwischen der Therapeutin und diesem Praeger? War übrigens ein guter Schachzug, die beiden so kurzfristig zusammenzuspannen.«

Sie grinste. »Tja, meine Agentin hat's auch gefreut – meine Vertragsverlängerung steht in sechs Wochen an. Die Wiell ist ein rotes Tuch für Praeger. Sie haben sich schon wegen einer ganzen Reihe von Fällen in die Haare gekriegt, nicht nur hier in Chicago, sondern im ganzen Land. Er hält sie für den leibhaftigen Teufel, und in ihren Augen ist er fast so schlimm wie ein Kinderschänder. Sie haben beide schon mehrere Auftritte im Fernsehen hinter sich – vor der Kamera wirken sie zivilisiert, aber du hättest sie mal erleben sollen, als wir nicht auf Sendung waren.«

»Wie findest du Radbuka?« fragte ich. »Glaubst du persönlich seine Geschichte?«

»Hast du Beweise, daß er ein Betrüger ist? Bist du deswegen hier?«

Ich stöhnte. »Ich weiß nicht das geringste über ihn. Nichts.

Zippo. Niente. Nada. Mehr Sprachen fallen mir nicht mehr ein. Wie schätzt du ihn ein?«

Sie sah mich mit großen Augen an. »Ach, Vic, ich hab' ihm seine Geschichte von Anfang bis Ende geglaubt. Das war eins der erschütterndsten Interviews, die ich je gemacht habe – und du weißt, daß ich damals auch mit den Lockerbie-Opfern gesprochen habe. Kannst du dir vorstellen, so aufzuwachsen wie er und dann herauszufinden, daß der Mann, der sich als dein Vater ausgegeben hat, eigentlich dein schlimmster Feind ist?«

»Weißt du den Namen seines Vaters... ich meine seines Ziehvaters?«

Sie sah in ihrem Computer nach. »Ulf. Paul hat mir gegenüber immer nur den deutschen Namen des Mannes benutzt und nie ›Papa‹ oder ›Vater‹ oder was Ähnliches gesagt.«

»Hast du 'ne Ahnung, wie die Papiere aussehen, die dazu geführt haben, daß er sich wieder an seine verlorene Identität erinnert hat? In dem Interview hat er behauptet, sie wären kodiert.«

Sie schüttelte den Kopf, ohne den Blick vom Bildschirm abzuwenden. »Er hat gesagt, er hätte sie mit Rhea durchgearbeitet und so die richtige Interpretation erhalten. Seiner Meinung nach beweisen sie, daß Ulf ein Nazi-Kollaborateur war. Er hat viel davon erzählt, wie brutal Ulf zu ihm gewesen ist, daß er ihn geschlagen hat, weil er zu weich war, ihn in einen Wandschrank gesperrt hat, während er selbst in der Arbeit war, ihn ohne Essen ins Bett geschickt hat.«

»Und eine Frau gab's nicht? Oder hat die bei den Mißhandlungen mitgemacht?« fragte ich.

»Paul sagt, Ulf habe ihm gegenüber behauptet, daß seine Mutter – Mrs. Ulf, wie auch immer – gegen Kriegsende während der Bombardierung von Wien umgekommen ist. Ich glaube nicht, daß Mr. Ulf jemals wieder geheiratet hat oder daß irgendwelche Frauen ins Haus kamen. Ulf und Paul scheinen richtige Einsiedler gewesen zu sein. Papa ist in die Arbeit gegangen, und wenn er wieder daheim war, hat er Paul geschlagen. Eigentlich hätte Paul Arzt werden sollen, aber er hat dem Druck nicht standgehalten, also ist er Röntgentechniker geworden, und da hat Ulf ihn natürlich noch weniger ernst genommen. Er ist nie aus dem Haus seines Vaters ausgezogen. Findest du das nicht auch unheimlich? Daß er sogar dann noch bei ihm geblieben ist, als er erwachsen war und selbst seinen Lebensunterhalt verdienen konnte?«

Mehr konnte oder wollte sie mir nicht sagen. Sie versprach, mir später am Tag das Video mit dem Radbuka-Interview und der Auseinandersetzung zwischen den beiden Therapeuten ins Büro zu schicken.

Vor meinem Treffen mit Ralph bei der Ajax hatte ich noch Zeit, ein paar Dinge in meinem Büro zu erledigen. Es befand sich nur ein paar Kilometer nordwestlich des Global-Wolkenkratzers, aber doch in einer völlig anderen Welt. Drei Jahre zuvor hatte mich eine Bildhauer-Freundin gefragt, ob ich zusammen mit ihr in einen Sieben-Jahres-Vertrag für ein umgebautes Lagerhaus in der Leavitt Street eintreten wolle. Da das Gebäude lediglich fünfzehn Autominuten vom Finanzzentrum entfernt ist, wo die meisten meiner Geschäftspartner ihr Büro haben, und die Miete nur halb so hoch ist wie in den hübschen glänzenden Wolkenkratzern, hatte ich sofort unterschrieben.

Bei unserem Einzug war die Gegend noch ein verdrecktes Niemandsland zwischen dem Latino-Viertel im Westen und einem schnieken Yuppie-Areal näher am Lake gewesen. Seinerzeit stritten sich Bodegas und Handleser mit Musikläden um die wenigen Geschäftsstandorte in jenem früheren Gewerbegebiet, und Parkplätze gab es in Hülle und Fülle. Obwohl inzwischen auch die Yuppies kommen und Espresso-Bars und Boutiquen eröffnen, haben wir immer noch genügend baufällige Häuser und Betrunkene. Ich war gegen eine weitere Sanierung, weil ich nicht wollte, daß meine Miete nach Ablauf unseres Vertrags in astronomische Höhen stieg.

Tessas Pick-up stand bereits auf unserem kleinen Parkplatz, als ich meinen eigenen Wagen hineinlenkte. Sie hatte im vorigen Monat einen großen Auftrag bekommen und arbeitete nun fast Tag und Nacht, um ein Modell sowohl von ihrer Skulptur als auch von der Plaza, für die sie gedacht war, zu fertigen. Als ich an ihrem Atelier vorbeikam, saß sie an ihrem riesigen Tisch und machte Entwürfe. Sie mag es nicht, wenn man sie bei der Arbeit stört, und so ging ich den Flur zu meinem Büro hinunter, ohne etwas zu ihr zu sagen.

Ich machte mehrere Kopien der Police von Isaiah Sommers'

Onkel und legte das Original in meinen Bürosafe, wo ich alle Dokumente von Klienten während laufender Nachforschungen aufbewahre. Eigentlich handelt es sich dabei eher um einen Tresorraum mit feuersicheren Wänden und einer massiven Tür.

Die Adresse der Midway Insurance Agency, die Aaron Sommers die Versicherung vor all den Jahren verkauft hatte, stand auf dem Dokument. Wenn das Geld nicht von der Gesellschaft zu holen war, mußte ich mich an den Agenten wenden. Ich hoffte nur, daß er sich so weit zurückerinnerte. Ich sah im Telefonbuch nach. Die Agentur befand sich noch immer in der Fifty-third Street, im Hyde-Park-Viertel.

Ich mußte noch zwei Routine-Erkundigungen einziehen. Während ich darauf wartete, mit der richtigen Stelle im Gesundheitsamt verbunden zu werden, loggte ich mich bei Lexis und ProQuest ein und forderte Informationen über Rhea Wiell und Paul Radbuka an.

Die Sachbearbeiterin im Gesundheitsamt meldete sich und beantwortete ausnahmsweise alle meine Fragen ohne große Umschweife. Nachdem ich die Auskunft in meinen Bericht eingetragen hatte, wandte ich mich wieder Lexis zu. Dort war nichts über Paul Radbuka bekannt. Ich überprüfte meine CD-Roms mit amerikanischen Telefonnummern und Adressen, die um etliches aktueller sind als die Informationen der Suchmaschinen im Internet, und fand nichts. Als ich Ulf, den Namen seines Vaters, eingab, erhielt ich siebenundvierzig Einträge in Chicago und Umgebung. Vielleicht hatte Paul seinen Namen nicht offiziell ändern lassen, als er zu Paul Radbuka geworden war.

Bei Rhea Wiell hingegen wurde ich mehr als einmal fündig. Offenbar war sie bei einer Reihe von Gerichtsverfahren als Sachverständige aufgetreten, doch herauszufinden, bei welchen, so daß ich mir die Protokolle besorgen konnte, wäre eine mühsame Angelegenheit. Allerdings erfuhr ich, daß sie Sozialarbeiterin mit Zulassung des Staates Illinois war: Angefangen hatte sie also zumindest ganz legal. Ich loggte mich aus und steckte die Papiere in meine Aktentasche, um zu meinem Treffen mit dem Leiter der Leistungsabteilung von der Ajax zu fahren.

6 Ansprüche

Ich hatte Ralph Devereux in meiner Anfangszeit als Privatdetektivin kennengelernt. So viele Jahre war das noch nicht her, aber damals hatte ich als erste Frau in Chicago, vielleicht sogar im ganzen Land, eine Detektivlizenz bekommen und allergrößte Mühe gehabt, Klienten und auch Zeugen dazu zu bringen, daß sie mich ernst nahmen. Als Ralph in die Schulter geschossen wurde, weil er einfach nicht glauben wollte, daß sein Boß ein Gauner war, zerbrach unsere Beziehung genauso abrupt wie sein Schulterblatt.

Seitdem hatte ich ihn nicht mehr gesehen; ich muß zugeben, daß ich ein bißchen nervös war, als ich mit der Hochbahn zum Hauptquartier der Ajax in der Adams Street fuhr. Nachdem ich im zweiundsechzigsten Stock aus dem Aufzug gestiegen war, ging ich sogar noch kurz in die Damentoilette, um mich zu vergewissern, daß meine Haare ordentlich frisiert waren und mein Lippenstift nicht schmierte.

Die Empfangsdame der Chefetage führte mich über endlos langes Parkett bis zu der Ecke, in der sich Ralphs Büro befand, und seine Sekretärin wiederholte meinen Namen, ohne einen Fehler zu machen, bevor sie ihm mitteilte, daß ich da sei. Ralph kam lächelnd, beide Arme zur Begrüßung ausgestreckt, auf mich zu.

Ich nahm seine Hände, ebenfalls lächelnd, in meine und versuchte dabei, mir meinen Anflug von Enttäuschung nicht anmerken zu lassen.

Als ich ihn kennengelernt hatte, war Ralph ein leidenschaftlicher junger Mann mit schmalen Hüften, dichtem schwarzem Haar und einnehmendem Grinsen gewesen. Sein Haar war immer noch dicht, wenn auch von grauen Strähnen durchzogen, aber jetzt hatte er Hängebacken, und obwohl man ihn nicht dick nennen konnte, gehörten seine schmalen Hüften derselben Vergangenheit an wie unsere kurze Affäre.

Ich tauschte ein paar Begrüßungsfloskeln mit ihm aus und gratulierte ihm zu seiner Beförderung zum Leiter der Leistungsabteilung. »Soweit ich sehe, kannst du den Arm wieder bewegen wie früher«, sagte ich schließlich.

»Nicht ganz. Ich hab' immer noch Probleme damit, wenn das

Wetter feucht ist. Nach der Verletzung damals habe ich Wahnsinnsdepressionen gekriegt – weil es so lange gedauert hat, bis ich wieder auf dem Damm war, weil ich überhaupt so dumm war, das mit mir geschehen zu lassen – und meine Liebe zu Cheeseburgern entdeckt. Und die Riesenveränderungen hier in den letzten Jahren waren auch nicht sonderlich hilfreich. Aber du siehst großartig aus. Läufst du immer noch jeden Morgen acht Kilometer? Vielleicht sollte ich dich als Coach anheuern.«

Ich lachte. »Du bist doch schon in deiner ersten Konferenz, wenn ich noch schlafe. Du müßtest dir einen weniger stressigen Job suchen. Die Veränderungen, von denen du gesprochen hast… hatten die mit der Übernahme der Ajax durch die Edelweiß zu tun?«

»Ach, die kam erst ganz am Ende. Zur selben Zeit, als wir durch die Folgen des Hurrikans Andrew gebeutelt wurden, hatten wir auch noch jede Menge andere Probleme mit dem Markt. Und während wir uns damit auseinandersetzen und weltweit ein Fünftel unserer Beschäftigten entlassen mußten, hat die Edelweiß sich einen ordentlichen Happen von unseren Aktien geschnappt, die inzwischen im Keller gelandet waren. Es war eine feindliche Übernahme – das hast du ja sicher in der Zeitung mitverfolgt –, aber jetzt klappt die Zusammenarbeit wunderbar. Die Leute von der Edelweiß scheinen sich sehr dafür zu interessieren, wie wir die Dinge hier anpacken, und mischen sich nicht allzusehr ein. Der leitende Direktor aus Zürich, der sich um die Ajax kümmert, wollte sogar bei meinem Treffen mit dir dabeisein.«

Er schob mich in sein Büro, wo sich bei meinem Eintreten ein Mann mit Hornbrille, einem Anzug aus hellem Wollstoff und einer grellen Krawatte erhob. Er war etwa vierzig und hatte ein rundes, fröhliches Gesicht, das besser zu seiner Krawatte als zu seinem Anzug zu passen schien.

»Vic Warshawski, Bertrand Rossy von der Edelweiß Rück in Zürich. Sie sollten sich eigentlich gut verstehen – Vic spricht Italienisch.«

»Ach wirklich?« Rossy gab mir die Hand. »Bei dem Namen Warshawski hätte ich eher auf Polnisch getippt.«

»Meine Mutter stammte aus Pitigliano – *vicino* Orvieto«, sagte ich. »Auf polnisch kann ich nur ein paar Floskeln.«

Rossy und ich setzten uns auf Chromstühle neben einem Tisch mit Glasoberfläche. Ralph selbst, der immer schon eine Vorliebe für moderne Möbel gehabt hatte, lehnte sich an die Kante seines Aluminiumschreibtischs.

Ich fragte Rossy die üblichen Dinge, zum Beispiel woher er sein perfektes Englisch hatte (er war in England zur Schule gegangen) und wie ihm Chicago gefiel (sehr). Seiner Frau, einer Italienerin, war das Sommerwetter zu schwül gewesen, und so hatte sie sich zusammen mit ihren zwei Kindern auf den Weg zum Familienanwesen in den Hügeln über Bologna gemacht.

»Sie ist erst diese Woche mit Paolo und Marguerita zurückgekommen, weil die Schule beginnt, und schon bin ich wieder besser gekleidet als den ganzen Sommer, nicht wahr, Devereux? Heute morgen hätte sie mich fast nicht mit dieser Krawatte aus dem Haus gelassen.« Er lachte laut; dabei erschienen Grübchen in seinen Mundwinkeln. »Und im Augenblick bin ich gerade dabei, sie zu einem Besuch der Chicagoer Oper zu überreden. Ihre Familie hat seit der Eröffnung der Mailänder Scala 1778 dieselbe Loge, deshalb kann sie sich nicht vorstellen, daß eine so junge Stadt wie diese in puncto Oper wirklich etwas zu bieten hat.«

Ich erzählte ihm, daß ich mir zum Andenken meiner Mutter einmal pro Jahr eine Inszenierung ansah, denn sie war jeden Herbst mit mir in die Oper gegangen, aber natürlich konnte ich das nicht mit europäischen Standards vergleichen. »Und außerdem habe ich keine Familienloge. Ich gehe immer in den oberen Rang, in den Olymp.«

Er lachte wieder. »So, so, in den Olymp. Schon wieder was dazugelernt. Wir sollten einmal alle zusammen einen Abend in der Oper verbringen – vorausgesetzt, ich kann Sie dazu bewegen, vom Olymp herabzusteigen. Aber ich sehe gerade, daß Devereux auf die Uhr sieht. Nein, es war wirklich ganz diskret, Sie müssen nicht verlegen werden, Devereux. Eine schöne Frau verführt immer dazu, wertvolle Geschäftszeit zu verplaudern. Ich nehme an, Ms. Warshawski ist nicht hierhergekommen, um sich mit uns über die Oper zu unterhalten.«

Ich holte die Fotokopie von Aaron Sommers' Police aus meiner Aktentasche und erklärte die Sache mit der fehlgeschlagenen Beisetzung. »Ich dachte, wenn ich direkt zu dir komme,

Ralph, könntest du mir wahrscheinlich ziemlich schnell sagen, was da passiert ist.«

Während Ralph die Kopie seiner Sekretärin im Vorzimmer brachte, fragte ich Rossy, ob er tags zuvor an der Birnbaum-Konferenz teilgenommen habe. »Freunde von mir waren dabei. Es würde mich interessieren, ob die Edelweiß sich wegen des Holocaust Asset Recovery Act Sorgen macht.«

Rossy legte die Fingerspitzen aneinander. »Unsere Position entspricht der in der Branche üblichen: Egal, wie groß der Kummer sowohl der jüdischen als auch der afroamerikanischen Gemeinde gewesen sein mag, die Kosten für Policenrecherchen wären für alle Policen-Inhaber ausgesprochen hoch. Hinsichtlich unseres eigenen Unternehmens machen wir uns keine Gedanken. Die Edelweiß war während des Krieges lediglich ein kleiner Regionalversicherer, weshalb die Wahrscheinlichkeit, daß wir es mit vielen jüdischen Anspruchstellern zu tun haben könnten, äußerst gering ist.

Allerdings habe ich gerade erfahren, daß in den fünfzehn Anfangsjahren der Ajax hier in Amerika noch immer Sklaverei herrschte. Ich habe Ralph vorgeschlagen, Ms. Blount, die Dame, die unsere kleine Firmengeschichte verfaßt hat, zu bitten, daß sie Einsicht in die Archive nimmt, damit wir wissen, wer in jenen frühen Tagen unsere Kunden waren. Vorausgesetzt natürlich, sie hat nicht ohnehin schon beschlossen, unser Archivmaterial an diesen Alderman Durham zu schicken. Wie teuer es doch ist, einen Blick zurück in die Vergangenheit zu werfen. Wie wahnsinnig teuer.«

»Ihre Firmengeschichte? Ach so, die Broschüre mit dem Titel ›Hundertfünfzig Jahre Leben‹. Die habe ich schon; allerdings bin ich noch nicht dazu gekommen, sie zu lesen. Sind darin auch die Jahre vor der Freilassung der Sklaven erfaßt? Glauben Sie wirklich, daß Ms. Blount Ihr Archivmaterial einem Außenstehenden zuspielen würde?«

»Ist das der wahre Grund Ihres Herkommens? Ralph sagt, Sie sind Detektivin. Verhalten Sie sich gerade ungeheuer schlau und Humphrey-Bogart-artig und tun so, als ginge es Ihnen um die Ansprüche der Familie Sommers, obwohl Sie sich eigentlich für solche aus der Zeit des Holocaust und der Sklaverei interessieren? Ich hatte mir gleich gedacht, daß diese kleine Police viel zu unwichtig ist, als daß man sich deshalb an den Leiter der Leistungsabteilung wenden müßte.« Er lächelte mich breit an. Nun konnte ich das, was er gesagt hatte, als Scherz betrachten – wenn ich wollte.

»Ich könnte mir vorstellen, daß man sich in der Schweiz genau wie hier an Leute wendet, die man kennt«, sagte ich. »Ralph und ich haben vor ein paar Jahren zusammengearbeitet, bevor er in so luftige Höhen aufgestiegen ist, und jetzt nutze ich unsere Bekanntschaft, um vielleicht eine schnelle Auskunft für meinen Klienten zu erhalten.«

»In luftige Höhen?« Ralph war mittlerweile wieder hereingekommen. »Vic hat die deprimierende Angewohnheit, sich in Sachen Wirtschaftskriminalität selten zu täuschen. Da ist es einfacher, ihr von Anfang an zu helfen, statt sich ihr in den Weg zu stellen.«

»Und welches Verbrechen ist mit dieser Sommers-Police verbunden? In welcher Hinsicht haben Sie heute recht?« fragte Rossy.

»Bis jetzt noch in keiner, aber ich habe auch noch keine Zeit gehabt, mit einem Medium zu konferieren.«

»Mit einem Medium?« Er sah mich fragend an.

»Indovina«, sagte ich grinsend. »Von denen gibt's jede Menge in der Gegend, in der ich mein Büro habe.«

»Ach so, ein solches Medium«, sagte Rossy.

Als ich etwas erwidern wollte, trat Ralphs Sekretärin zusammen mit einer jungen Frau ein, die eine dicke Aktenmappe gegen die Brust preßte. Sie trug eine khakifarbene Jeans und einen Pullover, der vom vielen Waschen eingegangen war.

»Das ist Connie Ingram, Mr. Devereux«, sagte die Sekretärin. »Sie hat die Informationen, die Sie benötigen.«

Ralph stellte Ms. Ingram weder Rossy noch mich vor. Sie blinzelte ein wenig unglücklich, zeigte Ralph aber die Mappe mit den Akten.

»Das hier sind alle Dokumente zu L-146938-72. Es tut mir leid, daß ich in Jeans hier raufkomme, aber meine Vorgesetzte ist nicht da, und da hat man mir gesagt, ich soll die Akten selbst hochbringen. Ich habe die Informationen vom Mikrofiche kopiert. Deshalb sind sie ein bißchen verschwommen. Besser ging's leider nicht.«

Bertrand Rossy gesellte sich zu mir, als ich aufstand, um mir über ihre Schulter hinweg die Dokumente anzusehen. Connie Ingram blätterte die Akten durch, bis sie zu den Zahlungsbelegen kam.

Ralph zog sie aus der Mappe und las sie durch. Dann wandte er sich mir mit ernstem Blick zu. »Offenbar hat die Familie deines Klienten versucht, dieselbe Police zweimal einzulösen, Vic. So lustig finden wir das hier nicht.«

Ich nahm ihm die Belege aus der Hand. Der letzte Beitrag war 1986 bezahlt worden. 1991 hatte jemand eine Sterbeurkunde eingereicht. Eine Fotokopie des Schecks war beigeheftet. Er war über die Midway Insurance Agency an Gertrude Sommers gegeben worden.

Einen Augenblick war ich so verblüfft, daß ich kein Wort herausbrachte. Die trauernde Witwe mußte eine ganz schön gute Schauspielerin sein, wenn sie ihren Neffen dazu gebracht hatte, für die Beisetzung seines Onkels zu blechen, obwohl sie die Police schon zehn Jahre zuvor kassiert hatte. Aber wie zum Teufel war sie damals an eine Sterbeurkunde gekommen? Der erste klare Gedanke, den ich wieder fassen konnte, als ich mich von meiner Verblüffung erholt hatte, war gemein: Ich war froh, daß ich auf einer Vorauszahlung bestanden hatte, denn ich konnte mir nicht vorstellen, daß Isaiah Sommers mir irgend etwas für diese Auskunft bezahlt hätte.

»Das soll doch hoffentlich kein Scherz sein, Vic?« fragte Ralph.

Er war wütend, weil er glaubte, vor seinem neuen Vorgesetzten wie ein unfähiger Trottel dazustehen. Von mir würde er sich nicht ärgern lassen. »Nein, großes Ehrenwort, Ralph. Die Geschichte, die ich dir erzählt habe, entspricht wortwörtlich dem, was mein Klient mir gesagt hat. Hast du so etwas schon einmal gesehen? Eine gefälschte Sterbeurkunde?«

»Nun, so etwas passiert schon mal.« Er sah Rossy an. »Normalerweise gibt jemand vor, gestorben zu sein, um seinen Gläubigern zu entkommen. Die Höhe der Police sowie der zeitliche Abstand zwischen Vertragsabschluß und Geltendmachung der Ansprüche sind maßgebend für unsere Nachforschungen vor der Auszahlung. Für so was« – dabei schnippte er mit dem Finger gegen den Scheck – »mit einer so geringen Summe würden wir keine Nachforschungen anstellen, schon gar nicht, wenn bereits sämtliche Beiträge einbezahlt wurden.«

»Also ist es durchaus möglich, daß Leute ungerechtfertigte Ansprüche erheben?« Rossy nahm Ralph die ganze Mappe aus der Hand und begann, sie Seite für Seite durchzugehen.

»Aber die Gesellschaft würde nur einmal zahlen«, sagte Ralph. »Sie sehen ja, daß wir alle nötigen Informationen hatten, als das Bestattungsinstitut die Police eingereicht hat. Deshalb haben wir auch kein zweites Mal gezahlt. Ich glaube nicht, daß irgend jemand von der Agentur sich die Mühe gemacht hat zu überprüfen, ob Sommers tatsächlich tot war, als seine Frau den Antrag auf Auszahlung gestellt hat.«

Connie Ingram fragte mit zweifelndem Gesichtsausdruck, ob sie mit ihrer Vorgesetzten über einen Anruf bei der Agentur oder dem Bestattungsinstitut sprechen solle. Ralph wandte sich mir zu. »Du wirst dich ja sowieso mit denen in Verbindung setzen, oder, Vic? Läßt du Connie dann wissen, was du herausgefunden hast? Und zwar die Wahrheit und nicht die Version, die die Ajax deiner Meinung nach erfahren sollte?«

»Wenn Ms. Warshawski ihre Erkenntnisse vor der Gesellschaft zu verbergen pflegt, Ralph, sollten wir ihr in dieser delikaten Angelegenheit vielleicht überhaupt nicht vertrauen.« Rossy deutete eine Verbeugung in meine Richtung an. »Vermutlich würden Sie Ihre Fragen so geschickt stellen, daß unser Agent Ihnen Dinge erzählt, die nur ihn und die Gesellschaft etwas angehen.«

Ralph wollte sagen, daß seine Worte nicht so ernst gemeint waren, doch dann seufzte er nur und erklärte Connie, sie solle ruhig alle Fragen stellen, die zum Abschluß der Akte nötig seien.

»Ralph, was ist, wenn jemand anders die Ansprüche geltend gemacht hat, jemand, der sich als Gertrude Sommers ausgegeben hat?« sagte ich. »Würde die Gesellschaft der echten Gertrude Sommers dann noch etwas zahlen?«

Ralph rieb die tiefer werdende Falte zwischen seinen Augen. »Bitte verlang keine moralischen Entscheidungen von mir, wenn ich nicht alle Fakten habe. Was ist, wenn ihr Mann oder ihr Sohn die Sache eingefädelt hat? Er ist nach ihr als zweiter Begünstigter eingetragen. Oder ihr Geistlicher? Ich werde mich erst festlegen, wenn ich die Wahrheit weiß.«

Er sprach mit mir, sah aber Rossy an, der ganz offen einen Blick auf seine Uhr warf. Ralph murmelte etwas von ihrem nächsten Termin. Das verunsicherte mich noch mehr als der Versicherungsbetrug: Ich mag's nicht, wenn meine Liebhaber, auch wenn sie der fernen Vergangenheit angehören, es für nötig halten zu schleimen.

Als ich das Büro verließ, bat ich Ralph um eine Fotokopie des Schecks und der Sterbeurkunde. Rossy antwortete für ihn. »Das sind Unternehmensdokumente, Devereux.«

»Aber wenn ich sie meinem Klienten nicht vorlegen kann, weiß der nicht, ob ich ihn vielleicht anlüge«, sagte ich. »Sie erinnern sich sicher an den Fall dieses Frühjahr, als mehrere Lebensversicherungen zugeben mußten, daß sie schwarzen Kunden bis zu viermal so hohe Beiträge abknöpften wie weißen. Der könnte meinem Klienten einfallen. Möglicherweise haben Sie es dann nicht mehr mit mir zu tun, die Sie höflich um einige Dokumente bittet, sondern mit einer Klage und einer Vorladung.«

Rossy sah mich mit eisigem Blick an. »Wenn Sie unter einer ›höflichen Bitte‹ die Androhung einer Klage verstehen, muß ich mich doch fragen, wie Ihre Geschäftspraktiken aussehen.«

Ohne seine Grübchen kaufte ich ihm den furchterregenden Konzernmanager durchaus ab. Ich nahm lächelnd seine Hand und drehte sie um, damit ich die Innenfläche sehen konnte. Er war so verblüfft, daß er sie mir nicht entzog.

»Signor Rossy, ich habe Ihnen nicht mit einer Klage gedroht, sondern mich als *indovina* betätigt und Ihnen Ihre unausweichliche Zukunft vorausgesagt.«

Sofort schmolz das Eis. »Und was sehen Sie sonst noch in meiner Zukunft?«

Ich ließ seine Hand los. »Meine Fähigkeiten in dieser Hinsicht sind beschränkt. Aber Sie scheinen eine lange Lebenslinie zu haben. Darf ich nun mit Ihrer Erlaubnis den Scheck und die Sterbeurkunde kopieren?«

»Verzeihen Sie mir meine schweizerische Angewohnheit, mich ungern von offiziellen Dokumenten zu trennen. Machen Sie ruhig Kopien von diesen beiden Belegen. Aber den Rest der Akte würde ich lieber bei mir behalten. Nur für den Fall, daß Ihr Charme diese junge Dame hier verführen sollte, ihre eigentlichen Loyalitäten kurzzeitig zu vergessen.«

Er deutete auf Connie Ingram, die rot wurde. »Sir, es tut mir wirklich leid, aber könnten Sie mir eine Bestätigung ausfüllen? Ich darf keine Akten aus dem Archiv nehmen, ohne die Nummer und den Empfänger zu notieren.«

»Aha, Sie haben also auch Hochachtung vor Dokumenten. Wunderbar. Schreiben Sie auf, was Sie brauchen, dann bekommen Sie eine Unterschrift von mir. Genügt das?«

Mit tiefrotem Gesicht ging Connie Ingram zu Ralphs Sekretärin ins Vorzimmer, um den entsprechenden Text zu tippen. Ich folgte ihr mit den Dokumenten, die Rossy mir zugestanden hatte. Ralphs Sekretärin kopierte sie für mich.

Ralph begleitete mich noch ein Stück den Flur hinunter. »Meld dich mal wieder, Vic, ja? Ich wäre dir dankbar, wenn du mich in dieser Angelegenheit auf dem laufenden hältst.«

»Ich gebe dir sofort Bescheid, wenn ich was weiß«, versprach ich ihm. »Tust du mir den gleichen Gefallen?«

»Klar.« Er grinste. Dabei blitzte kurz der alte Ralph wieder auf. »Und wenn ich mich richtig erinnere, war ich immer schon mitteilsamer als du.«

Ich lachte, war aber immer noch ein bißchen traurig, während ich auf den Aufzug wartete. Als sich schließlich die Türen mit einem leisen *Ping* öffneten, trat eine junge Frau in einem strengen Tweedkostüm heraus, die eine braune Aktentasche an den Leib gedrückt hielt. Ihre ordentlich aus dem Gesicht gebundenen Dreadlocks halfen meiner Erinnerung auf die Sprünge.

»Ms. Blount. Ich bin V. I. Warshawski. Wir haben uns auf der Ajax-Gala vor einem Monat kennengelernt.«

Sie nickte und berührte kurz meine Fingerspitzen. »Ich habe einen Termin.«

»Ach ja, mit Bertrand Rossy.« Ich spielte mit dem Gedanken, ihr zu sagen, daß Rossy mutmaßte, sie spiele Bull Durham Unternehmensdokumente zu, doch sie war schon auf dem Flur zu Ralphs Büro, als ich noch überlegte.

Der Aufzug, mit dem sie heraufgekommen war, hatte inzwischen wieder den Weg nach unten angetreten. Bevor der nächste eintraf, gesellte sich Connie Ingram, die die Bestätigung offenbar inzwischen fertig getippt hatte, zu mir.

»Mr. Rossy scheint sehr großen Wert auf den sorgfältigen Umgang mit Unternehmensdokumenten zu legen«, sagte ich.

»Wir können es uns hier nicht leisten, irgendwelche Papiere zu verlegen«, sagte sie vorsichtig. »Die Leute können uns verklagen, wenn wir unsere Belege nicht einwandfrei in Ordnung halten.«

»Haben Sie denn Sorge, daß die Sommers-Familie klagen könnte?«

»Mr. Devereux hat gesagt, die Agentur ist für diesen Anspruch zuständig. Also ist das nicht unser Problem. Aber natürlich haben er und Mr. Rossy ...«

Sie hielt mit rotem Gesicht inne, als entsinne sie sich Rossys Bemerkung über meine Überredungskünste. Als der Aufzug kam, huschte sie sofort hinein. Es war halb eins, Mittagspause. Der Lift hielt alle zwei, drei Stockwerke an, um Leute aufzunehmen, bevor er dann vom neununddreißigsten Stock ohne Unterbrechung ins Erdgeschoß fuhr. Ich fragte mich, welche Indiskretion Connie Ingram sich da in letzter Sekunde verkniffen hatte, wußte aber keine Möglichkeit, ihr die Information doch noch zu entlocken.

7 Vertreterbesuch

»Irgendwas ist da faul«, murmelte ich, als ich die Hochbahn in Richtung Norden bestieg. Viele Leute in der Bahn murmelten vor sich hin; da fiel ich gar nicht auf. »Wenn jemand die Unternehmensdokumente nicht rausrücken will, bedeutet das, daß seine Identifikation mit der Firma zwanghaft ist, wie Rossy gesagt hat? Oder liegt's daran, daß was drinsteht, was ich nicht sehen soll?«

»Der Typ wird bestimmt von den Vereinten Nationen bezahlt«, sagte der Mann neben mir. »Die bringen Panzer ins Land. Die Hubschrauber von den Vereinten Nationen, die in Detroit landen, die hab' ich im Fernsehen gesehen.«

»Stimmt«, sagte ich in seine Bierfahne hinein. »Es ist eindeutig eine Verschwörung der Vereinten Nationen. Dann soll ich also Ihrer Meinung nach zur Midway Insurance fahren, mit dem

Agenten reden und versuchen, ihn mit meinem Charme dazu zu bringen, daß er mich einen Blick in seine Akte werfen läßt?«

»Na, bei mir würde Ihr Charme jedenfalls reichen«, sagte er mit einem anzüglichen Blick.

Wie aufbauend. Sobald ich an der Haltestelle Western aus dem Zug gestiegen war, holte ich meinen Wagen und machte mich sofort wieder auf den Weg nach Süden. Im Hyde-Park-Viertel fand ich in einer der Seitenstraßen gleich bei dem Bankgebäude, in dem sich die Midway Insurance befand, eine Parkuhr, auf der noch vierzig Minuten waren. Das Bankgebäude selbst war mit seinen neun Stockwerken, die die Hauptgeschäftsstraße von Hyde Park überragten, so etwas wie die altehrwürdige Matrone des Viertels. Die Fassade war erst kürzlich saniert worden, aber als ich im fünften Stock aus dem Aufzug stieg, verrieten die trüben Lichter und schmuddeligen Wände, wie gleichgültig der Hausverwaltung das Wohlbehagen der Mieter war.

Das Büro der Midway Insurance lag zwischen der Praxis eines Zahnarztes und der eines Gynäkologen. Die schwarzen Buchstaben an der Tür, die mir mitteilten, daß die Midway Leben, Haus und Auto versicherte, befanden sich schon lange dort: ein Teil des »H« in »Haus« war abgegangen, so daß es aussah wie »raus«.

Die Tür war verschlossen, doch als ich klingelte, drückte jemand auf den Öffner. Das Büro dahinter wirkte noch trostloser als der Flur. Die Neonleuchte an der Decke erhellte den Raum so unzureichend, daß ich eine aufgeworfene Ecke des Linoleums erst sah, als ich schon darüber gestolpert war. Ich hielt mich an einem Aktenschrank fest, um nicht hinzufallen.

»Tut mir leid – das wollte ich schon lange mal richten.« Den Mann bemerkte ich erst, als er etwas sagte – er saß an einem Schreibtisch, der den größten Teil des Zimmers einnahm, aber das Licht war so schlecht, daß ich ihn beim Eintreten nicht gesehen hatte.

»Hoffentlich haben Sie eine Haushaftpflichtversicherung, denn wenn Sie das Teil nicht bald festkleben, können Sie irgendwann mit einer Schadenersatzklage rechnen«, fauchte ich ihn an, während ich ganz ins Zimmer trat.

Er schaltete die Schreibtischlampe ein, und nun sah ich sein

Gesicht, das so voller Sommersprossen war, daß sie sich fast wie ein bräunlich-orangefarbener Teppich darüberlegten. Bei meinen Worten färbte sich dieser Teppich rot.

»Es kommen nicht viele Leute zu mir ins Büro«, erklärte er mir. »Die meiste Zeit sind wir unterwegs.«

Ich sah mich um, konnte jedoch keinen zweiten Schreibtisch entdecken. Dann nahm ich ein Telefonbuch von dem einzigen anderen Stuhl und setzte mich. »Haben Sie einen Partner? Oder einen anderen Mitarbeiter?«

»Ich habe die Agentur von meinem Vater geerbt. Er ist vor drei Jahren gestorben, aber das vergesse ich immer. Ich glaube, irgendwann wird auch das Geschäft eingehen. Vertreterbesuche sind noch nie meine Stärke gewesen, und heutzutage gräbt das Internet selbständigen Versicherungsvertretern sowieso das Wasser ab.«

Als er das Wort »Internet« aussprach, fiel ihm ein, daß sein Computer lief. Bevor sich der Bildschirmschoner einschaltete, sah ich, daß er Solitär gespielt hatte.

Der Computer war der einzige moderne Einrichtungsgegenstand im Raum. Sein Schreibtisch war gelb und aus schwerem Holz, wie er fünfzig Jahre zuvor modern gewesen wäre, mit zwei Reihen Schubladen und einem Freiraum für die Knie dazwischen. Der Teil der Oberfläche, den ich sehen konnte – das meiste war unter deprimierend hohen Papierstapeln begraben –, war mit schwarzen jahrzehntealten Schmutz-, Kaffee-, Tinte- und weiß Gott welchen anderen Flecken übersät. Im Vergleich zu dem hier wirkte mein eigenes Büro wie eine Mönchszelle.

Vier große Aktenschränke nahmen den größten Teil des verbliebenen Platzes ein. Als einziger Schmuck hing ein aufgeworfenes Poster der chinesischen Tischtennis-Nationalmannschaft an der Wand. Ein großer Blumentopf baumelte an einer Kette über dem Fenster; die Pflanze darin bestand nur noch aus ein paar vertrockneten Blättern.

Der Mann straffte die Schultern und versuchte, so etwas wie Energie in seinen Tonfall zu zaubern. »Was kann ich für Sie tun?«

»Mein Name ist V.I. Warshawski.« Ich reichte ihm eine meiner Visitenkarten. »Und wie heißen Sie?«

»Fepple. Howard Fepple.« Er warf einen Blick auf meine

Karte. »Ach, die Detektivin. Sie haben mir schon gesagt, daß Sie sich melden würden.«

Ich sah auf meine Uhr. Ich hatte das Ajax-Gebäude vor nicht viel mehr als einer Stunde verlassen. Da hatte es jemand in dem Unternehmen mächtig eilig gehabt.

»Wer hat Ihnen das gesagt? Bertrand Rossy?«

»Ich weiß den Namen nicht. Eins der Mädchen aus der Leistungsabteilung.«

»Eine der Frauen«, berichtigte ich ihn verärgert.

»Auch gut. Jedenfalls hat sie mir gesagt, daß Sie sich nach einer unserer alten Policen erkundigen würden. Aber über die kann ich Ihnen nichts mitteilen, weil ich noch auf der High-School war, als sie ausgestellt wurde.«

»Also haben Sie sich schon damit beschäftigt? Steht in Ihren Unterlagen, an wen sie ausbezahlt worden ist?«

Er lehnte sich auf seinem Stuhl zurück, die Lässigkeit in Person. »Ich glaube nicht, daß Sie das etwas angeht.«

Ich grinste böse; jeder Gedanke an Charme und Überredungskünste war mit einem Schlag vergessen. »Die Sommers-Familie, die ich vertrete, hat ein Interesse an dieser Sache, das sich möglicherweise durch einen Gerichtsentscheid durchsetzen läßt. Außerdem könnte ich Akteneinsicht beantragen und die Agentur wegen Betrugs verklagen. Vielleicht hat Ihr Vater die Police 1971 an Aaron Sommers ausgestellt, aber jetzt gehört die Agentur Ihnen. Ihr Untergang hätte dann nichts mit dem Internet zu tun.«

Er verzog seine fleischigen Lippen zu einem Schmollmund. »Nur zu Ihrer Information: Nicht mein Vater hat die Versicherung verkauft, sondern Al Hoffman, ein damaliger Angestellter von ihm.«

»Und wo kann ich diesen Mr. Hoffman finden?«

Er grinste süffisant. »Dort, wo die Toten sich so rumtreiben. Allerdings könnte ich mir vorstellen, daß der gute Al nicht im Himmel gelandet ist. Er war nämlich ein ziemlich übles Schwein. Wie er so erfolgreich sein konnte...« Er zuckte vielsagend mit den Achseln.

»Sie meinen, anders als Sie hat er sich nicht vor Vertreterbesuchen gefürchtet?«

»Er war, was wir einen Freitagsmann nennen. Ist am Freitagnachmittag, wenn die Leute ihren Lohn gekriegt haben, immer in die Armeleuteviertel. Ein Großteil unseres Geschäfts besteht aus solchen niedrigen Lebensversicherungen, die gerade reichen, um jemanden ordentlich unter die Erde zu kriegen und hinterher die Familie ein bißchen zu trösten. Mehr hätte sich jemand wie Sommers wahrscheinlich nicht leisten können, zehntausend, obwohl das nach unseren Maßstäben schon eine große Summe ist. Normalerweise haben wir's bloß mit drei- oder viertausend zu tun.«

»Also hat Hoffman die Beiträge von Aaron Sommers kassiert. Hatte der denn irgendwann den vollen Betrag einbezahlt?«

Fepple klopfte auf eine Akte ganz oben auf einem Papierstapel. »Ja. Er hat fünfzehn Jahre dazu gebraucht, aber es war alles gezahlt. Die Begünstigten waren seine Frau Gertrude und sein Sohn Marcus.«

»Und wer hat den Scheck eingelöst? Und wieso hatte die Familie dann noch die Police?«

Nach einem verärgerten Blick auf mich ging Fepple die Akte Seite für Seite durch. Einmal hielt er inne und starrte ein Dokument an. Dabei bewegten sich seine Lippen geräuschlos. Um seine Mundwinkel spielte ein unangenehmes, geheimnisvolles Lächeln, dann setzte er die Suche fort. Schließlich zog er die gleichen Belege heraus, die ich bereits bei der Ajax gesehen hatte: eine Kopie der Sterbeurkunde sowie eine Kopie des Schecks.

»Was war sonst noch in der Akte?« fragte ich.

»Nichts«, sagte er hastig. »Es war überhaupt nichts Ungewöhnliches drin. Al hat Tausende von diesen kleinen Wochenendabschlüssen gemacht. Die waren alle gleich, ohne irgendwelche Überraschungen.«

Ich glaubte ihm nicht, hatte aber keine Möglichkeit, ihn aufs Glatteis zu führen. »Besonders lukrativ ist das ja wohl nicht, wenn man von Drei- und Viertausend-Dollar-Abschlüssen leben muß.«

»Al hat ein Bombengeschäft gemacht. Der wußte, wie der Hase läuft, das kann ich Ihnen sagen.«

»Und was können Sie mir nicht sagen?«

»Ich sage Ihnen nichts über meine privaten Angelegenheiten. Sie sind hier ohne Voranmeldung reingeplatzt, um Dreck aufzuwirbeln, aber Sie haben keinerlei Recht, mir Fragen zu stellen. Und drohen Sie mir bitte nicht mit Klagen. Wenn an der Sache irgendwas nicht koscher war, ist die Gesellschaft dafür verantwortlich. Das hat nichts mit mir zu tun.«

»Hatte Hoffman Familie?«

»Einen Sohn. Ich weiß nicht, was aus dem geworden ist – er war ein ziemliches Stück älter als ich. Er und Al haben sich nicht sonderlich gut verstanden. Ich hab' mit meinem Alten zu der Beerdigung gehen müssen. Wir waren die einzigen Leute in der Kirche. Der Sohn hatte sich da schon längst aus dem Staub gemacht.«

»Und wer hat Hoffmans Anteil am Geschäft geerbt?«

Fepple schüttelte den Kopf. »Er war bloß angestellt bei meinem Alten. Auf Kommissionsbasis, aber... er hat ein gutes Geschäft gemacht.«

»Und warum schnappen Sie sich dann nicht einfach seine Kundenliste und fahren auf seiner Schiene weiter?«

Wieder dieses süffisante Grinsen. »Nun, vielleicht tue ich irgendwann genau das. Wie einträglich Als Arbeitsmethode war, habe ich erst gemerkt, als die Gesellschaft mich angerufen hat.«

Ich hätte wirklich gern einen Blick in die Akte geworfen, aber dazu hätte ich sie ihm aus der Hand reißen und die Treppe runterrennen müssen. Beim Gehen stolperte ich wieder über die lose Ecke des Linoleums. Wenn Fepple sich nicht bald darum kümmerte, würde ich ihn selbst verklagen.

Da ich schon mal im südlichen Teil der Stadt war, fuhr ich gleich noch ungefähr drei Kilometer weiter zur Sixty-seventh Street, wo sich der Delaney Funeral Parlor, das Bestattungsinstitut, befand, und zwar in einem eindrucksvollen weißen Gebäude, dem prächtigsten des ganzen Blocks. Dahinter standen vier Leichenwagen. Ich stellte meinen Mustang daneben ab und ging ins Gebäude, um zu sehen, was ich herausfinden konnte.

Der alte Mr. Delaney gab mir persönlich die Ehre und erklärte mir, wie leid es ihm tue, daß sie einer netten, anständigen Frau wie Schwester Sommers solchen Kummer hatten machen müssen, daß sie es sich aber einfach nicht leisten könnten, Leute gratis zu begraben. Wenn man das einmal machte, kämen bald alle Schmarotzer der South Side und würden behaupten, daß die Sache mit ihrer Versicherung leider nicht geklappt hätte. Und woher sie gewußt hätten, daß die Versicherung der Sommers' bereits ausbezahlt worden war? Nun, das Prozedere mit den Lebensversicherungen war ganz simpel. Sie hatten angerufen, die Policennummer durchgegeben und gehört, daß sie schon gezahlt worden war. Ich fragte ihn, mit wem er gesprochen habe.

»Gratis kriegen Sie von mir nichts, junge Frau«, sagte Mr. Delaney nur. »Wenn Sie Ihre Nachforschungen über die Gesellschaft fortsetzen wollen, dann kann ich Ihnen nur zuraten. Aber erwarten Sie nicht von mir, daß ich Ihnen Informationen gratis zukommen lasse, die ich mir mit meinem hart verdienten Geld erarbeitet habe. Ich sage Ihnen bloß, daß so was nicht das erste Mal passiert ist. Nicht zum erstenmal hat eine trauernde Familie herausfinden müssen, daß ihr geliebter Anverwandter seine Versicherung aufgelöst hat, ohne ihr Bescheid zu geben. Die Regel ist das nicht, doch immer wieder erleben Familien hinsichtlich des Verhaltens ihrer lieben Angehörigen eine böse Überraschung. Nun, so sind die Menschen eben.«

»Tja, die Lektion haben wohl auch Gertrude Sommers und ihr Neffe bei der Beisetzung von Aaron Sommers gelernt«, sagte ich und erhob mich, um zu gehen.

Er neigte traurig den Kopf, als sei er sich der beißenden Ironie meiner Worte nicht bewußt. Er war nicht umsonst einer der reichsten Männer der South Shore geworden. Sich für seine rigorosen Methoden zu entschuldigen, gehörte nicht zu seinem Geschäftsgebaren.

8 Hoffmans Erzählungen

Bis jetzt schien der Spielstand Warshawski null, Gäste drei zu sein. Ich hatte weder bei der Ajax noch bei der Midway Agency noch beim Leiter des Bestattungsinstituts etwas herausgebracht. Wenn ich ohnehin schon im Süden der Stadt war, konnte ich gut noch einen weiteren frustrierenden Besuch bei der Witwe anhängen.

Sie wohnte ein paar Häuserblocks vom Dan Ryan Expressway entfernt, in einem heruntergekommenen Haus mit zwölf Wohnungen, ein ausgebranntes Gebäude auf der einen und ein leeres Grundstück mit Schutt und verrosteten Autos auf der anderen Seite. Ein paar Typen werkelten gerade am Motor eines ziemlich alten Chevy herum, als ich ankam. Der einzige Mensch, der sich sonst noch auf der Straße aufhielt, war eine Frau mit kampflustigem Gesichtsausdruck, die irgend etwas vor sich hin murmelte, während sie aus einer Flasche in einer braunen Papiertüte trank.

Die Klingel der Sommers' schien nicht zu funktionieren, aber die Haustür hing lose in den Angeln, so daß ich das Gebäude betreten konnte. Im Treppenhaus roch es nach Urin und abgestandenem Fett. Hinter mehreren Türen schlugen Hunde an, als ich vorbeiging, deren Bellen nur kurz das dünne hoffnungslose Jammern eines Babys übertönte. Als ich endlich vor der Tür zu Gertrude Sommers' Wohnung stand, war ich so deprimiert, daß ich beinahe wieder den Rückzug angetreten hätte.

Ein paar Minuten vergingen nach meinem Klopfen. Irgendwann hörte ich langsame Schritte und eine tiefe Stimme, die fragte, wer da sei. Ich sagte ihr meinen Namen und daß ich eine Detektivin sei, die ihr Neffe angeheuert habe. Sie schob die drei Riegel an der Tür zurück und musterte mich eine ganze Weile mit düsterem Gesicht, bevor sie mich hineinließ.

Gertrude Sommers war großgewachsen, trotz ihres Alters immer noch gut fünf Zentimeter größer als ich mit meinen einssiebzig, und selbst in ihrer Trauer hielt sie sich vollkommen aufrecht. Sie trug ein dunkles Kleid, das beim Gehen knisterte. Ein schwarzes Spitzentaschentuch, das im linken Ärmelaufschlag steckte, unterstrich ihre Trauer. Im Vergleich zu ihr fühlte ich mich schmuddelig mit meinen durchgeschwitzten Sachen.

Ich folgte ihr in den Hauptraum der Wohnung und nahm erst Platz, als sie majestätisch aufs Sofa deutete. Das leuchtend geblümte Polster war mit einem schweren Plastikschutz überzogen, der laut raschelte, als ich mich draufsetzte.

Schmutz und Elend des Gebäudes endeten an ihrer Schwelle. Jede Oberfläche, die nicht mit einem Plastikschutz bedeckt war, glänzte vor Politur, vom Eßtisch am anderen Ende des Zimmers bis zu der altmodischen Uhr über dem Fernseher. An den Wänden hingen überall Fotos, viele davon von demselben lächelnden Kind, sowie eine offizielle Aufnahme von meinem Klienten und seiner Frau an ihrem Hochzeitstag. Zu meiner Überraschung entdeckte ich auch Alderman Durham an der Wand – einmal ganz allein auf einem Foto, ein andermal mit den Armen um zwei Teenager in blauen Empower-Youth-Energy-Sweatshirts. Einer der Jungen stützte sich auf Metallkrücken, beide strahlten stolz in die Kamera.

»Mein herzliches Beileid, Ms. Sommers. Und auch das schreckliche Durcheinander mit der Versicherung Ihres Mannes tut mir leid.«

Sie preßte die Lippen zusammen. Entgegenkommen würde sie mir nicht.

Ich mühte mich ab, so gut ich konnte, und legte die Fotokopien der gefälschten Sterbeurkunde sowie des Schecks vor sie hin. »Ich bin ein bißchen verwirrt über die Situation und frage mich, ob Sie eine Ahnung haben, wie das passieren konnte.«

Sie weigerte sich, die Dokumente anzusehen. »Wieviel haben sie Ihnen dafür gezahlt, daß Sie herkommen und Anschuldigungen gegen mich erheben?«

»Niemand hat mir Geld dafür gegeben, und für so etwas würde ich auch kein Geld nehmen, Ms. Sommers.«

»Das ist leicht dahingesagt, junge Frau.«

»Nun, da haben Sie recht.« Ich schwieg eine Weile, um mich in ihre Sichtweise einzudenken. »Meine Mutter ist gestorben, als ich fünfzehn war. Wenn irgendein Fremder sich ihre Lebensversicherung unter den Nagel gerissen und dann meinen Vater beschuldigt hätte, könnte ich mir schon vorstellen, wie er reagiert hätte, und er war wirklich ziemlich gutmütig. Aber wenn ich Ihnen keine Fragen stellen darf, wie soll ich dann herausfinden, wer sich die Versicherung vor all den Jahren hat auszahlen lassen?«

Sie preßte erneut die Lippen zusammen, dachte nach und sagte dann: »Haben Sie schon mit Mr. Hoffman, dem Mann von der Versicherung, gesprochen, der jeden Freitagnachmittag hier aufgetaucht ist, bevor Mr. Sommers seinen Lohn für Alkohol oder was auch immer ausgeben konnte, was ein armer

Schwarzer seiner Meinung nach tat, statt mit dem Geld Lebensmittel für seine Familie zu kaufen?«

»Mr. Hoffman ist tot. Die Agentur hat der Sohn des früheren Inhabers übernommen, der nicht sonderlich viel vom Geschäft zu verstehen scheint. Hat Mr. Hoffman Ihren Mann respektlos behandelt?«

Sie rümpfte die Nase. »Für ihn waren wir keine Menschen, sondern Namen zum Abhaken in dem Buch, das er immer dabeihatte. Er fuhr jedesmal mit seinem schönen großen Mercedes vor, da war's nicht schwer zu erraten, wo unser sauer verdientes Geld landete. Und ob er ehrlich war oder nicht, konnten wir auch nicht feststellen.«

»Sie glauben also jetzt, daß er Sie betrogen hat?«

»Wie sonst wollen Sie sich das hier erklären?« Sie schlug mit der flachen Hand auf die Papiere auf dem Tisch, immer noch, ohne sie eines Blickes zu würdigen. »Halten Sie mich etwa für taub, stumm und blind? Ich weiß, wie die Versicherungen in diesem Land uns Schwarze über den Tisch ziehen. Ich habe von der Gesellschaft unten im Süden gelesen, die den Schwarzen mehr Geld abgeknöpft hat, als ihre ganze Versicherung wert war.«

»Ist Ihnen das auch passiert?«

»Nein. Aber wir haben gezahlt. Jeden Freitag. Alles für nichts und wieder nichts.«

»Wenn Sie den Anspruch 1991 nicht geltend gemacht haben und auch nicht glauben, daß es Ihr Mann selbst getan hat, wer käme dann in Frage?« wollte ich wissen.

Sie schüttelte den Kopf. Dabei wanderte ihr Blick unwillkürlich zu der Wand mit den Fotos.

Ich holte Luft. »Es fällt mir nicht leicht, das zu sagen, aber ihr Sohn war einer der Begünstigten der Versicherung.«

Ihr Blick durchbohrte mich. »Mein Sohn ist tot. Seinetwegen haben wir den Versicherungsbetrag erhöht, damit er nach unserer Beerdigung noch ein bißchen Geld für sich hätte. Unser Sohn hat unter Muskelschwund gelitten. Und falls Sie jetzt denken, na ja, schön, dann haben sie sich die Versicherung eben auszahlen lassen, um seine Arztrechnungen begleichen zu können, dann darf ich Ihnen sagen, Miss, Mr. Sommers hat vier Jahre lang jeden Tag zwei Schichten gearbeitet, um Geld für diese Rechnungen zu haben. Und ich hab' meine Stelle aufgeben müssen, damit ich mich um meinen Sohn kümmern konnte, als es so schlimm geworden ist, daß er nicht mehr gehen konnte. Als er dann gestorben ist, habe ich auch zwei Schichten gearbeitet, um das Geld für die Rechnungen zu verdienen, in einem Pflegeheim, als Helferin. Und falls Sie vorhaben, in meinem Privatleben rumzuschnüffeln – die Information können Sie völlig gratis haben: Es war das Grand Crossing Elder Care Home. Aber wühlen Sie ruhig in meinem Leben herum. Vielleicht bin ich ja Alkoholikerin. Das könnten Sie zum Beispiel die Leute in der Kirche fragen, wo ich Christin geworden bin und wo mein Mann fünfundvierzig Jahre lang Diakon war. Oder möglicherweise hat Mr. Sommers gespielt und so mein ganzes Haushaltsgeld durchgebracht. So wollen Sie doch meinen Ruf ruinieren, oder?«

Ich erwiderte ihren Blick. »Dann darf ich Ihnen also keine Fragen über die Versicherung stellen? Und Ihnen fällt auch niemand ein, der sie sich hat auszahlen lassen. Sie haben keine Neffen und Nichten außer Mr. Isaiah Sommers?«

Wieder wanderte ihr Blick zur Wand. Einer plötzlichen Eingebung folgend, fragte ich sie, wer der andere Junge auf dem Foto mit Alderman Durham und ihrem Sohn sei.

»Das ist mein Neffe Colby. Nein, Sie und die Polizei werden ihm nichts anhängen und die Empower-Youth-Energy-Organisation von Alderman Durham auch nicht. Alderman Durham ist meiner Familie und dem ganzen Viertel hier immer ein guter Freund gewesen. Seine Gruppe sorgt dafür, daß die Jungs was Ordentliches mit ihrer Zeit und Energie anfangen.«

Eine Bemerkung über die Gerüchte, daß Mitglieder von EYE Wahlkampfgelder durchaus auch mit Muskelkraft eintrieben, ließ ich lieber bleiben. Statt dessen wandte ich mich wieder den Papieren auf dem Tisch vor uns zu und erkundigte mich nach Al Hoffman.

»Wie war er? Könnten Sie sich vorstellen, daß er sich das Geld aus Ihrer Versicherung selbst unter den Nagel gerissen hat?«

»Ach, was weiß ich schon über ihn? Ich kenne wie gesagt nur das in Leder gebundene Buch, in dem er immer unsere Namen abgehakt hat. Er hätte auch Adolf Hitler sein können.«

»Hat er vielen Leuten hier im Haus Versicherungen verkauft?« fragte ich.

»Wieso wollen Sie das wissen?«

»Ich würde gern herausfinden, ob andere Kunden die gleichen Erfahrungen mit ihm gemacht haben wie Sie.«

Nun schaute sie mich endlich an, statt durch mich hindurchzusehen. »In diesem Haus nicht. Aber bei Aaron – Mr. Sommers – in der Arbeit schon. Mein Mann war bei South Branch Scrap Metal beschäftigt. Mr. Hoffman wußte, daß die Menschen ordentlich begraben werden wollen, also ist er an solchen Orten in der South Side aufgetaucht, jeden Freitagnachmittag vor zehn oder zwanzig verschiedenen Betrieben. Manchmal hat er sich das Geld gleich dort geholt, manchmal ist er auch hierhergekommen, das hing von seinem Tagesplan ab. Aaron, Mr. Sommers, hat fünfzehn Jahre lang seine fünf Dollar pro Woche gezahlt, so lange bis er die Endsumme erreicht hatte.«

»Kennen Sie die Namen anderer Leute, die einen Vertrag mit Hoffman abgeschlossen haben?«

Sie sah mich wieder an und kam offenbar zu dem Schluß, daß sie mir vertrauen konnte. »Ich kann Ihnen die vier Namen der Männer geben, mit denen mein Mann zusammengearbeitet hat. Sie haben alle einen Vertrag mit Hoffman abgeschlossen, weil er's ihnen leichtgemacht hat dadurch, daß er jeden Freitag vorbeigekommen ist. Bedeutet das, daß Sie mir in dieser Sache glauben?« Sie deutete auf die Dokumente, die ich mitgebracht hatte, noch immer, ohne sie anzusehen.

Ich verzog das Gesicht. »Ich muß alle Möglichkeiten in Erwägung ziehen, Ms. Sommers.«

Sie bedachte mich mit einem bitteren Blick. »Ich weiß, daß mein Neffe es nur gut gemeint hat mit seinem Auftrag an Sie, aber wenn er gewußt hätte, wie wenig Hochachtung Sie haben würden ...«

»Das hat nichts mit Hochachtung zu tun, Ms. Sommers. Sie haben Ihrem Neffen gesagt, daß Sie mit mir reden würden. Sie wissen, welche Art von Fragen so etwas mit sich bringt: Da ist eine Sterbeurkunde mit dem Namen Ihres Mannes und Ihrem eigenen, datiert vor fast zehn Jahren, dazu ein Scheck von der Midway Insurance Agency, ausgestellt auf Sie. Irgend jemand hat ihn eingelöst. Wenn ich herausfinden möchte, wer, muß ich irgendwo anfangen. Es würde mir helfen, Ihnen zu glauben, wenn ich mit anderen Leuten reden könnte, denen es genauso ergangen ist wie Ihnen.«

Sie verzog verärgert das Gesicht, aber nach ungefähr einer halben Minute, in der nur das Ticken der Uhr zu hören war, zog sie einen linierten Notizblock unter dem Telefon hervor. Dann befeuchtete sie ihren Zeigefinger und blätterte in einem abgegriffenen Adreßbuch. Schließlich schrieb sie ein paar Namen auf. Immer noch wortlos reichte sie mir die Liste.

Das Gespräch war zu Ende. Ich tastete mich den dunklen Flur entlang und die Stufen hinunter. Das Baby schrie immer noch, und draußen standen die Männer nach wie vor über den Chevy gebeugt.

Als ich den Mustang aufschloß, riefen sie fröhlich herüber, ob wir nicht tauschen wollten. Ich winkte grinsend zurück. Tja, die Freundlichkeit von Fremden. Erst wenn die Leute sich länger mit mir unterhielten, wurden sie feindselig. Darüber, welche Lehre sich daraus ziehen ließ, dachte ich lieber nicht intensiver nach.

Inzwischen war es fast drei: Seit dem Joghurt am Morgen hatte ich nichts mehr gegessen. Vielleicht würde ich nicht mehr alles so deprimierend finden, wenn ich etwas zu futtern bekam. Auf dem Weg zum Expressway kaufte ich mir in einer Einkaufspassage eine Ecke Käse-Pizza. Der Teig war klebrig, und die Oberfläche glänzte ölig, aber trotzdem verdrückte ich alles mit großem Appetit. Als ich vor meinem Büro aus dem Wagen stieg, merkte ich, daß Öl auf meinen rosafarbenen Seidenpullover getropft war. Tja, nun stand's also Warshawski null, Gäste fünf. Wenigstens hatte ich am Nachmittag keine geschäftlichen Termine.

Meine Teilzeitassistentin Mary Louise Neely saß an ihrem Schreibtisch. Sie reichte mir das Päckchen mit dem Video von den Radbuka-Interviews, das Beth Blacksin mir per Boten geschickt hatte. Ich steckte es in meine Aktentasche und gab Mary Louise die neuesten Informationen über den Fall Sommers, so daß sie sich mit den anderen Männern beschäftigen konnte, die einen Vertrag mit Al Hoffman geschlossen hatten. Schließlich erzählte ich ihr von Dons Interesse an Paul Radbuka.

»Per Computer konnte ich den Namen Radbuka nicht finden«, sagte ich, »also ...«

»Vic, wenn er seinen Namen hat ändern lassen, mußte er das vor einem Gericht tun. Das heißt, es gibt auch offizielle Unterlagen darüber.« Mary Louise sah mich an wie einen Dorftrottel.

Ich machte große Augen und schaltete artig den Computer ein. Es war mir nur ein schwacher Trost, daß sich noch keine Informationen über den Namen Radbuka oder Ulf würden finden lassen, wenn der Mann ihn erst vor kurzem geändert hatte, denn das hätte mir selbst einfallen können.

Mary Louise, die keine Lust hatte, auf Verdacht die halbe Stadt abzuklappern, wollte nicht glauben, daß sich nichts über Radbuka herausbekommen ließ. Sie wandte sich ihren eigenen Nachforschungen zu und erklärte, sie würde am nächsten Morgen bei den Gerichten vorbeischauen, um dort einen Blick in die entsprechenden Unterlagen zu werfen.

»Aber vielleicht kann dir auch die Therapeutin mehr über ihn verraten. Wie heißt sie gleich noch mal?«

Als ich ihr den Namen sagte, bekam sie große Augen. »Rhea Wiell? *Die* Rhea Wiell?«

»Kennst du sie?« Ich drehte mich auf meinem Stuhl zu ihr um.

»Nicht persönlich.« Mary Louises Haut wurde fast so rot wie ihre Haare. »Aber wegen meiner eigenen Vorgeschichte habe ich ihren Weg mitverfolgt. Ich war als Besucherin bei ein paar von den Verfahren, wo sie als Zeugin aufgetreten ist.«

Mary Louise war als Teenager von ihren Eltern weggelaufen, die sie mißhandelt hatten. Nach einer turbulenten Zeit voller Sex und Drogen hatte sie sich zusammengerissen und war Polizistin geworden. Auch die drei Pflegekinder, die sie aufzog, stammten aus einem gewalttätigen Elternhaus. Da überraschte es nicht, daß sie sich besonders für eine Therapeutin interessierte, die mit mißhandelten Kindern arbeitete.

»Wiell war früher für das Familienministerium tätig. Sie gehörte zu den festangestellten Therapeuten und hat mit Kindern gearbeitet, aber sie wurde auch gern als Sachverständige für Verhandlungen herangezogen, in denen es um Kindesmißhandlung ging. Erinnerst du dich noch an den Fall MacLean?«

Während Mary Louise davon erzählte, fielen mir die Einzelheiten nach und nach wieder ein. MacLean war ein Jura-Professor gewesen, der seinerzeit als Staatsanwalt für Du Page County angefangen hatte. Als sein Name schließlich für eine Bundesrichterstelle ins Gespräch kam, meldete sich seine inzwischen erwachsene Tochter zu Wort, und erklärte, er habe sie als Kind vergewaltigt. Sie war hartnäckig genug, eine offizielle Anklageerhebung zu erreichen.

Unterschiedliche rechtsgerichtete Familienstiftungen waren MacLean zu Hilfe gekommen und hatten behauptet, die Tochter sei lediglich das Sprachrohr einer liberalen Hetzkampagne, denn der Vater war ein konservativer Republikaner. Am Ende entschieden die Geschworenen für den Vater, doch das Bundesrichteramt kam nun nicht mehr für ihn in Frage.

»Und Rhea Wiell hat in dem Verfahren ausgesagt?« fragte ich Mary Louise.

»Ja, aber sie steckte noch tiefer drin. Sie war die Therapeutin der Tochter. Erst mit Rhea Wiells Hilfe hat die Frau ihre Erinnerungen an den Mißbrauch freigelegt, die sie zwanzig Jahre lang verdrängt hatte. Die Verteidigung hat Arnold Praeger von der Planted Memory Foundation als Gegensachverständigen herangezogen. Er hat alle möglichen billigen Tricks versucht, sie schlecht aussehen zu lassen, hat's aber nicht geschafft, sie zu erschüttern.« Mary Louises Augen leuchteten vor Bewunderung.

»Also haben Praeger und Wiell eine lange gemeinsame Geschichte.«

»Das kann ich nicht so genau sagen, aber ich weiß mit Sicherheit, daß sie sich vor Gericht schon seit einigen Jahren immer wieder gegenüberstehen.«

»Heute morgen vor Verlassen des Büros habe ich eine Suchanweisung bei ProQuest eingegeben. Wenn die Auseinandersetzungen zwischen Praeger und Wiell auch von den Zeitungen aufgegriffen wurden, müßte ich die Artikel eigentlich haben.« Ich rief die Informationen von ProQuest auf. Mary Louise sah mir über die Schulter. Der Fall MacLean hatte seinerzeit eine ganze Menge Staub aufgewirbelt. Ich überflog ein paar Berichte im *Herald-Star*, der Thea Wiells unerschütterliche Aussage lobte.

Mary Louise reagierte verärgert auf einen Artikel von Arnold Praeger im *Wall Street Journal*, in dem er sowohl an Rhea Wiell als auch an den Gerichten Kritik übte, die Aussagen von kleinen Kindern zuließen, welche ganz klar in ihren Erinnerungen gelenkt worden waren. Rhea Wiell sei, schloß Praeger, keine seriöse Therapeutin. Denn wenn dem so wäre, warum hatte der Staat Illinois ihr dann gekündigt?

»Ihr gekündigt?« sagte ich zu Mary Louise und ließ mir diesen und noch ein paar andere Artikel ausdrucken. »Hast du das gewußt?«

»Nein. Ich dachte, sie habe sich einfach irgendwann mal für ihre Privatpraxis entschieden. Früher oder später haben alle keine Energie mehr, weiter fürs Familienministerium zu arbeiten.« Mary Louises helle Augen wirkten beunruhigt. »Ich habe sie immer für eine wirklich gute und aufrichtige Therapeutin gehalten und kann's nicht glauben, daß der Staat sie einfach so feuert, ohne triftigen Grund. Nun, vielleicht war da Neid im Spiel. Sie war die beste, die sie hatten, aber in solchen Behörden gibt's jede Menge Neider. Wenn sie vor Gericht aufgetreten ist, habe ich mir immer vorgestellt, sie wäre meine Mutter. Ich war sogar schrecklich eifersüchtig auf eine Frau, die beruflich mit ihr zu tun hatte.«

Sie lachte verlegen. »Ich muß los, die Kinder abholen. Die Nachforschungen zum Fall Sommers erledige ich als erstes morgen früh. Hast du deine Zeitlisten ausgefüllt?«

»Ja, Ma'am«, sagte ich mit einem zackigen Salut.

»Du solltest das ein bißchen ernster nehmen, Vic«, sagte sie streng. »Sonst kommst du nie zu ...«

»Ja, ja.« Mary Louise läßt sich nicht gern necken, was manchmal langweilig sein kann. Aber aus dem gleichen Grund ist sie wahrscheinlich auch so gut im Büro.

Bevor sie ging, wiederholte sie ihr Versprechen, bei den Gerichten vorbeizuschauen und sich nach Radbukas Namensänderung zu erkundigen. Als Mary Louise weg war, wählte ich die Nummer einer Anwältin, die ich im Familienministerium, dem State Department of Children and Family Services, kannte. Wir hatten uns bei einem Seminar zum Thema Frauen und Recht im öffentlichen Sektor kennengelernt und waren seitdem in losem Kontakt geblieben.

Sie verwies mich an eine Abteilungsleiterin des DCFS, die sich nur unter der Voraussetzung mit mir unterhalten wollte, daß ich mit den Informationen nicht an die Öffentlichkeit ging. Sie bot mir an, mich von einem öffentlichen Telefon aus zurückzurufen, weil sie nicht wußte, ob ihre Büroleitung überwacht wurde. Ich mußte bis fünf warten, dann meldete sich die Frau schließlich auf dem Heimweg von einer Telefonzelle im Untergeschoß des Illinois Center. Bevor sie mir irgend etwas sagte, mußte ich ihr schwören, daß ich nicht im Auftrag der Planted Memory Foundation anrief.

»Nicht alle beim DCFS glauben an die Hypnosetherapie, aber es will auch keiner, daß unseren Schützlingen eine Klage von Planted Memory auf den Tisch flattert.«

Als ich ihr als Referenz einige Namen nannte und schließlich einer darunter war, den sie kannte und dem sie vertraute, redete sie erstaunlich offen mit mir. »Rhea war unsere einfühlsamste Therapeutin. Sie hat unglaubliche Ergebnisse mit Kindern erzielt, die anderen Therapeuten kaum ihren Namen gesagt haben. Sie fehlt mir immer noch, wenn wir es mit bestimmten Trauma-Fällen zu tun haben. Aber irgendwann hat sie leider angefangen, sich als Hohepriesterin des DCFS zu sehen, und man durfte weder ihre Ergebnisse noch ihr Urteilsvermögen in Zweifel ziehen.

Ich weiß nicht mehr genau, wann sie ihre private Praxis eröffnet hat, vielleicht vor sechs Jahren, zuerst war sie immer nur ein paar Stunden am Tag da. Vor drei Jahren haben wir dann beschlossen, ihren Vertrag mit dem Staat zu kündigen. In der Pressemitteilung hieß es, es sei ihre Entscheidung gewesen, weil sie sich stärker auf ihre Praxis konzentrieren wolle, aber wir im Ministerium hatten eher das Gefühl, daß sie sich nichts mehr sagen ließ. Sie hatte immer recht, und wir oder der Generalstaatsanwalt oder wer auch immer nicht ihrer Meinung war, hatte unrecht. Es geht einfach nicht, daß eine Angestellte, auf die man sich im Umgang mit Kindern und vor Gericht verlassen muß, jedesmal die heilige Johanna spielen will.«

»Hatten Sie denn den Eindruck, daß sie hin und wieder Situationen um ihres eigenen Ruhmes willen verzerrte?« fragte ich.

»Nein, nein. Sie war nicht auf Ruhm aus; sie hatte eine Mission. Ein paar von den jüngeren Frauen haben irgendwann angefangen, sie Mutter Teresa zu nennen, und das war nicht immer ein Kompliment. Genau das war Teil des Problems: Sie hat die Angestellten in Rhea-Bewunderer und Rhea-Zweifler gespalten. Außerdem hat sie keinerlei Fragen über ihre Schlußfolgerungen geduldet. Zum Beispiel in dem einen Fall, wo sie einen früheren Staatsanwalt, der für ein Bundesrichteramt vorgesehen war, des Kindesmißbrauchs bezichtigt hat. Rhea hat uns vor ihrer Aussage keinen Einblick in ihre Notizen zu dem Fall gewährt. Wenn die Sache schiefgegangen wäre, hätten wir uns möglicherweise mit einer ganzen Reihe von Schadenersatzklagen auseinandersetzen müssen.«

Ich ging meine Ausdrucke durch. »War die Tochter, die die Anklage gegen den Mann ins Rollen gebracht hat, nicht eine Privatpatientin von Rhea Wiell?«

»Ja, aber Rhea war immer noch beim Staat angestellt, und so hätte der Mann vorbringen können, daß sie staatliche Büros oder andere Einrichtungen, vielleicht sogar bloß den Fotokopierer bei uns verwendet hat – so etwas hätte eine Klage gegen uns zur Folge gehabt. So etwas konnten wir uns nicht leisten. Da mußten wir ihren Vertrag kündigen. Ich bin sehr offen zu Ihnen gewesen. Erzählen Sie mir jetzt, was Rhea verbrochen hat, daß eine Privatdetektivin sich für sie interessiert.«

Ich hatte gewußt, daß ich ihr meinerseits etwas verraten mußte. Nur so bekommt man weiterhin Informationen von den Leuten. »Einer ihrer Patienten war diese Woche in den Nachrichten. Vielleicht haben Sie die Sendung mit dem Mann, der sich wieder an die Zeit des Holocaust erinnert, ja gesehen. Jemand will ein Buch über ihn und Rheas Arbeit schreiben. Er hat mich gebeten, die Hintergründe für ihn zu recherchieren.«

»Tja, eins hat Rhea schon immer besser gekonnt als alle anderen Therapeuten, die je für uns gearbeitet haben: Sie weiß genau, wie man die Aufmerksamkeit der Öffentlichkeit auf sich zieht.« Damit legte sie auf.

9 Die Prinzessin von Österreich

»Sie ist also zugelassene Therapeutin. Umstritten, aber zugelassen«, sagte ich zu Don, der gerade wieder eine Zigarette rauchte. »Wenn du dich tatsächlich zu einem Buch über sie entschließt, hast du es immerhin nicht mit einer Betrügerin zu tun.«

»Die Leute in New York sind so begeistert von der Idee, daß ich schon einen Termin mit der Frau ausgemacht habe. Morgen um elf. Wenn du nichts Besseres vorhast – möchtest du mitkommen? Vielleicht kriegst du dann ein paar Informationen, die dazu beitragen, Dr. Herschels Bedenken zu zerstreuen.«

»Unter den gegebenen Umständen kann ich mir nicht vorstellen, daß das der Fall sein wird. Aber ich würde Rhea Wiell trotzdem gern persönlich kennenlernen.«

Wir saßen auf Morrells Veranda hinter dem Haus. Es war schon fast zehn, und Morrell hatte das Treffen mit den Vertretern vom Außenministerium in der Innenstadt immer noch nicht abgeschlossen. Ich hatte das ungute Gefühl, daß sie ihn zu Spionagetätigkeiten während seines Aufenthalts in Kabul überreden wollten. Ich trug einen alten Pullover von Morrell, der mich ein bißchen tröstete – fast wie Mitch und Peppy, die gern mit meinen alten Socken spielen, wenn ich nicht da bin. Lotty hatte für ein so unerfreuliches Ende des Tages gesorgt, daß ich diesen Trost gut gebrauchen konnte.

Seit ich mich am Morgen mit einem Kuß von Morrell verabschiedet hatte, war ich den ganzen Tag nur unterwegs gewesen. Obwohl noch ein paar dringende Dinge zu erledigen gewesen wären, war ich einfach zu müde, um noch irgend etwas zu tun. Bevor ich die Ergebnisse meiner Nachforschungen diktierte, Isaiah Sommers anrief, mit den Hunden spazierenging und mit einem Vertrag für Don Strzepek wegen meiner Recherchen über Rhea Wiell zu Morrell zurückfuhr, hatte ich einfach ein bißchen Ruhe nötig. Ein halbes Stündchen auf dem Feldbett im Hinterzimmer meines Büros, hatte ich am Nachmittag gedacht. Eine halbe Stunde, dann wäre ich wieder fit genug, um eine ganze Tagesarbeit in den Abend zu pressen. Fast eine dreiviertel Stunde später wurde ich von meinem Klienten geweckt.

»Wieso sind Sie zu meiner Tante gefahren und haben sie mit

Anschuldigungen belästigt?« fragte er mich, als ich den Hörer von der Gabel nahm. »Haben Sie denn gar keinen Respekt vor der Trauer dieser Frau?«

»Was für Anschuldigungen?« Mein Mund und meine Augen fühlten sich an, als wären sie mit Watte ausgestopft.

»Sie sind zu ihr gefahren und haben behauptet, sie hätte der Versicherung Geld gestohlen.«

Wenn ich nicht mehr so verschlafen gewesen wäre, hätte ich vielleicht ein bißchen beherrschter reagiert. Nun, vielleicht auch nicht.

»Ich habe wirklich Verständnis für die Trauer Ihrer Tante, aber das habe ich nicht gesagt. Und bevor Sie mir so etwas unterstellen, sollten Sie mich lieber fragen, was ich wirklich gesagt habe.«

»Na schön, dann frage ich Sie eben.« In seiner Stimme schwang kaum verhohlener Zorn mit.

»Ich habe Ihrer Tante den Scheck gezeigt, den die Gesellschaft nach Vorlage der Sterbeurkunde vor neun Jahren ausgestellt hat. Ich habe sie gefragt, was sie darüber weiß. Das ist keine Anschuldigung. Der Scheck wurde der Midway Insurance Agency übergeben. Ich konnte schlecht übersehen, daß ihr Name auf dem Scheck stand. Und ich konnte auch nicht so tun, als hätte die Ajax ihn nicht aufgrund der Sterbeurkunde ausgestellt. Ich mußte ihr Fragen darüber stellen.«

»Sie hätten zuerst mit mir reden sollen. Schließlich bezahle ich Sie.«

»Ich kann meine Klienten nicht über jeden Schritt meiner Nachforschungen informieren. So würde ich meine Arbeit nie schaffen.«

»Sie haben mein Geld genommen und es dazu verwendet, meine Tante zu beschuldigen. In dem Vertrag steht, daß ich jederzeit davon zurücktreten kann. Das tue ich hiermit.«

»Auch gut«, herrschte ich ihn an. »Aber jemand hat mit Hilfe der Versicherung Ihres Onkels einen Betrug durchgezogen. Wenn Sie wollen, daß der Verantwortliche ungeschoren davonkommt, soll's mir recht sein.«

»Natürlich will ich das nicht, aber ich werde der Sache auf meine eigene Weise auf den Grund gehen, auf eine Weise, die meine Tante nicht in solche Situationen bringt. Ich hätte wissen müssen, daß eine weiße Detektivin auch nicht anders ist als die Leute von der Polizei. Ich hätte auf meine Frau hören sollen.« Dann legte er auf.

Es war nicht das erste Mal, daß mich ein erzürnter Klient feuerte, aber ich habe immer noch nicht gelernt, das gleichmütig hinzunehmen. Ich hätte die Sache anders anpacken können, ihn anrufen sollen, bevor ich zu seiner Tante fuhr, ihn vom Sinn meines Vorhabens überzeugen. Zumindest hätte ich mich bei ihm melden sollen, bevor ich mich zu einem Nickerchen hinlegte. Dann hätte ich meinen Jähzorn besser im Griff gehabt – meine schlimmste Untugend.

Ich versuchte, mich an den genauen Wortlaut dessen zu erinnern, was ich zu seiner Tante gesagt hatte. Verdammt, ich sollte wirklich Mary Louises Rat befolgen und meine Notizen sofort nach jedem Termin diktieren. Aber besser spät als nie, dachte ich mir: Ich konnte gleich mit dem letzten Telefongespräch anfangen. Also wählte ich die Nummer des Textverarbeitungsdienstes, mit dem ich zusammenarbeite, und diktierte eine Zusammenfassung des Telefonats sowie einen Brief an Sommers, in dem ich bestätigte, daß er den Vertrag mit mir gekündigt hatte. Die Police seines Onkels würde ich dem Brief beilegen. Als ich die Sache mit Isaiah Sommers abgeschlossen hatte, diktierte ich die Notizen zu den anderen Gesprächen des Tages in umgekehrter Reihenfolge, von dem mit der Frau vom Familienministerium bis zu meinem Termin mit Ralph bei der Ajax.

Lotty rief auf der anderen Leitung an, als ich gerade dabei war, meine Unterhaltung mit dem Versicherungsagenten Howard Fepple zu rekonstruieren. »Max hat mir von der Sendung erzählt, die er gestern abend zusammen mit dir bei Morrell gesehen hat«, sagte sie ohne Einleitung. »Das klang ziemlich beunruhigend.«

»War es auch.«

»Er wußte nicht so recht, ob er der Geschichte des Mannes glauben soll oder nicht. Hat Morrell das Interview aufgenommen?«

»Nicht, daß ich wüßte. Aber ich habe heute eine Kopie von dem Tape bekommen, die kann ich …«

»Die will ich sehen. Würdest du sie bitte heute abend zu mir in die Wohnung bringen?« Das klang eher wie ein Befehl, nicht so sehr wie eine Bitte.

»Lotty, wir sind hier nicht im OP. Ich habe heute abend keine Zeit, um bei dir vorbeizuschauen, aber morgen früh …«

»Es handelt sich da um einen sehr kleinen Gefallen, Viktoria, der nicht das geringste mit dem OP zu tun hat. Du brauchst mir das Band nicht dazulassen, aber ich will es sehen. Du kannst dabeisein, während ich es mir anschaue.«

»Lotty, die Zeit habe ich nicht. Ich lasse morgen Kopien davon machen, dann kannst du eine ganz für dich haben. Aber die, die ich jetzt hier habe, ist für einen Klienten, für den ich Nachforschungen anstellen soll.«

»Für einen Klienten?« Sie war außer sich vor Zorn. »Hat Max dich angeheuert, ohne daß ihr mir etwas davon erzählt habt?«

Mein Kopf fühlte sich an wie in einem Schraubstock. »Wenn ja, geht das nur ihn und mich etwas an, nicht dich und mich. Wieso interessiert dich das überhaupt?«

»Wieso? Weil das ein Vertrauensbruch wäre, deswegen. Als er mir von dem Mann auf der Konferenz erzählt hat, der sich Radbuka nennt, habe ich ihm gesagt, wir sollten nichts übereilen. Ich würde ihm mitteilen, was ich davon halte, sobald ich das Interview gesehen hätte.«

Ich atmete tief durch und versuchte, meine Gedanken zu ordnen. »Dann sagt dir der Name Radbuka also etwas.«

»Und Max und Carl auch. Aus unserer Zeit in London. Max war der Meinung, wir sollten dich anheuern, um mehr über diesen Mann herauszufinden. Ich wollte abwarten. Ich dachte, Max respektiert meine Entscheidung.«

Sie war fuchsteufelswild, aber ihre Erklärung brachte mich dazu, in ruhigem Tonfall zu sagen: »Reg dich nicht auf, Lotty. Max hat mich nicht angeheuert. Hier geht's um etwas völlig anderes.«

Ich erzählte ihr von Don Strzepeks Buchvorhaben über Rhea Wiell und Paul Radbukas wiedererlangte Erinnerung. »Er hat sicher nichts dagegen, dich das Tape anschauen zu lassen, aber ich habe heute abend wirklich keine Zeit. Ich muß hier noch etliches erledigen, dann zu mir fahren, mich um die Hunde kümmern und hinterher nach Evanston. Soll ich Morrell sagen, daß du zu ihm kommst, um dir das Band anzusehen?«

»Ich will, daß die Toten der Vergangenheit ruhen«, platzte es aus ihr heraus. »Wieso läßt du diesen Don darin herumwühlen?«

»Ich lasse ihn nicht, aber ich hindere ihn auch nicht daran. Ich möchte lediglich herausfinden, ob Rhea Wiell eine seriöse Therapeutin ist.«

»Dann läßt du ihn also doch.«

Sie klang, als sei sie den Tränen nahe. Ich wählte meine Worte sorgfältig. »Wahrscheinlich ist es sehr schmerzhaft für dich, an die Kriegszeit erinnert zu werden, aber das geht nicht jedem so.«

»Ja, für viele Leute ist es ein Spiel, Romantik, Kitsch, Nervenkitzel. Und ein Buch über einen Geist, der sich am Andenken der Toten schadlos hält, fördert eine solche Einstellung nur.«

»Wenn Paul Radbuka kein Geist ist, sondern tatsächlich eine Vergangenheit im Konzentrationslager hat, dann hat er auch das Recht, Anspruch auf sein Erbe zu erheben. Was sagt die Person in eurer Gruppe, die in Verbindung zu den Radbukas stand, zu dieser Angelegenheit? Hast du dich mit ihm oder ihr unterhalten?«

»Diese Person gibt es nicht mehr«, sagte sie rauh. »Das geht nur Max und Carl und mich etwas an. Und jetzt dich. Und dieser Journalist, Don oder wie er heißt, hat auch noch seine Finger mit drin. Und die Therapeutin. Und jede Hyäne in New York und Hollywood, der bei einer solchen neuen Sensationsgeschichte vor Gier der Geifer aus dem Maul läuft. Verleger und Filmstudios machen ein Vermögen damit, daß sie die wohlgenährte europäische und amerikanische Mittelschicht mit Folterstorys versorgen.«

Ich hatte Lotty noch nie so verbittert gehört. Das tat weh. Ich wußte nicht,was ich sagen sollte, also wiederholte ich lediglich mein Angebot, ihr am nächsten Tag eine Kopie von dem Tape vorbeizubringen. Doch sie legte auf.

Ich saß eine ganze Weile an meinem Schreibtisch und versuchte, die Tränen zurückzudrängen. Die Arme taten mir weh. Eigentlich hatte ich keinerlei Kraft mehr, irgend etwas Sinnvolles zu tun, aber schließlich nahm ich doch den Telefonhörer in die Hand und beendete das Diktat meiner Notizen für den

Textverarbeitungsservice. Als ich damit fertig war, erhob ich mich langsam wie eine Invalide und druckte eine Kopie meines Vertrags für Don Strzepek aus.

»Vielleicht hätte ich selbst mit Dr. Herschel reden sollen«, sagte Don jetzt auf Morrells Veranda. »Sie hält mich wahrscheinlich für einen skrupellosen Fernsehreporter, der ihr einfach ein Mikrophon vor die Nase hält, ohne ihre Trauer um ihre Familie zu achten. Irgendwo hat sie auch recht, wenn sie sagt, daß die Amerikaner und Europäer sich gern in ihrem Sessel zurücklehnen und den Nervenkitzel von solchen Horrorgeschichten genießen. Den Gedanken darf ich bei der Arbeit an dem Buch nicht als Korrektiv vergessen. Aber möglicherweise kann ich sie davon überzeugen, daß ich durchaus zu Mitgefühl in der Lage bin.«

»Möglicherweise. Max hat vermutlich nichts dagegen, wenn ich dich am Sonntag zu der Abendeinladung mitnehme. Da könntest du Lotty in informellem Rahmen kennenlernen.«

Obwohl ich mir ein ruhiges Gespräch zwischen den beiden ehrlich gesagt nicht vorstellen konnte. Wenn Lotty auf dem hohen Roß saß, schnaubte Max für gewöhnlich nur verächtlich und sagte, sie habe wieder ihre »Prinzessin von Österreich«-Allüren. Das führte dann zu einer weiteren Szene ihrerseits, aber immerhin reagierte sie nicht mehr ganz so extrem. Der Wutausbruch eben war etwas Schlimmeres gewesen – nicht die Verachtung einer Habsburger-Prinzessin, sondern aus Kummer geborener Zorn.

Lotty Herschels Geschichte: Vier Goldmünzen

Meine Mutter war im siebten Monat schwanger und schwach vor Hunger, und so begleitete mein Vater Hugo und mich zum Zug. Es war sehr früh am Morgen, noch dunkel; wir Juden versuchten, so wenig Aufmerksamkeit wie möglich zu erregen. Obwohl wir eine Ausreiseerlaubnis, alle anderen Dokumente und die Fahrkarten hatten, konnten wir jederzeit aufgehalten werden. Ich war noch nicht zehn und Hugo erst fünf, aber wir wußten so gut, wie gefährlich unser Unternehmen war, daß uns Papa nicht sagen mußte, wir sollten leise sein auf der Straße.

Der Abschied von meiner Mutter und Oma hatte mir angst gemacht. Meine Mutter hatte schon früher zusammen mit Papa Wochen getrennt von uns verbracht, aber Oma war immer bei mir gewesen. Damals lebten wir schon alle zusammen in einer kleinen Wohnung in der Leopoldsgasse – ich weiß nicht mehr, wie viele Tanten und Cousinen außer meinen Großeltern –, mindestens zwanzig Menschen.

Wenn ich in London in dem kalten Zimmer ganz oben im Haus auf dem schmalen Eisenbett lag, das Minna für ein Kind wie mich als geeignet erachtete, wollte ich nicht an die Enge in der Leopoldsgasse denken. Ich konzentrierte mich lieber auf die Erinnerung an die wunderschöne Wohnung von Oma und Opa, wo ich mein eigenes Bett mit weißer Spitze hatte und die Vorhänge mit Rosenknospen geschmückt waren. Und auf meine Schule, wo meine Freundin Klara und ich immer die Besten der Klasse waren. Wie verletzt ich gewesen war – ich konnte überhaupt nicht verstehen, warum sie plötzlich aufhörte, mit mir zu spielen, und warum ich die Schule irgendwann ganz verlassen mußte.

Zuerst hatte ich mich darüber beklagt, daß ich mir mit sechs Cousinen ein Zimmer in einem Haus mit herabblätternder Farbe teilen mußte, aber eines Tages hatte Papa mich dann in der Früh zu einem Spaziergang mitgenommen, damit er sich mit mir über unsere veränderten Lebensumstände unterhalten konnte. Er war nie gewalttätig wie Onkel Arthur, Mamas Bruder, der Tante Freya und seine Kinder schlug.

Wir spazierten also am Kanal entlang, als die Sonne aufging, und Papa erklärte mir, wie schwierig alles für jeden von uns war, für Oma und Opa, die nach so vielen Jahren ihre Wohnung hatten verlassen müssen, und für Mama, der die Nazis ihren ganzen hübschen Schmuck gestohlen hatten und die sich obendrein Sorgen darüber machen mußte, woher das Geld für die Lebensmittel, die Kleidung und die Ausbildung der Kinder kommen sollte. »Lottchen, du bist jetzt das große Mädchen in der Familie. Deine Fröhlichkeit ist das wertvollste Geschenk, das du deiner Mutter machen kannst. Zeig ihr, wie tapfer und fröhlich du bist. Jetzt, wo es ihr so schlecht geht, weil bald das neue Baby kommt, mußt du ihr beweisen, daß du ihr helfen kannst, indem du dich nicht beklagst und dich um Hugo kümmerst.«

Heute finde ich folgendes erschreckend: Ich weiß, daß die Eltern meines Vaters sich ebenfalls in der Wohnung aufhielten, aber im Zusammenhang mit ihnen erinnere ich mich nur noch an sehr wenig. Ich bin mir sogar ziemlich sicher, daß es eigentlich ihre Wohnung war. Sie waren Fremde, aus Weißrußland, und gehörten zu den zahlreichen osteuropäischen Juden, die während des Ersten Weltkriegs nach Wien gekommen waren.

Oma und Opa sahen auf sie herab. Diese Erkenntnis verwirrte mich, weil ich die Eltern meiner Mutter so sehr liebte. Das galt umgekehrt genauso, denn ich war das geliebte Kind ihrer wunderbaren Lingerl. Aber ich glaube, Oma und Opa verachteten die Eltern von Papa, weil sie nur Jiddisch und nicht Deutsch sprachen, so seltsame Kleidung trugen und ihren religiösen Bräuchen folgten.

Es war eine schreckliche Erniedrigung für Oma und Opa, als sie die Renngasse verlassen und im Viertel der eingewanderten Juden leben mußten. Die Leute sagten herablassend Matze-Insel dazu. Sogar Oma und Opa sprachen über die Familie meines Papas auf der Insel, wenn sie glaubten, daß er sie nicht hörte. Oma lachte dann damenhaft darüber, daß Papas Mutter eine Perücke trug, und ich hatte Schuldgefühle, weil Oma das von mir wußte. Sie fragte mich gern über die »Sitten auf der Insel« aus, wenn ich von dort zurückkam, und dann schärfte sie mir ein, daß ich eine Herschel war. Ich sollte immer gerade stehen und etwas aus meinem Leben machen. Und auf keinen Fall das Jiddisch verwenden, das ich auf der Insel gehört hatte, denn das war vulgär, und die Herschels waren nicht vulgär.

Papa ging ungefähr einmal im Monat mit mir zu seinen Eltern. Ich sollte sie *zeyde* und *bobe* nennen, das war Jiddisch für Opa und Oma. Wenn ich jetzt an sie denke, schäme ich mich schrecklich dafür, daß ich ihnen nicht die Zuneigung und Achtung geschenkt habe, die sie sich so gewünscht hätten: Papa war ihr einziger Sohn, ich ihr ältestes Enkelkind. Doch selbst *zeyde* und *bobe* zu ihnen zu sagen, worum sie mich gebeten hatte, fand ich widerlich. Und auch *bobes* blonde Perücke über ihren kurzgeschorenen schwarzen Haaren fand ich widerlich.

Ich haßte es, so auszusehen wie Papas Seite der Familie. Meine Mutter war blond und hellhäutig, hatte wunderschöne Locken und ein spitzbübisches Lächeln. Wie du siehst, bin ich dunkelhaarig und alles andere als hübsch. »Mischling« hat meine Cousine Minna mich immer genannt, wenn auch nie vor meinen Großeltern. Oma und Opa haben mich schön gefunden, weil ich die Tochter ihrer geliebten Lingerl war. Erst als ich dann in England bei Minna gelebt habe, bin ich mir häßlich vorgekommen.

Es quält mich, daß ich mich nicht an die Schwestern meines Vaters oder ihre Kinder erinnern kann. Ich habe das Bett mit sechs Cousinen geteilt, und ich kann mich nicht mehr an sie erinnern, nur noch daran, daß ich viel lieber allein in meinem eigenen hübschen weißen Schlafzimmer gewesen wäre. Ich weiß noch, daß ich Oma einen Kuß gab und dabei weinte, aber von *bobe* habe ich mich nicht einmal verabschiedet.

Du sagst, ich darf nicht vergessen, daß ich damals noch ein Kind war? Tja, vielleicht, aber auch ein Kind hat die Fähigkeit, Menschlichkeit zu zeigen.

Jedes Kind durfte einen kleinen Koffer in den Zug mitnehmen. Oma wollte, daß wir ihre ledernen nahmen, die die Nazis nicht interessiert hatten, als sie ihr Silber und ihren Schmuck stahlen. Aber Opa war praktischer veranlagt und wußte, daß Hugo und ich nicht so aussehen durften, als kämen wir aus einer wohlhabenden Familie. Er hat uns billige Pappkoffer besorgt, die wir Kinder ohnehin leichter tragen konnten.

Am Tag vor unserer Abreise packten Hugo und ich unsere wenigen Habseligkeiten immer wieder ein und aus, weil wir uns nicht entscheiden konnten, was wir zurücklassen sollten. Am Abend brachte Opa das Kleid, das ich im Zug tragen sollte, zu Oma hinaus. Alle außer mir schliefen: Ich lag vor Aufregung hellwach in dem Bett, das ich mit meinen Cousinen teilte. Als Opa hereinkam, beobachtete ich ihn mit fast geschlossenen Augen. Nachdem er auf Zehenspitzen mit meinem Kleid aus dem Zimmer geschlichen war, schlüpfte ich aus dem Bett und folgte ihm zu meiner Großmutter. Oma legte den Finger auf die Lippen, als sie mich sah, und trennte schweigend den Bund des Kleides auf. Dann holte sie vier Goldmünzen aus dem Saum ihres eigenen Rockes und nähte sie in meinen Bund, gleich unter den Knöpfen.

»Die sind deine Sicherheit«, sagte Opa. »Erzähl niemandem davon, nicht Hugo, nicht Papa, wirklich niemandem. Du weißt nie, wann du sie brauchst.« Er und Oma wollten Spannungen in der Familie vermeiden, die sich mit Sicherheit ergeben hätten, wenn die anderen gewußt hätten, daß sie einen kleinen Notgroschen hatten. Wenn die Tanten und Onkel erfuhren, daß Lingerls Kinder vier wertvolle Goldmünzen bekamen – nun, wenn Menschen Angst haben und auf engstem Raum zusammenleben, ist alles möglich.

Dann weiß ich nur noch, daß Papa mich aufweckte und mir eine Tasse von dem dünnen Tee gab, den wir alle immer zum Frühstück tranken. Irgend jemand von den Erwachsenen hatte genug Kondensmilch aufgetrieben, um jedem von uns Kindern fast jeden Morgen einen Eßlöffel davon in den Tee zu tun.

Wenn mir klargewesen wäre, daß ich sie alle nie wiedersehen würde – aber es war so schon schwer genug wegzufahren, in ein fremdes Land, in dem wir nur Cousine Minna kannten. Von Cousine Minna wußten wir, daß sie eine verbitterte Frau war, die den Kindern Angst einjagte, wenn sie mit uns im Sommer drei Wochen Urlaub am Kleinsee machte. Hätte ich begriffen, daß dies ein endgültiger Abschied werden würde, wäre ich nicht in der Lage gewesen, die Abreise und die nächsten Jahre zu ertragen.

Der Zug setzte sich an einem kalten Tag im April in Bewegung, und dichter Regen prasselte vom Himmel, als wir die Leopoldsgasse hinuntergingen, nicht zum Hauptbahnhof, sondern zu einem kleinen Vorortbahnhof, wo wir keine Aufmerksamkeit erregen würden. Papa trug einen langen roten Schal, damit Hugo und ich ihn vom Zug aus leichter sehen konnten. Er war Caféhausgeiger, jedenfalls war er das früher gewesen, und als er uns an einem der Fenster entdeckte, holte er seine Geige heraus und versuchte eine der Zigeunermelodien zu spielen, zu denen er uns Tänze beigebracht hatte. Selbst Hugo merkte, daß seine Hand dabei vor Kummer zitterte, und er rief Papa zu, er solle aufhören, einen solchen Krach zu machen.

»Ich sehe euch bald wieder«, versicherte Papa uns. »Lottchen, du mußt jemanden auftreiben, der einen fleißigen Arbeiter braucht. Ich kann alles, das darfst du nicht vergessen – kellnern, Holz oder Kohlen schleppen, in einem Hotelorchester spielen.«

Als der Zug sich in Bewegung setzte, hielt ich Hugo an der Jacke fest, und wir zwei beugten uns wie alle anderen Kinder aus dem Fenster, um zu winken, bis Papas roter Schal in der Ferne verschwunden war.

Als wir durch Österreich und Deutschland fuhren, hatten wir genau jene Ängste, über die die Kindertransportkinder berichten: vor den Wachleuten, die uns einschüchtern wollten, vor der Durchsuchung unseres Gepäcks. Wir standen reglos daneben, während sie versuchten, Wertgegenstände zu finden: Jeder von uns durfte nur zehn Mark mitnehmen. Mein Herz klopfte wie wild, aber zum Glück tasteten sie meine Kleidung nicht ab, und so kamen die Goldmünzen sicher zusammen mit mir an. Nach einer ganzen Zeit überquerten wir die Grenze zwischen Deutschland und Holland, und zum erstenmal seit dem Anschluß Österreichs an das Deutsche Reich waren wir plötzlich von freundlichen Erwachsenen umgeben, die uns mit Brot und Fleisch und Süßigkeiten überschütteten.

Von der Überfahrt nach England weiß ich nicht mehr viel. Ich glaube, es herrschte ruhiger Seegang, aber ich war so nervös, daß ich auch ohne hohe Wellen einen flauen Magen bekam. Als wir anlegten, hielten wir in der Menge der Erwachsenen, die gekommen waren, um uns zu empfangen, besorgt nach Minna Ausschau, doch irgendwann waren alle Kinder abgeholt, und wir standen ganz allein auf dem Pier. Schließlich tauchte eine Frau vom Flüchtlingskomitee auf: Minna hatte ihr – allerdings erst am Morgen – gesagt, man solle uns mit dem Zug nach London schicken. Wir verbrachten die Nacht zusammen mit den Kindern, die niemand mitgenommen hatte, in einem Lager in Harwich und fuhren am nächsten Morgen nach London. Als wir am Bahnhof Liverpool Street eintrafen, war alles riesig, und wir klammerten uns aneinander, während die Dampfloks stampften, aus den Lautsprechern unverständliche Wörter dröhnten und die Leute an uns vorbeihasteten. Ich packte Hugos Hand ganz fest.

Unsere Cousine Minna hatte einen Arbeiter geschickt, um uns abzuholen, der nun aufmerksam unsere Gesichter mit denen auf einem Foto verglich. Er sprach Englisch, das wir überhaupt nicht verstanden, und Jiddisch, das wir nicht sonderlich gut verstanden, aber er war nett, schob uns in ein Taxi, zeigte uns die Houses of Parliament und Big Ben, und gab jedem von uns für den Fall, daß wir nach der langen Reise Hunger hatten, ein Sandwich mit einer merkwürdigen Paste darauf.

Erst als wir das schmale alte Haus im Norden Londons erreichten, erfuhren wir, daß Minna nur mich, nicht aber Hugo aufnehmen würde. Der Mann aus der Fabrik setzte uns in ein düsteres Zimmer, wo wir sitzen blieben, ohne uns von der Stelle zu bewegen, weil wir Angst hatten, irgendein Geräusch zu machen oder jemanden zu stören. Nach ziemlich langer Zeit kehrte Minna von der Arbeit zurück, rauschte ins Zimmer und verkündete, daß der Vorarbeiter aus der Handschuhfabrik Hugo in einer Stunde abholen würde.

»Ein Kind, nicht mehr. Das habe ich Ihrer Hoheit Madame Butterfly mitgeteilt, als sie mich in ihrem Brief angebettelt hat, ihr zu helfen. Vielleicht macht's ihr ja Spaß, mit einem Zigeuner ins Heu zu gehen, aber das bedeutet nicht, daß wir anderen uns dann um ihre Kinder kümmern müssen.«

Ich versuchte, ihr zu widersprechen, aber sie erklärte mir, sie könne mich auch einfach auf die Straße setzen. »Seid mir lieber dankbar, ihr kleinen Mischlinge. Ich habe einen ganzen Tag gebraucht, den Vorarbeiter zu überreden, daß er Hugo selbst nimmt und ihn nicht einfach der Kinderfürsorge überläßt.«

Der Vorarbeiter, ein Mr. Nußbaum, entpuppte sich als guter Pflegevater für Hugo: Er verschaffte ihm sogar viele Jahre später eine Grundlage für sein Geschäft. Aber du kannst dir kaum vorstellen, wie wir uns an jenem Tag fühlten, als er Hugo abholte: Das war das letzte Mal, daß wir ein vertrautes Gesicht unserer Kindheit sahen.

Minna durchsuchte genau wie die Naziwachleute meine Kleidung, weil sie nicht glaubte, daß meine Familie tatsächlich so verarmt war.

Zum Glück war meine Oma schlauer gewesen als die Nazis und als Minna. Die Goldmünzen halfen mir später, mein Medizinstudium zu finanzieren, aber da greife ich vor auf eine Zukunft, an die ich noch längst nicht dachte, als ich um meine Eltern und meinen Bruder weinte.

10 In der Höhle der Gedankenleserin

Als ich am nächsten Morgen aufwachte, war mein Kopf schwer von unruhigen Träumen. Ich habe einmal gelesen, daß man von den Menschen, die man verloren hat, achtzehn Monate nach ihrem Tod träumt, wie sie in der Blüte ihres Lebens ausgesehen haben. Auch ich sah meine Mutter in meinen Träumen manchmal, wie sie in meiner Kindheit gewesen war, lebhaft und leidenschaftlich, aber in der vergangenen Nacht hatte sie im Sterben gelegen, benommen vom Morphium, das Gesicht kaum noch zu erkennen, weil die Krankheit es so sehr ausgemergelt hatte. Lotty und meine Mutter sind in meinem Bewußtsein so eng miteinander verbunden, daß Lottys Kummer sich fast zwangsläufig in meinen Schlaf schlich.

Morrell sah mich fragend an, als ich mich aufsetzte. Er war erst nach mir ins Bett gegangen, wo ich mich hin und her gewälzt hatte. Seine bevorstehende Abreise machte ihn nervös und hektisch; wir hatten uns hastig und voller Leidenschaft geliebt, ohne daß es uns sonderlich befriedigt hätte. Hinterher waren wir eingeschlafen, ohne noch miteinander zu reden. Im Morgenlicht zeichnete er nun meine Wangenknochen mit dem Finger nach und fragte mich, ob ich wegen unseres bevorstehenden Abschieds so unruhig geschlafen habe.

Ich lächelte gequält. »Nein, diesmal war mein eigener Kram schuld.« Ich erzählte ihm kurz vom Vortag.

»Warum fahren wir nicht übers Wochenende nach Michigan?« sagte er. »Wir könnten beide eine Verschnaufpause gut vertragen. Am Samstag kannst du ohnehin nicht viel tun, und wenn wir nicht ständig die ganzen Leute um uns haben, können wir uns auch besser aufeinander einstellen. Don ist wirklich wie ein Bruder für mich, aber ihn gerade jetzt hier zu haben, ist einfach ein bißchen viel. Wir kommen rechtzeitig zu Michaels und Carls Konzert am Sonntag wieder zurück.«

Ich entspannte mich bei dem Gedanken, und plötzlich hatte ich trotz der unruhigen Nacht neue Energie für den Tag. Nachdem ich nach Hause gefahren war, um rasch die Hunde eine Runde im See schwimmen zu lassen, machte ich mich auf den Weg zu Unblinking Eye im West Loop, dem Kamera- und Videoladen, an den ich mich immer wende, wenn nur das Beste gut genug ist. Dort erklärte ich Maurice Redken, dem Techniker, mit dem ich normalerweise zusammenarbeite, was ich brauchte.

Wir spielten mein Video von dem Interview auf Channel 13 auf einem der Apparate von Unblinking Eye und betrachteten Radbukas Gesicht, als er die Qualen seines Lebens schilderte. Als er sagte: »Meine Miriam, wo ist meine Miriam? Ich will meine Miriam zurück«, ging die Kamera ganz nah heran. Ich hielt das Band an und bat Maurice, dieses Bild sowie ein paar andere Nahaufnahmen für mich als Fotos zu entwickeln. Ich hoffte, daß Rhea Wiell mich Radbuka vorstellen würde, doch wenn sie das nicht tat, würden die Bilder Mary Louise und mir helfen, ihn aufzuspüren.

Maurice versprach mir, sowohl die Fotos als auch die drei Kopien von dem Tape bis zum Abend fertig zu haben. Es war beinahe halb elf, als ich den Laden verließ, also nicht mehr genug Zeit, vor Dons Termin mit Rhea Wiell noch zurück in mein Büro zu fahren, aber immerhin konnte ich die etwa drei Kilometer von Unblinking Eye zum Water Tower zu Fuß gehen, wenn ich nicht trödelte – ich hasse es, die horrenden Parkgebühren der Gold Coast zu zahlen.

Water Tower Place ist ein Einkaufsmekka an der North Michigan Avenue, ein bevorzugter Haltepunkt für Touristenbusse aus kleinen Städten im Mittleren Westen sowie ein Treffpunkt für die Teenager der Gegend. Nachdem ich mich an jungen Mädchen, deren gepiercter Bauchnabel unter dem kurzen T-Shirt zu sehen war, und an Frauen mit teuren Kinderwagen voller Päckchen vorbeigekämpft hatte, entdeckte ich Don, der mit dem Rücken am Hintereingang lehnte. Er war so vertieft in sein Buch, daß er den Blick nicht hob, als ich neben ihm stehenblieb. Ich las den Titel auf dem Buchrücken: *Hypnotische Induktion und Suggestion – eine Einführung.*

»Steht da drin, wie Ms. Wiell arbeitet?« fragte ich.

Er klappte das Buch mit einem Blinzeln zu. »Es steht drin, daß blockierte Erinnerungen durch Hypnose freigelegt werden können. Das behaupten zumindest die Autoren. Zum Glück muß ich nur rausfinden, ob sich ein Buch über die Wiell verkaufen läßt, und nicht, ob ihre Art der Therapie eine seriöse Grundlage hat. Ich werde dich als jemanden vorstellen, der mir hilft, die Hintergrundinformationen zu recherchieren, wenn die Wiell und mein Verleger sich einigen. Du kannst alles sagen, was du willst.«

Er warf einen Blick auf seine Uhr und fischte eine Zigarette aus seiner Brusttasche. Obwohl er heute frische Kleidung trug – ein gebügeltes Hemd ohne Krawatte und ein Tweed-Sakko –, wirkte er immer noch verschlafen. Ich nahm das Buch über hypnotische Induktion, während Don seine Zigarette anzündete. Generell ausgedrückt, schien man die Hypnose auf zweierlei Art einzusetzen: Die suggestive Hypnose half Menschen dabei, schlechte Angewohnheiten abzulegen, und die Hypnoseanalyse erleichterte das Auftauchen verdrängter Gedächtnisinhalte und Assoziationen. Die Wiedererlangung von Erinnerungen machte jedoch nur einen kleinen Teil der Verwendungszwecke von Hypnose in der Therapie aus.

Don strich das glühende Ende seiner Zigarette ab und steckte den Stummel in seine Tasche. »Zeit zu gehen, Ms. Warshawski.«

Ich folgte ihm in das Gebäude. »Dieses Buch könnte dir helfen, endlich deine kostspielige Sucht loszuwerden.«

Er streckte mir die Zunge heraus. »Ich wüßte doch gar nicht, was ich mit meinen Händen anfangen sollte, wenn ich aufhöre.«

Hinter einem Zeitungskiosk im Erdgeschoß traten wir in eine dunkle Nische, in der sich die Aufzüge zu den Bürogeschossen befanden. Das Arrangement war so diskret, daß sich nur selten einer der Kauflustigen hierher verirrte. Ich warf einen Blick auf das Schild mit den Namen der Mieter: ein Schönheitschirurg, ein Endodontist, ein Kosmetiksalon, ja, sogar eine Synagoge. Was für eine merkwürdige Kombination.

»Ich habe in der Jane Addams School angerufen, genau wie du gesagt hast«, meinte Don plötzlich, als wir allein im Aufzug standen. »Zuerst habe ich dort niemanden auftreiben können, der die Wiell gekannt hätte – sie hat ihren Abschluß immerhin schon vor fünfzehn Jahren gemacht. Aber als ich die Sache mit der Hypnosetherapie erwähnt habe, hat sich die Institutssekretärin erinnert. Die Wiell war damals verheiratet und hat den Namen ihres Mannes verwendet.«

Wir traten aus dem Aufzug und befanden uns nun an einem Punkt, an dem vier lange Flure aufeinandertrafen. »Was haben sie in der University of Illinois über sie gesagt?« fragte ich.

Er warf einen Blick in seinen Terminkalender. »Ich glaube, wir müssen hier lang. Es war von Neid die Rede, davon, daß sie eine Scharlatanin ist, aber als ich weiter nachgebohrt habe, hat sich rausgestellt, daß das mit dem Reichtum zu tun hat, den sie sich durch die Sozialarbeit erworben hat. Allzuoft passiert das wahrscheinlich nicht.«

Wir blieben vor einer hellen Tür mit Rhea Wiells Namen und Berufsbezeichnung stehen. Ich bekam eine Gänsehaut bei der Vorstellung, daß die Frau möglicherweise meine Gedanken lesen konnte. Vielleicht kannte sie mich besser als ich mich selbst. War dies der Grund, warum der Mensch sich durch Hypnose beeinflussen ließ? Weil er sich wünschte, daß jemand ihn ganz und gar verstand?

Nachdem Don die Tür geöffnet hatte, traten wir in einen winzigen Vorraum mit zwei geschlossenen Türen und einer dritten, die geöffnet war. Diese führte in ein Wartezimmer, wo ein Schild uns sagte, wir sollten uns setzen und uns entspannen. Darunter stand, man solle alle Handys und Piepser ausschalten. Don und ich holten artig unsere Telefone heraus. Er schaltete seines aus, doch bei meinem war ohnehin wieder mal der Akku leer, ohne daß ich es gemerkt hatte.

Das Wartezimmer war so sehr auf Behaglichkeit ausgerichtet, daß sich darin sogar eine Karaffe mit heißem Wasser sowie eine Auswahl von Kräutertees befanden. Dazu klimperte leise New-Age-Musik, und die tiefen Sessel standen vor einem fast ein Meter fünfzig hohen, in die Wand eingelassenen Aquarium. Die Fische schienen im Takt mit der Musik auf und ab zu schwimmen.

»Was meinst du wohl, was das alles kostet?« Don drückte nacheinander die Klinken der beiden anderen Türen. Hinter der einen verbarg sich eine Toilette, die andere war verschlossen.

»Keine Ahnung – die Einrichtung war wahrscheinlich ganz schön teuer, doch alles in Schuß zu halten kostet bestimmt nicht so viel. Abgesehen natürlich von der Miete. Dich macht ja dein Nikotin wach, aber mich schläfern diese Fische ein.«

Er grinste. »Du schläfst ein, Vic, und wenn du wieder aufwachst…«

»So funktioniert das nicht, auch wenn die Leute natürlich das im Kopf haben, was sie im Fernsehen sehen, und anfangs nervös sind.« Die verschlossene Tür hatte sich geöffnet, und Rhea Wiell trat zu uns ins Wartezimmer. »Sie sind von dem Verlag, nicht wahr?«

Sie sah kleiner aus als im Fernsehen, aber ihr Gesicht wirkte genauso gelassen wie in der Sendung. Sie trug ganz ähnliche Kleidung wie dort, nämlich ein sanft fließendes Kleid, das an eine indische Mystikerin erinnerte.

Don gab ihr völlig unbefangen die Hand und stellte uns vor. »Wenn wir beschließen sollten zusammenzuarbeiten, könnte Vic uns helfen, die Hintergrundinformationen zu recherchieren.«

Rhea Wiell trat einen Schritt beiseite, um uns in ihr Büro zu lassen, dessen Einrichtung – ein Ruhesessel, eine Couch sowie ihr eigener Stuhl, alles in sanftem Grün gehalten – zu unserer Entspannung beitragen sollte. Ihre Diplome hingen hinter ihrem Schreibtisch: ihr Abschlußzeugnis von der Jane Addams School of Social Work, ein Zertifikat vom American Institute of Clinical Hypnosis sowie ihre Zulassung des Staates Illinois für die Sozialarbeit in der Psychiatrie.

Ich setzte mich auf die Kante des Ruhesessels, während Don es sich auf der Couch bequem machte. Rhea Wiell nahm auf ihrem Schreibtischstuhl Platz, die Hände locker im Schoß verschränkt. Sie sah aus wie Jean Simmons in *Elmer Gantry*.

»Bei der Sendung neulich abend auf Channel 13 war mir sofort klar, daß Sie und Paul Radbuka eine eindrucksvolle Geschichte zu erzählen haben«, sagte Don. »Sie haben vermutlich schon vor meinem Anruf mit dem Gedanken gespielt, sie in Buchform zu veröffentlichen, oder?«

Rhea Wiell lächelte matt. »Natürlich. Wenn Sie die ganze Sendung gesehen haben, ist Ihnen bestimmt klar, daß meine Arbeit in gewissen Kreisen... falsch verstanden wird. Ein Buch, das die Auflösung von Traumablockaden rehabilitiert, wäre natürlich unendlich wertvoll. Und die Geschichte von Paul Radbuka ist ungewöhnlich und eindrucksvoll genug, um die Leute dazu zu bringen, sich ernsthaft mit diesem Problem auseinanderzusetzen.«

Don beugte sich vor, die Hände unterm Kinn verschränkt. »Ich muß gestehen, daß ich erst vorgestern abend mit diesem

Thema in Kontakt gekommen bin. Aber seitdem habe ich versucht, mich so gut wie möglich darüber zu informieren. Ich habe eine Einführung in die hypnotische Suggestion und einige Artikel über Sie gelesen. Allerdings möchte ich nicht behaupten, daß ich mich jetzt schon auskenne.«

Sie nickte. »Die Hypnose ist nur ein Teil des gesamttherapeutischen Ansatzes, und zwar ein eher kontroverser, weil die Leute keine allzu große Ahnung davon haben. An was, wie und – das ist vielleicht am interessantesten – warum wir uns erinnern, all das ist nach wie vor so gut wie unbekannt. Die Forschung zu dem Thema erscheint mir interessant, aber ich bin keine Forscherin und habe auch nicht die Zeit, experimentellen Ergebnissen bis in die Tiefe nachzugehen.«

»Würde sich Ihr Buch ausschließlich mit Paul Radbuka beschäftigen?« fragte ich.

»Darüber denke ich seit Dons – Sie haben doch nichts dagegen, wenn ich Sie mit dem Vornamen anrede? – gestrigem Anruf nach. Ich glaube, ich sollte zusätzlich noch andere Fallbeispiele verwenden, um zu beweisen, daß meine Arbeit mit Paul keine Eintagsfliege ist, wie die Therapeuten von Planted Memory behaupten.«

»Wie sollte Ihrer Ansicht nach die zentrale Frage des Buches aussehen?« Don klopfte gedankenverloren auf seine Jackentasche, holte aber einen Stift und nicht seine halbgerauchte Zigarette heraus.

»Sie sollte sich mit dem Nachweis beschäftigen, daß unsere Erinnerung verläßlich ist, und den Unterschied zwischen gelenkter und echter Erinnerung aufzeigen. Ich bin gestern abend nach der Arbeit die Akten meiner Patienten durchgegangen und habe mehrere Fallgeschichten gefunden, die diesen Punkt eindrucksvoll illustrieren würden. Drei dieser Patienten litten unter vollkommener Amnesie über ihre Kindheit, als sie mit der Therapie begannen. Einer hatte partielle, zwei weitere ihrer Meinung nach vollständige Erinnerungen, obwohl die Therapie ihnen auch half, neue Schichten freizulegen. In gewisser Hinsicht ist es aufregender, jemandem, der unter Amnesie leidet, bei der Freilegung von Erinnerungen zu helfen, aber schwieriger ist es, Menschen, die noch Erinnerungsreste haben, beim Füllen der Lücken Anleitungen zu geben.«

Don unterbrach sie mit der Frage, ob es denn eine Möglichkeit gebe, Erinnerungen zu verifizieren, die durch die Therapie freigelegt würden. Ich hatte erwartet, daß Rhea Wiell in die Defensive gehen würde, doch sie reagierte ganz ruhig.

»Deshalb habe ich die erwähnten Fälle herausgesucht. Für jeden von ihnen gibt es mindestens einen anderen Menschen aus der Kindheit, der die Ergebnisse der Therapie bestätigen kann. Bei manchen ist es ein Bruder oder eine Schwester. In einem Fall ist es ein Sozialarbeiter, in zwei anderen sind es Lehrer der Grundschule.«

»Wir müßten eine schriftliche Erlaubnis einholen.« Don machte sich eine Notiz. »Von den Patienten und den Leuten, die ihre Aussagen bestätigen, den Zeugen.«

Sie nickte wieder. »Natürlich würde ich ihre wahren Namen nicht nennen, nicht nur, um sie selbst, sondern auch um ihre Angehörigen und Kollegen zu schützen, denen solche Enthüllungen schaden könnten. Aber Sie bekommen die schriftliche Erlaubnis.«

»Handelt es sich bei den anderen Patienten ebenfalls um Überlebende des Holocaust?« fragte ich.

»Paul zu helfen war ein unglaubliches Geschenk.« Ein so ekstatisches und intimes Lächeln spielte um ihre Lippen, daß ich instinktiv auf dem Ruhesessel zurückrutschte, weg von ihr. »Die meisten meiner Patienten haben es mit schrecklichen Traumata zu tun, aber alle im Kontext unseres eigenen amerikanischen Kulturkreises. Paul zu dem Punkt zurückzuführen, an dem er als kleiner Junge mit seinen Spielkameraden im Konzentrationslager gebrochenes Deutsch redete, war die erschütterndste Erfahrung meines Lebens. Ich kann mir im Moment nicht einmal vorstellen, wie wir das in angemessener Form schriftlich ausdrücken sollen.« Sie sah ihre Hände an und fügte dann mit erstickter Stimme hinzu: »Ich glaube, er hat erst neulich ein Erinnerungsfragment über den Tod seiner Mutter freigelegt.«

»Ich tue, was ich kann«, murmelte Don. Auch er war von ihr weggerutscht.

»Sie haben gesagt, Sie würden die wahren Namen der Patienten nicht nennen«, meinte ich. »Dann ist Paul Radbuka also nicht sein richtiger Name?«

Die Ekstase verschwand aus Rhea Wiells Gesicht und machte wieder der Patina ruhiger Professionalität Platz. »Er ist der einzige, der keine Angehörigen mehr zu haben scheint, die durch seine Enthüllungen kompromittiert werden könnten. Außerdem ist er so stolz auf seine wiedergefundene Identität, daß ich ihn nicht überreden könnte, einen falschen Namen zu benutzen.«

»Dann haben Sie also schon mit ihm darüber gesprochen?« fragte Don sofort. »Er würde mitmachen?«

»Ich habe noch keine Zeit gehabt, mich mit irgendeinem meiner Patienten darüber zu unterhalten.« Sie lächelte sanft. »Schließlich haben Sie mich erst gestern angerufen. Aber ich weiß, wie intensiv die Gefühle von Paul sind: Deshalb wollte er auch unbedingt diese Woche bei der Birnbaum-Konferenz sprechen. Ich glaube, er würde alles tun, um mich in meiner Arbeit zu unterstützen, weil sie sein Leben auf so drastische Weise verändert hat.«

»Wie kam's, daß er sich an den Namen Radbuka erinnert hat?« fragte ich. »Er wurde doch vom vierten Lebensjahr an von seinem Pflegevater aufgezogen und seiner eigentlichen Familie bereits als Kleinkind weggenommen – erinnere ich mich da richtig?«

Rhea Wiell schüttelte den Kopf über mich. »Ich hoffe, Ihre Aufgabe besteht nicht darin, mir Fallen zu stellen, Ms. Warshawski. Wenn dem so sein sollte, müßte ich mich nach einem anderen Verlag als Envision Press umsehen. Paul hat im Schreibtisch seines Vaters – ich sollte lieber Ziehvater sagen – Papiere gefunden, die ihm den Weg zu seinem eigentlichen Namen gewiesen haben.«

»Ich wollte Ihnen keine Falle stellen, Ms. Wiell. Aber es würde dem Buch mit Sicherheit nützen, wenn eine neutrale Person seine Radbuka-Identität bestätigen könnte. Möglicherweise bin ich in der Lage, das zu bewerkstelligen. Ich habe Freunde, die in den letzten Monaten vor Kriegsausbruch mit dem Kindertransport von Mitteleuropa nach England gekommen sind. Offensichtlich hieß einer ihrer Freunde in London Radbuka. Wenn es sich herausstellen sollte, daß Ihr Patient ein Verwandter ist, könnte das für ihn und auch für meine Freunde, die so viele Angehörige verloren haben, viel bedeuten.«

Wieder spielte dieses verzückte Lächeln um ihren Mund. »Ach, wenn sie ihn seinen Verwandten vorstellen könnten, wäre das ein unbeschreibliches Geschenk für Paul. Wer sind sie? Leben sie in England? Woher kennen Sie sie?«

»Zwei von ihnen leben hier in Chicago; der dritte ist ein Musiker aus London, der nur ein paar Tage hier ist. Wenn ich mich mit Ihrem Patienten unterhalten könnte ...«

»Erst, nachdem ich mit ihm gesprochen habe«, fiel sie mir ins Wort. »Und Sie müßten mir die Namen Ihrer ... Freunde ... geben, bevor ich das tun könnte. Ich bin nur ungern so argwöhnisch, aber die Planted Memory Foundation hat mir einfach schon zu viele Fallen gestellt.«

Meine Augen verengten sich, als ich versuchte, den Sinn hinter ihren Worten zu ergründen. War das Paranoia, die von zu vielen Scharmützeln mit Arnold Praeger herrührte, oder ganz legitime Vorsicht?

Bevor ich das für mich entscheiden konnte, sagte Don schon: »Max würde es doch sicher nichts ausmachen, wenn du seinen Namen sagst, oder, Vic?«

»Max?« rief Rhea Wiell aus. »Max Loewenthal?«

»Woher kennen Sie ihn?« fragte Don wieder, bevor ich etwas sagen konnte.

»Er hat in dem Teil der Konferenz gesprochen, in dem es um die Bemühungen der Überlebenden ging, mehr über das Schicksal ihrer Familien sowie darüber zu erfahren, ob sie irgendwelche Konten bei Schweizer oder deutschen Banken hatten. Paul und ich haben uns den Vortrag in der Hoffnung angehört, Anregungen für die Suche nach seiner Familie zu bekommen. Wenn Sie mit Max befreundet sind, würde Paul sich sicher freuen, sich mit ihm zu unterhalten – ich halte ihn für einen außergewöhnlichen Mann, sanft, einfühlsam und doch selbstbewußt und bestimmt.«

»Das ist eine gute Beschreibung seiner Persönlichkeit«, sagte ich, »aber er legt auch viel Wert auf den Schutz seiner Privatsphäre. Er wäre sicher verärgert, wenn Paul Radbuka sich mit ihm in Verbindung setzen würde, ohne daß ich zuvor Gelegenheit gehabt habe, mit Mr. Radbuka zu sprechen.«

»Sie können sicher sein, daß ich seine Privatsphäre achten werde. Die Beziehung zu meinen Patienten wäre nicht möglich, wenn ich das nicht täte.« Rhea Wiell bedachte mich mit dem gleichen zuckersüßen, aber doch stahlharten Lächeln wie ein paar Tage zuvor Arnold Praeger im Fernsehen.

»Könnten wir also ein Treffen mit Ihrem Patienten arrangieren, bei dem ich mich mit ihm unterhalten kann, bevor ich ihn meinen Freunden vorstelle?« Ich versuchte, nicht gereizt zu klingen, wußte aber, daß ich ihr in puncto Gelassenheit nicht das Wasser reichen konnte.

»Bevor ich irgend etwas unternehme, muß ich mit Paul sprechen. Sie werden sicher verstehen, daß jedes andere Vorgehen sein Vertrauen zu mir belasten würde.« Sie notierte den Namen von Max neben den nächsten Termin von Paul Radbuka in ihrem Terminkalender: Ihre gestochen scharfe, fast wie gedruckte Handschrift konnte ich ohne Schwierigkeiten auch verkehrt herum lesen.

»Natürlich verstehe ich das«, sagte ich, um Geduld bemüht. »Aber ich kann es nicht zulassen, daß Paul Radbuka Mr. Loewenthal aufs Geratewohl in dem Glauben aufsucht, sie seien verwandt. Ich persönlich denke sowieso nicht, daß Mr. Loewenthal selbst Teil der Radbuka-Familie ist. Wenn ich Paul vorher ein paar Fragen stellen könnte, würde das die Sache für alle leichter machen.«

Sie schüttelte entschieden den Kopf: Mir, einer unerfahrenen Fremden, würde sie Paul nicht überlassen. »Egal, ob Mr. Loewenthal selbst oder sein Musikerfreund möglicherweise Pauls Familie angehört – ich versichere Ihnen, daß ich mich dem Betreffenden mit dem äußersten Fingerspitzengefühl nähern würde. Aber der erste Schritt ist auf jeden Fall mein Gespräch mit Paul, um von ihm die Erlaubnis zu erhalten, daß ich mich mit Ihren Freunden in Verbindung setze. Wie lange wird Ihr Musikerfreund in Chicago sein?«

Inzwischen wollte ich ihr überhaupt nichts mehr über irgendwelche Leute erzählen, die ich kannte, aber Don kam mir zuvor und sagte: »Ich glaube, er hat erwähnt, daß er am Montag zur Westküste fliegt.«

Während ich meine Wut hinunterzuschlucken versuchte, brachte Don Rhea Wiell dazu, ihm kurz zu schildern, wie Hypnose funktionierte und wie sie sie einsetzte – sparsam und nur, wenn ihre Patienten das Gefühl hatten, ihr vertrauen zu können –, dann wandte er sich der kontroversen Diskussion zu, die das Buch höchstwahrscheinlich entfachen würde.

Er schenkte ihr ein einnehmendes Grinsen. »Von unserer Warte aus ist eine kontroverse Diskussion höchst wünschenswert, weil das Buch dann in der Presse wahrgenommen wird, und das ist unbezahlbar. Aber möglicherweise wollen Sie nicht, daß Sie selbst und Ihre Praxis auf solche Weise ins Licht der Öffentlichkeit rücken.«

Sie erwiderte sein Lächeln. »Ich würde die Publicity genau wie Sie begrüßen – wenn auch aus anderem Grund. Ich möchte, daß so viele Leute wie möglich begreifen, auf welche Weise wir Erinnerungen blockieren, wie wir sie wieder freilegen und uns selbst auf diese Art befreien können. Die Planted Memory Foundation hat Menschen, die unter Traumata leiden, sehr geschadet. Ich habe bisher nicht die Möglichkeit gehabt, die Wahrheit einer breiteren Öffentlichkeit nahezubringen. Dieses Buch würde mir sehr helfen.«

Ein silbernes Glöckchen, das mich an eine japanische Tempelglocke erinnerte, läutete auf ihrem Schreibtisch. »Leider müssen wir unser Gespräch jetzt beenden – ich erwarte einen Patienten und brauche Zeit, um die Sitzung vorzubereiten.«

Ich gab ihr meine Visitenkarte und sagte ihr noch einmal, daß ich mich so bald wie möglich mit Paul Radbuka unterhalten wolle. Sie gab mir ihre kühle, trockene Hand und drückte die meine leicht, um mich ihres guten Willens zu versichern. Don bot sie an, ihm dabei zu helfen, mit dem Rauchen aufzuhören, wenn er wollte.

»Der größte Teil meiner Hypnosearbeit beschäftigt sich mit der Selbsterforschung, aber manchmal wende ich mich auch der Suchtbekämpfung zu.«

Don lachte. »Ich hoffe, daß wir etwa ein Jahr lang eng zusammenarbeiten werden. Falls ich zu dem Schluß kommen sollte, daß ich bereit bin, mit dem Rauchen aufzuhören, legen wir das Manuskript beiseite, und ich nehme auf Ihrer Couch hier Platz.«

11 Tempowechsel

Als wir auf dem Weg zum Aufzug an dem Schönheitschirurgen mit Spezialgebiet Fettabsaugen vorbeikamen, gratulierte Don sich dazu, wie gut alles gelaufen war. »Das wird ein tolles Projekt. Mit diesen Augen könnte sie mich zu fast allem überreden.«

»Tja, das hat sie offenbar schon getan«, sagte ich trocken. »Mir wär's allerdings lieber gewesen, wenn du den Namen von Max nicht erwähnt hättest.«

»Mein Gott, Vic, es war der reine Zufall, daß sie den Namen sofort mit Max Loewenthal in Verbindung gebracht hat.« Er trat einen Schritt zurück, als sich die Aufzugtüren öffneten, um ein älteres Paar herauszulassen. »Dieses Buch wird meine Karriere retten. Ich wette, daß ich meinen Agenten dazu bringe, eine hohe sechsstellige Summe auszuhandeln, ganz zu schweigen von den Filmrechten. Ich sehe schon Dustin Hoffman, wie er sich als völlig gebrochener Radbuka an seine Vergangenheit erinnert.«

Lottys bittere Bemerkung über Geister, die sich an den Schatten der Vergangenheit schadlos hielten, fiel mir wieder ein. »Du hast gesagt, du willst Lotty Herschel beweisen, daß du kein Journalist bist, der den Leuten gleich das Mikro vor die Nase hält. Sehr überzeugend wird sie das nicht finden, wenn du dich gar nicht mehr einkriegst vor lauter Freude darüber, aus dem Elend ihrer Freunde einen kommerziellen Film zu machen.«

»Vic, nun übertreib mal nicht so schamlos«, sagte Don. »Gönnst du mir nicht meinen kleinen Triumph? Natürlich nehme ich Rücksicht auf Dr. Herschels Gefühle. Anfangs hatte ich Zweifel an Rhea, aber nach der Stunde war ich dann völlig von ihr überzeugt. Tut mir leid, wenn mir die Aufregung ein bißchen zu Kopf gestiegen ist.«

»Mich hat sie auf dem falschen Fuß erwischt«, sagte ich.

»Bloß, weil sie dir nicht gleich die Privatnummer ihres Patienten gegeben hat. Die sie keinesfalls irgend jemandem geben sollte. Das weißt du ganz genau.«

»Ja, das weiß ich«, pflichtete ich ihm bei. »Wahrscheinlich stört's mich einfach, daß sie die Situation kontrollieren will:

Sie wird sich mit Max und Lotty und Carl treffen; sie wird entscheiden, was dann geschieht, aber sie wehrt sich mit Händen und Füßen dagegen, daß ich mich mit ihrem Patienten unterhalte. Findest du es nicht auch merkwürdig, daß er ihre Büroals seine Privatadresse angegeben hat, als wäre seine Identität völlig von ihr abhängig?«

»Du übertreibst, Vic, weil du selbst immer gern die Kontrolle hast. Lies erst mal ein paar von den Artikeln über die Angriffe von Planted Memory gegen sie, die du mir ausgedruckt hast, ja? Dann begreifst du, wie vernünftig es von ihr ist, vorsichtig zu sein.«

Er schwieg, als der Aufzug unten ankam und wir uns an einer Gruppe von Leuten vorbeidrängten, die einsteigen wollten. In der Hoffnung, Paul Radbuka unter ihnen zu entdecken, ließ ich den Blick über sie schweifen. Hatten sie vor, sich das Fett absaugen zu lassen oder sich einer Wurzelbehandlung zu unterziehen? Welcher von ihnen war Rhea Wiells nächster Patient?

Dann fuhr Don mit dem Gedanken fort, der ihn am meisten beschäftigte: »Wer von den dreien, glaubst du, ist mit Radbuka verwandt? Lotty, Max oder Carl? Für Leute, die sich nur um das Wohlergehen ihrer Freunde Sorgen machen, klingen sie ganz schön kratzbürstig.«

Ich blieb hinter dem Zeitungskiosk stehen, um ihn verständnislos anzustarren. »Ich denke, keiner von ihnen ist mit Radbuka verwandt. Deswegen ärgert's mich ja so, daß Ms. Wiell jetzt den Namen von Max hat. Ja, ja, ich weiß«, fügte ich hinzu, als ich sah, daß er etwas sagen wollte, »du hast ihn ihr nicht gegeben. Aber sie ist so auf das Wohlergehen ihres Vorzeigepatienten fixiert, daß sie gar nicht mehr auf die Idee kommt, das anderer Leute in Betracht zu ziehen.«

»Warum sollte sie auch?« fragte er. »Ich meine, ich verstehe ja, daß du wünschst, sie würde Max oder Dr. Herschel gegenüber genausoviel Mitgefühl zeigen wie Paul Radbuka, aber wieso sollte sie sich über eine Gruppe von Leuten, die sie nicht kennt, so viele Gedanken machen? Außerdem hat sie mit Radbuka ein so aufregendes Projekt, daß mich ihr Verhalten nicht wundert. Wieso reagieren deine Freunde eigentlich so zurückhaltend, wenn's nicht mal um ihre eigene Familie geht?«

»Du lieber Himmel, Don – du hast doch fast so viel Erfahrung mit Kriegsflüchtlingen wie Morrell. Wahrscheinlich kannst du dir vorstellen, wie es gewesen sein muß, mit einer Gruppe von Kindern in London zu sein, die alle die gleichen traumatischen Dinge erlebt hatten – zuerst mußten sie ihre Familien zurücklassen und selbst in ein fremdes Land mit fremder Sprache reisen, um dann – und das war das noch größere Trauma – zu erfahren, auf wie schreckliche Weise ihre Angehörigen gestorben waren. Ich glaube, so etwas führt zu einem Zusammengehörigkeitsgefühl, das viel stärker ist als Freundschaft. Die Erfahrungen der anderen mußten einem da zwangsläufig wie die eigenen erscheinen.«

»Vermutlich hast du recht. Natürlich ist das so. Aber ich möchte mit Rhea die Geschichte des Jahrzehnts machen.« Er schenkte mir ein entwaffnendes Grinsen und holte die halbgerauchte Zigarette aus seiner Tasche. »Solange ich nicht beschlossen habe, mich durch Rhea von meiner Sucht kurieren zu lassen, muß ich ihr noch frönen. Würdest du mit mir rüber ins Ritz gehen, mir bei einem Glas Champagner Gesellschaft leisten und mir nur einen kurzen Moment die Begeisterung über mein Projekt gönnen?«

Mir war noch immer nicht nach Feiern zumute. »Laß mich schnell mit meinem Anrufbeantwortungsdienst telefonieren. Du kannst ja schon mal zum Hotel vorgehen. Ich komme dann auf ein Gläschen nach.«

Weil der Akku meines Handys leer war, ging ich zu einem der öffentlichen Telefone. Warum gelang es mir nicht, Don seinen Moment des Triumphs zu gönnen, wie er es ausgedrückt hatte? Stimmte es, daß ich nur deshalb so verärgert war, weil Rhea Wiell mir Radbukas Nummer nicht hatte geben wollen? Aber ihr ekstatischer Blick, wenn sie über den Erfolg ihrer Arbeit mit Paul Radbuka sprach, hatte in mir ein unbehagliches Gefühl erzeugt. Andererseits war dies die Ekstase einer von ihrer Mission Überzeugten gewesen, nicht das triumphierende Grinsen einer Scharlatanin. Warum sträubte sich bloß alles in mir?

Ich warf Münzen in den Apparat und wählte die Nummer des Beantwortungsdienstes.

»Vic! Wo hast du bloß gesteckt?« Christie Weddington, die schon länger für den Dienst arbeitete, als ich bei ihm Kunde war, holte mich in die Realität meiner Aufträge zurück.

»Was ist denn los?«

»Beth Blacksin hat dreimal angerufen, weil sie einen Kommentar von dir wollte; Murray Ryerson hat zweimal angerufen, und außerdem wären da noch Anfragen von allen möglichen anderen Reportern.« Sie las eine Reihe von Namen und Telefonnummern vor. »Und Mary Louise hat uns mitgeteilt, daß sie die Büronummer auf uns umlegt, weil sie sich vorkommt wie belagert.«

»Aber wieso denn?«

»Keine Ahnung, Vic, ich nehme hier nur die Anrufe entgegen. Murray hat was von Alderman Durham gesagt ... hier ist seine Nachricht.« Sie las sie mit flacher, monotoner Stimme vor. »›Ruf mich an und erklär mir, was da mit Bull Durham im Gange ist. Seit wann bringst du Witwen und Waisen um ihr Geld?‹«

Ich war vollkommen verwirrt. »Es ist wohl das beste, wenn du die ganzen Nachrichten auf meinen Computer im Büro umleitest. Hast du auch irgendwelche geschäftlichen Mitteilungen, die nicht von Reportern kommen?«

Ich hörte, wie sie die Nachrichten auf ihrem Computer durchging. »Ich glaube nicht ... doch, hier ist was von einem Mr. Devereux von der Ajax.« Sie las mir Ralphs Nummer vor.

Ich versuchte es zuerst bei Murray. Er ist Reporter beim *Herald-Star* und macht hin und wieder auch Sondersendungen für Channel 13. Dies war das erste Mal seit Monaten, daß er bei mir angerufen hatte – wir waren uns anläßlich eines Falls, in den die Eigentümer des *Herald-Star* verwickelt waren, ziemlich böse in die Haare geraten. Schließlich hatten wir einen Waffenstillstand geschlossen, der zwar auf wackeligen Beinen stand, aber seitdem halten wir uns von den Fällen des anderen fern.

»Warshawski, was zum Teufel hast du angestellt, um dir's mit Bull Durham zu verderben?«

»Hallo, Murray. Ja, ich find' die Pechsträhne der Cubs auch deprimierend und mache mir Sorgen, weil Morrell in ein paar Tagen nach Kabul fliegt. Aber ansonsten ist alles so wie immer. Wie geht's dir so?«

Er schwieg einen Augenblick, dann blaffte er mich an, ich solle ihm nicht mit schlauen Sprüchen auf den Wecker gehen.

»Warum fängst du nicht einfach von vorn an?« schlug ich vor. »Ich hab' den ganzen Vormittag in geschäftlichen Besprechungen verbracht und nicht die geringste Ahnung, was unser guter Alderman so sagt oder tut.«

»Bull Durham führt eine Demonstration vor dem Hauptquartier der Ajax an.«

»Ach, wegen der Geschichte mit den Entschädigungszahlungen für die Nachfahren der Sklaven?«

»Genau. Die Ajax ist sein erstes Ziel. Auf seinen Handzetteln steht auch dein Name. Er beschuldigt dich, als Handlangerin der Gesellschaft zu arbeiten, die nach wie vor schwarze Versicherungsnehmer diskriminiert, indem sie ihnen die Zahlungen vorenthält.«

»Verstehe.« Eine Durchsage vom Band unterbrach uns, um mir mitzuteilen, daß ich fünfundzwanzig Cents einwerfen müsse, wenn ich das Gespräch fortsetzen wolle. »Ich muß auflegen, Murray, ich hab' kein Kleingeld mehr.«

Als ich auflegte, hörte ich ihn gerade noch kreischen, das sei doch wohl keine Antwort auf seine Frage, was ich angestellt habe. Vermutlich war also das der Grund für den Anruf von Ralph Devereux. Er wollte herausfinden, was ich getan hatte, um eine solche Protestaktion zu provozieren. Was für ein Schlamassel. Als mein Klient – mein Exklient – mir erklärte, er werde die Sache selbst in die Hand nehmen, hatte er vermutlich das gemeint. Ich biß die Zähne zusammen und steckte fünfunddreißig Cents in den Apparat.

Es meldete sich Ralphs Sekretärin. Als er schließlich selbst ans Telefon ging, hatte ich tatsächlich kein Kleingeld mehr. »Ralph, ich bin an einem öffentlichen Telefon und habe keine Münzen mehr, also muß ich mich kurz fassen: Ich hab' gerade von der Sache mit Durham gehört.«

»Hast du ihm die Akte Sommers zugespielt?« fragte er argwöhnisch.

»Damit er mich als Handlangerin der Ajax denunzieren und alle Reporter der Stadt auf mich hetzen kann? Nein, danke. Die Tante meines Klienten hat empört darauf reagiert, daß ich ihr Fragen über die Sterbeurkunde und den Scheck gestellt habe. Daraufhin hat mein Klient mich gefeuert. Wahrscheinlich ist er zu Durham, aber das kann ich nicht sicher sagen. Sobald ich's weiß, rufe ich dich an. Gibt's noch was? Sitzt Rossy dir deswegen im Nacken?«

»Der ganze zweiundsechzigste Stock. Rossy sagt allerdings, er hätte schon recht gehabt, dir nicht zu vertrauen.«

»Ach was, der schlägt nur wild um sich, weil er kein richtiges Ziel hat. Die Ajax wird nicht mehr lange mit der Sache in Verbindung gebracht werden, aber an mir könnte was hängenbleiben. Ich gehe zu Sommers, um rauszufinden, was der Durham erzählt hat. Was ist mit Amy Blount, eurer jungen Historikerin, die die Firmengeschichte der Ajax geschrieben hat? Rossy hat gestern gesagt, er könne sich vorstellen, daß sie Durham Firmendaten zuspielt. Hat er sie schon selber gefragt?«

»Sie bestreitet, die Firmenunterlagen an Außenstehende weitergegeben zu haben, aber woher sonst soll Durham wissen, wen wir in den fünfziger Jahren des neunzehnten Jahrhunderts versichert haben? In unserer Geschichte werden die Birnbaums erwähnt; wir brüsten uns damit, daß wir seit 1852 mit ihnen zu tun haben. Allerdings ist da nicht die Rede von der Information, die Durham hat, nämlich von Versicherungsverträgen mit Sklavenhaltern über Pfluglieferungen. Jetzt drohen die Anwälte der Birnbaums uns mit einer Klage wegen Preisgabe vertraulicher Informationen, obwohl wir nicht wissen, ob unsere Verpflichtung so weit zurückreicht...«

»Hast du die Nummer von Amy Blount? Ich könnte versuchen, ihr was zu entlocken.«

Die Stimme vom Band teilte mir mit, daß ich weitere fünfundzwanzig Cents brauche. Ralph sagte mir hastig, Amy Blount habe im Juni vergangenen Jahres ihren Doktor in Wirtschaftsgeschichte an der University of Chicago gemacht; ich könne sie übers Institut erreichen. »Ruf mich an, wenn du...«, fing er noch an, dann wurden wir unterbrochen.

Ich hastete hinaus zum Taxistand, aber der Anblick von zwei Rauchern in einer Ecke erinnerte mich an Don, der in der Bar des Ritz auf mich wartete. Ich zögerte einen Augenblick, dann fiel mir ein, daß das Ladegerät für mein Handy sich in Morrells Wagen befand – ich würde Don also nicht von unterwegs anrufen können, um ihm zu erklären, warum ich ihn versetzt hatte.

Ich entdeckte ihn unter einem Farn im Raucherbereich der Bar, zwei Gläser Champagner vor sich. Als er mich sah, drückte er seine Zigarette aus. Ich beugte mich zu ihm und küßte ihn auf die Wange.

»Don, ich wünsche dir jeden nur erdenklichen Erfolg. Mit diesem Buch und mit deinem Job.« Dann hob ich das Glas, um auf ihn anzustoßen. »Aber ich habe keine Zeit zu bleiben. Es ist zu einer Krise mit den Leuten gekommen, die du ursprünglich hier interviewen wolltest.«

Als ich ihm von der Durham-Demonstration vor dem Ajax-Gebäude erzählte und sagte, ich wolle hinfahren, um zu sehen, was los sei, zündete er seine Zigarette wieder an. »Hat dir schon mal jemand gesagt, daß du zuviel Energie hast, Vic? Morrell wird vor der Zeit alt, wenn er versucht, mit dir mitzuhalten. Ich werde mit meinem Champagner hier sitzen bleiben und mit meinem Agenten ein vergnügliches Gespräch über das Rhea-Wiell-Buch führen. Und hinterher werde ich auch noch dein Glas austrinken. Falls du irgendwas Neues herausfindest, während du wie die Flipperkugel eines wildgewordenen Magiers in Chicago herumsaust, werde ich jedem deiner Worte atemlos lauschen.«

»Und ich werde dir dafür hundert Dollar die Stunde berechnen.« Ich nahm einen großen Schluck Champagner und reichte ihm dann das Glas. Meinen Drang, zum Aufzug auf der anderen Seite des Foyers hinüberzuhasten, unterdrückte ich, denn die Vorstellung, wie eine Flipperkugel durch die Stadt zu sausen, war mir peinlich, obwohl sie mir im Lauf des Nachmittags noch mehrmals in den Sinn kommen sollte.

12 Flipperkugel

Als erstes sauste ich zum Gebäude der Ajax Insurance an der Adams Street. Durham war nur mit einer kleinen Gruppe von Demonstranten da – an einem Werktag haben die meisten Leute keine Zeit für solche Protestaktionen. Durham an der Spitze des Trosses war umgeben von seinen Empower-Youth-Energy-Leuten, die die Passanten mit so düsterem Blick beobachteten, als seien sie jederzeit zu einem Kampf bereit. Hinter ihnen folgte eine kleine Gruppe von Geistlichen und Gemeindeführern aus der South und West Side und danach die Handvoll aufrichtige

College-Studenten, die überall mitmarschiert. Im Sprechchor riefen sie: »Gerechtigkeit jetzt«, »Keine Wolkenkratzer auf den Leichen von Sklaven« und: »Keine Entschädigungszahlungen für Sklavenbesitzer«. Ich gesellte mich zu einem der Studenten, der mich als neue Verfechterin der Sache begrüßte.

»Ich wußte gar nicht, daß die Ajax so sehr von der Sklaverei profitiert hat«, sagte ich.

»Nicht nur das. Haben Sie gehört, was gestern passiert ist? Die haben dieser armen Frau, die gerade ihren Mann verloren hatte, eine Detektivin auf den Hals gehetzt, sich seine Versicherung unter den Nagel gerissen und dann so getan, als wär' sie es gewesen. Tja, und hinterher haben sie dann die Detektivin geschickt, damit die ihr die Schuld gibt, mitten während der Beerdigung.«

»Was?« rief ich aus.

»Ganz schön hart, was? Hier – Sie können's ja selber lesen.« Er drückte mir ein Flugblatt in die Hand. Als erstes fiel mir mein eigener Name ins Auge.

AJAX – KENNT IHR KEINE GNADE?
WARSHAWSKI – KENNST DU KEINE SCHAM?
BIRNBAUMS – KENNT IHR KEIN MITLEID?

Wo ist das Geld der Witwe? Gertrude Sommers, eine gottesfürchtige Frau, eine gläubige Kirchgängerin, eine ehrliche Steuerzahlerin, hat ihren Sohn verloren. Und dann ihren Mann. Muß sie auch noch ihre Würde verlieren?
Die Ajax Insurance hat die Versicherung ihres Mannes vor zehn Jahren ausgezahlt. Als er letzte Woche starb, haben sie ihre Stardetektivin V.I. Warshawski geschickt, um Schwester Sommers zu beschuldigen, sie hätte sie gestohlen. Mitten während der Beerdigung, vor ihren Freunden und Lieben, haben sie Schande über sie gebracht.
Warshawski, wir müssen alle unser Geld verdienen, aber müssen die Armen darunter leiden? Ajax, macht den Schaden wieder gut. Zahlt der Witwe das Geld aus. Entschädigt die Enkel der Sklaven. Birnbaums, gebt das Geld zurück, das ihr zusammen mit der Ajax durch die Sklaven gemacht habt. Keine Holocaust-Entschädigung, bevor die afroamerikanische Gemeinde keine Genugtuung erfahren hat.

Ich spürte das Blut in meinem Kopf pochen. Jetzt begriff ich Ralphs Wut – aber warum sollte er sie an mir auslassen? Schließlich wurde nicht sein Name durch den Schmutz gezogen. Fast wäre ich aus der Reihe der Demonstranten herausgesprungen, um mich auf Alderman Durham zu stürzen, aber dann wurde mir bewußt, wie das im Fernsehen aussehen würde – das EYE-Team, das mich niederrang, während ich wüste Beschimpfungen ausstieß; der Alderman, der eher bekümmert als verärgert den Kopf schüttelte und irgend etwas Salbungsvolles in die Kamera sprach.

Also marschierte ich, innerlich vor Wut kochend, mit den Demonstranten weiter, bis ich mich auf gleicher Höhe mit Durham befand. Er war ein kräftiger, breitschultriger Mann und trug ein schwarz-braunes Sakko mit Hahnentrittmuster, das maßgeschneidert und auf Rapport gearbeitet aussah. Sein Gesicht glänzte vor Aufregung hinter dem breiten Backenbart.

Da ich ihm nicht einfach einen Faustschlag versetzen konnte, faltete ich das Flugblatt, steckte es in meine Handtasche und rannte die Adams Street hinunter, um meinen Wagen zu holen, der immer noch vor Unblinking Eye stand. Mit dem Taxi wäre es schneller gegangen, aber ich mußte mich körperlich abreagieren. Als ich schließlich in der Canal Street ankam, brannten meine Fußsohlen vom Laufen in Pumps auf Straßenpflaster. Ich konnte mich glücklich schätzen, mir nicht unterwegs noch einen Knöchel verstaucht zu haben, als ich nach Luft japsend und mit trockener Kehle vor meinem Wagen stand.

Während mein Puls sich allmählich wieder beruhigte, überlegte ich, woher Bull Durham das Geld für maßgeschneiderte Kleidung hatte. Gab ihm jemand Geld dafür, daß er der Ajax und den Birnbaums – von mir ganz zu schweigen – die Hölle heiß machte? Natürlich hat ein Alderman genug Möglichkeiten, sich auf vollkommen legale Weise aus dem Staatssäckel zu bedienen. Ich war so wütend auf ihn, daß ich ihm gern das Schlimmste unterstellt hätte.

Ich brauchte ein Telefon und Wasser. Während ich mich nach einem Laden umschaute, in dem ich eine Flasche kaufen konnte, kam ich an einem Handygeschäft vorbei. Dort erwarb ich ein Ladegerät fürs Auto, denn es würde mir das Leben um etliches leichter machen, wenn ich mein Handy am Nachmittag nutzen konnte.

Bevor ich auf den Expressway bog, um meinen Klienten – Exklienten – aufzusuchen, rief ich Mary Louise über meine private Büronummer an. Natürlich war sie nicht gerade begeistert darüber, daß ich sie in dieser Situation allein gelassen hatte. Ich erklärte ihr, wie es dazu gekommen war, und las ihr dann den Text auf Bull Durhams Flugblatt vor.

»Der hat Nerven! Und was willst du jetzt unternehmen?«

»Erst mal ein Statement rausgeben. So was Ähnliches wie:

In seinem Eifer, Gertrude Sommers' Kummer politisch auszuschlachten, hat Alderman Durham ein paar Dinge übersehen, darunter auch die Fakten. Als der Ehemann von Gertrude Sommers letzte Woche starb, hat das Delaney-Bestattungsinstitut sie gedemütigt, indem es die Trauerfeier in dem Moment stoppte, in dem sie ihren Platz in der Kapelle einnahm. Das geschah, weil die Versicherung ihres Mannes bereits ein paar Jahre zuvor ausgezahlt worden war. Die Familie hat daraufhin kurzfristig die Privatdetektivin V.I Warshawski beschäftigt, um der Sache auf den Grund zu gehen. Anders als Alderman Durham behauptet, hat nicht die Ajax Insurance Warshawski angeheuert. Warshawski war nicht bei der Trauerfeier für Aaron Sommers anwesend und ist der trauernden Witwe erst in der folgenden Woche persönlich begegnet. Warshawski würde Beisetzungsfeierlichkeiten niemals auf die von Alderman Durham beschriebene Weise unterbrechen. Wenn Alderman Durham sich hinsichtlich der Rolle V.I. Warshawskis in diesem Fall so sehr täuscht, wie ernst darf man dann seine übrigen Äußerungen nehmen?

Mary Louise las mir den Text noch einmal vor. Wir feilten ein bißchen daran herum, dann versprach sie mir, ihn den Reportern, die sie belagert hatten, telefonisch durchzugeben oder per E-Mail zu schicken. Wenn Beth Blacksin oder Murray sich mit mir persönlich unterhalten wollten, sollte sie ihnen sagen, sie könnten so gegen halb sieben zu mir ins Büro kommen. Allerdings vermutete ich, daß sie zusammen mit den anderen Vertretern der Chicagoer Medien vor den Häusern kampierten, in denen die Angehörigen der Birnbaum-Familie wohnten, um ein Interview zu ergattern.

Ein Polizist klopfte mit einer unfreundlichen Bemerkung auf meine Parkuhr. Ich legte den Gang ein und machte mich über die Madison Street auf den Weg zum Expressway.

»Hast du eine Ahnung, was Durham auf dem Flugblatt mit der Passage über die Birnbaums meint?« fragte Mary Louise.

»Offenbar hat die Ajax die Birnbaums in den fünfziger Jahren des neunzehnten Jahrhunderts versichert. Ein großer Teil des Birnbaum-Vermögens stammte wohl aus Geschäften in den Südstaaten. Und die Leute von der Ajax sind fuchsteufelswild, weil sie nicht wissen, wie Durham an die Information gekommen ist.«

Als ich mich langsam auf den Expressway schob, war ich froh, daß ich das Wasser gekauft hatte: Heutzutage scheinen die Straßen nur zwischen zehn Uhr abends und sechs Uhr morgens frei zu sein. Um halb drei am Nachmittag bildeten die Lastwagen, die auf dem Dan Ryan Expressway in südlicher Richtung unterwegs waren, eine undurchdringliche Mauer. Ich legte das Handy kurz weg, während ich meinen Mustang zwischen einen riesigen UPS-Laster und einen langen Tieflader lenkte, auf dem sich, wie es aussah, Reaktorbauteile befanden.

Bevor ich das Gespräch endgültig beendete, bat ich Mary Louise, Amy Blounts Privatnummer und -adresse herauszufinden. »Gib sie mir übers Handy durch, aber ruf sie bitte nicht selber an. Ich weiß noch nicht, ob ich mir ihr reden will.«

Der Tieflader hinter mir hupte so laut, daß ich zusammenzuckte: Ich hatte zwischen dem Laster vor mir und meinem Mustang eine Lücke von drei Wagenlängen entstehen lassen. Sofort schloß ich wieder auf.

Mary Louise sagte: »Eins noch: Ich hab' Informationen über die Kollegen von Aaron Sommers bei South Branch Scrap Metal eingeholt. Du weißt schon, die Männer, die zusammen mit Mr. Sommers eine Versicherung bei Al Hoffman abgeschlossen haben.«

Durhams Attacke auf mich persönlich hatte mich den Fall völlig vergessen lassen, und so hatte ich Mary Louise nicht mitgeteilt, daß ich nicht mehr für Isaiah Sommers arbeitete. Mary

Louise hatte wieder nachgeforscht und herausgefunden, daß drei der vier Männer noch am Leben waren. Mit der Behauptung, sie führe eine unabhängige Qualitätskontrolle für die Gesellschaft durch, hatte sie die Policen-Inhaber dazu gebracht, bei der Midway Agency anzurufen. Die Männer hatten ihr gesagt, die Policen seien in Ordnung. Der vierte Mann war acht Jahre zuvor gestorben, und die Ajax hatte wie vereinbart die Kosten für seine Beisetzung übernommen. Wie auch immer die betrügerischen Machenschaften aussehen mochten – es handelte sich jedenfalls nicht um eine unrechtmäßige Auszahlung dieser speziellen Sterbeversicherungen durch die Midway oder Hoffman. Eigentlich war das inzwischen nicht mehr wichtig, aber ich bedankte mich trotzdem bei Mary Louise für ihre Bemühungen – sie hatte eine Menge geschafft an jenem Vormittag – und wandte meine Aufmerksamkeit wieder dem Verkehr zu.

Als ich den Stevenson Expressway erreichte, war ich endgültig nicht mehr mit einer Flipperkugel, sondern eher mit einer Schildkröte auf Valium zu vergleichen. Die Baustelle, die sich dort nun schon das dritte Jahr befand, sorgte dafür, daß nur noch die Hälfte der Spuren befahrbar war. Der Stevenson Expressway ist der Hauptverkehrsweg zum Industriegebiet im Südwesten der Stadt. Der Lastwagenverkehr darauf ist immer dicht; wegen der Baustelle und der allmählich beginnenden nachmittäglichen Rush-hour ruckelten wir nun sogar nur noch mit einer Geschwindigkeit von wenig mehr als fünfzehn Stundenkilometern vorwärts.

In Kedzie war ich froh, vom Expressway herunter und in das Gewirr aus Fabriken und Schrottplätzen gleich daneben fahren zu können. Obwohl es ein klarer Tag war, färbte der Rauch die Luft hier unten zwischen den Fabriken blaugrün. Ich kam an Geländen voll rostender Autos, an Außenbordmotorherstellern und einem Berg gelblichen Salzes vorbei, der bereits vom kommenden Winter kündete. In der Fahrbahn befanden sich tiefe Furchen. Ich fuhr vorsichtig, weil die Karosserie meines Wagens zu tief lag, als daß die Achse ein großes Schlagloch überstanden hätte. Lastwagen brausten, ohne die Verkehrszeichen zu beachten, an mir vorüber.

Trotz meines detaillierten Stadtplans verfuhr ich mich ein

paarmal. Es war bereits Viertel nach drei, fünfzehn Minuten nach Isaiah Sommers' Schichtende, als ich auf das Gelände von Docherty Engineering Works holperte, das mit grobem Kies bedeckt, aber ansonsten genauso mit den tiefen Spuren der Lastwagen durchfurcht war wie die umgebenden Straßen. Ein riesiger Truck dockte gerade am Ladebereich an, als ich aus meinem Mustang stieg.

Ich hatte Glück – es sah so aus, als verlasse die Schicht von sieben bis drei soeben die Fabrik. An meinen Wagen gelehnt, beobachtete ich die Männer dabei, wie sie durch eine Tür an der Seite des Gebäudes herausschlenderten. Isaiah Sommers entdeckte ich, als ungefähr die Hälfte der Arbeiter draußen war. Er unterhielt sich lachend mit ein paar Kollegen, was mich überraschte: Bei unserem ersten Treffen hatte er gebeugt und mürrisch gewirkt. Ich wartete, bis er seinen Mitarbeitern zum Abschied auf die Schulter geklopft hatte und zu seinem Wagen gegangen war, bevor ich ihm folgte.

»Mr. Sommers?«

Sein Lächeln verschwand. Statt dessen trat wieder dieser argwöhnische Ausdruck in sein Gesicht, den ich schon von neulich abend kannte. »Ach, Sie sind's. Was wollen Sie?«

Ich holte das Flugblatt aus meiner Handtasche und reichte es ihm. »Sie haben gesagt, Sie würden die Sache selber in die Hand nehmen. Das hat Sie offenbar direkt zu Alderman Durham geführt. In dem Ding hier sind ein paar sachliche Fehler, aber die Wirkung auf die Stadt ist beeindruckend. Sie können stolz auf sich sein.«

Er las das Flugblatt genauso langsam und konzentriert wie einige Tage zuvor meinen Vertrag. »Und?«

»Sie wissen genausogut wie ich, daß ich bei der Trauerfeier für Ihren Onkel nicht anwesend war. Haben Sie das Mr. Durham erzählt?«

»Tja, vielleicht hat er die beiden Teile der Geschichte falsch zusammengesetzt, aber ich hab' tatsächlich mit ihm geredet und ihm von Ihren Anschuldigungen gegen meine Tante erzählt.« Er reckte das Kinn angriffslustig vor.

»Ich bin nicht hier, um mich mit Ihnen über das zu unterhalten, was irgendwelche anderen Leute gesagt haben, sondern um rauszufinden, warum Sie sich solche Mühe gegeben haben, mich an den Pranger zu stellen, statt sich privat mit mir zu einigen.«

»Meine Tante hat weder das Geld noch die Beziehungen, um zu ihrem Recht zu kommen, wenn jemand wie Sie daherkommt und ihr Dinge unterstellt.«

Mehrere Männer gingen an uns vorbei und musterten uns neugierig. Einer rief Sommers einen Gruß zu, der die Hand zum Gegengruß hob, ohne seinen wütenden Blick von mir abzuwenden.

»Ihre Tante fühlt sich betrogen. Sie braucht jemanden, dem sie die Schuld dafür geben kann, also gibt sie sie mir. Vor fast zehn Jahren hat jemand den Namen Ihrer Tante verwendet, um an das Geld von der Versicherung zu kommen, und eine Sterbeurkunde vorgelegt, die beweisen sollte, daß Ihr Onkel tot war. Entweder Ihre Tante hat's selbst gemacht, oder es war jemand anders. Jedenfalls stand ihr Name auf dem Scheck. Deshalb habe ich ihr Fragen stellen müssen. Sie haben den Vertrag mit mir gekündigt, also werde ich nicht mehr weiterfragen, aber fänden Sie es nicht auch interessant herauszufinden, wie der Name Ihrer Tante auf den Scheck gekommen ist?«

»Daran ist die Gesellschaft schuld. Und die Gesellschaft hat Sie angeheuert, um mir eine Falle zu stellen, genau wie's hier steht.« Er deutete auf das Flugblatt, doch seine Stimme klang nicht sehr überzeugt.

»Möglich«, gab ich zu. »Durchaus möglich, daß die Gesellschaft schuld ist. Aber das werden wir nie herausfinden.«

»Warum nicht?«

Ich lächelte. »Ich habe ja jetzt keinen Grund mehr, mich mit dem Fall zu beschäftigen. Sie könnten natürlich jemand anders anheuern, aber das würde Sie ein Vermögen kosten. Selbstverständlich ist es viel leichter, einfach mit Anschuldigungen um sich zu werfen, statt sich mit den Fakten auseinanderzusetzen. Doch das ist ja heutzutage in Amerika das übliche: Statt der Fakten sucht man sich einen Sündenbock.«

Er sah mich verwirrt an. Ich nahm ihm das Flugblatt aus der Hand und wandte mich zum Gehen. In meinem Wagen klingelte das Handy, das am Ladegerät hing. Es war Mary Louise mit den Informationen über Amy Blount. Ich notierte alles und ließ den Wagen an.

»Warten Sie«, rief mir Isaiah Sommers nach.

Er schob jemanden, der bei ihm stehengeblieben war, um mit ihm zu reden, beiseite und rannte zu mir herüber. Ich schaltete den Motor ab und sah ihn höflich interessiert, aber mit einem Stirnrunzeln an.

Er suchte nach Worten, dann platzte es aus ihm heraus: »Was denken Sie?«

»Worüber?«

»Sie haben gesagt, möglicherweise hat tatsächlich die Gesellschaft sich die Versicherung unter den Nagel gerissen. Glauben Sie das wirklich?«

»Offen gestanden, nein. Unmöglich ist es natürlich nicht: Ich habe schon einmal einen Betrugsfall bei der Gesellschaft aufgedeckt, aber das war damals noch unter einer anderen Unternehmensleitung, die ausgewechselt wurde, als die Sache sich herumgesprochen hat. Wissen Sie, das würde eine Absprache zwischen jemandem in der Gesellschaft und der Agentur bedeuten, denn die Agentur hat ja den Scheck hinterlegt, aber der Verantwortliche der Leistungsabteilung hat keinerlei Einwände dagegen erhoben, mir Akteneinsicht zu gewähren.« Natürlich hatte Rossy es mir nicht leicht gemacht, mir die Akten anzusehen, aber die Edelweiß hatte die Ajax erst vier Monate zuvor übernommen, also konnte ich mir nicht vorstellen, daß er an einer Betrugsgeschichte der Ajax beteiligt war.

»Verdächtiger finde ich da schon den Agenten. Keine der anderen Versicherungen, die Hoffman den Kollegen Ihres Onkels verkauft hat, ist unrechtmäßig eingelöst worden. Allerdings wurde der Scheck über die Midway ausgezahlt. Es ist auch möglich, daß Ihr Onkel selbst sich den Betrag hat auszahlen lassen, aus Gründen, die Sie vielleicht nie herausfinden werden oder gar nicht herausfinden wollen. Kann auch sein, daß es ein anderer Angehöriger Ihrer Familie gewesen ist. Und bevor Sie nun alles gleich haarklein telefonisch Bull Durham mitteilen: Ich glaube nicht ernsthaft, daß es Ihre Tante gewesen ist, nicht nach dem Gespräch mit mir. Ich würde zuerst der Agentur und den anderen Angehörigen Ihrer Familie auf den Zahn fühlen. Immer vorausgesetzt, ich würde mich noch mit dem Fall beschäftigen.«

Er schlug vor Frustration auf das Dach meines Wagens, der dadurch leicht zu wippen begann.

»Hören Sie zu, Ms. Warshawski. Ich weiß nicht, wem ich glauben oder wessen Rat ich befolgen soll. Meine Frau hat gesagt, ich soll zu Alderman Durham gehen. Und Camilla Rawlings, die Frau, von der ich Ihren Namen habe, hat mir schon die Hölle heiß gemacht, weil ich Sie gefeuert habe. Sie findet, ich sollte Frieden mit Ihnen schließen. Aber was soll ich glauben? Mr. Durham hat gesagt, er hätte Beweise dafür, daß die Versicherungsgesellschaft von der Sklaverei profitiert hat und daß das Ganze vertuscht werden soll. Und bitte nehmen Sie mir das nicht übel: Wie können Sie als Weiße das verstehen?«

Ich stieg aus dem Wagen, damit er sich nicht zu mir hinunterbeugen und ich nicht zu ihm hinaufschauen und mir den Hals verrenken mußte. »Mr. Sommers, das kann ich natürlich nie ganz, aber ich versuche, ohne Vorurteile zuzuhören. Mir ist klar, daß die Sache mit Ihrer Tante durch die Geschichte dieses Landes noch komplizierter wird. Wenn ich sie fragen will, wie ihr Name auf den Scheck gekommen ist, sehen Sie und Ihre Frau und Ihre Tante mich als Weiße, die sich mit der Versicherungsgesellschaft verbündet hat, um Sie über den Tisch zu ziehen. Aber wenn ich in das gleiche Horn blase wie Sie – Vertuschung! Betrug! –, obwohl ich keine Fakten habe, tauge ich nichts als Detektivin. Mein Prinzip ist es, mich an die Fakten zu halten, soweit ich sie kenne. Das kann sich bisweilen als kostspielige Entscheidung entpuppen – ich verliere Kunden wie Sie, und ich habe Camillas Bruder, einen wunderbaren Mann, verloren. Natürlich habe ich nicht immer recht, aber ich muß mich an die Wahrheit halten, sonst werde ich hin und her geweht wie ein Blatt im Wind.«

Ich hatte ziemlich lange gebraucht, um meine Trennung von Conrad Rawlings zu verwinden. Ich liebe Morrell, er ist ein toller Mann, aber Conrad und ich hatten uns auf einer Ebene verstanden, wie man es nur alle ewigen Zeiten findet.

Sommers' Gesicht verriet seine Anspannung. »Könnten Sie sich vorstellen, wieder für mich zu arbeiten?«

»Ja, das könnte ich. Allerdings würde ich diesmal ein bißchen vorsichtiger sein.«

Er nickte ein wenig wehmütig, aber auch verständnisvoll, dann platzte es aus ihm heraus: »Tut mir leid, daß Durham alles durcheinandergebracht hat. Ich habe tatsächlich einen Cousin, der es getan haben könnte. Aber es ist einfach schrecklich schmerzhaft, meine Familie so dem Blick der Öffentlichkeit preiszugeben. Und wenn's wirklich mein Cousin Colby gewesen ist, dann sehe ich das Geld nie wieder, weder das für die Beerdigung noch Ihr Honorar. Und obendrein wäre es eine Schande für meine Familie.«

»Tja, das ist wirklich ein ernstes Problem. Ich kann Ihnen da leider keinen Rat geben.«

Er schloß die Augen einen Moment. »Ist... habe ich für meine fünfhundert Dollar noch Zeit bei Ihnen gut?«

Vor Mary Louises Nachforschungen über die Männer von South Branch Scrap Metal hatte er noch eineinhalb Stunden gehabt, das hieß, daß ab jetzt die Uhr wieder lief.

»Ja, ungefähr eine Stunde«, sagte ich und verfluchte mich selbst dafür.

»Könnten Sie... glauben Sie, Sie könnten in dieser Stunde was über den Agenten rausfinden?«

»Rufen Sie nun Mr. Durham an und sagen ihm, daß er einen Fehler gemacht hat? Ich habe um halb sieben einen Termin mit ein paar Reportern und möchte nicht Ihren Namen nennen müssen, wenn ich für Sie arbeite.«

Er holte Luft. »Ich rufe ihn an. Wenn Sie Nachforschungen über die Versicherungsagentur anstellen.«

13 Geheimagent

»Andy Birnbaum, der Sprecher der Familie und Urenkel des Patriarchen, der aus einem Altmetallhandkarren eins der größten Vermögen in Amerika gemacht hat, sagt, die Familie sei bestürzt über Durhams Anschuldigungen. Die Birnbaum Foundation fördere seit vier Jahrzehnten städtische Bildungsprogramme, die Künste und die wirtschaftliche Entwicklung. Birnbaum fügte hinzu, daß die Beziehungen der afroamerikanischen Gemeinde sowohl zur Birnbaum Corporation als auch zur Stiftung immer gut gewesen seien; er sei sicher, wenn Alderman Durham zu Gesprächen bereit sei, würde er erkennen, daß es sich um ein Mißverständnis handle.«

Das hörte ich während meiner Fahrt zurück in die Stadt im Radio. Der Verkehr war immer noch dicht, aber trotzdem kam ich gut voran, und so schenkte ich der Sendung erst dann meine ganze Aufmerksamkeit, als ich meinen Namen hörte.

»Die Privatdetektivin V.I. Warshawski hat in einer schriftlichen Erklärung verlautbaren lassen, bei Durhams Behauptung, sie sei in die Trauerfeier von Aaron Sommers hineingeplatzt, um Geld einzutreiben, handle es sich um ein Hirngespinst. Joseph Posner, der sich dafür einsetzt, daß in Illinois der Holocaust Asset Recovery Act verabschiedet wird, sagte, Durhams Anschuldigungen gegen die Ajax seien ein Ablenkungsmanöver, um die Legislative davon abzubringen, sich mit dem Gesetz zu beschäftigen. Er sagte außerdem, Durhams antisemitische Kommentare seien eine Schande für das Angedenken der Toten, da aber in ein paar Stunden der Sabbat beginne, werde er dem Alderman im Augenblick nicht öffentlich entgegentreten.«

Gott sei Dank hielt wenigstens Joseph Posner sich fürs erste aus der Angelegenheit heraus. Mehr Neuigkeiten konnte ich nicht mehr aufnehmen, also stellte ich einen der klassischen Musiksender ein, der sich bemühte, das aufgewühlte Gemüt des Pendlers mit etwas sehr Modernem und Sprödem zu beruhigen. Auf dem anderen Sender lief eine hektische Reklame für einen Internet-Provider. Ich schaltete das Radio ganz aus und folgte dem Lake in südlicher Richtung, zurück nach Hyde Park.

Bei Howard Fepples lässiger Arbeitsmoral war es eher unwahrscheinlich, daß ich ihn an einem Freitag um halb fünf noch im Büro antreffen würde. Aber als Flipperkugel saust man nun mal in der Hoffnung, irgendwann einen großen Treffer zu landen, von einer Station zur anderen. Und diesmal hatte ich tatsächlich Glück – oder wie man die Möglichkeit, ein weiteres Gespräch mit Fepple zu führen, auch immer bezeichnen würde. Er war nicht nur da, sondern hatte sogar neue Glühbirnen eingeschraubt, so daß das aufgeworfene Linoleum, der Schmutz und sein erwartungsvolles Gesicht nur zu deutlich zu sehen waren, als ich die Tür öffnete.

»Mr. Fepple«, begrüßte ich ihn fröhlich. »Schön, daß Sie Ihr Geschäft noch nicht ganz aufgegeben haben.«

Er wandte sich von mir ab, und sein erwartungsvoller Gesichtsausdruck machte einem mürrischen Platz. Ganz offensichtlich hatte nicht die Hoffnung, mich zu sehen, ihn veranlaßt, Anzug und Krawatte anzuziehen.

»Mir ist da heute nachmittag auf der Rückfahrt von Isaiah Sommers ein erstaunlicher Gedanke gekommen. Bull Durham hat über mich Bescheid gewußt. Und über die Birnbaums. Und über die Ajax. Aber obwohl er nun schon seit Tagen über die Ungerechtigkeit gegenüber der Familie Sommers redet, hat er offenbar nichts über Sie gewußt.«

»Sie haben keinen Termin«, murmelte er, immer noch den Blick von mir abgewandt. »Sie können jetzt gehen.«

»Laufkundschaft«, flötete ich. »Um die sollten Sie sich besser kümmern. Ich würde mich gern mit Ihnen über die Versicherung unterhalten, die Sie Aaron Sommers verkauft haben.«

»Ich habe Ihnen schon gesagt, daß nicht ich sie verkauft habe, sondern Al Hoffman.«

»Ist für mich das gleiche. Es ist Ihre Agentur, das heißt, Sie haften. Mein Klient hat kein Interesse daran, daß die Angelegenheit jahrelang vor Gericht verhandelt wird, obwohl er Sie von Rechts wegen auf eine hübsche Summe verklagen könnte – Sie hatten seinem Onkel gegenüber eine treuhänderische Verpflichtung, der Sie nicht nachgekommen sind. Er würde sich auch damit zufriedengeben, wenn Sie ihm einen Scheck über die Versicherungssumme, also zehntausend Dollar, ausstellen.«

»Er ist nicht Ihr…«, platzte es aus ihm heraus, dann hielt er inne.

»So, so, Howard. Welches Vögelchen hat Ihnen denn das gezwitschert? Vielleicht sogar Mr. Sommers selbst? Nein, das kann nicht sein, denn dann wüßten Sie, daß er mich wieder angeheuert hat. Also muß es Alderman Durham gewesen sein. Wenn das stimmt, werden Sie bald so viel Publicity haben, daß Sie Aufträge ablehnen müssen. Ich habe noch heute abend ein Interview mit Channel 13. Den Leuten vom Fernsehen wird das Wasser im Mund zusammenlaufen, wenn sie hören, daß Ihre Agentur Bull Durham Informationen über Ihre Kunden zugespielt hat.«

»Da sind Sie auf dem völlig falschen Dampfer«, sagte er mit hochgezogener Lippe. »Mit Durham könnte ich gar nicht reden, der hat klar und deutlich gesagt, daß er keine Verwendung für Weiße hat.«

»Jetzt werde ich aber neugierig.« Ich machte es mir auf dem wackeligen Stuhl vor seinem Schreibtisch bequem. »Ich brenne wirklich darauf zu sehen, für wen Sie sich so rausgeputzt haben.«

»Ich hab' 'ne Verabredung. Wissen Sie, ich habe durchaus ein Privatleben unabhängig von der Versicherung. Ich möchte jetzt, daß Sie das Büro verlassen, damit ich abschließen kann.«

»Ein bißchen müssen Sie sich noch gedulden. Ich gehe, sobald Sie mir ein paar Fragen beantwortet haben. Zeigen Sie mir die Akte Aaron Sommers.«

Die Farbe seiner dichten Sommersprossen wurde dunkler. »Sie haben vielleicht Nerven. Das sind vertrauliche Papiere, die gehen Sie nichts an.«

»Aber meinen Klienten. Egal, ob Sie jetzt kooperieren oder ob ich mir erst eine gerichtliche Anordnung besorgen muß – Sie werden mir die Akte zeigen. Also bringen wir's hinter uns.«

»Dann besorgen Sie sich doch Ihre gerichtliche Anordnung, wenn Sie können. Mein Vater hat mir diese Agentur anvertraut, da werde ich ihn jetzt nicht im Stich lassen.«

Was für ein merkwürdiger und auch ein wenig rührender Versuch, mutig zu sein. »Na schön, dann beantrage ich die gerichtliche Anordnung. Aber noch eins: das Notizbuch von Al Hoffman. Das kleine schwarze Buch, das er immer mit sich rumgetragen und in dem er die Zahlungen seiner Kunden abgehakt hat. Ich würde es gern sehen.«

»Tja, da sind Sie nicht die einzige«, herrschte er mich an. »Jeder in Chicago will dieses Notizbuch sehen, aber ich habe es nicht. Er hat's jeden Abend mit nach Hause genommen, als wär' die Geheimformel für die Atombombe drin. Als er gestorben ist, war's bei ihm zu Hause. Wenn ich wüßte, wo sein Sohn steckt, wüßte ich vielleicht auch, wo das verdammte Notizbuch ist. Aber der Kerl ist jetzt wahrscheinlich irgendwo in der Klapsmühle. In Chicago ist er jedenfalls nicht.«

Sein Telefon klingelte. Er stürzte sich darauf wie auf einen Hundert-Dollar-Schein auf dem Gehsteig.

»Ich hab' grad' Besuch«, blaffte er in den Hörer. »Ja, die Detektivin.« Er lauschte eine Weile und sagte: »Okay, okay.« Dann notierte er sich auf einem Zettel etwas, das aussah wie eine Reihe von Zahlen, und legte auf.

Schließlich schaltete er seine Schreibtischlampe aus und verschloß mit großer Geste die Aktenschränke. Als er zur Tür ging, um diese zu öffnen, hatte ich keine andere Wahl, als ebenfalls aufzustehen. Wir fuhren gemeinsam im Aufzug hinunter ins Erdgeschoß, wo er mich damit überraschte, daß er sich in Richtung Wachmann bewegte.

»Sehen Sie diese Lady, Collins? Sie ist jetzt schon ein paarmal bei mir im Büro gewesen und hat Drohungen ausgesprochen. Könnten Sie dafür sorgen, daß sie heute abend nicht mehr in dieses Gebäude gelassen wird?«

Der Wachmann musterte mich genau und sagte dann ein wenig lustlos: »Klar, Mr. Fepple.« Fepple begleitete mich hinaus. Als ich ihm zu seinem erfolgreichen Schachzug gratulierte, lächelte er nur süffisant und marschierte dann die Straße hinunter. Ich sah, wie er in das Pizza-Lokal an der Ecke ging. Dort befand sich im Eingangsbereich ein Telefon, das er benutzte.

Ich stellte mich neben ein paar Betrunkene vor einem Lebensmittelladen auf der anderen Straßenseite. Sie stritten sich gerade über einen gewissen Clive und was dessen Schwester über einen von ihnen gesagt hatte. Doch nach einer Weile hörten sie auf und bettelten mich an. Ich ging ein paar Schritte von ihnen weg, den Blick immer noch auf Fepple in dem Pizza-Lokal gerichtet.

Nach ungefähr fünf Minuten kam er heraus, schaute sich vorsichtig um, sah mich und hastete zu einem Einkaufszentrum an der nördlichen Seite der Straße. Ich wollte ihm nachlaufen, aber einer der Betrunkenen hielt mich fest und schimpfte mich eine eingebildete Zicke. Ich stieß ihm das Knie in den Bauch und riß meinen Arm los. Während er zu fluchen begann, rannte ich in Richtung Norden. Ich trug immer noch meine Pumps. Diesmal knickte der linke Absatz ein, und ich fiel hin. Als ich mich wieder aufgerappelt hatte, war Fepple verschwunden.

Ich verfluchte mich selbst, Fepple und die Betrunkenen. Wie durch ein Wunder beschränkte sich der Schaden auf die Löcher in meiner Strumpfhose sowie einen blutigen Kratzer an meinem linken Bein. In dem trüben Dämmerlicht konnte ich nicht sehen, ob ich auch meinen Rock ruiniert hatte, ein schwarzes Stück aus Seide, das ich gern mochte. Ich humpelte zu meinem Wagen zurück, wo ich einen Teil des Wassers aus meiner Flasche dazu benutzte, das Blut von meinem Bein zu waschen. Der Rock war schmutzig, der Stoff ein wenig aufgerauht. Traurig zupfte ich den Dreck weg. Vielleicht würde man die beschädigte Stelle nicht mehr sehen, wenn der Rock gereinigt wäre.

Ich lehnte mich mit geschlossenen Augen auf dem Autositz zurück und überlegte, ob es einen Versuch wert wäre, wieder in das Gebäude der Midway Insurance zu gelangen. Doch selbst wenn ich es schaffte, an dem Wachmann vorbeizukommen, würde Fepple wissen, daß ich es gewesen war, wenn am nächsten Morgen etwas aus seinem Büro fehlte. Nein, diese Sache konnte bis Montag warten.

Ich hatte noch über eine Stunde Zeit vor dem Interview mit Beth Blacksin – es war das vernünftigste, nach Hause zu fahren, zu duschen und etwas Frisches anzuziehen. Andererseits wohnte Amy Blount, die junge Frau, die die Firmengeschichte der Ajax verfaßt hatte, nur drei Häuserblocks entfernt. Ich wählte die Nummer, die Mary Louise für mich herausgefunden hatte.

Ms. Blount war zu Hause. Mit ihrer höflichen, distanzierten Stimme bestätigte sie, daß wir uns bereits kennengelernt hatten. Als ich ihr sagte, daß ich ihr ein paar Fragen über die Ajax stellen wolle, wurde aus ihrer Distanziertheit Eisigkeit.

»Mr. Rossys Sekretärin hat mir diese Fragen bereits gestellt. Ich empfinde sie als unverschämt und werde sie Ihnen genausowenig beantworten wie ihr.«

»Tut mir leid, Ms. Blount, ich habe mich nicht ganz klar ausgedrückt. Ich melde mich nicht im Auftrag der Ajax. Ich weiß auch nicht, was Rossy von Ihnen erfahren will, aber ich nehme an, daß seine Fragen nicht die gleichen sind wie meine. Meine betreffen einen Klienten, der herauszufinden versucht, was mit einer bestimmten Versicherung passiert ist. Ich glaube nicht, daß Sie die Antwort kennen, würde mich aber dennoch gern mit Ihnen unterhalten, weil ...« Tja, warum? Weil das Gespräch mit Fepple sowie die Anschuldigungen Durhams mich so frustriert hatten, daß ich mich an jeden Strohhalm klammerte? »Weil ich nicht weiß, was los ist, und gern mit jemandem reden würde, der sich mit der Ajax auskennt. Ich bin gerade in Ihrer Gegend und könnte für zehn Minuten vorbeikommen, wenn Sie Zeit für mich haben.«

Nach einer kurzen Pause sagte sie kühl, sie würde sich anhören, was ich ihr mitzuteilen hätte, aber sie könne mir nicht versprechen, daß sie irgendwelche Fragen beantworten würde.

Sie wohnte in einem schäbigen, für Studenten erschwinglichen Gebäude an der Cornell Avenue, in dem die Wohnungen, das wußte ich von den Klagen eines alten Freundes, dessen Sohn gerade mit dem Medizinstudium begann, aber vermutlich dennoch sechs- oder siebenhundert Dollar im Monat kosteten, die Scherben auf dem Gehsteig, die schief in den Angeln hängende Haustür und das Loch in der Wand des Treppenhauses inklusive.

Amy Blount erwartete mich in der offenen Tür ihres Apartments und sah mir zu, wie ich die letzte Treppe heraufkam. Zu Hause trug sie ihre Dreadlocks offen. Und statt des strengen Tweedkostüms bei der Ajax hatte sie nun eine Jeans und ein weites Hemd an. Sie bat mich höflich, aber nicht freundlich herein und bot mir einen Holzstuhl an, während sie selbst auf ihrem Schreibtischstuhl Platz nahm.

Abgesehen von einem Futon mit einem buntgemusterten Überwurf und einem Druck von einer hinter einem Korb kauernden Frau war der Raum klösterlich streng eingerichtet. Weiße Sperrholzregale standen an allen Wänden, sogar in der winzigen Eßnische waren sie um eine Uhr herum angebracht.

»Ralph Devereux hat mir erzählt, Sie haben einen Abschluß in Wirtschaftsgeschichte. Sind Sie deshalb an den Auftrag gekommen, die Firmengeschichte für die Ajax zu schreiben?«

Sie nickte schweigend.

»Wovon handelt Ihre Dissertation?«

»Ist das für Ihren Klienten relevant, Ms. Warshawski?«

Ich hob die Augenbrauen. »Ich versuche nur, höfliche Konversation zu machen, Ms. Blount. Aber es stimmt, Sie hatten ja gesagt, daß Sie keine Fragen beantworten würden. Sie haben außerdem gesagt, daß Sie bereits von Bertrand Rossy gehört haben, also wissen Sie, daß Alderman Durham die Ajax ...«

»Von seiner Sekretärin«, korrigierte sie mich. »Mr. Rossy ist ein viel zu hohes Tier, um mich selbst anzurufen.«

Ihre Stimme klang so tonlos, daß ich nicht sicher sein konnte, ob sie das ironisch meinte. »Aber er hat ihr den Auftrag gegeben, Sie zu fragen. Sie wissen also, daß Durham eine Protestaktion vor dem Ajax-Gebäude durchführt und behauptet, daß Ajax und Birnbaum der afroamerikanischen Gemeinde eine Entschädigung für das Geld schulden, das sie beide an der Sklaverei verdient haben. Vermutlich hat Rossy Ihnen vorgeworfen, Sie hätten Durham die relevante Information aus dem Ajax-Archiv zugespielt.«

Sie nickte argwöhnisch.

»Der andere Aspekt von Durhams Demonstration betrifft mich persönlich. Kennen Sie die Midway Insurance Agency drüben in dem Bankgebäude? Sie wird gegenwärtig mehr schlecht als recht von Howard Fepple geführt, aber vor dreißig Jahren hat einer der Vertreter seines Vaters einem Mann namens Sommers eine Versicherung verkauft.« Ich schilderte ihr das Problem der Familie Sommers. »Und jetzt hat Durham Wind von der Geschichte bekommen. Ich frage mich, ob Sie aufgrund Ihrer Arbeit bei der Ajax eine Ahnung haben, wer Durham so detaillierte Insider-Informationen sowohl über die Firmengeschichte als auch über diesen speziellen Anspruch gegeben haben könnte. Sommers hat sich bei Durham beklagt, aber in der Protestaktion war von einem Aspekt die Rede, von dem Sommers meiner Ansicht nach nichts wissen konnte: von der Tatsache, daß die Ajax die Birnbaum Corporation in den Jahren vor dem Bürgerkrieg versichert hat. Ich nehme an, daß diese Information stimmt, denn sonst hätte Rossy nicht bei Ihnen angerufen. Seine Sekretärin nicht bei Ihnen anrufen lassen.«

Als ich schwieg, sagte Amy Blount: »Ja, in gewisser Hinsicht stimmt sie. Der Birnbaum, der seinerzeit den Grundstein für dieses Vermögen der Familie gelegt hat, wurde in den fünfziger Jahren des neunzehnten Jahrhunderts von der Ajax versichert.«

»Was meinen Sie mit ›in gewisser Hinsicht‹?«

»1858 hat Mordecai Birnbaum eine Ladung Stahlpflüge, die er nach Mississippi schicken wollte, verloren, als das Dampfschiff auf dem Illinois River in die Luft ging. Die Ajax hat den vereinbarten Betrag gezahlt. Wahrscheinlich bezieht Alderman

Durham sich auf diesen Vorfall.« Sie sprach schnell und monoton. Hoffentlich, so dachte ich, würde sie ihre Vorlesungen vor Studenten später einmal ein bißchen lebhafter halten.

»Stahlpflüge?« wiederholte ich. »Gab's die denn schon vor dem Bürgerkrieg?«

Sie lächelte streng. »John Deere hat den Stahlpflug 1830 erfunden. 1847 hat er seine erste große Fabrik sowie einen Einzelhandel hier in Illinois eröffnet.«

»Das heißt, daß die Birnbaums schon 1858 eine Wirtschaftsmacht darstellten.«

»Das glaube ich nicht. Meiner Ansicht nach hat sich das Familienvermögen erst durch den Bürgerkrieg angesammelt, aber darüber war in den Ajax-Archiven nicht viel zu finden. Ich schließe das aus der Liste der versicherten Vermögenswerte. Die Pflüge der Birnbaums waren nur ein kleiner Teil der Schiffsladung.«

»Wer könnte Durham Ihrer Meinung nach von der Pflugladung der Birnbaums erzählt haben?«

»Ist das ein subtiler Versuch, mich zu einem Geständnis zu bringen?«

Sie hätte mir diese Frage durchaus mit einem Augenzwinkern stellen können, doch das tat sie nicht. Ich bemühte mich, gelassen zu bleiben. »Ich bin für alles offen, muß aber die verfügbaren Fakten in meine Überlegungen einbeziehen. Sie hatten Zugang zu den Archiven. Vielleicht haben Sie Durham die Daten weitergegeben. Wenn nicht, haben Sie vielleicht eine Ahnung, wer es getan haben könnte.«

»Dann sind Sie also tatsächlich hierhergekommen, um mich zu beschuldigen.« Sie reckte angriffslustig das Kinn vor.

Ich stützte meinen Kopf auf die Hände, weil ich von dem Thema genug hatte. »Eigentlich bin ich zu Ihnen gekommen, um bessere Informationen zu erhalten als die, die ich bereits habe. Aber lassen wir das. Ich habe heute abend ein Interview mit Channel 13 über diese ganze traurige Angelegenheit; ich muß nach Hause und mich umziehen.«

Sie preßte die Lippen zusammen. »Wollen Sie im Fernsehen Anschuldigungen gegen mich erheben?«

»Ich bin nicht hierhergekommen, um Sie zu beschuldigen, aber Sie sind mir und meinen Motiven gegenüber so argwöhnisch, daß Sie mir das vermutlich nicht glauben. Ich habe Sie in der Hoffnung aufgesucht, daß einer geübten Beobachterin wie Ihnen etwas aufgefallen sein könnte, das es mir ermöglicht, in dieser Sache einen neuen gedanklichen Ansatz zu finden.«

Sie sah mich unsicher an. »Wenn ich Ihnen sage, daß ich Durham die Akten nicht gegeben habe, glauben Sie mir das?«

Ich breitete die Hände aus. »Warum nicht?«

Sie holte tief Luft und sagte dann hastig, den Blick auf die Bücher über ihrem Computer gerichtet: »Ich bin keine Anhängerin von Mr. Durham. Ich bin mir der Rassendiskriminierung, die es in diesem Land immer noch gibt, vollkommen bewußt. Ich habe über die wirtschaftliche und kommerzielle Geschichte der Schwarzen geforscht und geschrieben und bin deshalb mit der Geschichte dieser Diskriminierung vertrauter als die meisten: Sie reicht tief und weit zurück. Den Auftrag, die Firmengeschichte für die Ajax zu schreiben, habe ich übernommen, weil ich große Probleme habe, wissenschaftliche Geschichts- und Wirtschaftsprogramme außerhalb der afroamerikanischen Studien, die mich aufgrund ihrer zu großen Spezialisierung nicht interessieren, auf mich aufmerksam zu machen. Außerdem muß ich Geld verdienen, während ich nach einem Job suche. Und die Ajax-Archive liefern Stoff für eine interessante Monographie. Ich bin der Meinung, daß man sich nicht auf die Opferrolle der Afroamerikaner konzentrieren sollte, das erzeugt nur Mitleid bei den weißen Amerikanern, und solange sie uns bemitleiden, haben sie keinen Respekt vor uns.« Sie wurde rot, als sei es ihr peinlich, ihre Überzeugungen vor einer Fremden auszubreiten.

Lottys vehemente Reaktion auf Max' Konferenzteilnahme und das Thema Juden als Opfer fiel mir ein. Ich nickte und erklärte Amy Blount, ich könne ihr durchaus glauben.

»Außerdem«, fügte sie hinzu, »würde ich es für unmoralisch halten, die Ajax-Akten einem Außenstehenden zukommen zu lassen. Schließlich hat die Gesellschaft mir ihre Dokumente anvertraut.«

»Wenn Sie es nicht gewesen sind, könnten Sie sich vorstellen, wer es war?«

Sie schüttelte den Kopf. »Es ist ein großes Unternehmen, und die Akten sind strenggenommen auch nicht geheim. Jedenfalls waren sie das nicht, als ich meine Nachforschungen angestellt habe. Sie bewahren das ganze alte Material in der Unternehmensbibliothek auf, in Kartons, Hunderten von Kartons. Die neueren Unterlagen sind sorgfältig geordnet, aber die ersten hundert Jahre ... bei denen war es eher eine Frage der Geduld, sich durchzukämpfen, nicht das Problem, überhaupt Zugang zu bekommen. Allerdings muß man sich an die Bibliothekarin wenden, wenn man sie sehen will. Doch wenn sich jemand unbedingt mit den Dokumenten beschäftigen möchte, ist das vermutlich auch kein Problem.«

»Also könnte es ein Angestellter gewesen sein, jemand, der noch ein Hühnchen zu rupfen hat mit der Ajax oder bestechlich ist? Vielleicht auch ein besonders eifriger Anhänger von Durham?«

»Jede dieser Möglichkeiten klingt plausibel, aber ich kann Ihnen leider keine Namen geben. Es sind immer noch dreitausendsiebenhundert Farbige, die für die Gesellschaft niedrige Tätigkeiten im Arbeiter- oder Angestelltenbereich ausführen. Sie sind unterbezahlt, schaffen es nur selten in eine gehobene Tätigkeit und müssen sich oft mit offen rassistischen Schmähungen auseinandersetzen. Jeder von ihnen könnte verärgert genug für einen Akt passiver Sabotage gewesen sein.«

Ich erhob mich. Konnte es sein, daß ein Angehöriger der großen Sommers-Familie bei der Ajax arbeitete? Ich dankte Amy Blount für ihre Bereitschaft, sich mit mir zu unterhalten, und gab ihr eine meiner Visitenkarten für den Fall, daß ihr noch etwas einfiel. Als sie mich zur Tür brachte, blieb ich vor dem Bild mit der kauernden Frau stehen. Ihr Kopf war so tief über den Korb vor ihr gebeugt, daß man ihr Gesicht nicht sah.

»Das ist von Lois Mailou Jones«, sagte Ms. Blount. »Sie hat sich auch nicht in ihre Opferrolle gefügt.«

14 Video

In der Nacht lag ich im Dunkeln neben Morrell und dachte endlos über den Tag nach, ohne daß ich zu einem Ergebnis gekommen wäre. Meine Gedanken sausten – wie eine Flipperkugel – von Rhea Wiell zu Alderman Durham. Jedesmal wenn mir das Flugblatt in den Sinn kam, das er vor dem Ajax-Gebäude ausgeteilt hatte, wurde ich noch wütender auf ihn. Sobald dieser Gedankengang halbwegs abgeschlossen war, fielen mir nacheinander Amy Blount, Howard Fepple und schließlich meine quälende Sorge um Lotty wieder ein.

Als ich von Amy Blount in mein Büro gefahren war, hatte ich die Kopien des Paul-Radbuka-Videos vorgefunden, die Unblinking Eye für mich gemacht hatte, zusammen mit den Fotoabzügen von Radbukas Porträt.

Der lange Nachmittag mit Sommers und Fepple hatte mich Radbuka völlig vergessen lassen. Zuerst starrte ich das Paket von Unblinking Eye nur an und versuchte mich zu erinnern, was darin sein könnte. Als ich dann die Fotos von Radbukas Gesicht sah, entsann ich mich meines Versprechens an Lotty, ihr die Kopie des Videobandes vorbeizubringen. In meiner Müdigkeit spielte ich mit dem Gedanken, das auf den Sonntag zu verschieben, wenn ich sie ohnehin bei Max sehen würde, doch da rief sie an.

»Victoria, ich versuche wirklich, dir keine Vorwürfe zu machen, aber hast du denn meine Nachrichten von heute nachmittag nicht erhalten?«

Ich erklärte ihr, daß ich noch keine Gelegenheit gehabt hatte, mir die Nachrichten anzuhören, die mein Anrufbeantwortungsdienst für mich entgegengenommen hatte. »In ungefähr fünfzehn Minuten werde ich mit einer Reporterin über die Anschuldigungen sprechen, die Bull Durham gegen mich erhoben hat; deshalb war ich gerade dabei, mich darauf vorzubereiten.«

»Bull Durham? Der Mann, der die Protestaktion gegen den Holocaust Asset Recovery Act führt? Sag bloß nicht, daß der jetzt auch noch mit Paul Radbuka zu tun hat!«

Ich blinzelte. »Nein. Der hat mit einem Fall zu tun, an dem ich arbeite. Ein Versicherungsbetrug bei einer Familie in der South Side.«

»Und das ist dir wichtiger, als meine Nachrichten zu beantworten?«

»Lotty!« rief ich empört. »Alderman Durham hat heute Flugblätter ausgeteilt, in denen er mich diffamiert. Er ist auf einem öffentlichen Platz herummarschiert und hat dabei durch ein Megaphon Beleidigungen gegen mich gebrüllt. Du kannst vielleicht verstehen, daß ich da reagieren mußte. Ich habe mein Büro erst vor fünf Minuten betreten und mir die Nachrichten noch nicht angehört.«

»Ja, ja, ich verstehe«, sagte sie. »Ich ... aber ich brauche auch Unterstützung. Ich möchte das Video mit dem Interview sehen, Victoria. Ich möchte wissen, daß du versuchst, mir zu helfen. Daß du ... daß du unsere Freundschaft ...«

Ihre Stimme klang panisch; sie suchte auf eine Art und Weise nach Worten, daß mir flau im Magen wurde. »Lotty, bitte, wie könnte ich unsere Freundschaft vergessen? Oder dich jemals im Stich lassen? Sobald das Interview vorbei ist, komme ich zu dir. In ungefähr einer Stunde. Ist dir das recht?«

Nachdem wir aufgelegt hatten, hörte ich mir die Nachrichten an, die für mich eingegangen waren. Beth Blacksin hatte einmal angerufen, um mir zu sagen, daß sie sich gern mit mir unterhalten, mich aber bitten würde, zu ihr ins Global-Gebäude zu kommen, weil sie noch die ganzen Interviews und Aufnahmen von den Demonstrationen des Tages bearbeiten müsse. Sie habe sich mit Murray Ryerson getroffen – er würde sich im Studio zu uns gesellen. Ich dachte wehmütig an das Feldbett in dem Raum hinter meinem Büro, sammelte aber meine Sachen zusammen und fuhr wieder ins Stadtzentrum.

Das Interview mit Beth und Murray, das Beth aufnahm, dauerte zwanzig Minuten. Ich achtete darauf, meinen Klienten nicht in die Sache zu verwickeln, gab ihnen aber bereitwillig den Namen von Howard Fepple – es wurde Zeit, daß ihm noch jemand außer mir auf die Pelle rückte. Beth freute sich so sehr über diese neue Quelle, daß sie mir gern mitteilte, was sie wußte, doch weder sie noch Murray hatte eine Ahnung, wer Durham die Information über die Birnbaums zugespielt hatte.

»Ich hab' ungefähr dreißig Sekunden mit Durham gesprochen, der behauptet, daß alle es wissen«, sagte Murray. »Außerdem habe ich mich mit dem Rechtsberater der Birnbaums unterhalten, der meint, das alles sei lange her. Und an die Frau, die die Firmengeschichte geschrieben hat, eine gewisse Amy Blount, bin ich nicht rangekommen – jemand von der Ajax hat gesagt, sie könnte es gewesen sein.«

»Ich hab' mit ihr gesprochen«, erklärte ich, nicht ganz ohne Stolz. »Aber ich wette, daß sie es nicht war. Es muß jemand anderes bei der Ajax gewesen sein. Vielleicht auch jemand im Unternehmen der Birnbaums, der noch ein Hühnchen mit ihnen zu rupfen hat. Hast du mit Bertrand Rossy geredet? Ich kann mir vorstellen, daß der vor Wut kocht – die Schweizer sind an solche Protestaktionen auf der Straße wahrscheinlich nicht gewöhnt. Wenn Durham meinen Namen nicht ins Spiel gebracht hätte, würde ich mir jetzt vermutlich eins grinsen.«

»Du erinnerst dich doch noch, daß wir in der Sendung über Paul Radbuka am Mittwoch die Zuschauer aufgefordert haben, ihm bei der Suche nach seiner kleinen Freundin Miriam behilflich zu sein«, sagte Beth unvermittelt, der dieses Thema mehr am Herzen lag. »Es sind ungefähr hundertdreißig E-Mails eingegangen. Meine Assistentin geht ihnen allen nach. Die meisten sind wahrscheinlich von Leuten, die unbedingt berühmt werden wollen, aber es wäre der große Coup, wenn sich rausstellen würde, daß einer von ihnen sie tatsächlich kennt. Stell dir mal vor, wie sie sich vor laufender Kamera wiedersehen!«

»Ich hoffe, ihr macht das nicht vor laufender Kamera«, fuhr ich sie an. »Denn vielleicht kommt dabei bloß heiße Luft raus.«

»Was?« Beth starrte mich verständnislos an. »Glaubst du, er hat sich seine kleine Freundin ausgedacht? Nein, Vic, da täuschst du dich.«

Murray, der mit seinen fast zwei Metern an einem Aktenschrank gelehnt war, richtete sich plötzlich auf und begann, mich mit Fragen zu bombardieren: Welche Insider-Informationen hatte ich über Paul Radbuka? Was wußte ich über seine Spielkameradin Miriam? Und was über Rhea Wiell?

»Fehlanzeige in allen Punkten«, sagte ich. »Ich habe nicht mit dem Mann geredet. Aber ich habe mich heute vormittag mit Rhea Wiell getroffen.«

»Sie ist keine Betrügerin, Vic«, sagte Beth sofort.

»Das weiß ich. Aber sie glaubt so unerschütterlich an sich, daß ... es ist so ein Gefühl, ich kann das nicht richtig erklären«, schloß ich den Satz, ohne in Worte fassen zu können, weshalb mich ihr verzückter Blick während unseres Gesprächs über Paul Radbuka aus der Ruhe gebracht hatte. »Ich stimme dir zu, daß eine so erfahrene Therapeutin wie Rhea Wiell keine Betrügerin sein kann. Aber egal ... wahrscheinlich bin ich erst in der

Lage, mir eine Meinung zu bilden, wenn ich Radbuka persönlich kennengelernt habe«, sagte ich.

»Du wirst ihm glauben«, versprach mir Beth.

Kurz darauf ging sie, um das Interview für die Zehn-Uhr-Nachrichten zu bearbeiten. Murray versuchte, mich zu einem Drink zu überreden. »Ach, Warshawski, wir arbeiten so gut zusammen, da wäre es doch schade, wenn wir uns nicht mehr an alte Gewohnheiten erinnern würden.«

»Murray, du alter Süßholzraspler, ich sehe doch genau, wie gierig du auf ein Gespräch unter vier Augen über die Sache mit Radbuka bist. Aber heute abend geht's nicht – ich habe Lotty Herschel versprochen, in einer halben Stunde bei ihr zu sein.«

Er begleitete mich den Flur entlang zum Fenster des Wachmannes, wo ich meinen Besucherpaß abgab. »Um was geht's dir bei der Geschichte wirklich, Warshawski? Um Radbuka und Wiell? Oder um Durham und die Sommers-Familie?«

Ich sah ihn mit einem Stirnrunzeln an. »Um beide. Das ist genau das Problem. Ich kann mich auf keins von beiden richtig konzentrieren.«

»Durham ist abgesehen vom Bürgermeister selbst so ziemlich der glatteste Politiker der Stadt. Sei vorsichtig, wie du ihn anpackst. Und sag Lotty schöne Grüße von mir, ja?« Er drückte zum Abschied kurz meine Schulter und ging dann wieder den Flur zurück.

Ich kenne Lotty Herschel seit meiner Studentenzeit an der University of Chicago. Damals war ich ein Arbeitermädchen an einer schnieken Uni und fühlte mich ziemlich fehl am Platz. Ich lernte sie bei einer Gruppe von Abtreibungsbefürwortern im Untergrund kennen, denen ich freiwillig Hilfe leistete und sie medizinische Ratschläge gab. Sie nahm mich unter ihre Fittiche und verlieh mir jenen gesellschaftlichen Schliff, den ich mit dem Tod meiner Mutter verloren hatte. Sie hielt mich davon ab, meinen Weg in jener Zeit der Drogen und gewalttätigen Demonstrationen aus den Augen zu verlieren, indem sie sich trotz ihres vollgepackten Tagesplans die Zeit nahm, sich zusammen mit mir über meine Erfolge zu freuen und mich bei Mißerfolgen zu trösten. Sie ging sogar zu ein paar College-Basketballmatches, um mich spielen zu sehen – das war ein echter Akt der Freundschaft, denn Sport in jeder Form langweilt sie.

Aber nur durch mein Sportstipendium wurde mein Studium möglich, also unterstützte sie mich dabei, so gut sie konnte. Wenn ihr jetzt etwas Schreckliches zustieße... Der Gedanke war mir unerträglich.

Erst vor kurzem war sie in ein Hochhaus am See gezogen, in eines jener schönen alten Gebäude, von denen aus man die Sonne über dem Lake, dem Lake Shore Drive und einem Park aufgehen sehen konnte. Früher hatte sie in einer Zweizimmerwohnung nicht weit von ihrer Klinik entfernt gelebt; ihr einziges Zugeständnis ans Alter war es, daß sie nicht mehr in einer Gegend voller Drogendealer und Einbrecher leben wollte. Max und ich waren erleichtert gewesen, daß sie sich für ein Haus mit Tiefgarage entschieden hatte.

Als ich dem Pförtner meine Wagenschlüssel gab, war es erst acht, aber mir kam es vor, als wäre es schon weit nach Mitternacht.

Lotty wartete bereits im Flur auf mich, als ich aus dem Aufzug trat. Sie gab sich größte Mühe, ruhig zu wirken. Obwohl ich ihr sofort den Umschlag mit dem Video und den Fotos hinhielt, riß sie ihn mir nicht aus der Hand, sondern bat mich in ihr Wohnzimmer und bot mir einen Drink an. Als ich sagte, ich wolle nur ein Wasser, schenkte sie dem Umschlag noch immer keine Beachtung und versuchte sogar zu scherzen, ich müsse krank sein, wenn ich Wasser wolle und keinen Whisky. Ich lächelte, aber die dunklen Ringe unter ihren dunklen Augen beunruhigten mich. Ich sagte nichts darüber. Als sie sich auf den Weg in die Küche machte, fragte ich sie, ob sie mir ein bißchen Obst oder Käse mitbringen könne.

Nun schien sie mich zum erstenmal richtig anzuschauen. »Du hast also noch nichts gegessen? Ich seh' dir an, daß du erschöpft bist. Bleib sitzen; ich richte dir was her.«

Das war schon eher die alte resolute Lotty. Ein wenig beruhigt lehnte ich mich auf dem Sofa zurück und döste, bis sie mit einem Tablett zurückkam: kaltes Hühnchen, Karottensticks, ein kleiner Salat und dazu ein paar Scheiben des dicken Brotes, das eine ukrainische Schwester im Krankenhaus für sie backt. Ich versuchte, mich nicht über das Essen herzumachen wie meine Hunde.

Während ich aß, beobachtete mich Lotty, als müsse sie sich

sehr zurückhalten, die ganze Zeit den Umschlag anzustarren. Dabei stellte sie mir im Plauderton Fragen: ob ich beschlossen habe, am Wochenende mit Morrell wegzufahren, und ob wir am Sonntag nachmittag zum Konzert wieder zurück seien? Max erwarte hinterher bei sich zu Hause vierzig oder fünfzig Leute zum Essen, aber er und besonders Calia wären sehr traurig, wenn ich nicht käme.

Irgendwann unterbrach ich sie. »Lotty, schaust du dir die Bilder nicht an, weil du Angst vor dem hast, was du darauf sehen könntest, oder vor dem, was du nicht darauf siehst?«

Sie schenkte mir ein mattes Lächeln. »Du hast die Situation ziemlich genau erfaßt, meine Liebe. Wahrscheinlich ist es von beidem ein bißchen. Aber ich denke, ich wäre jetzt bereit, das Band anzuschauen, wenn du es mir vorspielst. Max hat mich schon gewarnt, daß der Mann nicht sonderlich sympathisch ist.«

Wir gingen in das hintere Zimmer, in dem sich ihr Fernseher befand, und steckten das Tape in den Videorekorder. Ich warf Lotty einen raschen Blick zu, doch die Angst stand ihr so deutlich ins Gesicht geschrieben, daß ich sie nicht länger ansehen konnte. Als Paul Radbuka von seinen Alpträumen und seinen Rufen nach seiner Freundin aus der Kindheit erzählte, wandte ich den Blick nicht von ihm. Als alles, auch die Sendung »Auf den Straßen von Chicago« mit Rhea Wiell und Arnold Praeger, vorbei war, bat Lotty mich mit schwacher Stimme, zu dem Interview mit Radbuka zurückzuspulen.

Ich spielte es ein zweites und ein drittes Mal für sie ab, doch als sie es noch ein viertes Mal sehen wollte, weigerte ich mich, denn ihr Gesicht war grau vor Anstrengung. »Du quälst dich damit, Lotty. Warum?«

»Ich... die Sache ist verdammt hart.« Obwohl ich auf dem Boden neben ihrem Sessel saß, verstand ich kaum, was sie sagte. »Etwas von dem, was er sagt, kommt mir bekannt vor. Aber ich kann nicht richtig denken, weil... es geht einfach nicht. Ich hasse es, Dinge zu sehen, die mein Gehirn dazu bringen, nicht mehr richtig zu funktionieren. Glaubst du seine Geschichte?«

Ich machte eine hilflose Geste. »Ich weiß es nicht, das Ganze ist so weit von meiner eigenen Lebensrealität entfernt, daß ich mich dagegen wehre. Ich habe gestern mit der Therapeutin gesprochen – nein, das war heute, ich hab' nur das Gefühl, daß es schon so lange her ist. Sie hat meinen Informationen zufolge eine Fachausbildung, aber ich halte sie für, nun, fanatisch. Eine Missionarin, was ihre Arbeit ganz allgemein anbelangt, und ganz besonders in diesem Fall mit Paul Radbuka. Ich habe ihr gesagt, daß ich mich gern mit Radbuka unterhalten würde, um zu sehen, ob tatsächlich eine Verbindung zwischen ihm und den Leuten bestehen könnte, die ihr, Max und du, kennt, doch sie läßt niemanden an ihn ran. Er steht nicht im Telefonbuch, weder als Paul Radbuka noch als Paul Ulf, also schicke ich Mary Louise zu allen Ulfs in Chicago. Vielleicht wohnt er immer noch im Haus seines Vaters, oder ein Nachbar erkennt ihn auf dem Foto. Wir wissen den Vornamen seines Vaters nicht.«

»Wie alt ist er deiner Ansicht nach?« fragte Lotty mich völlig unerwartet.

»Du meinst, ob er alt genug ist, das, wovon er erzählt, wirklich erlebt zu haben? Das könntest du wahrscheinlich besser beurteilen als ich, aber auch das ließe sich bei einem persönlichen Gespräch besser einschätzen.«

Ich holte die Fotos aus dem Umschlag und hielt sie ins Licht. Lotty sah sie sich lange an, schüttelte aber schließlich ratlos den Kopf.

»Warum habe ich nur geglaubt, daß ich sofort etwas Definitives sagen könnte? Max hat mich schon gewarnt. Ähnlichkeiten ergeben sich oft durch einen bestimmten Gesichtsausdruck, und außerdem sind das hier nur Fotos, Fotos von einem Video, um genau zu sein. Ich müßte den Mann selbst sehen, und auch dann – schließlich würde ich versuchen, ein Erwachsenengesicht in Einklang zu bringen mit der Erinnerung eines Kindes an jemanden, der damals viel jünger war als dieser Mann heute.«

Mit beiden Händen nahm ich ihre Hand. »Lotty, wovor hast du Angst? Es bricht mir fast das Herz, dich anzuschauen. Könnte er ein Angehöriger deiner Familie sein? Glaubst du, er ist mit deiner Mutter verwandt?«

»Wenn du irgendeine Ahnung von diesen Dingen hättest, würdest du mir keine solchen Fragen stellen.« Nun blitzte kurz ihr herrisches Wesen wieder auf.

»Aber du kennst doch die Radbuka-Familie, oder?«

Sie breitete die Fotos auf dem Beistelltischchen aus wie ein Kartenspiel und schob sie hin und her, ohne sie wirklich anzusehen. »Ich habe vor vielen Jahren einige Angehörige der Familie gekannt. Die Umstände ... als ich sie das letzte Mal gesehen habe, war das ausgesprochen schmerzhaft für mich. Die Art und Weise, wie wir uns getrennt haben, meine ich, die ganze Situation. Wenn dieser Mann tatsächlich ... ich kann mir nicht vorstellen, daß er der ist, für den er sich ausgibt. Aber wenn es die Wahrheit sein sollte, schulde ich es der Familie, mich mit ihm anzufreunden.«

»Soll ich Nachforschungen für dich anstellen? Immer vorausgesetzt, es läßt sich überhaupt etwas nachforschen?«

Ihr lebhaftes dunkles Gesicht war angespannt. »Ach, Victoria, ich weiß nicht, was ich will. Am liebsten wäre es mir, wenn sich die Vergangenheit nicht so ereignet hätte, aber da das nicht möglich ist und ich nichts ändern kann, möchte ich, daß sie bleibt, wo sie ist, in der Vergangenheit, aus und vorbei. Dieser Mann, ich will ihn nicht kennenlernen. Doch mir ist klar, daß ich mit ihm sprechen muß. Ob ich möchte, daß du Nachforschungen über ihn anstellst? Nein, ich will nicht, daß du in seine Nähe kommst. Aber bitte spür ihn für mich auf, damit ich mich mit ihm unterhalten kann. Und du, du ... was du tun könntest: Du könntest versuchen herauszufinden, welches Dokument ihn davon überzeugt hat, daß sein richtiger Name Paul Radbuka ist.«

Spät in jener Nacht gingen mir ihre unglücklichen, widersprüchlichen Worte nicht aus dem Kopf. Irgendwann nach zwei schlief ich schließlich ein, aber in meinen Träumen wurde ich so lange von Bull Durham gejagt, bis ich schließlich zusammen mit Paul Radbuka in Theresienstadt landete, wo Lotty mich vom anderen Ende des Stacheldrahtzauns aus mit gequältem Blick beobachtete. »Laß ihn dort bei den Toten«, rief sie.

Lotty Herschels Geschichte: Englischunterricht

Das Schuljahr dauerte noch drei Wochen, als Hugo und ich in London ankamen, aber Minna hielt es nicht für der Mühe wert, mich anzumelden, weil ich aufgrund meiner mangelnden Englischkenntnisse sowieso nichts verstand. Sie wies mich an, Dinge im Haus und später in der Nachbarschaft zu erledigen: Zum Beispiel notierte sie mir in englischer Sprache auf einen Zettel, was einzukaufen war. Dabei buchstabierte sie leise jedes Wort – falsch, wie ich merkte, als ich schließlich selbst Englisch lesen und schreiben lernte. Dann gab sie mir ein Pfund und schickte mich zu dem Laden an der Ecke, wo ich ein Kotelett, ein paar Kartoffeln und einen Laib Brot fürs Abendessen holen sollte. Wenn sie von der Arbeit nach Hause kam, zählte sie das Wechselgeld zweimal, um sicher zu sein, daß ich nichts für mich abgezweigt hatte. Aber sie gab mir auch eine Sixpence-Münze Taschengeld pro Woche.

Hugo, den ich immer sonntags sah, plapperte bereits Englisch. Ich schämte mich, denn obwohl ich die größere von uns beiden war, konnte ich die Fremdsprache noch nicht, weil Minna mich hinter einer Mauer aus Deutsch gefangenhielt. Sie hoffte, mich so bald wie möglich nach Wien zurückschicken zu können. »Warum deine Zeit mit Englisch vergeuden, wenn du vielleicht schon morgen früh zurückfährst?«

Als sie das das erste Mal sagte, setzte mein Herz einen Schlag aus. »Haben Mutti und Oma dir geschrieben? Kann ich nach Hause?«

»Nein, ich habe nichts von Madame Butterfly gehört«, fauchte Minna mich an. »Sie wird sich schon irgendwann wieder an dich erinnern.«

Mutti hatte mich vergessen. Diese Erkenntnis traf mich wie ein Faustschlag. Ein Jahr später, als ich dann Englisch lesen konnte, hatte ich nur Verachtung übrig für die Kinderbücher mit ihren zuckersüßen Müttern und Kindern, die wir in der Schule bekamen. »Meine Mutter würde mich nie vergessen. Sie liebt mich, obwohl sie weit weg ist, und ich bete jeden Abend, sie wiederzusehen, genau wie ich weiß, daß auch sie für mich betet und über mich wacht.« Das war das, was die Mädchen in *Good Wives or English Orphans* trotzig mit ihrer zitternden

Kleinmädchenstimme zu Cousine Minna gesagt hätten. Aber diese kleinen Mädchen hatten keine Ahnung vom Leben.

Deine eigene Mutter liegt im Bett, zu erschöpft, um dich mit einem Kuß zu verabschieden, wenn du zum Zug mußt und deine Stadt, dein Zuhause, deine Mutti und Oma verläßt. Männer in Uniform halten dich auf, schauen in deinen Koffer, tasten mit ihren großen häßlichen Händen deine Unterwäsche ab und deine Lieblingspuppe. Sie können dir deine Sachen abnehmen, wenn sie wollen, und deine Mutter liegt im Bett und hindert sie nicht daran.

Natürlich kannte ich die Wahrheit, wußte, daß nur Hugo und ich Visa und Reisegenehmigungen bekommen konnten, daß Erwachsene nur dann nach England durften, wenn jemand in England ihnen einen Job garantierte. Ich kannte die Wahrheit, daß die Nazis uns haßten, weil wir Juden waren. Deshalb nahmen sie Opa die Wohnung mit einem Schlafzimmer weg: Nun schlief eine fremde Frau mit ihrem blonden Kind in meinem weißen Himmelbett – ich war eines Morgens ganz früh zu Fuß zu dem Haus gegangen, an dem jetzt ein kleines Schild angebracht war: *Juden unerwünscht.* Ich wußte diese Dinge, wußte, daß meine Mama Hunger hatte wie wir alle, aber für ein Kind haben die Eltern so viel Macht. Ich hoffte immer noch, daß meine Eltern, mein Opa sich wehren würden und alles wieder so wäre wie früher.

Als Minna sagte, meine Mutter würde sich schon an mich erinnern, drückte sie meine schlimmsten Ängste aus. Ich war weggeschickt worden, weil Mutti mich nicht mehr wollte. Bis zum September, als der Krieg ausbrach und niemand mehr Österreich verlassen konnte, sagte Minna das in regelmäßigen Abständen immer wieder.

Heute bin ich mir sicher, daß sie das tat, weil sie meine Mutter so sehr haßte, Lingerl, den kleinen Schmetterling mit den weichen goldenen Locken, dem hübschen Lächeln und der reizenden Art. Minna konnte Lingerl nur durch mich weh tun. Vielleicht war die Tatsache, daß meine Mutter nie davon erfuhr, der Grund, warum sie mich noch mehr quälte: Sie war so wütend darüber, nicht Lingerl persönlich verletzen zu können, daß sie weiter auf mir herumhackte. Möglicherweise reagierte sie deswegen so haßerfüllt, als wir die Nachricht über ihr Schicksal erhielten.

Das einzige, was ich in jenem Sommer des Jahres 39, meinem ersten Sommer in London, wußte, war, was mein Papa mir gesagt hatte: Daß er kommen würde, wenn ich eine Arbeit für ihn finden könnte. Bewaffnet mit einem deutsch-englischen Wörterbuch, das ich in Minnas Wohnzimmer gefunden hatte, verbrachte ich den Sommer damit, die Straßen in der Nähe von Minnas Haus in Kentish Town abzugehen. Die Wangen rot vor Verlegenheit, klingelte ich an Türen und stotterte: »Mein Vater, er braucht Arbeit, er macht alles. Garten, er macht Garten. Haus, er putzt Haus. Kohle, er bringt Kohle, macht Haus warm.«

Schließlich landete ich bei dem Haus hinter dem von Minna, das ich schon längere Zeit von meinem Speicherfenster aus beobachtet hatte, weil es so anders war als ihres. Das von Minna war ein schmales Holzhaus, das fast die Häuser der Nachbarn zu beiden Seiten berührte. Bei dem Garten handelte es sich um ein Rechteck, genauso schmal wie das Haus, mit nur ein paar kümmerlichen Himbeersträuchern darin. Bis heute mag ich keine Himbeeren...

Jedenfalls war das Haus dahinter aus Stein, hatte einen großen Garten, Rosen, einen Apfelbaum, ein kleines Gemüsebeet und Claire. Ich kannte ihren Namen, weil ihre Mutter und ihre ältere Schwester sie so riefen. Sie saß oft auf einer Schaukel unter ihrer Pergola, die blonden Haare nach hinten geworfen, und las in einem Buch.

»Claire«, rief ihre Mutter dann. »Es gibt Tee, mein Schatz. Du machst dir die Augen kaputt, wenn du in der Sonne liest.«

Natürlich verstand ich anfangs noch nicht, was sie sagte, obwohl ich Claires Namen hörte, aber die Worte wiederholten sich jeden Sommer, so daß in meiner Erinnerung all jene Sommer zu einem werden; in meiner Erinnerung verstehe ich Mrs. Tallmadge von Anfang an.

Claire lernte, weil sie im folgenden Jahr ihren Schulabschluß machen wollte; sie hatte vor, Medizin zu studieren – auch das habe ich erst später erfahren. Ihre Schwester Vanessa war fünf Jahre älter als Claire. Vanessa hatte eine ihrem Stand angemessene Arbeit, was, weiß ich jetzt nicht mehr. Allerdings begriff ich sehr wohl, daß sie in jenem Sommer heiraten wollte – alle kleinen Mädchen wissen über Bräute und Hochzeiten Bescheid, weil sie die Vorbereitungen immer genau beobachten. Ich sah Vanessa zu, wenn sie in den Garten kam: Sie bat Claire, ein Kleid oder einen Hut anzuprobieren oder einen Stoff zu bewundern, und wenn ihr keine andere Möglichkeit mehr einfiel, die Aufmerksamkeit ihrer Schwester auf sich zu lenken, zog sie Claire einfach das Buch weg. Dann jagten die beiden einander durch den Garten und landeten lachend unter der Pergola.

Ich wünschte mir so sehnlich, Teil ihres Lebens zu sein, daß ich mir abends im Bett Geschichten über sie ausdachte. Claire geriet in irgendwelche Schwierigkeiten, aus denen ich sie rettete. Claire wußte irgendwie über mein Leben mit Cousine Minna Bescheid und stellte diese zur Rede, hielt ihr all ihre Vergehen vor und rettete mich. Ich weiß nicht, warum ausgerechnet Claire meine Heldin wurde, nicht die Mutter oder die Braut – vielleicht weil Claire mir altersmäßig näher war und ich mir vorstellen konnte, sie zu sein. Ich weiß nur, daß ich die beiden Schwestern miteinander lachen sah und in Tränen ausbrach.

Ich hob mir ihr Haus bis zuletzt auf, weil ich nicht wollte, daß Claire Mitleid mit mir hatte. Ich stellte mir Papa als Bediensteten in ihrem Haus vor; dann würde sie nie lachend mit mir auf der Schaukel sitzen. Aber in den Briefen, die in jenem Sommer noch zwischen England und Wien verschickt werden konnten, erinnerte Papa mich jedesmal daran, daß ich ihm eine Arbeit suchen mußte. Auch heute noch, nach all den Jahren, verübe ich es Minna, daß sie ihm keine Stelle in der Handschuhfabrik besorgen konnte. Natürlich gehörte die Fabrik nicht ihr, aber sie war die Buchhalterin, sie konnte mit Herrn Schatz sprechen. Doch jedesmal, wenn ich das Thema zur Sprache brachte, kreischte sie mich an, sie werde es nicht zulassen, daß die Leute mit dem Finger auf sie deuteten. Während des Krieges wurden in der Fabrik drei Schichten gefahren, um genug Nachschub für die Armee herzustellen…

Schließlich, an einem heißen Augustmorgen, als ich Claire mit ihren Büchern in den Garten hatte gehen sehen, klingelte ich also an der Tür. Ich hoffte, daß Mrs. Tallmadge öffnen würde; wenn Claire sich im Garten aufhielt, mußte ich nicht meiner Heldin selbst gegenübertreten. Natürlich wurde die Tür von einem Hausmädchen geöffnet, damit hätte ich rechnen müssen, denn in allen größeren Häusern in unserem Viertel gab es Hausmädchen. Sogar in den kleinen, häßlichen wie dem von Minna kam immerhin eine Putzfrau, die die schweren Arbeiten erledigte.

Das Hausmädchen redete so schnell, daß ich nichts verstand. Ich merkte nur, daß ihre Stimme verärgert klang. Als sie mir gerade die Tür vor der Nase zuschlagen wollte, platzte ich in gebrochenem Englisch heraus, daß Claire mich sehen wolle.

»Claire fragt nach mir. Sie sagt, komm.«

Das Hausmädchen schloß die Tür, sagte mir aber vorher, ich solle warten, ein Wort, das ich in den Wochen, in denen ich von Haus zu Haus gezogen war, gelernt hatte. Nach einer Weile kam das Hausmädchen zusammen mit Claire zurück.

»Ach, Susan, das ist das merkwürdige kleine Mädchen vom Nachbarhaus. Ich rede mit ihr – du kannst gehen.« Als Susan mit gerümpfter Nase verschwand, beugte Claire sich zu mir vor und sagte: »Ich habe gesehen, wie du mich über die Mauer beobachtest, du komisches kleines Äffchen. Was willst du denn?«

Ich erzählte ihr stotternd meine Geschichte: Vater brauchte Arbeit. Er konnte alles.

»Aber bei uns kümmert sich Mutter um den Garten, und Susan macht das Haus sauber.«

»Er spielt Geige. Schwester ...« Ich mimte Vanessa als Braut, was Claire in Lachen ausbrechen ließ. »Er spielt. Sehr schön. Schwester mag.«

Da tauchte Mrs. Tallmadge hinter ihrer Tochter auf und fragte, wer ich sei und was ich wolle. Sie und Claire unterhielten sich eine ganze Weile, ohne daß ich etwas verstanden hätte. Ich erkannte nur Hitlers Namen und natürlich das Wort »Juden«. Es war klar, daß Claire Mrs. Tallmadge zu überreden versuchte, doch die blieb unnachgiebig – sie hatten kein Geld. Als ich später fließend Englisch sprach und die Familie kennenlernte, erfuhr ich, daß Mr. Tallmadge gestorben war und seiner Frau und seinen Töchtern etwas Geld hinterlassen hatte – genug, um das Haus halten zu können und einigermaßen sorglos zu leben, aber nicht genug für Luxus. Und meinem Vater zu helfen wäre Luxus gewesen.

Einmal wandte sich Claire mir zu, um mich nach meiner Mutter zu fragen. Ich sagte, ja, sie würde auch kommen, aber

Claire wollte wissen, welche Arbeiten meine Mutter erledigen könnte. Ich sah sie verständnislos an, weil ich mir so etwas nicht vorstellen konnte. Nicht nur, weil die Schwangerschaft sie so mitgenommen hatte, sondern auch, weil niemand von meiner Mutter erwartete, daß sie arbeitete. Sie war da, um andere fröhlich zu stimmen, denn sie tanzte und sprach und sang schöner als jeder andere. Doch selbst wenn mein Englisch so gut gewesen wäre, daß ich das hätte ausdrücken können, wäre es ein Fehler gewesen, es zu sagen, das wußte ich.

»Nähen«, erinnerte ich mich schließlich. »Sehr gut nähen, meine Mutter.«

»Vielleicht Ted?« schlug Claire vor.

»Du kannst es ja versuchen«, sagte ihre Mutter mit einem verächtlichen Schnauben und ging ins Haus zurück.

Ted, das war Edward Marmaduke, der zukünftige Ehemann von Vanessa. Auch ihn hatte ich im Garten gesehen, einen blassen Engländer mit strohblonden Haaren, dessen Haut in der Sommersonne ungesund rosa wurde. Er diente später in Afrika und Italien, kam aber 1945 unverletzt zurück, das Gesicht zu einem tiefen Ziegelrot gebräunt, das nie wieder ganz verschwand.

In jenem Sommer des Jahres 39 jedoch wollte er den Anfang seiner Ehe mit Vanessa nicht durch ein armes Einwandererpaar belasten: Ich lauschte der Diskussion darüber zusammengekauert auf der anderen Seite der Mauer zwischen Minnas und Claires Garten und wußte, daß es um mich und meine Familie ging, als ich sein lautes »Nein« hörte und Vanessas Tonfall entnahm, daß sie versuchte, weder Claire noch ihren Verlobten zu verärgern.

Claire sagte mir, ich solle die Hoffnung nicht aufgeben. »Aber, mein kleines Äffchen, du mußt Englisch lernen. In ein paar Wochen beginnt die Schule.«

»In Wien«, sagte ich. »Ich gehe nach Hause, besuche Schule dort.«

Claire schüttelte den Kopf. »Möglicherweise kommt es zum Krieg in Europa; vielleicht kommst du lange Zeit nicht mehr nach Hause. Nein, wir müssen dir Englisch beibringen.«

So veränderte sich mein Leben über Nacht. Natürlich wohnte ich immer noch bei Minna, erledigte ihre Besorgungen und ertrug ihre Verbitterung, aber meine Heldin führte mich tatsächlich in die Pergola. Jeden Nachmittag brachte sie mich dazu, Englisch mit ihr zu reden. Als die Schule anfing, ging sie mit mir zur örtlichen Oberschule, stellte mich der Leiterin vor und half mir hin und wieder beim Lernen.

Ich dankte es ihr mit grenzenloser Bewunderung. Sie war das hübscheste Mädchen in ganz London. Sie wurde zu meinem großen Vorbild in puncto englische Manieren: Claire sagt, das tut man nicht, erklärte ich Minna kühl. Claire sagt, das tut man immer. Ich ahmte ihren Akzent nach und ihr Verhalten, von der Art und Weise, wie sie sich auf die Gartenschaukel setzte, bis zu ihrer Vorliebe für Hüte.

Als ich erfuhr, daß Claire Medizin studieren wollte, wenn sie einen Platz im Royal Free Hospital bekam, wurde das auch mein Ziel.

15 Ein ungebetener Gast

Der kurze Michigan-Trip mit Morrell half mir, die Sorgen vom Freitag in den Hintergrund zu drängen – hauptsächlich weil Morrell so vernünftig war. Da ich mich schon mal auf dem Weg aus der Stadt heraus befand, wollte ich noch einen kleinen Umweg nach Hyde Park machen, um mich in Fepples Büro nach der Sommers-Akte umzusehen. Doch Morrell redete mir das mit dem Hinweis darauf aus, daß wir uns auf achtundvierzig Stunden ohne Arbeit geeinigt hatten.

»Ich habe meinen Laptop nicht mitgenommen, damit ich nicht in Versuchung komme, Humane Medicine E-Mails zu schicken. Dann wirst du es wohl schaffen, dich von einem Versicherungsvertreter fernzuhalten, der deiner Schilderung nach sowieso ein ziemlich widerlicher Zeitgenosse ist, V. I.« Morrell holte meine Dietrichsammlung aus meiner Tasche und steckte sie in seine Jeans. »Außerdem möchte ich nicht zum Komplizen werden bei deinen außergeschäftlichen Informationsbeschaffungsexkursionen.«

Ich mußte trotz meiner vorübergehenden Verärgerung lachen. Er hatte recht, warum sollte ich mir meine letzten Tage mit Morrell durch Gedanken über diesen Wurm Fepple verderben? Ich beschloß, nicht einmal einen Blick in die Zeitungen zu werfen, die ich ungelesen in meine Tasche gesteckt hatte. Es war nicht nötig, daß ich meinen Blutdruck durch Bull Durhams Attacken gegen mich in die Höhe treiben ließ.

Schwerer fiel es mir, die Sorge um Lotty beiseite zu schieben, aber schließlich betraf meine Abmachung mit Morrell nicht unsere Freunde. Ich versuchte, ihm die Qual zu beschreiben. Er lauschte mir, während ich fuhr, konnte mir aber auch nicht erklären, was sich hinter ihrem merkwürdigen Verhalten verbarg.

»Sie hat ihre Familie im Krieg verloren, stimmt's?«

»Ja, alle außer ihrem jüngeren Bruder Hugo, der zusammen mit ihr nach England gegangen ist. Er lebt jetzt in Montreal und leitet dort eine kleine Kette schicker Damenboutiquen in Montreal und Toronto. Ihr Onkel Stefan – ich glaube, er war einer der Brüder ihres Großvaters – ist in den zwanziger Jahren nach Chicago gekommen. Den größten Teil des Krieges hat er als Gast der Regierung in Fort Leavenworth verbracht. Wegen Fälschung«, fügte ich hinzu, als ich Morrells fragenden Blick sah. »Ein Meistergraveur, der sich in das Gesicht von Andrew Jackson verliebt, aber leider ein paar Details übersehen hat. Also spielte er in ihrer Kindheit keine Rolle.«

»Dann war sie also neun oder zehn, als sie ihre Mutter das letzte Mal gesehen hat. Kein Wunder, daß die Erinnerung an die Kriegszeit für sie so schmerzlich ist. Hast du nicht gesagt, sie sei tot, diese Person namens Radbuka?«

»Vielleicht handelt es sich bei der Person auch um eine Sie. Lotty hat sich darüber nicht ausgelassen. Sie hat nur gesagt, daß die betreffende Person nicht mehr existiert.« Ich dachte nach. »Ein merkwürdiger Satz: Die betreffende Person existiert nicht mehr. Er könnte Unterschiedliches bedeuten – daß die Person gestorben ist oder ihre Identität verändert hat. Vielleicht hat diese Person aber auch Lotty irgendwie verraten, so daß der Mensch, den sie liebte oder von dem sie glaubte, daß er sie liebte, eigentlich nie existierte.«

»Dann könnte der Schmerz von der Erinnerung an einen zweiten Verlust herstammen. Spionier ihr nicht nach, Vic. Laß ihr Zeit, dir die Geschichte zu erzählen, wenn sie sich stark genug dazu fühlt.«

Ich hielt den Blick auf die Straße gerichtet: »Und wenn sie es mir nie erzählt?«

Er lehnte sich zu mir herüber, um mir eine Träne von der Wange zu wischen. »Dann hat das nichts mit deinem Versagen als Freundin zu tun. Es geht um ihre Dämonen, nicht um dein Versagen.«

Den Rest der Fahrt sagte ich kaum etwas. Es waren etwas mehr als hundertfünfzig Kilometer um das südliche Ende des Lake Michigan herum; ich gab mich ganz dem Rhythmus des Wagens und der Straße hin.

Morrell hatte ein Zimmer in einem Gasthaus mit Blick auf den Lake Michigan gebucht. Nachdem wir unsere Sachen ausgepackt hatten, machten wir einen Spaziergang am Ufer. Schwer zu glauben, daß dies derselbe See war, an dem Chicago lag – die langgestreckten Dünen, in denen es nur Vögel und Präriegras gab, waren eine völlig andere Welt als der immerwährende Lärm und Schmutz der Stadt.

Drei Wochen nach dem Labor Day hatten wir das Ufer des Sees ganz für uns. Als ich den Wind vom See in meinen Haaren spürte und den Sand unter meinen Füßen zum Singen brachte, indem ich mit der nackten Ferse darüberrieb, empfand ich so etwas wie inneren Frieden. Ich spürte, wie die Anspannung aus meinem Gesicht wich.

»Morrell, es wird sehr schwer für mich sein, die nächsten Monate ohne dich zu leben. Ich weiß, daß die Reise spannend wird und du sie unbedingt machen willst. Die Freude gönne ich dir. Aber trotzdem wird es gerade jetzt nicht leicht für mich sein, wenn du weg bist.«

Er zog mich an sich. »Es wird mir auch schwerfallen, von dir getrennt zu sein, *pepaiola,* denn du bringst mich immer zum Niesen mit deinen feurigen Bemerkungen.«

Ich hatte Morrell einmal erzählt, daß mein Vater meine Mutter und mich früher immer so genannt hatte – es war eins der wenigen italienischen Wörter, die er von meiner Mutter gelernt hatte. Pfeffermühle. Meine beiden *pepaiole,* sagte er dann und tat so, als niese er, wenn wir ihm wieder einmal wegen irgend etwas in den Ohren lagen. Ich bekomme ja eine ganz rote Nase. Na schön, dann machen wir's eben, wie ihr wollt, ich muß schließlich auf meine Nase aufpassen. Als ich ein kleines

Mädchen war, brachte er mich immer zum Lachen mit seinem gespielten Niesen.

»*Pepaiola,* hoppla, hier gibt's wirklich was zu niesen!« Ich warf eine Handvoll Sand in Morrells Richtung und lief von ihm weg, das Seeufer entlang. Er sprintete mir nach, was er normalerweise nicht tut – er rennt nicht gern, und außerdem bin ich schneller als er. Ich wurde ein bißchen langsamer, damit er mich einholte. Den Rest des Tages mieden wir alle schwierigen Themen, darunter auch seine bevorstehende Abreise. Die Luft war kühl, aber der See immer noch warm: Wir schwammen nackt im Dunkeln, hüllten uns dann am Ufer in eine Decke und liebten uns mit Andromeda am Himmel über uns und Orion, dem Jäger, meinem Glücksbringer, im Osten, zum Greifen nah. Sonntag mittag schlüpften wir dann widerstrebend in unsere festliche Kleidung und machten uns auf den Weg zurück in die Stadt, zum Abschlußkonzert des Cellini-Ensembles in Chicago.

Als wir an der Tankstelle kurz vor der Mautstation hielten, war das Wochenende für uns beide offiziell vorüber, und ich kaufte die Sonntagszeitungen. Durhams Protestaktion lieferte nicht nur im Nachrichten-, sondern auch im Kommentarteil des *Herald-Star* die dicksten Schlagzeilen. Ich war froh zu sehen, daß mein Interview mit Beth Blacksin und Murray Durham veranlaßt hatte, mir gegenüber eine versöhnlichere Tonart anzuschlagen.

> Mr. Durham hat die Behauptung zurückgenommen, die Chicagoer Privatdetektivin V.I. Warshawski habe eine trauernde Frau während der Beisetzung ihres Mannes zur Rede gestellt. »Die Angehörigen der Gemeinde, mit denen ich gesprochen habe, waren verständlicherweise vollkommen aus der Fassung angesichts der schrecklichen Unmenschlichkeit einer Versicherungsgesellschaft, die ihre Zusage, die Kosten für die Beisetzung eines geliebten Menschen zu übernehmen, nicht gehalten hat; in ihrer Erregung haben sie möglicherweise Ms. Warshawskis Rolle in der Angelegenheit falsch dargestellt.«

»Möglicherweise falsch dargestellt? Kann er denn nicht offen sagen, daß er sich getäuscht hat?« fauchte ich Morrell an.

Murray hatte ein paar Sätze angefügt, in denen es hieß, meine Nachforschungen hätten beunruhigende Fragen über die Rolle sowohl der Midway Agency als auch der Ajax Insurance aufgeworfen. Howard Fepple habe auf telefonische Anfragen nicht reagiert. Ein Sprecher der Ajax habe mitgeteilt, das Unternehmen habe aufgedeckt, daß zehn Jahre zuvor unrechtmäßig Anspruch auf Auszahlung einer Sterbeversicherung erhoben worden sei; man untersuche gerade, wie das habe passieren können.

Auf der Kommentarseite stand ein Artikel vom Leiter des Illinois Insurance Institute. Ich las ihn Morrell laut vor:

> Stellen Sie sich vor, Sie reisen nach Berlin und entdecken dort ein großes Museum, das an die Schrecken von drei Jahrhunderten der Sklaverei in den Vereinigten Staaten erinnert. Stellen Sie sich weiter vor, daß es in Frankfurt, München, Köln und Bonn jeweils kleinere Versionen dieses Museums zur Erinnerung an die Sklaverei in Amerika gibt. So ungefähr ist es für Amerika, wenn es Holocaust-Museen errichtet, während es die Greueltaten, die in diesem Land gegen Afroamerikaner und Indianer verübt wurden, vollkommen ignoriert.
> Und nun stellen Sie sich vor, daß in Deutschland ein Gesetz verabschiedet wird, das besagt, daß amerikanische Unternehmen, die von der Sklaverei profitiert haben, keine Geschäfte in Europa machen dürfen. Genau das möchte Illinois mit deutschen Unternehmen machen. Die Pfade der Vergangenheit sind verschlungen. Niemand hat eine völlig weiße Weste, aber wenn wir sie jedesmal waschen müssen, bevor wir Autos, Chemikalien oder auch Versicherungen verkaufen, kommt die Wirtschaft zum Stillstand.

»Und so weiter und so fort. Lotty ist also nicht die einzige, die möchte, daß man die Vergangenheit ruhen läßt. Aber der Typ hier argumentiert ziemlich glatt und oberflächlich.«

Morrell verzog das Gesicht. »Ja. Er klingt wie ein warmherziger Liberaler, der sich Sorgen um die Afroamerikaner und die Indianer macht, aber eigentlich möchte er nur verhindern, daß irgend jemand Einsicht in Versicherungsakten nimmt, um festzustellen, wie viele Versicherungen verkauft wurden, die die Gesellschaften in Illinois nun nicht auszahlen wollen.«

»Die Sommers' haben ebenfalls eine Versicherung abgeschlossen, die sie nicht ausbezahlt bekommen. Allerdings glaube ich nicht, daß die Gesellschaft sie übers Ohr gehauen hat, sondern der Agent. Wenn ich doch nur an die Akten bei Fepple rankommen könnte.«

»Nicht heute, Ms. Warshawski. Ich gebe dir deine Dietrichsammlung erst am Dienstag zurück, bevor ich an Bord der 777 gehe.«

Ich vertiefte mich lachend in den Sportteil. Die Cubs waren mittlerweile so tief gestürzt, daß sie eine Raumfähre brauchen würden, um wieder in die Nationalliga zu kommen. Bei den Sox hingegen schaute es ziemlich gut aus; sie hatten das beste Ergebnis vor der letzten Woche der Saison seit langem. Obwohl die Fachleute sagten, sie würden bereits in der ersten Runde der Play-Offs ausscheiden, war das immer noch eine kleine Sensation im Chicagoer Sportleben.

Wir erreichten die Orchestra Hall wenige Sekunden bevor die Türen geschlossen wurden. Michael Loewenthal hatte Karten für Morrell und mich zurücklegen lassen. Wir gesellten uns zu Agnes und Calia, die in einer Loge saßen. Calia sah wie ein kleiner Engel aus in ihrem weißen Smokkleid mit den daraufgestickten goldenen Rosen. Ihre Puppe und ihr kleiner blauer Hund, die zu ihr passend goldene Bänder trugen, befanden sich auf dem Stuhl neben ihr.

»Wo sind Lotty und Max?« flüsterte ich, als die Musiker die Bühne betraten.

»Max erledigt noch die letzten Vorbereitungen für die Party. Lotty ist zu ihm gefahren, um ihm zu helfen, aber dann hat's einen Riesenstreit zwischen Lotty, Max und Carl gegeben. Sie sieht nicht gut aus; ich weiß nicht, ob sie überhaupt bis zum Fest bleibt.«

»Sch, Mommy, Tante Vicory, ihr könnt doch nicht reden, wenn Daddy in der Öffentlichkeit spielt.« Calia bedachte uns mit einem strengen Blick.

Diesen Spruch hatte sie selbst in ihrem kurzen Leben schon oft genug gehört. Agnes und ich verstummten artig, aber ich wurde die Sorge um Lotty nicht los. Und wenn sie einen großen Krach mit Max gehabt hatte, freute ich mich auch nicht auf den Abend.

Die Musiker auf der Bühne wirkten distanziert in ihrer festlichen Kleidung, nicht wie Freunde, sondern wie Fremde. Einen Augenblick wünschte ich mir, wir wären nicht zu dem Konzert gegangen, aber sobald die Musik einsetzte und Carl mit seinem kontrolliert lyrischen Stil zu spielen begann, entspannte ich mich allmählich. In einem Schubert-Trio weckte die Fülle von Michael Loewenthals Spiel, die Vertrautheit, die er zu empfinden schien – mit seinem Cello, mit seinen Musikerkollegen –, tiefe Sehnsucht in mir. Morrell ergriff meine Hand und drückte sie sanft: Die örtliche Distanz wird uns nicht trennen.

In der Pause fragte ich Agnes, ob sie wisse, worüber Lotty und Max sich gestritten hätten.

Sie schüttelte den Kopf. »Michael sagt, sie streiten sich schon den ganzen Sommer wegen der Konferenz über die Juden, auf der Max am Mittwoch gesprochen hat. Und jetzt scheint's um einen Mann zu gehen, den Max dort kennengelernt oder gehört hat oder so ähnlich. Ich weiß es nicht so genau, weil ich da gerade versucht habe, Calia dazu zu bringen, daß sie sich stillhält, damit ich ihr die Bänder ins Haar flechten kann.«

Nach dem Konzert fragte Agnes mich, ob Calia mit uns nach Evanston fahren könne. »Sie war jetzt wirklich artig und hat sich drei Stunden lang absolut still verhalten. Je eher sie rumlaufen und sich austoben kann, desto besser. Und ich würde gern hierbleiben, bis Michael fertig ist.«

Calias Engelslaune verflüchtigte sich, sobald wir die Orchestra Hall verließen. Sie rannte kreischend die Straße hinunter und warf nicht nur ihre Haarbänder, sondern sogar Ninshubur, ihren blauen Plüschhund, weg. Bevor sie auf die Fahrbahn lief, holte ich sie ein und hob sie hoch.

»Ich bin kein Baby, ich will nicht getragen werden«, brüllte sie.

»Natürlich nicht. Ein Baby würde keinen solchen Zirkus machen.« Ich keuchte unter ihrem Gewicht, als ich sie die Treppe zur Garage hinuntertrug. Morrell lachte über uns beide, was zur Folge hatte, daß Calias Gesicht sofort einen eisig-würdevollen Ausdruck annahm.

»Ich bin höchst verärgert über dieses Verhalten«, äffte sie ihre Mutter nach, die kleinen Arme vor der Brust verschränkt.

»Dito«, murmelte ich und stellte sie wieder auf den Boden.

Morrell setzte sie in den Wagen und reichte ihr mit ernster Miene Ninshubur. Calia erlaubte mir nicht, ihr den Sicherheitsgurt anzulegen, sondern wählte sich Morrell als Verbündeten gegen mich und hörte erst auf, sich zu winden, als er sich zu ihr hineinbeugte. Während der Fahrt zu Max gab sie mir zu verstehen, wie wenig sie mit meinem Verhalten einverstanden war, indem sie ihrer Puppe einen Vortrag hielt: »Du bist ein sehr, sehr unartiges Mädchen. Hebst einfach Ninshubur auf und trägst ihn die Treppe runter, obwohl er selber laufen wollte. Ninshubur ist kein Baby. Er muß rennen und sich austoben.« Immerhin lenkte ihr Geplapper mich von meinen anderen Sorgen ab. Vielleicht war das ja ein guter Grund, ein Kind zu haben: Dann hatte man keine Energie mehr, sich über irgendwelche anderen Sachen den Kopf zu zerbrechen.

Als wir bei Max ankamen, standen schon ein paar Autos vor seinem Haus, darunter auch Lottys dunkelgrüner Infiniti, dessen zerbeulte Kotflügel Zeugnis gaben von ihrer unbeugsamen Einstellung gegenüber dem Straßenverkehr. Sie hatte erst mit dreißig, als sie nach Chicago kam, fahren gelernt, vermutlich bei einem Crash-Car-Piloten. Offenbar hatte sie ihre Auseinandersetzung mit Max beigelegt, denn sonst wäre sie nicht zu dem Fest geblieben.

Ein Mann im schwarzen Anzug öffnete uns die Tür. Calia rannte den Flur hinunter und rief dabei nach ihrem Großvater. Als wir ihr ein bißchen langsamer folgten, sahen wir zwei weitere Männer in Kellnerkleidung im Eßzimmer Servietten falten. Max hatte einige kleine Tische dort und im angrenzenden Salon aufgestellt, so daß die Gäste im Sitzen essen konnten.

Lotty, die mit dem Rücken zur Tür stand, zählte gerade Gabeln ab und legte sie auf eine Anrichte. Ihrer starren Haltung war ihre Verärgerung anzusehen. Wir schlüpften vorbei, ohne etwas zu ihr zu sagen.

»Nicht die beste Stimmung für eine Party«, murmelte ich.

»Wir gratulieren nur Carl zu dem gelungenen Konzert,

und dann machen wir uns wieder aus dem Staub«, pflichtete mir Morrell bei.

Wir fanden Max in der Küche, wo er sich gerade mit seiner Haushälterin über die Organisation der Party unterhielt. Calia rannte zu ihm und zupfte ihn am Ärmel. Er hob sie auf die Arbeitsfläche, ließ sich aber nicht durch sie von seinem Gespräch mit Mrs. Squires ablenken. Max ist schon seit Jahren in der Verwaltung tätig – er weiß, daß man seine Arbeit nie fertig bekommt, wenn man sich ständig unterbrechen läßt.

»Was ist los mit Lotty?« fragte ich, als er und Mrs. Squires fertig waren.

»Ach, die hat nur wieder einen ihrer Jähzornsanfälle. Darauf würde ich gar nicht achten«, sagte er obenhin.

»Es geht doch nicht um die Geschichte mit Radbuka, oder?« fragte ich mit gerunzelter Stirn.

»Opa, Opa«, rief Calia, »ich bin die ganze Zeit still gewesen, aber Tante Vicory und Mommy haben geredet, und dann war Tante Vicory ganz unartig. Sie hat mich am Bauch gedrückt, als sie mich die Treppe runtergetragen hat.«

»Das ist ja schlimm, Püppchen«, murmelte Max, strich ihr übers Haar und meinte zu mir: »Lotty und ich haben uns darauf geeinigt, unsere Auseinandersetzung aus dem Fest herauszuhalten. Ich habe nicht vor, diese Abmachung zu verletzen.«

Einer der Kellner führte eine junge Frau in Jeans in die Küche. Max stellte sie uns als Lindsey vor, eine Studentin aus der Gegend, die sich während der Party mit den Kindern beschäftigen würde. Als ich Calia vorschlug, sie nach oben zu begleiten, um ihr beim Anziehen ihrer Spielkleidung zu helfen, erklärte sie mir voller Verachtung, es handle sich um einen *förmlichen* Anlaß, also müsse sie ihr Partykleid anbehalten, aber immerhin konnte ich sie dazu überreden, daß sie mit Lindsey in den Garten ging.

Lotty rauschte in die Küche, begrüßte Morrell und mich mit einem majestätischen Nicken und sagte uns, sie werde sich jetzt umziehen. Ihr herrisches Gehabe war mir um etliches lieber als ihr gequälter Gesichtsausdruck der letzten Tage. Als dann die ersten Gäste eintrafen, erschien sie mit einer purpurroten Seidenjacke und einem langen Rock.

Don Strzepek kam zu Fuß von Morrells Wohnung herüber

und trug diesmal sogar ein gebügeltes Hemd – Max hatte sich sofort bereit erklärt, Morrells alten Freund ebenfalls einzuladen. Die Musiker erreichten das Haus alle gemeinsam. Drei oder vier von ihnen hatten Kinder in Calias Alter; die fröhliche Lindsey packte sie alle und verschwand mit ihnen nach oben, um Videos anzuschauen und Pizza zu essen. Carl hatte seinen Frack aus- und einen weichen Pullover sowie eine Hose angezogen. Seine Augen leuchteten vor Freude über seinen Erfolg, seine Musik, seine Freunde; er brachte die Party mit seiner Ausstrahlung sofort in Schwung. Sogar Lotty entspannte sich und lachte in einer Ecke mit dem Bassisten des Cellini-Ensembles.

Ich unterhielt mich mit Michael Loewenthals erstem Cellolehrer über die Chicagoer Architektur. Bei Wein und kleinen Polentahappen mit Ziegenkäse erklärte der Manager des Ensembles, die gegenwärtige antiamerikanische Stimmung in Frankreich ließe sich mit dem Römerhaß im alten Gallien vergleichen. Neben dem Piano war Morrell in eine politische Diskussion vertieft, wie er sie liebt. Schon bald vergaßen wir, daß wir eigentlich früh hatten gehen wollen.

So gegen neun, als die anderen Gäste sich zum Essen in den hinteren Teil des Hauses zurückgezogen hatten, klingelte es. Ich hatte mir im Wintergarten Rosa Ponselles *»L'amerò, sarò costante«* angehört. Das war eine der Lieblingsarien meiner Mutter gewesen. Es klingelte noch einmal, als ich den Flur überquerte, um mich wieder zu den anderen zu gesellen – offenbar waren die Kellner zu sehr mit dem Servieren beschäftigt, um sich darum zu kümmern. Also ging ich zu der schweren Doppelglastür.

Als ich den Mann an der Schwelle sah, holte ich vor Überraschung tief Luft. Seine lockigen Haare wurden an den Schläfen schon schütter, aber trotz der grauen Strähnen und der Falten um seinen Mund hatte sein Gesicht etwas Kindliches. Auf den Bildern, die ich von ihm gesehen hatte, war der Ausdruck darauf gequält gewesen, doch trotz des schüchtern-erwartungsvollen Lächelns, mit dem der Mann mich jetzt begrüßte, fiel es mir nicht schwer, Paul Radbuka zu erkennen.

16 Kontaktschwierigkeiten

Er sah sich nervös im Flur um, als sei er ein wenig zu früh dran für ein Vorsprechen. »Sind Sie Mrs. Loewenthal? Oder ihre Tochter?«

»Mr. Radbuka – oder sollte ich lieber Mr. Ulf sagen? –, wer hat Sie hierher eingeladen?« War er der Grund für den Streit zwischen Lotty und Max gewesen? Hatte Max die Adresse des Mannes herausgefunden und ihn eingeladen, solange Carl noch in der Stadt war, und Lotty hatte dann in ihrer Angst vor der Vergangenheit energisch widersprochen?

»Nein, nein, mein Name ist nie Ulf gewesen; das war der Mann, der sich als mein Vater ausgegeben hat. Ich heiße Paul Radbuka. Sind Sie eine von meinen neuen Verwandten?«

»Warum sind Sie hier? Wer hat Sie eingeladen?« wiederholte ich.

»Niemand. Ich bin aus eigenem Antrieb gekommen, als Rhea mir gesagt hat, daß Leute, die meine Familie kennen oder vielleicht selbst zu meiner Familie gehören, morgen aus Chicago abreisen.«

»Als ich mich am Freitag nachmittag mit Rhea Wiell unterhalten habe, hat sie gesagt, Sie wüßten nicht, ob es noch andere Radbukas gäbe, und sie würde Sie fragen, was Sie davon hielten, sie kennenzulernen.«

»Ach. Sie waren also beim Gespräch mit Rhea dabei. Sind Sie die Lektorin, die meine Geschichte aufschreiben möchte?«

»Ich bin V.I. Warshawski, eine Detektivin, die mit ihr über die Möglichkeit gesprochen hat, Sie kennenzulernen.« Ich wußte, daß ich ziemlich kühl klang, aber sein unerwartetes Auftauchen hatte mich aus dem Konzept gebracht.

»Ach, ich weiß – Sie sind die Detektivin, die bei dem Gespräch mit dem Mann vom Verlag dabei war. Dann sind Sie also mit den Überlebenden aus meiner Familie befreundet.«

»Nein«, sagte ich schroff, um ihn ein wenig zu bremsen. »Ich habe Freunde, die möglicherweise jemanden aus der Radbuka-Familie kennen. Ob diese Person mit Ihnen verwandt ist, hängt von einer Menge Details ab, die wir heute abend nicht klären können. Warum kommen Sie nicht...«

Er fiel mir ins Wort; sein eifriges Lächeln wich Verärgerung.

»Ich möchte alle treffen, die vielleicht mit mir verwandt sind. Und zwar nicht über Sie, nachdem Sie herausgefunden haben, wer diese anderen Radbukas sind, und überprüft haben, ob sie tatsächlich mit mir verwandt sind und sich mit mir treffen wollen. Das könnte Monate, sogar Jahre dauern – so lange kann ich nicht warten.«

»Dann haben Sie also zum Herrn gebetet, und er hat Sie zu Mr. Loewenthals Haus geführt?« fragte ich.

Er wurde rot. »Sie sind sarkastisch, aber dazu haben Sie keinerlei Anlaß. Ich habe von Rhea erfahren, daß Max Loewenthal der Mann ist, der sich mit mir treffen möchte. Und daß er einen Musikerfreund hat, der meine Familie kannte, und daß dieser Musiker nur bis morgen in der Stadt ist. Als sie mir das alles gesagt hat – daß Max und sein Freund glauben, möglicherweise jemanden aus meiner Familie zu kennen –, habe ich die Wahrheit begriffen: Entweder Max selbst oder sein Musikerfreund ist mit mir verwandt. Sie verbergen sich hinter der Aussage, sie hätten einen Freund – das kenne ich, das ist eine Finte, derer sich Menschen, die Angst davor haben, daß ihre wahre Identität ans Licht kommt, oft bedienen. Da ist mir klargeworden, daß ich die Initiative ergreifen, zu ihnen kommen muß, um ihnen dabei zu helfen, ihre Angst zu überwinden. Also bin ich die Zeitungen durchgegangen und habe gesehen, daß das Cellini-Ensemble aus England eine Tournee durch die Staaten macht und heute das letzte Konzert in Chicago gibt. Und dann habe ich den Namen Loewenthal gelesen und gewußt, daß er der Verwandte von Max sein muß.«

»Rhea hat Ihnen den Namen von Mr. Loewenthal gegeben?« fragte ich, wütend darüber, daß sie einfach so in das Privatleben von Max eingedrungen war.

Er bedachte mich mit einem herablassenden Lächeln. »Sie hat mir ganz deutlich gezeigt, daß ich ihn erfahren sollte: Sie hat den Namen von Max neben meinen in ihren Terminkalender geschrieben. Da war ich mir sicher, daß eine Verbindung zwischen Max und mir besteht.«

Mir fiel ein, daß ich selbst die Notiz in ihrer gestochen scharfen Handschrift gelesen hatte. Ich fühlte mich wie plattgewalzt, weil er die Fakten einfach so hinbog, daß sie seinen Wünschen entsprachen, und fragte ihn schroff, wie er die

Adresse von Max herausgefunden habe – seine Privatnummer steht nicht im Telefonbuch.

»Ach, das war leicht.« Er lachte wie ein Kind; plötzlich war seine Verärgerung von vorhin vergessen. »Ich habe den Leuten vom Chicagoer Symphony Orchestra gesagt, daß ich Michael Loewenthals Cousin bin und unbedingt mit ihm sprechen muß, solange er in der Stadt ist.«

»Und das CSO hat Ihnen diese Adresse gegeben?« Ich war verblüfft: Belästigungen durch Fans ist bei Leuten, die öffentlich auftreten, ein so ernstes Problem, daß keine Orchesterverwaltung, die auch nur einen Pfifferling wert ist, die Privatadressen der Musiker herausgibt.

»Nein, nein.« Wieder lachte er. »Sie sind Detektivin, da werden Sie Ihren Spaß an dem haben, was ich Ihnen sage. Vielleicht nützt es Ihnen sogar einmal bei Ihrer Arbeit. Ich habe tatsächlich versucht, die Adresse über die Orchesterverwaltung herauszubekommen, aber die war sehr abweisend. Also bin ich heute ins Konzert gegangen. Was für eine Gabe Michael hat, wie wunderbar er Cello spielt. Danach bin ich hinter die Bühne, um ihm zu gratulieren, aber das war auch nicht so einfach – sie machen es einem ziemlich schwer, zu den Musikern zu kommen.«

Sein Gesicht wurde bei dem Gedanken einen Augenblick düster. »Als ich dann schließlich hinter der Bühne war, ist mein Cousin Michael schon nicht mehr dagewesen, aber ich habe die anderen Musiker über die Party reden hören, die Max heute veranstaltet. Also habe ich in dem Krankenhaus angerufen, in dem Max arbeitet, und den Leuten dort gesagt, daß ich Mitglied des Kammerensembles bin, aber die Adresse von Max verloren habe. Sie haben daraufhin jemanden in der Verwaltung aufgetrieben – es hat eine Weile gedauert, weil Sonntag ist, deswegen bin ich auch zu spät dran –, der mir die Adresse geben konnte.«

»Und woher wußten Sie, wo Mr. Loewenthal arbeitet?« Seine Geschichte wirbelte so schnell an mir vorbei, daß ich mich nur an ein paar Eckpunkten festklammern konnte.

»Das stand im Programm, im Programm von der Birnbaum-Konferenz.« Er strahlte vor Stolz. »War das nicht clever, daß ich mich als einer von den Musikern ausgegeben habe? Gehen so nicht auch Detektive wie Sie vor, um Leute aufzuspüren?«

Es machte mich wütend, daß er recht hatte – ich wäre tatsächlich genau wie er vorgegangen. »Egal, wie clever das war, Sie täuschen sich: Max Loewenthal ist nicht Ihr Cousin.«

Er lächelte nachsichtig. »Ja, ja, natürlich müssen Sie ihn schützen – Rhea hat mir schon gesagt, daß Sie ihn schützen und sie Ihnen das hoch anrechnet, aber bedenken Sie: Er möchte etwas über mich erfahren. Warum sonst sollte er wissen, daß wir verwandt sind?«

Wir standen immer noch an der Haustür. »Sie wissen doch, daß hier eine Party im Gange ist. Mr. Loewenthal kann sich Ihnen heute abend nicht widmen. Geben Sie mir doch Ihre Adresse und Telefonnummer – er trifft sich bestimmt gern mit Ihnen, wenn er Ihnen seine ganze Aufmerksamkeit schenken kann. Sie sollten jetzt nach Hause gehen, bevor Sie sich in der peinlichen Situation befinden, Ihre Anwesenheit vor einem ganzen Raum voll fremder Menschen erklären zu müssen.«

»Sie sind nicht die Tochter oder die Frau von Max, sondern nur Gast wie ich auch«, herrschte Radbuka mich an. »Ich möchte mit ihm sprechen, solange sein Sohn und sein Freund noch da sind. Welcher von ihnen ist sein Freund? Im Ensemble waren drei Männer, die das passende Alter hätten.«

Aus den Augenwinkeln nahm ich wahr, daß ein paar Leute vom Eßzimmer wieder in den vorderen Bereich des Hauses zurückströmten. Ich packte Radbuka oder Ulf oder wie immer er heißen mochte am Ellbogen. »Wir könnten zusammen in einen Coffee-Shop gehen und uns dort unter vier Augen unterhalten. Dann wären wir auch in der Lage herauszufinden, ob Sie tatsächlich mit irgend jemandem aus ... Mr. Loewenthals Umfeld verwandt sind. Es wäre nicht sonderlich geschickt, das hier vor allen Leuten zu machen.«

Er wand sich aus meinem Griff. »Wie verdienen Sie Ihr Geld? Indem Sie nach dem verlorenen Schmuck der Leute oder ihren Hunden suchen? Sie sind Detektivin, aber ich bin kein Ding, sondern ein Mensch. Nach all den Jahren, all den Verlusten und Trennungen erfahre ich, daß ich möglicherweise Angehörige habe, die die Schoah überlebt haben. Und da möchte ich keine einzige Sekunde mehr vergeuden, bevor ich sie kennenlerne, und schon gar nicht Wochen oder Jahre, während Sie Informationen über mich einholen.« Seine Stimme klang jetzt belegt.

»Ich dachte – in dem Fernsehinterview letzte Woche haben Sie gesagt, Sie hätten Ihre Vergangenheit erst kürzlich entdeckt.«

»Aber sie lastet schon seit Jahren auf mir, obwohl ich das bis jetzt nicht gewußt habe. Sie haben keine Ahnung, wie das ist, wenn man mit einem Ungeheuer, einem Sadisten, aufwächst und den Grund für seinen Haß nie begreift: Er hatte sein Leben mit dem eines Menschen verbunden, den er verachtete, nur um ein Visum für Amerika zu bekommen. Wenn ich gewußt hätte, wer er wirklich war – was er in Europa getan hatte –, hätte ich dafür gesorgt, daß er ausgewiesen wird. Und jetzt, wo ich die Chance habe, meine eigentliche Familie kennenzulernen, lasse ich mir von Ihnen keine Knüppel zwischen die Beine werfen.« Er fing an zu weinen.

»Trotzdem: Wenn Sie mir Ihre Adresse und Ihre Telefonnummer geben, leite ich beides an Mr. Loewenthal weiter. Er wird dann so bald wie möglich ein Treffen mit Ihnen vereinbaren, aber diese Konfrontation in der Öffentlichkeit – welchen Empfang würde er Ihnen da wohl Ihrer Meinung nach bereiten?« Ich versuchte, meine Sorge und Bestürzung hinter einem salbungsvollen Lächeln zu verbergen, wie ich es bei Rhea Wiell gesehen hatte.

»Den gleichen Empfang, den ich ihm bereiten werde – die herzliche Umarmung eines Überlebenden der Vergangenheit für den anderen. Sie können das nicht verstehen.«

»Was verstehen?« fragte plötzlich Max, der mit der Oboistin des Ensembles zu ihnen getreten war. »Victoria, ist das ein Gast, den ich kennen sollte?«

»Bist du Max?« Radbuka schob mich beiseite und ergriff freudestrahlend die Hand von Max. »Ach, wenn ich nur Worte hätte, um auszudrücken, wieviel diese Begegnung mir bedeutet. Daß ich endlich meinen Cousin begrüßen kann. Max. Max.«

Max sah zuerst Radbuka und dann mich mit der gleichen Verwirrung an, die auch ich empfand. »Tut mir leid, ich kenn … ach, Sie … Victoria, ist das dein Werk?«

»Nein, ganz allein meines«, rief Radbuka voller Freude aus. »Victoria hat deinen Namen Rhea gegenüber erwähnt, und ich wußte, daß du mein Cousin sein mußt, entweder du oder dein Freund. Warum sonst würde Victoria alles daransetzen, dich abzuschotten?«

Radbuka paßte sich wirklich schnell den Gegebenheiten an: Als er gekommen war, hatte er meinen Namen noch nicht gekannt; jetzt war ich plötzlich Victoria. Außerdem ging er wie ein Kind davon aus, daß die Menschen in seiner speziellen Welt ähnlich wie Rhea alle Leute kannten, mit denen er sprach.

»Aber wieso war überhaupt die Rede von mir bei dieser Therapeutin?« fragte Max.

Mittlerweile standen ein paar Leute um uns herum, darunter auch Don Strzepek, der nun einen Schritt vortrat. »Ich fürchte, daran bin ich schuld, Mr. Loewenthal – ich habe Ihren Vornamen erwähnt, und Rhea Wiell hat sofort erraten, daß Sie es sind, weil Sie an der Birnbaum-Konferenz teilgenommen haben.«

Ich machte eine hilflose Geste. »Ich habe Mr. Radbuka... vorgeschlagen, daß wir uns unter vier Augen über die Angelegenheit unterhalten könnten.«

»Ein guter Gedanke. Lassen Sie sich doch von Ms. Warshawski etwas zu essen geben und gehen Sie mit ihr hinauf in mein Arbeitszimmer, wo ich mich vielleicht in einer Stunde zu Ihnen gesellen kann.« Max hatte die Begegnung genauso aus dem Gleichgewicht gebracht wie mich, aber er gab sich Mühe, die Situation mit Stil zu bewältigen.

Paul lachte, dabei wippte sein Kopf auf und ab. »Ich weiß, ich weiß. Rhea hat schon gesagt, daß du dich in der Öffentlichkeit wahrscheinlich zurückhaltend gibst. Aber wirklich, du brauchst keine Angst zu haben – ich habe nicht vor, dich um Geld zu bitten oder etwas Ähnliches. Der Mann, der sich als mein Vater ausgegeben hat, hat mir genug hinterlassen. Aber da das Geld von unmenschlichen Taten herrührt, sollte ich es vielleicht nicht nehmen. Obwohl er nicht in der Lage war, sich emotional auf mich einzulassen, hat er immerhin versucht, mich finanziell zu entschädigen.«

»Sie sind mit falschen Erwartungen hierhergekommen, Mr. Radbuka. Ich versichere Ihnen, ich bin nicht mit der Radbuka-Familie verwandt.«

»Schämst du dich?« platzte es aus Paul heraus. »Ich möchte dich nicht in Verlegenheit bringen, sondern nur endlich meine Familie finden, um so viel wie möglich über meine Vergangenheit und mein Leben vor Terezin zu erfahren.«

»Das wenige, was ich weiß, werde ich Ihnen ein andermal

sagen. Wenn ich Zeit habe, mich um Sie zu kümmern.« Max legte die Hand unter Paul Radbukas Ellbogen und versuchte vergeblich, ihn zur Tür zu schieben. »Und Sie können mir dann das erzählen, was Sie über sich selbst wissen. Geben Sie Ms. Warshawski Ihre Telefonnummer, dann setze ich mich mit Ihnen in Verbindung. Morgen, das verspreche ich Ihnen.«

Radbukas Gesicht fiel in sich zusammen, wie bei einem Kind, das gleich zu weinen anfängt. Er wiederholte, er wolle keine Minute länger warten. »Und morgen ist dein Musikerfreund nicht mehr da. Was, wenn er mein Cousin ist – wie soll ich ihn dann je wiederfinden?«

»Begreifen Sie denn nicht«, sagte Max hilflos, »dieses ziellose Herumstochern ohne wirkliche Informationen macht alles nur noch schwerer für Sie und mich. Bitte. Gehen Sie mit Ms. Warshawski nach oben und unterhalten Sie sich dort in aller Ruhe mit ihr. Oder geben Sie ihr Ihre Telefonnummer, und kehren Sie nach Hause zurück.«

»Aber ich bin mit dem Taxi da. Ich kann nicht fahren. Ich habe kein Zuhause, zu dem ich zurückkehren könnte«, rief Radbuka in kindlicher Verwirrung aus. »Warum heißt du mich nicht willkommen?«

Inzwischen waren immer mehr Leute mit dem Essen fertig und versammelten sich auf dem Weg zum vorderen Teil des Hauses im Flur. Eine Auseinandersetzung am Fuß der Treppe war genau das richtige, um die Aufmerksamkeit aller zu erregen. Die Menge wurde immer größer und rückte dichter an Max heran.

Ich ergriff noch einmal Pauls Arm. »Sie sind hier durchaus willkommen, aber nicht, wenn Sie während eines Festes auf dem Flur mit uns streiten. Rhea würde nicht wollen, daß Sie sich so aufregen, oder? Setzen wir uns doch in ein Zimmer, wo uns niemand stört.«

»Erst, wenn ich den Musikerfreund von Max kennengelernt habe«, sagte er. »Erst, wenn ich aus seinem Mund gehört habe, daß er mich kennt und sich an die Mutter erinnert, die in meinem Beisein bei lebendigem Leib in eine Kalkgrube gestoßen wurde.«

Nun erschien Lotty in der Tür zwischen Wohnzimmer und Flur. Sie drängte sich zu mir durch. »Was ist hier los, Victoria?«

»Das ist der Mann, der sich Radbuka nennt«, murmelte ich ihr zu. »Leider hat er mit unglaublicher Geschwindigkeit die Adresse hier rausgefunden.«

Hinter uns hörte ich eine Frau Lottys Frage wiederholen, und ich hörte auch die Antwort eines anderen Gastes: »Ich weiß es nicht so genau, aber ich glaube, der Mann behauptet, daß Carl Tisov sein Vater ist oder so ähnlich.«

Auch Radbuka hörte sie. »Carl Tisov? Ist das der Name des Musikers? Ist er hier?«

Lottys Augen weiteten sich vor Bestürzung. Ich wirbelte herum, um dem Gerücht Einhalt zu gebieten, bevor es sich ausbreitete, aber die Menge drängte noch dichter heran, und die Information ging von Mund zu Mund. Es trat erst Schweigen ein, als Carl am hinteren Ende des Flurs auftauchte.

»Was ist denn los?« fragte er fröhlich. »Veranstaltest du eine Gebetsstunde hier draußen, Loewenthal?«

»Ist das Carl?« Ein Strahlen ging über Pauls Gesicht. »Bist du mein Cousin? Ach, Carl, hier bin ich, dein lange verloren geglaubter Verwandter. Vielleicht sind wir sogar Brüder? Würden Sie bitte aus dem Weg gehen? Ich muß zu ihm!«

»Das ist ja schrecklich«, murmelte Lotty mir ins Ohr. »Wie hat er hierhergefunden? Wie kommt er auf die Idee, daß Carl mit ihm verwandt ist?«

Die Gäste standen wie angewurzelt da, peinlich berührt über diesen erwachsenen Mann, der sich so bedingungslos seinen Emotionen hingab. Als Paul versuchte, sich einen Weg durch die Menschen zu bahnen, tauchte Calia plötzlich laut kreischend am Ende des Flurs auf. Die anderen Kinder folgten ihr genauso laut schreiend die Treppe herunter. Lindsey rannte hinter ihnen her und versuchte, wieder Ordnung herzustellen – offenbar waren die lieben Kleinen bei einem Spiel außer Rand und Band geraten.

Calia merkte erst auf dem untersten Treppenabsatz, wie groß ihr Publikum war. Dort stieß sie ein lautes Lachen aus und deutete auf Paul. »Schaut, da ist der große böse Wolf, der frißt meinen Opa. Und uns fängt er als nächste.«

Die anderen Kinder nahmen den Satz auf, deuteten auf Paul und kreischten ebenfalls: »Er ist ein Wolf, er ist ein Wolf, er ist der große böse Wolf!«

Als Paul bewußt wurde, daß er das Ziel ihres Spotts war,

begann er zu zittern. Ich hatte Angst, daß er gleich wieder zu weinen anfangen würde.

Agnes Loewenthal bahnte sich einen Weg durch die Menschenmenge, marschierte zum untersten Treppenabsatz hinauf und hob ihre Tochter hoch.

»Jetzt ist aber genug, junge Dame. Ihr Kinder hättet doch zusammen mit Lindsey im Spielzimmer bleiben sollen: Ich bin höchst verärgert über dieses Verhalten. Es ist ohnehin längst Zeit für dein Bad und fürs Bett – für heute hast du genug Aufregendes erlebt.«

Calia begann zu heulen, aber Agnes ließ sich nicht erweichen und ging mit ihr hinauf. Die anderen Kinder wurden sofort still. Sie schlichen auf Zehenspitzen vor Lindsey hinauf, die einen hochroten Kopf hatte.

Der Zwischenfall mit den Kindern hatte die Gäste abgelenkt. Sie ließen sich von Michael Loewenthal in den vorderen Raum dirigieren, wo alles für den Kaffee gerichtet war. Ich sah Morrell, der in den Flur getreten war, während ich mich auf Calia konzentriert hatte, mit Max und Don reden.

Radbuka hielt sich in seiner Verzweiflung die Hände vors Gesicht. »Warum behandeln mich alle so? Der Wolf, der große böse Wolf, das war mein Ziehvater. Ulf ist Deutsch für Wolf, aber das ist nicht mein Name. Wer hat den Kindern gesagt, daß sie mich so nennen sollen?«

»Niemand«, antwortete ich ihm kurz angebunden, denn allmählich verlor ich die Geduld. »Die Kinder haben gespielt, wie Kinder es eben machen. Niemand hier weiß, daß Ulf auf deutsch großer böser Wolf heißt.«

»Das stimmt auch nicht.« Ich hatte völlig vergessen, daß Lotty hinter mir stand. »Es ist einer dieser althochdeutschen Namen und heißt Wolfsführer oder so etwas Ähnliches.« Dann fügte sie, an Paul gewandt, etwas auf deutsch hinzu.

Paul wollte auf deutsch antworten, schob dann aber die Unterlippe vor wie Calia, wenn sie trotzig ist. »Ich weigere mich, die Sprache meiner Unterdrücker zu sprechen. Sind Sie Deutsche? Haben Sie den Mann gekannt, der sich als mein Vater ausgegeben hat?«

Lotty seufzte. »Ich bin Amerikanerin. Aber ich spreche Deutsch.«

Das schien Paul aufzubauen; er strahlte Lotty an. »Aber Sie sind mit Max und Carl befreundet. Dann war es also richtig, daß ich hierhergekommen bin. Wenn Sie meine Familie kennen, kannten Sie dann auch Sofie Radbuka?«

Bei der Frage starrte Carl ihn an. »Woher zum Teufel kennen Sie diesen Namen? Lotty, was weißt du über die Sache? Hast du den Mann hierhergebracht, damit er Max und mich verhöhnt?«

»Ich?« sagte Lotty. »Ich ... muß mich setzen.«

Sie war kreidebleich geworden. Es gelang mir gerade noch, sie aufzufangen, als ihre Knie nachgaben.

17 Spuren der Vergangenheit

Morrell half mir, Lotty in den Wintergarten zu bringen, wo wir sie auf ein Korbsofa setzten. Sie hatte nicht richtig das Bewußtsein verloren, war aber immer noch blaß und froh, sich hinlegen zu können. Max, der ein besorgtes Gesicht machte, deckte Lotty zu. Er war es gewöhnt, in Krisensituationen ruhig zu bleiben, und bat Don, ein Fläschchen Ammoniak von der Haushälterin zu holen. Als ich eine Serviette damit getränkt und mit ihr unter Lottys Nase herumgewedelt hatte, nahm ihr Gesicht wieder ein bißchen Farbe an. Sie richtete sich auf und drängte Max, zu seinen Gästen zurückzukehren. Nachdem er sich vergewissert hatte, daß es ihr tatsächlich besserging, gesellte er sich wieder zu den anderen.

»Ganz schön melodramatisch, der heutige Abend«, sagte Lotty und versuchte erfolglos, sich so zu geben wie immer. »So etwas ist mir ja im Leben noch nicht passiert. Wer hat diesen Mann hierhergebracht? Doch hoffentlich nicht du, oder, Vic?«

»Er ist von ganz allein gekommen«, sagte ich. »Er windet sich überall rein wie ein Aal. Übrigens auch in die Klinik, wo ihm irgendein Idiot in der Verwaltung die Privatadresse von Max gegeben hat.«

Morrell hustete warnend und deutete mit dem Kopf auf die Schatten auf der anderen Seite des Raums. Dort stand Paul Radbuka, knapp außerhalb des Lichtkegels, den eine Bogenlampe warf. Jetzt trat er hastig zu Lotty.

»Geht es Ihnen wieder besser? Sind Sie in der Lage zu reden? Ich glaube, Sie kennen Sofie Radbuka. Wer ist sie? Wie kann ich sie finden? Sie muß irgendwie mit mir verwandt sein.«

»Aber die Person, nach der Sie suchen, heißt doch, soviel ich weiß, Miriam.« Trotz ihrer zitternden Hände gelang Lotty ihre »Prinzessin von Österreich«-Attitüde.

»Meine Miriam, ja, ich sehne mich danach, sie wiederzufinden. Aber Sofie Radbuka, diesen Namen hat man mir auch verführerisch unter die Nase gehalten, um mich glauben zu machen, daß irgendwo noch einer meiner Verwandten am Leben ist. Doch jetzt hat man mir die Verlockung einfach weggezogen. Ich glaube, daß Sie sie kennen, denn warum sonst wären Sie in Ohnmacht gefallen, als Sie ihren Namen hörten?«

Die Antwort auf diese Frage hätte ich selbst gern erfahren, aber nicht in Gegenwart dieses Mannes.

Lotty hob die Augenbrauen. »Was ich tue, geht Sie nichts an. Soweit ich das in dem von Ihnen verursachten Tumult im Flur verstanden habe, sind Sie hierhergekommen, um zu sehen, ob Mr. Loewenthal oder Mr. Tisov mit Ihnen verwandt ist. Jetzt, wo es Ihnen gelungen ist, ein so großes Chaos anzuzetteln, könnten Sie vielleicht so gut sein, Ms. Warshawski Ihre Adresse zu geben und uns in Frieden zu lassen.«

Radbuka schob wieder die Unterlippe vor, doch bevor er widersprechen konnte, mischte sich Morrell ein. »Ich werde Mr. Radbuka jetzt in das Arbeitszimmer von Max begleiten, was V.I. schon vor einer Stunde machen wollte. Vielleicht gesellen sich Max und Carl später zu ihm, falls sie Zeit haben sollten.«

Don hatte bis dahin schweigend im Hintergrund gesessen, doch nun erhob er sich. »Genau. Kommen Sie mit, mein Lieber. Dr. Herschel muß sich ausruhen.«

Don legte den Arm um ihn. Zusammen mit Morrell schob er den unwilligen Radbuka, der den Kopf so weit eingezogen hatte, daß er fast in seiner großen Jacke verschwand, in Richtung Tür. Sein Gesicht wirkte so elend und verwirrt wie das eines traurigen Clowns im Zirkus.

Als sie weg waren, wandte ich mich Lotty zu. »Wer war Sofie Radbuka?«

Sie bedachte mich mit einem eisigen Blick. »Niemand, den ich kenne.«

»Warum bist du dann in Ohnmacht gefallen, als du ihren Namen gehört hast?«

»Bin ich nicht. Ich bin mit dem Fuß über den Teppich gestolpert, und ...«

»Lotty, wenn du's mir nicht sagen willst, dann behalt es für dich, aber bitte erzähl mir keine solchen dummen Lügen.«

Sie biß sich auf die Lippe und wandte den Kopf von mir ab. »In diesem Haus geht es heute um viel zu viele emotionale Dinge. Zuerst waren Max und Carl zornig auf mich, und dann taucht dieser Mann auf. Ich kann's nicht brauchen, daß du jetzt auch noch wütend auf mich bist.«

Ich setzte mich auf den Korbtisch vor ihrem Sofa. »Ich bin nicht wütend. Aber zufällig war ich allein im Flur, als der Mann vor der Tür stand, und nach zehn Minuten in seiner Gesellschaft war mir ganz wirr im Kopf. Und wenn du dann noch in Ohnmacht fällst oder fast umkippst und hinterher behauptest, daß alles in Ordnung ist, wird mir noch wirrer. Ich bin nicht hergekommen, um dich zu kritisieren, doch am Freitag warst du so durcheinander, daß ich mir ernsthaft Sorgen um dich gemacht habe. Die ganze Sache scheint mit dem Auftauchen dieses Mannes bei der Birnbaum-Konferenz angefangen zu haben.«

Nun sah sie mich wieder an. Ihr Hochmut verwandelte sich plötzlich in Bestürzung. »Victoria, es tut mir leid – ich bin egoistisch gewesen und habe nicht daran gedacht, welche Wirkung mein Verhalten auf dich haben muß. Du verdienst eine Erklärung.«

Sie saß stirnrunzelnd da, als versuche sie zu entscheiden, welche Art von Erklärung ich verdiente. »Ich weiß nicht, ob ich dir die Beziehungen mit anderen in jenem Teil meines Lebens hinreichend klarmachen kann. Wieso ich so eng mit Max und auch mit Carl befreundet bin.

Damals waren wir eine Gruppe von neun Flüchtlingskindern, die im Krieg zu guten Freunden wurden. Wir haben uns über die Musik kennengelernt; eine Geigerin aus Salzburg, selbst Flüchtling, kam nach London und sammelte uns auf. Sie hat Carls Begabung erkannt, ihm Unterricht gegeben, dafür gesorgt, daß er eine gute Musikausbildung erhielt. Da waren noch ein paar andere. Teresz zum Beispiel, die später Max heiratete.

Ich. Mein Vater war Geiger gewesen. Caféhausmusik, nicht die Sachen von den Soireen, die Frau Herbst organisierte, aber handwerklich gut – ich glaube zumindest, daß er handwerklich gut war, doch woher soll ich das wissen? Ich habe ihn ja nur als Kind gehört. Jedenfalls habe ich es geliebt, der Musik bei Frau Herbst zu lauschen, obwohl ich selbst keine Begabung hatte.«

»Hieß eine Person aus der Gruppe Radbuka? Warum interessiert Carl sich so sehr dafür? Handelt es sich um eine Frau, in die er verliebt war?«

Sie lächelte gequält. »Das müßtest du ihn selber fragen. Radbuka war der Name von … jemand anders. Max hatte schon als junger Mann großes Organisationstalent. Als der Krieg vorbei war, ist er in London zu den verschiedenen Gesellschaften gegangen, die den Leuten dabei halfen, etwas über ihre Familien zu erfahren. Dann ist er auf den Kontinent zurückgefahren, um dort weiterzusuchen. Ich glaube, das war 47, aber nach all der Zeit weiß ich das Jahr nicht mehr mit Sicherheit. Damals ist der Name Radbuka aufgetaucht. Es gab niemanden mit diesem Familiennamen in der Gruppe. Deshalb konnten wir Max bitten, sich zu erkundigen. Weil wir uns alle so nah waren, nicht wie eine Familie, sondern wie etwas anderes, vielleicht wie eine Kampftruppe, die jahrelang zusammengehalten hat.

Max hatte für fast alle von uns niederschmetternde Nachrichten. Keine Überlebenden. Das galt für die Herschels und die Tisovs. Seinen eigenen Vater und zwei Cousins hat Max gefunden, aber das war wieder eine schreckliche …« Sie brach mitten im Satz ab.

»Ich hatte damals gerade mit meiner Ausbildung zur Ärztin angefangen, die meine ganze Kraft in Anspruch nahm. Carl hat mir immer Vorwürfe gemacht wegen … nun, sagen wir einfach, etwas Unangenehmes hat sich im Zusammenhang mit der Person aus der Radbuka-Familie ergeben. Carl war immer der Meinung, daß meine ausschließliche Beschäftigung mit der Medizin mein Verhalten in eine Richtung verändert hat, die er als grausam empfand … Als ob seine eigene Hinwendung zur Musik nicht genauso kompromißlos gewesen wäre.«

Den letzten Satz murmelte sie ganz leise, als sei er ihr gerade erst eingefallen. Dann verstummte sie. Sie hatte mir nie zuvor auf so emotionale Weise von ihren Verlusten erzählt. Ich begriff nicht, was sie mir über die Person aus der Radbuka-Familie sagen oder nicht sagen wollte, aber als ich merkte, daß sie sich nicht weiter darüber verbreiten würde, konnte ich sie auch nicht drängen.

»Weißt du« – ich zögerte und suchte nach der am wenigsten schmerzlichen Formulierung – »weißt du, was Max über die Radbuka-Familie erfahren hat?«

Sie verzog das Gesicht. »Sie ... Max hat keine Spur von ihnen finden können. Aber die Spurensuche damals war nicht leicht, und er hatte nicht viel Geld. Wir haben ihm alle etwas gegeben, obwohl wir auch nicht viel hatten.«

»Das heißt, als du gehört hast, daß dieser Mann sich Radbuka nennt, muß das ein ziemlicher Schock für dich gewesen sein.«

Sie sah mich zitternd an. »Das kannst du mir glauben. Es ist mir die ganze Woche nachgegangen. Wie ich Carl beneide, der kann die Welt um sich herum völlig vergessen, wenn er spielt. Vielleicht holt er aber auch die Welt in sein Inneres und bläst sie durch sein Instrument wieder hinaus.« Sie wiederholte die Frage, die sie gestellt hatte, als sie die Videoaufnahme von Paul sah. »Wie alt ist er deiner Meinung nach?«

»Er sagt, er ist ungefähr mit vier Jahren nach dem Krieg hierhergekommen, das heißt, daß er zwischen 42 und 43 geboren sein muß.«

»Also kann er nicht – glaubt er, daß er in Theresienstadt zur Welt gekommen ist?«

Ich zuckte mit den Achseln. »Ich weiß auch nur das aus dem Interview am Mittwoch abend. Ist Theresienstadt das gleiche wie das, was er ›Terezin‹ nennt?«

»›Terezin‹ ist der tschechische Name, eine alte Festung außerhalb von Prag.« Und mit völlig unerwartetem Humor fügte sie hinzu: »Das ist österreichischer Snobismus, den deutschen Namen zu benutzen – ein Überbleibsel aus der Zeit, als Prag noch Teil des Habsburgerreiches war und alle Deutsch sprachen. Dieser Mann heute abend legt Wert darauf, uns mitzuteilen, daß er Tscheche ist, nicht Deutscher, wenn er ›Terezin‹ sagt.«

Wieder herrschte Schweigen. Lotty war in ihre eigenen Gedanken vertieft, wirkte aber entspannter und weniger gequält als in den Tagen zuvor. Ich erklärte ihr, ich wolle nach oben gehen, um zu sehen, was ich von Radbuka erfahren könne.

Lotty nickte. »Wenn's mir wieder bessergeht, komme ich vielleicht auch rauf. Aber zuerst werde ich, glaube ich, noch ein bißchen hier liegenbleiben.«

Ich vergewisserte mich, daß sie gut zugedeckt war, bevor ich das Licht ausschaltete. Als ich die Türen des Wintergartens hinter mir schloß, sah ich über den Flur hinweg ins vordere Zimmer, wo sich immer noch ungefähr ein Dutzend Leute beim Brandy unterhielt. Michael Loewenthal saß auf dem Klavierhocker, Agnes auf seinem Schoß. Alle waren glücklich. Ich ging die Treppe hinauf.

Max' Arbeitszimmer war ein großer Raum mit Blick auf den Lake, voller Ming-Vasen und Tang-Pferde. Es befand sich im ersten Stock, am weitesten entfernt von dem Raum, in dem die Kinder Videos anschauten; Max hatte sich dieses Zimmer ausgesucht, als seine eigenen beiden Kinder noch klein waren, denn es lag ein wenig abseits vom Rest des Hauses. Als ich die Tür hinter mir schloß, drangen keine Geräusche von draußen mehr herein. Morrell und Don begrüßten mich mit einem Lächeln, doch Paul Ulf-Radbuka wandte enttäuscht den Blick ab, als er sah, daß ich es war und nicht Max oder Carl.

»Ich begreife nicht, was los ist«, sagte er mit jämmerlicher Stimme. »Schämen die Leute sich denn, mit mir gesehen zu werden? Ich muß mit Max und Carl sprechen. Ich muß herausfinden, wie wir verwandt sind. Carl oder Max würde sicher gern erfahren, daß er einen überlebenden Verwandten hat.«

Ich schloß die Augen, als könnte ich so seine übertriebene Emotionalität ausblenden. »Versuchen Sie, sich zu entspannen, Mr… äh. Mr. Loewenthal kommt zu Ihnen, sobald er seine Gäste allein lassen kann. Vielleicht begleitet ihn auch Mr. Tisov. Kann ich Ihnen ein Glas Wein oder etwas ohne Alkohol bringen?«

Er sah voller Sehnsucht in Richtung Tür, merkte aber offensichtlich, daß er Carl nicht ohne unsere Hilfe finden würde. Also ließ er sich in seinen Sessel sinken und murmelte, ein Glas Wasser würde ihm vermutlich helfen, sich ein wenig zu beruhigen. Don sprang auf, um es ihm zu holen.

Ich kam zu dem Schluß, daß ich ihm nur etwas entlocken könnte, wenn ich so tat, als glaubte ich ihm die Radbuka-Geschichte. Er war so labil, wechselte so rasch zwischen tiefstem

Elend und höchster Ekstase hin und her und flocht alle Äußerungen, die er hörte, so bereitwillig in seine Version der Geschehnisse ein, daß ich nicht sicher sein konnte, ob ich ihm vertrauen sollte, aber wenn ich auf Konfrontationskurs ginge, würde er sich nur in sein Schneckenhaus zurückziehen und zu weinen anfangen.

»Haben Sie irgendeinen Hinweis auf Ihren Geburtsort?« fragte ich. »Soweit ich weiß, ist Radbuka ein tschechischer Name.«

»Auf der Geburtsurkunde, die mir nach Terezin geschickt wurde, stand Berlin, und das ist ein Grund, warum ich unbedingt meine Verwandten kennenlernen möchte. Vielleicht waren die Radbukas Tschechen, die sich in Berlin versteckt haben: Manche Juden sind nach Westen, nicht nach Osten, geflohen, um den Einsatzgruppen zu entkommen. Vielleicht waren sie Tschechen, die vor Ausbruch des Krieges dorthin emigriert waren. Ach, wenn ich doch mehr wüßte.« Er rang verzweifelt die Hände.

Ich wählte meine nächsten Worte mit Sorgfalt. »Es muß für Sie ein ziemlicher Schock gewesen sein, die Geburtsurkunde zu finden, als Ihr ... äh ... Ziehvater gestorben ist. Zu erfahren, daß Sie Paul Radbuka aus Berlin sind und nicht – wo sind Sie laut Aussage von Ulf geboren?«

»In Wien. Nein, ich habe meine Geburtsurkunde von Terezin nie gesehen. Ich habe nur an anderer Stelle davon gelesen, sobald ich wußte, wer ich war.«

»Wie grausam von Ulf, darüber zu schreiben, Ihnen aber das eigentliche Dokument nicht zu hinterlassen!« rief ich aus.

»Nein, nein, ich weiß es aus einem unabhängigen Bericht. Ich habe nur durch ... durch Zufall etwas davon erfahren.«

»Mein Gott, wie viele Nachforschungen Sie doch anstellen mußten!« Ich sagte das mit so tiefer Bewunderung in der Stimme, daß Morrell warnend die Stirn runzelte, aber Pauls Gesicht hellte sich merklich auf. »Ich würde gern den Bericht sehen, aus dem Sie über Ihre Geburtsurkunde erfahren haben.«

Als sich seine Züge verkrampften, wandte ich mich sofort einem anderen Thema zu. »Wahrscheinlich können Sie kein Tschechisch mehr, denn Sie wurden ja bereits im Alter von –

was sagten Sie? – zwölf Monaten von Ihrer Mutter getrennt, stimmt's?«

Er entspannte sich wieder. »Wenn ich Tschechisch höre, erkenne ich es, aber ich verstehe es nicht wirklich. Die erste Sprache, die ich gelernt habe, ist Deutsch, weil das die Sprache der Wächter war. Auch viele der Frauen, die sich in Terezin um die Kinder gekümmert haben, sprachen Deutsch.«

Ich hörte, wie hinter mir die Tür aufging, und hob die Hand, um eventuelle Unterbrechungen zu verhindern. Don schlüpfte an mir vorbei, um ein Glas Wasser neben Paul abzustellen. Aus den Augenwinkeln sah ich, daß Max ebenfalls hereingekommen war. Pauls Freude darüber, in mir eine Zuhörerin für seine Geschichte gefunden zu haben, war so groß, daß er den beiden keine Beachtung schenkte.

»Wir waren sechs Kinder, die praktisch immer zusammensteckten. Sogar schon im Alter von drei Jahren paßten wir aufeinander auf, weil die Erwachsenen so überarbeitet und so unterernährt waren, daß sie sich nicht um einzelne Kinder kümmern konnten. Wir hingen zusammen und versteckten uns miteinander vor den Aufsehern. Nach Ende des Krieges wurden wir nach England geschickt. Zuerst hatten wir Angst, als die Erwachsenen uns in Züge setzten, weil wir in Terezin viele Kinder gesehen hatten, die mit Zügen wegfuhren, und wir wußten ganz genau, daß sie an ihrem Bestimmungsort starben. Aber nachdem wir unsere Angst überwunden hatten, genossen wir die Zeit in England. Wir waren in einem großen Haus auf dem Land untergebracht; es trug den Namen eines Tieres, eines Hundes, was uns anfangs einen Schrecken einjagte, weil wir uns vor Hunden fürchteten. Die Wächter im Lager hatten Hunde gehabt.«

»Und dort haben Sie Ihr Englisch gelernt?« fragte ich.

»Wir haben die Sprache ganz allmählich gelernt, wie das bei Kindern so ist, und unser Deutsch vergessen. Nach einer Weile, vielleicht nach neun Monaten oder auch einem Jahr, haben sie angefangen, Leute für uns zu suchen, Leute, die uns adoptieren wollten. Sie waren der Meinung, wir hätten uns psychisch so weit erholt, daß wir es ertragen würden, voneinander getrennt zu werden. Aber wie soll man einen solchen Schmerz jemals ertragen? Der Verlust meiner kleinen Spielkameradin Miriam läßt mir noch heute keine Ruhe in meinen Träumen.«

Ihm brach die Stimme. Er verwendete die Serviette, die Don unter das Wasserglas gelegt hatte, um sich damit die Nase zu putzen. »Und eines Tages kam dann dieser Mann. Er war groß und hatte ein grobes Gesicht und sagte, er sei mein Vater, ich solle mit ihm gehen. Er ließ mich nicht einmal mehr meiner kleinen Miriam zum Abschied einen Kuß geben. Küssen war weibisch, und ich mußte jetzt ein Mann sein. Er hat mich auf deutsch angeschrien und war wütend, weil ich kein Deutsch mehr sprach. Als ich dann größer wurde, hat er mich immer wieder geschlagen, mir gesagt, er würde schon noch einen Mann aus mir machen, mir das Weibische und Schwule ausprügeln.«

Er weinte ganz offen. Ich reichte ihm das Glas Wasser.

»Das war sicher schrecklich«, sagte Max ernst. »Wann ist Ihr Vater gestorben?«

Paul schien nicht zu merken, daß er einen neuen Gesprächspartner hatte. »Der Mann, der *nicht* mein Vater ist. Ich weiß nicht, wann mein richtiger Vater gestorben ist. Das würde ich ja gern von dir erfahren. Oder vielleicht von Carl Tisov.«

Wieder schneuzte er sich und sah uns dann herausfordernd an. »Der Mann, der mich von meinen Lagerfreunden weggeholt hat, ist vor sieben Jahren gestorben. Danach haben meine Alpträume angefangen. Ich habe Depressionen bekommen und wurde immer verwirrter. Ich habe meine Arbeit und die Orientierung verloren. Meine Alpträume wurden immer deutlicher. Ich habe die unterschiedlichsten Dinge versucht, aber ... wieder und wieder sind diese schrecklichen Bilder aus der Vergangenheit aufgetaucht, Bilder, die, wie ich jetzt weiß, meine persönliche Erfahrung der Schoah sind. Erst durch Rhea habe ich begriffen, was sie bedeuten. Ich glaube, ich habe gesehen, wie meine Mutter vergewaltigt und bei lebendigem Leib in eine Kalkgrube gestoßen wurde, aber natürlich könnte das auch eine andere Frau gewesen sein. Ich war damals ja noch so klein, daß ich mich nicht einmal mehr an das Gesicht meiner Mutter erinnern kann.«

»Hat Ihr Ziehvater Ihnen gesagt, was aus ... nun, seiner Frau ... geworden ist?« fragte Morrell.

»Er hat gesagt, die Frau, die er meine Mutter nannte, sei gestorben, als die Alliierten Wien bombardiert haben. Wir hätten in Wien gelebt und wegen der Juden alles verloren. Deshalb hat er die Juden immer gehaßt.«

»Haben Sie eine Ahnung, warum er Sie in England aufgespürt hat? Oder woher er gewußt hat, daß Sie dort waren?« Ich versuchte, Sinn in seine Geschichte zu bringen.

Er breitete hilflos die Hände aus. »Nach dem Krieg herrschte überall Chaos. Alles war möglich. Ich glaube, er wollte unbedingt nach Amerika, und wenn er behauptete, Jude zu sein, was er konnte, wenn er ein jüdisches Kind hatte, rückte er ganz ans vordere Ende der Warteschlange. Besonders wenn er eine Nazivergangenheit hatte, die er verbergen wollte.«

»Und Sie glauben, daß das so war?« fragte Max.

»Das weiß ich. Aus den Papieren. Ich weiß, daß er ein Stück Dreck war. Ein Anführer der Einsatzgruppen.«

»Wie schrecklich«, murmelte Don. »Jude zu sein und feststellen zu müssen, daß man mit einem der schlimmsten Feinde des eigenen Volkes aufgewachsen ist. Kein Wunder, daß er Sie so behandelt hat.«

Paul sah ihn mit leuchtenden Augen an. »Dann verstehen Sie mich also! Ich bin mir sicher, daß seine Grausamkeit – er hat mich geschlagen, mir nichts zu essen gegeben, wenn er wütend war, mich stundenlang in eine Kammer gesperrt, manchmal sogar über Nacht –, daß diese Grausamkeit mit seinem Antisemitismus zusammenhing. Max Loewenthal, du bist ein Jude, du begreifst, wie schrecklich so ein Mensch sein kann.«

Max schenkte seiner Bemerkung keine Beachtung. »Ms. Warshawski sagt, Sie hätten ein Dokument unter den Papieren Ihres... Ziehvaters... gefunden, das Ihnen den Hinweis auf Ihren eigentlichen Namen gegeben hat. Dieses Dokument würde mich interessieren. Würden Sie es mir zeigen?«

Ulf-Radbuka ließ sich Zeit mit seiner Antwort. »Wenn ihr mir sagt, mit wem ich verwandt bin, zeige ich euch vielleicht die Papiere. Aber da ihr mir nicht helfen wollt, sehe ich keinen Grund, euch Einblick in meine privaten Dokumente zu gewähren.«

»Weder Mr. Tisov noch ich sind in irgendeiner Weise mit der Radbuka-Familie verbunden«, sagte Max. »Bitte versuchen Sie, das zu akzeptieren. Eine mit uns befreundete Person kannte eine Familie Ihres Namens, aber ich weiß genausoviel über die Radbuka-Familie wie diese Person – leider nicht sehr viel. Wenn Sie mir die Dokumente zeigen würden, könnte ich leichter entscheiden, ob Sie tatsächlich ein Angehöriger dieser Familie sind.«

Als Radbuka sich mit Panik in der Stimme weigerte, fragte ich ihn, ob er eine Ahnung habe, woher seine eigentlichen Eltern stammten. Paul faßte diese Frage offenbar als Bestätigung seiner Radbuka-Identität auf und erzählte mit kindlichem Eifer.

»Ich weiß überhaupt nichts über meine richtigen Eltern. Ein paar von unseren sechs Musketieren wußten mehr, aber auch das kann schmerzhaft sein. Meine kleine Miriam zum Beispiel, die arme Kleine, wußte, daß ihre Mutter verrückt geworden war und im Irrenhaus von Terezin starb. Aber nun – Max, du sagst, du kennst Einzelheiten über das Leben meiner Familie. Wer von den Radbukas könnte 1942 in Berlin gewesen sein?«

»Keiner«, sagte Max in bestimmtem Tonfall. »Weder Brüder noch Eltern. Das kann ich Ihnen versichern. Die Familie ist vor dem Ersten Weltkrieg nach Wien emigriert. 1941 wurde sie nach Lodz in Polen geschickt. Die Angehörigen, die 1943 noch lebten, mußten dann weiter in ein Lager nach Chelmno, wo alle starben.«

Paul Ulf-Radbukas Gesicht hellte sich auf. »Dann bin ich vielleicht in Lodz geboren.«

»Ich dachte, Sie wissen, daß Sie in Berlin geboren wurden«, platzte ich heraus.

»Aus der Zeit gibt es so wenige wirklich verläßliche Dokumente«, sagte er. »Vielleicht haben sie mir die Dokumente eines Jungen gegeben, der im Lager gestorben ist. Alles ist möglich.«

Ein Gespräch mit ihm war wie ein Spaziergang im Sumpf: Jedesmal, wenn man glaubte, Boden unter den Füßen zu haben, rutschte er wieder weg.

Max sah ihn mit einem ernsten Blick an. »Keiner von den Radbukas hatte in Wien eine wichtige Stellung inne: Sie haben sich weder gesellschaftlich noch künstlerisch ausgezeichnet; das galt für die meisten Leute, die nach Theresien ... nach Terezin geschickt wurden. Natürlich gab es auch da Ausnahmen, aber ich bezweifle, daß es sich bei diesem Fall um eine handelt.«

»Du willst mir also sagen, daß meine Familie nicht existiert.

Aber ich sehe, daß du sie vor mir versteckst. Ich möchte sie persönlich kennenlernen. Ich weiß, daß sie zu mir stehen wird, wenn wir uns erst einmal getroffen haben.«

»Eine einfache Lösung für das Problem wäre ein DNA-Test«, schlug ich vor. »Max, Carl und die mit ihnen befreundete Person könnten eine Blutprobe abgeben, wir könnten uns auf ein Labor in England oder den Vereinigten Staaten einigen und auch eine Probe von Mr.... Mr. Radbukas Blut dorthin schicken. Das würde endgültig klären, ob er mit irgend jemandem von euch oder mit der mit Max befreundeten Person verwandt ist.«

»Ich habe keine Zweifel!« rief Paul mit hochrotem Kopf aus. »Vielleicht ist das bei Ihnen so; aber Sie sind ja auch Detektivin und verdienen sich Ihren Lebensunterhalt mit Ihrem Mißtrauen. Ich werde mich nicht behandeln lassen wie ein Versuchskaninchen, so wie seinerzeit die Leute in dem medizinischen Labor in Auschwitz oder wie die Mutter von meiner kleinen Miriam. Die Nazis haben sich auch für Blutproben interessiert. Denen ging's um Vererbung und Rassenlehre, das lasse ich nicht mit mir machen.«

»Tja, dann stehen wir also wieder ganz am Anfang«, sagte ich. »Es gibt ein Dokument, das Sie allein kennen, aber ich als mißtrauische Detektivin habe keinerlei Möglichkeit, Ihre Aussagen zu verifizieren. Wer ist übrigens Sofie Radbuka?«

Paul reagierte mit einem Schmollen. »Den Namen habe ich im Internet gefunden. Jemand in einem Chatroom zum Thema vermißte Personen hat gesagt, er will Informationen über eine Sofie Radbuka, die in den vierziger Jahren in England gelebt hat. Ich habe geantwortet, daß sie wahrscheinlich meine Mutter war, aber die Person im Chatroom hat nie wieder was von sich hören lassen.«

»Wir sind jetzt alle müde«, sagte Max. »Mr. Radbuka, warum schreiben Sie nicht alles, was Sie über Ihre Familie wissen, auf? Ich bitte dann die mit mir befreundete Person, das gleiche zu tun. Dann können Sie mir Ihren Text geben und erhalten dafür den anderen. Wenn Sie ihn gelesen haben, könnten wir uns wieder treffen, um unsere Anmerkungen zu vergleichen.«

Radbuka schob die Unterlippe vor, hob aber nicht einmal den Kopf, um uns zu zeigen, daß er den Vorschlag gehört hatte.

Als Morrell nach einem Blick auf die Uhr sagte, er werde ihn nach Hause fahren, weigerte Radbuka sich zuerst aufzustehen.

Max sah ihn streng an. »Sie müssen jetzt gehen, Mr. Radbuka, wenn Sie nicht wollen, daß Sie nie wieder hierherkommen dürfen.«

Radbuka erhob sich mit tragischem Gesichtsausdruck. Erneut flankiert von Morrell und Don, die aussahen wie Pfleger in einer psychiatrischen Nobelklinik, trottete er, immer noch schmollend, zur Tür.

18 Alte Liebe

Unten war die Party inzwischen vorbei. Die Leute vom Catering-Service räumten die Reste zusammen, saugten das, was auf den Boden gefallen war, weg und spülten die letzten Teller. Im Wohnzimmer diskutierten Carl und Michael über das Tempo in einem Brahmssonett und spielten einzelne Passagen auf dem Flügel, während Agnes Loewenthal ihnen, die Füße untergeschlagen, vom Sofa aus zusah.

Sie hob den Blick, als ich zur Tür hereinschaute, und erhob sich rasch, um zu mir zu laufen, bevor ich Morrell und Don nach draußen folgen konnte. »Vic! Wer war denn dieser merkwürdige Mann? Carl war ganz außer sich wegen dieser Störung. Er ist in den Wintergarten gegangen und hat Lotty angeschrien, bis Michael ihn dazu gebracht hat aufzuhören. Was ist denn los?«

Ich schüttelte den Kopf. »Ehrlich, ich weiß es auch nicht. Der Mann glaubt, daß er seine Kindheit im Konzentrationslager verbracht hat. Er sagt, er habe erst vor kurzem erfahren, daß sein eigentlicher Name Radbuka ist, und dann ist er in der Hoffnung hierhergekommen, daß Max oder Carl mit ihm verwandt ist. Er dachte, daß einer ihrer Freunde in England eine Familie dieses Namens hat.«

»Aber das ergibt doch keinen Sinn!« rief Agnes aus.

Max kam müde die Treppe herunter. »Dann ist er also endlich weg, Victoria? Nein, es ergibt tatsächlich keinen Sinn. Doch am heutigen Abend scheint nichts Sinn zu ergeben. Lotty und in Ohnmacht fallen? Die hat Leuten schon Kugeln aus dem Körper geholt, ohne mit der Wimper zu zucken. Was hältst du von dem Mann, Victoria? Kaufst du ihm seine Geschichte ab? Sie ist wirklich unglaublich.«

Ich war selbst hundemüde. »Ich weiß nicht, was ich davon halten soll. Im einen Augenblick ist er den Tränen nahe, im nächsten triumphiert er. Und jedesmal, wenn er etwas Neues erfährt, ändert er seine Geschichte entsprechend. Wo ist er geboren? In Lodz? In Berlin? In Wien? Es verblüfft mich, daß Rhea Wiell sich entschlossen hat, jemanden zu hypnotisieren, der so labil ist – ich würde meinen, daß das seinen ohnehin schon äußerst zerbrechlichen Bezug zur Realität vollends zerstört. Aber natürlich könnten all diese Symptome auch durch genau das verursacht worden sein, was seiner Aussage nach mit ihm passiert ist. Eine Kindheit in Theresienstadt – ich weiß nicht, wie man sich davon jemals wieder erholen soll.«

Im Wohnzimmer spielten Michael und Carl immer wieder dieselbe Passage, mit Variationen in Tempo und Ton, die für meine Ohren zu subtil waren. Die ewige Wiederholung begann, mir auf die Nerven zu gehen.

Da öffnete sich die Tür zum Wintergarten, und Lotty trat in den Flur, blaß, aber ansonsten gefaßt. »Tut mir leid, Max«, murmelte sie. »Tut mir leid, daß ich nicht raufgekommen bin, aber ich hatte einfach nicht die Kraft, mich mit ihm auseinanderzusetzen. Carl ist es offenbar genauso gegangen – er ist bei mir gewesen und hat mir Vorwürfe gemacht, daß ich dich da oben allein lasse. Soweit ich sehe, ist Carl jetzt in die Welt der Musik zurückgekehrt und hat diese hier uns überlassen.«

»Lotty.« Max hob eine Hand. »Wenn ihr die Auseinandersetzung weiterführen wollt, dann tut das bitte anderswo. Keiner von euch hat zu der Diskussion da oben etwas beigetragen. Aber eins würde ich gern erfahren ...«

Da klingelte es an der Tür. Es war Morrell, der mit Don zurückkehrte.

»Er scheint ganz in der Nähe zu wohnen«, sagte ich. »Ihr wart nicht lange weg.«

Morrell trat zu mir. »Er wollte, daß wir ihn an einer Stelle absetzen, wo er ein Taxi nehmen kann. Offen gestanden, war ich darüber gar nicht so unglücklich. Zu lange ertrage ich den

Mann nicht. Ich hab' ihn vor dem Orrington abgesetzt, da ist ein Taxistand.«

»Hast du dir seine Adresse geben lassen?«

Morrell schüttelte den Kopf. »Ich hab' ihn danach gefragt, als wir in meinen Wagen gestiegen sind, aber er hat sofort gesagt, daß er mit dem Taxi heimfahren will.«

»Ich hab' auch versucht, sie aus ihm rauszukitzeln«, sagte Don. »Denn natürlich möchte ich ein Interview mit ihm machen, aber er ist der Meinung, daß er uns nicht vertrauen kann.«

»Verdammter Mist«, sagte ich. »Das heißt, ich habe nach wie vor keine Ahnung, wie ich ihn finden soll. Es sei denn, ich treibe das Taxi auf, mit dem er gefahren ist.«

»Hat er oben im Arbeitszimmer irgendwas gesagt?« fragte Lotty. »Etwas darüber, wie er auf die Idee kommt, daß sein Name Radbuka ist?«

Ich war so müde, daß ich mich an Morrell lehnen mußte. »Nur wieder dieses Gefasel von den mysteriösen Dokumenten seines Vaters. Ziehvaters. Und daß sie Ulfs Mitgliedschaft bei den Einsatzgruppen beweisen.«

»Was ist denn das?« fragte Agnes mit besorgtem Blick.

»Spezialeinheiten, die während des Krieges in Osteuropa besondere Greueltaten verübt haben«, sagte Max nur. »Lotty, da es dir jetzt wieder bessergeht, würde ich dich gern etwas fragen: Wer ist Sofie Radbuka? Der Mann heute abend hat gesagt, er habe den Namen im Internet gefunden, aber ich glaube, du solltest mir und auch Vic erklären, warum er eine solche Wirkung auf dich hatte.«

»Das habe ich Vic schon gesagt«, erwiderte Lotty. »Ich habe ihr erzählt, daß die Radbukas eine der Familien waren, nach denen du dich für unsere Gruppe von Freunden in London erkundigt hast.«

Eigentlich hatte ich Morrell bitten wollen, mit mir nach Hause zu fahren, aber jetzt war ich neugierig, was Lotty Max antworten würde. »Könnten wir uns setzen?« fragte ich Max. »Ich falle gleich um vor Müdigkeit.«

»Aber natürlich.« Max dirigierte uns ins Wohnzimmer, wo Carl und Michael immer noch in ihre Musik vertieft waren.

Michael sah zu uns herüber und sagte zu Carl, sie könnten

das Problem während des Fluges nach Los Angeles weiter diskutieren. Dann setzte er sich neben Agnes. Ich stellte mir Michael auf einem Sitz im Flugzeug vor, das Cello zwischen den Knien, immer wieder dieselben zwölf Takte spielend, während Carl sie in unterschiedlichem Tempo auf seiner Klarinette blies.

»Du hast noch nichts gegessen, stimmt's?« sagte Morrell zu mir. »Ich hol' dir was, dann geht's dir gleich besser.«

»Was, du hast noch nichts gegessen?« rief Max aus. »Das Chaos hier hat mich meine gute Kinderstube vergessen lassen.«

Er schickte einen der Kellner in die Küche, um ein Tablett mit Essen und Drinks zu holen. »So, Lotty, jetzt bist du dran. Ich habe deine Privatsphäre immer geachtet und werde es auch weiter tun. Aber du mußt uns erklären, warum der Name Sofie Radbuka dich heute abend so sehr aus der Fassung gebracht hat. Ich weiß, daß ich nach dem Krieg für dich in Wien nach Radbukas gesucht habe. Wer waren sie?«

»Es war nicht der Name«, sagte Lotty. »Sondern die ganze Sache mit ...« Sie schwieg und biß sich auf die Lippe wie ein Schulmädchen, als sie sah, daß Max ernst den Kopf schüttelte.

»Es ... es war jemand in der Klinik«, murmelte Lotty mit gesenktem Blick. »Im Royal Free. Eine Person, die nicht wollte, daß ihr Name bekannt wurde.«

»Das war es also«, sagte Carl mit einer Heftigkeit, die uns alle überraschte. »Ich hab's ja gewußt damals. Ich hab's gewußt, aber du hast es abgestritten.«

Lottys Gesicht wurde fast so rot wie ihre Seidenjacke. »Du hast damals so dumme Dinge behauptet, daß du meiner Ansicht nach keine Antwort verdient hattest.«

»Worüber?« fragte Agnes, die genauso verwirrt war wie ich.

Carl sagte: »Ihr habt inzwischen vermutlich gemerkt, daß Lotty und ich in London ein paar Jahre lang ein Paar waren. Ich dachte damals, es wäre für immer, aber da wußte ich noch nicht, daß Lotty mit der Medizin verheiratet ist.«

»Ganz anders als du und deine Musik«, fuhr Lotty ihn an.

»Genau«, sagte ich und beugte mich vor, um mir überbackene Kartoffeln und Lachs von dem Tablett zu nehmen, das der Kellner gebracht hatte. »Ihr seid also beide in eurem Beruf aufgegangen. Keiner von euch wollte Kompromisse machen. Und was ist dann passiert?«

»Dann hat Lotty Tuberkulose bekommen. Das hat sie zumindest behauptet«, preßte Carl hervor.

Er wandte sich wieder Lotty zu. »Du hast mir nie gesagt, daß du krank bist. Du hast dich nicht von mir verabschiedet! Ich hab' deinen Brief erhalten – ach, was sag' ich? Brief? Eine kurze Notiz in der *Times* hätte mir mehr gesagt. Als ich von Edinburgh zurückkam, habe ich diese kalte, rätselhafte Mitteilung vorgefunden. Ich bin sofort ans andere Ende der Stadt gefahren. Deine verrückte Haushälterin – ich seh' noch ihr Gesicht mit dem scheußlichen behaarten Leberfleck mitten auf der Nase vor mir – hat's mir dann gesagt. Süffisant gegrinst hat sie dabei. Von *ihr* habe ich erfahren, daß du auf dem Land bist. Von *ihr* habe ich erfahren, daß du ihr gesagt hast, sie soll deine ganze Post an Claire Tallmadge, die Eiskönigin, weiterleiten. Nicht von dir. Ich hab' dich geliebt. Und ich hab' gedacht, daß du mich auch liebst. Aber du hast's nicht mal fertiggebracht, dich von mir zu verabschieden.«

Er hielt schwer atmend inne und fügte dann mit bitterer Stimme hinzu: »Bis heute begreife ich nicht, warum du dich von dieser Tallmadge wie ein Hündchen behandeln hast lassen. Sie war so … hochnäsig. Du warst ihr kleines jüdisches Schoßhündchen. Hast du denn nie gemerkt, wie sie auf dich herabgesehen hat? Und der Rest der Familie. Die geistlose Schwester Vanessa und ihr unerträglicher Mann. Wie hieß er noch gleich? Marmalade?«

»Marmaduke«, sagte Lotty. »Das weißt du ganz genau, Carl. Außerdem hattest du gegen jeden etwas, dem ich mehr Aufmerksamkeit geschenkt habe als dir.«

»Mein Gott, ihr zwei«, sagte Max. »Ihr solltet rauf zu Calia ins Kinderzimmer gehen. Könnten wir jetzt langsam zum Punkt kommen?«

»Wie dem auch sei«, sagte Lotty, die wieder rot geworden war, »als ich ins Royal Free zurückgekehrt bin, hatte Claire das Gefühl, daß ihre Freundschaft mit mir unpassend ist. Sie … ich hab' nicht mal gewußt, daß sie in Ruhestand gegangen ist, bevor ich's dieses Frühjahr im Mitteilungsblatt des Royal Free gelesen habe.«

»Und was hatten die Radbukas mit der ganzen Sache zu tun?« fragte Don.

»Ich bin zu Königin Claire gegangen«, fauchte Carl. »Sie hat mir gesagt, sie schickt Lottys Post an eine Postfachadresse auf den Namen Sofie Radbuka in Axmouth. Aber als ich dorthin geschrieben habe, hat man mir die Briefe mit einer Mitteilung auf dem Umschlag zurückgeschickt, daß es dort niemanden mit dem Namen gebe. Ich bin sogar einmal an einem Montag mit dem Zug von London hinausgefahren und fast fünf Kilometer zu Fuß zu dem Cottage gegangen. Im Innern war Licht, Lotty, aber du hast nicht aufgemacht. Ich bin den ganzen Nachmittag dageblieben, doch du hast dich nicht blicken lassen.

Acht Monate vergingen, und plötzlich war Lotty wieder in London. Ohne mir ein Wort zu sagen. Ohne auf meine Briefe zu antworten. Ohne Erklärungen. Als ob unser gemeinsames Leben nie stattgefunden hätte. Wer war Sofie Radbuka, Lotty? Deine Geliebte? Habt ihr zwei den ganzen Nachmittag da drin gesessen und euch über mich lustig gemacht?«

Lotty lehnte sich in einen Sessel zurück, die Augen geschlossen, das Gesicht durchzogen von tiefen Falten. So, dachte ich, würde sie wahrscheinlich im Tod aussehen. Bei dem Gedanken wurde mir flau im Magen.

»Sofie Radbuka existierte nicht mehr, also habe ich mir ihren Namen geborgt«, sagte sie mit matter Stimme, ohne die Augen zu öffnen. »Das mag jetzt dumm klingen, aber damals haben wir alle unerklärliche Dinge getan. Die einzige Post, die ich entgegengenommen habe, war die vom Krankenhaus. Alles andere habe ich ungelesen zurückgeschickt, genau wie deine Briefe. Ich war dem Tod nahe. Ich mußte allein damit fertig werden. Ich habe dich geliebt, Carl. Aber an dem Ort, an dem ich war, konnte niemand mich erreichen. Nicht du, nicht Max, niemand. Als ich mich wieder ... erholt ... hatte, war ich nicht in der Lage, mit dir zu reden. Es ... ich wußte nur, daß ich einen Schlußstrich ziehen mußte. Ich hatte auch nie den Eindruck, daß du untröstlich warst.«

Max setzte sich neben sie und nahm ihre Hand, doch Carl erhob sich und lief wütend im Zimmer auf und ab. »Ja, ja, ich hatte Geliebte«, zischte er über ihre Schulter. »Eine nach der anderen, und ich wollte, daß du davon erfährst. Aber es hat viele Jahre gedauert, bis ich mich wieder verliebt habe, und da war ich dann so aus der Übung, daß es nicht lange gehalten hat.

Drei Ehen in vierzig Jahren und jede Menge Geliebte dazwischen. Ich habe keinen guten Ruf bei den Frauen in den Orchestern.«

»Mach mir deshalb keine Vorwürfe«, sagte Lotty kühl und richtete sich auf. »Für deine Handlungen bist du selbst verantwortlich.«

»Ja, sei du nur so kalt und distanziert wie immer. Der arme Loewenthal, er möchte dich heiraten und begreift einfach nicht, warum du nicht willst. Er weiß noch nicht, daß du aus Skalpellen und Bandagen gemacht bist, nicht aus Herz und Muskeln.«

»Carl, ich kann für mich selbst sprechen«, sagte Max halb lachend, halb verärgert. »Aber kehren wir in die Gegenwart zurück. Wenn es die Radbukas nicht mehr gibt, woher hat dieser Mann heute abend dann ihren Namen?«

»Ja«, pflichtete ihm Lotty bei. »Das ist es, was mich so verblüfft hat.«

»Hast du eine Ahnung, wie sich das herausfinden ließe, Victoria?« fragte Max.

Ich gähnte herzhaft. »Nein. Ich weiß nicht, wie ich ihn dazu bringen soll, daß er mich diese mysteriösen Dokumente ansehen läßt. Ich könnte die Sache auch von seiner Vergangenheit her aufrollen, aber ich weiß nicht, was von den Einwanderungsunterlagen aus den Jahren 47 und 48 noch existiert, als er vermutlich in dieses Land gekommen ist. Vorausgesetzt er war überhaupt ein Einwanderer.«

»Deutsch spricht er zumindest«, sagte Lotty unerwartet. »Als er hier aufgetaucht ist, habe ich mich gefragt, ob überhaupt irgendwas an seiner Geschichte stimmt – ihr wißt ja, daß er auf dem Video behauptet, als kleines Kind hierhergekommen zu sein und Deutsch gesprochen zu haben. Also habe ich ihn auf deutsch gefragt, ob er mit dem Mythos von den Ulfs als Wolfskriegern vertraut ist. Und er hat mich verstanden.«

Ich versuchte mich an den genauen Hergang des Gesprächs im Flur zu erinnern, schaffte es aber nicht. »Da hat er doch gesagt, daß er sich weigert, die Sprache seiner Unterdrücker zu sprechen, stimmt's?« Wieder mußte ich gähnen. »Aber jetzt kann ich nicht mehr. Carl, Michael, das Konzert heute war wirklich wunderbar. Ich hoffe, der Rest der Tournee läuft genausogut, und die Störung heute beeinträchtigt nicht eure Musik. Begleitest du sie?« fragte ich Agnes.

Sie schüttelte den Kopf. »Die Tournee dauert noch vier Wochen. Calia und ich bleiben die nächsten fünf Tage bei Max, dann fahren wir direkt nach England zurück. Sie sollte eigentlich schon im Kindergarten sein, aber wir wollten, daß sie diese Zeit mit ihrem Opa hat.«

»Und wenn die fünf Tage vorbei sind, kenne ich die Geschichte von Ninshubur, dem treuen Hund, auswendig.« Max lächelte, doch seine Augen blieben ernst.

Morrell nahm meine Hand. Wir stolperten zum Wagen hinaus, Don im Schlepptau, der auf dem Weg noch schnell ein paarmal an seiner Zigarette zog. Ein Streifenwagen aus Evanston inspizierte gerade die Aufkleber an Morrells Wagen: Die Stadt Chicago verdient eine ganze Menge Geld durch ihre unberechenbaren Parkvorschriften. Morrells Auto befand sich außerhalb seines eigenen Parkbereichs, aber es gelang uns einzusteigen, bevor der Polizist einen Strafzettel ausstellte.

Ich ließ mich auf den Beifahrersitz sinken. »Ich bin noch nie so lange am Stück so vielen Emotionen ausgesetzt gewesen.«

»Ja, das war anstrengend«, pflichtete Morrell mir bei. »Ich glaube nicht, daß dieser Paul ein Betrüger ist. Was meinst du?«

»Nein, er versucht bestimmt nicht, uns absichtlich hinters Licht zu führen«, murmelte ich mit geschlossenen Augen. »Er glaubt fest an das, was er sagt, aber trotzdem empfinde ich ihn als beunruhigend: Er läßt sich zu schnell von neuen Informationen überzeugen.«

»Egal, es bleibt eine Wahnsinnsstory«, sagte Don. »Vielleicht sollte ich nach England fahren und mich dort über die Radbuka-Familie kundig machen.«

»Das führt dich aber ganz schön weit von deinem Buch mit Rhea Wiell weg«, sagte ich. »Und um das zu wiederholen, was Morrell mir gestern verraten hat: Hältst du es wirklich für nötig, in Lottys Vergangenheit herumzuschnüffeln?«

»Nur insofern, als sie einen Bezug zur Gegenwart zu haben scheint«, antwortete Don. »Ich hatte den Eindruck, daß sie lügt. Was glaubt ihr? Ich meine, über die Sache mit dem Royal Free.«

»Soweit ich das beurteilen kann, wollte sie uns klarmachen, daß uns die Sache nichts angeht«, sagte ich, als Morrell in die schmale Straße hinter seinem Haus einbog.

»Diese Geschichte mit Lotty und Carl.« Ich zitterte ein bißchen, als ich Morrell ins Schlafzimmer folgte. »Lottys Schmerz und auch der von Carl, aber dann noch Lottys Gefühl, so allein zu sein, daß sie ihrem Geliebten nichts von ihrer lebensgefährlichen Krankheit erzählen kann. Schrecklich.«

»Morgen ist mein letzter Tag hier«, sagte Morrell. »Ich muß noch packen und dann wieder den ganzen Tag mit den Leuten vom Außenministerium verbringen. Statt mit dir, mein Schatz, was mir viel lieber wäre. Heute nacht hätte ich ein bißchen mehr Schlaf und ein bißchen weniger Drama vertragen können.«

Ich warf meine Kleidung auf einen Stuhl, während Morrell seinen Anzug ordentlich in den Schrank hängte. Aber immerhin mußte er auch die Tasche vom Wochenende noch am nächsten Morgen auspacken.

»Du bist ein bißchen wie Lotty, Vic.« Morrell nahm mich in der Dunkelheit in den Arm. »Wenn irgendwas schiefläuft, dann verkriech dich bitte nicht ganz allein unter falschem Namen in einem Cottage, um deine Wunden zu lecken.«

Seine Worten waren angesichts seiner unmittelbar bevorstehenden Abreise und der turbulenten vergangenen Stunden ein Trost für mich. Sie breiteten sich in der Dunkelheit über mich, diese Worte, und halfen mir einzuschlafen.

Lotty Herschels Geschichte: V-E-Day

Ich ging mit Hugo zu den V-E-Day-Feierlichkeiten am Piccadilly Circus. Massen von Menschen bejubelten den Sieg der Alliierten, es gab ein Feuerwerk, eine Rede des Königs im Radio wurde über Lautsprecher übertragen – die Menge war euphorisch. Zum Teil konnte ich das Gefühl nachempfinden, aber völlige Hingabe an die Freude war für mich unmöglich. Nicht nur wegen der Wochenschauen über Bergen-Belsen und die anderen Lager, die die Engländer in jenem Frühjahr voller

Entsetzen gesehen hatten, sondern auch wegen der Geschichten über die Toten, die zusammen mit den Immigranten vom Kontinent herübergekommen waren. Sogar Minna war wütend geworden über das herzlose Verhalten mancher Militärpolizisten den Männern gegenüber, die gleich beim Bau von Auschwitz entkamen.

Und ich wurde ungeduldig mit Hugo, weil er sich nicht mehr sehr deutlich an Oma und Opa und sogar an Mama erinnerte. Er konnte kaum noch Deutsch, wogegen ich weiter mit der Sprache konfrontiert wurde, weil meine Cousine Minna sie zu Hause benutzte. 1942 hatte sie Victor geheiratet, einen schrecklichen alten Mann, von dem sie meinte, er würde die Handschuhfabrik erben. Doch er erlitt einen Schlaganfall, bevor der Inhaber starb, und so ging die Fabrik an einen anderen, und Minna saß mit einem älteren kranken Mann und ohne Geld da. Er war aus Hamburg, also sprachen sie natürlich Deutsch miteinander. Ich brauchte länger als Hugo, um Englisch zu lernen, länger, um mich in der Schule einzugewöhnen, länger, um mich in England heimisch zu fühlen.

Für Hugo, der mit fünf Jahren nach England gekommen war, begann das Leben mit der Nußbaum-Familie. Sie behandelten ihn wie einen Sohn. Mr. Nußbaum wollte Hugo sogar adoptieren, aber das brachte mich so aus der Fassung, daß die Nußbaums die Idee wieder fallenließen. Jetzt sehe ich alles anders. Ich sehe, daß Hugo damals auf sie zugegangen ist, ihnen vertraut hat, weil das das natürlichste war für einen Fünfjährigen und kein Verrat an meinen Eltern – oder an mir. Wenn ich selbst bei jemandem gelebt hätte, der mich umsorgte, wäre meine Reaktion auf den Vorschlag vermutlich anders ausgefallen. Ich muß allerdings erwähnen, daß Mr. Nußbaum immer sehr nett zu mir war und versuchte, mich an seinen regelmäßigen Sonntagsausflügen mit meinem Bruder teilnehmen zu lassen.

Aber besonders wütend war ich am V-E-Day auf Hugo, weil er glaubte, das Ende des Krieges bedeute, daß er nach Österreich zurückkehren müßte. Er wollte weder die Nußbaums noch seine Freunde in der Schule verlassen und hoffte, ich würde Mama und Papa erklären, daß er sie nur im Sommer besuchen käme.

Jetzt ist mir klar, daß mein Zorn zum Teil durch meine eigenen Ängste verursacht wurde. Ich sehnte mich nach der liebevollen Familie, die ich verloren hatte, sehnte mich danach, Cousine Minna und ihrer ständigen Kritik zu entkommen, aber auch ich hatte Freunde und eine Schule, die ich nicht verlassen wollte. Ich war schon fast sechzehn und hatte nur noch zwei Jahre bis zum Schulabschluß. Ich begriff, daß es genauso schwer sein würde, nach Österreich zurückzukehren, wie es sechs Jahre zuvor schwer gewesen war, nach England zu fahren – sogar noch schwerer, weil ich dort wegen der Zerstörung durch den Krieg die Schule möglicherweise gar nicht abschließen konnte.

Miss Skeffing, die Direktorin der Camden High School für Mädchen, saß auch in der Leitung des Royal Free Hospital. Sie hatte mich ermutigt, die wissenschaftlichen Kurse zu belegen, die mich aufs Medizinstudium vorbereiten würden. Ich wollte weder sie noch die Möglichkeit, Medizin zu studieren, aufgeben. Und obwohl ich Claire in jener Zeit nur noch sehr selten sah, weil sie gerade ihre Medizinalassistentinnenzeit begonnen hatte, wollte ich auch sie nicht verlassen. Schließlich hatte ihr Vorbild dafür gesorgt, daß ich mich gegen Cousine Minna durchgesetzt und die Camden-Schule besucht hatte. Minna war wütend, denn sie wollte, daß ich mit vierzehn von der Schule abging und in der Handschuhfabrik Geld verdiente. Aber ich erinnerte sie daran, daß sie 1939 nicht bereit gewesen war, meinen Vater für einen solchen Job zu empfehlen, und erklärte ihr, sie habe ganz schöne Nerven, wenn sie nun von mir erwarte, die Schule abzubrechen, um in der Fabrik zu arbeiten.

Sie und Victor versuchten außerdem, mich daran zu hindern, daß ich mich mit Freunden traf oder zu den Musikabenden bei Frau Herbst ging. Während des Krieges erhielten mich diese Abende am Leben. Sogar für jemanden wie mich, der keinerlei musikalische Begabung hatte, gab es immer etwas zu tun. Wir dachten uns kleine Operninszenierungen aus und improvisierten Chorveranstaltungen. Sogar während des Blitz, als die Deutschen Luftangriffe auf London flogen und man sich durch die Stadt tasten mußte, verließ ich türenschlagend Minnas Haus und ging über die dunklen Straßen zu Frau Herbsts Wohnung.

Manchmal fuhr ich auch mit dem Bus: Das war ein Abenteuer, weil die Busse die Verdunkelungsvorschriften beachten mußten, weswegen man erst merkte, daß einer kam, wenn er einen schon fast überrollte, und dann mußte man erraten, wo man ausstieg. Einmal entschied ich mich auf dem Heimweg falsch und landete Kilometer von Minnas Haus entfernt. Ein Luftschutzwart gabelte mich auf und ließ mich die Nacht bei ihm und seinen Kollegen im Keller verbringen. Es machte großen Spaß, zusammen mit den Männern wäßrigen Kakao zu trinken, während sie sich über Fußballergebnisse unterhielten, aber Minna verärgerte mein kleines Abenteuer nur noch mehr.

So große Sorgen wir uns auch um unsere Familien machten – nicht nur Hugo und ich, sondern auch die Leute in Frau Herbsts Gruppe –, keiner von uns wollte das Leben in Deutschland wiederaufnehmen. Deutsch sahen wir als Sprache der Unterdrükkung. Deutschland, Österreich und die Tschechoslowakei, das waren die Orte gewesen, wo wir hatten zusehen müssen, wie unsere geliebten Großeltern auf Händen und Knien die Gehsteige schrubbten, während die Menschen um sie herum johlend mit Dingen nach ihnen warfen. Wir veränderten sogar die Schreibweise unserer Namen: Ich machte aus »Lotte« »Lotty«, und Carl verwendete nun ein »C« statt des »K«, das ursprünglich in seinem Namen gewesen war.

Am Abend des V-E-Day setzte ich Hugo nach der Rede des Königs in die U-Bahn zurück nach Golders Green, wo die Nußbaums wohnten, und traf mich mit Max und einigen der anderen aus unserer Gruppe in Covent Garden, um dort auf Carl zu warten, der Mitglied des Sadlers-Wells-Orchesters war und an jenem Tag spielte. Tausende von Menschen hielten sich in Covent Garden auf, dem einzigen Ort in London, an dem man mitten in der Nacht einen Drink bekommen konnte.

Jemand reichte Flaschen mit Sekt durch die Menge, und wir schoben unsere persönlichen Sorgen beiseite und ließen uns von der Ausgelassenheit der Feiernden anstecken. Keine Bomben, keine Verdunkelung und keine winzigen wöchentlichen Butterzuteilungen mehr – obwohl das natürlich Optimismus aus Unwissenheit war; die Lebensmittelrationierung sollte noch Jahre andauern.

Schließlich fand Carl uns, auf einem umgeworfenen Karren in der St. Martin's Lane sitzend. Der Besitzer, ein Obsthändler, war schon ein bißchen betrunken. Er schnitt sorgfältig Äpfel in Schnitze und fütterte mich und ein anderes Mädchen aus der

Gruppe, das später ziemlich spießig wurde, Corgis züchtete und die Tories wählte. Damals war sie noch die kultivierteste unserer Gruppe, trug Lippenstift, ging mit amerikanischen Soldaten aus und bekam dafür Nylonstrümpfe, während ich meine Baumwollstrümpfe stopfte und mich neben ihr wie ein Schulmädchen ohne jeden Schick fühlte.

Carl machte eine tiefe Verbeugung vor dem Besitzer des Karrens und nahm dem Mann einen Apfelschnitz aus der Hand. »Das Stück gebe ich Miss Herschel«, sagte er und streckte es mir hin. Plötzlich wurde ich mir seiner Finger bewußt, als berührten sie meinen Körper. Ich umschloß seine Hand mit meiner und führte sie zusammen mit dem Apfel zu meinem Mund.

19 Ende der Durchsage

Meine Träume weckten mich noch vor dem Morgengrauen: Alpträume, daß ich Lotty verlor, meine Mutter starb, von gesichtslosen Gestalten, die mich durch Tunnel jagten, während Paul Radbuka zusah, hin- und hergerissen zwischen Weinen und manischem Gelächter. Ich lag schwitzend und mit wild klopfendem Herzen da. Neben mir schlief leise vor sich hin schnaubend Morrell. Ich drückte mich in seine Arme. Er hielt mich ein paar Minuten lang im Schlaf fest, dann drehte er sich weg, ohne aufzuwachen.

Ganz allmählich beruhigte sich mein Herzschlag wieder, aber trotz der Anstrengungen des vergangenen Tages gelang es mir nicht, noch einmal einzuschlafen. Die Bekenntnisse des Vorabends wirbelten in meinem Kopf herum wie Kleidung in einer Waschmaschine. Paul Radbukas Emotionen waren so wenig zu fassen und gleichzeitig so intensiv, daß ich nicht wußte, wie ich auf ihn reagieren sollte; Lottys und Carls Geschichte ließ mir genausowenig Ruhe.

Es überraschte mich nicht, daß Max Lotty heiraten wollte, obwohl keiner von beiden mir gegenüber je etwas davon erwähnt hatte. Ich konzentrierte mich auf das kleinere Problem, um nicht über das größere nachdenken zu müssen, und fragte mich, ob Lotty so an ihr Single-Leben gewöhnt war, daß sie es vorzog, weiter allein zu bleiben. Auch Morrell und ich hatten uns schon darüber unterhalten zusammenzuziehen, aber obwohl wir beide früher einmal verheiratet gewesen waren, konnten wir uns nicht entschließen, unsere Unabhängigkeit aufzugeben. Und für Lotty, die immer allein gelebt hatte, wäre das eine noch schwerwiegendere Entscheidung.

Es lag auf der Hand, daß Lotty etwas über die Radbuka-Familie verschwieg, aber ich hatte keine Ahnung, was. Es handelte sich jedenfalls nicht um die Familie ihrer Mutter – sie war über diese Äußerung meinerseits entsetzt, ja fast schon empört gewesen. Vielleicht ging es um eine arme Einwandererfamilie, deren Schicksal sehr wichtig für sie gewesen war? Es gibt viele Quellen der Scham und der Schuld, aber mir fiel nichts ein, was mich so hätte schockieren können, daß es mich gegen Lotty aufgebracht hätte. Etwas, das sie nicht einmal Max erzählen wollte.

Was, wenn Sofie Radbuka eine Patientin gewesen war, deren Behandlung sie während ihrer Ausbildung zur Ärztin verpfuscht hatte? Möglicherweise war Sofie Radbuka gestorben oder hatte im Koma gelegen; vielleicht hatte Lotty sich solche Vorwürfe gemacht, daß sie vorgab, unter Tuberkulose zu leiden, damit sie sich aufs Land zurückziehen konnte. Und aufgrund ihrer Schuldgefühle sowie einer Überidentifikation mit ihrer Patientin hatte sie dann den Namen Sofie Radbuka angenommen. Ganz abgesehen von der Tatsache, daß eine solche Theorie allem widersprach, was ich über Lotty wußte, hätte sie mich auch nicht dazu gebracht, mich von ihr abzuwenden.

Die Annahme, daß sie vorgegeben hatte, unter Tuberkulose zu leiden, um aufs Land fahren und dort eine Affäre mit Sofie Radbuka – oder irgend jemandem sonst – zu haben, war lächerlich. Dazu hätte sie auch in London die Möglichkeit gehabt, ohne eine Ausbildung aufs Spiel zu setzen, die in den Vierzigern nur wenige Frauen schafften.

Es zermürbte mich zu sehen, wie Lotty sich immer mehr einem Nervenzusammenbruch annäherte. Ich versuchte, mir Morrells Rat ins Gedächtnis zu rufen, ihr nicht hinterherzuspionieren. Wenn sie mir ihre Geheimnisse nicht erzählen wollte, waren es ihre eigenen Dämonen, nicht mein Versagen, die sie schweigen ließen.

Außerdem sollte ich mich um meine eigenen Angelegenheiten kümmern, darum zum Beispiel, den Fall zu lösen, für den Isaiah Sommers mich angeheuert hatte. Viel hatte ich in dieser Hinsicht noch nicht geschafft, außer daß ich Bull Durham dazu gebracht hatte, mich öffentlich zu diffamieren.

Es war erst zwanzig vor sechs. Eins konnte ich für Isaiah Sommers tun. Und Morrell würde in die Luft gehen, wenn er davon erfuhr. Ich setzte mich auf. Morrell seufzte, wachte aber nicht auf. Nachdem ich die Jeans und das Sweatshirt aus der Tasche von unserem Wochenendtrip angezogen hatte, schlich ich mit meinen Laufschuhen auf Zehenspitzen aus dem Zimmer. Morrell hatte mir mein Handy und meine Dietrichsammlung abgenommen. Ich ging noch einmal ins Schlafzimmer zurück, um seinen Rucksack zu holen und ihn ins Arbeitszimmer zu tragen – ich wollte nicht, daß er durch das Klappern der Schlüssel aufwachte. Ich hinterließ ihm eine Nachricht auf seinem Laptop: *Bin zu einem frühen Termin in die Stadt gefahren. Bis heute abend zum Essen? Alles Liebe, V.*

Morrells Wohnung befand sich nur sechs Häuserblocks von der Davis-Hochbahnhaltestelle entfernt. Ich ging zusammen mit frühen Pendlern, Joggern und Leuten, die ihre Hunde ausführten, hinüber. Erstaunlich, wie viele Menschen schon unterwegs waren und wie viele von ihnen frisch und fit aussahen. Der Anblick meiner eigenen geröteten Augen im Badspiegel hatte mich erschreckt zusammenzucken lassen.

Die Expresszüge für den morgendlichen Berufsverkehr waren bereits in Betrieb; nach zwanzig Minuten hielt der Zug in Belmont, nur wenige Häuserblocks von meiner Wohnung entfernt. Mein Wagen stand vor dem Haus, aber ich mußte noch duschen und mich umziehen, damit ich nicht mehr aussah wie ein Geist aus meinen Alpträumen. Ich betrat das Gebäude ganz leise in der Hoffnung, daß die Hunde meine Schritte nicht erkennen würden, und schlüpfte in einen Hosenanzug und Schuhe mit Kreppsohlen. Peppy bellte einmal kurz, als ich auf Zehenspitzen wieder hinausschlich, doch ich blieb nicht stehen.

Auf dem Weg zum Lake Shore Drive machte ich in einem

Café halt, um einen großen Orangensaft und einen noch größeren Cappuccino zu trinken. Inzwischen war es fast sieben und der morgendliche Berufsverkehr in vollem Gange. Trotzdem schaffte ich es vor halb acht nach Hyde Park.

Ich nickte dem Wachmann – nicht derselbe, den Fepple am Freitag vor mir gewarnt hatte – am Eingang zum Gebäude der Hyde Park Bank kurz zu. Er musterte mich flüchtig über den Rand seiner Zeitung hinweg, hielt mich jedoch nicht auf: Ich trug Bürokleidung und wußte, wohin ich wollte. In den fünften Stock, wo ich Latexhandschuhe anzog, bevor ich mich Fepples Schloß zuwandte. Ich lauschte so angespannt auf den Lift, daß ich einen Augenblick brauchte, bis ich merkte, daß die Tür nicht verschlossen war.

Also schlüpfte ich in das Büro und knurrte verärgert, als ich wieder über die aufgeworfene Ecke des Linoleums stolperte. Fepple saß hinter seinem Schreibtisch. In dem fahlen Licht, das durchs Fenster hereindrang, sah es so aus, als sei er auf seinem Stuhl eingeschlafen. Zögernd blieb ich stehen, beschloß dann, einfach unverfroren zu sein, ihn aufzuwecken und dazu zu zwingen, daß er mir die Sommers-Akte aushändigte. Ich schaltete das Deckenlicht ein. Und sah, daß Fepple nie wieder mit irgend jemandem sprechen würde. Sein Mund sowie die eine Seite seines Kopfes mit dem Teppich aus Sommersprossen fehlten. Sie waren zu einem Matsch aus Knochen, Gehirnmasse und Blut geworden.

Ich mußte mich auf den Boden setzen und den Kopf zwischen die Knie stecken. Obwohl ich in den Stoff meiner Hose atmete, glaubte ich, Blut zu riechen. Mir wurde übel. Ich versuchte, mich auf andere Dinge zu konzentrieren, denn es hätte mir gerade noch gefehlt, wenn die Polizei später mein Erbrochenes am Tatort finden würde.

Ich weiß nicht, wie lange ich so dasaß; jedenfalls machten mir Stimmen auf dem Flur irgendwann bewußt, in welch prekärer Situation ich mich befand: in einem Büro mit einem Toten, eine Dietrichsammlung in der Tasche und Latexhandschuhe an den Fingern. Ich stand auf, so schnell, daß mir schwindelig wurde, aber ich schüttelte den Anflug von Schwäche ab und schloß mich in dem Büro ein.

Dann ging ich um den Schreibtisch herum und versuchte,

Fepple mit klinisch-nüchternem Blick zu betrachten. Eine Waffe lag unter seinem herabhängenden rechten Arm. Ich sah sie mir an: eine SIG Trailside, Kaliber zweiundzwanzig. Dann hatte er sich also selbst erschossen? Weil seine Beschäftigung mit der Sommers-Akte ihn um den Verstand gebracht hatte? Sein Computer war eingeschaltet, im Stand-by-Modus. Ich unterdrückte meine Übelkeit, streckte vorsichtig einen Arm links an ihm vorbei und aktivierte den Bildschirm mit einem Dietrich, damit ich mit meinen Fingerabdrücken kein Beweismaterial durcheinanderbrachte. Nun erschien ein Text auf dem Monitor:

> Beim Tod meines Vaters war dies eine gutgehende Agentur, aber ich tauge nicht zum Versicherungsvertreter. Ich habe fünf Jahre lang mit ansehen müssen, wie mein Umsatz und mein Gewinn sich stetig verringerten. Ich dachte, ich könnte mich irgendwie um meine Schulden herumdrücken, aber jetzt, wo diese Detektivin mich beobachtet, habe ich Angst, daß ich nicht einmal das schaffe. Ich habe nie geheiratet, nie gewußt, wie man Frauen für sich interessiert; ich kann mir selbst nicht mehr in die Augen sehen. Ich weiß nicht, wie ich meine Rechnungen bezahlen soll. Falls sich überhaupt jemand etwas aus mir macht, dann noch am ehesten meine Mutter. Es tut mir leid. Howard

Ich druckte den Text aus und stopfte das Blatt Papier in meine Tasche. Meine Hände in den Latexhandschuhen waren feucht. Schwarze Punkte tanzten vor meinen Augen. Ich war mir Fepples völlig zerstörten Kopfes neben mir bewußt, konnte ihn aber nicht ansehen. Am liebsten hätte ich mich sofort verdrückt, doch vielleicht würde sich nie wieder eine Möglichkeit ergeben, die Sommers-Akte zu finden.

Die Schränke waren offen, was mich überraschte, denn bei meinem Besuch in der vergangenen Woche hatte Fepple sie mit großer Geste aufgesperrt, als er die Akten aufräumte, und hinterher sofort wieder verschlossen. Die dritte Schublade, in die er die Sommers-Akte gesteckt hatte, trug die Aufschrift »Al Hoffmans Kunden«.

Die Akten waren unordentlich, zum Teil verkehrt herum, in die Schublade gestopft. Als ich die erste herausholte – »Barney Williams« –, glaubte ich, am Ende des Alphabets zu sein, doch auf sie folgte »Larry Jenks«. Ohne die Uhr aus den Augen zu lassen, leerte ich die Schublade aus und steckte die Akten eine nach der anderen zurück. Die von Sommers befand sich nicht darunter.

Ich ging die Akten auf der Suche nach irgendeinem Hinweis auf Sommers durch, fand aber nur Kopien von Policen und Zahlungspläne. Bei etwa einem Drittel handelte es sich um abgeschlossene Fälle, die mit den Vermerken »Bezahlt« oder »Wegen Nichtzahlung verfallen« versehen waren. Ich schaute in die anderen Schubladen, fand aber auch dort nichts. Ein halbes Dutzend Policen von bezahlten Versicherungen nahm ich mit: Mary Louise konnte überprüfen, ob sie an die Begünstigten ausgezahlt worden waren.

Ich lauschte nervös auf Stimmen vom Flur, konnte aber das Büro erst verlassen, wenn ich auch in dem Chaos auf dem Schreibtisch nach der Sommers-Akte gesucht hatte. Die Papiere waren voller Blut und Gehirnmasse. Ich wollte nichts durcheinanderbringen – die Leute von der Spurensuche würden sofort merken, daß sich da jemand umgesehen hatte –, doch ich mußte die Akte finden.

Eine Hand über den Augen, redete ich mir ein, daß da nichts auf dem Stuhl war, und beugte mich über den Schreibtisch, um die Ecken der Dokumente vor Fepple leicht anzuheben. Ich arbeitete mich von der Mitte nach außen vor. Als ich nichts fand, wechselte ich vorsichtig, um in nichts zu treten, auf die andere Seite und schaute in die Schubladen des Schreibtisches. Nichts außer Hinweisen auf sein trostloses Leben: Halbleere Chipstüten, eine ungeöffnete Schachtel Kondome voller Krümel, Terminkalender, die bis in die achtziger Jahre zurückreichten, als sein Vater noch die Agentur geführt hatte, Bücher über Tischtennis. Wer hätte gedacht, daß er genug Durchhaltevermögen besessen hatte, um einen Sport auszuüben?

Mittlerweile war es neun. Je länger ich blieb, desto wahrscheinlicher wurde es, daß jemand mich entdeckte. Ich ging zur Tür, hielt mich links, um mich nicht im Glas zu spiegeln, und lauschte auf Geräusche vom Flur. Eine Gruppe von Frauen ging gerade vorbei, ich hörte ein »Guten Morgen« und ein »Wie war das Wochenende?«, ein »Viel Arbeit heute morgen bei Dr. Zabar« und ein »Na, wie war Melissas Geburtstagsparty?«. Dann Stille, das Klingeln des Aufzugs und ein paar Frauen mit einem Kleinkind. Als sie weg waren, öffnete ich die Tür einen Spalt. Der Flur war leer.

Beim Hinausgehen entdeckte ich Fepples Aktentasche in der Ecke hinter mir. Einem plötzlichen Impuls gehorchend, nahm ich sie. Während ich auf den Aufzug wartete, stopfte ich die Latexhandschuhe zusammen mit den Akten, die ich mir ausgeliehen hatte, in die Tasche.

Ich konnte nur hoffen, daß ich keine Spuren hinterlassen hatte, die mich mit der Tat in Verbindung bringen würden, doch als ich im Erdgeschoß aus dem Lift stieg, bemerkte ich, daß mein Schuh auf dem Boden einen häßlichen braunen Fleck hinterlassen hatte. Irgendwie gelang es mir, das Gebäude erhobenen Hauptes zu verlassen, aber sobald der Wachmann mich nicht mehr sehen konnte, hastete ich um die Ecke. Ich schaffte es gerade noch in die schmale Seitenstraße, bevor sich Orangensaft und Kaffee aus meinem Magen verabschiedeten.

20 Jäger in der Mitte

Zu Hause schrubbte ich meine Schuhe wie eine Wahnsinnige, aber alle Chemie würde sie nicht säubern. Ich konnte es mir nicht leisten, sie einfach wegzuwerfen, mir jedoch auch nicht vorstellen, daß ich sie je wieder tragen würde.

Dann zog ich den Hosenanzug aus und sah mir jeden Quadratzentimeter unter einer starken Lampe genau an. Es schienen keine Reste von Fepple am Stoff zu sein, doch ich steckte den Anzug trotzdem zu den Sachen für die Reinigung.

Unterwegs hatte ich an einer Telefonzelle am Lake Shore Drive angehalten, um zu melden, daß sich im Gebäude der Hyde Park Bank eine Leiche befinde. In der Zwischenzeit war die Polizeimaschinerie wohl angerollt. Ich ging unruhig zur

Küchentür und wieder zurück. Natürlich konnte ich einen meiner alten Freunde bei der Polizei anrufen, um Insider-Informationen über die Ermittlungen zu bekommen, aber dann mußte ich sagen, daß ich die Leiche gefunden hatte. Was bedeutete, daß ich den Tag damit verbringen würde, Fragen zu beantworten. Ich versuchte, Morrell zu erreichen, um mich von ihm trösten zu lassen, doch der hatte das Haus bereits verlassen, um zu seinem Treffen mit den Leuten vom Außenministerium zu fahren.

Was hatte Fepple wohl mit meiner Visitenkarte gemacht? Ich hatte sie nicht auf seinem Schreibtisch gesehen, aber auch nach nichts so Kleinem gesucht. Die Bullen würden sicher bei mir aufkreuzen, wenn sie rauskriegten, daß ich die Detektivin in Fepples Abschiedsbrief war. Vorausgesetzt der Abschiedsbrief stammte von ihm.

Natürlich stammte er von ihm. Die Waffe war aus seiner Hand auf den Boden gefallen, nachdem er sich erschossen hatte. Er hatte sich wie ein Versager gefühlt und sich selbst nicht mehr in die Augen schauen können, also hatte er sich in den Mund geschossen. Ich sah aus dem Küchenfenster und starrte die Hunde an, die Mr. Contreras in den Garten gelassen hatte. Ich mußte mit ihnen laufen gehen.

Als hätte er meinen Blick erahnt, schaute Mitch mit einem wolfsartigen Grinsen zu mir herauf. Das erinnerte mich an das gemeine Grinsen von Fepple, als er die Sommers-Akte gelesen und gesagt hatte, er würde Al Hoffmans Kundenliste übernehmen.

Es war das Lächeln eines Mannes gewesen, der glaubte, von der Schwäche eines anderen profitieren zu können, nicht das Lächeln eines Mannes, der sich selbst so sehr haßte, daß er Selbstmord begehen würde.

Er hatte am Morgen denselben Anzug und dieselbe Krawatte getragen wie am Freitag. Für wen hatte er sich so herausgeputzt? Für eine Frau, wie er behauptete? Für jemanden, den er umwerben wollte, der ihm aber so schreckliche Dinge sagte, daß er ins Büro zurückkehrte und Selbstmord beging? Oder hatte er sich für die Person, die ihn angerufen hatte, als ich bei ihm gewesen war, so schön angezogen? Die Person, die ihm erklärt hatte, wie er mich loswerden konnte: Er brauchte nur zu einer Telefonzelle zu gehen und weitere Instruktionen abzuwarten. Tja, und dann war er durch das kleine Einkaufszentrum gelaufen und hatte sich dort mit dem rätselhalten Anrufer getroffen. Fepple hatte gedacht, er könne aus einem Geheimnis Kapital schlagen, das er in der Sommers-Akte entdeckt hatte.

Er hatte versucht, den Anrufer zu erpressen, der ihm erklärte, sie müßten sich unter vier Augen in seinem Büro unterhalten. Und dort hatte der Anrufer Fepple dann erschossen und alles so aussehen lassen wie einen Selbstmord. Das klang sehr nach Edgar Wallace. Aber jedenfalls hatte der rätselhafte Anrufer sich die Sommers-Akte unter den Nagel gerissen. Ich ging wieder zurück ins Wohnzimmer. Nein, wahrscheinlicher war es da, daß Fepple die Akte auf seinem Nachtkästchen hatte liegenlassen, zusammen mit ein paar alten Ausgaben eines Tischtennismagazins.

Hätte ich bloß gewußt, was die Polizei machte, ob sie die Selbstmordversion akzeptierte, ob sie nach Schmauchspuren an Fepples Händen suchte. Da mir nichts Besonderes einfiel, holte ich schließlich die Hunde aus dem Garten. Die hintere Tür zur Wohnung von Mr. Contreras stand offen; als ich die paar Stufen zu ihm hinaufging, um ihm zu sagen, daß ich mit den Hunden zum Laufen gehen und sie anschließend ins Büro mitnehmen würde, hörte ich das Radio:

> Unsere lokale Top-Story: Heute morgen wurde die Leiche des Versicherungsagenten Howard Fepple aufgrund eines anonymen Hinweises in seinem Büro in Hyde Park aufgefunden. Offenbar beging der dreiundvierzigjährige Fepple Selbstmord, weil die Midway Insurance Agency, die 1911 von seinem Großvater gegründet worden war, vor dem Bankrott stand. Seine Mutter Rhonda, mit der er zusammenlebte, war fassungslos über diese Nachricht. »Howie besaß nicht einmal eine Waffe. Wie kann die Polizei behaupten, er hätte sich mit einer Waffe erschossen, die er nicht hatte? Hyde Park ist ein ziemlich gefährliches Viertel. Ich habe ihm immer wieder gesagt, er soll mit der Agentur hier raus nach Palos ziehen, wo die Leute noch Versicherungen kaufen. Ich glaube, daß jemand bei ihm

eingebrochen ist, ihn ermordet und das Ganze wie einen Selbstmord inszeniert hat.«
Ein Polizeisprecher des vierten Bezirks sagt, die Möglichkeit eines Mordes sei nicht völlig ausgeschlossen, doch solange der Obduktionsbericht nicht vollständig vorliege, behandle man Fepples Tod als Selbstmord. Sie hörten Mark Santoros von Global News, Chicago.

»Was für eine Geschichte, Schätzchen«, sagte Mr. Contreras und hob den Blick von seiner *Sun-Times*, in der er gerade die Rennergebnisse mit einem Kringel versah. »Der Kerl hat sich erschossen, weil's ihm dreckig gegangen ist? Die jungen Leute heutzutage haben einfach kein Durchhaltevermögen mehr.«

Ich murmelte zustimmend. Irgendwann würde ich ihm erzählen, daß ich Fepple gefunden hatte, aber das wäre ein längeres Gespräch, und zu dem fühlte ich mich im Moment nicht in der Lage. Also fuhr ich mit den Hunden hinüber zum Lake, wo wir zum Montrose Harbor und wieder zurück rannten. Des Schlafmangels wegen tat mir das Atmen weh, aber immerhin lockerte der Fünf-Kilometer-Lauf meine verspannten Muskeln. Hinterher nahm ich die Hunde mit ins Büro, wo sie bellend und aufgeregt schnüffelnd herumliefen, als wären sie noch nie dort gewesen. Tessa brüllte mir aus ihrem Atelier zu, wenn ich die beiden nicht *sofort* beruhigte, würde sie mit einem Holzhammer auf sie losgehen.

Nachdem ich die Hunde in mein Büro getrieben hatte, saß ich eine ganze Weile an meinem Schreibtisch, ohne mich zu bewegen, und dachte an meine Kindheit zurück. Meine Oma Warshawski hatte ein Holzspielzeug gehabt, das sie immer für mich hervorholte, wenn ich zu Besuch kam. Es war ein Jäger mit einem Bären auf der einen und einem Wolf auf der anderen Seite. Wenn man auf einen Knopf drückte, drehte der Jäger sich herum, so daß der Lauf des Gewehrs auf den Wolf zielte, während der Bär sich drohend aufrichtete. Wenn man noch einmal drückte, wandte er sich dem Bären zu und wurde von dem Wolf bedroht. Sommers. Lotty. Lotty. Sommers. Ich kam mir vor wie der Jäger in der Mitte, weil es auch mir nicht gelang, mich lange genug auf das eine Problem zu konzentrieren, bevor schon wieder das andere auftauchte.

Schließlich schaltete ich müde meinen Computer ein. Sofie Radbuka. Paul hatte den Namen in einem Chatroom im Internet gefunden. Während ich suchte, rief Rhea Wiell an.

»Ms. Warshawski, was haben Sie gestern abend mit Paul angestellt? Er hat heute morgen weinend vor meiner Praxis gewartet und gesagt, Sie hätten sich über ihn lustig gemacht und ihn nicht zu seiner Familie gelassen.«

»Nun, vielleicht könnten Sie ihn ja hypnotisieren und ihn dazu bringen, daß er sich an die Wahrheit erinnert«, sagte ich.

»Wenn Sie das lustig finden, haben Sie einen ziemlich perversen Sinn für Humor.« Ihre Stimme klang eisig.

»Ms. Wiell, hatten wir uns nicht darauf geeinigt, daß Mr. Loewenthal das gleiche Recht auf seine Privatsphäre hat, wie Sie es für Paul Radbuka fordern? Aber Paul hat Max Loewenthal einfach ohne Voranmeldung in seinem Haus überfallen. Hat er sich das ganz allein und ohne Hilfe ausgedacht?«

Ein Rest Menschlichkeit schien noch in ihr zu stecken, denn die Sache war ihr peinlich. Mit ruhigerer Stimme sagte sie: »Ich habe ihm Max Loewenthals Namen nicht gegeben. Leider hat Paul ihn in meinem Terminkalender gesehen. Als ich sagte, Sie würden vielleicht einen seiner Verwandten kennen, hat er zwei und zwei zusammengezählt: Er hat eine sehr schnelle Auffassungsgabe. Aber das heißt nicht, daß man ihn verspotten muß«, fügte sie hinzu, jetzt wieder auf dem hohen Roß.

»Paul ist einfach in eine private Veranstaltung geplatzt und hat alle mit drei verschiedenen Versionen seiner Lebensgeschichte in ebenso vielen Minuten aus der Fassung gebracht.« Ich wußte, daß ich nicht jähzornig werden durfte, aber trotzdem herrschte ich sie an: »Er ist gefährlich labil; ich wollte Sie schon länger fragen, wieso Sie ihn als Hypnosetherapiekandidaten für geeignet halten.«

»Bei unserem Gespräch am Freitag haben Sie mir gar nicht gesagt, daß Sie Hypnose-Expertin sind«, meinte Rhea Wiell mit jener zuckersüßen Stimme, die mich noch mehr aufregte als ihr eisiger Zorn. »Ich wußte nicht, daß Sie beurteilen können, ob jemand sich für die Hypnose eignet. Halten Sie ihn für gefährlich labil, weil er den Seelenfrieden von Leuten stört, denen es peinlich ist, ihre Verwandtschaft mit ihm zuzugeben? Heute morgen hat Paul mir gesagt, daß Sie alle wissen, wer Sofie Radbuka ist, sich aber weigern, es ihm mitzuteilen, und daß Sie sie dazu gebracht haben, so zu reagieren. Meinem Empfinden nach ist das herzlos.«

Ich holte tief Luft, um meine Verärgerung im Zaum zu halten. Schließlich brauchte ich ihre Hilfe, die ich nie bekommen würde, wenn sie sauer auf mich war. »Vor fünfzig Jahren hat Mr. Loewenthal nach einer Familie Radbuka gesucht, die vor dem Krieg in Wien gelebt hat. Er kannte die Familienangehörigen nicht persönlich: Sie waren Bekannte von Dr. Herschel. Mr. Loewenthal hat sich nach ihr erkundigt, als er 1947 oder 48 nach Mitteleuropa zurückgekehrt ist, um Nachforschungen über den Verbleib seiner eigenen Familie anzustellen.«

Mitch bellte kurz und rannte zur Tür. Mary Louise kam herein und rief mir etwas über Fepple zu. Ich winkte ab und konzentrierte mich weiter auf das Telefongespräch.

»Als Paul sagte, er sei in Berlin geboren, meinte Mr. Loewenthal, es sei ausgesprochen unwahrscheinlich, daß Paul irgend etwas mit den Radbukas zu tun habe, nach denen er damals gesucht habe. Da hat Paul sofort zwei Alternativen angeboten – daß er in Wien geboren sei oder vielleicht sogar im Getto von Lodz, wohin man die Wiener Radbukas 1941 geschickt hatte. Wir alle – Mr. Loewenthal, ich und ein Menschenrechtsexperte namens Morrell – dachten, wenn wir die Dokumente sehen könnten, die Paul nach dem Tod seines Vaters – Ziehvaters – gefunden hat, könnten wir herausfinden, ob möglicherweise tatsächlich eine Beziehung besteht. Wir haben ihm auch einen DNA-Test vorgeschlagen. Doch Paul hat beide Vorschläge gleichermaßen heftig zurückgewiesen.«

Rhea Wiell schwieg eine Weile und erklärte dann: »Paul sagt, Sie haben versucht, ihn am Betreten des Hauses zu hindern und dann eine Gruppe von Kindern herbeigerufen, die ihn mit Schimpfnamen verspottet hat.«

Ich bemühte mich, nicht die Fassung zu verlieren. »Vier Kinder sind die Treppe heruntergerannt, haben Ihren Patienten gesehen und gebrüllt, er sei der große böse Wolf. Glauben Sie mir, alle Erwachsenen haben sofort versucht, etwas dagegen zu unternehmen, aber es hat Paul aus der Fassung gebracht. Es würde jeden nerven, wenn eine Gruppe fremder Kinder ihn auslacht, doch soweit ich das beurteilen kann, wurde Paul dadurch auf unangenehme Weise an seinen Vater … Ziehvater … erinnert. Ms. Wiell, könnten Sie Paul überreden, mir oder Mr. Loewenthal die Dokumente seines Vaters zu zeigen? Wie sonst sollen wir feststellen, ob etwas dran ist an der Verbindung, die Paul zwischen sich selbst und Mr. Loewenthal herzustellen versucht?«

»Ich werde darüber nachdenken«, sagte sie hoheitsvoll, »aber nach dem Debakel von gestern abend habe ich kein allzu großes Vertrauen, daß Sie im Interesse meines Patienten handeln.«

Ich zog die rüdeste Grimasse, die mir einfiel, sprach aber mit höflicher Stimme weiter: »Ich würde nicht absichtlich etwas tun, das Paul Radbuka schadet. Es wäre eine große Hilfe, wenn Mr. Loewenthal diese Dokumente sehen könnte, denn er ist derjenige, der am meisten über die Familien seiner Freunde weiß.« Als sie sich nach einem halbherzigen Versprechen, es sich zu überlegen, verabschiedete, schnaubte ich verächtlich.

Mary Louise sah mich fragend an. »War das Rhea Wiell? Wie ist sie denn so in natura?«

Ich blinzelte und versuchte, mich an den Freitag zu erinnern. »Freundlich. Eindringlich. Sehr überzeugt von ihren eigenen Fähigkeiten. Immerhin hat sie menschliche Reaktionen gezeigt und sich für Dons Vorschlag mit dem Buch begeistert.«

»Vic!« Mary Louises Gesicht wurde rot. »Sie ist eine außergewöhnliche Therapeutin. Kritisier nicht so an ihr rum. Vielleicht verteidigt sie ihren eigenen Standpunkt ein bißchen aggressiv, das mag schon sein, aber sie hat sich auch bereits jede Menge öffentliche Schelte gefallen lassen müssen. Außerdem«, fügte sie hinzu, »bist du ihr gar nicht so unähnlich. Deswegen kommt ihr beide wahrscheinlich nicht sonderlich gut miteinander zurecht.«

Ich schürzte die Lippen. »Paul Radbuka ist ganz deiner Meinung. Er behauptet, daß sie ihm das Leben gerettet hat. Da muß ich mich allerdings fragen, in was für einer Verfassung er war, bevor sie ihm geholfen hat. Ich habe noch nie einen so labilen Menschen wie ihn kennengelernt.« Dann schilderte ich Mary Louise in groben Zügen Radbukas Verhalten vom Vorabend, ohne jedoch Lottys und Carls Teil der Geschichte zu erwähnen.

Mary Louise lauschte mir mit gerunzelter Stirn, erklärte aber,

Rhea habe bestimmt guten Grund gehabt, Radbuka zu hypnotisieren. »Wenn er vorher so deprimiert war, daß er nicht mal die Wohnung verlassen konnte, ist das schon ein großer Fortschritt.«

»Daß er Max Loewenthal zu Hause überfällt und behauptet, sein Cousin zu sein? Ein Fortschritt in welche Richtung ist das? Auf ein Bett in der geschlossenen Abteilung zu? Entschuldige, war nicht so gemeint«, fügte ich hastig hinzu, als Mary Louise mir beleidigt den Rücken zudrehte. »Sie will sicher nur das Beste für ihn. Wir waren alle gestern abend über sein unangemeldetes Auftauchen bei Max erschrocken, das ist alles.«

»Na gut.« Sie zuckte mit den Achseln, wandte sich mir mit einem entschlossenen Lächeln wieder zu und fragte mich, was ich über Fepples Tod wisse.

Ich erzählte ihr, daß ich die Leiche gefunden hatte. Nachdem sie mich für den Einbruch in seinem Büro gerügt hatte, erklärte sie sich bereit, ihren ehemaligen Vorgesetzten bei der Polizei anzurufen, um herauszufinden, wie man den Fall dort behandelte. Ihre Rüge erinnerte mich daran, daß ich ein paar von Al Hoffmans alten Unterlagen in Fepples Aktentasche gestopft hatte, die nun vergessen im Kofferraum lag. Mary Louise versprach mir, Informationen über die Begünstigten der Versicherungen einzuholen und festzustellen, ob diese ordnungsgemäß von der Gesellschaft ausgezahlt worden waren, allerdings nur unter der Voraussetzung, daß sie keine Fragen darüber beantworten mußte, woher sie die Namen hatte.

»Mary Louise, du eignest dich einfach nicht für diese Art von Arbeit«, erklärte ich ihr, nachdem ich Fepples Tasche aus dem Wagen geholt hatte. »Du bist die Bullen gewöhnt. Bei denen werden die Leute so nervös, daß sie ihre Fragen ohne großes Trara beantworten.«

»Und lügen müssen die Bullen auch nicht«, brummte sie und nahm mir die Akten aus der Hand. »Igitt, V. I. Hast du denn unbedingt dein Frühstück über das Zeug kippen müssen?«

Auf einer der Mappen befand sich ein Marmeladenfleck, und jetzt klebten auch meine Finger. Als ich mir den Inhalt der Tasche genauer anschaute, entdeckte ich die Überreste eines Donut mit Marmeladenfüllung inmitten der Papiere. Eklig. Ich wusch mir die Hände, zog Latexhandschuhe an und leerte die

Tasche auf eine alte Zeitung. Mitch und Peppy zeigten großes Interesse an dem Donut, also hob ich die Zeitung auf die Anrichte.

Nun war auch Mary Louises Interesse geweckt; sie zog ebenfalls Latexhandschuhe an, um Fepples Sachen durchzugehen. Besonders appetitlich – oder informativ – war das nicht. Wir fanden ein Sportsuspensorium, so grau und verformt, daß wir es kaum noch als solches erkannten, sowie verschiedene Versicherungsberichte, ein paar Tischtennisbälle, das Marmeladen-Donut, eine Packung Cracker und Mundwasser.

»Schon interessant, daß nirgends ein Terminkalender ist, hier nicht und auch nicht in seinem Schreibtisch«, sagte ich, als wir fertig waren.

»Vielleicht hatte er so wenige Termine, daß er sich nicht die Mühe gemacht hat, einen Kalender zu führen.«

»Vielleicht hat aber auch der Typ, mit dem er am Freitag abend verabredet war, den Kalender mitgenommen, damit niemand sieht, daß er einen Termin mit ihm hatte. Zusammen mit der Sommers-Akte.«

Ich überlegte, ob ich wichtige Beweise zerstören würde, wenn ich das Innere der Tasche auswusch, merkte aber, daß ich es nicht über mich bringen würde, die Sachen einfach so wieder in die klebrige Tasche zu stecken.

Mary Louise gab sich ganz aufgeregt, als ich in das kleine Badezimmer ging, um einen Schwamm zu holen. »Wahnsinn, Vic, wenn du eine Aktentasche sauber machen kannst, lernst du vielleicht sogar noch, die Akten in Ordner zu stecken.«

»Tja, man nehme einen Eimer Wasser, stimmt's? Oje, was ist denn das?« Die Marmelade hatte ein dünnes Blatt Papier an die Seite der Tasche geklebt. Fast hätte ich es mit dem Schwamm zu Matsch verarbeitet. Ich hielt die Tasche unter eine Schreibtischlampe, damit ich besser sah. Dann drehte ich das Futter der Tasche nach außen und zog vorsichtig das Blatt ab.

Es handelte sich um ein Blatt aus einer Kladde mit einer Namens- und Zahlenliste in dünner, altmodischer Schrift – die an den Stellen, an denen ich sie mit dem Schwamm erwischt hatte, verlaufen war. Eine Mischung aus Marmelade und Wasser hatte den linken oberen Teil der Seite unlesbar gemacht, der Rest sah ungefähr so aus:

	29/6	6/7	13/7	20/7	27/7	3/8
* [illegible]		✓	✓	✓	✓	
* [illegible], Simon ++✓	✓	✓	✓	✓	✓	
Brodsky, Hillel ++		✓	✓	✓	✓	
Herstein, I ++		✓	✓		✓	✓
Sommers, Th.	✓	✓	✓	✓	✓	✓
Sommers, Aaron ++	✓	✓		✓	✓	✓

»Ich hab' dir doch gesagt, daß es ein Fehler ist, so viel zu putzen«, sagte ich. »Siehst du, jetzt haben wir einen Teil des Dokuments verloren.«

»Was ist das?« Mary Louise beugte sich über den Schreibtisch, um besser zu sehen. »Das ist doch nicht Howard Fepples Handschrift, oder?«

»Das da? Es ist so schön, fast wie eine Gravur. Ich kann mir nicht vorstellen, daß er das geschrieben hat. Außerdem sieht das Papier alt aus.« Es hatte einen Goldrand, und der untere, rechte, unbeschädigte Teil hatte eine Alterspatina. Die Tinte war nicht mehr schwarz, sondern wurde allmählich grün.

»Ich kann die Namen nicht lesen«, sagte Mary Louise. »Das sind doch Namen, oder? Und dahinter Zahlen. Was sind das für Zahlen? Das können keine Daten sein, und Geld ist es wahrscheinlich auch nicht.«

»Doch, es könnten schon Daten sein, wenn sie auf europäische Art geschrieben sind, zuerst der Tag, dann der Monat – meine Mutter hat das immer so gemacht. Wenn das stimmt, dann haben wir hier einen Zeitraum von sechs Wochen, vom 29. Juni bis zum 3. August in einem unbekannten Jahr. Vielleicht können wir die Namen besser lesen, wenn wir sie vergrößern. Legen wir das Blatt auf den Kopierer. Die Wärme trocknet es auch schneller.«

Während Mary Louise sich darum kümmerte, ging ich alle Seiten der Versicherungsberichte in Fepples Tasche durch, weil ich hoffte, noch ein Blatt aus der Kladde zu finden, aber leider war dies das einzige.

21 Belästigung im Park

Mary Louise begann mit der Arbeit an den Akten, die ich aus der Al-Hoffman-Schublade gezogen hatte. Ich wandte mich wieder meinem Computer zu. Die Suche nach Sofie oder Sophie Radbuka hatte ich völlig vergessen, doch das Gerät wartete geduldig mit zwei Treffern auf mich: eine Einladung eines Internethändlers, Artikel über das Radbuka-Interview im Fernsehen zu kaufen, und eine Mailbox für Nachrichten auf der Homepage einer Familien-Such-Organisation.

Fünfzehn Monate zuvor hatte jemand unter dem Namen »Questing Scorpio« eine Anfrage ins Internet gestellt: »Ich suche Informationen über Sofie Radbuka, die in den vierziger Jahren in Großbritannien gelebt hat.«

Unter den eingegangenen Mails befand sich Paul Radbukas Antwort von vor ungefähr zwei Monaten, die mehrere Seiten Text umfaßte. *Lieber Questing Scorpio, mit Worten kann ich die Erregung kaum ausdrücken, die ich beim Lesen Ihrer Nachricht empfunden habe. Es war, als hätte jemand ein Licht in einem dunklen Keller eingeschaltet und mir gesagt, daß ich hier bin, daß ich existiere. Ich bin weder ein Narr noch ein Verrückter, sondern ein Mensch, dem man seinen wahren Namen und seine wahre Identität fünfzig Jahre lang vorenthalten hat. Ich wurde am Ende des Zweiten Weltkrieges von einem Mann, der sich als mein Vater ausgab, von England nach Amerika gebracht, doch in Wirklichkeit hatte er während des Krieges die scheußlichsten Greueltaten begangen. Er hat mir und der Welt verschwiegen, daß ich Jude bin, diese Tatsache jedoch genutzt, um sich an den amerikanischen Einwanderungsbehörden vorbeizuschmuggeln.*

Dann beschrieb er detailliert die Wiedererlangung seiner Erinnerungen mit Hilfe von Rhea Wiell sowie Träume, in denen er Jiddisch sprach, Erinnerungssplitter, in denen seine Mutter ihm ein Schlaflied vorsang, als er noch zu klein war zum Laufen, und Einzelheiten über die Mißhandlungen, die er durch seinen Ziehvater erdulden mußte.

Ich frage mich schon seit langem, warum mein Ziehvater mich in England aufgespürt hat, schloß er, *aber wahrscheinlich war es wegen Sofie Radbuka. Vielleicht hat er sie im Konzentrationslager gefoltert. Sie ist mit mir verwandt, möglicherweise sogar meine Mutter oder eine Schwester. Sind Sie ihr Kind? Wir könnten Geschwister sein. Ich sehne mich nach der Familie, die ich nie gekannt habe. Bitte antworten Sie unter Paul.Radbuka.@survivor.com. Erzählen Sie mir von Sofie. Wenn sie meine Mutter oder Tante oder vielleicht sogar eine Schwester ist, von deren Existenz ich bisher nichts wußte, muß ich es erfahren.*

Es hatte niemand geantwortet, was mich nicht sonderlich überraschte: Pauls Hysterie war so deutlich in dem Text zu spüren, daß ich auch nicht reagiert hätte. Ich versuchte herauszufinden, ob Questing Scorpio eine E-Mail-Adresse hatte, aber ohne Erfolg.

Dann kehrte ich in den Chatroom zurück und formulierte vorsichtig eine Nachricht: *Lieber Questing Scorpio, falls Sie Informationen oder Fragen über die Radbuka-Familie haben und diese mit einer neutralen Partei diskutieren wollen, können Sie sich mit der Anwaltskanzlei Carter, Halsey und Weinberg in Verbindung setzen.* Dabei handelte es sich um die Kanzlei meines Anwalts Freeman Carter. Ich gab sowohl die Postadresse als auch die URL für ihre Homepage an und schickte dann Freeman eine E-Mail, um ihm Bescheid zu geben.

Ich starrte den Bildschirm noch eine ganze Weile an, als könnten dort wie durch ein Wunder Informationen auftauchen, aber irgendwann fiel mir ein, daß mir niemand etwas für meine Nachforschungen über Sofie Radbuka zahlte, und wandte mich anderen Internet-Recherchen zu, die heutzutage den größten Teil meiner Arbeit ausmachen. Das Internet hat die Detektivarbeit verändert, sie vereinfacht, aber auch langweiliger werden lassen.

Mittags, als Mary Louise das Büro verließ, teilte sie mir mit, daß alle sechs Policen, die ich von der Midway mitgebracht hatte, in Ordnung seien: Die vier, bei denen der Versicherungsnehmer gestorben war, hatte die Gesellschaft ordnungsgemäß an den Begünstigten ausgezahlt. Auf die zwei, bei denen die Versicherungsnehmer noch lebten, hatte niemand Anspruch angemeldet. Drei der Policen waren auf Ajax-Papier ausgestellt. Die übrigen drei waren von zwei anderen Gesellschaften. Falls es bei der Sommers-Versicherung zu betrügerischen Machenschaften gekommen war, handelte es sich um einen Einzelfall.

Die Müdigkeit machte es mir schwer zu denken. Als Mary Louise weg war, spürte ich meine Erschöpfung noch stärker. Ich ging auf bleiernen Beinen zu dem Feldbett im Nebenraum, wo ich sofort in einen unruhigen Schlaf fiel. Es war fast drei, als das Telefon mich weckte. Ich stolperte zu meinem Schreibtisch und murmelte etwas Unverständliches.

Eine Frau fragte nach mir und sagte, Mr. Rossy wolle mit mir sprechen. Mr. Rossy? Ach ja, der Leiter der amerikanischen Abteilung der Edelweiß. Ich rieb mir die Stirn, um wach zu werden, und ging dann, da ich mich immer noch in der Warteschleife befand, zu dem kleinen Kühlschrank im Flur, den ich mir mit Tessa teile, um eine Flasche Wasser zu holen. Rossy rief laut meinen Namen in den Hörer, als ich ihn wieder in die Hand nahm.

»Buon giorno«, sagte ich, bemüht munter. *»Come sta? Che posso fare per Lei?«*

Er war begeistert über mein Italienisch. »Ralph hat mir schon gesagt, daß Sie die Sprache fließend sprechen. Aber ich wußte nicht, daß Sie praktisch keinen Akzent haben. Das ist auch der Grund meines Anrufes.«

»Weil Sie mit mir Italienisch sprechen wollen?« fragte ich ungläubig.

»Meine Frau – sie bekommt manchmal Heimweh. Als ich ihr erzählt habe, daß ich eine Frau kennengelernt habe, die nicht nur Italienisch kann, sondern auch die Oper liebt, hat sie mich gefragt, ob Sie uns die Ehre erweisen und zum Essen kommen würden. Besonders fasziniert hat sie die Sache mit der *indovina.*«

»Ach ja«, sagte ich geistesabwesend und sah das Gemälde von Isabel Bishop an der Wand bei meinem Schreibtisch an, doch das knochige Gesicht, das eine Nähmaschine anstarrte, sagte mir nichts. »Es würde mich freuen, Mrs. Rossy kennenzulernen«, meinte ich schließlich.

»Hätten Sie morgen abend Zeit?«

Ich dachte an Morrell, der um zehn Uhr morgens nach Rom fliegen, und an die Leere, die ich beim Abschied empfinden würde. »Ja, ich habe noch nichts vor.« Ich schrieb die Adresse – ein Haus gleich in der Nähe von dem Lottys am Lake Shore Drive – in mein elektronisches Notizbuch. Dann verabschiedeten wir uns höflich. Ich starrte wieder das Gemälde mit der Näherin an und fragte mich, was Rossy wirklich von mir wollte.

Das Blatt Papier, das ich in Fepples Aktentasche gefunden hatte, war inzwischen trocken. Ich machte eine vergrößerte Kopie, damit ich die Buchstaben darauf besser lesen konnte. Das Original steckte ich in die Plastikhülle.

[illegible]sky, Simon ++✓

Brodsky, Hillel ++

Herstein, I ++

Sommers, Th.

Sommers, Aaron ++

Ich hatte immer noch Schwierigkeiten, die Handschrift zu entziffern, konnte aber »Hillel Brodsky«, »I« oder »G Herstein« sowie »Th.« und »Aaron Sommers« lesen. Zwar sah der Name eher wie »Pommers« aus, doch ich wußte, daß es sich nur um den Onkel meines Klienten handeln konnte. Also war dies eine Liste der Kunden von der Midway Agency. Was bedeuteten die Kreuze? Daß die Betreffenden tot waren? Daß ihre Familien Opfer eines Betrugs geworden waren? Oder beides? Vielleicht lebte Th. Sommers noch.

Die Hunde, die nach fünf Stunden im Büro allmählich unruhig wurden, kamen schwanzwedelnd zu mir. »Ihr findet, wir sollten ein bißchen raus? Da habt ihr recht. Also los.« Ich fuhr den Computer herunter, steckte das Original von Al Hoffmans Liste in meine eigene Tasche und nahm die von Fepple mit zum Wagen.

Es war viel zu tun, und so gab ich den Hunden nur Zeit, sich zu erleichtern, ließ sie aber nicht rennen, bevor ich in Richtung O'Hare zu den Cheviot Labs fuhr, ein privates kriminaltechnisches Labor, mit dem ich oft zusammenarbeite. Ich zeigte das Blatt aus der Kladde einem der Leute, die mir schon mehrfach geholfen hatten.

»Ich kenn' mich mit Metall aus, nicht mit Papier, aber wir haben auch jemanden dafür hier«, sagte er.

»Ich bin bereit, mehr zu zahlen, wenn die Sache vorrangig erledigt wird«, sagte ich.

Er brummte etwas. »Na schön, ich rede mit ihr. Sie heißt Kathryn Chang. Einer von uns meldet sich dann morgen bei Ihnen.«

Die nachmittägliche Rush-hour hatte noch nicht begonnen, und so ließ ich die immer unruhiger werdenden Hunde im Wagen, bis wir in Hyde Park waren, wo ich eine halbe Stunde lang für sie Stöcke in den Lake warf. »Tut mir leid, ihr beiden: War keine gute Idee von mir, euch heute mit ins Büro zu nehmen. So, und jetzt wieder rein in den Wagen.«

Es war vier, Schichtwechsel für viele; ich fuhr hinüber zum Gebäude der Hyde Park Bank. Es hatte wieder derselbe Wachmann Dienst wie am Freitag. Er sah mich ohne großes Interesse an, als ich vor ihm stehenblieb.

»Wir haben uns am Freitag kennengelernt«, sagte ich.

Nun musterte er mich genauer. »Ach ja. Fepple hat gesagt, Sie belästigen ihn. Haben Sie ihn nun ermordet?«

Das schien ein Scherz zu sein, also lächelte ich. »Nein. Aber ich hab's in den Nachrichten gehört, daß er erschossen worden ist oder sich selber erschossen hat.«

»Stimmt. Es heißt, das Geschäft ist den Bach runtergegangen, und das würde mich auch nicht wundern. Ich arbeite seit neun Jahren hier. Seit dem Tod des Alten könnte ich die Tage, an denen der Junge am Abend noch im Büro geblieben ist, an einer Hand abzählen. War wahrscheinlich nicht zufrieden mit dem Kunden, mit dem er am Freitag einen Termin hatte.«

»Dann ist er also mit jemandem hierher zurückgekommen, nachdem ich weg war?«

»Ja. Aber anscheinend ist nichts draus geworden. Ich hab' auch nicht gesehen, wie er das Gebäude verlassen hat. Er ist da oben geblieben und hat sich umgebracht.«

»Der Mann in seiner Begleitung – wann ist der wieder gegangen?«

»Ich weiß nicht, ob's ein Mann oder eine Frau war – Fepple ist mit einer Lamaze-Geburtsvorbereitungsgruppe zurückgekommen. Ich glaube, er hat mit jemandem geredet, doch ich hab' nicht so genau aufgepaßt. Die Bullen halten mich für 'ne Niete, weil ich nicht jeden fotografiere, der hier durchgeht, aber in dem Gebäude müssen sich Besucher ja nicht mal in ein Gästebuch eintragen. Wenn derjenige, der bei Fepple war, zusammen mit den werdenden Eltern wieder gegangen ist, ist er mir bestimmt nicht aufgefallen.«

Tja, da war wohl nichts zu holen. Ich gab dem Mann Fepples Tasche und erklärte ihm, ich hätte sie auf dem Gehsteig gefunden.

»Ich glaube, sie könnte Fepple gehören, nach dem zu urteilen, was drin ist. Die Bullen würden sicher ein großes Trara machen, also ist's wahrscheinlich besser, Sie legen sie einfach in sein Büro – ist dann deren Problem, sich drum zu kümmern, wenn sie jemals wieder hier auftauchen sollten.« Ich gab ihm meine Visitenkarte für den Fall, daß ihm noch etwas einfiel, bedachte ihn mit meinem strahlendsten Lächeln und machte mich auf den Weg in die westlichen Vororte.

Anders als mein geliebter alter TransAm kam der Mustang mit einem schnelleren Tempo nicht sonderlich gut zurecht, aber das war heute nachmittag kein Problem, da wir ohnehin nur langsam vorwärts kamen. Als die abendliche Rush-hour begann, steckte ich längere Zeit fest, ohne mich vom Fleck zu rühren.

Der erste Teil der Fahrt führte mich auf denselben Expressway, den ich am Freitag zu Isaiah Sommers genommen hatte. Als ich durch das Industriegebiet kam, wurde die Luft dicker, und der blaue Septemberhimmel verwandelte sich in mattes Gelbgrau. Ich holte mein Handy heraus und versuchte, Max zu erreichen, um zu erfahren, wie es Lotty und ihm nach dem Chaos vom Vorabend ging. Es meldete sich Agnes Loewenthal.

»Ach, Vic, Max ist noch im Krankenhaus. Er wollte so gegen sechs wiederkommen. Aber dieser schreckliche Mann, der gestern abend hier aufgetaucht ist, war wieder da.«

Ich fuhr im Schrittempo hinter einem Müllwagen her. »Er ist zu euch ins Haus gekommen?«

»Nein, noch schlimmer. Er war im Park auf der anderen Straßenseite. Als ich heute nachmittag mit Calia spazierengegangen bin, ist er zu uns gekommen und hat gesagt, Calia solle wissen, daß er in Wirklichkeit kein großer böser Wolf ist, sondern ihr Cousin.«

»Und was hast du gemacht?«

»Ich habe ihm gesagt, daß er sich täuscht und uns in Ruhe lassen soll. Daraufhin hat er versucht, uns zu folgen, und die ganze Zeit auf mich eingeredet. Als Calia dann ausgeflippt ist und angefangen hat zu weinen, hat er uns plötzlich angeschrien, daß ich ihn allein mit Calia sprechen lassen soll. Da sind wir zum Haus zurückgerannt. Max – ich habe Max angerufen; der hat sich mit der Polizei von Evanston in Verbindung gesetzt, und die haben einen Streifenwagen vorbeigeschickt. Sie haben ihn verjagt, aber, Vic, die Sache macht mir wirklich angst. Ich mag nicht allein im Haus sein. Mrs. Squires ist wegen der Party gestern abend nicht da.«

Der Fahrer hinter mir hupte ungeduldig; ich schloß ungefähr zwei Meter zu meinem Vordermann auf, während ich Agnes fragte, ob sie wirklich bis Samstag in Chicago bleiben mußte.

»Wenn dieser schreckliche kleine Mann uns nicht in Ruhe läßt, versuche ich vielleicht, einen früheren Flug zu kriegen. Obwohl die Galerie, in der ich letzte Woche war, möchte, daß ich am Donnerstag noch mal vorbeikomme, um die Geldgeber kennenzulernen; die Gelegenheit würde ich mir nur ungern entgehen lassen.«

Ich rieb mir das Gesicht mit der freien Hand. »Ich kenne da so einen Personenschutz- und Überwachungsdienst. Soll ich fragen, ob die jemanden haben, der bei dir im Haus bleiben könnte, bis du wieder nach Hause fliegst?«

Erleichtert sagte sie: »Das müßte ich mit Max besprechen, aber … ja. Ja, bitte tu das, Vic.«

Ich ließ die Schultern hängen, nachdem wir uns voneinander verabschiedet hatten. Wenn Radbuka anfing, die Familie zu belästigen, konnte er zu einem richtigen Problem werden. Ich wählte die Nummer der Streeter Brothers und sprach ihnen auf Band, was ich brauchte. Das sind komische Typen, diese Streeter Brothers: Zusammen mit einer wechselnden Gruppe aus neun Leuten, darunter seit neuestem auch zwei starke Frauen, übernehmen Tom und Tim Streeter Überwachungen, Personenschutz und Umzüge.

Als ich das Gespräch beendete, war ich vollends aus der Stadt heraus. Die Straße wurde breiter, der Himmel heller. Als ich die Straße verließ, war es plötzlich wieder ein schöner Herbsttag.

22 Die trauernde Mutter

Howard Fepple hatte zusammen mit seiner Mutter ein paar Häuserblocks westlich der Harlem Avenue gewohnt. Das hier waren nicht die Vororte der Reichen, sondern der arbeitenden Mittelschicht, wo Bungalows und Gebäude im Kolonialstil auf bescheidenen Grundstücken stehen und die Kinder in allen Gärten spielen.

Als ich meinen Mustang vor dem Haus der Fepples abstellte, stand in der Auffahrt nur ein marineblaues Oldsmobile. Weder Fernsehteams noch Nachbarn drückten Rhonda Fepple ihr Beileid aus. Die Hunde wollten mich unbedingt begleiten, und als ich sie im Wagen einschloß, bellten sie mißbilligend.

Ein Pfad, dessen gesprungene Fliesen von Unkraut überwuchert waren, schlängelte sich von der Auffahrt weg zu einem Seiteneingang. Als ich klingelte, sah ich, daß die Farbe an der Haustür an mehreren Stellen abblätterte.

Rhonda Fepple kam erst nach einer ganzen Weile an die Tür. Ihr Gesicht, das genau wie das ihres Sohnes mit Sommersprossen übersät war, trug jenen verblüfften Ausdruck, den das der meisten Menschen nach einem harten Schlag annimmt. Sie war jünger, als ich erwartet hatte. Obwohl die Trauer ihre Schultern beugte und sie fast in ihrer Kleidung verschwinden ließ, hatte sie nur wenige Falten um die geröteten Augen und dichtes rotblondes Haar.

»Mrs. Fepple? Tut mir leid, daß ich Sie störe, aber ich bin Detective Warshawski aus Chicago und würde Ihnen gern ein paar Fragen über Ihren Sohn stellen.« Manchmal konnte es bei meiner Arbeit von Vorteil sein, nicht allzu genau zwischen den Berufsbezeichnungen »Detective« und »Detektivin« zu unterscheiden.

Rhonda Fepple nahm das, was ich gesagt hatte, hin, ohne mich nach meinem Namen zu fragen oder irgendeinen Ausweis zu verlangen. »Haben Sie rausgefunden, wer ihn erschossen hat?«

»Nein, Ma'am. Soweit ich weiß, haben Sie den Beamten von der Vormittagsschicht gesagt, daß Mr. Fepple keine Waffe besaß.«

»Ich wollte, daß er sich eine kauft, wenn er weiter in dem

unheimlichen alten Gebäude bleibt, aber er hat bloß gelacht und gesagt, in der Agentur sei nichts, was irgend jemand stehlen will. Ich hab' diese Bank immer gehaßt, die Gänge mit den kleinen Abzweigungen, da konnte einem doch überall einer auflauern.«

»Ich habe gehört, daß die Agentur nicht mehr allzugut lief. Waren die Geschäfte zu Lebzeiten Ihres Mannes besser?«

»Sie wollen mir doch nicht das gleiche sagen wie die heute morgen, oder? Daß Howie keinen Ausweg mehr gesehen und sich deshalb umgebracht hat? So war der Junge nicht. Der junge Mann. Man vergißt immer, daß sie erwachsen werden.« Sie tupfte sich die Augenwinkel mit einem Papiertaschentuch ab.

Es war tröstlich zu wissen, daß selbst ein so trauriger Zeitgenosse wie Howard Fepple jemanden hatte, der nach seinem Tod um ihn weinte. »Ma'am, es ist sicher schwer für Sie, jetzt über Ihren Sohn zu sprechen, aber ich würde mich gern mit einer dritten Möglichkeit beschäftigen, die nichts mit Selbstmord oder Einbruch zu tun hat. Hat Ihr Sohn sich mit irgend jemandem gestritten? Hat er Ihnen in letzter Zeit etwas über Probleme mit Kunden erzählt?«

Sie sah mich verständnislos an: Es fiel ihr nicht leicht, sich in ihrer Trauer mit neuen Gedanken zu beschäftigen. Sie stopfte das Taschentuch in die Tasche der alten gelben Bluse, die sie trug. »Kommen Sie lieber rein.«

Ich folgte ihr ins Wohnzimmer, wo sie sich auf die Kante eines Sofas setzte, dessen Rosenmuster zu einem matten Rosa ausgebleicht war. Als ich auf einem dazu passenden Sessel im rechten Winkel zu ihr Platz nahm, tanzte der Staub nur so durch die Luft. Das einzige neue Möbelstück in dem Raum, ein brauner Ruhesessel mit Kunstlederbezug, der vor dem großen Fernseher stand, hatte vermutlich Howard gehört.

»Wie lange hatte Ihr Sohn schon in der Agentur gearbeitet, Mrs. Fepple?«

Sie drehte an ihrem Ehering. »Howie hat sich nicht sonderlich für das Versicherungswesen interessiert, aber Mr. Fepple hat drauf bestanden, daß er es lernt. Mit Versicherungen kannst du dir deinen Lebensunterhalt immer verdienen, egal, wie schlecht die Zeiten sind, das waren seine Worte. So hat die Agentur die Depression überstanden, das hat er Howie gesagt, aber Howie wollte was Interessanteres machen, wie die Jungs – Männer –, mit denen er zur Schule gegangen ist. Computer, Finanzen, solche Sachen. Doch er hat's nicht geschafft, und als Mr. Fepple dann gestorben ist und ihm die Agentur hinterlassen hat, ist Howie sein Nachfolger geworden. Aber seit der Zeit, als wir damals dort gewohnt haben, ist das Viertel ziemlich runtergekommen. Wir sind schon 59 hier rausgezogen, doch alle Kunden von Mr. Fepple waren in der South Side; er konnte nicht einfach die Agentur verlegen. Da wär's schwierig geworden, sie weiter zu betreuen.«

»Dann haben Sie Ihre Jugend also in Hyde Park verbracht?« fragte ich, um das Gespräch in Gang zu halten.

»Genauer gesagt an der South Shore, gleich südlich von Hyde Park. Nach der High School hab' ich als Sekretärin für Mr. Fepple gearbeitet. Er war ein ganzes Stück älter als ich, aber Sie wissen ja, wie solche Dinge sind, und als dann Howie unterwegs war, tja, da haben wir geheiratet. Es war Mr. Fepples erste Ehe, und wahrscheinlich hat er den Gedanken toll gefunden, daß er einen Jungen bekommen würde, der das Geschäft weiterführt. Sein Vater hatte damals die Agentur gegründet – Sie wissen ja, wie Männer in solchen Dingen sind. Als das Baby dann da war, bin ich daheim geblieben und hab' mich drum gekümmert – damals hat's noch keine Kindergärten gegeben wie heute. Mr. Fepple hat immer gesagt, ich verwöhne den Kleinen; er selber war inzwischen schon fünfzig und hat sich nicht sonderlich für Kinder interessiert.« Ihre Stimme wurde leiser.

»Also hat Howard Fepple erst nach dem Tod seines Vaters in der Agentur angefangen?« fragte ich. »Wie hat er das Geschäft gelernt?«

»Ach, Howie hat immer im Sommer und an den Wochenenden dort gearbeitet und nach dem College insgesamt vier Jahre. Er hat seinen Abschluß in Wirtschaft am Governors State gemacht. Aber wie gesagt, das Versicherungswesen war nicht seine große Leidenschaft.«

Da fiel ihr plötzlich ein, daß sie mir etwas zu trinken anbieten sollte. Ich folgte ihr in die Küche, wo sie für sich selbst eine Cola light aus dem Kühlschrank holte und mir ein Glas Leitungswasser reichte.

Ich setzte mich an den Küchentisch und schob eine Bananenschale beiseite. »Was ist mit dem Vertreter, der für Ihren Mann gearbeitet hat? Wie hieß er doch gleich? Al Hoffman? Ihr Sohn scheint seine Arbeit bewundert zu haben.«

Sie verzog das Gesicht. »Ich hab' ihn nie leiden können. Er war so pingelig. Alles mußte genau so sein, wie er es sich eingebildet hat. Als ich in der Agentur gearbeitet hab', hat er mich ständig kritisiert, weil ich die Schubladen mit den Akten nicht so geordnet hab', wie er das wollte. Da hab' ich ihm gesagt, die Agentur gehört Mr. Fepple, und Mr. Fepple hat ein Recht, die Akten so zu organisieren, wie er sich das vorstellt. Doch Mr. Hoffman hat drauf bestanden, daß ich seine ganzen Akten auf seine Weise sortiere, als wären die was ganz Besonderes. Er hat bloß kleine Abschlüsse gemacht, Lebensversicherungen und solche Sachen, aber aufgeführt hat er sich, als wenn er den Papst versichert.« Sie machte eine vage Geste mit dem Arm, und wieder tanzte der Staub.

»Aber er hat 'ne Menge Geld damit gemacht, Geld, das Mr. Fepple mit Sicherheit nie gesehen hat. Mr. Hoffman hat einen dicken Mercedes gefahren, und er hatte eine schicke Wohnung irgendwo in der North Side.

Als ich ihn mit dem Mercedes habe vorfahren sehen, hab' ich zu Mr. Fepple gesagt, der Mann unterschlägt Geld oder ist bei der Mafia oder so was Ähnliches, aber Mr. Fepple ist die Bücher immer sorgfältig durchgegangen, und es hat nie was gefehlt. Im Lauf der Zeit ist Mr. Hoffman dann immer seltsamer geworden, nach allem, was Mr. Fepple erzählt hat. Er hat das Mädchen, das nach mir in der Agentur gearbeitet hat, als ich mich um Howie kümmern mußte, fast zum Wahnsinn getrieben. Er hat die ganze Zeit seine Akten rausgeholt und wieder eingeordnet, hat sie gesagt. Ich glaube, er ist am Ende irgendwie senil geworden, aber Mr. Fepple hat gemeint, es schadet niemandem, wenn er ins Büro kommt und seine Papiere sortiert.«

»Hoffman hatte doch einen Sohn, oder? Waren Ihr Sohn und seiner öfter zusammen?«

»Du lieber Himmel, nein – sein Junge hat in dem Jahr mit dem College angefangen, in dem meiner auf die Welt gekommen ist. Ich weiß nicht mal mehr, ob ich ihn je persönlich kennengelernt habe. Mr. Hoffman hat bloß die ganze Zeit von ihm erzählt und daß alles, was er tut, für seinen Jungen ist – ich sollte mich nicht über ihn lustig machen, schließlich war das bei mir und meinem Howie nicht anders. Aber irgendwie hat's mich geärgert, daß er so viel Geld gemacht hat für seinen Sohn. Mr. Fepple hat die Agentur gehört, aber der hatte längst nicht so viel. Mr. Hoffman hat seinen Sohn auf so ein schniekes College an der Ostküste geschickt, das hat sich angehört wie Harvard, war's aber nicht. Soweit ich weiß, hat's der Junge trotz der teuren Ausbildung zu nichts gebracht.«

»Wissen Sie, was aus ihm geworden ist? Ich meine, aus dem Sohn?«

Sie schüttelte den Kopf. »Ich hab' gehört, daß er irgendwo in der Krankenhausverwaltung gearbeitet hat oder so was Ähnliches, aber nach dem Tod von Mr. Hoffman haben wir nichts mehr über ihn erfahren. Wir haben ja niemanden aus seinem Freundes- und Bekanntenkreis gekannt.«

»Hat Ihr Sohn in letzter Zeit über Hoffman gesprochen?« fragte ich. »Hat er irgendwas von Problemen mit Mr. Hoffmans alten Kunden erwähnt? Vielleicht hat einer von ihnen ihn bedroht. Möglicherweise hat ein solches Gespräch ihn auch so deprimiert, daß er nicht mehr wußte, wie er das Geschäft zum Laufen bringen sollte.«

Beim Gedanken an die letzten Tage ihres Sohnes schüttelte sie schniefend den Kopf. »Gerade deswegen glaube ich ja nicht, daß er sich umgebracht hat. Er war irgendwie aufgeregt, wie er's immer ist – war –, wenn er einen neuen Einfall hatte. Er hat gesagt, endlich hätte er begriffen, wie Hoffman mit seiner Liste so viel Geld gemacht hat. Wahrscheinlich könnte er mir auch einen Mercedes ganz für mich allein kaufen, wenn ich will, hat er gemeint. Schon bald. Ich mache Büroarbeiten oben in Western Springs, das werde ich wohl weitermachen, bis ich in Rente gehe.«

Diese düstere Aussicht deprimierte mich fast genausosehr wie sie. Ich fragte sie, wann sie ihren Sohn zuletzt gesehen habe.

Tränen traten ihr in die Augen. »Am Freitag morgen. Als ich zur Arbeit bin, ist er aufgestanden. Er hat gesagt, er trifft sich am Abend zum Essen mit einem Kunden, es wird später. Als er dann nicht nach Hause gekommen ist, hab' ich mir Sorgen gemacht. Ich hab' den ganzen Samstag im Büro angerufen, aber manchmal ist er zu diesen Tischtennisturnieren irgendwo außerhalb gefahren. Vielleicht hatte er ja vergessen, es mir zu sagen. Oder er hatte eine Verabredung – er hat sich ja am Freitag morgen so schick gemacht. Ich hab' versucht, dran zu denken, daß er kein Kind mehr ist, aber das ist gar nicht so leicht, wenn er hier bei mir wohnt.«

Ich fragte sie, ob sie irgendwelche Namen von Kunden kenne, um herauszufinden, ob Isaiah Sommers möglicherweise zu ihnen nach Hause gekommen war und sie bedroht hatte. Aber obwohl Rhonda Fepple Howies Tod vermutlich gern einem Schwarzen von der South Side zur Last gelegt hätte, konnte sie sich nicht erinnern, daß er irgendwelche Namen erwähnt hatte.

»Die Beamten von heute morgen haben sich nicht die Mühe gemacht, das Zimmer Ihres Sohnes zu durchsuchen, oder? Nun, das habe ich mir schon gedacht – sie waren zu fixiert auf ihre Selbstmordtheorie. Könnte ich es mir anschauen?«

Sie wollte immer noch keinen Ausweis sehen und führte mich den Flur entlang zum Zimmer ihres Sohnes. Offenbar hatte sie ihm nach dem Tod ihres Mannes den größten Raum überlassen – es befanden sich ein großes Bett und ein kleiner Schreibtisch darin.

In dem Zimmer roch es nach ranzigem Schweiß und anderen Dingen, über die ich lieber nicht nachdachte. Mrs. Fepple murmelte entschuldigend etwas von wegen Wäsche und versuchte, einige der auf dem Boden liegenden Kleidungsstücke aufzuheben. Sie sah zuerst das gepunktete Hemd in ihrer Linken und dann die Shorts in ihrer Rechten an, als wisse sie nicht so recht, was sie da in der Hand hielt, und ließ beides wieder auf den Boden fallen. Danach schaute sie mir einfach nur zu, als spielten sich meine Bewegungen im Fernsehen ab.

In den Schubladen der Frisierkommode und des Schreibtisches fand ich Handys der letzten beiden Generationen, eine Sammlung verblüffender Pornoaufnahmen, die Fepple offenbar aus dem Internet heruntergeladen hatte, ein halbes Dutzend kaputte Taschenrechner und drei Tischtennisschläger, aber keinerlei Dokumente. Ich ging seinen Schrank durch und sah sogar unter der Matratze nach, wo ich lediglich eine weitere Pornosammlung fand, diesmal mehrere Jahre alte Zeitschriften, die er wahrscheinlich vergessen hatte, sobald er wußte, wie er im Internet die richtigen Stellen finden konnte.

Die einzigen Versicherungsdokumente in dem Raum waren Unternehmensbroschüren auf dem Schreibtisch. Keine Spur von der Sommers-Akte oder auch nur einem Terminkalender, ganz zu schweigen von einer weiteren Seite wie der, die ich am Morgen in seiner Tasche entdeckt hatte.

Ich holte eine der Fotokopien davon aus meiner Tasche und zeigte sie Mrs. Fepple. »Wissen Sie, was das ist? Es war im Büro Ihres Sohnes.«

Sie betrachtete das Blatt Papier genauso apathisch, wie sie mir bei meiner Suche zugesehen hatte. »Das da? Keine Ahnung.«

Sie wollte es mir gerade wieder zurückgeben, als ihr einfiel, daß das möglicherweise Mr. Hoffmans Handschrift war. »Er hatte so Lederbücher, wo auf dem Umschlag sein Name in Goldlettern aufgeprägt war. Die hat er mit zu den Kunden genommen und die Namen darin abgehakt, wenn die Leute gezahlt haben, wie hier.«

Sie deutete mit dem Zeigefinger auf die Haken. »Einmal hab' ich sein Buch in die Hand genommen, als er auf der Toilette war, und als er zurückgekommen ist, hätt' man meinen können, ich bin eine russische Spionin, die was über die Atombombe rauskriegen will, so hat er sich aufgeführt. Als ob ich gewußt hätte, was das alles bedeutet.«

»Sieht die Schrift hier denn aus wie die von Hoffman?«

Sie zuckte mit den Achseln. »Die hab' ich schon Jahre nicht mehr gesehen. Ich weiß nur noch, daß sie schwer zu lesen war, aber ganz gleichmäßig, wie eine Gravur.«

Ich sah mich enttäuscht um. »Eigentlich hatte ich gehofft, einen Terminkalender oder etwas Ähnliches zu finden. Es war keiner auf dem Schreibtisch im Büro oder in seiner Aktentasche. Wissen Sie, wo er sich seine Termine notiert hat?«

»Er hatte eins von diesen elektronischen Spielzeugen. Ja, genau, so eins«, fügte sie hinzu, als ich ihr mein elektronisches Notizbuch zeigte. »Wenn er's nicht dabeihatte, muß es derjenige, der ihn umgebracht hat, mitgenommen haben.«

Was entweder bedeutete, daß Fepple eine Verabredung mit seinem Mörder gehabt hatte oder daß er von jemandem überfallen worden war, der es auf elektronische Geräte abgesehen hatte. Gegen die zweite Theorie sprach, daß der Computer noch im Büro stand – allerdings hätte sich der auch nur schwer an dem

Wachmann vorbeischmuggeln lassen. Ich fragte Mrs. Fepple, ob die Leute von der Polizei ihr die Sachen ihres Sohnes bereits zurückgegeben hätten, doch sie wurden noch als potentielle Beweismittel einbehalten, bis zweifelsfrei feststand, daß es sich um Selbstmord handelte.

»Hat er die Räume auf monatlicher Basis angemietet, oder gab es einen langfristigen Vertrag?«

Es hatte sich um eine monatliche Vereinbarung gehandelt. Mrs. Fepple erklärte sich bereit, mir ihren Schlüssel zum Büro ihres Sohnes zu geben, doch der Gedanke daran, daß sie alle Akten bis Ende September zusammengepackt und sich dann mit den unterschiedlichen Gesellschaften in Verbindung gesetzt haben müßte, um die Versicherungsnehmer auf andere Agenturen zu verteilen, ließ sie noch tiefer in ihre gelbe Bluse versinken.

»Keine Ahnung, was ich mir von Ihnen erwartet habe, aber so wie's aussieht, werden Sie seinen Mörder auch nicht finden. Ich muß mich jetzt hinlegen. Die Sache hat mich ziemlich mitgenommen. Man möchte meinen, daß man nur weinen kann, aber ich schaff's bloß noch, die ganze Zeit zu schlafen.«

23 Im Dunkeln ist gut munkeln

Meine lange Fahrt in Richtung Norden zu Morrells Wohnung führte mich durch die westlichen Vororte: kein Zentrum, keine Orientierungspunkte, nichts als endlose Einförmigkeit. Hin und wieder Reihen von Bungalows, manchmal auch wohlhabendere Gebiete, alle jedoch unterbrochen von Einkaufspassagen mit identischen Großkaufhäusern. Als ich zum drittenmal an Bed Bath & Beyond und Barnes & Noble vorbeikam, fürchtete ich schon, im Kreis gefahren zu sein.

»Sometimes I feel like a motherless child, a long way from home«, sang ich, während ich in einer langen Schlange darauf wartete, die Gebühr für die Straße entrichten zu dürfen. Ich hatte tatsächlich keine Mutter mehr und war weiter als sechzig Kilometer von Morrells Wohnung entfernt.

Als ich das Kleingeld in den Automaten geworfen hatte,

machte ich mich über meine melodramatischen Anwandlungen lustig. Da war die Geschichte von Rhonda Fepple, der Mutter ohne Kind, schon viel trauriger. Es widerspricht den Gesetzen der Natur und beweist, wie machtlos der Mensch letztlich ist, wenn das eigene Kind vor einem stirbt: Davon erholt man sich nie wieder richtig.

Howie Fepples Mutter glaubte nicht, daß ihr Sohn Selbstmord begangen hatte. Natürlich würde das keine Mutter von ihrem Kind annehmen, aber in Fepples Fall gab es einen eindeutigen Grund: Howard war ganz aufgeregt darüber gewesen, daß er endlich verstand, wie Al Hoffman es mit Hilfe seiner Liste geschafft hatte, so viel Geld zu verdienen, daß er sich einen Mercedes leisten konnte – und er würde Rhonda seinerseits einen kaufen.

Ich holte mein Handy heraus, um Dr. Vishnikov, Gerichtsmediziner und Pathologe, anzurufen, doch da löste sich der Stau plötzlich auf. Die Geländewagen rund um mich herum beschleunigten auf hundertdreißig bis hundertvierzig. Der Anruf mußte warten, bis ich mich dadurch nicht mehr in Lebensgefahr brachte.

Die Hunde hechelten über meine Schulter, um mich daran zu erinnern, daß ihr letzter Auslauf schon ein paar Stunden zurücklag. Als ich endlich die Ausfahrt Dempster erreichte, lenkte ich den Wagen zu einem Waldschutzgebiet, wo ich sie herausließ. Es war mittlerweile dunkel, der Park war offiziell geschlossen, und eine Kette hinderte mich daran, mehr als ein paar Meter von der Hauptstraße abzuweichen.

Während Mitch und Peppy sich sofort begeistert auf die Jagd nach Kaninchen machten, blieb ich mit meinem Handy an der Kette stehen und rief zuerst Morrell an, um ihm zu sagen, daß wir nicht viel mehr als zehn Kilomter von ihm entfernt waren. Hinterher versuchte ich es dann noch einmal bei Lotty. Sie habe die Klinik bereits verlassen, erklärte mir ihre Sekretärin Mrs. Coltrain.

»Was hatten Sie für einen Eindruck von ihr?«

»Dr. Herschel arbeitet zuviel, sie müßte sich mehr Zeit für sich selbst nehmen.« Mrs. Coltrain kennt mich schon seit Jahren, aber sie klatscht mit niemandem über Lotty, nicht einmal mit Max, wenn der sich über ihre herrische Art lustig macht.

Ich tippte nachdenklich mit dem Finger auf das Telefon. Der beste Ort für eine Aussprache mit Lotty wäre zu Hause gewesen, aber es war Morrells letzter Abend in Chicago. Die Hunde jagten ganz in der Nähe herum. Ich rief ihnen etwas zu, um sie daran zu erinnern, daß ich da war und das Rudel im Griff hatte. Sie kamen angerannt, schnüffelten an meinen Händen und liefen wieder weg. Jetzt erreichte ich Lotty zu Hause.

Sie fiel mir sofort ins Wort, als ich meine Sorge über ihren Zusammenbruch vom Vortag ausdrücken wollte. »Ich würde lieber nicht darüber sprechen, Victoria. Es ist mir peinlich, daß ich mitten in Max' Party für ein solches Durcheinander gesorgt habe, und ich möchte nicht daran erinnert werden.«

»Vielleicht, sehr verehrte Ärztin, solltest du dich selber mal durchchecken lassen, um sicherzugehen, daß alles in Ordnung ist und du dich nicht verletzt hast, als du in Ohnmacht gefallen bist.«

Ihre Stimme wurde schärfer. »Mir geht es großartig, danke.«

Ich starrte in das dunkle Unterholz, als könnte es mir etwas über Lottys Gedanken verraten. »Ich weiß, daß du gestern abend nicht im Zimmer warst, als Radbuka über seine Vergangenheit geredet hat, aber hat Max dir erzählt, daß Radbuka im Internet die Nachricht von jemandem gefunden hat, der etwas über Sofie Radbuka erfahren wollte? Ich bin heute selber ins Internet und habe sie auch gelesen. Radbuka ist überzeugt davon, daß diese Sofie seine Mutter oder Schwester war; jedenfalls hat er mit einem langen Text im Internet geantwortet. Lotty, wer war diese Frau?«

»Du hast Sofie Radbuka im Internet gefunden? Das kann nicht sein.«

»Ich habe jemanden gefunden, der Informationen über sie wollte. In seiner Nachricht stand, daß Sofie Radbuka in den vierziger Jahren in England gelebt hat«, wiederholte ich geduldig.

»Max hat es nicht für nötig erachtet, mir das zu erzählen«, fauchte sie. »Vielen Dank.«

Dann legte sie auf und ließ mich allein in dem dunklen Wald. In meinem Gefühl der Verlassenheit und Lächerlichkeit rief ich die Hunde zurück. Ich hörte sie herumrennen, aber sie kamen nicht. Schließlich hatte ich sie den ganzen Tag eingesperrt; da taten sie mir jetzt nicht den Gefallen, brav zu sein.

Bevor ich zum Wagen ging, um eine Taschenlampe zu holen, wählte ich eine letzte Nummer, die von Vishnikov im Leichenschauhaus, die ich auswendig kenne. Dort ist rund um die Uhr geöffnet. Und tatsächlich hatte ich an jenem Tag auch einmal Glück: Vishnikov, der seine Arbeitszeit ziemlich frei wählt, war noch da.

»Vic. Wie geht's Morrell? Ist er schon in Kabul?«

»Morgen fliegt er«, sagte ich. »Bei euch ist heute früh ein Typ mit einer Kopfwunde reingekommen. Die Polizei meint, es war Selbstmord.«

»Aber in Wahrheit hast du ihn umgebracht und willst ein Geständnis ablegen.« Obduktionen stimmen ihn immer wahnsinnig fröhlich.

»Howard Fepple heißt der Mann. Ich möchte hundertfünfzig Prozent sicher sein, daß er die SIG Trailside ganz allein an seinen Kopf gesetzt hat.«

Vishnikov war nicht für den Fall Fepple zuständig. Während er mich in die Warteschleife legte, um die Akten durchzusehen, spielte ich mit den Leinen der Hunde und wünschte mir dabei, daß ich sie nicht einfach in die Dunkelheit hätte laufen lassen – jetzt hörte ich sie nicht einmal mehr.

»Ich habe den Fall an einen Kollegen abgegeben, weil ich dachte, die Sache sei klar. Er hat ihn wie einen Routineselbstmord behandelt, aber ich sehe hier, daß er die Hände nicht nach Schmauchspuren abgesucht hat – er hat sich drauf verlassen, daß der Mann sich den Lauf der Waffe selbst in den Mund gesteckt hat. Die Leiche ist noch hier – ich werfe einen Blick drauf, bevor ich gehe. Hast du irgendwelche Hinweise, daß es Mord war?«

»Die Leute machen die merkwürdigsten Dinge, aber der Mann hat seiner Mutter gesagt, daß er an einer heißen Sache dran ist, und außerdem weiß ich, daß ihn vor seinem Tod jemand in seinem Büro besucht hat. Ich fänd's toll, wenn der Staatsanwalt sich die Telefonate, die Fepple von seinem Büro aus geführt hat, genauer anschauen würde.«

»Ich sag's dir, wenn sich was Neues ergibt. Bis dann, Vic.«

Einen Augenblick überlegte ich, ob mein Klient Fepple mit einer Waffe bedroht hatte, doch Isaiah Sommers war meiner Ansicht nach kein Mensch, der sich komplizierte Fallen ausdachte. Falls Fepple tatsächlich von der Person umgebracht worden war, die ihn während meines Besuchs in seinem Büro am Freitag angerufen hatte, handelte es sich bei dieser Person um jemanden, der diesen Mord geplant hatte und selbst nicht gesehen werden wollte. Er hatte das Gebäude mit einer größeren Gruppe betreten und wieder verlassen, um nicht aufzufallen. Er hatte Fepple erklärt, wie er mich loswerden konnte. Das klang nicht nach Isaiah Sommers.

Ich vergaß die Hunde für einen Moment und erfragte die Nummer der Sommers-Familie von der Auskunft. Es meldete sich Margaret Sommers, deren Stimme feindselig klang. Nach kurzem Zögern holte sie ihren Mann dann doch ans Telefon, weil ihr kein Grund einfiel, es nicht zu tun. Ich erzählte ihm von Fepples Tod.

»Ich habe sowohl sein Büro als auch sein Zimmer zu Hause durchsucht, aber keine Spur von der Akte Ihres Onkels finden können«, sagte ich. »Die Polizei hält es für einen Selbstmord, doch ich glaube, daß jemand ihn umgebracht hat, wahrscheinlich, um diese Akte zu kriegen.«

»Wer würde denn so was machen?«

»Möglicherweise hat der Versicherungsbetrüger irgendeinen Hinweis hinterlassen, den niemand finden sollte. Es kann aber auch sein, daß jemand aus einem anderen Grund sauer genug auf Fepple war, ihn umzubringen.«

Als ich schwieg, ging er in die Luft. »Wollen Sie damit sagen, daß ich in sein Büro bin und ihn umgebracht habe? Meine Frau hatte doch recht. Und Alderman Durham auch. Sie haben nie die mindeste …«

»Mr. Sommers, ich habe einen langen Tag hinter mir und möchte keine langen Worte mehr machen: Ich glaube nicht, daß Sie den Mann umgebracht haben. Allerdings sind Sie ganz schön jähzornig, das muß ich Ihnen schon sagen. Vielleicht hat Ihre Frau oder auch Durham Sie dazu gebracht, nicht weiter auf die Ergebnisse von mir zu warten und selber zu Fepple zu gehen. Möglicherweise haben seine Süffisanz und Untätigkeit Sie ja auch zum Handeln verführt.«

»Nein. Ich habe Ihnen gesagt, daß ich auf Sie warten würde, und das habe ich auch getan. Obwohl Alderman Durham meint, daß ich einen großen Fehler mache.«

»Ach, tatsächlich? Und was schlägt er vor?«

Peppy und Mitch kamen zu mir gerannt. Ich roch sie, bevor ich ihre dunklen Schatten vor dem dunklen Unterholz entdeckte – sie hatten sich in irgend etwas Stinkendem gewälzt. Ich legte kurz die Hand über das Mundstück des Apparats und befahl ihnen, sich zu setzen. Peppy gehorchte, doch Mitch versuchte, an mir hochzuspringen. Ich schob ihn mit dem Fuß weg.

»Das ist es ja. Er hat auch keinen vernünftigen Plan. Er möchte, daß ich eine Klage gegen die Ajax einreiche, aber ich hab' ihn gefragt, wer seiner Meinung nach den Anwalt bezahlen soll. Außerdem habe ich nicht so viel Zeit. Der Bruder meiner Frau hat auch mal so eine große Gerichtssache angefangen, das hat dreizehn Jahre gedauert. Ich will keine dreizehn Jahre warten, bis ich mein Geld zurückkriege.«

Im Hintergrund hörte ich Margaret Sommers sagen, er solle nicht der ganzen Welt über ihr Privatleben erzählen. Nun stürzte Mitch sich erneut auf mich und brachte mich aus dem Gleichgewicht. Ich landete auf dem Boden, das Handy immer noch am Ohr. Wieder versuchte ich, Mitch wegzudrücken, ohne gleichzeitig ins Telefon zu brüllen. Er bellte begeistert, weil er das Ganze für ein wunderbares Spiel hielt. Peppy drängte sich zwischen uns. Inzwischen roch ich genauso streng wie die beiden. Ich legte ihnen die Leinen an und stand auf.

»Werd' ich mein Geld je wiedersehen?« fragte Sommers gerade. »Die Sache mit dem Agenten tut mir leid: Das war sicher keine schöne Art zu sterben, aber es ist auch nicht lustig, wenn man so schnell so viel Geld für eine Beerdigung auftreiben muß, Ms. Warshawski.«

»Ich gehe morgen zur Versicherung und versuche, die zu irgendeiner Übereinkunft zu bewegen.« Der Ajax würde ich es als eine Möglichkeit verkaufen, Durham etwas in der Öffentlichkeit entgegenzusetzen, aber vermutlich verbesserte es das Verhältnis zu meinem Klienten nicht, wenn ich ihm das sagte. »Wenn die anbieten würden, Ihnen was zu zahlen, würden Sie's annehmen?«

»Ich ... darüber muß ich erst nachdenken.«

»Na schön, Mr. Sommers«, sagte ich. Allmählich hatte ich keine Lust mehr, mit meinen stinkenden Hunden in der Dunkelheit herumzustehen. »Sie müssen Ihrer Frau schließlich Gelegenheit geben, Ihnen zu sagen, daß ich versuche, Sie übers Ohr zu hauen. Ich rufe Sie morgen an. Ach übrigens: Haben Sie eine Waffe?«

»Habe ich was? Verstehe, Sie wollen rausfinden, ob ich Sie angelogen und den Mann doch umgebracht habe.«

Ich strich mir mit der Hand die Haare aus dem Gesicht und merkte zu spät, wie sehr sie nach verwestem Kaninchen stank. »Nein, ich versuche lediglich, mich zu überzeugen, daß Sie ihn nicht umgebracht haben können.«

Er schwieg. Ich hörte ihn schwer atmen, während er über das, was ich gesagt hatte, nachdachte. Dann gestand er zögernd, eine Neun-Millimeter Browning Special zu besitzen.

»Das ist beruhigend, Mr. Sommers. Fepple wurde nämlich mit einer Schweizer Waffe, anderes Kaliber, getötet. Rufen Sie mich morgen an, um mir zu sagen, ob Sie ein Angebot der Versicherung annehmen würden. Gute Nacht.«

Als ich die Hunde zum Wagen zerrte, bog ein Waldschutzbeamter hinter meinem Mustang in die Lichtung und richtete seine Scheinwerfer auf uns. Über Lautsprecher forderte er mich auf, zu ihm zu kommen. Als wir näher traten, wirkte er enttäuscht darüber, daß wir drei uns nichts vorzuwerfen hatten, denn die Hunde waren beide an der Leine. Beamte wie er verpassen Hundebesitzern gern einen Strafzettel, wenn sie sich über die entsprechenden Vorschriften hinwegsetzen. Mitch, der immer sofort auf alle Leute zugeht, sprang in Richtung des Mannes, der, angewidert von dem Geruch nach verwestem Kaninchen, zurückwich. Er schien krampfhaft nach einem Grund für eine Strafe zu suchen, mußte sich dann aber damit zufriedengeben, mir zu erklären, daß der Park geschlossen sei und er beoachten würde, ob wir uns auch wirklich aus dem Staub machten.

»Du bist ein schreckliches Vieh«, sagte ich zu Mitch, als wir wieder auf der Straße waren, der Beamte deutlich sichtbar hinter uns. »Du stinkst nicht nur selber widerlich, sondern hast auch noch mich mit dem Zeug vollgeschmiert. Weißt du, ich hab' keine Kleider zum Wegschmeißen.«

Mitch streckte den Kopf fröhlich hechelnd über die Rückenlehne. Ich machte alle Fenster auf, aber die Fahrt war trotzdem furchtbar. Eigentlich hatte ich vorgehabt, bei Max vorbeizuschauen, um herauszufinden, wie es allen ging und was Max mir über Lottys Geschichte mit der Radbuka-Familie sagen konnte. Doch jetzt wollte ich nur noch die Hunde in die Badewanne stecken und gleich hinterherhüpfen. Pflichtbewußt, wie ich war, fuhr ich allerdings an Max' Haus vorbei, bevor ich zu Morrell heimkehrte. Ich ließ Mitch im Wagen und ging mit Peppy und einer Taschenlampe durch den Park gegenüber von dem Haus, in dem Max wohnte. Dort überraschten wir ein paar junge Leute beim Knutschen, die entsetzt zurückwichen, aber immerhin schien Radbuka nirgendwo zu lauern.

Bei Morrell band ich die Hunde an das Geländer der hinteren Veranda, auf der Don mit einer Zigarette stand. Drinnen hörte ich Morrell ein Klavierkonzert von Schumann klimpern, das mein Eintreffen übertönte.

»Warshawski – was hast du denn angestellt?« fragte Don. »Hast du einen Ringkampf mit einem Stinktier veranstaltet?«

»Don. Du kommst mir gerade recht. Du bewegst dich sowieso zu wenig. Du kannst mir helfen, diese wunderbaren Tiere zu baden.«

Ich ging in die Küche, nahm einen Müllbeutel für meine Kleidung mit und zog ein altes T-Shirt sowie eine abgeschnittene Jeans an, um die Hunde zu baden. Mein Vorschlag, er könne mir dabei helfen, hatte Don in die Flucht geschlagen. Ich mußte lachen, als ich Mitch und Peppy abschrubbte und dann selber unter die Dusche ging. Als wir schließlich alle drei sauber waren, wartete Morrell schon mit einem Glas Wein in der Küche auf mich.

Die unmittelbar bevorstehende Abreise machte ihn nervös. Ich erzählte ihm von Fepple und dem deprimierenden Leben, das er offenbar geführt hatte, sowie davon, daß die Hunde sich in etwas Widerlichem gewälzt und so sogar einen Beamten der Waldschutzbehörde verjagt hatten. Morrell reagierte an den richtigen Stellen schockiert und erstaunt, aber eigentlich war er mit den Gedanken woanders. Die Tatsache, daß Radbuka die Loewenthals belästigt hatte, und Lottys beunruhigendes Verhalten behielt ich für mich – Morrell sollte keine Sorgen um mich in die Welt der Taliban mitnehmen.

Don würde während seiner Arbeit an dem Projekt mit Rhea

Wiell weiter bei Morrell wohnen. Allerdings hatte ihn nicht die Angst davor, die Hunde baden zu müssen, vertrieben, sondern Morrells Anweisung: Er hatte Don in ein Hotel geschickt, damit wir diesen letzten Abend allein miteinander verbringen konnten.

Ich bereitete Bruschette mit Birnen und Gorgonzola und hinterher eine *frittata* zu. Ich ließ mir Zeit, karamelisierte sogar Zwiebeln dafür. Und ich hatte eine besonders gute Flasche Barolo für diesen Anlaß aufgehoben. Ein Mahl der Liebe, ein Mahl der Verzweiflung: Vergiß mich nicht, vergiß nicht, daß das, was ich dir koche, dich glücklich macht, und komm zu mir zurück.

Wie nicht anders zu erwarten, hatte Morrell bereits alle seine Sachen in einige leichte Taschen gepackt. Er hatte die Zeitung abbestellt, die Post an meine Adresse umgeleitet, mir das Geld für zu bezahlende Rechnungen gegeben. Er war nervös und aufgeregt. Wir gingen kurz nach dem Essen ins Bett, aber er redete bis fast zwei Uhr morgens: über sich selbst, seine Eltern – die er sonst praktisch nie erwähnte –, seine Kindheit in Kuba, wohin sie von Ungarn ausgewandert waren, seine Pläne hinsichtlich der bevorstehenden Reise.

In der Dunkelheit klammerte er sich an mich. »Victoria Iphigenia, ich liebe dich wegen deiner Leidenschaft und deiner Wahrheitsliebe. Wenn mir irgend etwas passieren sollte – womit ich nicht rechne –, hast du den Namen meines Anwalts.«

»Dir wird nichts passieren, Morrell.« Meine Wangen waren naß; eng umschlungen schliefen wir ein.

Der Wecker riß uns wenige Stunden später aus dem Schlaf; ich ging mit den Hunden rasch eine Runde um den Block, während Morrell Kaffee kochte. Er hatte in der Nacht alles gesagt, was zu sagen war; auf der Fahrt zum Flughafen schwiegen wir. Die Hunde, die unsere Stimmung spürten, winselten unruhig auf dem Rücksitz. Morrell und ich halten beide nichts von langen Abschieden: Ich setzte ihn am Eingang zum Terminal ab und fuhr sofort weiter, ohne zu warten, bis er hineingegangen war. Wenn ich nicht sah, wie er abreiste, war er vielleicht gar nicht weg.

24 Ein Walroß tut Dienst

Um halb neun Uhr morgens war der Verkehr in Richtung Innenstadt praktisch zum Erliegen gekommen. Nach meinen Erlebnissen vom Vorabend hatte ich keine Lust auf eine weitere anstrengende Fahrt. Don würde erst am Nachmittag wieder in Morrells Wohnung zurückkehren, also konnte ich mich dort ein bißchen ausruhen. Ich umging die Expressways und stürzte mich statt dessen in die etwas andere morgendliche Rush-hour: Kinder auf dem Schulweg, Ladeninhaber und Angestellte, die die kleinen Geschäfte in der Gegend aufschlossen. Sie verstärkten mein Gefühl der Labilität noch: Morrell weg, eine große Lücke in meinem Leben. Warum wohnte ich nicht in einem dieser ordentlichen weißgestrichenen Häuser, und die Kinder saßen in der Schule, während ich einer geregelten Tätigkeit nachging?

Als ich an der Ampel an der Golf Road warten mußte, wählte ich die Nummer meines Anrufbeantwortungsdienstes. Vishnikov hatte gesagt, ich solle zurückrufen. Tim Streeter hatte erklärt, er freue sich, bis zur Abreise von Calia und Agnes am Samstag einen Mann zu ihrem Schutz abzustellen.

In meiner Aufregung wegen Morrells Abflug hatte ich das merkwürdige Verhalten von Paul Radbuka völlig vergessen. Ich schob meine morbiden Gedanken beiseite und fuhr zu Max, so schnell ich konnte. Um diese Tageszeit steckt er normalerweise bereits in Konferenzen, aber sein LeSabre parkte noch in der Auffahrt. Als Max die Tür öffnete, stand ihm die Sorge ins Gesicht geschrieben.

»Victoria. Komm rein. Ist Morrell schon weg?« Bevor er die Tür hinter mir schloß, warf er noch einen besorgten Blick in Richtung Park, doch dort war nur ein einsamer Jogger zu sehen, eine Silhouette, die sich am Ufer des Lake entlangbewegte.

»Ich hab' ihn grad' zum Flughafen gebracht. Hat Agnes dir schon gesagt, daß ich einen Wachdienst für euch arrangieren kann?«

»Das wäre eine große Hilfe. Wenn ich gewußt hätte, was ich durch meine Teilnahme an der Birnbaum-Konferenz lostrete und daß ich dadurch Calia in Gefahr bringe...«

»In Gefahr bringen?« fiel ich ihm ins Wort. »Ist Radbuka noch mal hierhergekommen? Hat er sie bedroht?«

»Nein, nicht so konkret. Aber sein zwanghafter Glaube, mit mir verwandt zu sein – das verstehe ich einfach nicht. Und daß er ständig hier herumlungert...«

Noch einmal fragte ich, ob Radbuka wieder aufgetaucht sei.

»Ich glaube nicht, aber das Haus steht so offen da, und gleich gegenüber ist der öffentliche Park. Findest du, daß ich mir übertriebene Sorgen mache? Vielleicht hast du recht, doch ich bin nicht mehr der Jüngste, und Calia ist mir wichtig. Wenn du tatsächlich einen zuverlässigen Menschen wüßtest, der hierbleiben kann – ich übernehme natürlich die Kosten.«

Max ging mit mir in die Küche, wo sich das Telefon befand. Dort saß Agnes vor einem Kaffee und ließ Calia nicht aus den Augen, die abwechselnd Cornflakes in sich hineinschaufelte und bettelte, in den Zoo gehen zu dürfen.

»Nein, Schatz. Heute bleiben wir im Haus und malen«, sagte Agnes nicht zum erstenmal.

Ich nahm eine Tasse Kaffee zum Telefon mit. Tom Streeter versprach mir, daß sein Bruder Tim innerhalb einer Stunde bei Max sein würde.

»Wenn Tim die Sache übernimmt, kannst du ohne Sorgen überallhin gehen«, sagte ich zu Agnes.

»Ist das der große böse Wolf?« wollte Calia wissen.

»Nein, der ist ein großer braver Teddybär«, sagte ich. »Du wirst sehen: Du und deine Mama, ihr werdet ihn unwiderstehlich finden.«

Max setzte sich neben Calia. Er bemühte sich, seine Sorge nicht so offen zu zeigen wie Agnes. Als ich ihn fragte, was er mir über die Radbuka-Familie sagen könne, die er in London gekannt habe, stand er wieder auf und dirigierte mich von der Eßecke weg. Er sah sich mehrfach zu Calia um, während er sprach.

»Ich habe sie nicht gekannt. Lotty hat immer behauptet, daß sie lediglich Bekannte waren, und ich habe nicht weiter nachgebohrt.«

Calia kletterte von ihrem Stuhl herunter, erklärte, sie sei fertig mit dem Frühstück, habe es satt, im Haus zu sein, und werde jetzt hinausgehen.

»Wenn dein Opa und ich uns fertig unterhalten haben, laufen wir mit den Hunden hinüber in den Park«, sagte ich. »Hab' noch zehn Minuten Geduld.« In die Richtung von Agnes formte ich mit den Lippen das Wort »Fernsehen«. Diese verzog das Gesicht, ging aber mit Calia hinauf, um den beliebtesten Babysitter der Welt einzuschalten.

»Dann glaubst du also, daß die Radbukas Verwandte oder enge Freunde von Lotty waren?« fragte ich Max.

»Das habe ich doch schon am Sonntag abend gesagt. Lotty hat von vornherein klargemacht, daß die Radbukas kein Gesprächsthema sind. Wahrscheinlich hat sie mir deshalb auch die Informationen über sie schriftlich gegeben, um irgendwelche Diskussionen zu vermeiden. Ich weiß nicht, wer sie waren.«

Er brachte Calias Teller zur Spüle und setzte sich wieder an den Tisch. »Gestern bin ich die Unterlagen durchgegangen, die ich noch von meiner Reise nach Mitteleuropa nach dem Krieg habe. Ich habe damals nach so vielen Leuten gesucht, daß ich mich an keine Details erinnere. Lotty hatte mir die Adresse ihrer Großeltern in der Renngasse gegeben – dort hatte sie vor dem Anschluß gewohnt, in einem Haus in einer sehr geldigen Gegend, das 1938 von Leuten übernommen worden war, die nun nicht mit mir reden wollten. In Wien habe ich mich hauptsächlich auf die Suche nach meiner eigenen Familie konzentriert, und danach wollte ich nach Budapest und mich nach den Angehörigen von Teresz erkundigen. Damals waren wir noch nicht verheiratet, wir waren noch sehr jung.«

Er gab sich eine Weile seinen Erinnerungen hin. Dann schüttelte er traurig lächelnd den Kopf und fuhr fort: »Nun, die Unterlagen, die ich über die Radbukas habe... ich hole sie.«

Während er in sein Arbeitszimmer hinaufging, nahm ich mir etwas zu essen aus seinem Kühlschrank. Ein paar Minuten später kehrte er mit einem dicken Ordner zurück. Er blätterte ihn durch, bis er zu einem Blatt billigem grauem Papier in einer Plastikhülle gelangte. Obwohl die Tinte schon braun und blaß geworden war, erkannte ich Lottys steile, kraftvolle Schrift sofort.

Lieber Max,

ich bewundere Deinen Mut, daß Du diese Reise unternimmst. Für mich ist Wien eine Welt, in die zurückzukehren ich nicht ertragen würde, nicht einmal dann, wenn das Royal Free Hospital mich dafür beurlauben würde. Danke deshalb dafür, daß Du fährst, denn ich harre genauso verzweifelt eindeutiger Nachrichten wie alle anderen. Ich habe Dir von meinen Großeltern erzählt. Wenn sie durch ein Wunder überlebt haben und in der Lage waren, zu ihrem alten Zuhause zurückzukehren, wäre das in der Renngasse 7, im zweiten Stock vorne.
Außerdem würde ich Dich bitten, nach Informationen über eine weitere Familie in Wien zu suchen, ihr Name ist Radbuka. Es wäre für eine Person im Royal Free, die sich leider nicht an viele Einzelheiten erinnern kann. Der Name des Mannes war Schlomo, aber die Person kennt den seiner Frau nicht und weiß auch nicht, ob sie möglicherweise unter einer deutschen Form ihres Namens registriert waren. Sie hatten einen Sohn namens Moische, geboren um 1900, eine Tochter namens Rachel, zwei weitere Töchter, deren Namen die Person nicht sicher weiß – einer könnte Eva lauten –, sowie einige Enkel unserer Generation. Auch die Adresse ist nicht sicher: Sie war in der Leopoldsgasse, an dem Ende zur Unteren Augartenstraße hin. Man biegt von der Unteren Augartenstraße rechts in die Leopoldsgasse ein, dann wieder die zweite rechts in einen Innenhof, und dort ist es im zweiten Stock hinten. Mir ist klar, daß das keine sonderlich gute Beschreibung für einen Ort ist, der jetzt vermutlich in Schutt und Asche liegt, aber bessere Angaben kann ich nicht machen. Trotzdem würde ich Dich bitten, die Suche nach dieser Familie genauso ernst zu nehmen wie die nach Deiner eigenen. Bitte setze alle Hebel in Bewegung, um etwas über sie herauszufinden.
Ich habe heute und morgen Nachtschicht, deshalb werde ich Dich vor Deiner Abreise nicht mehr persönlich sehen können.

Im Rest des Briefes standen die Namen einiger Onkel und Tanten von Lotty. Er schloß mit: *Ich lege Dir eine Fünf-Kronen-Goldmünze von vor dem Krieg bei, um Dir bei der Finanzierung der Reise zu helfen.*

Ich blinzelte: Goldmünzen, das klang nach Romantik, Exotik und Reichtum. »Ich dachte, Lotty war arm und konnte sich kaum das Studium und ein Zimmer leisten.«

»Das stimmt. Aber sie hatte eine Handvoll Goldmünzen, die sie mit Hilfe ihres Großvaters aus Wien herausgeschmuggelt hat: Daß sie eine davon mir gab, bedeutete für sie, in jenem Winter die Heizung nicht einschalten zu können und mit Mantel und Strümpfen ins Bett gehen zu müssen. Vielleicht trug das dazu bei, daß sie im nächsten Jahr so krank wurde.«

Beschämt wandte ich mich wieder der eigentlichen Frage zu. »Dann hast du also keine Ahnung, wer in London Lotty um Hilfe gebeten hat?«

Er schüttelte den Kopf. »Es könnte jeder gewesen sein, vielleicht Lotty selbst, die Informationen über Verwandte wollte. Ich habe mich gefragt, ob Radbuka der Name eines ihrer Cousins sein könnte: Sie und Hugo wurden nach England geschickt; die Herschels waren vor dem Anschluß ziemlich wohlhabend gewesen. Sie hatten immer noch Mittel, aber Lotty hat ein- oder zweimal etwas von armen Cousinen erwähnt, die zurückbleiben mußten. Mir ist auch der Gedanke gekommen, daß es jemand gewesen sein könnte, der sich illegal in England aufhielt, jemand, den zu schützen Lotty sich verpflichtet fühlte. Ich hatte keinerlei Hinweise. Doch man reimt sich Dinge zusammen, und das war die Version, die ich mir zurechtgelegt hatte. Vielleicht war es auch die Idee von Teresz. Das weiß ich jetzt nicht mehr. Oder Radbuka war eine Patientin oder Kollegin aus dem Royal Free, die Lotty unter ihre Fittiche genommen hatte.«

»Ich könnte mich mit dem Royal Free in Verbindung setzen und nachfragen, ob es dort noch Listen gibt, die bis ins Jahr 47 zurückreichen«, sagte ich nicht sonderlich überzeugt. »Was hast du in Wien herausgefunden? Hast du die Straßen aufgesucht, die Lotty in ihrem Brief nennt?«

Max blätterte den Ordner bis fast zum Ende durch, wo er ein billiges Notizbuch aus einer Plastikhülle holte. »Ich habe mir meine Notizen schon angeschaut, aber nicht viel Interessantes darin entdeckt. Der Bauernmarkt, wo meine eigene Familie gelebt hatte, war durch die Bombenangriffe fast völlig zerstört worden. Ich weiß noch, daß ich das ganze Viertel abgegangen bin, das damals die Matze-Insel hieß. Dort hatten sich die osteuropäischen Juden niedergelassen, die Anfang des Jahrhunderts eingewandert waren. Ich habe mit Sicherheit versucht, die Adresse in der Leopoldsgasse zu finden, aber den Anblick der Verwüstung dort nicht ertragen. Deshalb beschränken sich meine Notizen fast vollständig auf die Informationen, die ich von den unterschiedlichen Suchagenturen bekam.«

Er schlug das Notizbuch vorsichtig auf, um das brüchige Papier nicht kaputtzumachen. »Schlomo und Judith Radbuka: Am 23. Februar 1941 zusammen mit Edith – ich denke, das könnte der Name sein, den Lotty für ›Eva‹ gehalten hat –, Rachel, Julie und Mara nach Lodz deportiert. Dazu eine Liste mit sieben Kindern, alle zwischen zwei und dreizehn Jahre alt. Danach habe ich nachgeforscht, was im Getto in Lodz passiert ist. In Polen waren die Verhältnisse damals sehr kompliziert. Es stand noch nicht unter kommunistischer Herrschaft; manche Leute haben Hilfe geleistet, aber es kam auch zu schrecklichen Pogromen gegen die Überreste der jüdischen Gemeinde. Es war die gleiche Geschichte der Verwüstung und des Verlusts wie in ganz Europa: In Polen kam ein Fünftel der Bevölkerung im Krieg um. Ich hätte einige Male fast aufgegeben, aber dann bin ich doch noch an ein paar Unterlagen der Gettoverwaltung herangekommen. Die Radbukas waren alle im Juni 1943 ins Todeslager nach Chelmno deportiert worden. Keiner von ihnen hat überlebt.

Von meiner eigenen Familie habe ich einen Cousin in einem Vertriebenenlager aufgespürt. Ich habe versucht, ihn dazu zu überreden, daß er mit mir nach England kommt, aber er war entschlossen, nach Wien zurückzukehren. Dort hat er den Rest seines Lebens verbracht. Damals wußte niemand, was mit den Russen und Österreich passieren würde, aber am Ende hat sich für meinen Cousin doch alles zum besten gefügt. Allerdings ist er nach dem Krieg zu einem richtigen Einsiedler geworden. Als Kind hatte ich ihn bewundert; er war acht Jahre älter als ich, es hat mich erschüttert, ihn so ängstlich und verschlossen zu sehen.«

Ich schwieg betroffen, doch nach einer Weile platzte ich heraus: »Warum hat Lotty den Namen Sofie Radbuka verwendet? Ich... diese Geschichte mit Carl, wie er aufs Land fährt und das Cottage aufsucht, Lotty ihm aber nicht die Tür aufmacht und den Namen einer Toten verwendet... das bringt mich ziemlich aus der Fassung. Und es klingt so gar nicht nach Lotty.«

Max rieb sich die Augen. »Jeder Mensch hat weiße Flecken in seinem Leben. Vielleicht hat Lotty sich für den Verlust oder Tod dieser Sofie Radbuka verantwortlich gefühlt, egal, ob es sich um eine Verwandte oder um eine Patientin handelte. Schließlich hat Lotty damals gedacht, daß sie selber sterben müßte. Nun, wir hatten in der Zeit alle ein schwieriges Leben, mußten hart arbeiten und mit dem Verlust unserer Familien fertig werden. Und außerdem war das Leben in England nach dem Krieg ebenfalls schwer – wir mußten unsere eigenen Bombenschäden beheben. Kohle war seinerzeit knapp, das Wetter kalt, niemand hatte Geld, und Lebensmittel und Kleidung waren nach wie vor rationiert. Möglicherweise ist Lotty unter der Belastung eingeknickt und hat sich zu sehr mit dieser Sofie Radbuka identifiziert.

Ich weiß noch, wie Lotty nach London zurückkam, als sie genesen war. Es war Winter, vielleicht Februar. Sie hatte ziemlich viel abgenommen. Aber sie hat ein Dutzend Eier und ein halbes Pfund Butter vom Land mitgebracht und Teresz und mich und alle andern zu sich eingeladen. Dort hat sie die ganzen Eier mit der Butter in die Pfanne geschlagen, und wir hatten ein Festmahl. Irgendwann hat sie dann erklärt, sie würde es nie mehr zulassen, daß ihr Leben fremdbestimmt wird, und zwar in so heftigem Tonfall, daß wir alle erschrocken sind. Carl hat sich natürlich geweigert zu kommen; erst Jahre später hat er wieder mit ihr gesprochen.«

Ich erzählte Max von meiner Entdeckung im Internet. »Es hat also in den vierziger Jahren in England definitiv jemanden dieses Namens gegeben, aber ich habe das Gefühl, daß Paul Radbukas Reaktion viel zu heftig war und Questing Scorpio deshalb nicht geantwortet hat. Ich habe die Nachricht ins Internet gestellt, daß Scorpio sich mit Freeman Carter in Verbindung setzen soll, wenn es etwas Vertrauliches zu besprechen gibt.«

Max zuckte hilflos mit den Achseln. »Ich habe keine Ahnung, was das alles bedeuten soll. Ich würde mir nur wünschen, daß Lotty mir endlich sagt, womit sie sich so quält, oder mit ihrem dramatischen Getue aufhört.«

»Hast du seit Sonntag abend mit ihr gesprochen? Ich hab's gestern abend versucht, aber da hätte sie mir fast den Kopf abgerissen.«

Max brummte etwas. »Dies ist eine jener Wochen, in denen ich mich frage, wieso wir eigentlich befreundet sind. Sie sagt, sie hat einen Ruf als Ärztin zu verlieren; es tut ihr leid, daß sie bei meinem wunderbaren Fest ein bißchen angeschlagen war, aber jetzt geht's ihr wieder gut, danke der Nachfrage, und sie muß sich wieder ihren Patienten widmen.«

In dem Augenblick klingelte es. Es war Tim Streeter, ein großgewachsener, schlanker Mann mit Schnauzer und gewinnendem Lächeln. Max rief Agnes, die sich angesichts Tims ruhiger Art schnell entspannte, während Calia nach kurzem argwöhnischem Zögern verkündete, er sei ein »Walroß«, seines riesigen Schnurrbarts wegen, und sich erbot, ihn mit toten Fischen zu füttern. Tim brachte sie zum Lachen, indem er seine Schnurrbartenden hochblies. Max machte sich erleichtert auf den Weg zum Krankenhaus.

Tim sah sich auf dem Gelände um, merkte sich die gefährlichsten Stellen und ging dann mit Calia und den Hunden zum Spielen in den Park hinüber. Calia nahm Ninshubur mit und zeigte Mitch und Peppy stolz, daß ihr Hund genau wie sie eine Hundemarke hatte. »Ninshubur ist die Mami von Mitch«, erklärte sie.

Als Agnes sah, wie geschickt Tim zwischen Calia und anderen Spaziergängern blieb, das Ganze zu einem Spiel machte, statt dem Kind unnötig Angst einzujagen, kehrte sie ins Haus zurück, um sich um ihre Malfarben zu kümmern. Nachdem die Hunde sich ausgetobt hatten, sagte ich zu Tim, ich müsse gehen.

»Es gibt also keine unmittelbare Bedrohung?« fragte er.

»Nur einen hyperemotionalen Typ, der alles durcheinanderbringt. Er hat niemanden direkt bedroht, sorgt aber bei allen für ein ungutes Gefühl«, antwortete ich.

»Tja, dann kann ich die Sache wohl allein erledigen. Ich

schlage ein Feldbett im Wintergarten auf: Das ist die einzige Stelle im Haus, wo die Fenster ungeschützt sind. Du hast doch ein Bild von dem Typ, oder?«

In dem Chaos vor Morrells Abfahrt zum Flughafen hatte ich meine Aktentasche mit den Fotos bei ihm vergessen. Ich versprach, sie ein oder zwei Stunden später auf dem Weg in die Stadt vorbeizubringen. Calia schmollte, als ich die Hunde zu mir rief, doch Tim blies wieder seinen Schnurrbart hoch und bellte wie ein Walroß. Da wandte Calia mir und den Hunden den Rücken zu und erklärte Tim, er müsse noch einmal bellen, wenn er einen weiteren Fisch wolle.

Lotty Herschels Geschichte: Quarantäne

Ich erreichte das Cottage an einem Tag, der so heiß war, daß nicht einmal mehr die Bienen in der Luft summten. Ein Mann, der mit mir im Bus von Seaton Junction gefahren war, trug meinen Koffer für mich die Straße hinauf. Als er mich endlich allein gelassen hatte, allerdings nicht, ohne vorher mindestens acht- oder neunmal gefragt zu haben, ob ich zurechtkommen würde, setzte ich mich erschöpft auf die Schwelle in der Sonne. Mein Pullover war inzwischen so oft geflickt und gestopft, daß er aus mehr Fäden als aus der ursprünglichen Baumwolle bestand.

Auch in London war es heiß gewesen; es hatte eine schreckliche Stadthitze geherrscht, und der gelbe Himmel hatte so stark auf den Kopf gedrückt, daß er sich anfühlte wie mit Watte gefüllt. Nachts schwitzte ich so stark, daß Laken und Nachthemd morgens beim Aufstehen immer klatschnaß waren. Ich wußte, daß ich etwas essen mußte, aber durch die Hitze und die Lethargie, die mein körperlicher Zustand bewirkte, fiel es mir schwer, mich zum Essen zu zwingen.

Als Claire mich untersuchte, erklärte sie mir mit strenger Stimme, daß ich verhungern würde, wenn ich so weitermachte. »Wenn du dir im Krankenhaus eine Infektion einfängst, bringt dich das innerhalb einer Woche um, so, wie du im Moment beisammen bist. Du mußt etwas essen. Und dich ausruhen.«

Essen und ausruhen. Wenn ich in der Nacht im Bett lag,

wurde ich von fiebrigen Alpträumen gequält. Ich sah immer wieder meine Mutter, die wegen ihrer Schwangerschaft und des Hungers zu schwach war, mit Hugo und mir die Treppe hinunterzugehen, als wir Wien verließen. Das Baby starb im Alter von zwei Monaten an Unterernährung. Nadja hatten sie die Kleine genannt, das heißt Hoffnung. Sie wollten nicht ohne Hoffnung sein. Vom Tod des Babys erfuhr ich aus einem Rotkreuzbrief meines Vaters, der mich im März 1940 erreichte. Begrenzt auf die erlaubten fünfundzwanzig Worte, sein letzter Brief.

Ich hatte dieses Baby gehaßt, als meine Mutter damals schwanger war, weil es sie mir wegnahm: keine Spiele mehr, keine Lieder mehr, nur ihre Augen, die immer größer wurden. Und jetzt verfolgte mich diese arme kleine Schwester, die ich nie gesehen hatte, und machte mir Vorwürfe wegen der Eifersucht, die ich mit neun Jahren verspürt hatte. Wenn ich nachts in der schwülen Londoner Luft schwitzte, konnte ich ihre schwachen Schreie hören, die vom Hunger immer matter wurden.

Oder ich erinnerte mich an meine Oma mit ihrem dichten silberblonden Haar, auf das sie so stolz war, daß sie es sich nicht schneiden ließ. In ihrer Wohnung in der Renngasse saß ich abends neben ihr, während ihr Hausmädchen ihr Haar bürstete, das so lang war, daß sie darauf sitzen konnte. Aber jetzt, in meinen Träumen, sah ich sie mit kahlgeschorenem Kopf, wie die Mutter meines Vaters ohne ihre Perücke. Welches Bild quälte mich mehr? Meine Oma, hilflos und mit rasiertem Kopf, oder die Mutter meines Vaters, meine *bobe*, der ich einen Abschiedskuß verwehrt hatte? Während ich in der Londoner Hitze immer schmaler und schwächer wurde, begann jener letzte Morgen in Wien allmählich die Welt um mich herum zu übertönen.

Die Cousinen, mit denen ich das Bett geteilt hatte, die nicht mit nach England gefahren, sondern im Bett geblieben waren, die sich geweigert hatten, aufzustehen und mit uns zum Bahnhof zu gehen. Oma und Opa zahlten für Lingerls Kinder, aber nicht für die Töchter der Schwestern meines Vaters, für jene dunklen Mädchen mit den nußförmigen Gesichtern, denen ich so ähnlich sah. Ach, das Geld, Opa hatte kein Geld mehr, nur noch jenen kleinen Goldschatz. Die Münzen, die mir das Medizinstudium finanzierten, hätten meinen Cousinen das Leben retten können. Meine *bobe*, die die Arme nach mir, der Tochter ihres geliebten Martin, ausstreckte, und ich, auf der der eifersüchtige Blick meiner Oma ruhte, während ich mich lediglich mit einem förmlichen Knicks von ihr verabschiedete. Ich lag weinend im Bett und flehte meine Großmutter an, mir zu verzeihen.

In jenen Tagen konnte ich kaum mit Carl sprechen. Er war ohnehin nicht oft in London. Im Frühjahr fuhr das Orchester zu einem Konzert nach Holland, und den größten Teil des Juni und Juli verbrachte er in Bournemouth und Brighton, wo sein neugegründetes Kammerensemble eine Serie von Promenadenkonzerten gab. Die wenigen gemeinsamen Nächte, die wir in jenem Sommer hatten, endeten damit, daß ich quer durch London von seiner kleinen Wohnung zu meinem Zimmer ging, um seiner Energie und seinem Optimismus zu entfliehen, die ich nicht begriff.

Nur im Krankenhaus hatte ich Ruhe vor den quälenden Bildern. Wenn ich die Verbände der eiternden Wunden eines Mannes wechselte oder vorsichtig die Zeitungen auseinanderschnitt, in die eine Mutter aus dem East End ihr krankes Baby eingenäht hatte, war ich in dieser Welt, in London, bei den Leuten, denen ich helfen konnte. Als fünf meiner Studienkollegen im Winter wegen Krankheit ausfielen, arbeitete ich noch mehr, um die Ausfälle auszugleichen. Die Ausbilder mochten mich nicht: Ich war zu ernst, zu fanatisch. Aber sie erkannten mein Geschick bei den Patienten, sogar schon im zweiten Jahr.

Ich glaube, deswegen kam Claire auch, um nach mir zu schauen. Sie war anläßlich einer Konferenz über die neu entwickelten Arzneimittel gegen Tuberkulose im Royal Free gewesen. Und hinterher hatte ein Professor, der wußte, daß ich ihren Worten wahrscheinlich mehr Gewicht beimessen würde, sie gebeten, Miss Herschel dazu zu bringen, ein wenig kürzerzutreten und an den sportlichen und kulturellen Aktivitäten ihres Jahrgangs teilzunehmen. Das würde einen ausgeglicheneren Menschen und letztlich auch eine bessere Ärztin aus mir machen.

Im normalen Alltag kreuzten sich unsere Wege nicht mehr.

Claire lebte noch bei ihrer Mutter, aber ich war bei Cousine Minna ausgezogen. Claire absolvierte ihr Abschlußjahr als Medizinalassistentin im St. Anne's in Wembley, was bedeutete, daß sie sich jeden Tag bis in die Abendstunden um Verletzte, die Pflege Frischoperierter sowie die übrigen Stationen kümmern mußte – Frauen, auch Frauen wie Claire Tallmadge, wurden damals immer die niedrigsten Tätigkeiten zugewiesen. Als ich den Blick hob und sie plötzlich am anderen Ende des Raumes stehen sah, brach ich zusammen.

Carl hat mir oft vorgeworfen, in Claire verliebt gewesen zu sein. Ja, das stimmt, aber nicht so, wie er dachte. Das war nichts Erotisches, sondern die Vernarrtheit eines Kindes in einen angebeteten Erwachsenen. Vermutlich fühlte Claire sich geschmeichelt, daß ich ihr alles nachmachte, sogar wie sie im Royal Free anfing, und schenkte mir deshalb ihre Aufmerksamkeit. Aus diesem Grund war es auch später so schmerzhaft für mich, als sie den Kontakt zu mir abbrach. Aber seinerzeit hing unser mangelnder Kontakt noch mit unseren unterschiedlichen Tagesplänen und Wohnorten zusammen.

Dennoch war ich verblüfft, als sie mir eine Woche nach meinem Zusammenbruch in ihrer Anwesenheit schrieb, sie wolle mir das Cottage anbieten. Ich durchquerte London mit dem Zug und dem Bus, um mich mit ihr auf einen Tee zu treffen, und sie erklärte mir, Ted Marmaduke und sein Bruder Wallace hätten das Cottage für ihre Segelausflüge erworben. Nach dem Tod von Wallace in El Alamein hatte Ted keine rechte Freude mehr am Segeln. Und Vanessa haßte Boote; das Land, das echte Land, langweilte sie. Doch Ted wollte das Cottage nicht verkaufen; er gab sogar einem Bauernehepaar aus der Gegend Geld dafür, daß sie den Hof und den Rest des Anwesens einigermaßen in Ordnung hielten. Claire sagte, er könne sich vorstellen, wieder hinauszufahren, wenn er und Vanessa Nachwuchs hätten – er dachte an fünf oder sechs Kinder, die seine Liebe zum Sport teilen würden. Da sie jedoch inzwischen zehn Jahre verheiratet waren, ohne daß auch nur ein sportliches blondes Kind aus der Ehe hervorgegangen wäre, hatte ich das Gefühl, daß sich Vanessa auch in dieser Sache durchsetzen würde, doch das war nicht mein Problem. Ich machte mir nicht viel aus Teds und Vanessas Leben.

»Ted hat mich nie leiden können«, sagte ich, als Claire mir erklärte, ihr Schwager biete mir das Cottage an, damit ich mich bei gesunder Luft und nahrhaftem Essen erholen konnte. »Warum sollte er mir sein Cottage überlassen? Wäre das nicht einer jener Übergriffe, vor denen er dich immer gewarnt hat?«

Ich hatte mehrmals Teds Kritik an Claires Freundschaft mit mir belauscht. Hinter der Gartenmauer hatte ich ihn sagen hören, sie solle vorsichtiger sein, Leute wie ich würden andere nur ausnutzen. Und Claire hatte geantwortet, ich sei ein merkwürdiges kleines Äffchen ohne Mutter, und wie solle ich sie schon ausnutzen? Daraufhin hatte sich Teds Bruder Wallace, ein großgewachsener blonder Mann mit lautem, herzlichem Lachen, eingemischt, daß sie sich noch wundern würde, Leute wie ich neigten nun mal zu solchen Übergriffen: Du bist noch jung, Claire, und du glaubst, alles besser zu wissen als wir. Ich verspreche dir, wenn du erst die Welt ein bißchen kennengelernt hast, siehst du das auch anders.

Sollte ich mich dafür schämen, daß ich so viel von der anderen Seite der Mauer gehört hatte? Vielleicht, vielleicht – allerdings war es lediglich meine kindliche Vernarrtheit in Claire gewesen, die mich dazu brachte, sie zu belauschen, wenn sie am Sonntagnachmittag alle im Garten saßen.

Nun errötete Claire. »Ted ist durch den Krieg reifer geworden. Und durch den Verlust von Wallace. Du hast ihn noch nicht gesehen, seit er wieder zurück ist, oder? Wahrscheinlich wird er irgendwann großen Einfluß haben in dieser Stadt, aber zu Hause ist er jetzt viel sanfter als früher. Als er und Vanessa uns am Sonntag zum Essen besucht haben und ich ihnen erzählt habe, wie krank du bist, daß du Ruhe und frische Luft brauchst, haben sie beide sofort an Axmouth gedacht.

Ein Farmer aus der Gegend, er heißt Jessup, wird dir sicher billige Lebensmittel verkaufen, und in Axmouth gibt's auch einen ordentlichen Arzt, also müßtest du dort allein zurechtkommen. Ich fahre im Dezember hin, wenn meine Zeit im St. Anne's zu Ende ist, aber wenn du mich brauchst, kannst du mir ein Telegramm schicken; vermutlich könnte ich mir in einem Notfall einen Tag freinehmen.«

Genauso wie sie dafür gesorgt hatte, daß ich an der Schule angemeldet wurde und die Stipendien bekam, die ich benötigte, organisierte sie auch jetzt alle Einzelheiten meines Lebens. Sie unterschrieb sogar mein Tuberkulose-Attest und überzeugte die Krankenhausleitung davon, daß ich mich auf dem Land, wo ich frische Lebensmittel bekäme, schneller erholen würde als in einem Sanatorium. Ich hatte ihr nichts entgegenzusetzen, keine Kraft, ihr zu sagen, daß ich es lieber in London versuchen würde.

Als dann der Zeitpunkt kam, die Stadt zu verlassen, wußte ich nicht, was ich Carl sagen sollte. Er war eine Woche zuvor nach einem *succès fou* aus Brighton zurückgekehrt, und zwar mit einer solchen Energie, daß ich seine Gesellschaft kaum ertrug. Zehn Tage später würde er zusammen mit den anderen Mitgliedern des Cellini-Ensembles zum zweiten Edinburgh Arts Festival abreisen. Sein Erfolg, seine Pläne, seine Vision von der Kammermusik – all das erfüllte ihn so sehr, daß er überhaupt nicht merkte, wie krank ich war. Schließlich schrieb ich ihm einen unbeholfenen Brief:

Lieber Carl, ich habe mich beim Royal Free krank gemeldet. Ich wünsche Dir großen Erfolg in Edinburgh.

Ich rang um einen persönlichen Abschluß des Briefes, um etwas, das ihn an die Abende im obersten Rang der Oper erinnern sollte, an unsere langen Spaziergänge entlang des Embankment und an die Lust, die wir zusammen in dem schmalen Bett des Wohnheims erlebt hatten, bevor er genug Geld für eine eigene Wohnung verdiente. All dies schien jetzt so weit weg zu sein wie meine Oma und meine *bobe*. Am Ende setzte ich nur meinen Namen unter den Brief und steckte ihn in den Briefkasten vor der Waterloo Station, bevor ich den Zug nach Axmouth bestieg.

25 Papier ist geduldig

Sobald ich in Morrells Wohnung war, rief ich Vishnikov in der Pathologie an. Er meldete sich in seiner üblichen abgehackten Weise.

»Vic! Kannst du hellsehen? Oder hast du irgendwelche Beweise gehabt?«

»Dann war's also kein Selbstmord.« Ich stand an der Arbeitsfläche in der Küche und atmete tief durch.

»Der erste Hinweis war, daß sich keine Schmauchspuren an seiner Hand befunden haben. Und dann war da noch ein Schlag gegen den Schädel, der ihn vermutlich betäubt hat, so daß der Mörder ihn ganz gemütlich erschießen konnte. Der Angestellte hier, der die erste Obduktion gemacht hat, war nicht gründlich genug, nach anderen Verletzungen zu suchen. Was ist dir aufgefallen?«

»Ach, der Schlag gegen den Kopf«, sagte ich lässig. »Nein, offen gestanden habe ich die Umstände gesehen, unter denen er gelebt hat, nicht die seines Todes.«

»Egal, Gratulation jedenfalls – obwohl Commander Purling vom Twenty-first District nicht gerade glücklich ist. Seine Leute haben das Problem am Tatort nicht wahrgenommen, deswegen wär's ihm lieber, wenn es sich nicht als Mord entpuppen würde. Aber ich hab' ihn darauf hingewiesen, daß die Fotos von der Spurensicherung die Waffe direkt unter der Hand des Opfers zeigen. Wenn der Mann Selbstmord begangen hätte, wäre die Waffe aus Höhe seines Kopfes heruntergefallen, und zwar weg von seinem Arm, nicht direkt unter seine Hand. Also hat Purling weitere Ermittlungen angeordnet. Aber jetzt muß ich los.«

Bevor er auflegen konnte, fragte ich ihn hastig, ob sicher sei, daß die SIG Trailside die Tatwaffe gewesen war.

»Hast du noch mehr Zauberkunststückchen für mich, Warshawski? Ich leite die Frage ans Labor weiter. Bis dann.«

Während ich für die Hunde eine Schüssel mit Wasser füllte, überlegte ich, ob ich Commander Purling vom Twenty-first District, dem einundzwanzigsten Bezirk, anrufen und ihm sagen sollte, was ich wußte. Aber es war so wenig – der mysteriöse Anruf in Fepples Büro am Freitag abend und hinterher der ebenso mysteriöse Besucher dort –, und die Leute von der Polizei würden das alles von dem Wachmann beziehungsweise aus Fepples Telefonlisten erfahren. Wenn ich mich tatsächlich bei Purling meldete, bedeutete das im besten Fall einige Stunden auf dem Revier, in denen ich erklären mußte, was ich mit der ganzen Sache zu tun hatte. Und im schlimmsten hatte ich vielleicht mehr Probleme am Hals, als ich brauchen konnte, weil ich den Tatort auf eigene Faust inspiziert hatte.

Außerdem war das weder mein Fall noch mein Problem. Meine Aufgabe war es, die Ajax dazu zu bringen, daß die Gesellschaft der Sommers-Familie zahlte, was sie ihr aufgrund der von Aaron Sommers abgeschlossenen Versicherung schuldete. Aaron Sommers, dessen Name auf einem alten Kladdenblatt in Howard Fepples Aktentasche stand, daneben zwei Kreuze.

Ich rief bei Cheviot an und verlangte Kathryn Chang.

»Ach, ja, Barry hat mir das Blatt Papier von Ihnen gegeben. Ich hab's mir erst kurz angeschaut, aber aufgrund des Wasserzeichens würde ich sagen, daß es in der Schweiz hergestellt wurde, und zwar in der Baume-Manufaktur außerhalb von Basel. Es handelt sich um ein Baumwollgewebe, das während des Zweiten Weltkriegs wegen des Rohstoffmangels nicht hergestellt wurde, also stammt es grob aus der Zeit zwischen 1925 und 1940. Sobald ich mir die Tinte genauer angesehen habe, kann ich präzisere Angaben machen, denn dann kann ich besser beurteilen, wann die Wörter niedergeschrieben wurden. Allerdings wird das mindestens eine Woche dauern, weil ich zuvor noch eine Menge anderer Aufträge erledigen muß.«

»Das ist in Ordnung; die Informationen reichen mir im Moment«, sagte ich und dachte über das nach, was sie mir mitgeteilt hatte. »Wissen Sie, ob diese Art Papier hauptsächlich oder vielleicht sogar ausschließlich in der Schweiz verwendet wurde?«

»Nein, nein. Das Baume-Werk hat jetzt keine so große Bedeutung mehr, aber bis in die Mitte der sechziger Jahre war es eine der größten Manufakturen der Welt für feine Papiere. Bei dem, das ich von Ihnen habe, handelt es sich um eine Art, die besonders für Adreß- und Tagebücher und ähnliche Dinge benutzt wurde. Eine Verwendung wie im vorliegenden Fall, nämlich als Buchhaltungspapier, ist eher unüblich. Die Person, der es gehört hat, muß sehr … wie soll ich es ausdrücken? Sehr von sich eingenommen gewesen sein. Natürlich würde es mir sehr helfen, wenn ich das Buch, aus dem es herausgerissen wurde, sehen könnte.«

»Tja, das würde mir auch helfen. Aber eins würde mich besonders interessieren: Können Sie feststellen, von wann die unterschiedlichen Einträge stammen? Nicht das genaue Jahr, sondern eher, ob manche der Eintragungen aktuelleren Datums sind als andere.«

»Gut. Das schreibe ich dann auch in meinen Bericht, Ms. Warshawski.«

Ich hatte das Gefühl, daß es an der Zeit war, Ralph einen weiteren Besuch abzustatten. Seine Sekretärin erinnerte sich noch von der vergangenen Woche an mich, erklärte mir aber, Ralph könne mich nicht empfangen, er habe bis halb sieben abends durchgehend Termine. Als ich ihr jedoch sagte, ich könnte vielleicht helfen, Alderman Durham den Wind aus den Segeln zu nehmen, legte sie mich in die Warteschleife – wie sich herausstellte, blieb mir dort genug Zeit, den gesamten Sportteil des *Herald-Star* zu lesen. Als sie sich wieder meldete, teilte sie mir mit, Ralph könne mich mittags für fünf Minuten dazwischenquetschen, vorausgesetzt, ich käme pünktlich.

»In Ordnung«, sagte ich, legte auf und wandte mich den Hunden zu. »Das heißt, daß wir nach Hause fahren, wo ihr im Garten rumliegen könnt, während ich eine Strumpfhose anziehe. Ich weiß, daß ich euch fehlen werde, aber seid mal ehrlich – wer von uns wird den größeren Spaß haben?«

Inzwischen war es halb elf. Einen Augenblick spielte ich mit dem Gedanken, mich in Morrells Bett zu legen und ein bißchen zu schlafen, doch ich mußte ja Tim Streeter noch die Fotos von Radbuka bei Max vorbeibringen. Und außerdem wollte ich in meine eigene Wohnung, um meine Jeans aus- und etwas Passenderes für ein Geschäftstreffen anzuziehen. »Life's just a wheel and I'm caught in the spokes« sang ich, während ich die Hunde in den Wagen scheuchte. Bei Max war alles ruhig, als ich die Fotos von Radbuka vorbeibrachte. Danach fuhr ich nach Belmont, ließ die Hunde bei Mr. Contreras und rannte die Treppe zu meiner eigenen Wohnung hinauf.

Am Abend war das Essen bei den Rossys, bei dem ich Bertrands von Heimweh geplagte Frau mit meinem Italienisch aufmuntern sollte. Ich zog einen weichen schwarzen Hosenanzug an, der sowohl für die geschäftlichen Treffen als auch für den Abend paßte, und dazu einen Pullover mit hohem Kragen, den ich ausziehen konnte, bevor ich zu den Rossys fuhr, so daß das roséfarbene Oberteil darunter zum Vorschein kam. Die Diamantohrhänger meiner Mutter verstaute ich in einer Tasche. Dazu kamen meine Aktentasche mit meinen Pumps und die Schuhe mit den Kreppsohlen, die ich am Morgen in Fepples Büro getragen hatte... Ich schob den Gedanken beiseite und hastete die Treppe hinunter. Die Flipperkugel war wieder in Aktion.

Dann fuhr ich zu meinem Büro und nahm von dort aus die Hochbahn in den Loop. Vor dem Ajax-Eingang an der Adams Street ging immer noch ein kleines Häufchen Demonstranten im Kreis herum. Ohne ihren Anführer Alderman Durham wirkten sie ein wenig verloren. Hin und wieder gaben sie einen Spruch zum besten, wenn Leute auf dem Weg vom Büro zum Mittagessen vorbeikamen, aber die meiste Zeit unterhielten sie sich untereinander und ließen die Plakate auf ihren Schultern ruhen. Es schien sich um dieselben Plakate wie am Freitag zu handeln: keine Entschädigungszahlungen für Sklavenbesitzer, keine Wolkenkratzer auf den Leichen von Sklaven und so weiter, aber auf dem Flugblatt, das ein beharrlicher junger Mann mir am Eingang reichte, waren die Bemerkungen über mich verschwunden. Sie waren herausgeschnitten. Die mittlere Überschrift, die mich fragte, ob ich keine Scham kenne, fehlte, so daß eine Lücke zwischen der unbarmherzigen Ajax-Gesellschaft und den mitleidlosen Birnbaums entstand. Auch der restliche Text sah merkwürdig aus:

> Die Ajax Insurance hat die Versicherung ihres Mannes vor zehn Jahren ausgezahlt. Als er letzte Woche starb, haben sie ihre Stardetektivin geschickt, um Schwester Sommers zu beschuldigen, sie hätte sie gestohlen.

Vermutlich konnten sie so meinen Namen einfach wieder eintragen, falls ich als Schurke noch einmal aktuell werden sollte. Ich steckte das Flugblatt in meine Aktentasche.

Um Punkt zwölf brachte die Empfangsdame der Chefetage mich zu Ralphs Vorzimmer. Ralph befand sich noch in einer Konferenz, doch seine Sekretärin teilte ihm mit, daß ich da sei, und schon kurze Zeit später tauchte er auf. Diesmal begrüßte er mich mit einem grimmigen Nicken, nicht mit einem Grinsen und einer Umarmung.

»Bringst du eigentlich immer Probleme, Vic?« fragte er, als wir in seinem Büro waren und die Tür sich hinter uns geschlossen hatte. »Oder tauchen die bloß zufällig auf, wenn du in der Gegend bist?«

»Wenn du wirklich nur fünf Minuten Zeit hast, solltest du die nicht verwenden, um mir die Schuld für Durhams Protestaktionen zu geben.« Ich setzte mich auf einen der unbequemen Chromstühle, während Ralph sich gegen die Kante seines Schreibtischs lehnte. »Ich wollte dir vorschlagen, der Sommers-Familie entgegenzukommen. Dann kannst du hinterher ein großes Presse-Statement darüber rausgeben, daß dein Mitgefühl mit der trauernden Witwe...«

Er fiel mir ins Wort: »Wir haben der Familie 1991 zehntausend Dollar gezahlt. Ich bin nicht bereit, eine Versicherung doppelt auszuzahlen.«

»Die Frage ist nur, wer 1991 das Geld gekriegt hat. Ich persönlich glaube nicht, daß irgendein Angehöriger der Sommers' es je zu Gesicht bekommen hat. Der Scheck ist nicht über die Schwelle der Agentur gelangt.«

Er verschränkte abweisend die Arme. »Kannst du das beweisen?«

»Du weißt wahrscheinlich, daß Howard Fepple tot ist. Es gibt niemanden, der...«

»Er hat sich umgebracht, weil seine Agentur den Bach runtergegangen ist. Das war das Thema der Besprechung heute morgen.«

Ich schüttelte den Kopf. »Schnee von gestern. Er wurde ermordet. Die Sommers-Akte ist verschwunden. Jetzt gibt es in der Agentur niemanden mehr, der erklären könnte, was wirklich passiert ist.«

Ralph starrte mich wütend und ungläubig an. »Was soll das heißen: Er wurde ermordet? Die Polizei hat seine Leiche gefunden und den Abschiedsbrief. Das stand in der Zeitung.«

»Ralph, vor nicht ganz einer Stunde hat der Pathologe mich angerufen und mir gesagt, daß die Obduktion Beweise für einen Mord geliefert hat. Findest du es nicht auch merkwürdig, daß das Verschwinden der Sommers-Akte genau mit dem Zeitpunkt von Fepples Ermordung zusammenfällt?«

»Soll ich dir das jetzt alles abkaufen, bloß weil du das sagst?«

Ich zuckte mit den Achseln. »Ruf den Pathologen an oder den Commander vom Twenty-first District. Ich versuche nur, meinem Klienten zu helfen – und gebe dir eine Möglichkeit, die Demo da unten auf der Adams Street aufzulösen.«

»Na schön: Erklär mir deinen Vorschlag.« Sein finsterer Blick brachte seine beginnenden Hängebacken noch stärker zur Geltung.

»Komm der Sommers-Familie entgegen«, wiederholte ich ruhig. »Es geht nur um zehntausend Dollar. Das ist ein Hin- und Rückflug nach Zürich für einen von den Managern bei euch, aber für Gertrude Sommers und den Neffen, der das Geld für die Beerdigung aufgebracht hat, ist es der Unterschied zwischen Armut und einem anständigen Leben. Mach 'ne große PR-Sache draus. Was kann Durham dann schon tun? Er könnte behaupten, daß er dich dazu gebracht hat, was zu unternehmen, aber er kann nicht mehr überall erzählen, ihr hättet die Witwe um das ihr zustehende Geld betrogen.«

»Ich denk' drüber nach. Aber die beste Idee ist das nicht.«

»Ach, ich finde sie toll. Sie zeigt, wie zuverlässig die Gesellschaft ist, sogar in einer solchen Sondersituation. Ich könnte mir glatt vorstellen, den Artikel für dich zu schreiben.«

»Weil's nicht um dein Geld geht.«

Ich mußte lächeln. »Denkst du vielleicht, Rossy stürmt hier rein und brüllt: ›Junger Mann, den Betrag werden Sie uns auf Heller und Pfennig zurückzahlen‹?«

»Ich finde das nicht witzig, Vic.«

»Ich weiß. Und noch weniger witzig wird's, wenn die Leute eine Verbindung herstellen zum Verschwinden der Sommers-Akte. Hat die Gesellschaft vor zehn Jahren irgendwas gemacht, was nicht an die Öffentlichkeit kommen sollte?«

»Wir haben nie...« Er schwieg, als ihm einfiel, daß wir uns bei einer Betrugsgeschichte kennengelernt hatten, in die die Ajax verwickelt gewesen war. »Denken das auch die Leute von der Polizei?«

»Keine Ahnung. Ich könnte meine Fühler ausstrecken. Wenn dich das tröstet: Soweit ich weiß, will der Beamte, der für die Ermittlungen zuständig ist, sich in der Sache nicht überanstrengen.« Ich stand auf und holte eine Kopie des Kladdenblattes aus meiner Aktentasche. »Das hier ist das einzige Dokument über die Sommers-Familie, das noch im Büro von Fepple war. Sagt es dir irgendwas?«

Ralph warf einen kurzen Blick darauf und schüttelte dann ungeduldig den Kopf. »Was ist das? Wer sind diese Leute?«

»Ich hatte gehofft, daß du mir das sagen kannst. Bei meinem Besuch letzte Woche hat eure Angestellte Connie Ingram die Akte von Sommers hier oben gelassen. Da sind Kopien von allen Agenturdokumenten drin, vielleicht auch eine vollständige Ausgabe von diesem Blatt hier. Ich weiß nicht, wer die anderen Leute sind, aber die beiden Kreuze könnten bedeuten, daß sie nicht mehr leben. Das Original dieser Seite ist ziemlich alt. Und ich sag' dir was Komisches darüber: Ein Labor hat mir mitgeteilt, daß das Papier vor dem Krieg in der Schweiz hergestellt wurde. Vor dem Zweiten Weltkrieg, nicht vor dem Golfkrieg.«

Plötzlich wirkte sein Gesicht angespannt. »Du willst doch hoffentlich nicht behaupten …«

»Die Edelweiß? Du lieber Himmel, Ralph, der Gedanke ist mir wirklich nur ganz kurz gekommen. Das Labor sagt, daß diese Art von Papier an narzißtische Typen auf der ganzen Welt verkauft wurde – offenbar war es ziemlich teuer. Aber Schweizer Papier und eine Schweizer Waffe in einer Versicherungsagentur, die erstaunlich viel Aufmerksamkeit erregt – der menschliche Geist ist alles andere als rational, Ralph, er stellt lediglich Zusammenhänge her. Und genau das tut der meine im Augenblick.«

Er starrte das Blatt Papier wie hypnotisiert an. Da meldete sich seine Sekretärin über die Gegensprechanlage und erinnerte ihn, daß er in die nächste Besprechung müsse. Mit sichtlicher Mühe wandte er den Blick ab.

»Das kannst du hierlassen. Ich bitte Denise nachzusehen, ob in der Akte noch andere Unterlagen in dieser Handschrift sind. Aber jetzt muß ich in die nächste Konferenz. Da geht's um Rücklagen, die möglichen Ansprüche von Überlebenden des Holocaust und andere Dinge, die viel mehr wert sind als zehntausend Dollar und aus der Luft gegriffene Anschuldigungen gegen die Edelweiß.«

Auf dem Weg zum Foyer stieg ich im achtunddreißigsten Stock aus, wo Leistungsansprüche bearbeitet wurden. Anders als in der Chefetage, wo eine Empfangsdame hinter einem Mahagonitisch die Besucher begrüßte, gab es hier niemanden, der mir den Weg zu Connie Ingrams Schreibtisch hätte erklären können. Es lagen auch keine roséfarbenen chinesischen Teppiche auf endlosem Parkett. Ein grober senffarbener Teppichboden begleitete mich durch ein Labyrinth aus Arbeitsplätzen, von denen die meisten wegen der Mittagszeit leer waren.

Am südlichen Ende des Stockwerks fand ich schließlich eine Frau an ihrem Schreibtisch, die das Kreuzworträtsel der *Tribune* löste, während sie Sojabohnenkeime aus einem Plastikbehälter aß. Sie war mittleren Alters und hatte kleine, gefärbte Korkenzieherlocken. Als sie mich bemerkte, begrüßte sie mich mit einem freundlichen Lächeln und fragte, wie sie mir helfen könne.

»Connie Ingram? Die ist auf der anderen Seite. Kommen Sie, ich führe Sie hin. Hier findet man sich bloß zurecht, wenn man im Haus arbeitet.«

Sie schlüpfte in ihre Pumps und führte mich auf die andere Seite des Stockwerks. Connie Ingram kehrte gerade mit einer Gruppe anderer Leute an ihren Platz zurück. Es war das übliche Gejammer über die Arbeit zu hören, aber auch der eine oder andere Plan für die Nachmittagspause. Sie begrüßte mich und die Frau, die mich hingeführt hatte, mit freundlichem Interesse: Es machte mehr Spaß, mit jemandem zu sprechen, als die ganze Zeit den Computerbildschirm oder Akten anzustarren.

»Ms. Ingram?« Ich bedachte sie mit meinem schönsten Lächeln. »Ich bin V.I. Warshawski – wir haben uns letzte Woche im Büro von Ralph Devereux kennengelernt, als wir uns die Akte von Aaron Sommers angeschaut haben.«

Ihr Blick wurde mißtrauisch. »Weiß Mr. Rossy, daß Sie hier sind?«

Ich streckte ihr meinen Besucherausweis hin und bemühte mich, mein Lächeln noch strahlender erscheinen zu lassen. »Ich bin auf Einladung von Ralph Devereux hier. Möchten Sie bei seiner Sekretärin anrufen und fragen? Oder soll ich lieber gleich selbst Bertrand Rossy anrufen und ihm sagen, was ich brauche?«

Ihre Kolleginnen drängten sich schützend, aber auch neugierig um sie. Sie murmelte, das sei wohl nicht nötig und was ich denn wolle?

»Einen Blick in die Akte werfen. Sie wissen, daß der Agent, der die Versicherung verkauft hat, tot ist? Seine Kopie der Akte fehlt. Ich muß mir die Unterlagen ansehen, um herauszufinden, wer ursprünglich den Anspruch auf Auszahlung der Versicherung erhoben hat. Mr. Devereux spielt mit dem Gedanken, der Witwe das Geld aufgrund der Verwirrung um die Akte, den Tod des Agenten und so weiter auszuzahlen.«

Sie wurde rot. »Tut mir leid, aber Mr. Rossy hat mir definitiv gesagt, ich solle die Akte niemandem außerhalb der Gesellschaft zeigen. Außerdem ist sie immer noch oben im zweiundsechzigsten Stock.«

»Und was ist mit dem Mikrofiche? Hatten Sie nicht gesagt, Sie hätten die Dokumente von dem Fiche kopiert? Hier geht's um eine ältere Frau, die ihr Leben lang Bettpfannen gewechselt hat, während ihr Mann zwei Schichten arbeiten mußte, um die Beiträge für die Versicherung zahlen zu können. Wenn die Versicherung aufgrund eines Buchhaltungsfehlers ausgezahlt wurde oder weil der Agent betrogen hat, sollte diese alte Frau doch in ihrer Trauer nicht auch noch gedemütigt werden, oder?« Eigentlich, dachte ich, war's besser, wenn ich nicht den Artikel für die Ajax schrieb, sondern Texte für Bull Durham verfaßte.

»Wirklich, es ist Vorschrift in diesem Unternehmen, daß Außenstehende keinen Einblick in unsere Akten bekommen. Sie können meine Vorgesetzte fragen, wenn sie aus der Mittagspause zurück ist.«

»Ich bin heute abend bei den Rossys zum Essen eingeladen. Ich sage es ihm.«

Nun wurde ihr Gesichtsausdruck noch besorgter. Sie machte es gern allen Leuten recht: Was, wenn sowohl der mächtige Boß aus dem Ausland als auch ich wütend auf sie wären? Aber sie war eine ehrliche junge Frau, und am Ende entschied sie sich für die Loyalität gegenüber dem Unternehmen. Mir gefiel das nicht, obwohl ich natürlich Hochachtung vor ihr hatte. Ich bedankte mich mit einem Lächeln dafür, daß sie mir ihre Zeit gewidmet hatte, und gab ihr meine Visitenkarte für den Fall, daß sie es sich anders überlegte.

26 Hypnotische Suggestion

Draußen bog ich in eine vergleichsweise ruhige Nebenstraße ein, um noch einmal mit Tim Streeter zu telefonieren. Er war mit Calia im Zoo. Radbuka hatte sich wieder im Park gezeigt, als Tim mit Calia in den Wagen gestiegen war, aber Tim hatte ihn eher als lästig, weniger als besorgniserregend empfunden.

»Natürlich wissen wir beide, daß aus einer solchen Belästigung auch ein gewaltsamer Akt werden kann, allerdings halte ich ihn nach dem heutigen Tag nicht für bedrohlich, sondern für verwirrt: Er hat die ganze Zeit gesagt, er möchte bloß eine Gelegenheit bekommen, sich mit Max zu unterhalten, weil er etwas über seine wahre Familie herausfinden will. Aber da hat Calia zu kreischen angefangen, und das hat Agnes aufmerksam gemacht. Sie hat die Polizei gerufen, die auch irgendwann gekommen ist, sagt sie – ich war da schon weg mit der Kleinen. Ich habe Radbuka erklärt, daß er verschwinden muß, weil Max sonst eine Unterlassungsverfügung gegen ihn beantragt, und das würde bedeuten, daß er verhaftet werden kann, wenn er sich weiter vor dem Haus der Loewenthals rumtreibt.«

Ich blinzelte. »Hat Max das wirklich vor?«

»Ich hab' ihn im Krankenhaus angerufen und ihm gesagt, er soll's tun. Außerdem scheinen sich jetzt sowieso alle beruhigt zu haben. Agnes ist daheim geblieben und will malen: Ich hab' meinen Bruder angerufen und ihm gesagt, er soll herkommen und das Haus im Auge behalten. Ich wollte mit der Kleinen raus, damit Agnes nicht völlig ausflippt, weil sie glaubt, daß ihre Tochter in Lebensgefahr schwebt. Was nicht stimmt. Der Typ ist lästig, aber körperlich kann er's mit keinem von uns aufnehmen.«

Ich runzelte besorgt die Stirn. »Könnte er euch in den Zoo gefolgt sein?«

»Nein. Er war mit dem Fahrrad da. Mein Bruder hat mich vor einer halben Stunde vom Haus der Loewenthals aus angerufen und mir gesagt, daß er sich den Garten von Max und den Park auf der anderen Straßenseite genau angesehen, aber keine Spur von Radbuka gefunden hat.«

»Wie geht's Calia jetzt?«

»Gut. Wir schauen uns gerade echte Walrosse an – und ich

bekomme Tips, wie ich am besten um Fische bettle. Wenn ich ruhig bin, bleibt sie's auch.«

Nun fuhr ein Lieferwagen rückwärts in die kleine Straße. Sein beharrliches Hupen machte es unmöglich, das, was Tim noch sagte, zu verstehen. Ich brüllte ins Telefon, daß ich später noch bei Max vorbeikommen würde.

Dann drückte ich mich mit einem für mich ungewohnten Gefühl der Ineffektivität an dem Lieferwagen vorbei. Bis jetzt hatte ich nichts über Radbukas Vergangenheit herausgefunden, und für die Sommers-Familie hatte ich auch nichts bewirkt. Lotty, deren Zustand mich besorgt machte, wollte nicht mit mir reden. Rossys Wohnung befand sich gar nicht weit von der ihren entfernt am Lake Shore Drive. Wahrscheinlich blieb mir vor dem Abendessen noch genug Zeit, bei ihr vorbeizuschauen, aber ich hatte keine Ahnung, wie ich sie dazu bringen sollte, mir zu vertrauen.

Ich überquerte die Michigan Avenue beim Skulpturengarten des Art Institute, von wo aus ich im Büro anrief, um festzustellen, ob Mary Louise, deren Aufgabe es war, den Nachbarn der verschiedenen Ulf-Familien in Chicago das Foto von Radbuka zu zeigen, Fortschritte machte. Anfangs hatte sie versucht, sich darum zu drücken, doch als ich ihr erzählte, daß Radbuka sich in der Nähe von Max' Haus herumtrieb, pflichtete sie mir bei, daß wir Anhaltspunkte brauchten. Und wenn sie jemanden fand, der Radbuka gekannt hatte, als er noch Ulf gewesen war, half uns das vermutlich weiter.

Weitere Unterstützung erhoffte ich mir von Rhea Wiell. Da ich mich schon im Loop aufhielt, beschloß ich, ihr einen Überraschungsbesuch abzustatten: Vielleicht war sie dann ja zugänglicher als am Telefon. Und wenn sie nicht bereit war, mir Informationen über ihren Patienten zu geben, wußte sie möglicherweise eine Strategie, wie man ihn in den Griff bekommen konnte.

Ich ging die Michigan Avenue zum Water Tower Place hinunter und machte auf halber Höhe halt, um mir in einem Laden ein sogenanntes vegetarisches Sandwich zu kaufen. Das schöne Wetter hatte eine ganze Schar von Büroangestellten in der Mittagspause hinausgelockt. Ich setzte mich auf einen Marmorblock zwischen einen Mann, der in sein Taschenbuch vertieft war, und ein paar Frauen, die sich rauchend über das anmaßende Ansinnen eines Kollegen aufregten, daß sie ein zweites Set Stundenzettel ausfüllten.

Das Sandwich entpuppte sich als dickes Brötchen mit ein paar Scheiben Aubergine und Paprika. Ich zerkrümelte einen Teil des Brötchens für die Spatzen, die hoffnungsvoll vor mir auf dem Boden herumpickten. Da tauchten aus dem Nichts ein Dutzend Tauben auf, die versuchten, die Spatzen zu verdrängen.

Der Typ mit dem Taschenbuch sah mich voller Abscheu an. »Damit helfen Sie den Schädlingen«, sagte er, markierte die Seite, die er gerade las, mit einem Eselsohr und stand auf.

»Vielleicht haben Sie recht«, sagte ich und erhob mich ebenfalls. »Ich hab' zwar immer gedacht, meine Aufgabe sei es, sie unter Kontrolle zu halten, aber möglicherweise ist was dran an Ihrer Äußerung.«

Jetzt verwandelte sich sein Abscheu in Schrecken, und er verschwand hastig in dem Bürogebäude hinter uns. Ich zerkrümelte auch noch den Rest des Brötchens für die Vögel. Inzwischen war es fast eins. Morrell befand sich nun über dem Atlantik, weit weg von mir. Ich spürte ein hohles Gefühl im Bauch und machte mich auf den Weg, als könnte ich die Einsamkeit so hinter mir lassen.

In Rhea Wiells Praxis saß eine junge Frau im Wartezimmer, die nervös eine Tasse Kräutertee in den Händen hielt. Ich setzte mich und beobachtete die Fische im Aquarium, während die Frau mich mit argwöhnischen Blicken musterte.

»Wann ist denn Ihr Termin?« fragte ich.

»Um Viertel nach eins. Und Ihrer?«

Wenn meine Uhr richtig ging, war es noch nicht ganz zehn nach. »Ich bin ohne Voranmeldung hier, in der Hoffnung, daß Ms. Wiell heute nachmittag irgendwann Zeit für mich hat. Wie lange kommen Sie schon zu ihr? Hat sie Ihnen geholfen?«

»Sehr.« Sie sagte eine Weile nichts, doch als ich mich wieder den Fischen zuwandte und das Schweigen unangenehm wurde, fügte sie noch hinzu: »Rhea hat mir geholfen, mir über Teile meines Lebens bewußt zu werden, die mir zuvor verschlossen waren.«

»Ich bin noch nie hypnotisiert worden«, sagte ich. »Wie ist das?«

»Haben Sie Angst? Die hatte ich auch vor meiner ersten Sitzung, aber es ist ganz anders als in den Filmen. Es ist, als würde man mit dem Aufzug mitten hinein in die eigene Vergangenheit fahren. Man kann auf den verschiedenen Stockwerken aussteigen und sie erkunden. Rhea begleitet einen und gibt einem Sicherheit. Man ist nicht mehr allein oder in Gesellschaft der Ungeheuer, die damals da waren, als man diese Dinge zum erstenmal erlebt hat.«

Die Tür zum Sprechzimmer ging auf. Die junge Frau wandte den Blick sofort Rhea zu, die zusammen mit Don Strzepek herauskam. Die beiden lachten, als würden sie sich schon Ewigkeiten kennen. Don wirkte sehr lebhaft, und Rhea trug nicht wie sonst eine fließende Jacke und Hose, sondern ein rotes, eng geschnittenes Kleid. Als sie mich sah, errötete sie und wich ein wenig von Don zurück.

»Wollen Sie zu mir? Ich habe gleich einen Termin.« Zum erstenmal hatte ich das Gefühl, daß in ihrem Lächeln tatsächlich so etwas wie menschliche Wärme lag. Ich wußte, daß das nichts mit mir, sondern mit Don zu tun hatte, aber es machte meine eigene Reaktion natürlicher.

»Etwas ziemlich Ernstes ist passiert. Ich kann warten, bis Sie Zeit für mich haben, doch dann sollten wir uns unterhalten.«

Sie wandte sich der wartenden Patientin zu. »Isabel, ich werde die Sitzung mit Ihnen nicht verschieben, würde mich aber gern einen Augenblick allein mit der Frau unterhalten.«

Als ich sie zu ihrer Sprechzimmertür begleitete, folgte mir Don. »Paul Radbuka hat angefangen, die Familie von Mr. Loewenthal zu belästigen. Ich würde gerne mit Ihnen Strategien zur Bewältigung der Situation besprechen.«

»Er belästigt sie? Das ist eine ziemlich schwerwiegende Anschuldigung. Möglicherweise interpretieren Sie sein Verhalten falsch. Auf jeden Fall sollten wir darüber reden.« Sie trat hinter ihren Schreibtisch, um einen Blick in ihren Kalender zu werfen. »Ich könnte Sie um halb drei einschieben, eine Viertelstunde.«

Dann nickte sie mir majestätisch zu. Als ihr Blick auf Don fiel, wurde ihr Gesichtsausdruck wieder weicher. Sie begleitete uns beide zum Wartezimmer, wo sie zu ihm, nicht zu mir, sagte: »Bis halb drei dann.«

»Sieht so aus, als würde die Sache mit deinem Buch gut laufen«, sagte ich, sobald wir draußen auf dem Flur waren.

»Ihre Arbeit ist wirklich faszinierend«, erklärte Don. »Ich hab' mich gestern von ihr hypnotisieren lassen. Es war wunderbar, wie wenn man in einem warmen Meer dahintreibt, in einem ganz und gar sicheren Boot.«

Ich ertappte ihn dabei, wie seine Hand reflexartig in Richtung Brusttasche wanderte, während wir auf den Aufzug warteten. »Hast du mit dem Rauchen aufgehört? Oder dich an verschüttete Geheimnisse deiner Vergangenheit erinnert?«

»Sei nicht sarkastisch, Vic. Sie hat mich in eine leichte Trance versetzt, damit ich sehe, wie das ist, nicht in eine tiefere zur Freilegung von Erinnerungen. Das mit der tieferen Trance macht sie sowieso erst, wenn sie einen Patienten so gut kennt, daß sie sich ihres gegenseitigen Vertrauens sicher ist. Außerdem muß sie sich darauf verlassen können, daß der Patient stark genug ist, so etwas zu überstehen. Arnold Praeger und die Leute von Planted Memory werden es noch bereuen, daß sie versucht haben, ihren Ruf zu schädigen, wenn mein Buch erscheint.«

»Sie hat dich völlig in ihren Bann geschlagen«, neckte ich ihn, als wir zum Foyer hinunterfuhren. »Ich habe noch nie erlebt, daß du deinen journalistischen Argwohn beiseite geschoben hast.«

Er wurde rot. »Jede Beschäftigung mit einer therapeutischen Methode ist legitim. Das werde ich in dem Buch ganz klar herausstellen. Es soll nicht der Rechtfertigung Rheas dienen, sondern den Leuten Gelegenheit geben, die Bedeutung der Arbeit mit freigelegten Erinnerungen zu begreifen. Ich lasse auch die Leute von Planted Memory zu Wort kommen. Aber sie haben sich nie die Zeit genommen, sich intensiv mit Rheas Methoden zu beschäftigen.«

Don hatte Rhea zur gleichen Zeit wie ich kennengelernt, vor vier Tagen, und gehörte jetzt schon zu ihren glühenden Verehrern. Ich fragte mich, warum ihr Zauber mich kalt ließ. Als wir uns am Freitag gesehen hatten, war ihr meine Skepsis mit Sicherheit nicht entgangen, wogegen Don ihr mit Bewunderung begegnet war, doch sie hatte nicht versucht, mich mit ihrem Charme von meiner Meinung abzubringen. Anfangs hatte ich gedacht, daß sie sich vielleicht grundsätzlich bei

Frauen nicht so viel Mühe gab wie bei Männern, doch die junge Patientin im Wartezimmer zählte ganz eindeutig auch zu ihren Anhängern. Hatte Mary Louise recht? Herrschte instinktives Mißtrauen zwischen Rhea und mir, weil wir beide die Situation kontrollieren wollten? Oder sagte mir mein Bauch, daß mit Rhea etwas nicht stimmte? Ich hielt sie nicht für eine Scharlatanin, fragte mich aber, ob ihr die ständige Vergötterung durch Leute wie Paul Radbuka nicht ein wenig zu Kopf gestiegen war.

»Erde an Vic – zum dritten Mal: Sollen wir einen Kaffee trinken, während wir warten?«

Erst jetzt merkte ich, daß wir vor dem Aufzug im Erdgeschoß standen. »Funktioniert das so mit der Hypnose?« fragte ich. »Du vertiefst dich so in dich selbst, daß du deine Umgebung nicht mehr wahrnimmst?«

Don dirigierte mich nach draußen, damit er sich eine Zigarette anzünden konnte. »Ich hab' da auch noch nicht so viel Ahnung, aber ich glaube, wenn man sich so in sich selbst vertieft, ist das ähnlich wie bei einer Trance. Das heißt imaginative Dissoziation oder so ähnlich.«

Ich stellte mich so, daß mir der Rauch seiner Zigarette nicht ins Gesicht blies, und wählte noch einmal die Nummer von Tim Streeter, der mir sagte, es gebe nichts Neues. Dann rief ich meinen Anrufbeantwortungsdienst an. Als Don endlich soweit war, auf eine Tasse Kaffee in das Hotel zu gehen, hatte ich schon ein paar Klienten zurückgerufen. Auf der baumgesäumten Terrasse des Ritz bat ich ihn, mir eine Zusammenfassung der Recherchen zu geben, die er in den vergangenen vier Tagen erledigt hatte.

Er hatte jede Menge Informationen gesammelt über die Art und Weise, wie Hypnose bei der Behandlung von Menschen mit traumatischen Symptomen eingesetzt worden war. Ein Mann, der schreckliche Phantasien darüber gehabt hatte, wie ihm der Kopf vom Hals gerissen wurde, erkannte, daß er im Alter von drei Jahren gesehen hatte, wie seine Mutter sich erhängte. Sein Vater konnte alle Einzelheiten, die der Sohn unter Hypnose aussagte, bestätigen. Der Vater hatte mit seinem Sohn nie darüber gesprochen, weil er hoffte, daß dieser zu jung gewesen war, um zu begreifen, was er gesehen hatte. Außerdem gab es jede Menge dokumentierte Fälle von Leuten, die unter

Hypnose Gespräche wiedergeben konnten, welche geführt wurden, während sie unter Vollnarkose standen. Rhea selbst hatte mit einigen Inzest-Opfern gearbeitet, deren unter Hypnose freigelegte Erinnerungen durch Geschwister oder Erwachsene bestätigt wurden.

»Wir werden immer mehrere Paare in jedem Kapitel verwenden – denjenigen, der sich erinnert, und denjenigen, der die Erinnerung verdrängt. Aber das interessanteste Kapitel wird sich natürlich mit Radbuka beschäftigen. Deshalb sind Rhea und ich nicht allzu glücklich darüber, daß du die Richtigkeit dessen, was er sagt, in Zweifel ziehst.«

Ich stützte das Kinn auf die Hände und sah ihn an. »Don, ich habe keinerlei Zweifel am Wert der Hypnose oder freigelegter Erinnerungen, allerdings nur, wenn bestimmte strenge Richtlinien beachtet werden. Ich sitze in der Leitung eines Frauenhauses und habe selbst schon mit solchen Phänomenen zu tun gehabt.

Aber in Radbukas Fall geht es darum, wer er ist – emotional und ... genealogisch, mir fällt gerade kein besseres Wort ein. Max Loewenthal lügt nicht, wenn er sagt, daß die Radbukas nicht mit ihm verwandt waren, aber Paul Radbuka wünscht sich die Verwandtschaft mit ihm so sehr, daß er gar nicht mehr auf die Realität achtet. Irgendwie kann ich das verstehen, ich begreife, daß das Leben mit einem Vater, der ihn ständig mißhandelt hat, ihn nach anderen Verwandten suchen läßt. Wenn ich irgendwelche Informationen über ihn hätte, könnte ich möglicherweise herausfinden, inwieweit – falls überhaupt – sich sein Leben mit dem der Leute aus Max' Londoner Kreis überschneidet.«

»Er möchte aber nicht, daß du diese Informationen bekommst. Er hat Rhea mittags angerufen, als ich bei ihr war, um ihr zu sagen, daß du alles nur Erdenkliche tust, um ihn von seiner Familie fernzuhalten. Er hat sie angefleht, dir keine Einzelheiten über ihn zu verraten.«

»Das erklärt, warum sie mir gegenüber so kühl ist. Es ehrt sie, daß sie das Vertrauen ihrer Patienten nicht mißbraucht. Aber du warst am Sonntag selber bei Max und hast gesehen, wie Radbuka sich aufführt. Angenommen, alles, woran er sich unter Hypnose erinnert hat, stimmt – das heißt noch lange nicht, daß er mit Max verwandt ist, nur weil er sich das wünscht.«

»Vic, wenn du dich wie ich mit den Dingen beschäftigt hättest, mit denen die Leute kämpfen müssen, während sie ihre Vergangenheit freilegen, würdest du anders denken. Und von Radbuka weiß Rhea, daß er jede Menge Probleme hat. Sie macht sich aufrichtig Sorgen darüber, was du mit ihm vorhast.«

Ich warf einen Blick auf meine Uhr und verlangte die Rechnung. »Don, ich weiß, daß wir uns in dem einen Jahr unserer Bekanntschaft nur ein paarmal gesehen haben, aber glaubst du, dein Freund Morrell hätte sich in mich verliebt, wenn ich ein Ungeheuer wäre, das bewußt einen Keil zwischen eine Kriegswaise und ihre Familie treibt?«

Don lächelte verlegen. »Nein, Vic, natürlich nicht. Aber du stehst Loewenthal und seinen Freunden sehr nahe. Möglicherweise verzerrt sich deine Sicht der Dinge durch deinen Wunsch, sie zu schützen.«

Ich fühlte mich versucht zu glauben, daß Rhea Wiell Don eine posthypnotische Suggestion mit auf den Weg gegeben hatte, mir und allen Dingen, die mit mir zu tun hatten, auszuweichen. Aber der Bann, in den sie ihn geschlagen hatte, rührte aus einer tieferen, grundlegenderen Quelle, das wurde mir klar, als ich sah, wie seine Augen zu leuchten anfingen, sobald ich sagte, es sei Zeit, wieder zu dem Gebäude mit Rheas Praxis hinüberzugehen. Wie mein Vater zu sagen pflegte: Versuche niemals, einen Mann mit einer Axt aufzuhalten oder einen Mann, der verliebt ist.

27 Frisch rekrutiert

Nach dem Gespräch mit Rhea war ich so wütend, daß ich ihr am liebsten etwas auf den Kopf geschlagen und dann auf Notwehr plädiert hätte. Ich hatte mit der Bemerkung begonnen, wir alle wollten vermutlich das Beste für die Hauptakteure in unserer kleinen Geschichte, und das bedeute nicht nur für Paul, sondern auch für Calia und Agnes. Daraufhin hatte Rhea majestätisch genickt, und ich hätte mich am liebsten auf die Zeit besonnen, in der ich mich als Teenager in der South Side mit den Fäusten duchgesetzt hatte. Statt dessen konzentrierte ich mich auf ein Gemälde von einem japanischen Bauernhof, das über ihrer Couch hing, und erzählte ihr von den beiden Versuchen Pauls, mit Calia zu sprechen.

»Die Familie fühlt sich allmählich belästigt«, sagte ich. »Mr. Loewenthals Anwalt hat ihm geraten, eine Unterlassungsverfügung zu beantragen, aber ich dachte mir, wenn wir uns zuerst unterhalten, könnten wir eine schlimmere Auseinandersetzung verhindern.«

»Ich kann nicht glauben, daß Paul irgend jemanden belästigt«, sagte Rhea. »Er ist nicht nur ein sehr sanfter Mensch, sondern läßt sich auch leicht einschüchtern. Das soll nicht heißen, daß er nicht tatsächlich bei Max gewesen ist«, fügte sie hinzu, als ich etwas entgegnen wollte, »doch ich stelle ihn mir eher wie das kleine Mädchen mit den Zündhölzern aus dem Märchen vor, das gern an den Festlichkeiten im Innern des Hauses teilnehmen würde, die es durch das Fenster beobachtet, das aber von den reichen Kindern überhaupt nicht wahrgenommen wird.«

Ich besann mich auf meine Kinderstube und lächelte. »Leider ist Calia selbst erst fünf – und in dem Alter sind verschreckte, emotional bedürftige Erwachsene furchteinflößend. Ihre Mutter ist verständlicherweise beunruhigt, weil sie glaubt, ihr Kind werde bedroht. Wenn Paul ohne Vorwarnung aus dem Gebüsch auf sie zukommt, jagt das ihnen beiden einen Schrecken ein. Seine Sehnsucht nach einer Familie macht es ihm vielleicht schwer zu sehen, wie andere Leute sein Verhalten empfinden.«

Rhea neigte den Kopf, eine schwanenähnliche Bewegung, die so etwas wie Zustimmung auszudrücken schien. »Aber warum weigert sich Max Loewenthal, die Verwandtschaft mit ihm anzuerkennen?«

Am liebsten hätte ich laut geschrien: »Weil's da nichts anzuerkennen gibt, du blöde Gans.« Statt dessen beugte ich mich mit einem Ausdruck großer Aufrichtigkeit zu ihr vor.

»Mr. Loewenthal ist wirklich nicht mit Ihrem Patienten verwandt. Heute vormittag hat er mir die Mappe mit seinen Unterlagen über die vermißten Familien in Europa nach dem Krieg gezeigt. Darin befindet sich auch ein Brief der Person, die ihn gebeten hat, nach den Radbukas zu suchen. Am Sonntag, als

Paul einfach in Mr. Loewenthals Party geplatzt ist, hat dieser ihm angeboten, die entsprechenden Unterlagen mit ihm durchzugehen, aber Paul war nicht bereit, einen Termin für einen passenderen Zeitpunkt auszumachen. Mr. Loewenthal hätte sicher immer noch nichts dagegen, daß Paul sich die Papiere ansieht, wenn ihn das seiner Meinung nach beruhigt.«

»Hast du diese Papiere zu Gesicht bekommen, Don?« Rhea wandte sich mit einer rührenden Geste weiblicher Hilflosigkeit an ihn. »Es würde mir sehr helfen, wenn du sie dir ansehen könntest.«

Don war sichtlich stolz über ihr Vertrauen in ihn. Ich hielt mich gerade noch zurück, spöttisch das Gesicht zu verziehen, und sagte statt dessen, es sei sicher auch in Max' Interesse, wenn die Angelegenheit so schnell wie möglich bereinigt würde.

»Ich bin heute abend zum Essen verabredet, aber wenn Don Zeit hat, könnte ich Max bitten, sich mit ihm zu treffen«, fügte ich hinzu. »Es wäre doch schrecklich, wenn Paul in der Zwischenzeit wegen dieses unglücklichen Mißverständnisses verhaftet würde. Könnten Sie ihm also bitte sagen, er solle sich von dem Haus fernhalten, bis er von Mr. Loewenthal hört? Vielleicht könnten Sie uns ja eine Telefonnummer geben, unter der er zu erreichen ist.«

Rhea schüttelte mit einem verächtlichen Lächeln den Kopf. »Sie geben wohl nie auf, was? Ich werde Ihnen weder die Privatnummer meines Patienten noch seine Adresse geben. Er betrachtet Sie als die Person, die ihn von seiner Familie fernhält. Wenn Sie plötzlich vor seiner Tür auftauchen würden, wäre das ein harter Schlag für sein labiles Selbstverständnis.«

Ich spürte, wie meine Nackenmuskeln sich bei dem Versuch verkrampften, einen Wutausbruch zu unterdrücken. »Ich zweifle nicht an der Arbeit, die Sie mit ihm geleistet haben, Rhea. Aber wenn ich die Dokumente sehen könnte, die er unter den Papieren seines Vaters – Ziehvaters – gefunden hat, wäre ich möglicherweise in der Lage, die Person aufzuspüren, die in London vielleicht zu seiner Familie gehörte. Der Weg, der ihn seiner Ansicht nach von seinem unbekannten Geburtsort nach Theresienstadt und dann nach London und Chicago geführt hat, ist so verschlungen, daß wir unter Umständen nie in der Lage sein werden, ihm zu folgen. Aber die Dokumente, die ihm seinen wahren Namen verraten haben, könnten ein Anhaltspunkt für einen erfahrenen Ermittler sein.«

»Sie behaupten, Sie zweifeln nicht an meiner Arbeit, aber im nächsten Satz sprechen Sie von dem Weg, den Paul *seiner Ansicht nach* gemacht hat. Diesen Weg hat er tatsächlich hinter sich, auch wenn sein Bewußtsein die Einzelheiten fünfzig Jahre lang verdrängt hat. Ich bin wie Sie eine erfahrene Ermittlerin; allerdings habe ich mehr Erfahrung als Sie bei der Aufdeckung der Vergangenheit.«

Die japanische Tempelglocke klingelte diskret; Rhea warf einen Blick auf die Uhr auf ihrem Schreibtisch. »Ich muß vor der Sitzung mit meiner nächsten Patientin einen klaren Kopf bekommen. Ich werde Paul sagen, daß er nur mit Feindseligkeit zu rechnen hat, wenn er weiter versucht, Max Loewenthal zu sehen.«

»Das würde uns allen helfen«, sagte ich. »Im Augenblick zeigt jemand den Nachbarn von Familien namens Ulf Fotos von Radbuka. Wir hoffen so, das Haus zu finden, in dem er seine Kindheit verbracht hat. Wenn er Ihnen also erzählt, daß jemand ihm nachspioniert, stimmt das.«

»Familien namens Ulf? Wieso wollen Sie denn...« Sie schwieg. Ihre dunklen Augen wurden groß, zuerst vor Erstaunen, dann vor Belustigung. »Wenn Ihnen nichts Besseres einfällt, Vic, ist Paul Radbuka sicher vor Ihnen.«

Ich musterte sie einen Moment, das Kinn auf die Hand gestützt, und versuchte den Grund für ihre Belustigung herauszufinden. »Dann war Ulf also gar nicht der Name seines Vaters? Gut zu wissen. Don, wo soll ich eine Nachricht für dich hinterlassen, wenn ich weiß, ob Max heute abend Zeit hat, mit dir zu reden? Bei Morrell?«

»Ich fahre mit dir runter, Vic, damit Rhea Zeit hat, einen klaren Kopf zu bekommen. Ich könnte dir meine Handynummer geben.«

Er stand zusammen mit mir auf, blieb aber noch nach mir im Sprechzimmer, um sich unter vier Augen von Rhea Wiell zu verabschieden. Als ich ging, sah ich eine weitere junge Frau im Wartezimmer, die die Tür zur Praxis erwartungsvoll anschaute. Schade, daß Rhea und ich solche Probleme miteinander hatten, denn ich hätte mich gern von ihr hypnotisieren lassen, um festzustellen, ob mir das den gleichen Kick gab wie ihren Patienten.

Don stieß vor dem Aufzug zu mir. Als ich ihn fragte, was die Sache mit dem Namen Ulf bedeute, trat er mit sichtlichem Unbehagen von einem Fuß auf den anderen. »Ich weiß es auch nicht so genau.«

»Nicht so genau? Du meinst, irgendwie weißt du es schon?«

»Nur, daß Ulf nicht der richtige Name seines Vaters – Ziehvaters – war. Und sag mir jetzt bitte nicht, daß ich ihn für dich rausfinden soll: Rhea verrät ihn mir sicher nicht, weil sie weiß, daß du versuchen wirst, ihn aus mir rauszukitzeln.«

»Wahrscheinlich sollte ich mich geschmeichelt fühlen, daß sie glaubt, das könnte mir gelingen. Gib mir deine Handynummer. Ich rufe Max an und sage dir dann Bescheid, aber jetzt muß ich los. Ähnlich wie Rhea muß ich vor meinem nächsten Termin einen klaren Kopf bekommen.«

Als ich in der Hochbahn zu meinem Wagen zurückfuhr, rief ich Mary Louise an, um ihr mitzuteilen, daß sie nun doch nicht mit Radbukas Foto von Tür zu Tür gehen mußte. Bei dem Lärm, den der Zug machte, konnte ich nicht mein ganzes Gespräch mit Rhea wiedergeben, aber ich erzählte ihr, daß Ulf offenbar nicht der Name von Radbukas Vater gewesen war. Mary Louise hatte im Süden angefangen und sich dann nach Westen und Norden vorgearbeitet, wo sie im Moment erst bei der dritten Adresse war. Sie freute sich, ihre Suche nicht fortsetzen zu müssen.

Während ich in den Wagen stieg, den ich an der Western-Hochbahnhaltestelle abgestellt hatte, überlegte ich, was passieren würde, wenn Rhea Wiell Lotty hypnotisierte. Wohin würde der Aufzug in die Vergangenheit Lotty bringen? Ihrem Verhalten am Sonntag nach zu urteilen, waren die Ungeheuer, die sie in den unteren Stockwerken erwarteten, ziemlich übel. Das Problem von Lotty schien mir allerdings eher darin zu bestehen, daß sie diese Ungeheuer nicht vergessen konnte, weniger darin, daß ihr die Erinnerung an sie fehlte.

Ich machte einen kurzen Zwischenstopp im Büro, um nachzusehen, ob ich Post oder andere Nachrichten bekommen hatte oder irgendwelche Termine für den nächsten Tag anstanden. Es hatten sich ein paar neue Dinge ergeben. Ich trug sie in meinen

Terminkalender im Computer ein und lud sie dann auf mein elektronisches Notizbuch herunter. Plötzlich fiel mir Fepples Mutter ein, die mir erzählt hatte, daß ihr Sohn auch ein solches Notizbuch besessen hatte. Wenn er seine Termine regelmäßig aktualisiert hatte, mußten sie eigentlich noch in seinem Bürocomputer zu finden sein. Und ich hatte einen Schlüssel; ich konnte ganz legal Fepples Agentur betreten, mit dem Segen seiner Mutter.

Nachdem ich ein paar Telefonate erledigt, meine E-Mails durchgesehen und im Internet festgestellt hatte, daß es keine Antwort von Questing Scorpio auf meine Nachricht gab, fuhr ich nach Süden, in Richtung Hyde Park.

Diesmal erkannte mich der Wachmann. »Es gäb' noch ein paar andere Leute hier im Gebäude, ohne die wir ganz gut auskommen könnten, falls Sie wieder einen Mordauftrag haben«, scherzte er.

Ich reagierte mit einem matten Lächeln und fuhr mit dem Aufzug in den fünften Stock. Oben fiel es mir schwer, die Tür zu Fepples Büro zu öffnen, nicht wegen des gelben Plastikbandes, das den Tatort versiegelte, sondern weil ich das, was von Fepples Leben übriggeblieben war, eigentlich nicht mehr sehen wollte. Nach tiefem Durchatmen drückte ich die Klinke herunter. Eine Frau in Schwesternuniform, die zum Aufzug unterwegs war, blieb stehen, um mich zu beobachten. Polizei oder Hausverwaltung hatten das Büro verschlossen. Ich holte den Schlüssel heraus und sperrte die Tür auf. Als ich sie öffnete, zerriß das gelbe Plastikband.

»Ich dachte, man darf da nicht rein«, sagte die Frau.

»Da haben Sie richtig gedacht, aber ich bin Detective.«

Sie trat neben mich, um an mir vorbei in den Raum zu spähen, und wandte sich dann sofort mit grauem Gesicht wieder ab. »Du liebe Güte. Das ist also da drinnen passiert? Wenn so was in diesem Gebäude möglich ist, suche ich mir wieder einen Job im Krankenhaus, egal, ob ich Überstunden machen muß oder nicht. Das ist ja schrecklich.«

Ich war genauso entsetzt wie sie, obwohl ich letztlich wußte, was mich erwartete. Fepples Leiche war verschwunden, aber es hatte sich niemand die Mühe gemacht, den Raum zu putzen. Gehirn- und Knochenstücke klebten an Stuhl und Schreibtisch.

Das sah man nicht von der Tür aus, doch was man sehen konnte, war das Durcheinander aus Papieren mit dem grauen Pulver der Spurensicherung für die Fingerabdrücke, das auch den Boden bedeckte. Fußspuren zeichneten sich darin ab. Das Pulver lag wie schmutziger Schnee auf dem Schreibtisch und dem Computer. Einen kurzen Moment mußte ich an Rhonda Fepple denken, die versuchen würde, Ordnung in dieses Durcheinander zu bringen. Ich hoffte nur, daß sie dafür eine Hilfe engagierte.

Die Polizei hatte sich nicht die Mühe gemacht, den Computer auszuschalten. Mit einem Kleenex als Schutz für die Finger drückte ich auf die ENTER-Taste, so daß wieder etwas auf dem Bildschirm erschien. Ich brachte es nicht fertig, mich auf Fepples Stuhl zu setzen oder ihn auch nur zu berühren, und so beugte ich mich über den Schreibtisch, um die Tastatur zu bedienen. Trotz dieser unbequemen Haltung brauchte ich nur ein paar Minuten, um den Terminkalender aufzurufen. Am Freitag hatte Fepple eine Verabredung zum Essen mit Connie Ingram gehabt. Er hatte sogar eine Notiz beigefügt: *Sagt, sie will die Sommers-Akte mit mir besprechen, klingt aber scharf auf mich.*

Ich druckte den Eintrag aus und verschwand dann aus dem Büro, so schnell ich konnte. Der Anblick, der sich mir dort bot, die schlechte Luft und dann noch die Vorstellung, daß Connie Ingram scharf auf Fepple gewesen sein sollte – all das verursachte mir ein Gefühl der Übelkeit. Ich ging zu einer Damentoilette, die jedoch verschlossen war, und steckte Fepples Türschlüssel ins Schloß, was zwar nicht die Tür öffnete, aber eine Frau im Innern dazu brachte, sie für mich aufzumachen. Schwankend stand ich eine Weile über einem der Waschbecken, spritzte mir kaltes Wasser ins Gesicht, spülte mir den Mund aus und versuchte, die Bilder zu verdrängen, um mich nicht doch noch übergeben zu müssen.

Connie Ingram, die Angestellte mit dem runden, ehrlichen Gesicht, deren Loyalität der Gesellschaft gegenüber so weit ging, daß sie mich die Akten nicht hatte einsehen lassen? Oder welche Frau sonst war so loyal, daß sie sich mit einem aufsässigen Versicherungsagenten verabredete und ihn in die Falle lockte?

Plötzlich wurde ich als Folge der Frustrationen jener Woche

von Wut übermannt. Rhea Wiell, Fepple selbst, mein wankelmütiger Klient, Lotty – ich hatte genug von ihnen allen. Am allermeisten galt das für Ralph und die Ajax. Er hatte mich wegen der Durham-Demo zur Schnecke gemacht und mir bei der Sache mit der Gesellschaftskopie von Aaron Sommers' Akte nicht gerade geholfen, und jetzt führte er auch noch diese Farce auf. Allerdings war ihnen ein wesentlicher Fehler unterlaufen: Zwar hatten die Täter Fepples elektronisches Notizbuch mitgenommen, aber die Terminkalendereinträge in seinem Computer nicht gelöscht.

Ich stieß die Toilettentür auf und marschierte in Richtung Aufzug. Das Blut in meinem Kopf pochte vor Wut. Sobald ich in meinem Wagen saß, brauste ich auf den Lake Shore Drive und hupte ungeduldig jeden Fahrer an, der es wagte, mir den Weg zu versperren. Ampeln, die rot wurden, beachtete ich einfach nicht. Mit anderen Worten, ich führte mich auf wie eine Wahnsinnige. Auf dem Drive legte ich die knapp acht Kilometer nach Grant Park in fünf Minuten zurück. Im Park hatte inzwischen die Rush-hour begonnen, die mich behinderte. Ich handelte mir den wütenden Pfiff eines Verkehrspolizisten ein, als ich eine ganze Reihe von Fahrzeugen rücksichtslos schnitt, um auf eine der Seitenstraßen zu gelangen, von wo aus ich den Wagen mit stark überhöhter Geschwindigkeit auf den Inner Drive lenkte.

Ecke Michigan Avenue und Adams Street mußte ich auf die Bremse treten: Hier standen überall hupende Autos. Was jetzt? Bei diesem Stau würde es mir nie gelingen, mit dem Wagen auch nur in die Nähe des Ajax-Gebäudes zu gelangen. Also machte ich eine gefährliche und ganz und gar illegale Kehrtwende und brauste zurück auf den Inner Drive. Mittlerweile war ich so oft nur knapp einem Unfall entgangen, daß ich allmählich zur Vernunft kam. Fast hörte ich meinen Vater, der mich davor warnte, wütend mit dem Auto zu fahren. Als er mich einmal dabei ertappte, hatte er mich mitgenommen, als er einen eingeklemmten Teenager aus einem Wrack befreien mußte. Diese Erinnerung ließ mich die nächsten paar Häuserblocks vorsichtiger fahren. Ich parkte den Wagen in einer Tiefgarage und ging nach Norden, in Richtung des Ajax-Gebäudes.

Als ich zur Adams Street kam, wurde der Stau immer dichter. Das waren definitiv nicht nur heimkehrende Pendler. Ich bahnte mir mit Mühe einen Weg durch die Menge, indem ich mich direkt an den Häuserwänden entlangbewegte. In der Ferne hörte ich die Megaphone. Also waren die Demonstranten wieder da.

»Keine Geschäfte mit Sklavenbesitzern!« riefen sie, und »Kein Geld für Massenmörder!« »Ökonomische Gleichheit für alle« konkurrierte mit »Boykottiert die Ajax! Keine Geschäfte mit Dieben!«.

Also war auch Posner hier. Und zwar mit Vollgas, dem Lärm nach zu urteilen. Durham hatte sich offenbar entschlossen, seinen Truppen persönlich voranzumarschieren. Kein Wunder, daß die Straße völlig verstopft war. Ich ging die Stufen zum Bahnsteig der Hochbahn hoch, damit ich sehen konnte, was los war.

Es waren nicht ganz so viele Leute da wie eine Woche zuvor vor dem Hotel Pleiades, aber zu Posner mit seinen Maccabees und Durham mit seinem EYE-Team hatten sich etliche Kamerateams sowie viele Leute gesellt, die nach Hause wollten. Letztere drückten sich auf den Stufen an mir vorbei und bedachten beide Gruppen mit unfreundlichen Bemerkungen.

»Ist mir doch egal, was vor hundert Jahren passiert ist: Ich will heute nach Hause«, sagte eine Frau gerade zu ihrer Begleiterin.

»Ja. Durham hat nicht unrecht, aber es wird ihm niemand zuhören, wenn wir nicht rechtzeitig heimkommen und dem Hort zusätzlich Geld zahlen müssen.«

»Und der andere, der Typ mit dem komischen Hut und den Locken, was will der?«

»Der sagt, daß die Ajax den Juden ihre Lebensversicherungen nicht ausgezahlt hat. Aber das ist alles schon so lange her, was geht uns das an?«

Eigentlich hatte ich vorgehabt, Ralph von der Straße aus anzurufen, aber in diesem Gedränge konnte ich kein Telefonat führen. Ich ging die Stufen vom Bahnsteig hinunter auf die Wabash Avenue, vorbei an den Polizisten, die versuchten, den Verkehr am Laufen zu halten, vorbei auch am Eingang des Ajax-Gebäudes, wo Sicherheitsleute frustrierte Angestellte einen nach dem anderen herausließen, und bog schließlich um die Ecke in den Jackson Boulevard und die kleine Nebenstraße hinter dem Gebäude, wo sich die Ladeplätze befanden. Der von der Ajax war noch offen.

Ich zog mich die Metallrampe hinauf, wo Lieferwagen ihre Lasten abluden, und ging hinein. Ein übergewichtiger Mann in der blauen Uniform des Ajax-Wachpersonals rutschte von einem Hocker vor einem großen Kontrollpult mit Monitoren, auf denen die Nebenstraße und das Gebäude zu sehen waren.

»Haben Sie sich verlaufen?«

»Ich bearbeite einen Betrugsfall. Ralph Devereux, der Leiter der Leistungsabteilung, will sich mit mir unterhalten, aber die Menschenmenge draußen versperrt den Weg zum Haupteingang.«

Er musterte mich, kam zu dem Schluß, daß ich nicht nach einer Terroristin aussah, und wählte die Nummer von Ralphs Büro, um meinen Namen durchzugeben. Er brummte etwas in den Hörer und gab mir dann mit einer Kopfbewegung zu verstehen, daß ich an den Apparat kommen solle.

»Hallo, Ralph. Gott sei Dank bist du noch da. Wir müssen uns über Connie Ingram unterhalten.«

»Allerdings. Ich hätte dich morgen angerufen, aber wenn du schon da bist, können wir auch gleich miteinander reden. Und glaub ja nicht, daß ich dir irgendwelche Entschuldigungen für dein Verhalten abnehme.«

»Ich mag dich auch, Ralph. Bis gleich.«

Der Wachmann tippte auf die Monitore des Kontrollpults, um mir den Weg zu zeigen: Eine Tür am hinteren Ende des Ladeplatzes führte zu einem Gang, durch den ich in das Hauptfoyer gelangen würde. Kurz vor den Aufzügen blieb ich stehen, um die gegnerischen Demonstranten zu beobachten. Durham, der diesmal einen marineblauen Geschäftsanzug trug, hatte die größere Menschenmenge hinter sich, doch Posner kontrollierte das, was die Sprechchöre verkündeten. Als seine kleine Gruppe von Maccabees an der Tür vorbeikam, wurden meine Augen groß. Links neben Posner, das kindliche Gesicht strahlend unter den schütter werdenden Locken, war Paul Radbuka.

28 Alte Liebe streitet auch

Der Aufzug brachte mich so schnell in den zweiundsechzigsten Stock, daß meine Ohren verstopften, doch das fiel mir kaum auf. Paul Radbuka an der Seite von Joseph Posner. Wieso überraschte mich das so? Irgendwie paßte das doch. Zwei Männer, besessen von Kriegserinnerungen, von ihrer jüdischen Identität, was wäre wahrscheinlicher, als daß die beiden sich zusammentaten?

Die Empfangsdame der Chefetage war bereits nach Hause gegangen. Ich trat an das Fenster hinter ihrem Mahagonitisch, von dem aus ich hinter dem Art Institute den Lake sehen konnte. Am Horizont verlor sich das sanfte Blau in Wolken, so daß man nicht mehr sagen konnte, wo das Wasser aufhörte und der Himmel begann. Er sah fast künstlich aus, jener Horizont, als hätte ein Maler angefangen, einen schmutzig-weißen Himmel darauf zu malen, dann aber das Interesse an dem Projekt verloren.

Ich sollte um acht bei den Rossys sein; jetzt war es noch nicht mal ganz fünf. Ob ich Radbuka von hier aus folgen und so herausfinden konnte, wo er wohnte? Nun, vielleicht würde er auch mit zu Posner fahren. Vielleicht hatte er bei ihm eine Familie gefunden, die bereit war, ihn bei sich aufzunehmen und sich so um ihn zu kümmern, wie er es zu brauchen schien. Vielleicht würde er aufhören, Max zu belästigen.

»Vic! Was machst du denn da? Es ist schon fünfzehn Minuten her, daß du vom Ladeplatz hochgerufen hast.«

Ralphs zornig-besorgte Stimme holte mich in die Gegenwart zurück. Er war in Hemdsärmeln, hatte die Krawatte gelockert und wirkte beunruhigt hinter seiner wütenden Fassade. Seine Sorge brachte mich dazu, meine Stimme nicht zu erheben, als ich ihm antwortete.

»Ich hab' den Ausblick genossen. Es wäre doch toll, wenn man das ganze Durcheinander hier hinter sich lassen und dem Horizont folgen könnte, findest du nicht? Ich weiß, warum ich mich über Connie Ingram ärgere, aber nicht, warum du so unfreundlich bist.«

»Was hast du mit dem Mikrofiche gemacht?«

»U-lu-la vischti banko.«

Er preßte die Lippen zusammen. »Was zum Teufel soll das denn heißen?«

»Deine Frage ergibt ungefähr genausoviel Sinn für mich wie das, was ich gerade gesagt habe. Ich kenne keine Mikrofiches, weder persönlich noch vom Hörensagen, also solltest du mir lieber alles von Anfang an erzählen...« Ich schwieg. »Willst du damit sagen, daß das Mikrofiche von der Sommers-Akte beschädigt ist?«

»Sehr schön, Vic: die überraschte Unschuld. Fast hättest du mich überzeugt.«

In diesem Augenblick war's mit meiner Ruhe zu Ende. Ich schob ihn beiseite, marschierte zum Aufzug und drückte auf den Rufknopf.

»Wo willst du hin?«

»Nach Hause«, preßte ich hervor. »Eigentlich wollte ich dich fragen, warum Connie Ingram Howard Fepple als letzte lebend gesehen und warum sie ihm das Gefühl gegeben hat, daß sie auf ihn steht, und warum Fepple nach der Verabredung mit ihr tot und die Agenturkopie der Sommers-Akte verschwunden war. Aber diesen Unsinn, den du mir da erzählst, muß ich mir nicht anhören. Ich kann meine Fragen auch direkt bei der Polizei loswerden. Glaub mir, die reden mit der kleinen Miss Ingram auf eine Weise, die sie zum Antworten bringt.«

Hinter mir ertönte die Aufzugglocke. Bevor ich einsteigen konnte, packte Ralph mich am Arm.

»Jetzt bist du schon mal da; gib mir zwei Minuten von deiner Zeit. Ich möchte, daß du dich in meinem Büro mit jemandem unterhältst.«

»Wenn mir dadurch der Typ durch die Lappen geht, der unten bei der Demo mitmarschiert, werd' ich ziemlich sauer, Ralph, also mach's kurz, ja? Was mich auf eine andere Frage bringt: Wieso ist dir plötzlich dieses verdammte Mikrofiche so wichtig, wenn die das Gebäude hier belagern?«

Ohne meiner Frage Beachtung zu schenken, strebte er über die roséfarbenen Teppiche zu seinem Büro. Seine Sekretärin Denise war immer noch auf ihrem Posten. Und auf den Stühlen saßen steif Connie Ingram und eine schwarze Frau, die ich nicht kannte. Sie sahen Ralph nervös an, als wir hereinkamen.

Ralph stellte mir die schwarze Frau als Karen Bigelow vor,

Connies Vorgesetzte. »Erzählen Sie Vic, was Sie mir gesagt haben, Karen.«

Sie nickte und wandte sich mir zu. »Ich weiß Bescheid über den Fall Sommers. Ich war letzte Woche in Urlaub, aber Connie hat mir erklärt, daß sie die Akte hier oben bei Mr. Rossy lassen mußte. Und daß diese Privatdetektivin versuchen könnte, ihr vertrauliche Informationen über die Gesellschaft zu entlocken. Als Sie dann tatsächlich nach dem Fiche gefragt haben, ist Connie sofort zu mir gekommen. Wir waren beide nicht sonderlich überrascht. Wie Sie wissen, hat Connie sich nicht überreden lassen, die Akte herauszugeben, doch irgendwie hatte sie ein komisches Gefühl und hat dann gleich das Mikrofiche überprüft. Die Karte mit der Sommers-Akte ist verschwunden. Nicht ordnungsgemäß entnommen, sondern einfach verschwunden. Und soweit ich weiß, waren Sie eine Weile allein in dem Stockwerk, Miss.«

Ich lächelte freundlich. »Verstehe. Allerdings muß ich gestehen, daß ich nicht weiß, wo die Fiches gelagert werden, sonst wäre ihr Verdacht möglicherweise begründet. Ihnen ist das Labyrinth im achtunddreißigsten Stock vertraut, aber ein Fremder findet sich dort nicht zurecht. Es gibt eine ganz einfache Methode, Sicherheit zu gewinnen: Suchen Sie nach Fingerabdrücken. Meine sind offiziell gespeichert, weil ich nicht nur registrierte Privatdetektivin bin, sondern auch fürs Gericht arbeite. Holen Sie die Polizei, behandeln Sie die Sache wie einen richtigen Diebstahl.«

Einen Moment herrschte Schweigen, dann sagte Ralph: »Wenn du tatsächlich an dem Schrank warst, Vic, dann hast du hinterher alle Spuren verwischt.«

»Um so wichtiger ist es, Fingerabdrücke zu nehmen. Wenn der Schrank mit Abdrücken bedeckt ist, die nicht mit denen von Connie identisch sind – sie müssen dran sein, weil sie gerade in der Schublade nachgesehen hat oder das zumindest behauptet –, weißt du, daß ich mich nicht daran zu schaffen gemacht habe.«

»Was soll das heißen: ›oder das zumindest behauptet‹, Miss Detektivin?« Karen Bigelow bedachte mich mit einem strengen Blick.

»Es ist folgendermaßen, Ms. Vorgesetzte: Ich habe keine

Ahnung, was für ein Spielchen die Ajax mit den Ansprüchen der Sommers-Familie spielt, aber jedenfalls geht's dabei jetzt, wo ein Mann tot ist, um eine ganze Menge. Fepples Mutter hat mir einen Schlüssel zum Büro der Agentur gegeben, und ich bin heute hingefahren, um zu sehen, ob ich irgendeinen Hinweis auf seinen Terminkalender finden kann.«

Ich beobachtete Connie Ingram genau, aber ihr rundes Gesicht wirkte nicht besonders besorgt. »Tja, der Mörder von Howard Fepple hat sich die Sommers-Akte unter den Nagel gerissen. Und sein elektronisches Notizbuch. Aber er hat nicht daran gedacht, den Termin auch im Computer zu löschen. Vielleicht war's dem Betreffenden ja auch noch unangenehmer als mir, an das Gerät zu gehen, weil überall Hirnreste und Blut klebten.«

Sowohl Karen Bigelow als auch Connie Ingram zuckten zusammen, was bewies, daß beide die Vorstellung von einer Mischung aus Gehirn, Blut und Computer eklig fanden. »Und wissen Sie, wer letzten Freitag abend eine Verabredung mit Howard Fepple hatte? Unsere gute Connie Ingram hier.«

Sie riß sofort den Mund auf, um zu protestieren. »Das ist nicht wahr. Ich habe mich nicht mit ihm verabredet. Wenn er das in seinen Terminkalender geschrieben hat, lügt er!«

»Tja, irgendwer lügt in der Tat«, pflichtete ich ihr bei. »Ich war am Freitag nachmittag bei ihm, und irgendein raffinierter Mensch hat ihm eine einfache, aber elegante Methode verraten, wie er mich loswerden kann. Besagter Mensch ist zusammen mit ihm und einer Gruppe von werdenden Eltern auf dem Weg zu einem Lamaze-Kurs ins Haus gegangen und hat es später wieder mit ihr verlassen. Wahrscheinlich nachdem er Fepple ermordet hatte. Der Termin mit Connie Ingram war sein einziger am Freitag. Und daneben hatte er eingetragen: *Sagt, sie will mit mir über Sommers sprechen, klingt aber scharf auf mich.«* Ich holte den Ausdruck aus Fepples Terminkalender aus meiner Tasche und hielt ihn ihr hin.

»Das hat er über mich aufgeschrieben? Ich kenne ihn bloß vom Telefon, weil ich ihn angerufen habe, um die Sache mit der Zahlung noch einmal zu überprüfen. Das war letzte Woche, gleich nach Ihrem Besuch hier. Mr. Rossy hat mich darum gebeten. Ich wohne noch bei meiner Mutter. Ich würde nie … niemals ein solches Telefonat führen.« Sie vergrub das vor Scham tiefrot gewordene Gesicht in den Händen.

Ralph riß mir den Ausdruck aus der Hand, warf einen Blick darauf und schob ihn dann mit verächtlichem Gesichtsausdruck beiseite. »Ich habe selber ein elektronisches Notizbuch. Da kann man durchaus nachträglich Sachen eintragen – jeder hätte das eintippen können. Auch du, Vic. Damit's nicht so auffällt, daß du das Mikrofiche geklaut hast.«

»Tja, das wäre wohl wieder ein Punkt, den sich die Kriminaltechniker genauer ansehen sollten«, fauchte ich. »Natürlich kann man Termine nachdatieren, aber die Maschine läßt sich trotzdem nicht überlisten: Sie sagt dir genau, an welchem Tag die Daten eingegeben wurden. Ich glaube, wir haben uns über alle wichtigen Dinge unterhalten. Ich muß die technischen Probleme jetzt mit den Leuten von der Polizei besprechen, bevor unsere kleine Miss Unschuld hier nach unten geht und auch noch die Daten auf der Festplatte löscht.«

Connie Ingram liefen die Tränen übers Gesicht. »Karen, Mr. Devereux, wirklich, ich bin nie in dem Büro von dem Agenten gewesen. Ich hab' auch nie gesagt, daß ich mit ihm ausgehen würde, obwohl er mich gefragt hat. Wieso hätte ich das tun sollen? Am Telefon war er mir nicht sonderlich sympathisch.«

»Er hat Sie also gefragt, ob Sie mit ihm ausgehen würden?« unterbrach ich ihr Jammern. »Wann war das?«

»Bei dem Anruf. Wie gesagt, nach Ihrem Besuch letzte Woche hab' ich ihn angerufen, wie Mr. Rossy und Mr. Devereux es wollten, um rauszufinden, was er in seinen Akten hat. Aber er war ziemlich schmierig und hat gesagt: ›Ach, da sind 'ne Menge saftige Sachen drin. Würden Sie die gern sehen? Wir könnten eine Flasche Wein trinken und uns die Akte gemeinsam anschauen.‹ Und ich hab' geantwortet: ›Nein, Sir, ich möchte nur, daß Sie mir Kopien aller relevanten Dokumente schicken, damit ich sehe, warum in dem Fall ein Scheck ausgestellt wurde, obwohl der Policeninhaber noch am Leben war.‹ Doch er hat nicht aufgehört und noch andere Sachen gesagt, die ich hier nicht wiederholen möchte. Er hat gemeint, es könnte Spaß machen, wenn wir uns verabreden, aber ehrlich: Ich weiß, daß ich noch bei meiner Mutter lebe und dreiunddreißig bin, aber so nötig hab' ich's nicht. Jedenfalls habe ich nie gesagt, daß ich mich mit ihm treffen würde. Wenn er das in seinen Kalender geschrieben hat, war er ein Lügner, und ich find's gar nicht so schlecht, daß er tot ist!« Dann rannte sie schluchzend aus dem Zimmer.

»Na, sind Sie jetzt zufrieden, Miss Detektivin?« fragte Karen Bigelow kühl. »Haben Sie nichts Besseres zu tun, als ein ehrliches, fleißiges Mädchen wie Connie Ingram zu tyrannisieren? Entschuldigen Sie, aber ich würde gern nachsehen, ob mit ihr alles in Ordnung ist.«

Als sie majestätisch aus dem Raum rauschen wollte, stellte ich mich ihr in den Weg. »Ms. Vorgesetzte, es ist wirklich löblich, daß Sie so hinter Ihren Untergebenen stehen, aber Sie sind hier heraufgekommen, um mich des Diebstahls zu bezichtigen. Bevor Sie wieder hinuntergehen, um Connie Ingrams Tränen zu trocknen, möchte ich das noch aufgeklärt haben.«

Sie atmete tief durch. »Ich habe von der Frau, die Sie zu Connies Arbeitsplatz gebracht hat, gehört, daß Sie allein in dem Stockwerk herumgegangen sind. Sie könnten durchaus an den Akten gewesen sein.«

»Dann rufen wir jetzt einfach die Polizei. Ich lasse mir solche Sachen nicht vorwerfen. Außerdem gibt es jemanden, der sicherstellen möchte, daß keine Kopien von dieser Akte mehr existieren. Möglicherweise werde ich meinem Klienten raten, die Ajax zu verklagen. Und in dem Fall würden Sie vor Gericht ziemlich dumm dastehen, wenn Sie die entsprechenden Dokumente nicht finden können.«

»Wenn du das vorhast, hättest du ein noch besseres Motiv, das Fiche zu stehlen«, sagte Ralph.

Jetzt begann ich rot zu sehen. »Und du kriegst von mir 'ne Anzeige wegen Verleumdung.«

Ich trat an sein Telefon und begann, eine Nummer zu wählen. Es war schon eine ganze Weile her, daß ich den ältesten Freund meines Vaters bei der Polizei im Büro angerufen hatte. Bobby Mallory hat sich nur widerwillig an meine Tätigkeit als Detektivin gewöhnt, und so ist es ihm lieber, wenn wir uns lediglich bei privaten Anlässen sehen.

»Was machst du da?« fragte Ralph, als sich ein Beamter meldete.

»Ich mache genau das, was du selbst hättest tun sollen. Ich

rufe die Polizei.« Dann wandte ich mich dem Hörer zu. »Officer Bostwick, mein Name ist V.I. Warshawski. Ist Captain Mallory da?«

Ralphs Augen funkelten. »Du hast keinerlei Befugnis, die Polizei in dieses Gebäude zu rufen. Das werde ich diesem Officer auch sagen.«

Daß Bobby seine Einstellung mir gegenüber geändert hatte, zeigte sich daran, daß Officer Bostwick meinen Namen erkannte, obwohl wir uns nie persönlich gesehen hatten. Er erklärte mir, Bobby sei im Moment nicht zu erreichen, ob er ihm etwas ausrichten könne?

»Es geht um einen Mord im einundzwanzigsten Bezirk, Officer – im Computer, der sich noch immer im Büro des Opfers befindet, ist Beweismaterial.« Ich gab ihm Fepples Adresse und das Todesdatum. »Möglicherweise ist Commander Purling die Bedeutung des Computers nicht bewußt gewesen. Ich halte mich im Augenblick im Gebäude der Ajax-Versicherung auf, mit der das Mordopfer enge Geschäftsverbindungen hatte. Möglicherweise sollten die Zeiten überprüft werden, zu denen bestimmte Daten eingetragen wurden.«

»Ajax?« fragte Bostwick. »Die haben in letzter Zeit aber ordentlich Probleme. Durham und Posner demonstrieren gerade draußen vor der Tür, stimmt's?«

»Ja, das Gebäude ist umgeben von Demonstranten, doch der Leiter der Leistungsabteilung meint, daß der Tod dieses Agenten mehr Aufmerksamkeit verdient als ein paar Demonstranten.«

»Ich habe den Eindruck, daß das nicht bloß ein paar sind, Miss. Die haben schon Verstärkung angefordert für die Adams Street. Aber geben Sie mir detaillierte Informationen über den Computer, dann schicke ich ein Team von der Spurensicherung hin. Wissen Sie, Commander Purling hat die Robert Taylor Homes in seinem Bezirk, da bleibt nicht viel Zeit für solche Feinarbeiten.«

Daß Purling die Robert Taylor Homes in seinem Bezirk hatte, war eine diskrete Art, mir zu sagen, daß es sich bei dem Commander um einen Faulpelz handelte. Ich erzählte Bostwick alles, was ich über Fepple wußte, und erklärte ihm, wie wichtig die Sache mit der Verabredung war. Dann fügte ich hinzu, ich hätte das Mordopfer am Freitag abend kurz vor seinem letzten Termin gesehen. Bostwick wiederholte, was ich gesagt hatte, vergewisserte sich, daß er meinen Namen richtig geschrieben hatte, und fragte, wo Captain Mallory mich erreichen könne, wenn er mit mir sprechen wolle.

Ich legte auf und sah Ralph wütend an. »Ich respektiere sowohl deine als auch die Befugnisse der Gesellschaft, aber den Anruf hättest du selber erledigen müssen, wenn du rausfinden willst, wer an deinem Mikrofiche-Schrank war. Besonders wenn du mich weiterhin des Diebstahls bezichtigst. Bis morgen abend oder spätestens Donnerstag müßten wir wissen, wann die Verabredung mit Connie Ingram in Fepples Computer eingegeben wurde. Falls es war, bevor ich ihn am Freitag das letzte Mal gesehen habe, wird die kleine Ms. Ingram vor einem größeren Publikum als dem unseren weinen. Was ist übrigens aus der Akte geworden, die Rossy letzte Woche nicht rausrücken wollte?«

Ralph und Karen Bigelow wechselten einen verblüfften Blick. »Wahrscheinlich hat er die noch«, sagte Karen Bigelow. »Jedenfalls ist sie noch nicht ins Archiv zurückgebracht worden.«

»Ist sein Büro hier oben? Dann fragen wir ihn doch danach – es sei denn natürlich, Ralph, du glaubst, daß ich nach unserer Unterhaltung neulich mittag noch mal hier reingekommen bin und sie gestohlen habe.«

Er wurde rot. »Nein, das hast du wahrscheinlich nicht getan. Aber warum bist du in der Mittagspause runter in den achtunddreißigsten Stock gefahren, ohne mir Bescheid zu sagen? Du warst doch kurz davor bei mir.«

»Das war ein plötzlicher Impuls, den ich erst im Aufzug hatte. Du wolltest mir die Akte ja partout nicht geben, und ich habe eben gehofft, daß Ms. Ingram sie mir zeigen würde. Können wir jetzt zu Rossy gehen und uns die Akte von ihm holen?«

»Der Direktor ist heute nach Springfield gefahren. Dort wird der Holocaust Recovery Act vom Banken- und Versicherungsausschuß besprochen. Er wollte dagegen stimmen. Und Rossy hat ihn begleitet.«

»Ach.« Ich hob die Augenbrauen. »Aber er hat mich für heute abend zum Essen eingeladen.«

»Wieso denn das?« fragte Ralph alles andere als erfreut.

»Als er mich gestern angerufen hat, um mich einzuladen, hat er gesagt, es ist, weil seine Frau Heimweh hat und gern Italienisch mit jemandem sprechen würde.«

»Denkst du dir das jetzt aus?«

»Nein, Ralph. Ich hab' mir überhaupt nichts von dem ausgedacht, was ich heute nachmittag gesagt habe. Aber vielleicht hat er die Einladung vergessen. Wann hat er beschlossen, nach Springfield zu fahren?«

Ralph reagierte immer noch abweisend. »Weißt du, ich bin bloß der Leiter der Leistungsabteilung. Und offenbar nicht mal ein besonders guter, wenn die Leute sich hier einfach aus unseren Aktenschränken bedienen. Mit mir spricht keiner über so wichtige Dinge wie Anhörungen zu Gesetzesvorschlägen. Rossys Büro ist auf der anderen Seite auf diesem Stockwerk. Seine Sekretärin ist wahrscheinlich noch da: Die kannst du fragen, ob er heute abend wieder zurück ist. Ich geh' mit dir rüber, um rauszufinden, ob er die Akte noch hat.«

»Und ich muß jetzt zu Connie, Mr. Devereux«, sagte Karen Bigelow. »Was soll ich wegen des Mikrofiches unternehmen? Soll ich den Diebstahl dem Sicherheitsdienst melden?«

Ralph zögerte, dann trug er ihr auf, den Schrank zu verschließen und niemanden in seine Nähe zu lassen. »Gehen Sie morgen alle Schreibtische in Ihrer Abteilung einzeln durch. Vielleicht hat jemand vergessen, das Fiche zurückzugeben. Geben Sie mir Bescheid, wenn Sie es bis zum Abend nicht gefunden haben. Dann informiere ich den Sicherheitsdienst.«

»Eins noch«, sagte ich, ein wenig ungeduldig. »Die Sache mit Connies Namen in Fepples Terminkalender ist ernst. Wenn sie sich nicht selbst mit ihm verabredet hat, dann hat sich jemand anders ihres Namens bedient. Was bedeutet, daß dieser Jemand weiß, in welcher Abteilung sie arbeitet. Und das wäre ein sehr kleiner Kreis, besonders, wenn ich wegfalle.«

Ralph schob den Knoten seiner Krawatte hoch und rollte seine Ärmel herunter. »Was du jedenfalls behauptest.«

29 Ein merkwürdiges Gespann

Wir fanden Rossys Sekretärin im Konferenzzimmer des Direktors, wo sie mit dessen Sekretärin, dem Leiter der Marketing-Abteilung, den ich bei der Feier zum hundertfünfzigjährigen Bestehen der Ajax kennengelernt hatte, sowie fünf anderen Leuten, die mir nie vorgestellt wurden, die ersten Abendnachrichten im Fernsehen verfolgte.

»Wir fordern einen Boykott aller Ajax-Versicherungen durch die jüdische Gemeinde in Amerika«, sagte Posner gerade in die Kamera. »Preston Janoff hat heute die gesamte jüdische Gemeinde und das Andenken der Toten durch seine Bemerkungen in Springfield beleidigt.«

Nun erschien Beth Blacksins Gesicht auf dem Bildschirm. »Preston Janoff ist Direktor der Ajax-Versicherungsgruppe. Er hat heute gegen einen Gesetzentwurf gestimmt, der vorsieht, daß Lebensversicherungsgesellschaften ihre Unterlagen durchgehen, um festzustellen, ob sie noch ausstehende Verpflichtungen gegenüber Familien von Holocaust-Opfern haben.«

Jetzt ging die Kamera wieder auf Janoff, der vor der legislativen Kammer in Springfield stand. Er war großgewachsen, hatte silbergraue Haare und trug einen anthrazitfarbenen Anzug, der Trauer andeutete, ohne sie zu betonen.

»Wir verstehen den Schmerz derjenigen, die geliebte Menschen während des Holocaust verloren haben, aber wir sind auch der Ansicht, daß es eine Beleidigung der afroamerikanischen, der indianischen und anderer Gemeinden darstellen würde, die in diesem Land Schlimmes erduldet haben, wenn wir Menschen, deren Familien in Europa getötet wurden, eine besondere Behandlung zuteil werden ließen. Außerdem hat die Ajax in den letzten Jahrzehnten vor dem Zweiten Weltkrieg in Europa keine Lebensversicherungen verkauft. Wenn wir nun auf den Verdacht hin, daß eine oder zwei Policen gefunden werden, unsere gesamten Akten durchgehen würden, wäre das eine unzumutbare Belastung für unsere Aktionäre.«

Ein Angehöriger der Legislative fragte, ob es stimme, daß die Schweizer Edelweiß Rück die Ajax übernommen habe. »Unser Ausschuß würde gern mehr über die Lebensversicherungspolicen der Edelweiß erfahren.«

Janoff hielt eine Ausgabe von Amy Blounts Firmengeschichte mit dem Titel »Hundertfünfzig Jahre Leben und kein bißchen alt« hoch. »In dieser Broschüre können die Ausschußmitglieder nachlesen, daß die Edelweiß während des Krieges nur ein kleiner regionaler Lebensversicherer in der Schweiz war. Die Gesellschaft hat ein Exemplar dieser Broschüre für alle Mitglieder der Legislative bereitgestellt. Es gab mit Sicherheit nicht viele Kundenkontakte in Deutschland und Osteuropa.«

Nun meldeten sich mehrere Ausschußmitglieder zu Wort. Die Kamera entfloh dem Stimmengewirr ins Global Studio, wo Murray Ryerson sprach, der gelegentlich politische Kommentare für Global machte. »Am späten Nachmittag stimmte das House Insurance Committee elf zu zwei für eine Zurückstellung des Gesetzentwurfs, was effektiv das Aus bedeutet. Joseph Posner hat in den letzten Tagen Handzettel ausgeteilt, Telefonate geführt und Demonstrationen organisiert, um einen landesweiten Boykott aller Ajax-Versicherungen zu initiieren. Es ist noch zu früh, um zu beurteilen, ob seine Aktionen Erfolg haben werden, aber wir haben gehört, daß die Birnbaum-Familie ihre Angestellten weiterhin bei der Ajax versichern wird, was für die Ajax in diesem Jahr ein Umsatzvolumen von dreiundsechzig Millionen Dollar bedeutet. Alderman Louis Durham hat Janoffs Rede und das Abstimmungsergebnis mit gemischten Gefühlen aufgenommen.«

Dann war eine Großaufnahme von Durham mit seinem schicken maßgeschneiderten Jackett vor dem Ajax-Gebäude zu sehen. »Wir würden uns Entschädigungszahlungen für die Opfer der Sklaverei in diesem Land wünschen. Oder zumindest in diesem Bundesstaat. Aber wir wissen Direktor Janoffs Sensibilität hinsichtlich dieser Frage zu schätzen, daß man die Juden nicht die Entschädigungsdiskussion in Illinois dominieren lassen darf. Wir werden uns mit unserem Kampf für eine Entschädigung der Opfer der Sklaverei nun direkt an die Legislative wenden, und wir werden nicht aufgeben, bis wir gewonnen haben.«

Als der Nachrichtensprecher, der neben Murray im Studio saß, ins Bild kam und sagte: »Und hier eine Nachricht vom Sport: Die Cubs haben zum dreizehntenmal hintereinander im

Wrigley-Field-Stadion verloren«, schaltete Janoffs Sekretärin den Fernseher aus.

»Wunderbare Nachrichten – das wird Mr. Janoff freuen«, sagte sie. »Als er mit Mr. Rossy Springfield verlassen hat, kannte er das Abstimmungsergebnis noch nicht. Chick, könntest du im Internet nachsehen, wer für uns gestimmt hat? Ich rufe ihn im Wagen an: Er wollte von Meigs Field direkt zu einer Essensverabredung.«

Ein junger Mann mit frischem Gesicht verließ artig den Raum.

»Wollte Mr. Rossy mit Mr. Janoff zum Essen gehen?« fragte ich.

Alle Blicke richteten sich auf mich, als sei ich gerade vom Mond gefallen. Rossys Sekretärin, eine ziemlich aufgetakelte Frau mit glänzend schwarzem Haar und klassisch geschnittenem marineblauem Kleid fragte mich, wer ich sei und warum ich das wissen wolle. Ich stellte mich vor und erklärte ihr, Rossy habe mich für den Abend bei sich zu Hause zum Essen eingeladen. Als Rossys Sekretärin mit mir zu ihrem Schreibtisch ging, um einen Blick in ihren Terminkalender zu werfen, erhob sich hinter mir lautes Gemurmel: Wenn ich zu Rossy nach Hause eingeladen worden war, mußte ich Einfluß haben; natürlich wollten sie nun erfahren, wer ich war.

Rossys Sekretärin klapperte auf ihren hohen Absätzen mit schnellen Schritten über den Flur. Ralph und ich folgten ihr.

»Ja, Ms. Warshawski: Ich erinnere mich, daß ich gestern morgen Ihre Nummer für Mr. Rossy herausgesucht habe, aber er hat mir nicht gesagt, daß er Sie zum Essen einladen wollte. Das steht nicht in meinem Kalender. Soll ich Mrs. Rossy für Sie fragen? Sie macht die privaten Termine für die Familie aus.«

Und schon griff sie zum Hörer, wählte die eingespeicherte Nummer, sprach kurz mit Mrs. Rossy und versicherte mir, daß die Rossys mich am Abend erwarteten.

»Suzanne«, sagte Ralph, als sie begann, ihre Sachen auf dem Schreibtisch zusammenzuräumen. »Bertrand hat letzte Woche eine Akte mit in sein Büro genommen. Die bräuchten wir dringend im Zusammenhang mit laufenden Ermittlungen.«

Suzanne klapperte in Rossys Büro und kam fast sofort mit der Sommers-Akte zurück. »Entschuldigung, Mr. Devereux.

Er hat mir auf Band gesprochen, daß ich sie Ihnen so schnell wie möglich zurückgeben soll, aber dann hat er im letzten Moment beschlossen, Mr. Janoff nach Springfield zu begleiten, und in der Hektik habe ich die Akte dann vergessen. Mr. Rossy wollte Ihnen sagen, wie sehr er die Arbeit schätzt, die Connie Ingram in dieser Sache für ihn geleistet hat.«

Ralph brummte etwas. Er gab nur ungern Zweifel an seinen Angestellten zu, und die Tatsache, daß ich Connie Ingrams Namen in Fepples Terminkalender gefunden hatte, beschäftigte ihn ganz offensichtlich.

»Ich weiß, daß Connie Ingram behilflich war, die Agentenkopie dieser Akte zu suchen«, sagte ich. »Hat Mr. Rossy sie persönlich gebeten, sich mit Fepple – das ist der Agent – in Verbindung zu setzen?«

Suzanne hob die perfekt gezupften Augenbrauen, als wundere sie sich darüber, daß jemand versuchte, ihr die Geheimnisse ihres Chefs zu entlocken. »Das müßten Sie Mr. Rossy selbst fragen. Vielleicht ergibt sich heute abend beim Essen eine Gelegenheit dazu.«

»Also wirklich, Vic«, fauchte Ralph mich an, als wir in seinem Büro waren. »Was willst du damit sagen? Daß Connie Ingram mit dem Mord an einem Versicherungsagenten zu tun hat? Daß Rossy ihr den Auftrag dazu gegeben hat? Nun mach aber mal halblang.«

Ich dachte an Connie Ingrams rundes, aufrichtiges Gesicht und mußte zugeben, daß ich sie selbst nicht für eine Mörderin oder die Gehilfin eines Mörders hielt. »Aber ich möchte wissen, wer ihren Namen in Fepples Terminkalender geschrieben hat, wenn sie sich nicht mit ihm verabredet hat und auch nicht in sein Büro gefahren ist, um den Termin eigenhändig einzutragen«, fügte ich stur hinzu.

Ralph knurrte: »Dir würde ich das zutrauen. Wenn du dir davon einen Vorteil versprochen hättest.«

»Tja, dann wären wir also wieder da, wo wir angefangen haben. Laß mich einfach einen Blick in die Sommers-Akte werfen, dann kann ich hier verschwinden und dir deine Ruhe lassen.«

»Ruhe habe ich nie, wenn du in der Nähe bist, V. I.«

Seine Stimme klang nicht völlig abweisend, also nahm ich

ihm hastig die Akte aus der Hand und begann, sie durchzublättern. Er wich mir nicht von der Seite, während ich mir jede Seite genau ansah. Ich entdeckte nichts Ungewöhnliches, weder in den Aufzeichnungen über die Zahlungen des Kunden noch in den Unterlagen über die Auszahlung. Aaron Sommers hatte mit seinen wöchentlichen Beiträgen am 13. Mai 1971 angefangen und den in der Police vereinbarten Betrag 1986 erreicht. Dann folgte eine Sterbeanzeige, unterzeichnet von der Witwe, beglaubigt vom Notar, die im September 1991 eingereicht worden war. Wenige Tage später hatte die Ajax den Anspruch daraus erfüllt. Es gab zwei Kopien des Schecks – die eine, die Connie vom Mikrofiche gemacht, und die andere, die Fepple ihr aus seinem Aktenbestand zugefaxt hatte. Sie sahen identisch aus.

Eine Kopie von Al Hoffmans Arbeitsbericht, in den er die wöchentlichen Zahlungen mit der Schreibmaschine eingetragen hatte, war einem Brief an die Ajax beigeheftet, in dem die Gesellschaft über den Abschluß der Versicherung informiert wurde. Ich hatte gehofft, daß die Unterschrift in der gleichen kunstvollen Schrift wäre wie das Dokument, das ich in Fepples Aktentasche gefunden hatte, aber es handelte sich um eine ganz gewöhnliche, unauffällige Handschrift.

Ralph sah sich jeden Beleg seinerseits an, wenn ich damit fertig war. »Ich denke, die Akte ist in Ordnung«, sagte er, als wir uns dem Ende näherten.

»Du denkst? Ist irgendwas nicht in Ordnung?«

Er schüttelte den Kopf, wirkte aber immer noch verwirrt. »Es ist alles drin und in Ordnung. Die Akte sieht genauso aus wie zehntausend andere solcher Akten, die ich in den letzten zwanzig Jahren durchgegangen bin. Ich weiß nicht, warum ich trotzdem ein komisches Gefühl habe. Geh du mal vor: Ich bleibe bei Denise, während sie alle Dokumente kopiert. Dann haben wir zwei Leute, die den Inhalt der Akte bezeugen können.«

Inzwischen war es nach sechs. Falls Posner immer noch vor dem Eingang auf und ab marschierte, wollte ich sehen, ob es mir gelingen würde, Radbuka nach Hause zu folgen. Ich war schon fast beim Aufzug, als Ralph mich einholte.

»Vic, tut mir leid, ich habe vorher überreagiert. Aber die

Tatsache, daß du dich allein in dem Stockwerk aufgehalten hast, als die Akte verschwunden ist... Außerdem weiß ich ja, daß du manchmal, wie soll ich es ausdrücken, unorthodoxe Methoden anwendest.«

Ich verzog das Gesicht. »Da hast du recht, Ralph. Aber ich gebe dir mein Pfadfinderehrenwort, daß ich nicht in der Nähe deines Mikrofiche war.«

»Ich würde wirklich gern wissen, was an diesem einen verdammten Versicherungsfall so wichtig ist.« Er schlug mit der flachen Hand gegen die Wand neben dem Aufzug.

»Der Vertreter, der die Versicherung abgeschlossen hat, dieser Al Hoffman, ist jetzt sieben Jahre tot. Glaubst du, die Gesellschaft hat noch Aufzeichnungen über seine Privatadresse, seine Familie oder irgendwelche andere Informationen? Er hatte einen Sohn, der müßte jetzt so um die Sechzig sein. Vielleicht hat der Unterlagen, die Licht in die Sache bringen könnten.« Natürlich war das nur ein Strohhalm, aber im Augenblick hatten wir einfach nichts Solideres.

Ralph holte ein kleines Notizbuch aus seiner Brusttasche und schrieb etwas hinein. »So ist das: Der Nachmittag beginnt damit, daß ich dich des Diebstahls bezichtige, und endet damit, daß ich für dich den Laufburschen mache. Ich werde sehen, was ich rausfinden kann. Allerdings wär's mir lieber gewesen, wenn du die Polizei aus dem Spiel gelassen hättest. Die werden jetzt bestimmt Connie befragen. Und von der glaube ich nun wirklich nicht, daß sie den Typ umgebracht hat. Gut, sie hätte ihn erschießen können – immer vorausgesetzt, sie hatte eine Waffe –, wenn sie sich tatsächlich mit ihm verabredet hätte und er ihr dabei zu nahe gekommen wäre. Aber kannst du dir vorstellen, daß sie einen Mord bewußt wie einen Selbstmord hat aussehen lassen?«

»Ich bin immer schon zu impulsiv gewesen, Ralph, doch du kannst nicht einfach solche Anschuldigungen gegen mich erheben, wenn du keinen anderen Grund dafür hast als dein Wissen um meine unorthodoxen Methoden. Außerdem bleibt die Tatsache, daß jemand an der Mikrofiche-Schublade war. Deine und Ms. Bigelows Deutung der Angelegenheit ist bloß eine Notlösung: Die Leute von der Polizei, die im Mordfall Fepple ermitteln, sollten wissen, daß jemand das Mikrofiche gestohlen hat. Du solltest sie hierherholen, egal, wie schlecht das für die Publicity ist. Und Connie Ingram sollte alle eventuellen Fragen beantworten. Du kannst beweisen, was für ein guter Chef du bist, indem du die Rechtsabteilung der Ajax auf die Sache ansetzt. Sorg dafür, daß erfahrene Leute ihr bei der Befragung beistehen. Sie scheint Ms. Bigelow zu vertrauen; sie soll bei der Befragung ebenfalls dabeisein. Eine Menge hängt davon ab, wann ihr Name in Fepples Computer eingetragen wurde. Und davon, ob sie ein Alibi hat für Freitag abend.«

Da ging die Aufzugglocke. Als ich den Lift betrat, fragte Ralph mich ganz beiläufig, wo ich am Freitag abend gewesen war.

»Bei Freunden, die das auch bezeugen würden.«

»Tja, von deinen Freunden hätte ich nichts anderes erwartet, Vic«, sagte Ralph ein wenig säuerlich.

»Nun mach kein so mürrisches Gesicht.« Ich hielt die Hand vor die Lichtschranke, damit die Aufzugtür noch nicht zuging. »Connie Ingrams Mutter wird auch für sie aussagen. Und Ralph: Vertrau deinem Instinkt im Hinblick auf die Sommers-Akte. Wenn dein sechster Sinn dir sagt, daß da was nicht stimmt, dann versuch bitte rauszufinden, was, ja?«

Als ich unten im Foyer ankam, war es draußen auf der Straße ruhig. Die Angestellten waren verschwunden, und so hatte es für Posner und Durham keinen großen Sinn mehr, vor dem Gebäude auf und ab zu marschieren. An der Kreuzung standen noch ein paar Polizisten, aber abgesehen von den Handzetteln auf dem Gehsteig gab es keine Hinweise mehr auf die Menschenmenge, die bei meiner Ankunft dagewesen war. Ich hatte mir die Chance, Radbuka nach Hause zu verfolgen, entgehen lassen. Radbuka, dessen Vater doch nicht Ulf geheißen hatte.

Auf dem Weg in die Tiefgarage blieb ich in einem Eingang stehen, um Max anzurufen und ihm zu sagen, daß Radbuka an jenem Abend vermutlich nicht auftauchen würde, und ihn zu fragen, ob er bereit wäre, Don die Unterlagen über seine Suche nach der Radbuka-Familie zu zeigen.

»Dieser Streeter kann wirklich gut mit der Kleinen umgehen«, sagte Max. »Er ist eine große Hilfe. Ich glaube, wir werden ihn bitten, die Nacht bei uns zu verbringen, auch wenn der Mann, der sich Radbuka nennt, nicht hierherkommt.«

»Ja, das ist eine gute Idee. Ich kann nicht garantieren, daß Radbuka euch heute nicht belästigt; ich weiß nur, daß er sich jetzt an Posner drangehängt hat. Vor einer Stunde hab' ich ihn zusammen mit Posner vor dem Ajax-Gebäude auf und ab marschieren sehen. Wahrscheinlich gibt ihm das das Gefühl, akzeptiert zu sein, und er kreuzt nicht bei euch auf. Aber er ist unberechenbar.«

Dann erzählte ich ihm von meinem Treffen mit Rhea Wiell. »Sie scheint die einzige zu sein, die ihn irgendwie im Griff hat, aber sie scheint diese Kontrolle – aus welchem Grund auch immer – nicht ausüben zu wollen. Wenn du Don Einblick in die Unterlagen über deine schwierige Nachkriegsreise nach Europa gewährst, könnte er sie vielleicht davon überzeugen, daß du wirklich nicht mit Paul Radbuka verwandt bist.«

Als Max sich dazu bereit erklärt hatte, hinterließ ich eine Nachricht auf Dons Handy-Mailbox, daß er Max anrufen solle. Es war halb sieben; ich hatte also nicht mehr genug Zeit, um vor der Essenseinladung nach Hause oder ins Büro zu fahren. Vielleicht würde ich doch noch bei Lotty vorbeischauen, bevor ich zu den Rossys ging.

Halb sieben hier, halb zwei morgens in Rom, wo Morrell bald landen würde. Er würde den morgigen Tag in Rom zusammen mit dem Team von Humane Medicine verbringen, am Donnerstag nach Islamabad fliegen und von dort aus über Land nach Afghanistan reisen. Einen Moment gab ich mich ganz meiner Verzweiflung hin: Ich war erschöpft, Max und Lotty hatten Probleme, und Morrell war auf der anderen Seite der Welt. Ich war einfach zu allein in dieser großen Stadt.

Ein obdachloser *Streetwise*-Verkäufer tänzelte mit seiner Zeitschrift auf mich zu. Als er mein Gesicht sah, veränderte sich sein Verhalten sofort.

»Schätzchen, so schlimm kann's doch nicht sein, oder? Sie haben immerhin noch ein Dach überm Kopf, stimmt's? Und drei anständige Mahlzeiten am Tag. Selbst wenn Ihre Mutter tot sein sollte, wissen Sie, daß sie Sie geliebt hat – also machen Sie kein so trauriges Gesicht.«

»Ach, die Freundlichkeit von Fremden«, sagte ich und fischte einen Dollar aus meiner Tasche.

»Stimmt. Niemand ist freundlicher als Fremde, und nichts ist merkwürdiger und fremder als Freundlichkeit. Das ist meine Botschaft an Sie. Gott segne Sie, und zaubern Sie dieses hübsche Lächeln öfter auf Ihre Lippen.«

Ich möchte nicht behaupten, daß er mich dadurch wirklich zum Lachen brachte, aber immerhin schaffte ich es, die Melodie von »Whenever I feel afraid« zu pfeifen, als ich die Stufen zur Garage hinunterging.

Ich fuhr auf dem Lake Shore Drive in nördlicher Richtung nach Belmont, wo ich mich auf die Suche nach einem Parkplatz machte. Lottys Haus befand sich einen knappen Kilometer weiter die Straße hinauf, aber hier ist es so schwierig, einen Platz für den Wagen zu ergattern, daß ich den ersten nahm, den ich sah. Und der erwies sich als ideal, weil er nur einen halben Häuserblock von Rossys Haustür entfernt war.

Auf dem Weg nach Norden hatte ich den Anruf bei Lotty immer wieder aufgeschoben: Von der Straße im Stadtzentrum aus wollte ich ihn wegen des Lärms nicht erledigen. Und im Auto war es mir zu gefährlich. Doch jetzt blieb mir nichts anderes mehr übrig, ich würde anrufen – wenn ich zuerst ein paar Minuten lang die Augen geschlossen, einen klaren Kopf und das Gefühl bekommen hatte, den emotionalen Attacken gewachsen zu sein, die ich von Lotty zu erwarten hatte.

Ich stellte den Sitz fast in Liegeposition. Als ich mich zurücklehnte, sah ich einen Wagen vor der Tür zu Rossys Haus vorfahren. Während ich das Geschehen beobachtete, fragte ich mich, ob das Rossy war, der vom Direktor der Ajax-Versicherung zu Hause abgesetzt wurde, begeistert über den günstigen Ausgang der Stimmabgabe in Springfield. Janoff und Rossy hatten mit Sicherheit eine Limousine von Meigs Field aus genommen und auf dem Rücksitz auf ihren Erfolg angestoßen. Als nach ein paar Minuten immer noch niemand aus dem Wagen stieg, verlor ich das Interesse – er wartete bestimmt, um jemanden aus dem Gebäude abzuholen.

Rossys Begeisterung über die Abstimmung stand fest: Die Edelweiß Rück hatte die Ajax als Vorposten in den USA erworben, und das Unternehmen wäre sicher alles andere als erfreut gewesen, wenn es durch die Entscheidung in Illinois gezwungen gewesen wäre, seine Unterlagen über Leute durchzugehen, die in Europa ermordet worden waren – eine solche Suche hätte einen ganzen Batzen Geld verschlungen. Vermutlich hatte die Ajax der Legislative eine ordentliche Summe geboten, um die Abstimmung zu den eigenen Gunsten zu entscheiden, aber das war mit Sicherheit billiger, als die Bücher der Öffentlichkeit zugänglich zu machen.

Natürlich war die Wahrscheinlichkeit, daß die Ajax in den dreißiger Jahren eine Menge Policen in Mittel- oder Osteuropa verkauft hatte, gering, es sei denn, die Ajax hätte dort eine Tochtergesellschaft unterhalten, aber das glaubte ich nicht. Versicherungen waren wie die meisten anderen Geschäfte auch vor dem Zweiten Weltkrieg eine regionale Angelegenheit gewesen. Doch möglicherweise hatte die Edelweiß selbst mit Holocaust-Opfern zu tun gehabt. Allerdings hatte Janoff, der Direktor der Ajax, heute mit Amy Blounts Firmengeschichte in der Hand behauptet, die Edelweiß sei vor dem Krieg lediglich in einem kleinen regionalen Rahmen tätig gewesen.

Ich fragte mich, wie aus der Edelweiß das große internationale Unternehmen von heute geworden war. Vielleicht hatte sie während des Kriegs abgesahnt – damals waren die Möglichkeiten, Geld zu verdienen, vermutlich vielfältig gewesen angesichts der Chemikalien, optischen Geräte und anderen Dinge, die die Schweiz für den Krieg der Deutschen herstellte. Natürlich hatte das nichts mit dem Gesetzentwurf von Illinois zu tun, der sich ausschließlich mit Lebensversicherungen beschäftigte, aber die Menschen lassen sich bei Abstimmungen eher durch Emotionen als durch Fakten leiten. Wenn jemand nachwies, daß die Edelweiß mit Hilfe der Kriegsmaschinerie im Dritten Reich ein Vermögen verdient hatte, würde die Legislative das Unternehmen sicher strafen, indem sie die Offenlegung der Lebensversicherungsakten forderte.

Der Fahrer der Limousine öffnete die Wagentür und stieg aus. Ich blinzelte: Es war ein Chicagoer Polizist. Also hielt sich ein Vertreter der Stadt aus offiziellem Anlaß hier auf. Als sich die Tür des Gebäudes öffnete, setzte ich mich auf, um zu sehen, ob der Bürgermeister herauskommen würde. Doch als ich den Mann, der tatsächlich heraustrat, erkannte, fiel mir die Kinnlade herunter. Den großen Kopf und das maßgeschneiderte marineblaue Jackett hatte ich zwei Stunden zuvor in der Innenstadt gesehen. Alderman Louis »Bull« Durham. Nun, es wohnten viele mächtige Leute hier auf diesem Abschnitt des Lake Shore Drive, aber ich wäre jede Wette eingegangen, daß Durham Rossy besucht hatte.

Während ich noch das Gebäude anstarrte, in dem Rossy wohnte, und mir Gedanken darüber machte, was da im Gange war, erlebte ich zum zweitenmal eine Überraschung: Eine Gestalt mit schwarzem Hut und Schläfenlocken kam wie ein Schachtelteufel aus dem Gebüsch und marschierte in das Haus. Ich stieg aus dem Wagen und ging ein Stück die Straße hinunter, so daß ich in den Eingang sehen konnte. Dort redete Joseph Posner mit heftigen Handbewegungen auf den Portier ein. Was zum Teufel ging da vor sich?

30 Party Time?

Als ich eine Stunde später schwer atmend in das Gebäude lief, in dem die Rossys wohnten, hatte ich Durham und Posner vorübergehend vergessen. Meine Gedanken waren hauptsächlich bei Lotty, die ich wieder einmal ziemlich niedergeschlagen verlassen hatte. Allerdings war ich mir auch bewußt, daß ich, obwohl ich den knappen Kilometer von ihrer Wohnung hierher rennend zurückgelegt hatte, zu spät zu den Rossys kommen würde. Atemlos hatte ich einen Zwischenstopp bei meinem Wagen gemacht, um meinen Pullover mit dem hohen Kragen sowie die Schuhe mit den Kreppsohlen aus- und die Pumps anzuziehen. Hinterher hatte ich die Ohrringe meiner Mutter angelegt und, während ich schon über die Straße lief, meine Haare gekämmt. Auf dem Weg in den zehnten Stock versuchte ich schließlich im Aufzug, mich ein wenig zu schminken. Trotzdem fühlte ich mich beim Aussteigen zerzaust. Dieses Gefühl verstärkte sich noch, als meine Gastgeberin sich von ihren anderen Gästen abwandte, um mich zu begrüßen.

Fillida Rossy war Anfang Dreißig und fast so groß wie ich. Ihre weite Rohseidenhose und der Bouclépullover, beide in Mattgold, betonten nicht nur ihre schlanke Figur, sondern zeugten auch von ihrem Wohlstand. Die dunkelblonden Locken hatte sie mit einigen Diamantclips zurückgesteckt, und ein weiterer, größerer Diamant schmiegte sich in die Mulde über ihrem Brustbein.

Sie umfaßte meine ausgestreckte Hand und hätte sie fast gestreichelt. »Mein Mann hat mir so viel von Ihnen erzählt, daß ich ganz gespannt bin auf Sie, Signora«, sagte sie auf italienisch. »Er hat erwähnt, daß Sie ihm aus der Hand gelesen haben.«

Ohne mich loszulassen, führte sie mich zu den anderen Gästen, unter denen sich der italienische Kulturattaché und seine Frau Gemahlin, eine dunkle, lebhafte Frau ungefähr in Fillidas Alter, ein Schweizer Bankmanager und seine Frau, beide viel älter, sowie eine amerikanische Romanschriftstellerin befanden, die viele Jahre in Sorrent gelebt hatte.

»Das ist die Detektivin, von der Bertrand erzählt hat, die Frau, die sich auch mit der Handleserei auskennt.«

Fillida tätschelte meine Hand aufmunternd wie eine Mutter, die ihr schüchternes Kind einer Gruppe von Fremden vorstellt. Ich entzog sie ihr und fragte sie, wo Signor Rossy sei.

»Mio marito si comporta in modo scandaloso«, verkündete sie mit einem lebhaften Lächeln. »Er hat sich die amerikanischen Geschäftsgepflogenheiten zu eigen gemacht und telefoniert, statt seine Gäste zu begrüßen, was ich für skandalös halte, aber er wird sich bald zu uns gesellen.«

Ich murmelte den anderen Gästen ein *tanto piacere* zu und versuchte, vom Englischen und meinem Gespräch mit Lotty auf Italienisch und die unterschiedlichen Vorzüge Schweizer, französischer und italienischer Skipisten umzuschalten, die bei meinem Eintreffen offenbar das Thema gewesen waren. Die Frau des Attachés äußerte sich begeistert über Utah und sagte, Fillida seien natürlich sowieso die gefährlichsten Pisten die liebsten.

»Als du mich in unserem letzten Schuljahr in die Schweizer Hütte deines Großvaters eingeladen hast, bin ich dortgeblieben, während du die furchteinflößendste Abfahrt runtergefahren bist, die ich je gesehen habe. Soweit ich mich erinnere, waren hinterher nicht mal deine Haare zerzaust. Dein Großvater hat nur einmal tief durchgeatmet und sich ansonsten nonchalant gegeben, aber er war unglaublich stolz auf dich. Ist deine kleine Marguerita genauso furchtlos wie du?«

Fillida hob abwehrend die Hände mit den perfekt manikürten Nägeln und sagte, ihre leichtsinnigen Tage seien vorüber. »Jetzt ertrage ich es kaum, meine Kleinen aus den Augen zu lassen, also bleibe ich mit ihnen auf den Anfängerpisten. Was ich tun werde, wenn sie unbedingt auf die großen wollen, weiß ich nicht. Inzwischen kann ich mir vorstellen, was meine Mutter damals mit mir durchgemacht hat.« Dabei wanderte ihr Blick hinüber zu dem Kaminsims aus Marmor, auf dem so viele Fotos ihrer Kinder standen, daß sie fast keinen Platz mehr hatten.

»Tja, dann dürfen Sie nicht mit ihnen nach Utah fahren«, sagte die Frau des Bankers. »Aber in Neuengland gibt es gute Familienpisten.«

Ich wußte nicht genug übers Skifahren, um mich an dem Gespräch zu beteiligen, obwohl es der Sprache wegen kein Problem gewesen wäre. Nach einer Weile begann ich es zu bereuen, daß ich nicht abgesagt hatte und bei Lotty geblieben war, die an jenem Abend noch gequälter und besorgter gewirkt hatte als am Sonntag.

Nachdem ich Posner in das Haus von Rossy hatte stürmen sehen, war ich die Straße hinauf zu Lotty gegangen, ohne zu wissen, ob sie mich zu sich hinauflassen würde oder nicht. Nach längerem Zögern hatte sie dem Pförtner gesagt, er solle mich durchlassen, doch als ich oben aus dem Aufzug gekommen war, hatte sie auf dem Flur auf mich gewartet. Bevor ich etwas sagen konnte, hatte sie mit rauher Stimme gefragt, was ich wolle. Ich gab mir Mühe, nicht eingeschnappt auf ihr abweisendes Verhalten zu reagieren, und sagte, daß ich mir Sorgen um sie mache.

Sie verzog das Gesicht. »Ich habe dir ja schon vorhin am Telefon erklärt, daß es mir leid tut, Max die Party verdorben zu haben, aber jetzt geht's mir wieder gut. Hat Max dich geschickt, damit du nach mir schaust?«

Ich schüttelte den Kopf. »Max macht sich Gedanken über Calias Sicherheit. Im Moment beschäftigt er sich nicht so intensiv mit dir.«

»Calias Sicherheit?« Sie zog die dichten dunklen Augenbrauen zusammen. »Max ist ein hingebungsvoller Großvater, aber für einen Angsthasen habe ich ihn bisher eigentlich nicht gehalten.«

»Stimmt, ein Angsthase ist er nicht«, pflichtete ich ihr bei. »Radbuka hat Calia und Agnes in den letzten Tagen belästigt.«

»Sie belästigt? Bist du dir da sicher?«

»Ja, er wartet auf der anderen Straßenseite auf sie, spricht sie an, wenn sie aus dem Haus gehen, will Agnes dazu bringen zuzugeben, daß Calia mit ihm verwandt ist. Klingt das für dich wie eine Belästigung oder eher wie ein freundschaftlicher Besuch?« fauchte ich sie an, ob ihres verächtlichen Tonfalls nun doch ein bißchen verärgert.

Sie drückte die Handflächen gegen die Augen. »Das ist doch lächerlich. Wie kann er glauben, daß sie mit ihm verwandt ist?«

Ich zuckte mit den Achseln. »Wenn irgend jemand von uns wüßte, wer er wirklich ist oder wer die Radbukas waren, ließe sich diese Frage möglicherweise leichter beantworten.«

Sie preßte die Lippen zusammen. »Ich schulde niemandem eine Erklärung – weder dir noch Max. Und am allerwenigsten diesem absurden Menschen. Wenn er weiter den Überlebenden von Theresienstadt spielen möchte, soll er das meinetwegen tun.«

»Er spielt? Lotty, *weißt* du, daß er nur spielt?«

Ich hatte die Stimme erhoben; die Tür am anderen Ende des Flurs öffnete sich einen Spalt. Lotty wurde rot und schob mich in ihre Wohnung.

»Natürlich weiß ich das nicht. Aber Max... Max hat bei seiner Reise nach Wien keine Radbukas gefunden. Ich meine, nach dem Krieg. Ich glaube nicht... Ich würde wirklich gern erfahren, wie dieser merkwürdige Mensch auf ihren Namen gekommen ist.«

Ich lehnte mich mit verschränkten Armen gegen die Wand. »Ich hab' dir doch gesagt, daß ich im Internet jemanden gefunden habe, der nach Informationen über Sofie Radbuka sucht. Ich habe dieser Person meinerseits eine Nachricht hinterlassen, daß sie sich mit meinem Anwalt in Verbindung setzen soll, wenn sie an einem vertraulichen Gespräch interessiert ist.«

Ihre Augen funkelten. »Wieso hast du das getan?«

»Ich stehe vor zwei großen Rätseln: Sofie Radbuka im England der vierziger Jahre und Paul Radbuka im heutigen Chicago. Du willst Informationen über Paul, er will Informationen über Sofie, aber keiner von euch ist bereit, irgend etwas zu verraten. Irgendwo muß ich doch anfangen.«

»Warum? Warum mußt du überhaupt anfangen? Warum läßt du die Sache nicht einfach auf sich beruhen?«

Ich packte ihre Hände. »Lotty, hör auf damit. Sieh dich doch an. Seit der Mann letzte Woche aufgetaucht ist, bist du völlig durcheinander. Du führst dich auf wie eine Wahnsinnige und erzählst uns dann, daß wir uns keine Gedanken machen sollen, weil alles in Ordnung ist. Ich kann mir nicht vorstellen, daß das keine Auswirkungen auf deine Patienten hat. Wenn du so weitermachst, bist du eine Gefahr für dich selbst, deine Freunde und deine Patienten.«

Sie zog mir die Hände weg und sah mich ernst an. »Ich habe mich nie vom Wohl meiner Patienten ablenken lassen. Niemals. Nicht einmal gleich nach dem Krieg. Und ich werde es bestimmt auch jetzt nicht tun.«

»Wunderbar, Lotty, aber wenn du meinst, daß du ewig so weitermachen kannst wie jetzt, dann täuschst du dich.«

»Das ist meine Angelegenheit, nicht deine. Würdest du mir jetzt bitte den Gefallen tun, noch einmal diese Internet-Adresse aufzurufen und deine Nachricht zurückzuziehen?«

Ich wählte meine Worte sorgfältig. »Lotty, nichts kann meine Zuneigung zu dir gefährden, dazu ist sie zu sehr Bestandteil meines Lebens. Max hat mir gesagt, er hätte immer akzeptiert, daß du alle Informationen über die Radbuka-Familie für dich behalten hast. Ich würde das auch tun, wenn ich nicht mit ansehen müßte, wie du dich quälst. Das bedeutet: Wenn du mir nicht selbst sagst, was dich belastet, muß ich es eben auf eigene Faust herausfinden.«

Ihr Gesichtsausdruck wurde wieder so zornig, daß ich fürchtete, sie könnte jeden Augenblick in die Luft gehen, aber sie schaffte es, sich zusammenzureißen und mit ruhiger Stimme zu sagen: »Mrs. Radbuka ist ein Teil meiner Vergangenheit, für den ich mich schäme. Ich... habe sie im Stich gelassen. Sie ist gestorben in einer Zeit, in der ich sie nicht beachtet habe. Ich weiß nicht, ob ich sie hätte retten können. Wahrscheinlich nicht. Die Umstände tun nichts zur Sache; dich soll nur interessieren, wie ich mich verhalten habe.«

Ich runzelte die Stirn. »Ich weiß, daß sie nicht zu eurer Londoner Gruppe gehört hat, denn sonst würde Max sie kennen. War sie eine Patientin von dir?«

»Meine Patienten... die kann ich behandeln, weil unsere Rollen klar umrissen sind. Aber wenn Menschen nicht dieser Kategorie angehören, bin ich nicht mehr ganz so zuverlässig. Ich habe nie einen Patienten benachteiligt, niemals, nicht einmal in London während meiner Krankheit oder während der bitteren Kälte, als die anderen Studenten ihre Sprechstunden so schnell wie möglich hinter sich gebracht haben. Es ist eine Erleichterung für mich, meine Rettung, daß ich im Krankenhaus sein kann, als Ärztin, nicht als Freund oder Ehefrau oder Tochter oder irgend jemand anders, auf den kein Verlaß ist.«

Wieder nahm ich ihre Hände. »Lotty, auf dich ist immer Verlaß gewesen. Ich kenne dich, seit ich achtzehn bin. Du bist immer dagewesen, hast Mitleid bewiesen, bist mir eine gute Freundin. Du machst dir Vorwürfe wegen eines Vergehens, das nicht existiert.«

»Es stimmt, daß wir schon so lange befreundet sind, aber du bist nicht Gott; du kennst nicht alle meine Sünden, genausowenig wie ich deine kenne.« Ihre Stimme klang trocken, nicht ironisch, sondern erschöpft. »Doch wenn dieser Mann, der sich für einen der Radbukas hält, Calia bedroht... Calia ist das genaue Ebenbild von Teresz. Wenn ich sie ansehe... Teresz war die schönste in unserer Gruppe. Und unglaublich charmant. Sogar schon mit sechzehn, als wir alle noch ziemlich unbeholfen waren. Wenn ich Calia sehe, kommt mir sofort Teresz in den Sinn. Wenn ich wirklich annehmen müßte, daß Calia etwas passieren könnte...«

Sie führte den Satz nicht zu Ende. Würde sie mir dann die Wahrheit sagen?

In dem Schweigen, das nun folgte, fiel mein Blick auf die Uhr, und ich platzte heraus, daß ich zum Abendessen eingeladen sei. Die Anspannung, die sich auf Lottys Gesicht zeigte, als wir zum Aufzug gingen, gefiel mir überhaupt nicht. Während ich den Lake Shore Drive zu den Rossys zurückrannte, fühlte ich mich, als wäre ich die Freundin, auf die kein Verlaß war.

Und hier, in diesem Wohnzimmer, inmitten von Bronzeskulpturen, mit Rohseide bezogenen Polstermöbeln, riesigen Ölgemälden und Gesprächen übers Skifahren und die Frage, ob eine Stadt wie Chicago tatsächlich in der Lage sei, erstklassige

Operninszenierungen auf die Bühne zu bringen, fühlte ich mich vollends losgelöst von der Welt um mich herum.

31 In der besseren Gesellschaft

Ich bewegte mich vom Small talk weg zu der offenen Glastür, durch die die Gäste hinaus auf einen kleinen Balkon gehen konnten. Vor mir lag der Lake Michigan, ein schwarzes Loch im Gewebe der Nacht, wahrnehmbar nur als Fleck zwischen den Lichtern der Flugzeuge, die zum Flughafen O'Hare unterwegs waren, und den Scheinwerfern der Autos auf der Straße unten vor dem Haus. Ich zitterte in der kühlen Luft.

»Ist Ihnen kalt, Signora Warshawski? Sie sollten nicht da draußen in der Nachtluft stehen.« Bertrand Rossy war zu mir auf den Balkon gekommen und sprach mich nun auf italienisch an.

Ich wandte mich zu ihm um. »Ich habe nicht oft Gelegenheit, diesen Ausblick so frei zu genießen.«

»Da ich selbst meine Pflichten als Gastgeber vernachlässigt habe, kann ich Ihnen schlecht vorwerfen, wenn Sie sich von den anderen Gästen absondern, aber ich hoffe, daß Sie sich jetzt zu uns gesellen werden.« Er hielt den Vorhang für mich zurück und ließ mir so kaum eine andere Wahl, als zu der Gesellschaft zurückzukehren.

»Irina«, rief er einer Frau in Hausmädchenuniform zu und fuhr dann auf englisch fort: »Signora Warshawski hätte gern ein Glas Wein.«

»Soweit ich weiß, haben Sie den Tag damit zugebracht, Ihren Aktionären Millionen von Dollar zu sparen«, sagte ich, ebenfalls auf englisch. »Es muß sehr erfreulich für Sie gewesen sein, so schnell die Unterstützung der Legislative zu erhalten.«

Er lachte, und dabei kamen seine Grübchen zum Vorschein. »Ach, ich war lediglich als Beobachter dabei und muß sagen, daß Preston Janoff mich sehr beeindruckt hat. Er bewahrt auch bei Attacken einen kühlen Kopf.«

»Eine Elf-zu-zwei-Abstimmung im Ausschuß empfinde ich eher wie eine Attacke der Schmusekatzen.«

Wieder lachte er. »Attacke der Schmusekatzen! Was für eine originelle Ausdrucksweise Sie doch haben.«

»Was ist, *caro*?« Fillida Rossy, die das Glas Wein für mich eigenhändig zu uns brachte, ergriff den Arm ihres Mannes. »Was bringt dich so zum Lachen?«

Rossy wiederholte meine Bemerkung auf italienisch; Fillida lächelte freundlich. »Das muß ich mir merken. Eine Attacke der Schmusekatzen. Und wen haben sie angegriffen?«

Ich kam mir ziemlich albern vor und nahm einen Schluck von meinem Wein, während Rossy seiner Frau die Abstimmung erklärte.

»Ach ja, das hast du mir beim Reinkommen erzählt. Wie clever von Ihnen, Signora, aus erster Hand von diesen legislativen Dingen zu erfahren. Ich muß immer auf Bertrands Berichte warten.« Sie zog seine Krawatte straff. »Schatz, dieser Blitz auf der Krawatte ist wirklich ein bißchen gewagt, findest du nicht auch?«

»Woher wissen Sie so genau über das Abstimmungsergebnis Bescheid?« fragte Rossy. »Hat das wieder etwas mit Handlesen zu tun?«

»Ich habe die Nachrichten in Janoffs Konferenzzimmer gesehen. Von anderen Dingen habe ich herzlich wenig Ahnung.«

»Als da wären?« Er drückte die Hand seiner Frau, um ihr zu zeigen, daß seine Aufmerksamkeit eigentlich ihr galt.

»Zum Beispiel warum Louis Durham sich nach der Abstimmung bei Ihnen zu Hause mit Ihnen treffen muß. Ich hatte nicht den Eindruck, daß er und die Leitung der Ajax ein so enges Verhältnis haben. Oder warum das Joseph Posner interessieren sollte.«

Fillida wandte sich mir zu. »Sie sind tatsächlich eine *indovina*, Signora. Ich habe gelacht, als Bertrand mir erzählte, Sie hätten in seiner Hand gelesen, aber es ist wirklich bemerkenswert, daß Sie so viel über unser Privatleben wissen.«

Ihre Stimme klang sanft und unkritisch, aber unter ihrem gelassen-distanzierten Blick wurde ich verlegen. Ich hatte gedacht, meine Äußerung würde einschlagen wie ein Blitz; jetzt wirkte sie nur noch ungehobelt.

Rossy breitete die Hände aus. »Das Leben in Chicago unterscheidet sich offenbar doch nicht so sehr von dem in Bern und

Zürich: Hier wie dort scheinen persönliche Beziehungen zu den Verantwortlichen der Stadt hilfreich für den glatten Ablauf der Geschäfte zu sein. Und was Mr. Posner anbelangt – seine Enttäuschung nach der heutigen Abstimmung dürfte verständlich sein.« Er drückte leicht meine Schulter, als Laura Bugatti, die Frau des Attachés, sich zu uns gesellte. »*Allora.* Warum reden wir über Dinge, die niemand sonst versteht?«

Bevor ich etwas erwidern konnte, kamen zwei Kinder im Alter von ungefähr fünf und sechs Jahren unter dem wachsamen Blick einer Frau in grauer Kinderschwesternuniform herein. Sie waren beide strohblond; das Mädchen hatte eine dichte Mähne, die ihr fast bis zur Taille reichte. Sie trugen Nachtgewänder, die vermutlich eine ganze Mannschaft von Stickern einen vollen Monat lang beschäftigt hatten. Fillida beugte sich zu ihnen hinunter, um ihnen mit einem Kuß eine gute Nacht zu wünschen und ihnen zu sagen, sie sollten auch *zia* Laura und *zia* Janet eine gute Nacht wünschen. *zia* Laura war die Frau des Attachés, *zia* Janet die amerikanische Romanschriftstellerin. Beide traten zu uns, um den Kindern einem Kuß zu geben, während Fillida die langen Haare ihrer Tochter an der Schulter glattstrich.

»Giulietta«, sagte sie zu dem Kindermädchen, »wir müssen Margueritas Haar mit einer Rosmarin-Spülung pflegen; es ist einfach zu struppig nach einem Tag im Chicagoer Wind.«

Bertrand hob seine Tochter hoch, um sie ins Bett zu tragen. Fillida glättete den Kragen am Pyjamaoberteil ihres Sohnes und schob ihn zu dem Kindermädchen. »Ich komme später noch mal zu euch, meine Lieben, aber nun muß ich zuerst unseren Gästen etwas zu essen geben, bevor sie mir verhungern. Irina«, fügte sie mit der gleichen sanften Stimme an das Hausmädchen gewandt hinzu, »ich würde jetzt gern das Essen servieren.«

Dann bat sie Signor Bugatti, mich zum Tisch zu begleiten, während sie seine Frau dem Schweizer Banker zuwies. Auf unserem Weg durch die Diele zu dem mit Holzpaneelen verkleideten Eßzimmer blieb ich stehen, um eine alte Standuhr zu bewundern, auf deren Zifferblatt das Sonnensystem zu sehen war. Während ich sie betrachtete, schlug es neun, und die Sonne und die anderen Planeten begannen, sich um die Erde zu bewegen.

»Reizend, finden Sie nicht?« sagte Signor Bugatti. »Fillida hat wirklich einen exquisiten Geschmack.«

Wenn die Gemälde und kleinen Skulpturen in den verschiedenen Räumen ihr gehörten, hatte sie nicht nur einen exquisiten Geschmack, sondern auch eine Menge Geld, um ihn sich leisten zu können; außerdem schien sie einen Hang zum Exzentrischen zu haben. Neben einem Kinderbild, das das Meer zeigte, hingen Schnappschüsse ihrer Kinder am Strand.

Laura stieß einen Begeisterungsschrei aus. »Ach, hier ist ja der kleine Paolo letzten Sommer auf Samos. Er ist einfach entzückend. Läßt du ihn im Lake Michigan schwimmen?«

»Bitte«, sagte Fillida und rückte das Foto ihres Sohnes zurecht. »Er würde liebend gern reingehen, also bitte sprich nicht davon. Denk nur an das verschmutzte Wasser!«

»Wer's mit der Adria aufnimmt, braucht auch keine Angst vor dem Lake Michigan zu haben«, sagte der Banker, und alle lachten. »Stimmen Sie mir zu, Signora Warshawski?«

Ich lächelte. »Ich schwimme oft im Lake, aber vielleicht bin ich ja auch gegen die hiesige Umweltverschmutzung abgehärtet. Immerhin haben wir in der Nähe von Chicago noch nie Cholera-Bakterien gefunden.«

»Ach, aber Samos ist doch etwas ganz anderes als Neapel«, sagte die amerikanische Romanschriftstellerin, die »Tante Janet«, die dem widerstrebenden Paolo ein paar Minuten zuvor einen Gutenachtkuß gegeben hatte. »Es ist typisch amerikanisch, das Leben hier als so viel besser zu sehen, wenn man das in Europa nicht kennt. Amerika muß in allem die Nummer eins sein, sogar in puncto saubere Gewässer. In Europa legt man viel mehr Wert auf ein ganzheitliches Dasein.«

»Das heißt also, wenn ein deutsches Unternehmen zum größten amerikanischen Verlag wird oder eine Schweizer Gesellschaft Chicagos größten Versicherer aufkauft, hat das eigentlich nichts mit Marktbeherrschung zu tun?« fragte ich. »Dann ist das lediglich das Nebenprodukt eines ganzheitlichen Daseins?«

Der Banker lachte, während Rossy, der sich gerade mit einer anderen, weniger auffälligen Krawatte wieder zu uns gesellt hatte, sagte: »Vielleicht hätte Janet es so ausdrücken sollen: Europäer verbrämen ihr Interesse an Medaillen und Siegen mit dem Mäntelchen der Kultur. Dort ist es schlechter Stil, sich mit seinen Leistungen zu brüsten – sie sollten eher zufällig zutage treten, im Rahmen eines Gesprächs über ein völlig anderes Thema.«

»Wogegen Amerikaner erklärte Prahlhänse sind«, meinte die Romanschriftstellerin. »Wir sind reich, wir sind mächtig, alle müssen sich unserer Art, die Dinge anzupacken, beugen.«

Da servierte Irina eine milchig-braune Pilzsuppe mit einem Sahnehäubchen in Form eines Pilzhutes. Sie war eine schweigsame, tüchtige Frau, von der ich gedacht hatte, sie sei zusammen mit den Rossys aus der Schweiz gekommen, bis ich merkte, daß Fillida und Rossy sich mit ihr immer auf englisch unterhielten.

Das Tischgespräch drehte sich in italienischer Sprache noch ein paar Minuten um die Mängel amerikanischer Macht und amerikanischer Manieren. Ich spürte, wie sich mir die Nackenhaare aufstellten: Es gehört zu den merkwürdigen Dingen, daß niemand es gern hört, wenn die Familie von Außenstehenden kritisiert wird, selbst wenn diese Familie aus lauter Wahnsinnigen und Rüpeln besteht.

»Dann ging's also bei der heutigen Abstimmung in der Legislative von Illinois nicht darum, den Familien der Holocaust-Opfer die Auszahlung von Lebensversicherungen vorzuenthalten, sondern darum, Amerika daran zu hindern, daß es Europa seine Maßstäbe aufzwingt?« fragte ich.

Der Kulturattaché beugte sich über den Tisch zu mir vor. »In gewisser Hinsicht ja, Signora. Dieser schwarze Berater – wie heißt er doch gleich, Dur'am? – hat meiner Ansicht nach durchaus ein stichhaltiges Argument. Die Amerikaner verurteilen gern Dinge, die außerhalb ihres eigenen Landes geschehen – zum Beispiel die Greueltaten des Krieges, die wirklich furchtbar waren, das bestreitet niemand –, aber dieselben Amerikaner sind nicht bereit, ganz ähnliche Greueltaten in ihrem Land, deren Opfer Indianer und afrikanische Sklaven geworden sind, genauer unter die Lupe zu nehmen.«

Das Hausmädchen räumte die Suppenteller ab und servierte gebratene Kalbslende mit verschiedenen Gemüsen. Die Teller waren aus cremefarbenem Porzellan, hatten einen dicken Goldrand und ein großes »H« in der Mitte – vielleicht stand das für Fillida Rossys Mädchennamen, obwohl mir auf Anhieb keine italienischen Namen einfielen, die mit »H« begannen.

Laura Bugatti sagte, trotz des Mafia-Terrors in Italien oder Rußland ließen sich die meisten europäischen Leser lieber von amerikanischer Gewalt schockieren als von der im eigenen Land.

»Das stimmt«, meldete sich die Frau des Bankers zum erstenmal zu Wort. »Meine Familie weigert sich, über Gewalttaten in Zürich zu sprechen, aber sie fragt mich die ganze Zeit über Morde in Chicago aus. Können Sie das jetzt, wo der Mord im Unternehmen Ihres Mannes passiert ist, bestätigen, Fillida?«

Fillida strich mit den Fingern über die filigranen Applikationen an ihrem Messer. Sie aß sehr wenig, das fiel mir auf – kein Wunder, daß ihr Brustbein herausstand. »*D'accordo.* Eine Zeitung in Bologna hat über diesen Mord berichtet, wahrscheinlich weil dort bekannt ist, daß ich hier lebe. Seitdem ruft meine Mutter jeden Morgen an und verlangt, daß ich Paolo und Marguerita nach Italien zurückschicke, wo sie ihrer Meinung nach in Sicherheit sind. Da nützt es nichts, wenn ich ihr sage, daß der Mord mehr als dreißig Kilometer von meinem Haus entfernt passiert ist, in einem ausgesprochen üblen Viertel der Stadt, wie man es sicher auch in Mailand finden könnte. Vielleicht sogar in Bologna, obwohl ich mir das kaum vorstellen kann.«

»In deiner Heimatstadt also nicht, *cara*?« sagte Bertrand. »Deine Heimat muß einfach die beste Stadt der Welt sein, ganz ohne üble Viertel.«

Er prostete seiner Frau lachend mit seinem Weinglas zu, aber sie runzelte die Stirn. Er reagierte mit einem finsteren Blick, stellte sein Glas ab und wandte sich der Frau des Bankers zu. Hinter Fillidas sanfter Stimme verbarg sich offensichtlich ordentlich Power: keine Scherze über Bologna an diesem Tisch; zieh eine andere Krawatte an, wenn mir die hier nicht gefällt; wechsel das Thema, wenn mir das jetzige nicht paßt.

Als Laura Bugatti Fillidas Verärgerung bemerkte, rief sie rasch mit atemloser Mädchenstimme. »Mord in Bertrands Unternehmen? Wieso weiß ich davon nichts? Wollt ihr mir etwa wichtige kulturelle Informationen vorenthalten?« fügte sie an ihren Mann gewandt schmollend hinzu.

»Einer der Versicherungsagenten von der Ajax ist tot in seinem Büro aufgefunden worden«, erklärte der Banker ihr. »Jetzt sagt die Polizei, es sei Mord gewesen, nicht Selbstmord, wie zuerst angenommen. Sie haben doch für ihn gearbeitet, nicht wahr, Signora Warshawski?«

»Nein, gegen ihn«, korrigierte ich ihn. »Er war der Schlüssel zu einem strittigen...« Ich suchte nach Worten: Auf italienisch hatte ich noch nie Diskussionen über finanzielle Dinge geführt. Schließlich wandte ich mich hilfesuchend an Rossy, der »Lebensversicherungsanspruch« für mich übersetzte.

»Jedenfalls hielt er den Schlüssel zu einem solchen strittigen Anspruch der Ajax gegenüber in der Hand, und leider habe ich ihn nicht dazu gebracht, mir zu sagen, was er wußte.«

»Das heißt, sein Tod hat Sie frustriert«, sagte der Banker.

»Ja, frustriert und auch vor ein Rätsel gestellt. Denn alle Papiere, die mit diesem Anspruch zu tun haben, sind verschwunden. Auch heute hat jemand einen Aktenschrank im Unternehmen durchwühlt, um an Dokumente zu kommen.«

Rossy stellte sein Weinglas mit einem Knall auf den Tisch. »Woher wissen Sie das? Warum hat man mich nicht informiert?«

Ich breitete die Hände aus. »Sie waren in Springfield. Und ich habe es nur erfahren, weil Ihr Signor Devereux mich im Verdacht hatte, für den Diebstahl verantwortlich zu sein.«

»Aus meinem Büro?« fragte er.

»Aus der Leistungsabteilung. Die Kopie in Ihrem Büro war intakt.« Ich erwähnte nichts von Ralphs Gefühl, daß irgend etwas mit der Akte nicht stimmte.

»Das heißt, Sie haben die Dokumente des Agenten in diesem Fall nie zu Gesicht bekommen?« fragte Rossy. »Nicht einmal, als Sie nach seinem Tod in seinem Büro waren?«

Ich legte Messer und Gabel ordentlich neben meinen Teller. »Und woher wissen Sie, daß ich nach Fepples Tod in seinem Büro war?«

»Ich habe Devereux heute nachmittag von Springfield aus angerufen. Er hat mir gesagt, daß Sie ihm irgendein Dokument aus dem Büro des toten Agenten gebracht haben.«

Das Hausmädchen ersetzte unsere Teller durch weiteres Geschirr mit Goldrand, diesmal mit Himbeermousse auf frischen Früchten.

»Die Mutter des Toten hat mir einen Büroschlüssel gegeben und mich gebeten, nach Beweisstücken zu suchen, die die Polizei möglicherweise übersehen hatte. Und dort habe ich dann dieses eine Blatt Papier gefunden, bei dem es sich offenbar um ein sehr altes handgeschriebenes Dokument handelt. Der einzige Grund, warum ich eine Verbindung zu dem strittigen Anspruch herstelle, ist der, daß sich der Name des toten Policeninhabers darauf befindet. Ob dieses Papier allerdings mit dem Anspruch zu tun hat oder mit etwas ganz anderem, kann ich nicht sagen.«

Laura Bugatti klatschte in die Hände. »Das ist ja aufregend: ein mysteriöses Dokument. Wissen Sie, wer es verfaßt hat? Oder wann?«

Ich schüttelte den Kopf. Die Fragen bereiteten mir Unbehagen; sie brauchte nicht zu wissen, daß ich das Papier hatte untersuchen lassen.

»Wie enttäuschend.« Rossy lächelte mich an. »Und dabei habe ich so von Ihrer übernatürlichen Gabe geschwärmt. Sie erkennen doch sicher wie Sherlock Holmes siebenundfünfzig verschiedene Papierarten an ihrer Asche, oder?«

»Leider«, sagte ich, »kann man sich auf meine Fähigkeiten in dieser Hinsicht nicht verlassen. Sie erstrecken sich eher auf Menschen und ihre Motive als auf Dokumente.«

»Warum beschäftigen Sie sich dann überhaupt mit dem Fall?« fragte Fillida, die die Finger wieder um den schweren Griff ihres unbenutzten Löffels gewölbt hatte.

Es lag Macht in dieser sanften, distanzierten Stimme, und sie provozierte mich. »Es handelt sich um den Anspruch einer armen afroamerikanischen Familie in der Chicagoer South Side. Hier wäre eine wunderbare Gelegenheit für die Ajax, die Rhetorik von Preston Janoff in die Tat umzusetzen und der trauernden Witwe ihre zehntausend Dollar zu zahlen.«

Der Banker sagte: »Dann verfolgen Sie die Sache also aus reinem Edelmut, nicht, weil Sie irgendwelche Beweise haben?« Sein Tonfall ließ den Satz nicht gerade nach einem Kompliment klingen.

»Und warum versuchen Sie das Ganze überhaupt mit Bertrands Unternehmen in Verbindung zu bringen?« fragte die Romanschriftstellerin.

»Ich weiß nicht, wer den 1991 von der Ajax ausgestellten Scheck eingelöst hat«, sagte ich auf englisch, um sicher zu sein, daß ich mich klar ausdrückte. »Aber zwei Dinge lassen mich vermuten, daß es entweder der Agent oder jemand in der Gesellschaft gewesen ist: erstens meine Kenntnis der Familie, die den Anspruch erhebt, und zweitens die Tatsache, daß das Original der Akte verschwunden ist. Und zwar nicht nur aus der Agentur, sondern auch aus der Gesellschaft. Vielleicht war sich derjenige, der sie gestohlen hat, nicht im klaren darüber, daß sich in Mr. Rossys Büro noch eine Kopie befand.«

»Ma il corpo«, sagte die Frau das Bankers. »Haben Sie die Leiche gesehen? Heißt es nicht, daß die Position des Toten und der Waffe die Polizei zu dem Glauben veranlaßt hat, es handle sich um Selbstmord?«

»Signora Bugatti hat recht«, sagte ich. »Europäer sind wirklich neugierig auf die Einzelheiten von Gewalttaten in Amerika. Leider hat Mrs. Fepple mir den Schlüssel zum Büro ihres Sohnes erst nach dem Mord gegeben, so daß ich keine Details über die Leiche zum besten geben kann.«

Rossy runzelte die Stirn. »Es tut mir leid, wenn wir Ihnen voyeuristisch erscheinen, aber wie Sie bereits gehört haben, machen sich die Mütter in Europa große Sorgen um ihre Töchter und Enkel. Trotzdem sollten wir jetzt, glaube ich, über weniger blutrünstige Themen sprechen.«

Fillida nickte. »Ja, ich denke auch, daß wir genug über Blutvergießen gesprochen haben. Ich schlage vor, daß wir zum Kaffee zurück ins Wohnzimmer gehen.«

Als die anderen auf den strohfarbenen Rohseidensofas Platz nahmen, bedankte und entschuldigte ich mich gleichzeitig bei Fillida Rossy. »*Una serata squisita.* Aber ich fürchte, ein früher Termin morgen zwingt mich, Sie ohne Kaffee zu verlassen.«

Weder Fillida noch Bertrand unternahm irgendwelche Anstrengungen, mich zurückzuhalten, obwohl Fillida etwas von einem gemeinsamen Abend in der Oper murmelte. »Auch wenn ich es nicht für möglich halte, daß *Tosca* irgendwo außerhalb der Scala gesungen werden kann. Für mich ist das fast ein Sakrileg.«

Bertrand begleitete mich höchstpersönlich zur Tür und versicherte mir im Brustton der Überzeugung, daß ich ihnen viel Freude gebracht hätte. Er wartete an der offenen Tür, bis der

Aufzug kam. Ich hörte, wie das Gespräch sich hinter ihm dem Thema Venedig zuwandte, wo Fillida, Laura und Janet zusammen das Filmfest besucht hatten.

32 Klient in der Klemme

Mein Gesicht wirkte im Spiegel des Aufzugs wild und ausgezehrt, als hätte ich Jahre in einem Wald, fernab von jeder menschlichen Zivilisation, verbracht. Ich fuhr mir mit dem Kamm durch das dichte Haar und hoffte, daß meine Augen nur aufgrund des Lichts so tiefliegend aussahen.

Dann holte ich einen Zehn-Dollar-Schein aus meiner Brieftasche und steckte ihn in die geschlossene Hand. Im Foyer schenkte ich dem Portier ein charmantes Lächeln und sagte etwas übers Wetter.

»Ja, ist mild für die Jahreszeit«, pflichtete er mir bei. »Brauchen Sie ein Taxi, Miss?«

Ich antwortete, ich habe es nicht weit. »Allerdings hoffe ich, daß es später nicht so schwierig sein wird, ein Taxi zu kriegen – die anderen Gäste von den Rossys haben so ausgesehen, als würden sie die ganze Nacht dableiben wollen.«

»Ja, ja. Sehr kosmopolitisch, diese Partys. Die Leute bleiben oft bis zwei oder drei in der Früh.«

»Mrs. Rossy ist eine hingebungsvolle Mutter, doch am Morgen fällt's ihr sicher schwer, mit den Kindern aufzustehen«, sagte ich im Gedanken daran, wie sie die beiden vor dem Schlafengehen umarmt und gestreichelt hatte.

»Das Kindermädchen bringt sie in die Schule, aber wenn Sie mich fragen, wären die Kleinen glücklicher, wenn sie nicht so glucken würde. Zumindest der Junge, der mag's gar nicht, wenn sie ihn in der Öffentlichkeit an der Hand hält. Wahrscheinlich hat er in der Schule mitgekriegt, daß amerikanische Jungs sich nicht die ganze Zeit von ihren Müttern anfassen und die Kleidung richten lassen.«

»Sie ist wirklich eine sanfte Frau, doch zu Hause scheint sie das Sagen zu haben.«

Er öffnete die Tür für eine ältere Frau mit einem kleinen

Hund und meinte, was für eine schöne Nacht es doch für einen Spaziergang sei. Daraufhin fletschte der kleine Hund die Zähne und funkelte ihn unter seinem dichten weißen Pony an.

»Wollen Sie für die Rossys arbeiten?« fragte er, als die Frau mit dem Hund weg war.

»Nein, nein, ich bin eine Geschäftspartnerin von Bertrand Rossy.«

»Ich wollte nur sagen – ich würde da oben nicht für viel Geld arbeiten. Sie hat ziemlich europäische Vorstellungen darüber, welchen Platz das Dienstpersonal hat, und da gehöre auch ich dazu: Ich bin so was wie ein Möbelstück, das ihr ein Taxi ruft. Soweit ich weiß, hat sie das Geld. Er hat die Tochter vom Boß geheiratet und katzbuckelt immer noch vor der Familie. Das hab' ich jedenfalls gehört.«

Ich versuchte vorsichtig, ihn beim Thema zu halten. »Es ist sicher nicht schlecht, für sie zu arbeiten, sonst wäre doch Irina bestimmt nicht mit ihr aus Italien hier rübergekommen.«

»Aus Italien?« Er hielt die Tür für eine Gruppe von Jungen im Teenageralter auf, fing aber kein Gespräch mit ihnen an. »Irina ist aus Polen. Wahrscheinlich eine Illegale. Schickt ihr ganzes Geld heim zu ihrer Familie wie alle Einwanderer. Nein, die Lady hat 'ne kleine Italienerin mit hergebracht, die auf die Kinder aufpaßt, damit die ihr Italienisch nicht vergessen. Ist ein ziemlich hochnäsiges Mädchen, spricht nicht mit jedem«, fügte er voller Unmut hinzu. Aber immerhin: Klatsch über die hohen Herrschaften machte den Job ein bißchen interessanter.

»Dann wohnen beide Frauen hier? Also kann Irina nach einem langen Abend wie heute wenigstens hier schlafen.«

»Machen Sie Witze? Ich sag' Ihnen doch, für Mrs. Rossy sind Bedienstete Bedienstete und bleiben es auch. Der Mister, der geht morgens um acht zur Arbeit, egal, wie spät es geworden ist, aber die Lady steht in der Früh nicht als erste auf, damit der Kaffee für ihn auf dem Tisch ist, wenn er zum Frühstück kommt.«

»Ich weiß, daß sie oft Gäste haben. Eigentlich hätte ich heute abend auch Alderman Durham erwartet, weil der doch vorhin schon mal da war. Oder Joseph Posner.« Ich legte den Zehner unauffällig auf das Kontrollpult mit den Monitoren, auf denen er die Aufzüge und die Straße überwachen konnte.

»Posner? Ach, Sie meinen diesen jüdischen Typ.« Er steckte den Zehner mit einer eleganten Bewegung ein, ohne in seinem Redefluß innezuhalten. »Kann ich mir nicht vorstellen, daß die Lady einen von den beiden an ihren Essenstisch lassen würde. Sie ist so gegen halb sieben hier reingerauscht, hatte das Handy am Ohr. Ich dachte, na, die wird mit dem Mister reden, weil's Italienisch war, doch sie hat aufgelegt und sich zu mir gedreht. Sie brüllt nie, läßt's einen aber ganz deutlich spüren, wenn sie mächtig sauer ist. Jedenfalls hat sie gesagt: ›Mein Mann hat für heute abend einen Geschäftspartner zu einem Gespräch hierher eingeladen. Es handelt sich um einen Schwarzen, der hier unten warten soll, bis mein Mann kommt. Ich kann mich nicht um einen Fremden kümmern, während ich versuche, mich auf die Gäste vorzubereiten.‹ Damit meint sie ihr Make-up und so.«

»Dann hat Mr. Rossy also Alderman Durham erwartet. Hat er Posner auch eingeladen?«

Der Portier schüttelte den Kopf. »Posner ist unerwartet hier aufgetaucht und hat sich mit mir rumgestritten, weil ich ihn nicht allein hochlassen wollte. Mr. Rossy hat sich bereit erklärt, mit ihm zu sprechen, sobald Durham weg wäre, aber Posner war dann bloß ungefähr 'ne Viertelstunde oben.«

»Dann war Posner wahrscheinlich ganz schön wütend, daß Rossy nicht länger Zeit für ihn hatte, oder?«

»Ach, Mr. Rossy ist ein guter Kerl, nicht wie die Lady. Er ist immer zu einem Scherz aufgelegt und gibt auch meistens ein Trinkgeld – jedenfalls, wenn sie's nicht sieht; eigentlich möchte man meinen, bei dem Geld, das die hat, könnte sie hin und wieder 'nen Dollar lockermachen, wenn jemand wie ich bis nach Belmont runterläuft, um ein Taxi für sie zu kriegen ... aber egal, Mr. Rossy hat diesen jüdischen Typ innerhalb von 'ner Viertelstunde beruhigt. Allerdings kapier' ich nicht ganz, warum der sich so komisch anzieht. Wir haben 'ne Menge Juden hier im Haus, und die sind genauso normal wie Sie und ich. Wieso hat der denn 'nen Hut und 'nen Schal und die Locken?«

Ein Taxi, das jetzt vor dem Haus vorfuhr, bewahrte mich davor, mir eine passende Antwort zu überlegen. Eine Frau mit mehreren Koffern stieg aus dem Wagen, und der Portier sprang auf, um ihr entgegenzueilen. Wahrscheinlich, so dachte ich, hatte ich nun erfahren, was es zu erfahren gab, auch wenn das nicht so viel war, wie ich eigentlich gewollt hätte. Also folgte ich ihm nach draußen und überquerte die Straße zu meinem Wagen.

Ich fuhr über die Addison Street nach Hause und versuchte, Sinn in das alles zu bringen. Rossy hatte Durham zu sich nach Hause eingeladen. Noch vor der Demonstration? Oder nach seiner Rückkehr von Springfield? Und irgendwie hatte Posner davon erfahren, und so war er Durham hierher gefolgt. Wo Rossy ihn besänftigt hatte.

Ich wußte nichts über Alderman Durhams Liebe zum Geld – obwohl er nach dem Kauf der teuren Anzüge nicht mehr allzuviel für Lebensmittel übrig haben konnte, wenn er sie von seinem Gehalt als Alderman bezahlte –, aber die meisten Chicagoer Politiker haben ihren Preis, und der ist im allgemeinen nicht sehr hoch. Vermutlich hatte Rossy Durham eingeladen, um ihn zu bestechen. Doch was konnte Rossy Posner bieten, um einen Fanatiker wie ihn loszuwerden?

Es war schon fast Mitternacht, als ich endlich einen Parkplatz in einer der Seitenstraßen in der Nähe meines Hauses fand. Ich wohnte ungefähr fünf Kilometer westlich von den Rossys. Als ich damals in meine kleine Wohnung gezogen war, hatten in der friedlichen Gegend hauptsächlich Arbeiter gelebt, doch mittlerweile befanden sich so viele schicke Restaurants und Boutiquen dort, daß das Fahren selbst so spät am Abend noch anstrengend war. Ein Geländewagen, der mich vor Wrigley Field schnitt, erinnerte mich daran, daß ich mich auf den Verkehr konzentrieren mußte.

Trotz der späten Uhrzeit waren mein Nachbar und die Hunde noch wach. Offenbar hatte Mr. Contreras an der Tür gesessen und auf mich gewartet, denn ich war kaum drinnen, als er schon mit Mitch und Peppy herauskam. Die Hunde sprangen in dem winzigen Eingangsbereich bellend um mich herum und zeigten mir, daß sie nach meiner langen Abwesenheit sauer waren.

Mr. Contreras fühlte sich genauso einsam und verlassen wie ich. Obwohl ich nach einem kurzen Lauf mit den Hunden rund um den Block erschöpft war, setzte ich mich zusammen mit ihm in seine vollgestellte Küche. Mr. Contreras trank einen Grappa; ich entschied mich für einen Kamillentee mit einem Schuß Brandy. Das Geschirr auf dem Küchentisch war angeschlagen, das einzige Bild an der Wand ein Kalender vom Tierschutzverein mit ein paar Welpen, und der Brandy war billig und scharf, aber hier fühlte ich mich wohler als im prunkvollen Wohnzimmer der Rossys.

»Ist Morrell heute geflogen?« fragte der alte Mann. »Ich merk' schon, daß es Ihnen nicht so gutgeht. Trotzdem alles in Ordnung?«

Ich brummte etwas und fing dann zu meiner Überraschung an, ihm in allen Details zu erzählen, wie ich Fepples Leiche gefunden hatte, über die Sommers-Familie, das fehlende Geld, die fehlenden Dokumente und die Essenseinladung am Abend. Er war verärgert, daß ich ihm die Sache mit Fepple nicht früher gesagt hatte – »schließlich waren Sie bei mir in der Küche, wie sie die Geschichte mit dem Mord in den Nachrichten gebracht haben« –, ließ mich jedoch nach kurzem Grollen weiterreden.

»Ich bin müde und kann nicht mehr klar denken. Aber irgendwie hab' ich den Eindruck, daß das heute abend sorgfältig geplant war«, sagte ich. »Ich hab' mich in das Gespräch verwickeln lassen, doch jetzt habe ich das Gefühl, daß sie mich dazu bringen wollten, über etwas ganz Bestimmtes zu sprechen, ob über meinen Fund von Fepples Leiche oder das, was ich in der Sommers-Akte gesehen habe, weiß ich nicht.«

»Vielleicht beides«, meinte mein Nachbar. »Sie sagen, der Name von dem Mädchen in der Leistungsabteilung war im Computer von dem Agenten, aber sie behauptet, daß sie nie in seinem Büro gewesen ist. Vielleicht doch. Vielleicht war sie dort, nachdem man ihn erschossen hat, und hat Angst, es zuzugeben.«

Ich ließ Peppys seidige Ohren durch meine Finger gleiten. »Möglich. Wenn das so wäre, würde ich auch begreifen, warum Ralph Devereux sie zu schützen versucht. Allerdings kann ich mir nicht vorstellen, daß das Rossy oder seiner Frau wichtig wäre. Jedenfalls nicht wichtig genug, um mich zum Essen einzuladen, damit sie mich aushorchen können. Er hat behauptet, er möchte mich einladen, weil seine Frau einsam ist und gern wieder mal Italienisch sprechen würde, aber sie war von lauter Freunden umgeben, oder sollte ich lieber Speichellecker sagen? Jedenfalls hat sie mich mit Sicherheit nicht gebraucht, höchstens um Informationen zu bekommen.«

Ich runzelte die Stirn und dachte eine Weile nach. »Er hat bestimmt Bescheid gewußt über Fepples Leiche; wahrscheinlich hat er mich eingeladen, um rauszufinden, was ich weiß. Allerdings begreife ich nicht, warum. Es sei denn natürlich, die Gesellschaft macht sich mehr Sorgen über den Anspruch der Sommers-Familie, als sie zugeben will. Was bedeutet, daß es sich nur um die Spitze eines häßlichen Eisbergs handelt, den ich noch nicht sehe.

Er hat mich so kurz vorher angerufen… Ich frage mich, ob die anderen Gäste schon eingeladen waren oder ob sie sie schnell informiert haben, weil sie wußten, daß sie mitspielen würden. Besonders Laura Bugatti, das ist die Frau vom italienischen Kulturattaché. Ihre Rolle war die der begeisterungsfähigen Naiven.«

»Was soll das heißen?«

»Daß sie plumpe Fragen stellen konnte, ohne daß man ihr das verübelt hätte. Obwohl das natürlich auch ihre wahre Persönlichkeit sein könnte. Die Wahrheit ist, daß alle mir das Gefühl gegeben haben, groß und plump zu sein, sogar die einzige Amerikanerin in der Runde, eine ziemlich gallige Schriftstellerin. Hoffentlich habe ich nie eins ihrer Bücher gekauft. Es war fast, als hätten sie mich zu ihrer Unterhaltung eingeladen. Da lief eine Show, in der ich mitgespielt habe, aber ich war die einzige, die den Text nicht vorher kannte.«

»Ob man mit Geld glücklicher ist, kann ich nicht beurteilen, aber eins weiß ich schon seit Jahren, Schätzchen, und das ist, daß man sich mit Geld keinen Charakter kaufen kann. Von dem haben Sie nämlich zehnmal soviel wie irgendwelche reichen Snobs, die Sie zum Essen einladen, damit sie sich ein bißchen über Sie lustig machen können.«

Ich gab ihm einen Kuß auf die Wange und stand auf, denn inzwischen war ich so müde, daß ich weder denken noch reden konnte. Mit fast genauso steifen Schritten wie der alte Mann ging ich zusammen mit Peppy hinauf in meine Wohnung: Wir beide konnten in dieser Nacht eine Extrastreicheleinheit brauchen.

Das rote Lämpchen an meinem Anrufbeantworter blinkte. Ich war so erschöpft, daß ich mit dem Gedanken spielte, es zu ignorieren, doch dann fiel mir ein, daß Morrell vielleicht versucht hatte, mich zu erreichen. Die erste Nachricht war tatsächlich von ihm. Er sagte mir, ich fehle ihm, er liebe mich und er sei hundemüde, aber zu aufgeregt, um zu schlafen. »Ich auch«, murmelte ich und hörte mir seine Stimme noch ein paarmal an.

Die zweite Nachricht war von meinem Anrufbeantwortungsdienst. Amy Blount hatte zweimal bei mir angerufen. Man teilte mir mit, sie sei wütend und bestehe darauf, daß ich mich sofort mit ihr in Verbindung setze, wolle aber selbst keine näheren Angaben machen. Amy Blount? Ach ja, die junge Frau, die über die hundertfünfzigjährige Firmengeschichte der Ajax geschrieben hatte.

Sofort. Tja, aber nicht jetzt. Nicht um ein Uhr morgens nach einem Tag, der zwanzig Stunden zuvor begonnen hatte. Also stellte ich den Signalton des Telefons aus, schlüpfte aus meinem Hosenanzug und ließ mich ins Bett fallen, ohne das Oberteil und die Diamantohrhänger meiner Mutter abzulegen.

Zum erstenmal seit über einer Woche schlief ich eine ganze Nacht durch und stolperte erst aus dem Bett, als Peppy mich um kurz nach acht mit der Nase anstieß. Das rechte Ohr tat mir weh, weil ich auf dem Ohrring geschlafen hatte; der linke war irgendwie im Bettzeug verschwunden. Ich suchte so lange herum, bis ich ihn fand, und legte beide zurück in meinen Safe, gleich neben meine Waffe. Diamanten von meiner Mutter, Waffen von meinem Vater. Vielleicht konnte Fillida Rossys Schriftstellerfreundin daraus ein Gedicht machen.

Während ich geschlafen hatte, waren Nachrichten von meinem Anrufbeantwortungsdienst und Mary Louise eingegangen, in denen sie mir mitteilten, daß Amy Blount noch einmal verlangt habe, mit mir zu sprechen. Nach einem kurzen Aufstöhnen ging ich in die Küche, um mir einen Kaffee zu machen.

Dann setzte ich mich mit einem doppelten Espresso auf die hintere Veranda und ließ Peppy so lange im Garten herumschnüffeln, bis ich mich wach genug fühlte, um meine steifen Knochen zu strecken. Nach meinem vollen Trainingsprogramm einschließlich eines schnellen Sechseinhalb-Kilometer-Laufs zum Lake und zurück, bei dem die Hunde sich über die Geschwindigkeit beschwerten, nahm ich schließlich wieder Kontakt mit der Außenwelt auf.

Ich wählte die Nummer meines Anrufbeantwortungsdienstes und sprach mit Christie Weddington. »Vic, Mary Louise versucht schon die ganze Zeit, dich zu erreichen, und sie ist nicht die einzige. Amy Blount hat wieder angerufen und eine Margaret Sommers.«

Margaret Sommers? Die Frau meines Klienten, die glaubte, ich hätte es darauf abgesehen, ihrem Mann das Geld abzuknöpfen? Ich notierte mir, was die verschiedenen Anrufer gesagt hatten, und wies Christie an, dringende Gespräche auf mein Handy umzuleiten. Dann machte ich mich daran, das Frühstück zuzubereiten, während ich die Büronummer von Margaret Sommers wählte. Man sagte mir, sie sei wegen eines Notfalls in der Familie nach Hause gefahren. Also ging ich ins Wohnzimmer, um ihre Privatnummer in meinem elektronischen Notizbuch nachzuschauen.

Sie hob beim ersten Klingeln ab und brüllte mich an: »Was haben Sie der Polizei über Isaiah gesagt?«

»Nichts.« Ihr Angriff traf mich völlig überraschend. »Was ist denn mit ihm passiert?«

»Sie lügen, stimmt's? Sie haben ihn heute morgen abgeholt, mitten aus der Arbeit, vor seinen Kollegen, und gesagt, sie müssen mit ihm über Howard Fepple reden. Wer außer Ihnen sollte meinem Mann die Polizei auf den Hals gehetzt haben?«

Wäre ich doch bloß im Bett geblieben. »Mrs. Sommers. Ich habe mit der Polizei nicht über Ihren Mann gesprochen. Und ich weiß auch nicht, was heute morgen passiert ist. Wenn Sie mit mir darüber reden wollen, sollten Sie ganz von vorne beginnen und nicht mit irgendwelchen Anschuldigungen um sich werfen. Haben sie ihn verhaftet, oder haben sie ihn nur zur Befragung aufs Revier gebracht?«

Sie war wütend und durcheinander, gab sich aber alle Mühe, ruhiger zu werden. Isaiah hatte sie von der Arbeit aus angerufen, um ihr zu sagen, daß die Leute von der Polizei ihn wegen des Mordes an Fepple mitnehmen würden. Sie wußte nicht, auf welches Revier, nur, daß es sich Ecke Twenty-ninth Street/ Prairie Avenue befand, weil sie sofort hingefahren war. Allerdings hatte man sie dort nicht zu Isaiah gelassen.

»Haben Sie mit irgendeinem der Beamten gesprochen, die ihn befragen? Können Sie mir ihre Namen geben?«

Zwei Namen hatte sie herausfinden können, obwohl die Männer sich aufgeführt hatten wie der Allmächtige höchstpersönlich und ihr erklärten, sie bräuchten ihr überhaupt nichts zu sagen.

Ich kannte keinen der beiden Namen. »Haben sie Ihnen irgendwas erklärt? Zum Beispiel, warum sie Ihren Mann mitgenommen haben?«

»Ach, die waren so was von unfreundlich, daß ich kein Problem damit hätte, sie eigenhändig umzubringen. Die haben sich über mich lustig gemacht. ›Wenn Sie weiter hier rumbrüllen, Süße‹, haben sie gesagt, ›sperren wir Sie in seine Nachbarzelle. Dann hören wir gleich, was Sie beide sich für Lügen ausdenken.‹«

Ich konnte mir das alles und Margaret Sommers' hilflose Wut gut vorstellen. »Aber sie müssen doch einen Grund gehabt haben, ihn mitzunehmen. Haben Sie den herausgefunden?«

»Das hab' ich Ihnen doch schon gesagt. Weil Sie mit ihnen geredet haben.«

»Ich weiß ja, daß das alles ein furchtbarer Schock für Sie gewesen sein muß«, sagte ich ruhig, »und ich mache Ihnen auch keinen Vorwurf für Ihren Zorn. Aber bitte versuchen Sie, auf einen anderen Grund zu kommen, denn, Mrs. Sommers, ich habe mit den Leuten von der Polizei wirklich nicht über Ihren Mann gesprochen. Ich hätte nicht gewußt, worüber.«

»Was – Sie haben ihnen nicht gesagt, daß er am Samstag in dem Büro war?«

Mir wurde flau im Magen. »Wie bitte? Er war in Fepples Büro? Warum? Wann?«

Es dauerte eine ganze Weile, bis sie mir abnahm, daß ich nichts darüber wußte. Margaret Sommers hatte Isaiah gedrängt, persönlich zu Fepple zu gehen. Darauf lief's hinaus, obwohl sie versuchte, es als meine Schuld hinzustellen: Sie konnten mir nicht vertrauen; ich tat nichts, als mich bei den Versicherungsleuten einzuschmeicheln. Sie hatte sich mit dem Alderman unterhalten, weil die Sache mit Fepple sein Vorschlag gewesen war. Und als Isaiah keinen Termin ausmachen wollte, hatte sie es eben selbst am Freitag nachmittag vom Büro aus getan.

»Mit dem Alderman?« fragte ich.

»Ja. Mit Alderman Durham. Isaiahs Cousin ist beim EYE-

Team, und Alderman Durham hat uns allen immer sehr geholfen. Aber Fepple hat gesagt, er hat am Freitag keine Zeit für uns, weil sein Terminkalender voll ist. Er hat versucht, uns hinzuhalten, aber ich hab' ihm erklärt, daß wir die ganze Woche arbeiten und uns nicht so einfach freinehmen können. Er hat sich aufgeführt, als würde ich 'ne Million Dollar von ihm wollen, doch wenn mir die Sache so wichtig ist, daß ich sogar Durham anrufen würde, was ich ihm angedroht habe, könnten wir am Samstag vormittag vorbeikommen. Also sind wir zusammen hingefahren: Ich hab's satt, daß Isaiah sich von allen Leuten rumschubsen läßt. Auf unser Klopfen hat sich nichts gerührt, da bin ich wütend geworden, weil ich dachte, er hat den Termin ausgemacht, ohne ihn einhalten zu wollen. Tja, und dann haben wir die Tür geöffnet, und da lag er, tot. Wir haben's nicht gleich gesehen, weil's dunkel war in dem Büro, aber ziemlich bald.«

»Moment«, sagte ich. »Sie haben mich beschuldigt, ich hätte Ihrem Mann die Polizei auf den Hals gehetzt. Wieso haben Sie das gesagt?«

Eigentlich wollte sie mir das nicht erklären, aber dann platzte sie doch heraus, daß die Beamten einen Anruf erhalten hätten. »Sie haben gesagt, es war ein Mann, ein Schwarzer, aber ich hab' mir gedacht, das erzählen sie mir bloß, um mich zu ärgern. Keiner unserer Brüder, die ich kenne, würde meinem Mann die Schuld an einem Mord geben.«

Vielleicht hatten die Beamten sich einen Spaß mit ihr und Isaiah erlaubt, aber möglicherweise stammte der Anruf wirklich von jemandem aus der schwarzen Gemeinde. Allerdings sprach ich diesen Gedanken nicht aus, denn in ihrem gegenwärtigen Kummer brauchte Margaret Sommers jemanden, dem sie die Schuld geben konnte. Warum also nicht mir?

Ich kam noch einmal auf ihren samstäglichen Besuch in Fepples Büro zurück. »Haben Sie da drin nach der Akte von dem Onkel Ihres Mannes gesucht? Haben Sie irgendwelche Papiere mitgenommen?«

»Nein! Glauben Sie, wir hätten so was tun können, wie wir ihn so daliegen sahen? Mit seinem … Nein, ich kann nicht mal drüber reden. Wir sind so schnell verschwunden, wie's ging.«

Aber sie hatten mit Sicherheit ihre Fingerabdrücke hinterlassen. Und aufgrund meiner Intervention hatte die Polizei aufgehört, Fepples Tod als Selbstmord zu betrachten. Also hatte Margaret Sommers doch nicht ganz so unrecht: Ich war schuld an der Festnahme ihres Mannes.

33 Chaos

Nachdem Margaret Sommers aufgelegt hatte, klimperte ich ein paar Takte auf dem Klavier. Lotty kritisiert mich oft wegen meiner, wie sie es ausdrückt, rücksichtslosen Suche nach der Wahrheit, bei der ich Menschen, die mir im Weg sind, einfach umrenne, ohne auf ihre Wünsche und Bedürfnisse zu achten. Wenn ich gewußt hätte, daß meine Einmischung im Mordfall Fepple die Verhaftung von Isaiah Sommers bewirken würde... Aber es hatte keinen Sinn, mich selbst zu schelten, weil ich die Polizei dazu gebracht hatte, ordentliche Ermittlungen durchzuführen. Nun war's passiert, und ich mußte mich mit den Folgen auseinandersetzen.

Und wenn Sommers Fepple tatsächlich erschossen hatte? Er hatte mir am Montag erklärt, daß sich eine nicht registrierte Browning in seinem Besitz befand, aber das hieß natürlich nicht, daß er nicht auch eine nicht registrierte SIG hatte – obwohl solche Waffen teuer sind und Otto Normalverbraucher sich vermutlich nicht für sie entscheiden würde.

Ich schlug so fest auf zwei nebeneinanderliegende Tasten, daß Peppy erschreckt zurückwich. Fepples Tod als Selbstmord hinzustellen, war eine zu subtile Methode für meinen Klienten. Vielleicht hatte seine Frau die ganze Sache eingefädelt – sie konnte ziemlich jähzornig werden. Denkbar war es, daß sie wütend genug wurde, um Fepple oder mich oder irgendeinen anderen zu erschießen, wenn er den Fehler machte, ihr vor die Waffe zu laufen.

Ich schüttelte den Kopf. Der Schuß, der Fepple getötet hatte, war nicht im Zorn abgefeuert worden: Jemand war so nahe an Fepple herangekommen, daß er ihm den Lauf der Waffe in den Mund stecken konnte. Und außerdem war Fepple zuerst betäubt worden, vom Mörder selbst oder von einem

Komplizen. Vishnikov hatte gesagt, die Sache sehe sehr professionell aus. Das paßte nicht zum Jähzorn von Margaret Sommers.

Das Frühstück hatte ich während meines Gesprächs mit ihr völlig vergessen. Inzwischen war es nach zehn, und plötzlich hatte ich Hunger. Also ging ich die Straße hinunter zum Belmont Diner, einem der letzten Überbleibsel aus der Zeit, als es in unserem alten Arbeiterviertel noch überall kleine Läden und Lokale gegeben hatte. Während ich auf mein spanisches Omelett wartete, rief ich Freeman Carter, meinen Anwalt, an. Was Isaiah Sommer jetzt am dringendsten brauchte, war ein erfahrener Rechtsbeistand, und ihm den zu besorgen, hatte ich Margaret Sommers vor Beendigung unseres Telefonats noch versprochen. Erfreut war sie über mein Angebot nicht gewesen: Sie hätten einen sehr guten Anwalt in ihrer Kirche, der sich um Isaiah kümmern könne.

»Und was ist Ihnen wichtiger? Ihren Mann zu retten oder Ihren Stolz?« hatte ich gefragt. Nach einer bedeutungsvollen Pause hatte sie gemurmelt, nun, sie würden sich meinen Anwalt mal ansehen, aber wenn sie ihm nicht sofort vertrauten, würden sie ihn nicht nehmen.

Freeman hörte sich meine kurze Schilderung der Situation an. »Gut, Vic. Ich kann einen Assistenten zum Twenty-first District schicken. Hast du noch irgendeine andere Theorie über den Mord an Fepple?«

»Fepples letzter bekannter Termin am Freitag abend war mit einer Frau von der Ajax. Sie heißt Connie Ingram.« Ich warf sie nicht gern den Wölfen zum Fraß vor, doch ich würde es auch nicht zulassen, daß der Staatsanwalt meinen Klienten in die Enge trieb. Ich erzählte Freeman von der Sommers-Akte. »Irgend jemand in der Gesellschaft will die Unterlagen verschwinden lassen, aber mein Klient kann unmöglich derjenige sein, der das Mikrofiche aus dem Aktenschrank der Ajax gestohlen hat. Die Gesellschaft könnte natürlich behaupten, ich hätte es für ihn getan – doch damit beschäftigen wir uns, wenn's soweit ist.«

»Und, warst du's, Vic?« fragte Freeman trocken.

»Großes Indianerehrenwort, Freeman, nein. Ich bin genauso scharf darauf, diese Dokumente zu sehen, wie eine ganze Reihe anderer Leute in dieser gottverdammten Stadt, aber bis jetzt habe ich nur eine, wahrscheinlich bereinigte, Kopie davon zu Gesicht bekommen. Ich werde weiter nach Beweisen in der Mordsache suchen für den Fall, daß wir tatsächlich vor Gericht müssen.«

Barbara, die dienstälteste Kellnerin des Belmont Diner, brachte mir mein Omelett, als Freeman auflegte. »Weißt du, daß du mit dem Ding am Ohr aussiehst wie jeder andere Yuppie hier in Lakeview, Vic?«

»Danke, Barbara. Ich versuche, mich meiner Umgebung anzupassen.«

»Laß das mal nicht zur Gewohnheit werden: Wir haben vor, Handys hier im Lokal ganz zu verbieten. Ich hab's satt, wenn Leute an einem leeren Tisch in ihr Telefon brüllen.«

»Was soll ich sagen, Barbara. Wo du recht hast, hast du recht. Würdest du mein Essen unter die Wärmelampe stellen, während ich raus vor die Tür gehe, um meinen nächsten Anruf zu erledigen?«

Verächtlich schnaubend ging sie zum nächsten Tisch: Inzwischen füllte sich das Lokal mit Leuten, die ihre morgendliche Kaffeepause machten, hauptsächlich Handwerker, die dafür sorgen, daß die Yuppies ein behagliches Leben führen können. Hastig aß ich die Hälfte von meinem Omelett, um den schlimmsten Hunger zu stillen, bevor ich die Nummer von Amy Blount wählte. Es meldete sich eine fremde Frauenstimme, die mich nach meinem Namen fragte, bevor sie mich an Ms. Blount weitergab.

Genau wie Margaret Sommers war auch Amy Blount wütend, aber immerhin ein bißchen zurückhaltender als diese. Sie erklärte mir, sie wäre froh gewesen, wenn ich mich früher bei ihr gemeldet hätte, denn sie stehe unter beträchtlichem Streß und hasse es, auf meinen Anruf zu warten. Wie schnell könne ich nach Hyde Park kommen?

»Keine Ahnung. Was ist denn los?«

»Ach. Ich hab' die Geschichte jetzt schon so oft erzählt, da habe ich völlig vergessen, daß Sie sie ja noch gar nicht kennen. In meinem Apartment ist eingebrochen worden.«

Sie war am Abend zuvor von einem Vortrag in Evanston heimgekommen und hatte alle Papiere auf dem Boden verstreut vorgefunden. Außerdem fehlten ihre Disketten. Als sie daraufhin bei der Polizei angerufen hatte, war sie von den dortigen Beamten nicht ernst genommen worden.

»Das waren die Aufzeichnungen zu meiner Dissertation. Die sind unersetzlich. Die Dissertation ist natürlich fertig und gebunden, aber die Notizen wollte ich für ein anderes Buch verwenden. Die Leute von der Polizei verstehen das nicht; sie sagen, es sei unmöglich, alle Einbrüche in dieser Stadt aufzuklären, und wenn doch keine Wertsachen fehlen... Tja, ich habe keine Wertsachen, nur meinen Computer.«

»Wie sind die Einbrecher reingekommen?«

»Durch die hintere Tür. Da ist ein Gitter davor, aber das haben sie aufgebrochen, ohne daß irgend jemand von den Nachbarn reagiert hätte. Hyde Park ist angeblich ein liberales Viertel, doch wenn jemand hier Probleme hat, verschwinden alle sofort«, fügte sie mit bitterer Stimme hinzu.

»Wo sind Sie jetzt?« fragte ich.

»Bei einer Freundin. Ich konnte nicht in diesem Chaos bleiben, und ich wollte auch nicht aufräumen, bevor jemand sich umgesehen hat, der das Problem ernst nimmt.«

Ich notierte mir die Adresse ihrer Freundin und sagte ihr, entweder ich oder Mary Louise würde innerhalb der nächsten zwei Stunden zu ihr kommen. Sie versuchte mich dazu zu überreden, daß ich mich früher auf den Weg machte, aber ich erklärte ihr, Detektiv-Notdienste seien wie Klempner-Notdienste: Wir mußten die Sache irgendwo reinquetschen.

Ich aß das Omelett auf, ließ aber die Pommes, für die ich eine Schwäche habe, weg, denn wenn ich damit anfing, hörte ich nicht mehr auf, und dann konnte ich nicht mehr vernünftig denken. Leider schien es einer jener Tage zu werden, an denen besonderer Scharfsinn gefragt war. Ich wartete nicht auf die Rechnung, sondern legte fünfzehn Dollar auf den Tisch und trottete die Racine Avenue entlang zu meinem Wagen.

Bevor ich in mein Büro zurückkehrte, mußte ich noch etliche Dinge im Financial District erledigen. Während ich ins Stadtzentrum fuhr, rief ich Mary Louise an, um sie zu bitten, daß sie am Nachmittag ein paar Stunden mehr arbeitete und bei Amy Blounts Apartment vorbeischaute. Besonders begeistert war sie darüber nicht. Ich sagte ihr, wir würden uns bald sehen, dann könnte sie mir die Dinge, die sie störten, direkt ins Gesicht sagen.

Da ich schon mal in der Nähe der Stadt- und Bezirksverwaltung war, ging ich hinein und machte mich auf die Suche nach Alderman Durhams Büro. Natürlich hatte er eins in seinem Bezirk, der South Side, aber Verwaltungsleute halten sich hauptsächlich im Loop auf, wo Geld und Macht sitzen.

Ich schrieb eine Nachricht auf meine Visitenkarte: *Betrifft das Geld der Witwe und Isaiah Sommers.* Schon nach fünfzehn Minuten führte mich die Sekretärin an den anderen Wartenden vorbei, die mich mißbilligend ansahen, weil ich mich vorgedrängt hatte.

Durham hatte einen jungen Mann mit dem marineblauen Blazer und den Insignien von Empower Youth Energy bei sich, einem goldenen Auge, umgeben von dem gestickten Schriftzug »EYE on Youth«. Er selbst trug ein Sakko aus Harris-Tweed sowie ein Hemd mit fahlgrünen, zum Grün des Tweed passenden Streifen.

Er schüttelte mir freundlich die Hand und bot mir einen Stuhl an. »Dann wollen Sie mir also etwas über das Geld der Witwe mitteilen, Ms. Warshawski?«

»Sind Sie in der Angelegenheit auf dem laufenden, Mr. Durham? Sie wissen, daß Margaret Sommers Ihrem Rat gefolgt ist und auf einem Termin mit Howard Fepple, dem Versicherungsagenten, bestanden hat. Als sie dann bei seinem Büro eintraf, war er tot.«

»Tut mir leid, das zu hören. Das muß ein großer Schock für sie gewesen sein.«

»Aber heute morgen hat sie einen noch größeren erlitten. Man hat ihren Mann nach einem anonymen Anruf zur Befragung aufs Revier mitgenommen. Die Beamten halten ihn für Fepples Mörder. Angeblich weil er so zornig war, daß Fepple seine Tante um ihr Geld gebracht hat.«

Er nickte bedächtig. »Den Gedankengang kann ich nachvollziehen, aber ich bin mir sicher, daß Isaiah niemanden umbringen würde. Ich kenne ihn seit Jahren, denn seine Tante, Gott segne sie, hatte einen Sohn, der vor seinem Tod bei meiner Gruppe war. Isaiah ist ein guter Mann, ein gläubiger Mann. Ich kann ihn mir nicht als Mörder vorstellen.«

»Können Sie sich vorstellen, wer hinter dem anonymen Anruf bei der Polizei stecken könnte? Die Leute dort sagen, es ist ziemlich sicher, daß es sich bei dem Anrufer um einen Afroamerikaner männlichen Geschlechts gehandelt hat.«

Er sah mich mit einem freudlosen Lächeln an. »Und da haben Sie sich gedacht, welche Afroamerikaner männlichen Geschlechts kenne ich? Louis Durham. Schließlich sind wir schwarzen Männer alle gleich: Tief in unserem Innersten sind wir Tiere, nicht wahr?«

Ich wich seinem Blick nicht aus. »Nein, ich habe mir gedacht, wer hat sich heimlich mit dem europäischen Boß der Versicherungsgesellschaft getroffen, die die Unterlagen über Aaron Sommers hat? Und ich hab' mir gedacht: Ich kann mir nicht vorstellen, was diese beiden Männer einander zu bieten haben – das Ende des Holocaust Asset Recovery Act für ein Ende der Demonstrationen vor dem Ajax-Gebäude? Aber was, wenn Mr. Rossy mehr wollte; was, wenn er wollte, daß Isaiah Sommers die Schuld für den Mord zugeschoben würde, damit er selbst die Akte schließen konnte und das ganze Durcheinander endlich los wäre? Was, wenn Rossy sich bereit erklärte, nach Springfield zu fliegen und den IHARA für Sie abzuwürgen, sozusagen als Belohnung dafür, daß Sie die Demonstrationen einstellen *und* jemanden dazu bringen würden, sich um Isaiah Sommers zu kümmern?«

»Sie haben einen guten Ruf in Ihrer Branche, Warshawski. Das ist Ihrer nicht würdig.« Durham stand auf und ging zur Tür; der junge Mann mit dem EYE-Blazer folgte ihm.

Mir blieb nichts anderes übrig, als ebenfalls aufzustehen. »Ja, Durham, aber vergessen Sie nicht, daß ich schamlos bin – das haben Sie selbst auf Ihre Plakate geschrieben.«

Ich holte meinen Wagen aus der Garage im West Loop, wo ich ihn abgestellt hatte, eher verwirrt als verärgert über das Gespräch mit Durham. Was hatte er von mir erfahren wollen – er hatte mich verdächtig schnell empfangen. Was heckten er und Rossy zusammen aus? War tatsächlich einer seiner Leute für den Anruf verantwortlich, der zu der Verhaftung von Isaiah Sommers geführt hatte? Es gelang mir nicht, die Teile des Puzzles zu einem Ganzen zusammenzusetzen.

Ich befand mich gerade auf der gefährlichen Kreuzung an der

Armitage Avenue, wo sich drei Straßen unter dem Kennedy Expressway treffen, als Tim Streeter anrief. »Vic, ich möchte dich nicht beunruhigen, aber wir haben hier ein kleines Problem.«

Mein Herz setzte einen Schlag aus. »Calia? Was ist passiert? Wo bist du? Wart mal bitte einen Moment.« Ich legte eine Vollbremsung unter dem Kennedy Expressway hin, zwang einen Sattelschlepper, ebenfalls zu bremsen, und lenkte den Wagen unter wütendem Hupen des Sattelschlepperfahrers in eine Tankstelle auf der anderen Seite.

»Vic, beruhige dich. Die Kleine ist hier bei mir; wir sind im Kindermuseum in Wilmette. Agnes geht's gut. Das Problem hat mit der Klinik zu tun. Dieser Posner, du weißt schon, der Typ, der ...«

»Ja, ja, ich kenne ihn.«

»Nun, der ist mit einer Gruppe von Demonstranten vor der Klinik aufgetaucht, um Mr. Loewenthal und Dr. Herschel zu beschuldigen, daß sie die Wiedervereinigung jüdischer Familien verhindern. Die Kleine und ich hätten uns zu einem kleinen Snack mit Mr. Loewenthal treffen sollen – Agnes bereitet ihre Präsentation für die Galerie vor –, aber als wir zum Krankenhaus kamen, standen schon Posner und seine Leute davor.«

»Verdammt.« Ich erlebte einen so starken Adrenalinstoß, daß ich bereit war, sofort zur Bryn Mawr Avenue zu eilen und mir Posner höchstpersönlich vorzuknöpfen. »Ist Radbuka auch dabei?«

»Ja. Deshalb haben wir ja das Problem. Ich hab' zuerst nicht gewußt, was da los ist, hab's für 'ne Demo von Gewerkschaftlern oder Abtreibungsgegnern gehalten. Erst als wir näher dran waren, hab' ich gesehen, was auf den Plakaten steht. Und dann hat Radbuka die Kleine entdeckt und ist auf sie zugekommen. Ich hab' sie sofort weggeschoben, aber da hatten die Kamerateams die Sache schon spitzgekriegt. Könnte gut sein, daß sie heute abend im Fernsehen ist. Schwer zu sagen. Ich hab' Mr. Loewenthal vom Wagen aus angerufen und bin dann gleich hier raufgefahren.«

Er sagte kurz etwas zu Calia, die im Hintergrund jammerte, sie wolle sofort ihren Opa sehen. »Ich hör' jetzt lieber auf. Ich hab' Mr. Loewenthal gesagt, wenn er Unterstützung braucht, soll er meinen Bruder anrufen. Ich kümmere mich um die Kleine.«

Nachdem wir aufgelegt hatten, stützte ich den Kopf in die Hände und versuchte, mich zu sammeln. Ich konnte nicht einfach in Richtung Norden zur Klinik fahren, ohne etwas für Isaiah Sommers zu tun. Also zwang ich mich, den Wagen zu meinem Büro zu lenken, wo Mary Louise mich mit einer ernsten Rüge dafür begrüßte, daß ich in der Nacht wieder einmal nicht erreichbar gewesen war. So konnte man in dieser Branche einfach nicht arbeiten. Wenn ich das nächste Mal vorhatte, mich von der Welt zurückzuziehen und zu schlafen, sollte ich ihr zuerst Bescheid sagen, damit sie mir Rückendeckung geben konnte.

»Du hast recht. Es wird nicht wieder vorkommen – vielleicht hat mir der Schlafmangel das Gehirn vernebelt. Aber ich muß dir folgendes sagen ...« Ich beschrieb ihr die Vorfälle um Isaiah Sommers, Amy Blount und nun um die Demonstration vor dem Beth Israel Hospital. »Daß Radbuka sich mit Posner zusammentut, begreife ich ja noch, aber was hat Posner davon, wenn er Max und Lotty attackiert? Er war gestern abend bei Rossy – ich frage mich schon, ob Rossy ihn irgendwie aufs Beth Israel gehetzt hat.«

»Wer weiß, warum jemand wie Posner etwas tut«, sagte Mary Louise ungeduldig. »Hör zu, ich kann heute nur noch zwei Stunden für dich arbeiten. Ich glaube nicht, daß es dir hilft, wenn ich in der Zeit Verschwörungstheorien mit dir diskutiere. Außerdem sehe ich mehr Sinn darin, mich mit dem Fall Sommers zu beschäftigen. Ich kann Finch anrufen und ihn bitten, genauere Informationen über die Ermittlungen zu besorgen und Freemans Assistenten zu unterstützen. Warum hast du dich breitschlagen lassen, in die South Side zu dieser Amy Blount zu fahren? Weißt du, die Leute von der Polizei haben schon recht – solche Einbrüche gibt's wie Sand am Meer. Wir legen Akten darüber an – ich meine, sie tun das – und halten Ausschau nach Diebesgut. Warum verschwendest du deine Zeit mit so was, wenn sie keine Wertgegenstände verloren hat?«

Ich grinste. »Das hat mit meinen Verschwörungstheorien zu tun, Mary Louise. Sie hat eine Firmengeschichte für die Ajax geschrieben. Ralph Devereux und Rossy wollen unbedingt rauskriegen, wer die Ajax-Akten gestohlen oder an Durham weitergegeben hat – jedenfalls haben sie sich darüber letzte Woche Gedanken gemacht. Vielleicht hat Rossy Durham fürs erste den Wind aus den Segeln genommen. Wenn jemand Amy Blounts Papiere und Disketten durchgegangen ist, möchte ich wissen, was fehlt. Geht's da um Informationen, die Durham für seine Kampagne in Sachen Sklavenentschädigung braucht? Oder läuft da draußen tatsächlich ein Junkie rum, der so blöd ist, daß er glaubt, er könnte historische Aufsätze für so viel Geld verscherbeln, daß er 'nen Schuß dafür bekommt?«

Sie sah mich finster an. »Das ist deine Angelegenheit. Und denk daran in zwei Wochen, wenn du die Schecks für die Miete und die Versicherung ausstellst und dich fragst, warum diesen Monat kein Geld mehr reinkommt.«

»Aber du fährst doch für mich nach Hyde Park und siehst dir das Apartment von Ms. Blount an, oder? Nachdem du Finch die Sache mit Sommers erklärt hast?«

»Wie gesagt, Vic, es ist deine Angelegenheit, und es ist auch dein Geld. Aber offen gestanden begreife ich nicht, was es nützt, wenn ich nach Hyde Park fahre oder wenn du zu Joseph Posner vor der Klinik gehst.«

»Dann habe ich Gelegenheit, mit Radbuka zu sprechen, und das möchte ich schon eine ganze Weile. Vielleicht finde ich sogar raus, worüber Rossy und Posner sich unterhalten haben.«

Sie rümpfte die Nase und wandte sich dem Telefon zu. Während sie Finch – Terry Finchley, ihren alten Vorgesetzten aus ihrer Zeit beim Polizeiteam vom Central District – anrief, ging ich an meinen eigenen Schreibtisch. Dort erwarteten mich eine Handvoll Nachrichten, eine von einem wichtigen Klienten, sowie ein halbes Dutzend E-Mails. Ich erledigte alles so schnell wie möglich und machte mich auf den Weg.

34 Wut, Wut, nichts als Wut

Die Klinik befand sich im Nordwestteil der Stadt, so weit von den schicken Vierteln entfernt, daß es dort normalerweise nicht zu Staus kam. Heute jedoch war bereits eineinhalb Kilometer vor dem Krankenhaus auf der Hauptstraße so viel Verkehr, daß ich auf die Seitenstraßen auswich. Fünf Häuserblocks vom Beth Israel schließlich kam er völlig zum Erliegen. Ich suchte verzweifelt nach einer Alternativstrecke, doch gerade als ich eine Kehrtwende machen wollte, dämmerte mir, daß rund um das Beth Israel alle Wege verstopft wären, wenn dieser Stau hier von Schaulustigen verursacht wurde, die Posners Demonstration begafften. Also lenkte ich den Wagen auf einen freien Parkplatz und lief den letzten knappen Kilometer.

Und tatsächlich traf ich Posner und mehrere Dutzend Demonstranten inmitten einer Menschenmenge an – genau wie er es zu lieben schien. Chicagoer Polizisten mühten sich ab, den Verkehr an der Kreuzung in geordnete Bahnen zu lenken; Sicherheitskräfte des Krankenhauses in grün-goldener Uniform versuchten, Patienten zu Seiteneingängen zu dirigieren; Fernsehteams filmten alles. Und besonders für die interessierten sich die Schaulustigen. Es war kurz vor eins – vermutlich waren alle Angestellten, die nach der Mittagspause zurück ins Büro wollten, hier stehengeblieben.

Ich war zu weit weg, um die Texte auf den Plakaten lesen zu können, doch das, was die Demonstranten skandierten, ließ mir das Blut in den Adern gefrieren: *Max und Lotty, beweist doch Herz. Bereitet den Überlebenden nicht noch mehr Schmerz!*

Ich rannte um das Gebäude herum zum Lieferanteneingang, wo ich einem Mann vom Sicherheitsdienst meinen Privatdetektivausweis so schnell unter die Nase hielt, daß er nicht sehen konnte, ob es sich um eine Polizeimarke oder um eine Kreditkarte handelte. Als er das merkte, war ich schon in dem Labyrinth aus Fluren und Treppenhäusern verschwunden, die die Sicherung eines jeden Krankenhauses zum Alptraum machten.

Obwohl ich versuchte, die Orientierung nicht zu verlieren, landete ich in der Röntgenabteilung, in der Onkologie und im Archiv, bevor ich den Eingangsbereich fand. Ich hörte die Rufe der Gruppe draußen, konnte aber nichts sehen. Das Beth Israel ist ein altes Backsteingebäude, in dem die Fenster so hoch angebracht sind, daß man nicht hinausschauen kann. Wachleuten des Krankenhauses, die völlig unvorbereitet waren auf ein solches Chaos, gelang es nur zum Teil, die Schaulustigen am Blockieren des Haupteingangs zu hindern. Auf der einen Seite schluchzte eine ältere Frau, sie sei gerade ambulant operiert worden und brauche ein Taxi nach Hause, während eine andere mit einem Neugeborenen besorgt nach ihrem Mann Ausschau hielt.

Ich beobachtete das Ganze einen kurzen Augenblick entsetzt und wies dann die Wachleute an, die Menschen von der Tür fernzuhalten. »Sagen Sie ihnen, jeder, der den Eingang blockiert, macht sich strafbar. Und schicken Sie einen Notruf an die Taxizentrale, damit die ein paar Wagen zum Hinterausgang beordert.«

Ich wartete, bis der verblüffte Wachmann begann, Anweisungen in sein Funkgerät zu sprechen, bevor ich den Flur hinunter zum Büro von Max marschierte. Cynthia Dowling, die Sekretärin von Max, unterbrach ein hitziges Telefonat, als sie mich sah.

»Cynthia, warum holt Max nicht die Polizei, damit die die Neandertaler da draußen festnimmt?«

Sie schüttelte den Kopf. »Die Krankenhausleitung hat Angst, wichtige Geldgeber zu brüskieren. Das Beth Israel ist eine der großen jüdischen Wohltätigkeitseinrichtungen der Stadt. Die meisten Anrufer, die sich hier gemeldet haben, seit Posner in den Nachrichten ist, sind Ihrer Meinung, aber die alte Mrs. Felstein gehört zu Posners Anhängern. Wissen Sie, sie hat den Krieg in einem Versteck in Moldawien überlebt, und als sie hierhergekommen ist, hat sie ein Vermögen mit Kaugummi gemacht. In letzter Zeit hat sie sich sehr dafür eingesetzt, daß Schweizer Banken die Vermögen von Holocaust-Opfern freigeben. Außerdem hat sie uns zwanzig Millionen Dollar für unseren neuen Onkologie-Flügel versprochen.«

»Und wenn sie sieht, daß Posner mit der grünen Minna abtransportiert wird, zieht sie das Versprechen zurück? Aber wenn jemand an einem Herzinfarkt stirbt, weil er nicht hier reinkommt, können Sie sich auf einen Prozeß gefaßt machen, bei dem's um weit höhere Summen ginge als diese.«

»Das muß Max entscheiden. Und die Krankenhausleitung. Natürlich ist man sich darüber im klaren, wie prekär die Situation ist.« Nun blinkte ihre Telefonanlage; sie drückte auf einen Knopf. »Büro Mr. Loewenthal ... nein, ich weiß, daß Sie bis halb zwei fertig sein müssen. Ich gebe Ihre Nachricht an Mr. Loewenthal weiter, sobald er wieder verfügbar ist ... ja, mir wär's lieber, wir müßten hier keine Menschenleben retten; dann könnten wir leichter alles liegen- und stehenlassen, um irgendwelche Medientermine einzuhalten. Büro Mr. Loewenthal, einen Augenblick, bitte … Büro Mr. Loewenthal, einen Augenblick bitte.« Dann sah sie mich beunruhigt an, die Hand über dem Mundstück des Hörers. »Hier geht alles drunter und drüber. Die blöde Studentin, die sie mir von der Arbeitsvermittlung geschickt haben, ist schon vor einer Stunde in die Mittagspause verschwunden. Wahrscheinlich steht sie jetzt draußen und sieht sich das Spektakel von dort aus an. Obwohl ich die Direktionssekretärin bin, bekomme ich einfach keine weitere Kraft.«

»Okay, okay, ich lasse Sie jetzt in Ruhe. Aber ich hätte ein paar Fragen an Posner. Sagen Sie Max bitte, falls Sie ihn sehen sollten, daß ich das Krankenhaus nicht in die Sache verwickeln werde.«

Im Eingangsbereich kämpfte ich mich durch die Menschenmenge, die erneut gegen die Drehtür drückte. Sobald ich draußen war, sah ich den Grund für ihren Eifer: Die Demonstranten hatten aufgehört zu marschieren und drängten sich hinter Joseph Posner, der eine kleine Frau im Klinikkittel anschrie: »Sie sind die schlimmste Sorte Antisemiten, Verräter Ihres eigenen Volkes.«

»Und Sie, Mr. Posner, mißbrauchen die Gefühle der Menschen, indem Sie die Schrecken von Treblinka für die Förderung Ihres eigenen Ruhms ausnutzen.«

Diese Stimme hätte ich überall erkannt. Die Wut ließ sie die Worte vor ihrem eigentlichen Ende abschneiden wie Zigarrenenden. Ich drängte mich an zwei von Posners Maccabees vorbei, um an ihre Seite zu gelangen. »Lotty, was machst du denn hier? Das ist ein aussichtsloser Kampf – der Kerl will doch bloß, daß sich die Augen aller auf ihn richten.«

Posner sah mit seinen vor Zorn geblähten Nasenflügeln und seinem trotzig verzogenen Mund aus wie ein Bild mit dem Titel »Der Gladiator wartet auf den Löwen« aus meiner *Illustrierten Geschichte von Rom.*

Lotty, ein kleiner, aber wilder Löwe, schüttelte meine Hand ab. »Kümmer dich wenigstens diese eine Mal um deine eigenen Angelegenheiten, Victoria. Dieser Mann diffamiert die Toten zu seinem eigenen Ruhm. Und er diffamiert auch mich.«

»Dann sollten wir die Sache einem Gericht übergeben«, sagte ich. »Die Fernsehteams zeichnen jedes Wort auf.«

»Gut, bringen Sie mich vor Gericht, wenn Sie sich trauen.« Posner wandte sich mir zu, so daß sowohl seine Anhänger als auch die Reporter ihn hören konnten. »Es ist mir egal, ob ich fünf Jahre im Gefängnis zubringe, wenn das dazu beiträgt, daß die Welt die Sache meines Volkes versteht.«

»Ihres Volkes?« fragte ich mit Verachtung in der Stimme. »Sind Sie Moses?«

»Macht es Sie glücklicher, wenn ich sie meine ›Anhänger‹ oder mein ›Team‹ nenne? Egal, wie Sie sie nennen wollen, sie wissen, daß es nötig werden könnte zu leiden oder Opfer zu bringen, um das zu erreichen, was wir wollen. Und sie wissen auch, daß dieses Leiden die Form der Verspottung durch ignorante Säkularisten wie Sie oder diese Ärztin hier annehmen kann.«

»Und was ist mit dem Leiden der Patienten?« fragte ich. »Eine ältere Frau, die gerade eine ambulante Operation hinter sich hat, kann nicht nach Hause, weil Sie den Eingang blockieren. Wird ›Ihr Volk‹ es verstehen, wenn ihre Familie Sie auf ein paar Millionen Schadenersatz verklagt?«

»Victoria, du brauchst meine Kämpfe nicht für mich auszufechten«, sagte Lotty verärgert.

Ich schenkte ihr keine Beachtung. »Übrigens, Mr. Posner, sollten Sie wissen, daß ›Ihr Volk‹ in Bewegung bleiben muß, sonst kann es wegen Gaffens festgenommen werden.«

»Ich muß mir von einer fremden Frau nicht die Gesetze erklären lassen«, sagte Posner, bedeutete seinen Anhängern aber mit einer Handbewegung, daß sie wieder anfangen sollten, im Kreis zu gehen.

Paul Radbuka hielt sich links neben Posner. Seinem Clownsgesicht war zuerst Freude über Posners Erwiderung, dann Spott über Lottys Äußerung und schließlich Ärger abzulesen, als er mich entdeckte. »Reb Joseph, diese Frau... das ist eine Detektivin; sie ist gegen mich; sie hetzt meine Familie gegen mich auf.«

Die Fernsehteams, die ihre Kameras bisher auf Lotty und Posner gerichtet hatten, wandten sich plötzlich Radbuka und mir zu. Irgendwo hörte ich jemanden fragen: »Ist das diese

Warshawski, die Detektivin? Was macht die hier?« Beth Blacksin rief aufgeregt: »Vic, hat die Klinik dich angeheuert, um Posners Behauptungen zu überprüfen? Arbeitest du für Max Loewenthal?«

Ich hielt die Hände schützend über die Augen, um nicht vom Licht der Filmteams geblendet zu werden. »Ich habe eine private Frage an Mr. Posner, Beth. Sie hat nichts mit dem Krankenhaus zu tun.«

Ich tippte Posner auf den Arm und sagte ihm, er solle mit mir ein paar Schritte von den Kameras weggehen. Doch Posner antwortete, er könne sich nicht unter vier Augen mit einer Frau unterhalten.

Ich lächelte freundlich. »Keine Sorge: Wenn die Triebe mit Ihnen durchgehen sollten, bin ich durchaus in der Lage, Ihnen einen Arm zu brechen. Vielleicht auch beide. Aber wenn Ihnen das lieber ist, stelle ich Ihnen meine Frage auch gern vor laufender Kamera.«

»Alles, was ich über diese Lotty Herschel und Sie zu sagen habe, kann vor laufender Kamera geschehen«, mischte sich Radbuka ein. »Sie glauben, Sie können hierherkommen, um mich von meiner Familie fernzuhalten, genau wie Sie diesen Rüpel engagiert haben, der jetzt meine kleine Cousine bei Max bewacht, aber damit werden Sie keinen Erfolg haben. Rhea und Don werden mir helfen, der Welt meine Geschichte zu erzählen.«

Posner versuchte, Radbuka zum Verstummen zu bringen, indem er ihm sagte, er werde sich schon um die Detektivin kümmern. An mich gewandt fügte er hinzu, er habe nichts zu verbergen.

»Bertrand Rossy«, sagte ich leise, schaute dann in die Kameras und hob die Stimme. »Beth, ich möchte Mr. Posner eine Frage über sein Treffen …«

Abrupt drehte Posner den Kameras den Rücken zu. »Ich habe keine Ahnung, was Sie glauben zu wissen, aber Sie würden einen Fehler machen, wenn Sie im Fernsehen über ihn sprechen.«

»Was für ein Treffen, Mr. Posner?« fragte einer der Reporter. »Hat das irgend etwas mit der Ablehnung des Gesetzentwurfs zur Entschädigung der Holocaust-Opfer vom Dienstag zu tun?«

»Sie wissen, daß ich Ihnen Fragen über ihn stellen werde und darüber, warum Sie Ihre Demonstranten vom Ajax-Gebäude zurückbeordert haben«, sagte ich leise zu Posner. »Es hängt ganz von Ihnen ab, ob die Fernsehleute das mitkriegen oder nicht. Sie lieben Publicity, und die Teams verwenden Richtmikrophone. Wenn ich also die Stimme hebe, bekommen sie unsere Unterhaltung mit, auch wenn sie nicht direkt vor uns stehen.«

Posner konnte es sich nicht leisten, vor seinen Anhängern unentschlossen zu wirken. »Um zu verhindern, daß Sie mich und meine Gruppe öffentlich im Fernsehen diffamieren, werde ich an einem anderen Ort als diesem mit Ihnen sprechen. Aber nicht allein.«

Er rief einem anderen Mann zu, er solle sich zu uns gesellen, und wies den Rest der Gruppe an, in ihrem Bus zu warten, bis er zu ihnen stieße. Die Fernsehteams beobachteten erstaunt, wie die Demonstranten in Richtung Parkplatz verschwanden, dann stürzten sie sich mit aufgeregten Fragen auf Posner und mich: Was hatte ihn dazu gebracht, die Demonstration abzublasen?

»Wir haben unsere Ziele für diesen Nachmittag erreicht«, sagte Posner großspurig. »Wir haben die Klinik dazu gebracht zu erkennen, daß von Juden unterstützte Institutionen genauso anfällig sind, selbstzufrieden und gegenüber den Bedürfnissen der jüdischen Gemeinde indifferent zu werden wie konfessionell unabhängige. Doch wir werden hierher zurückkommen: Dessen können sich Max Loewenthal und Charlotte Herschel sicher sein.«

»Was ist mit Ihnen, Dr. Herschel? Was halten Sie von der Behauptung dieser Gruppe, daß Sie Paul Radbuka von seiner Familie fernhalten?«

Sie schürzte die Lippen. »Ich bin Ärztin und habe einen vollen Terminplan. Ich habe keine Zeit für solche Geschichten. Dieser Mann hat mich lange genug von meinen Patienten ferngehalten.«

Dann drehte sie sich um und ging zurück ins Krankenhaus. Die Reporter drängten vor, um zu erfahren, was ich zu Posner gesagt hatte. Wer war mein Auftraggeber? Vermutete ich betrügerische Machenschaften in Posners Gruppe oder in der Klinik? Wer finanzierte die Demonstrationen?

Ich erklärte Beth und den anderen Presseleuten, daß ich ihnen mehr mitteilen würde, sobald ich interessante Informationen hätte, aber im Augenblick nichts von einem Betrug im Zusammenhang mit Posner oder der Klinik wisse.

»Aber Beth«, fügte ich hinzu, »was hat dich überhaupt hierhergeführt?«

»Wir haben einen Tip bekommen. Du weißt ja, wie das funktioniert, Warshawski«, sagte sie verschmitzt grinsend. »Allerdings nicht von ihm. Eine Frau hat beim Sender angerufen. Könnte jede gewesen sein.«

Posner, der sich darüber ärgerte, daß ich ihm die Schau gestohlen hatte, fauchte mich an, ich solle mit ihm kommen, wenn ich mit ihm reden wolle – er habe nicht den ganzen Tag Zeit, sich mit albernen Frauen voll aberwitziger Phantasien abzugeben. Dann ging er zügigen Schrittes zusammen mit seinem Begleiter die Auffahrt hinunter. Ich beschleunigte ebenfalls, um ihn einzuholen.

Ein paar Reporter machten sich halbherzig an die Verfolgung. Radbuka, der die anderen Demonstranten nicht zum Bus begleitet hatte, begann wieder einmal zu erzählen, daß Max sein Cousin sei, das aber nicht zugeben wolle, und ich eine Bestie, die Max davon abhalte, mit ihm zu sprechen, doch diese Story hatten die Leute von der Presse bereits. Für eine Wiederholung interessierten sie sich nicht. Wenn ich nicht bereit war, ihnen frischen Stoff für die Kameras zu liefern, bestand kein Grund mehr für sie, sich länger vor dem Beth Israel aufzuhalten. Die Teams packten ihre Ausrüstung ein und machten sich auf den Weg zu ihren Wagen.

35 Privatgespräch

Als klar war, daß nichts Interessantes mehr passieren würde, weil die Kameras verschwunden waren, begann sich die Menge aufzulösen. Inzwischen hatten Posner und ich die Ecke Catalpa Avenue erreicht, und die Auffahrt zur Klinik war fast leer. Ich mußte lachen: Eigentlich sollte ich Max für dieses Kunststück eine Rechnung schicken.

Ich drehte mich um, um zu sehen, was Radbuka vorhatte. Er stand mit düsterem Gesicht allein am unteren Ende der Auffahrt, verletzt darüber, sowohl von Posner als auch von den Kamerateams verlassen worden zu sein. Er schaute sich unsicher um und rannte dann uns nach.

Ich wandte mich wieder Posner zu, der ungeduldig auf seine Uhr tippte. »Gut, Mr. Posner, dann lassen Sie uns also über Sie und Bertrand Rossy reden.«

»Ich habe nichts über ihn zu sagen.« Dabei reckte er trotzig das Kinn vor: Der Gladiator fürchtet den Tod nicht.

»Nichts über Ihr Treffen mit ihm gestern abend? Nichts darüber, wie er Sie überredet hat, Ihre Demonstration vor dem Ajax-Gebäude aufzulösen und sie hier vor dem Beth Israel fortzusetzen?«

Er blieb mitten auf dem Gehsteig stehen. »Wer auch immer Ihnen erzählt hat, ich hätte mich mit ihm getroffen, lügt. Ich habe persönliche Gründe für meine Anwesenheit hier. Sie haben nichts mit Rossy zu tun.«

»Wir wollen unser nettes kleines Gespräch doch nicht mit falschen Anschuldigungen beginnen: Ich habe Sie vor Rossys Haus gesehen, denn ich war gestern abend bei ihm und seiner Frau zum Essen eingeladen.«

»Ich habe Sie nicht gesehen!«

»Daß Sie das sagen, ist der beste Beweis dafür, daß Sie dort waren.« Ich bedachte ihn mit einem überheblichen Lächeln. Posner war es so gewöhnt, alle Fäden in der Hand zu haben, daß ich es für das beste hielt, ihn zu behandeln, als finde ich ihn lächerlich.

»Reb Joseph, ich denke, Sie sollten nicht weiter mit dieser Frau sprechen«, meldete sich sein Begleiter zu Wort. »Sie will Sie dazu bringen, etwas zu sagen, das uns in Mißkredit bringt. Vergessen Sie nicht, was Radbuka uns erzählt hat: Sie versucht, ihn von seiner Familie fernzuhalten.«

»Das stimmt auch nicht«, sagte ich. »Ich würde Paul im Gegenteil sogar sehr wünschen, daß er seine wahre Familie findet. Viel mehr interessiert mich allerdings das Verhältnis zwischen Ihrer Gruppe, die den Holocaust Asset Recovery Act unterstützt, und der Ajax-Versicherung. Ich weiß, daß Sie von Preston Janoffs gestrigem Aufenthalt in Springfield wissen, wo der

IHARA abgewürgt wurde. Was also hat Sie dazu gebracht, Ihre Position vor dem Ajax-Gebäude aufzugeben? Heute müßte Ihr Zorn gegen die Gesellschaft doch größer sein denn je. Ich würde vermuten, daß Bertrand Rossy Ihnen gestern abend etwas mitgeteilt oder Ihnen eine hübsche kleine Bestechung angeboten hat, damit Sie Ihre Leute vom Loop abziehen und hierherkommen.«

»Du hast recht, Leon«, sagte Posner an seinen Begleiter gewandt. »Diese Frau hat wirklich keine Ahnung – sie spielt ein Ratespiel, um uns davon abzuhalten, daß wir ihre reichen Freunde im Krankenhaus stören.«

Obwohl ich es allmählich satt hatte, »diese Frau« zu sein und keinen Namen zu haben, blieb ich freundlich. »Vielleicht habe ich tatsächlich keine Ahnung, aber ich kann Mutmaßungen anstellen, für die sich Beth Blacksin von Global interessieren wird. Und glauben Sie mir: Ich habe Sie gestern vor dem Haus der Rossys gesehen. Wenn ich Beth das erzähle, werden Sie sie und ihre Leute die nächste Woche nicht mehr los.«

Posner hatte sich zum Gehen gewandt, doch nun sah er zuerst mich und dann mit einem besorgten Blick Leon an. Schließlich schaute er die Straße hinauf, um festzustellen, ob die Kameraleute noch da waren.

Ich lächelte. »Ich weiß, daß Sie wütend waren, als Sie zu Rossy gegangen sind, also nehme ich an, daß Sie von seinem Gespräch mit Alderman Durham wußten. Sie hatten Angst, die Ajax würde Durham ein Angebot machen, das Ihrer eigenen Sache schaden könnte.

Rossy hat sich anfangs geweigert, überhaupt mit Ihnen zu sprechen, als Sie am Eingang seines Hauses aufgetaucht sind, aber Sie haben ihm über die Gegensprechanlage gedroht, ihn an den Pranger zu stellen, weil er mit Durham Geschäfte macht. Trotzdem hat Rossy Ihnen gesagt, er würde sich nicht mit Ihnen treffen, wenn Durham davon erführe. Bei Ihrer Ankunft vor Rossys Haus waren Sie wütend, doch nach der Unterhaltung mit ihm konnten Sie wieder lächeln. Also muß Rossy Ihnen etwas gegeben haben. Vielleicht kein Geld. Aber Informationen. Er weiß, daß Sie nicht gut zu sprechen sind auf jüdische Institutionen, die Ihrer Meinung nach nicht orthodox genug sind, also hat er Ihnen möglicherweise etwas gesagt, das sowohl mit der Versicherungssache als auch mit einer von Chicagos wichtigsten jüdischen Wohltätigkeitseinrichtungen zu tun hat, mit dem Beth Israel. Sie sollten mit Ihren Leuten hier raufkommen, hat er Ihnen geraten, und die Medien dazu bringen, daß sie die Klinik und Max Loewenthal ins Licht der Öffentlichkeit zerren.«

An der nächsten Straßenecke, direkt vor dem Cozy Cup Café, blieb ich stehen und gab Posner Gelegenheit, etwas zu erwidern. Doch er sagte nichts, wirkte besorgt und kaute nervös an seiner Backe herum.

»Was könnte er Ihnen verraten haben? Vielleicht, daß das Krankenhaus Überlebenden des Holocaust medizinische Leistungen verweigert? Nein, das wäre absurd. Darüber hätten die Medien sich sofort lustig gemacht. Vielleicht hat er gesagt, Max Loewenthal habe eine hübsche Spende fürs Krankenhaus gekriegt für seine Mithilfe beim Kippen des Gesetzentwurfs. Natürlich klingt das verrückt, weil es verrückt ist, und in Ihrem tiefsten Innern wissen Sie, daß jede Behauptung Rossys in dieser Richtung falsch sein muß. Wenn dem nicht so wäre, würden Sie das, was Sie von ihm erfahren haben, ja in die Welt hinausschreien. Bertrand Rossy wäre das übrigens gar nicht so unrecht, weil das die Aufmerksamkeit von der Rolle ablenken würde, die die Ajax beim Kippen des IHARA gespielt hat. Na, wie finden Sie das alles? Soll ich diese Geschichte Beth Blacksin und allen anderen in Chicago erzählen? Daß Sie Bertrand Rossys Trottel sind?«

Radbuka hatte die ganze Zeit versucht, mir ins Wort zu fallen und zu sagen, sie seien ausschließlich wegen der Sache mit Max und seiner Familie hier, aber ich hob einfach die Stimme und schenkte ihm keine Beachtung.

Posner kaute noch immer an seiner Backe herum. »Sie können nichts davon beweisen.«

»Das ist aber schwach, Mr. Posner. Schließlich erheben Sie selbst Vorwürfe gegen das Beth Israel, die Sie nicht beweisen können. Ich kann immerhin beweisen, daß Sie gestern abend fünfzehn Minuten bei Bertrand Rossy verbracht haben. Ich muß ja nicht nachweisen, daß Ihr Gespräch tatsächlich dem entsprach, was ich gerade gesagt habe. Wichtig ist nur, daß ich die Story ins Rollen bringe, denn Rossy steht für die Edelweiß, und die Edelweiß steht für Nachrichten auf internationaler Ebene.«

»Wollen Sie andeuten, daß ich das IHARA-Komitee verkauft habe?« fragte Posner.

Ich schüttelte den Kopf. »Das kann ich nicht beurteilen. Aber wenn Ihre Gruppe herausfindet, daß Sie wertvolle Mittel für ein aussichtsloses Unterfangen vergeudet haben, wird sie vermutlich nicht mehr so scharf darauf sein, Sie als Anführer zu haben.«

»Was Sie auch immer glauben wollen – ich nehme unsere Mission sehr, sehr ernst. Alderman Durham geht vielleicht auf die Straße, um Stimmen zu bekommen, und verläßt sie wieder, wenn man ihm Geld anbietet, aber ...«

»Dann wissen Sie also, daß Rossy ihm Geld angeboten hat, wenn er seine Proteste abbläst?« fiel ich ihm ins Wort.

Er preßte die Lippen zusammen, ohne etwas zu sagen.

»Sie sind Durham gestern abend zu Rossy gefolgt. Folgen Sie ihm jeden Abend?«

»Reb Joseph ist nicht wie Sie«, mischte sich Radbuka ein. »Er spioniert den Leuten nicht nach, macht ihnen das Leben nicht zur Hölle, verwehrt ihnen nicht ihr Recht. Was er macht, ist korrekt. Daß Rossy gestern abend mit Durham gesprochen hat, hätte Ihnen jeder sagen können. Wir haben alle gesehen, wie Durham zu Rossys Wagen gegangen ist, als der im Stau auf der Adams Street stand.«

»Was? Ist Durham bei Rossy eingestiegen?«

»Nein, er hat sich zu ihm runtergebeugt. Wir haben alle Rossys Gesicht gesehen, als er das Fenster aufgemacht hat, und Leon hat gesagt: Hey, das ist doch der Typ, der heute die Zügel in der Hand hat bei der Ajax ...«

»Halten Sie den Mund«, sagte Leon. »Sie hat niemand gefragt. Gehen Sie zum Bus und warten Sie mit den anderen, bis Reb Joseph mit dieser Frau fertig ist.«

Radbuka machte einen Schmollmund. »Sie können mir keine Befehle geben. Ich bin zu Reb Joseph gekommen, weil er etwas für Leute wie mich tut, deren Leben durch den Holocaust zerstört wurde. Ich bin heute nicht das Risiko eingegangen, verhaftet zu werden, um mich dann von einem Versager wie Ihnen rumkommandieren zu lassen.«

»Radbuka, Sie haben uns doch bloß begleitet, um die Situation auszunutzen ...«

»Leon, Paul«, mischte sich Posner ein, »solche Auseinandersetzungen sind Wasser auf die Mühlen dieser Frau. Spart eure Energie für den Kampf gegen unsere gemeinsamen Feinde.«

Leon fügte sich, doch Paul war nicht Teil der Gruppe, und so mußte er weder Leon noch Posner gehorchen. In einem seiner abrupten Stimmungswechsel wandte er sich wütend gegen Posner. »Ich bin gestern abend und heute nur mitgekommen, um näher bei meiner Familie zu sein. Jetzt werft ihr meinem Cousin Max vor, geheime Absprachen mit der Legislative von Illinois zu treffen. Glaubt ihr denn, ich bin mit jemandem verwandt, der so etwas tun würde?«

»Nein«, sagte ich schnell. »Ich glaube nicht, daß Ihre Verwandten etwas so Schreckliches tun würden. Was ist gestern abend passiert, nachdem Durham sich auf der Straße mit Rossy unterhalten hatte? Sind sie zusammen weggefahren? Oder haben die Leute von der Polizei Durham in einem eigenen Wagen mitgenommen?«

»Ich wußte gar nicht, daß die Polizei ihn mitgenommen hat«, sagte Radbuka, ohne auf Posner und Leon zu achten, die ihm zu verstehen gaben, daß er den Mund halten solle. Wie immer reagierte er sofort auf jeden, der ihn ernst nahm, auch wenn der Betreffende ihm grundsätzlich feindlich gesinnt war wie ich. »Ich weiß nur, daß Durham in seinen eigenen Wagen gestiegen ist: Wir sind die Straße runter bis zur Ecke Michigan Avenue, und da haben wir ihn gesehen. Sein Wagen stand mitten im Parkverbot, aber natürlich hat ein Polizist drauf aufgepaßt. Reb Joseph hat Durham nicht getraut und beschlossen, ihm zu folgen.«

»Wie kühn.« Ich bedachte Posner mit einem herablassenden Lächeln. »Das heißt also, daß Sie sich vor Rossys Haus in den Büschen rumgetrieben haben, bis Sie Durham rauskommen sahen. Und dann hat Rossy, der unglaublich charmant sein kann, Ihnen ein albernes Gerücht über das Krankenhaus eingeredet.«

»Es war nicht so«, fauchte Posner mich an. »Als ich ihn in Gesellschaft von Durham gesehen habe, wollte ich ... Ich weiß schon seit einiger Zeit, daß Durham versucht, unsere Bemühungen zu sabotieren, europäische Banken und Versicherer zu Entschädigungszahlungen für die Diebstähle im Zusammenhang mit ...«

»Ich begreife die Problematik, das können Sie mir glauben, Mr. Posner. Aber Durham hat sich den Grund für seinen Protest nicht einfach so ausgedacht! Es gibt immer mehr Menschen, die der Ansicht sind, daß Unternehmen, die von der Sklaverei profitiert haben, genauso Entschädigungszahlungen leisten sollten wie Unternehmen, die aus der Kraft jüdischer und polnischer Zwangsarbeiter Nutzen gezogen haben.«

Er schob das Kinn angriffslustig vor. »Das ist ein anderes Problem. Bei uns geht es um echtes Geld auf Bankkonten und bei Versicherungen, das uns von europäischen Banken und Versicherern gestohlen wurde. Sie arbeiten für einen Angehörigen der schwarzen Gemeinde in Chicago, dessen Anspruch nicht erfüllt wurde, obwohl er den vereinbarten Betrag eingezahlt hatte. Ich versuche das gleiche für Zehntausende von Menschen, deren Eltern seinerzeit glaubten, sie würden ihren Kindern ein finanzielles Polster hinterlassen. Und ich wollte erfahren, wieso Louis Durham nun plötzlich auch vor dem Ajax-Gebäude auftauchte – er hat mit seinen Forderungen nach Entschädigungszahlungen für die Sklaverei erst angefangen, nachdem wir mit unserer Kampagne gegen die Ajax begonnen hatten.«

Ich war verblüfft. »Dann dachten Sie also, Rossy hätte ihn bestochen, gegen Sie zu marschieren und die Geschäfte seiner eigenen Gesellschaft zu behindern? Das wäre ein toller Stoff für Oliver Stone! Aber wahrscheinlich hatten Sie selbst eine geheime Absprache mit Rossy. Hat er nicht gesagt, ja, ja, ich gestehe alles? Wenn ihr in Zukunft vor dem Beth Israel demonstriert und nicht vor dem Ajax-Gebäude, gebe ich Louis Durham kein Geld mehr?«

»Stellen Sie sich eigentlich absichtlich dumm?« fuhr Posner mich an. »Natürlich hat Rossy bestritten, irgendwelche Absprachen getroffen zu haben. Aber er hat mir auch zugesagt, gründliche interne Nachforschungen in die Wege zu leiten, um noch ausstehende Versicherungsbeiträge von Holocaust-Opfern bei der Ajax oder der Edelweiß aufzuspüren.«

»Und das haben Sie ihm geglaubt?«

»Ich habe ihm eine Woche Zeit gegeben. Er hat mir das Gefühl vermittelt, daß es ihm ernst ist.«

»Was machen Sie dann noch hier?« fragte ich. »Warum geben Sie Ihren Leuten nicht ein bißchen frei?«

»Er ist hergekommen, um mir zu helfen.« Paul Radbuka wandte sich mit aufgeregt rotem Gesicht genauso abrupt gegen mich, wie er mir kurz zuvor vertraut hatte. »Wenn Sie mich nicht zu meiner Familie lassen und wenn Sie diesen... dieses Braunhemd engagieren, um mich daran zu hindern, daß ich mit meiner kleinen Cousine spreche, heißt das noch lange nicht, daß sie nicht meine Familie sind. Soll zur Abwechslung doch mal Max Loewenthal sehen, wie es ist, geächtet zu werden.«

»Paul, Sie sollten endlich begreifen, daß er nicht mit Ihnen verwandt ist. Sie quälen mit ihrer Belagerung nicht nur die Familie Loewenthal und sich selbst, sondern riskieren auch, festgenommen zu werden. Und glauben Sie mir: Das Leben im Gefängnis ist schrecklich.«

Radbuka sah mich finster an. »Max ist der, der ins Gefängnis gehört, wenn er mich weiter mit solcher Verachtung behandelt.«

Ich musterte ihn erstaunt und fragte mich, wie ich zu ihm durchdringen könnte. »Paul, wer war Ulf wirklich?«

»Er war mein Ziehvater. Wollen Sie mich dazu bringen zuzugeben, daß er mein richtiger Vater war? Das werde ich nicht, denn es stimmt nicht.«

»Aber Rhea sagt, daß ›Ulf‹ nicht sein richtiger Name gewesen ist.«

Er wurde noch aufgeregter. »Versuchen Sie ja nicht, Rhea eine Lügnerin zu nennen. Die sind Sie. Ulf hat kodierte Dokumente hinterlassen. Sie beweisen, daß mein Name eigentlich Radbuka ist. Wenn Sie an Rhea glauben würden, könnten Sie auch den Kode verstehen, aber das tun Sie nicht. Sie wollen sie vernichten und mich auch, aber das werde ich nicht zulassen. Nein, niemals!«

Voller Bestürzung sah ich, wie er zu zittern begann, und bekam Angst, daß dies der Beginn eines Anfalls sein könnte. Als ich mich auf ihn zubewegte, um ihm zu helfen, blaffte Posner mich an, ich solle auf Distanz bleiben: Er würde nicht erlauben, daß eine Frau einen seiner Anhänger berührte, auch wenn Radbuka sich möglicherweise nicht darüber bewußt war, welche Gefahr die Berührung einer Frau darstellte. Er und Leon führten Radbuka zu einer Bank an einer Bushaltestelle. Dort schien Radbuka sich allmählich zu beruhigen. Ich ließ die Männer allein und ging langsam zur Klinik zurück, weil ich hoffte, mich noch kurz mit Max unterhalten zu können, bevor ich wieder ins Büro fuhr.

»Irgendwie ergibt das, was Posner gesagt hat, Sinn«, erklärte ich Max, nachdem seine erschöpfte Sekretärin ihn dazu gebracht hatte, mir fünf Minuten zu widmen. »Ich meine, daß die Ajax Durham bestochen haben könnte, mit den Demonstrationen anzufangen. Aber er muß genauso verrückt wie Paul Radbuka sein, wenn er hier eine Protestaktion anzettelt. Wie steht die Situation mit den Geldgebern des Beth Israel?«

Max sieht nicht oft so alt aus, wie er ist, aber an jenem Nachmittag wirkte er grau und angespannt. »Ich begreife das alles nicht, Victoria. Morrells Freund Don Strzepek ist gestern abend zu mir gekommen. Ich habe ihm vertraut und ihm meine alten Notizen gezeigt; ich dachte, er glaubt, was darin steht. Ein Freund von Morrell würde doch nicht mein Vertrauen mißbrauchen, oder?«

»Die Notizen sind doch längst nicht detailliert genug, um endgültig zu klären, ob dieser Radbuka nun ein Verwandter ist oder nicht – es sei denn natürlich, es befindet sich etwas in deiner Mappe, was ich nicht gesehen habe.«

Er winkte müde ab. »Es ist nur dieser Brief von Lotty drin, und den hast du gelesen. Den hat Don doch sicher nicht verwendet, um Paul in seinem Glauben zu bestärken, daß er mit uns verwandt ist, oder?«

»Ich glaube nicht, Max«, sagte ich, wenn auch nicht völlig überzeugt, denn ich erinnerte mich an das Leuchten in Dons Augen, wenn er Rhea Wiell ansah. »Ich könnte versuchen, heute abend mit ihm zu sprechen, wenn du das möchtest.«

»Ja, das wäre gut.« Er setzte sich mit starrem Gesicht an seinen Schreibtisch. »Ich hätte nie gedacht, daß ich mich irgendwann freuen könnte, wenn meine Angehörigen weg sind, aber ich bin wirklich froh, wenn Calia und Agnes endlich im Flugzeug sitzen.«

Ich ging langsam zu meinem Wagen zurück und fuhr unter Beachtung sämtlicher Verkehrsregeln und Ampeln zu meinem Büro. Zorn und Adrenalin vom Morgen lagen hinter mir. Nach einem Blick auf den Stapel Nachrichten, die Mary Louise für mich hinterlassen hatte, rief ich in Morrells Hotel in Rom an, wo es jetzt neun Uhr abends war. Das Gespräch wirkte sowohl aufbauend als auch deprimierend auf mich. Er sagte all die Dinge, die man von seinem Geliebten hören möchte, besonders wenn dieser Geliebte vorhat, acht Wochen lang in das Land der Taliban zu reisen. Aber als wir aufgelegt hatten, fühlte ich mich verlassener denn je.

Ich versuchte, ein Schläfchen auf dem Feldbett in meinem hinteren Zimmer zu machen, kam aber gedanklich nicht zur Ruhe. Schließlich stand ich wieder auf, um die Nachrichten durchzugehen und Anrufe zu erwidern. Ungefähr in der Mitte des Stapels befand sich eine Notiz, daß ich Ralph im Büro bei der Ajax anrufen solle; die Gesellschaft habe beschlossen, der Sommers-Familie das Geld auszuzahlen. Ich wählte sofort seine Nummer.

»Bitte vergiß nicht, daß das eine einmalige Sache ist, Vic«, erklärte Ralph Devereux mir sofort. »Rechne ja nicht damit, daß daraus eine Gewohnheit wird.«

»Ralph, das sind ja tolle Neuigkeiten – aber wessen Idee war das? Deine? Die von Rossy? Hat Alderman Durham angerufen und euch gedrängt, das zu tun?«

Ohne meine Fragen zu beantworten, sagte er: »Und noch eins: Ich wäre dir sehr dankbar, wenn du mir das nächste Mal Bescheid sagst, bevor du die Bullen auf meine Angestellten hetzt.«

»Ja, Ralph. Sie haben mich dringend in der Klinik gebraucht, aber du hast recht, ich hätte dich anrufen sollen. Haben sie Connie Ingram festgenommen?«

Mary Louise hatte einen mit der Maschine geschriebenen Bericht über Sommers und Amy Blount auf meinen Schreibtisch gelegt, den ich während des Telefonats mit Ralph zu überfliegen versuchte: Dank Louises Polizeikontakten und Freeman Carters juristischen Fähigkeiten hatte man Isaiah nach Hause gelassen, allerdings nicht ohne ihm zu erklären, daß er der

Hauptverdächtige war. Das eigentliche Problem waren nicht seine Fingerabdrücke an der Tür zu Fepples Büro. Finch sagte, alle Kriminaltechniker bestätigten, was die Beamten vom Twenty-first District Margaret Sommers mitgeteilt hatten: Ein anonymer Anruf – vermutlich von einem Afroamerikaner männlichen Geschlechts – hatte sie veranlaßt, den Raum auf Fingerabdrücke zu untersuchen.

»Nein. Aber sie sind hier ins Haus gekommen, um sie zu vernehmen«, erwiderte Ralph auf meine Frage.

»Direkt in die heiligen Hallen der Ajax?«

Als er anhob, mich für meinen Sarkasmus zu schelten und mir zu erklären, es sei störend für jede Arbeit, die Polizei im Haus zu haben, fügte ich hinzu: »Connie Ingram hat Glück, daß sie eine Weiße und obendrein eine Frau ist. Vielleicht ist es peinlich, wenn die Bullen einen im Büro befragen, aber meinen Klienten haben sie in Handschellen aus der Arbeit geholt und in das Revier Twenty-ninth Street/Prairie Avenue zu einem Plauderstündchen in einem fensterlosen Raum gebracht, wo man durch einen Spiegel beobachtet wird. Er kann heute abend bloß deswegen zu Hause essen, weil ich ihm den besten Anwalt der Stadt besorgt habe.«

Ralph erwiderte sofort: »Karen Bigelow, das ist die unmittelbare Vorgesetzte von Connie, an die erinnerst du dich doch noch?... Karen war zusammen mit einem unserer Anwälte bei der Befragung dabei. Connie war ziemlich durcheinander, aber die Leute von der Polizei scheinen ihr geglaubt zu haben; jedenfalls haben sie sie nicht festgenommen. Leider sind sie die Liste der Telefonate in und aus Fepples Büro durchgegangen und haben mehrere Anrufe von ihrem Apparat entdeckt, darunter auch einen am Tag vor seinem Tod. Sie sagt, sie habe ihn mehrmals angerufen, um ihn dazu zu bringen, daß er ihr die Kopien der Sommers-Akte zufaxt. Aber Janoff ist stinksauer, daß die Bullen im Haus sind, und ich bin offen gestanden auch nicht sonderlich erfreut darüber, Vic.«

Ich legte Mary Louises Notizen weg, um ihm meine volle Aufmerksamkeit widmen zu können. »Arme Connie: Wirklich kein schöner Lohn für ehrliche Arbeit, wenn man von den Bullen in die Mangel genommen wird. Ich hoffe bloß, daß die Gesellschaft ihr trotzdem weiter die Stange hält.«

Er erwiderte nichts.

»Ralph, was für einen Handel hat Rossy sich mit Durham und Posner ausgedacht, damit die mit ihren Protestaktionen aufhören?«

»Was zum Teufel meinst du?« Plötzlich war er wirklich zornig und nicht nur verärgert wie vorhin.

»Ich meine, daß Rossy gestern die Adams Street runter ist, während ich oben bei dir war. Er hat Durham von seinem Wagen aus angerufen, sich eine Stunde später in seinem Haus mit ihm getroffen und hinterher noch ein Gespräch unter vier Augen mit Joseph Posner geführt. Heute ist Posner dann vor dem Beth Israel Hospital auf und ab marschiert, und Durham hatte sich verdrückt. Ich hab' gerade im Rathaus angerufen – Durham sitzt in seinem Büro und hört sich Gesuche um Ausnahmegenehmigungen zu den Bauvorhaben in Stewart Ridge an.«

Ralph atmete tief durch. »Ist es denn so merkwürdig, daß der leitende Direktor versucht, ein Gespräch unter vier Augen mit den Leuten zu führen, die seiner Gesellschaft das Wasser abdrehen wollen? Und gestern abend bleibt er wie alle anderen im Loop im Stau stecken und sieht seine Gelegenheit. Bitte mach mir daraus keine Verschwörung.«

»Ralph, du erinnerst dich doch noch, wie wir uns kennengelernt haben, oder? Und du weißt, wie die Kugel in deine Schulter gekommen ist?«

Die Tatsache, daß sein Chef sowohl ihn als auch die Gesellschaft hintergangen hatte, wurmte ihn noch immer. »Was könnte Rossy wohl mit einem ganz und gar unwichtigen Agenten in der Chicagoer South Side zu tun haben? Die Edelweiß hat mit Sicherheit keine Verbindung mit Howard Fepple. Denk doch mal nach, Vic.«

»Das versuche ich, aber ich komme auf kein vernünftiges Ergebnis. Hör zu, Ralph, ich weiß, daß deine Gefühle mir gegenüber gemischt sind, aber du kennst dich doch aus in Sachen Versicherungen. Bitte erklär mir folgende Dinge: Alle Sommers-Unterlagen bis auf die Akte – bei der du den Eindruck hast, daß irgendwas nicht stimmt, auch wenn du nicht rausfinden konntest, was es ist – verschwinden, und diese Akte bleibt dann eine Woche im Büro von Rossy liegen.

Dazu kommt noch: Entweder Connie Ingram selbst oder jemand, der sich als Connie ausgab, hat für letzten Freitag abend einen Termin mit Fepple ausgemacht. Wer außer den Angestellten der Ajax kann gewußt haben, daß sie mit ihm gesprochen hatte? Dann ist Fepple plötzlich tot, und seine Kopie der Akten verschwindet, und Rossy lädt mich völlig überraschend zum Abendessen bei sich ein. Wo mich Fillida und ihre italienischen Freunde über Fepple, seinen Tod und seine Akten auszuquetschen versuchen. Tja, und dann wäre da noch das merkwürdige Dokument, das ich unter Fepples Papieren gefunden und dir gezeigt habe, das mit dem Namen von Sommers. Was ergibt das alles zusammen für dich?«

»Daß wir einen Schlußstrich unter die Sache mit Sommers und Fepple ziehen«, sagte Ralph kühl. »Preston Janoff ist die Angelegenheit mit der Abteilung durchgegangen, die für's Agentur-Management zuständig ist, um zu erfahren, warum wir Geschäftsbeziehungen mit einem Mann aufrechterhalten, der eine Police im Monat für uns an Land zieht, wenn er gut drauf ist. Janoff hat sich bereit erklärt, der Sommers-Familie das Geld auszuzahlen. Wir schicken morgen den Scheck. Aber wie gesagt: Das ist eine einmalige Ausnahme. Abgesehen davon... Vic, die Gäste der Rossys wußten, daß du Detektivin bist, sie sind ganz versessen auf amerikanische Verbrechen, da ist es doch ganz natürlich, daß sie dich auszuquetschen versuchen. Und jetzt sag du mir eins: Welches Interesse könnte Bertrand Rossy haben, sich mit einem Versager wie Fepple einzulassen, von dem er vor letzter Woche noch nie was gehört hatte?«

Er hatte recht. Das war die Crux. Mir fiel auch kein Grund ein.

»Ralph, ich habe gestern abend gehört, daß Fillidas Geld die Basis von der Edelweiß ist und daß Bertrand die Tochter vom Boß geheiratet hat.«

»Das ist kein Geheimnis. Die Familie ihrer Mutter hat das Unternehmen in den neunziger Jahren des neunzehnten Jahrhunderts gegründet. Der Vater ihrer Mutter war Schweizer, und sie sind immer noch die Mehrheitseigner.«

»Sie ist wirklich eine merkwürdige Frau. Sehr schick und sehr sanft, aber sie kontrolliert eindeutig, was im Haushalt der

Rossys passiert. Ich könnte mir vorstellen, sie verfolgt auch genau, was sich in der Adams Street tut.«

»Rossy ist tüchtig. Daß er die Tochter vom Boß geheiratet hat, bedeutet noch lange nicht, daß er seinen Job nicht gut macht. Außerdem habe ich keine Zeit für Klatsch über die Frau des leitenden Direktors. Ich muß wieder an die Arbeit.«

»Ach, hab mich doch gern«, sagte ich, doch da hatte er schon aufgelegt.

Ich wählte noch einmal die Nummer der Ajax-Zentrale und bat, zu Rossy durchgestellt zu werden. Seine Sekretärin, die kühle, adrette Suzanne, legte mich in die Warteschleife. Rossy meldete sich überraschend schnell.

Als ich ihm für das Essen vom Vorabend dankte, sagte er: »Meine Frau hat sich wirklich sehr gefreut, Sie kennenzulernen. Sie sagt, Sie sind erfrischend und originell.«

»Danke, das werde ich in meinen Lebenslauf aufnehmen«, sagte ich höflich und erntete dafür ein herzhaftes Lachen von ihm. »Vermutlich sind Sie froh, daß Joseph Posner aufgehört hat, vor dem Ajax-Gebäude auf und ab zu marschieren.«

»Natürlich sind wir das. Jeder Tag ohne Störung ist in einem großen Unternehmen ein guter Tag.«

»Ja. Es überrascht Sie wahrscheinlich nicht zu erfahren, daß er seine Demonstranten jetzt vor dem Beth Israel Hospital postiert hat. Er hat Seemannsgarn gesponnen, und er behauptet, er hätte es von Ihnen. Sie hätten eine interne Durchforstung der Edelweiß- und Ajax-Policen zugesagt, vorausgesetzt, er läßt die Ajax in Ruhe und belästigt statt dessen das Beth Israel.«

»Wie bitte? ›Seemannsgarn‹? Das Wort ist mir neu.«

»Es heißt soviel wie Unsinn, Blödsinn. Was soll das Krankenhaus denn mit fehlenden Holocaust-Vermögen zu tun haben?«

»Das weiß ich nicht, Ms. Warshawski ... Vic ... ich habe das Gefühl, daß ich Sie nach dem netten Abend gestern so nennen darf. Über das Krankenhaus und die Holocaust-Vermögen müßten Sie sich mit Max Loewenthal unterhalten. Ist das alles? Haben Sie irgendwelche neuen oder unerwarteten Informationen über jenes ungewöhnliche Blatt Papier aus Mr. Fepples Büro gefunden?«

Jetzt wurde die Sache interessant. »Das Blatt Papier ist im

Labor, und die Leute dort sagen, es sei irgendwann in den dreißiger Jahren in einer Manufaktur außerhalb von Basel hergestellt worden. Fällt Ihnen dazu etwas ein?«

»1931 war meine Mutter gerade erst auf die Welt gekommen, Ms. Warshawski, deshalb sagt mir Papier aus dieser Zeit nicht sehr viel. Sagt es Ihnen denn etwas?«

»Noch nicht, Mr. Rossy, aber ich werde Ihr starkes Interesse daran im Hinterkopf behalten. Übrigens ist ein Gerücht im Umlauf. Angeblich hat Alderman Durham seine Kampagne für Entschädigungszahlungen im Zusammenhang mit der Sklaverei erst begonnen, nachdem die Ajax durch den IHARA unter Druck geraten ist. Haben Sie davon gehört?«

Wieder sein herzhaftes Lachen. »Das schlimme an dem Posten in der Geschäftsleitung ist, daß man zu isoliert ist. Ich höre keine Gerüchte mehr, wie schade, denn sie sind das Öl, das den großen Motor der Industrie am Laufen hält, finden Sie nicht auch? Dieses Gerücht ist interessant, ja, aber ich habe noch nichts davon mitbekommen.«

»Gilt das auch für Signora Rossy?«

Nun zögerte er kurz, bevor er antwortete. »Sie wird sich sicher dafür interessieren, wenn ich ihr davon erzähle. Ihnen dürfte ja gestern abend nicht entgangen sein, daß sie regen Anteil an allem nimmt, was die Ajax betrifft. Und ich werde ihr außerdem erzählen, daß ich wieder ein Wort von Ihnen gelernt habe. ›Seemannsgarn‹. Für dieses Seemannsgarn habe ich eine Besprechung verlassen. Auf Wiederhören.«

Was hatte mir der Anruf gebracht? So gut wie nichts, aber ich diktierte trotzdem den ungefähren Wortlaut sofort meinem Textverarbeitungsdienst, damit ich ihn mir noch einmal genauer ansehen konnte, wenn ich nicht mehr so unter Druck stand – ich mußte noch eine ganze Menge Anrufe erledigen.

Nach einem Blick auf Mary Louises Notizen setzte ich mich mit Freeman Carter in Verbindung. Er war wie üblich in Eile, sagte aber, er persönlich sei überzeugt von Isaiah Sommers' Unschuld. Allerdings seien der anonyme Anruf und die Fingerabdrücke keine guten Zeichen.

»Tja, dann müssen wir wohl den wirklichen Mörder finden«, sagte ich betont fröhlich.

»Ich glaube nicht, daß der Mann es sich leisten kann, dich weiter zu engagieren, Vic.«

»Das kann er sich bei dir auch nicht, Freeman, und trotzdem bitte ich dich, daß du dich um ihn kümmerst.«

Freeman kicherte. »Dann soll ich das also auch anschreiben?«

»Ich schick' dir doch jeden Monat 'ne hübsche Summe«, wehrte ich mich.

»Ja, stimmt. Dein Konto ist derzeit dreizehntausend im Minus – natürlich ohne das Honorar für Sommers. Aber du sorgst dafür, daß ich irgendwelche Beweise an die Hand bekomme? Wunderbar. Ich wußte ja, daß man sich auf dich verlassen kann. In der Zwischenzeit erinnere ich den Staatsanwalt immer wieder daran, daß Fepple am Freitag abend eine Verabredung mit einer Person hatte, die den Namen Connie Ingram verwendete. Und daß er ein Zusammentreffen zwischen dir und besagter Person verhindern wollte. Ich muß los, Vic – wir reden morgen weiter.«

Die unbezahlte Rechnung bei Freeman gehörte zu meinen größten Sorgen. Die Sache war im vorigen Jahr aus dem Ruder gelaufen, als ich ernsthafte Probleme mit dem Gesetz gehabt hatte, doch schon zuvor hatte sie sich auf mehrere Tausend Dollar belaufen. In letzter Zeit hatte ich immer einen Tausender monatlich abbezahlt, aber irgendwie scheine ich auch jeden Monat wieder gebührenpflichtige Auskünfte von Freeman zu brauchen.

Dann rief ich Isaiah Sommers an. Als ich ihm erzählte, daß jemand ihn an die Bullen verpfiffen hatte, war er entsetzt. »Wer könnte so was denn getan haben, Ms. Warshawski?«

»Woher willst du wissen, daß sie's nicht selber gewesen ist?« mischte sich Margaret Sommers ein, die mithörte.

»Die Polizei hat einen Hinweis bekommen. Übrigens von einem Mann, Mrs. Sommers, der nach einem Afroamerikaner klang. Meine Verbindungsleute im Revier sagen, sie sind sich ziemlich sicher, daß der Anruf tatsächlich anonym war. Ich werde der Sache weiter nachgehen. Es würde mir helfen, wenn Sie mir sagen könnten, wer Sie so sehr haßt, daß er Sie eines Mordes bezichtigen würde.«

»Sie können nicht weitermachen«, murmelte er. »Ich kann mir Sie nicht leisten.«

»Machen Sie sich darüber keine Sorgen. Die Geschichte zieht inzwischen so große Kreise, daß jemand anders die Rechnung übernehmen wird.« Er brauchte ja nicht zu wissen, daß dieser Jemand ich wäre. »Übrigens, obwohl das kein echter Trost sein kann, wenn man unter Mordverdacht steht: Die Ajax wird Ihrer Tante den Wert der Police auszahlen.«

»Schon merkwürdig, daß das gerade dann passiert, wenn die Rechnung von Ihnen immer höher wird«, fauchte Margaret.

»Maggie, Maggie, bitte. Sie hat doch gerade gesagt, daß jemand anders die Rechnung von ihr übernimmt. Ms. Warshawski, das sind wunderbare Neuigkeiten; Margaret macht sich bloß Sorgen. Ich natürlich auch, aber ich glaube, Mr. Carter ist ein guter Anwalt. Ein wirklich guter Anwalt. Und er glaubt, daß Sie beide diese üble Geschichte klären können.«

Es ist immer gut, wenn der Kunde zufrieden ist. Aber leider schien er mit seiner positiven Einstellung allein dazustehen. Seine Frau war unglücklich. Genau wie Amy Blount. Und Paul Radbuka. Und ich. Und Max. Und ganz besonders Lotty.

Sie hatte das Krankenhaus nach ihrer Auseinandersetzung mit Posner verlassen, um in ihre eigene Klinik zu fahren. Als ich dort anrief, erklärte mir Mrs. Coltrain, Dr. Herschel wolle ihren Tagesplan nicht unterbrechen, um mit mir zu reden. Ich dachte an ihre Vehemenz vom Vorabend, daß sie noch niemals einen Patienten im Stich gelassen habe und es eine Erleichterung für sie sei, im Krankenhaus zu sein, die Ärztin zu sein, nicht die Freundin oder die Ehefrau oder die Tochter.

»Ach, Lotty, wer waren diese Radbukas bloß?« rief ich in den leeren Raum hinein. »Wen glaubst du, verraten zu haben?« Keine Patientin, das hatte sie gesagt. Jemanden, dem sie nicht geholfen hatte und dessen Tod ihr Schuldgefühle verursachte. Es mußte jemand in England gewesen sein – wie hätte Questing Scorpio sonst den Namen erfahren? Ich konnte mir eigentlich nur einen Verwandten denken, vielleicht einen Verwandten, der nach dem Krieg in England auftauchte und mit dem sie nicht fertig wurde. Eine Person, die sie in Wien geliebt hatte, die aber durch die Schrecken des Krieges so verändert war, daß Lotty sich von ihr abwandte. So etwas konnte ich mir bei mir selbst auch vorstellen. Warum schaffte sie es dann nicht, mit mir darüber zu reden? Glaubte sie wirklich, ich würde sie deshalb verurteilen?

Ich sah noch einmal bei Questing Scorpio nach, fand aber nach wie vor keine Antwort auf meine Nachricht. Was blieb sonst zu tun – abgesehen davon, daß ich nach Hause zurückkehren, mit den Hunden spazierengehen, Essen kochen und mich ins Bett legen konnte? Manchmal ist die Routine beruhigend, doch sie kann auch eine Last sein. Ich suchte im Internet nach Informationen über die Edelweiß, weil ich sehen wollte, ob sich irgend etwas über Fillida Rossys Familie herausfinden ließ. Nachdem ich meine Anfrage sowohl bei Lexis als auch bei ProQuest eingegeben hatte, rief ich Don Strzepek an.

Er reagierte zurückhaltend auf meine Begrüßung, weil er unseren kühlen Abschied vom Vortag nicht vergessen hatte. »Gibt's schon ein Lebenszeichen von unserem wagemutigen Journalisten?«

»Bis nach Rom hat er's ohne einen Kratzer geschafft. Morgen geht's wahrscheinlich weiter nach Islamabad.«

»Mach dir keine Sorgen um ihn, Vic. Er ist schon an schlimmeren Orten als Kabul gewesen, auch wenn mir im Moment keiner einfällt. Ich meine, immerhin herrscht dort zur Zeit kein Krieg, also wird niemand auf ihn schießen. Vielleicht wird er blöd angemacht, aber wahrscheinlich beäugen die Leute ihn eher neugierig, besonders die Kinder.«

Das hob meine Laune ein wenig. »Don, was anderes: Du hast doch gestern abend die Aufzeichnungen von Max gesehen. Was hältst du von ihnen? Glaubst du auch, daß er die Radbukas vor seiner Wienreise nach dem Krieg nicht kannte?«

»Ja, es war eindeutig Dr. Herschel, die mit ihnen zu tun hatte, nicht Max. Sie war ja auch diejenige, die am Sonntag bei der Party in Ohnmacht gefallen ist, als sie den Namen Sofie Radbuka gehört hat. Sie wußte ziemlich genau Bescheid, wie man die Wohnung der Radbukas in der Leopoldsgasse finden könnte«, fügte er zögernd hinzu. »Ich frage mich, ob die Radbukas ihre Familie waren.«

»Damit Radbuka sie belästigt statt Max? Weißt du, daß er heute zusammen mit Posner und seinen Maccabees vor dem Beth Israel war und laut hinausgeschrien hat, Lotty und Max versuchten, Überlebende des Holocaust von ihren eigentlichen Familien fernzuhalten?«

»Ich weiß, daß das für sie sehr schmerzlich sein muß, aber

Paul ist wirklich eine gequälte Seele, Vic. Wenn er endlich einen Platz finden würde, an dem er Wurzeln schlagen kann, hätte das sicher zur Folge, daß er ruhiger wird.«

»Hast du selber mit dem Knaben gesprochen?« fragte ich. »Besteht irgendeine Hoffnung, daß du ihn dazu bringst, dir die Papiere zu zeigen, die sein Vater hinterlassen hat? Die beweisen, daß sein Vater bei den Einsatzgruppen war und er selbst ein Überlebender der Konzentrationslager namens Radbuka ist?«

Ich hörte ein zischendes Geräusch – vermutlich zog Don an seiner Zigarette. »Ich habe ihn tatsächlich heute morgen kurz getroffen, wahrscheinlich bevor er zu Posner und den Demonstranten vor dem Krankenhaus gegangen ist. Er ist ziemlich aufgeregt. Rhea hat's nicht zugelassen, daß ich ihm zu viele Fragen stelle, weil sie Angst hatte, daß er noch mehr aus der Fassung gerät. Er läßt mich die Papiere nicht sehen. Offenbar glaubt er, ich könnte bei Rhea eine Konkurrenz für ihn sein. Deswegen macht er bei mir zu.«

Es gelang mir nicht, mein hämisches Lachen zu unterdrücken. »Respekt, daß Rhea weiter zu dem Typ hält. Der würde mich innerhalb einer Woche in die geschlossene Abteilung bringen mit seinem Veitstanz. Obwohl ich natürlich verstehe, daß du aus seiner Sicht ein Rivale bist. Was meint Rhea?«

»Sie sagt, sie kann das Vertrauen eines Patienten nicht mißbrauchen, und davor habe ich natürlich Hochachtung. Auch wenn meine alten Reporterinstinkte mir das schwer machen.« Er stieß ein kurzes Lachen aus, das gleichzeitig wehmütig und bewundernd klang. »Sie hat ihn zu der Sache mit Posner ermutigt, weil der ihm das Gefühl einer richtigen Familie gibt. Aber bei dem Gespräch mit ihm haben wir natürlich nicht geahnt, daß er vor dem Beth Israel demonstrieren und Max anprangern würde. Ich treffe mich heute abend mit Rhea zum Essen, da kann ich mit ihr darüber reden.«

Ich baute ein kleines Gebäude aus Büroklammern, während ich nach Worten suchte. »Don, ich habe Radbuka heute gefragt, wer Ulf war. Daraufhin hat er so was wie einen Anfall auf offener Straße gekriegt und gesagt, das wäre der Name seines Ziehvaters. Dann hat er behauptet, ich bezichtige Rhea der Lüge. Aber gestern hat sie ganz deutlich gemacht, daß ›Ulf‹ eben *nicht* der Name des Mannes war. Ich hatte sogar den Eindruck, sie macht sich deswegen über mich lustig.«

Er zog wieder an seiner Zigarette. »Das hatte ich völlig vergessen. Ich kann heute abend noch einmal versuchen, sie zu fragen, aber Vic... Ich werde nicht den Mann in der Mitte spielen zwischen dir und Rhea.«

»Nein, Don, das erwarte ich auch nicht.« Ich wollte lediglich, daß er zu mir hielt, sie ausfragte und alle Informationen an mich weitergab. Das hieß nicht, daß er für mich den Mann in der Mitte spielen sollte. »Aber wenn du sie überzeugen könntest, daß Max nicht mit den Radbukas verwandt ist, bringt sie Paul vielleicht auch dazu, keine Szenen mehr vor dem Beth Israel zu machen. Bitte, Don, opfere Lotty nicht als Ersatz für Max an Rhea. Ich weiß nicht, ob die Radbukas Cousins oder Patienten oder feindliche Ausländer waren, denen Lotty in London nahestand. Die Belästigungen von Paul, gegen die Max sich erwehren muß, könnte Lotty jedenfalls nicht ertragen.«

Ich wartete auf seine Antwort, doch er war nicht bereit, mir irgend etwas zu versprechen. Schließlich knallte ich verärgert den Hörer auf die Gabel.

Bevor ich die Arbeit für diesen Tag beendete, wählte ich die Nummer von Amy Blount. In Mary Louises Bericht stand, daß der Einbruch in ihr Apartment das Werk eines Profis gewesen sei. *Das Schloß an dem Gitter war intakt,* hatte Mary Louise geschrieben.

> Jemand hat es mit einem Schweißbrenner geknackt. Die versengten Stellen an der Küchentür beweisen das. Weil Dich ihre Verbindung zur Ajax interessiert, habe ich mich eigens nach allen Ajax-Dokumenten erkundigt. Sie hatte keine Originale; einige Akten aus dem neunzehnten Jahrhundert hatte sie eingescannt und auf eine Diskette übertragen, aber die fehlt. Es fehlen alle ihre Notizen für die Dissertation. Ihren Computer haben sie auch beschädigt. Sonst ist alles noch da, sogar ihre Stereoanlage. Ich habe Terry überredet, daß er die Leute von der Spurensicherung hinschickt, auch wenn wir die Verantwortlichen vermutlich nicht finden werden.

Ich sprach Ms. Blount mein Mitgefühl aus und fragte sie dann, ob sich auch jemand an den Unterlagen aus Papier zu schaffen gemacht habe.

»Ja, die sind auch weg, genau wie alle Notizen über meine Recherchen. Wer könnte die haben wollen? Wenn ich gewußt hätte, daß ich so heißes Material besitze, hätte ich meine Dissertation schon längst bei einem Verlag untergebracht und eine richtige Stelle. Dann müßte ich nicht hier in diesem Loch hausen und dämliche Firmengeschichten schreiben.«

»Ms. Blount, welche Ajax-Akten haben Sie kopiert?«

»Keine vertraulichen internen Dokumente. Ich habe auch keine vertraulichen Unternehmensinformationen an Alderman Durham weitergegeben …«

»Ms. Blount, bitte, ich weiß, daß die letzten vierundzwanzig Stunden schwierig gewesen sind, aber bitte gehen Sie nicht auf mich los. Ich frage aus einem anderen Grund, nämlich um herauszufinden, was derzeit bei der Ajax im Gange ist.«

Ich erzählte ihr, was seit meinem Besuch am Freitag geschehen war – an erster Stelle Fepples Tod, die Probleme der Sommers-Familie, Connie Ingrams Name in Fepples Terminkalender. »Aber das merkwürdigste war das Fragment eines Dokuments, das ich gefunden habe.«

Sie hörte sich alles aufmerksam an, konnte jedoch mit meiner Beschreibung des handschriftlichen Dokuments nichts anfangen. »Ich würde es mir gern ansehen. Wenn es Ihnen recht ist, könnte ich morgen jederzeit bei Ihnen im Büro vorbeikommen. Es hört sich nach einem Blatt aus einer alten Kladde an, aber mit Sicherheit kann ich das erst sagen, wenn ich es mit eigenen Augen sehe. Wenn der Name Ihres Klienten draufsteht, kann's noch nicht so alt sein, jedenfalls nicht nach meinen Maßstäben. Die Unterlagen, die ich kopiert habe, stammten aus den fünfziger Jahren des neunzehnten Jahrhunderts, denn ich beschäftige mich mit der ökonomischen Seite der Sklaverei.«

Plötzlich klang sie wieder niedergeschlagen. »Das ganze Material futsch. Natürlich kann ich wieder in die Archive gehen und alles kopieren. Was mir zu schaffen macht, ist, daß Fremde hier eingedrungen sind. Und daß ich keinen Sinn darin sehen kann.«

37 Mein Königreich für eine Adresse

Meine Melancholie bescherte mir eine unruhige Nacht. Um sechs Uhr stand ich auf, um mit den Hunden zu joggen. Im Büro war ich um halb neun, obwohl ich zuvor im Lokal gefrühstückt und einen Abstecher zu Lottys Klinik gemacht hatte – ohne sie zu sehen, denn sie war noch bei ihrer Runde.

Sobald Mary Louise bei mir im Büro eintraf, schickte ich sie in die South Side, um festzustellen, ob irgendein Freund von den Sommers' einen Verdacht hatte, wer Isaiah verraten haben könnte. Dann rief ich Don Strzepek an, weil ich wissen wollte, ob er Rhea dazu gebracht hatte, die Tatsache ernst zu nehmen, daß Paul Max belästigte.

Er hüstelte verlegen. »Sie hat gesagt, ihrer Meinung nach sei es ein Zeichen der Stärke, daß er sich neue Freunde sucht, aber sie hat auch eingesehen, daß er vielleicht einen besseren Sinn für Verhältnismäßigkeit nötig hätte.«

»Dann wird sie also mit ihm reden?« Es gelang mir nicht, die Ungeduld in meiner Stimme zu unterdrücken.

»Sie sagt, sie erwähnt das Thema bei ihrem nächsten regulären Termin, kann aber nicht anfangen, das Leben ihrer Patienten zu organisieren: Sie müssen in der wirklichen Welt funktionieren und wenn sie hinfallen, müssen sie sich selbst wieder hochrappeln wie alle andern auch. Wenn sie das nicht schaffen, brauchen sie mehr Hilfe, als sie ihnen geben kann. Sie ist wirklich erstaunlich«, schwärmte er, »einen Menschen wie sie habe ich noch nie kennengelernt.«

Ich unterbrach seine Lobes- und Liebeshymne auf sie mit der Frage, ob der sechsstellige Vorschuß auf sein Buch möglicherweise seine Objektivität in bezug auf Paul Radbuka beeinträchtige. Daraufhin legte er beleidigt auf; ich wäre nur nicht bereit, Rheas gute Seiten wahrzunehmen.

Ich war immer noch wütend über dieses Gespräch, als Murray Ryerson vom *Herald-Star* anrief. Beth Blacksin hatte ihm von meiner Unterhaltung mit Posner bei der Demonstration vom Vortrag erzählt.

»Um der alten Zeiten willen, V. I.«, bettelte er. »Es bleibt auch unter uns. Worum ging's da?«

»Versprichst du hoch und heilig, daß es unter uns bleibt,

Murray? Mögen deine Hoden schrumpfen, wenn du auch nur mit deiner Mutter über die Sache redest. Ganz zu schweigen von Beth Blacksin.«

»Pfadfinderehrenwort, Warshawski.«

Ein solches Versprechen hatte er bisher immer gehalten. »Also unter uns: Ich weiß nicht, was das zu bedeuten hat, aber Posner und Durham hatten jeweils eine Privataudienz bei Bertrand Rossy, dem leitenden Direktor der Edelweiß Rück, der in Chicago ist, um die Übernahme der Ajax zu überwachen. Ich habe überlegt, ob Rossy Posner etwas geboten hat, um ihn dazu zu bringen, daß er seine Protestaktionen vor dem Ajax-Gebäude beendet und sich zum Beth Israel verzieht, doch meine Fragen an Posner haben mich nicht recht weitergebracht. Vielleicht redet er ja mit dir – vor Frauen hat er Angst.«

»Möglicherweise nur vor dir, V. I. – mir machst du auch angst, und ich bin doppelt so groß wie Posner. Aber Durham, dem hat noch nie jemand was anhängen können, obwohl der Bürgermeister den Bullen gesagt hat, sie sollen ihn nicht aus den Augen lassen. Der Typ ist glatt wie ein Aal. Ich versprech' dir, wenn ich irgendwas Aufregendes über einen von den beiden erfahre, gebe ich dir Bescheid.«

Nach diesem Telefonat fühlte ich mich ein bißchen besser: Es war gut, einen Verbündeten zu haben. Ich fuhr mit der Hochbahn ins Stadtzentrum, um mich dort mit Klienten zu treffen, die mich tatsächlich dafür bezahlten, daß ich anspruchsvolle Arbeit für sie verrichtete, und kehrte kurz vor zwei wieder ins Büro zurück. Das Telefon klingelte, als ich die Tür öffnete. Ich hob in dem Moment ab, in dem mein Anrufbeantwortungsdienst übernehmen wollte. Es war Tim Streeter; im Hintergrund hörte ich Calia heulen.

»Tim, was ist denn los?«

»Wir haben ein kleines Problem, Vic. Ich versuch' schon seit Stunden, dich zu erreichen, aber du hast dein Handy ausgestellt. Unser Freund war heute morgen wieder da. Ich muß zugeben, daß ich nicht mit ihm gerechnet hatte; ich dachte, er konzentriert sich jetzt auf Posner. Hast du übrigens schon gewußt, daß er überallhin mit dem Fahrrad fährt? Calia und ich waren auf der Schaukel drüben im Park, da ist er auf dem Fahrrad über den Rasen auf uns zugesaust. Er hat die Hand nach Calia ausgestreckt. Natürlich habe ich sie hochgehoben, bevor er sie berühren konnte, aber er hat Nibusher erwischt, du weißt schon, den kleinen blauen Hund, den sie überallhin mitnimmt.«

Hinter ihm hörte ich Calia kreischen: »Nicht Nibusher, sondern Ninshubur, der treue Hund. Er vermißt mich, er braucht mich jetzt, ich will ihn sofort wiederhaben, Tim!«

»Oje«, sagte ich. »Max muß eine Unterlassungsverfügung für diesen Typ beantragen. Der Kerl ist völlig unberechenbar. Und diese verdammte Therapeutin ist auch keine Hilfe, ganz zu schweigen von Strzepek. Ich hätte Paul doch folgen und seine Privatadresse rausfinden sollen. Würdest du bitte deinen Bruder anrufen und ihm sagen, er möchte Radbuka von Posners Büro oder Rhea Wiells Praxis aus oder wo er auch immer als nächstes auftaucht, verfolgen?«

»Schon erledigt. Ich hab' ihm leider nicht aus dem Park nachlaufen können, weil ich bei der Kleinen bleiben mußte. Das ist eine ziemlich ungute Situation.«

»Wissen Max und Agnes Bescheid? Okay, gib mir mal kurz Calia.«

Zuerst weigerte sich Calia, mit »Tante Vicory« zu reden. Sie war müde, hatte Angst und reagierte so, wie Kinder es eben tun, nämlich mit Sturheit, aber als Tim sagte, ich wolle ihr etwas über Nebbisher mitteilen, meldete sie sich widerstrebend.

»Tim ist sehr, sehr unartig. Er hat nichts dagegen gemacht, daß der böse Mann Ninshubur nimmt, und jetzt sagt er auch noch seinen Namen falsch.«

»Tim hat ein schlechtes Gewissen, daß er nicht richtig auf Ninshubur aufgepaßt hat, Kleines. Aber ich werde versuchen, dein Hündchen zurückzubringen, bevor du heute abend ins Bett gehst. Ich verlasse gleich das Büro, um nach ihm zu suchen, ja?«

»Okay, Tante Vicory«, sagte sie mit resignierter Stimme.

Als Tim sich wieder meldete, bedankte er sich dafür, daß ich Calias Tränen getrocknet hatte – er selbst hatte sich allmählich nicht mehr zu helfen gewußt. Agnes hatte er während ihres Galerietermins erreicht, und sie war jetzt auf dem Weg nach Hause. Allerdings, sagte er, würde er in Zukunft lieber den israelischen Premierminister in Syrien bewachen, als noch einmal auf eine Fünfjährige aufpassen.

Ich trommelte mit den Fingern auf meinen Schreibtisch. Nach einer Weile wählte ich die Nummer von Rhea Wiell, die zum Glück gerade keinen Patienten hatte. Als ich ihr die Situation schilderte und sagte, es wäre uns wirklich eine große Hilfe, wenn wir den Hund noch am gleichen Tag zurückerhielten, meinte sie, sie würde dieses Thema bei ihrem nächsten Termin am Freitag morgen mit Paul besprechen.

»Er möchte ja nur einen Talisman von der Familie, die seiner Ansicht nach jede Verbindung zu ihm abstreitet. Am Anfang seiner Behandlung bei mir hat er kleine Dinge aus meiner Praxis mitgenommen, wenn er sich unbeobachtet fühlte: Tassen aus dem Wartezimmer oder eines meiner Tücher. Als er ein bißchen stabiler wurde, hat er damit aufgehört.«

»Sie kennen ihn besser als ich, Rhea, aber die arme Calia ist erst fünf. Ich glaube, daß ihre Bedürfnisse in diesem Fall an erster Stelle stehen sollten. Könnten Sie ihn anrufen und ihn bitten, den Hund zurückzugeben? Oder mir seine Telefonnummer geben, damit ich mich selbst mit ihm in Verbindung setzen kann?«

»Hoffentlich haben Sie sich die ganze Geschichte nicht ausgedacht, um mir seine Privatnummer zu entlocken, Vic. Unter den gegebenen Umständen bezweifle ich, daß ausgerechnet Sie in der Lage wären, ihn zu einem Treffen mit Ihnen zu überreden. Er hat morgen früh einen Termin bei mir; dann werde ich mich mit ihm unterhalten. Ich weiß, Don ist überzeugt, daß Max Loewenthal nicht mit Paul verwandt ist, aber Max ist mit Sicherheit der Schlüssel zu Pauls Verwandten in Europa. Wenn Sie Max dazu bringen könnten, sich mit ihm zu treffen ...«

»Max hat Paul vorgeschlagen, sich mit ihm zusammenzusetzen, als er am Sonntag unangemeldet bei seiner Party aufgetaucht ist. Doch er will sich nicht mit Max treffen, sondern erreichen, daß Max ihn als Mitglied der Familie anerkennt. Wenn Sie Paul überreden könnten, uns einen Blick in seine Familiendokumente zu gewähren ...«

»Nein«, sagte sie in scharfem Tonfall. »Wußt' ich's doch, daß Sie sich wieder eine neue Methode ausgedacht haben, mich dazu zu bringen, Ihnen diese Unterlagen zu zeigen. Aber ich werde Pauls Vertrauen nicht mißbrauchen. Er ist in der Kindheit zu oft enttäuscht worden, als daß ich ihm das antun könnte.«

Dann legte sie auf. Warum begriff die Frau nicht, daß ihr Vorzeigepatient ein Fall für die geschlossene Abteilung war? Oder zumindest mit einer starken Dosis Psychopharmaka ruhiggestellt werden mußte?

Das brachte mich auf eine Idee. Ich suchte die Nummer von Posners Holocaust-Asset-Recovery-Komitee heraus. Als sich ein Mann meldete, hielt ich mir die Nase ein wenig zu, damit meine Stimme nasal klang.

»Ich rufe im Auftrag der Casco-Apotheke in River Forest an«, sagte ich, »und würde gern mit Mr. Paul Radbuka sprechen.«

»Er arbeitet nicht hier«, sagte der Mann.

»Oje. Wir haben hier sein Rezept für Haldol, aber nicht seine Adresse. Er hat uns nur diese Telefonnummer gegeben. Sie wissen nicht zufällig, wo wir ihn erreichen können, oder? Ein Rezept für ein solches Mittel können wir nicht ohne Adresse einlösen.«

»Nun, diese Adresse hier können Sie nicht verwenden, weil er nicht zu unserem Personal gehört.«

»Gut, Sir, aber wenn Sie mir sagen würden, wie ich ihn erreichen kann? Diese Telefonnummer ist die einzige, die er uns gegeben hat.«

Der Mann legte den Hörer mit lautem Scheppern weg. »Leon, hat dieser Radbuka ein Formular ausgefüllt, als er am Dienstag hier aufgetaucht ist? Hier rufen Leute für ihn an; ich hab' keine Lust, seinen Anrufbeantworter zu spielen.«

Ich hörte, wie es noch eine Weile hin und her ging, hauptsächlich Klagen über Radbuka und warum Reb Joseph sie mit einem so schwierigen Menschen belastete. Und ich hörte wie Leon, der Posner und mich während unseres Gesprächs vor dem Krankenhaus begleitet hatte, die anderen rügte, weil sie Reb Josephs Urteilsvermögen in Frage stellten, bevor er selbst den Hörer ergriff.

»Wer spricht da?«

»Die Casco-Apotheke in River Forest. Wir haben hier ein Haldol-Rezept für einen Mr. Paul Radbuka und bräuchten seine Privatadresse. Es handelt sich um ein starkes Medikament aus der Gruppe der Psychopharmaka; wir können es nicht herausgeben ohne eine Möglichkeit, ihn zu erreichen.« Ich sprach in nasalem Singsang, als habe ich die bürokratische Litanei auswendig gelernt.

»Würden Sie dann bitte in Ihren Unterlagen notieren, daß Sie diese Nummer nicht verwenden können? Wir sind ein Büro, für das er manchmal ehrenamtlich arbeitet, aber wir sind nicht in der Lage, seine Gespräche entgegenzunehmen. Ich sage Ihnen seine Privatadresse.«

Mein Herz klopfte so heftig, als hörte ich die Worte eines Geliebten. Ich notierte eine Adresse in der Roslyn Street und wiederholte sie. In meiner Aufregung vergaß ich völlig den nasalen Singsang. Aber was machte das jetzt noch? Ich hatte, was ich wollte. Und ich hatte Rhea Wiell gegenüber nicht einmal gewalttätig werden müssen, um es zu bekommen.

38 Heartbreak House

Die Roslyn Street war winzig, kaum einen Häuserblock lang, und führte auf den Lincoln Park. Radbukas Haus befand sich an der Südseite, beim Parkende. Es handelte sich um ein altes Gebäude aus grauem Stein, dessen Vorderseite wie die der meisten Häuser in dieser exklusiven Gegend nahe an die Straße heranreichte. Am liebsten hätte ich die Tür eingeschlagen, wäre hineingestürmt und auf Radbuka losgegangen, aber statt dessen sah ich mich so unauffällig um wie möglich. So nahe am Lincoln Park kamen ziemlich viele Jogger, Hundebesitzer und Spaziergänger an mir vorbei, obwohl es noch früh am Nachmittag war und die meisten Leute noch nicht von der Arbeit zurückgekehrt waren.

Die Haustür war aus massivem Holz mit einem Spion, so daß Radbuka eventuelle Besucher begutachten konnte. Ich hielt mich aus seinem Blickfeld heraus, während ich vier oder fünf Minuten lang Sturm klingelte. Als sich nichts rührte, konnte ich dem Impuls nicht mehr widerstehen, mich nach den Dokumenten umzusehen, die ihm bewiesen, daß er Radbuka hieß. Ich drückte gegen die Tür – es wäre albern, das Risiko einzugehen, bei einem Einbruch beobachtet zu werden, wenn ich auch ohne hineinkäme –, aber der Messingknauf ließ sich nicht bewegen.

Ich hatte keine Lust, vor den Augen so vieler Jogger mit meinen Dietrichen zu hantieren, was bedeutete, daß ich von hinten hineinmußte. Den Wagen hatte ich drei Häuserblocks von der Roslyn Street entfernt abgestellt. Ich kehrte zu dem Mustang zurück und holte einen blauen Overall mit der Aufschrift »Elektrokundendienst« auf der linken Brusttasche sowie einen Werkzeuggürtel aus einer Kiste im Kofferraum, mit denen ich in die Toilette des Gewächshauses im Park ging. Eine Minute später kam ich wieder heraus: Um authentischer zu wirken, hatte ich ein blaues Tuch um die Haare gebunden.

Vor Radbukas Haus versuchte ich es noch einmal mit Klingeln und folgte dann einem schmalen, mit Steinplatten ausgelegten Weg an der Ostseite nach hinten. Plötzlich stand ich vor einem drei Meter hohen Tor mit schwerem Schloß. Ich ging mit meinen Dietrichen in die Hocke und versuchte, die Passanten draußen in der Hoffnung zu ignorieren, daß sie mich ebenfalls nicht beachteten.

Der Schweiß lief mir in Strömen herunter, als es mir endlich gelang, das Tor zu öffnen. Es ließ sich von beiden Seiten nur mit Hilfe eines Schlüssels aufmachen, und so klemmte ich ein Stück Papier dazwischen, damit es nicht wieder einschnappte.

Die Grundstücke an der Roslyn Street waren schmal, kaum breiter als die Häuser selbst, aber dafür lang, ohne die Lieferzufahrten und Garagen zwischen den meisten Straßen in der Innenstadt. Ein zweieinhalb Meter hoher, ein wenig vergammelter Holzzaun trennte den Garten von der Straße dahinter.

Pauls Vater hatte offenbar mit seiner Arbeit ein Vermögen verdient, denn sonst hätte sich der Sohn das Haus hier nicht leisten können, doch Pauls Depressionen oder aber Geldmangel hatten zu seinem Verfall beigetragen. Der Garten war von Büschen und kniehohem Unkraut überwuchert. Als ich mir einen Weg in Richtung Küchentür bahnte, fauchten mich mehrere Katzen an und liefen dann weg. Ich bekam eine Gänsehaut.

Das Schloß hier schien genau das gleiche zu sein wie das am Tor, also verwendete ich dieselben Dietriche wie zuvor und hatte es in weniger als einer Minute geöffnet. Bevor ich die Küche betrat, zog ich ein Paar Latexhandschuhe an. Damit ich es später nicht vergaß, nahm ich ein Geschirrhandtuch von der Spüle und wischte damit die Außenseite des Türknaufs ab.

Die Küchenschränke und Armaturen waren seit bestimmt dreißig Jahren nicht ausgewechselt worden. Die Zündflamme des alten Herds glomm blau in dem trüben Licht; an den Kanten des Ofens war das Email abgeschlagen. Die Schränke bestanden aus dem dicken braunen Sperrholz, das in meiner Kindheit so modern gewesen war.

Paul hatte hier gefrühstückt; die Milch in der Müsli-Schale auf dem Tisch war noch nicht geronnen. In dem Raum lagen überall alte Zeitungen und Briefe; neben der Vorratskammer hing ein Kalender von 1993. Aber es war nicht schmutzig. Paul schien einigermaßen regelmäßig abzuspülen – das war mehr, als man oft von mir behaupten konnte.

Ich ging den Flur hinunter, vorbei an einem Eßzimmer mit einem riesigen Tisch, an dem sechzehn Personen Platz gehabt hätten. In einer Vitrine befand sich eine Porzellansammlung mit zartem blauem Blumenmuster auf cremefarbenem Grund. Es sah aus, als gäbe es genug Geschirr für sechzehn Leute und ein fünfgängiges Essen. Der Staub auf den Tellern bewies jedoch, daß in letzter Zeit kein solches Gelage stattgefunden hatte.

Alle Räume im Erdgeschoß waren voll mit schweren geschnitzten Möbeln, staubbedeckt. Überall stapelten sich Zeitungen. Im Wohnzimmer fand ich eine Ausgabe der *Süddeutschen Zeitung* aus dem Jahr 1989.

Ein Foto an der Wand beim Kamin zeigte einen Jungen und einen Mann vor einem Cottage, dahinter einen See. Der Junge war vermutlich Paul im Alter von zehn oder elf, der Mann mußte Ulf sein. Mit breiter Brust und beginnender Glatze, ein strenges Lächeln auf den Lippen, stand er neben seinem Sohn. Paul blickte ängstlich zu seinem Vater auf, doch der starrte geradeaus in die Kamera. Wenn man das Bild so ansah, kam man nicht sofort auf die Idee, daß die beiden verwandt waren – weder das Aussehen noch die Haltung sprachen dafür.

Ein Raum neben dem Wohnbereich hatte offenbar als Ulfs Arbeitszimmer gedient. Ursprünglich war es wohl eingerichtet gewesen wie die Bibliothek eines englischen Landhauses mit einem schweren Schreibtisch, einem Ledersessel und Regalen voller Bücher mit Einbänden aus gepunztem Leder – Gesamtausgaben der Werke von Shakespeare, Dickens, Thackeray und

Trollope auf englisch sowie von Goethe und Schiller auf deutsch. Die Bücher waren wütend in dem Raum herumgeschleudert worden, Seiten zerknittert, Rücken kaputt, ein Zeugnis mutwilliger Zerstörung.

Die gleiche Gewalt war auch beim Schreibtisch angewendet worden: Die Schubladen standen offen, Papiere waren herausgezogen und lagen auf dem Boden. Hatte Paul das getan, um seinen toten Vater zu strafen? Oder hatte jemand vor mir das Haus durchsucht? Und wonach? Wer außer mir interessierte sich für die Papiere, die Ulf mit den Einsatzgruppen in Verbindung brachten? Oder hatte Ulf noch andere Geheimnisse gehabt?

Im Augenblick war nicht genug Zeit, um die Bücher und Papiere durchzugehen, vor allem weil ich nicht genau wußte, wonach ich suchte. Ich würde Mary Louise und die Streeter-Brüder bitten müssen, das später für mich zu erledigen, vorausgesetzt wir konnten Paul lange genug vom Haus fernhalten.

Radbukas silberfarbenes Mountainbike stand vor dem gefliesten Eingang. Also war er nach der Attacke auf Calia und Ninshubur hierher zurückgekehrt. Vielleicht hatten ihn die Aufregungen dieses Vormittags so erschöpft, daß er nun zusammen mit dem kleinen blauen Hund im Bett lag.

Ich ging eine geschnitzte Holztreppe in den ersten Stock hinauf und fing mit den Räumen am südlichen Ende des Flurs an. Der größte von ihnen, in dem ein Set schwerer Silberbürsten mit einem verschnörkelten Monogramm, ein »U« und dazu entweder ein »H« oder ein »K«, lag, hatte wohl Ulf gehört. Das Bett und der Schrank waren aus massivem Holz, möglicherweise dreihundert Jahre alt. Hatte Ulf diese ganzen schweren Möbel als Beutestücke aus Deutschland mitgebracht? Oder war ihr Erwerb für ihn ein Zeichen seines Erfolges in der Neuen Welt gewesen?

Der Mief in dem Raum deutete darauf hin, daß Paul das Bettzeug in den sechs oder sieben Jahren seit dem Tod seines Vaters kein einziges Mal gewechselt hatte. Ich ging den Schrank und die Schubladen der Frisierkommode durch, um herauszufinden, ob Ulf irgend etwas in seinen Taschen oder zwischen seinen strengen Pyjamas gelassen hatte. Doch allmählich verlor ich den Mut. Ein altes Haus, in dem seit dreißig Jahren niemand mehr ausgemistet hatte… Vermutlich hätte ein ganzes Geschwader von Hausmädchen ein Jahr gebraucht, um hier Ordnung zu schaffen.

Ich überquerte den Flur. Zum Glück waren der Raum dort und der nächste leer, sogar ohne Betten – die Ulfs hatten also nie Übernachtungsgäste gehabt. Pauls Schlafzimmer war ganz hinten links. Es war der einzige Raum im Haus mit modernen Möbeln. Paul hatte sich Mühe gegeben, ihn auf Vordermann zu bringen – vielleicht, um sich innerlich von seinem Vater zu distanzieren? –, und zwar mit besonders strengen Beispielen moderner skandinavischer Innenarchitektur. Ich sah mich genau um, konnte aber Ninshubur nirgends entdecken. Hatte er also das Haus wieder verlassen – um zu Rhea zu gehen? – und den kleinen Plüschhund als Trophäe mitgenommen?

Ein Bad trennte Pauls Schlafzimmer von einem sechseckigen Raum, der einen Blick auf den überwucherten Garten hinterm Haus bieten mußte, doch schwere, matt bronzefarbene Vorhänge ließen kein Licht von draußen herein. Als ich die Deckenbeleuchtung einschaltete, bot sich mir ein verblüffender Anblick.

An einer Wand hing eine große Karte von Europa, in der Nadeln mit roten Köpfen steckten. Als ich nahe genug heran war, um Einzelheiten erkennen zu können, sah ich, daß sie die Konzentrationslager der Nazizeit markierten, sowohl die großen wie Treblinka und Auschwitz als auch andere wie Sobibór und Neuengamme, von denen ich noch nie gehört hatte. Auf einer kleineren Karte gleich daneben befanden sich die Routen der Einsatzgruppen durch Osteuropa. »Einsatzgruppe B« war mit einem Kreis versehen und rot unterstrichen.

An den anderen Wänden hingen die Zeugnisse des Schreckens, die wir inzwischen alle kennen: Fotos von ausgemergelten Körpern auf Holzbrettern; Kinder mit vor Angst weit aufgerissenen Augen in vollen Zugwaggons; Wachleute mit Stahlhelmen, deren Schäferhunde Menschen hinter Stacheldraht anknurrten; Rauchfahnen aus den Kaminen der Krematorien.

Ich war so verblüfft über diesen Anblick, daß mir das Schockierendste erst ganz zum Schluß auffiel. Vermutlich nahm mein Gehirn es als Teil dieses grausigen Szenarios wahr, obwohl der Schrecken leider Realität war: Mit dem Gesicht nach unten lag unter den bronzefarbenen Vorhängen Paul Radbuka, eine Blutlache rund um seinen ausgestreckten rechten Arm.

Ich blieb eine ganze Weile wie erstarrt stehen, bevor ich um die Papiere auf dem Boden herum zu ihm hastete und neben ihm niederkniete. Er lag halb auf der linken Seite und atmete flach. Aus seinem Mund drangen blutige Blasen. Die linke Seite seines Hemds war blutgetränkt. Ich rannte ins Schlafzimmer, um eine Decke und ein Laken zu holen. Inzwischen waren auch meine Knie und meine rechte Hand voller Blut, weil ich seinen Puls gefühlt hatte. Ich legte die Decke über Radbuka und drehte ihn vorsichtig so, daß ich sehen konnte, woher das Blut kam.

Dann riß ich sein Hemd auf, und Ninshubur, grünlich-braun vom Blut, fiel heraus. Ich preßte einen Streifen des Lakens gegen Radbukas Brust. Es drang immer noch Blut aus seiner Wunde an seiner linken Seite, allerdings langsam, nicht schnell, was bedeutete, daß keine Arterie getroffen war. Als ich den Stoff hob, sah ich ein häßliches Loch in der Nähe des Brustbeins, wo eine Kugel eingedrungen war.

Ich riß einen weiteren Streifen von dem Laken ab und drückte ihn fest auf die Wunde, dann befestigte ich ihn mit einem langen Stück Stoff. Schließlich wickelte ich Radbuka vom Kopf bis zu den Zehen in die Decke, so daß nur noch das Gesicht zum Atmen herausschaute. »So bleibst du warm, mein Freund, bis die Sanitäter kommen.«

Das einzige Telefon befand sich meines Wissens im Wohnzimmer. Ich rannte die Treppe hinunter, hinterließ dabei eine Blutspur auf dem Teppich, und wählte 911. »Die Vordertür ist offen«, sagte ich. »Es handelt sich um einen akuten Notfall, eine Schußverletzung in der Brust. Der Mann ist bewußtlos und atmet flach. Die Sanitäter sollten die Treppe zum nördlichen Ende des Flurs nehmen.«

Ich wartete, bis sie alle Angaben wiederholt hatten, schloß dann die Vordertür auf und rannte wieder hinauf zu Radbuka. Er atmete pfeifend aus und nach Luft schnappend ein. Ich überprüfte den Verband; er schien zu halten. Als ich die Decke zurechtzog, spürte ich etwas in seiner Tasche, was vermutlich seine Brieftasche war. Ich holte sie heraus, um festzustellen, ob sich darin irgendein Ausweis befand, der mir seinen Geburtsnamen verraten würde.

Kein Führerschein. Eine Geldautomatenkarte des Fort Dearborn Trust auf den Namen Paul Radbuka. Eine MasterCard auf dieselbe Bank und denselben Namen. Eine weitere Karte, auf der stand, im Notfall sei Rhea Wiell zu benachrichtigen, unter ihrer Büronummer. Kein Versicherungsausweis, keine anderen Dokumente, die etwas über seine Identität ausgesagt hätten. Ich steckte die Brieftasche vorsichtig zurück.

Erst jetzt merkte ich, daß ich mit den blutverschmierten Latexhandschuhen und den Dietrichen im Werkzeuggürtel nicht den allerbesten Eindruck machen würde. Falls die Polizei zusammen mit den Sanitätern hier auftauchte, wollte ich keine unangenehmen Fragen darüber beantworten müssen, wie ich ins Haus gelangt war. Also rannte ich ins Bad, wusch mir die behandschuhten Hände schnell, aber gründlich und öffnete eins der Fenster in Pauls Schlafzimmer. Dann warf ich die Dietriche in einen dichten Busch im Garten, was eine Katze aufschreckte, die mit herzzerreißendem Miauen zwischen zwei losen Brettern des Zauns durchschlüpfte.

Als ich wieder bei Paul war, nahm ich Ninshubur in die Hand. »Na, hast du ihm das Leben gerettet, du kleiner blutverschmierter Hund? Wie hast du das geschafft?«

Ich untersuchte das feuchte Plüschtier. Die Hundemarken, die ich Calia für Ninshubur gegeben hatte, waren's gewesen. Eine von ihnen war an der Stelle verbogen und eingedellt, an der die Kugel sie getroffen hatte. Natürlich waren die Dinger zu weich, um eine Kugel vollständig abzuhalten, aber vielleicht hatten sie die Kraft des Einschlags gemindert.

»Ich weiß, daß du ein Beweisstück bist, aber vermutlich würdest du den Leuten von der Spurensicherung nicht viel verraten. Ich glaube, ich werde dich saubermachen und zu deiner kleinen Herrin zurückbringen.«

Mir fiel kein besserer Aufbewahrungsort für Ninshubur ein als der, den Paul benutzt hatte: Ich wickelte ihn in den letzten Streifen des Lakens, knöpfte meinen Overall auf und steckte ihn in meine Bluse. Dann lauschte ich weiter auf Pauls Atem und warf einen Blick auf die Uhr: Vier Minuten seit meinem Anruf. Noch eine Minute, dann würde ich ein zweites Mal anrufen.

Nach einer Weile erhob ich mich und betrachtete den Rest dieser an einen großen Schrein erinnernden Gedenkstätte. Was hatte der Schütze nur so dringend gewollt, daß er auf Paul schoß, um es zu bekommen? Derjenige, der Ulfs Arbeitszimmer durchsucht hatte, war in diesem Raum mit derselben Rücksichtslosigkeit und Ungeduld vorgegangen. Die Bücher lagen genauso aufgeschlagen auf dem Boden wie drüben. Ich berührte sie nicht für den Fall, daß sich Fingerabdrücke darauf befanden, sah aber, daß es sich um eine große Sammlung von Schriften über den Holocaust handelte: Memoiren und geschichtliche Abhandlungen von Elie Wiesel bis William Shirer. Ich entdeckte Lucy Dawidowicz' *War Against the Jews* und Judith Isaacsons *Seed of Sarah*. Wenn Paul Tag für Tag solche Sachen gelesen hatte, war es kein Wunder, daß er nicht mehr so genau zwischen den Erinnerungen anderer und seinen eigenen unterscheiden konnte.

Ich wollte gerade die Treppe hinuntergehen, um noch einmal anzurufen, als ich endlich Schritte und lautes Rufen vom Eingang hörte. »Hier rauf«, rief ich meinerseits, zog die Latexhandschuhe aus und stopfte sie in eine Tasche.

Die Sanitäter kamen mit einer Tragbahre herauf. Ich führte sie zum Ende des Flurs, blieb aber hinter ihnen, um sie nicht zu behindern.

»Sind Sie seine Frau?« fragten die Sanitäter.

»Nein, eine Freundin«, antwortete ich. »Ich sollte was abholen, und da hab' ich dieses … Chaos … hier gesehen. Er ist nicht verheiratet und hat, soweit ich weiß, auch keine sonstigen Angehörigen.«

»Können Sie ins Krankenhaus mitkommen und die nötigen Formalitäten erledigen?«

»Er hat Geld und kann die Rechnung wenn nötig selbst bezahlen. Ich glaube, in seiner Brieftasche ist ein Zettel, auf dem steht, wen man im Notfall benachrichtigen soll. In welches Krankenhaus bringen Sie ihn?«

»Ins Compassionate Heart – das ist das nächste. Gehen Sie in die Rezeption der Notaufnahme, um die Formulare auszufüllen, wenn Sie dort vorbeikommen. Könnten Sie uns helfen, die Decke wegzunehmen? Wir heben ihn jetzt auf die Tragbahre.«

Als ich die Decke wegzog, fiel ein Schlüssel heraus, den Paul offenbar bis dahin festgehalten hatte. Ich ging in die Hocke, um ihn aufzuheben, während sie ihn auf die Tragbahre hievten. Die Bewegung ließ ihn kurz zu Bewußtsein kommen. Er öffnete die Augen mit flackerndem Blick und entdeckte mich in Augenhöhe neben sich.

»Schmerzen. Wer... Sie?«

»Ich bin eine Freundin von Rhea, Paul, erinnern Sie sich?« sagte ich in beruhigendem Tonfall. »Es kommt alles wieder in Ordnung. Wissen Sie, wer auf Sie geschossen hat?«

»Ilse«, sagte er keuchend. »Ilse... Bullfin. Rhea. Rhea Bescheid sagen. SS weiß, wo...«

»Bullfin?« fragte ich unsicher.

»Nein«, sagte er mit schwacher, aber ungeduldiger Stimme. Wieder verstand ich den Nachnamen nicht richtig. Die Sanitäter gingen den Flur hinunter; jetzt zählte jede Sekunde. Ich begleitete sie bis zur Treppe. Als sie sich auf den Weg nach unten machten, wurde Paul auf der Tragbahre unruhig und versuchte, mich mit dem Blick zu fixieren. »Rhea?«

»Ich sorge dafür, daß sie davon erfährt«, sagte ich. »Sie kümmert sich um Sie.« Welch schwacher Trost für ihn, dachte ich.

39 Paul Radbuka und die Kammer der Geheimnisse

Radbuka verlor das Bewußtsein sofort wieder, nachdem er mein Versprechen gehört hatte. Die Sanitäter sagten mir, ich solle im Haus bleiben, bis die Polizei käme, weil die Beamten mich sicher befragen wollten. Ich sagte lächelnd ja, sicher, kein Problem, und schloß die Vordertür hinter ihnen ab. Möglicherweise würden die Leute von der Polizei schon in wenigen Minuten eintreffen, was bedeutete, daß ich in der Falle saß. Doch für den Fall, daß ich noch ein bißchen Zeit hatte, rannte ich zurück in das sechseckige Zimmer.

Dort zog ich die Handschuhe wieder an und ließ hilflos den Blick über das Chaos auf dem Boden und die Schubladen mit den Papieren schweifen, die halb aus den Ordnern hingen.

Was konnte ich in den wenigen Minuten, die mir blieben, wohl finden?

Mir fiel eine kleinere Karte von Europa über dem Schreibtisch auf, auf der mit dickem schwarzem Filzstift eine Route eingetragen war, die in Prag begann – dort hatte Paul mit zittriger Handschrift »Terezin« notiert – und über Auschwitz an die Südwestküste Englands führte, von wo aus ein breiter Pfeil in Richtung Westen nach Amerika zeigte. Berlin, Wien und Lodz waren alle mit einem Kreis und einem Fragezeichen umgeben. Wahrscheinlich hatte Paul seine mutmaßlichen Geburtsorte und die von ihm rekonstruierte Route durch Europa im Krieg nach England und Amerika markiert. Und?

Schneller, Mädchen, du darfst keine Zeit verlieren. Ich sah den Schlüssel an, der Paul aus der Hand gefallen war, als die Sanitäter ihn auf die Tragbahre gehoben hatten. Er hatte einen groben Bart und konnte zu jedem altmodischen Schloß gehören. Nicht zu einem Aktenschrank, das stand fest, sondern zu einem der Räume, vielleicht zu einem begehbaren Schrank, etwas im Keller oder im zweiten Stock, wo ich noch nicht nachgesehen hatte.

Dieser Raum hier war Pauls Schrein. Gab es darin etwas, das die Eindringlinge nicht gefunden hatten? Kein Schreibtischschloß, dafür war der Schlüssel zu groß. Ich konnte nirgends eine Kammer entdecken. Aber alte Häuser wie dieses hatten immer ans Schlafzimmer angrenzende Kammern oder begehbare Schränke. Ich schob die Vorhänge zurück. Dahinter kamen Fenster zum Vorschein in den drei Wänden, die hier eine Art Erker bildeten. Die Vorhänge reichten über die Fenster hinaus und bedeckten die ganze Seite des Raumes. Ich schlüpfte dahinter und entdeckte die Tür zu einer Kammer. Der Schlüssel paßte genau.

Als ich die Deckenbeleuchtung mittels einer Schnur einschaltete, konnte ich kaum glauben, was ich da sah. Es handelte sich um einen tiefen, schmalen Raum, in dem die Decke genauso hoch war wie im Schlafzimmer – ungefähr drei Meter. Die linke Wand war bis über Kopfhöhe mit Bildern bedeckt, manche davon gerahmt, andere angeklebt.

Einige davon zeigten den Mann, dessen Foto ich im Wohnzimmer gesehen hatte und den ich für Ulf hielt. Die Bilder hier waren schrecklich entstellt, mit dicken roten und schwarzen Hakenkreuzen übermalt, die Augen und Mund verdeckten. Auf manche hatte Paul auch etwas geschrieben: *Du siehst nichts, weil deine Augen verdeckt sind – na, wie ist es, wenn jemand das mit dir macht? Du kannst weinen, so lange du willst, du Schwuli, du kommst trotzdem nicht raus hier. Wie fühlst du dich, ganz allein eingesperrt hier drin? Du willst was zu essen? Dann bettle drum.*

Die Worte waren voller Wut, aber auch infantil, das Werk eines Kindes, das glaubt, gegenüber einem schrecklich mächtigen Erwachsenen völlig hilflos zu sein. In dem Interview mit Global TV hatte Paul erzählt, sein Vater habe ihn geschlagen und eingesperrt. Die Sätze auf den Fotos seines Vaters, waren sie es gewesen, die er sich hier drin hatte anhören müssen? Egal, wer Paul wirklich war, ob Ulfs Sohn oder ein Überlebender des Konzentrationslagers Theresienstadt – wenn man ihn in diesen Raum eingeschlossen hatte, war seine Labilität leicht zu begreifen.

Es war nicht ganz klar, ob der Raum dazu diente, Ulf zu bestrafen, oder aber Pauls Zuflucht war. Mitten unter den verschmierten Fotos von Ulf hingen auch Bilder von Rhea. Paul hatte sie aus Zeitschriften und Zeitungen ausgeschnitten und dann offensichtlich in einem Fotolabor professionelle Abzüge davon machen lassen. Mehrere Aufnahmen aus Zeitungen hingen als gerahmte Hochglanzfotografien gleich daneben. Um sie herum hatte er die aus Rheas Praxis gestohlenen Sachen drapiert: ihr Halstuch, ihre Handschuhe, sogar ein paar lavendelfarbene Papiertaschentücher. Die Tasse, die er aus dem Wartezimmer mitgenommen hatte, war ebenfalls darunter, in ihr stand eine verwelkte Rose.

Auch die unterschiedlichsten Dinge über Max hingen an der Wand. Ich bekam ein flaues Gefühl im Magen, als ich sah, wie viele Informationen Paul über die Familie von Max in einer kurzen Woche gesammelt hatte: eine Reihe von Fotos vom Cellini-Ensemble, Michael Loewenthals Gesicht mit einem Kreis versehen. Programme der Konzerte, die sie in der vergangenen Woche in Chicago gegeben hatten. Fotokopien von Zeitungsartikeln über das Beth Israel Hospital, Äußerungen von Max rot umkringelt. Vielleicht war Paul auf dem Weg hierher gewesen, um Ninshubur in seinen Schrein zu bringen, als der Eindringling auf ihn schoß.

Der Ort war so schrecklich, daß ich am liebsten weggelaufen wäre. Obwohl ich zu zittern begann, zwang ich mich weiterzusuchen.

Unter den Fotos von Rhea befand sich auch eine dreizehn mal achtzehn Zentimeter große Aufnahme einer Frau in einem Silberrahmen, die ich nicht kannte. Sie war mittleren Alters, trug ein dunkles Kleid, hatte große dunkle Augen und schwere Brauen sowie einen wehmütig-resigniert lächelnden Mund. Auf einem Zettel, den er am Rahmen angebracht hatte, stand: *Meine Retterin in England, aber sie konnte mich nicht genug retten.*

An der gegenüberliegenden Wand standen ein kleines Feldbett, Regale mit Lebensmitteldosen und mehreren Taschenlampen sowie ein Vier-Liter-Krug Wasser. Unter dem Feldbett lag eine mit einem schwarzen Band verschlossene Mappe. Ein verschmiertes Foto von Ulf klebte auf der Vorderseite, darunter stand triumphierend: *Jetzt hab' ich dich, Einsatzgruppenführer Hoffman.*

Aus der Ferne hörte ich die Türklingel. Sie riß mich aus meinen Gedanken, weg von den schrecklichen Symbolen von Pauls Besessenheit. Ich nahm das Foto seiner englischen Retterin von der Wand, steckte es in die Mappe und stopfte diese in meine Bluse, hinter den blutverschmierten blauen Hund. Dann rannte ich die Treppe hinunter, immer zwei Stufen auf einmal nehmend, und zur Küchentür hinaus.

Draußen kauerte ich mich ins hohe Gras, dankbar um den Schutz des blutbefleckten Overalls. Die Mappe drückte unangenehm gegen meine Brüste. Ich schlich mich vorsichtig um die Seite des Hauses herum und entdeckte das hintere Ende eines Polizeiwagens. Niemand kümmerte sich um die Seite des Hauses, denn sie erwarteten mich, die Freundin der Familie, im Innern. Immer noch ins Gras geduckt, sah ich mich nach dem Busch um, in den ich meine Dietriche geworfen hatte. Als ich sie wiederhatte, kroch ich vorsichtig zum hinteren Zaun, wo ich den blutverschmierten Overall auszog, das Tuch vom Kopf nahm und die Dietriche in die Gesäßtasche meiner Jeans steckte. Ich fand die losen Bretter, zwischen denen ich kurz zuvor die Katze hatte verschwinden sehen, schob sie auseinander und drückte mich dazwischen hindurch.

Auf dem Weg die Lake View Street hinunter in Richtung meines Wagens blieb ich bei den Schaulustigen stehen, die den Leuten von der Polizei zusahen, wie sie die Tür zu Radbukas Haus gewaltsam öffneten. Ich gab ein mißbilligendes Geräusch von mir, denn ich hätte ihnen zeigen können, wie es viel eleganter gegangen wäre. Außerdem hätten sie einen Posten an der Seite aufstellen sollen, um mitzubekommen, wenn jemand versucht, sich nach hinten aus dem Staub zu machen. Tja, diese Beamten waren eindeutig nicht die besten aus der Chicagoer Truppe.

Die Vorderseite meiner Bluse fühlte sich feucht an; als ich nachsah, was los war, stellte ich fest, daß das Blut aus Ninshuburs Fell durch den Stoff des Lakens und den der Bluse gedrungen war. Obwohl ich den blutverschmierten Overall ausgezogen hatte, um nicht aufzufallen, schaute ich nun aus wie jemand, der bei einer Operation am offenen Herzen eine wesentliche Rolle gespielt hatte. Ich wandte mich ab, hielt die Arme vor die Bluse und spürte, wie Ninshubur gegen die Mappe drückte.

Nach vorn gebeugt, als hätte ich Magenkrämpfe, lief ich die drei Häuserblocks zu meinem Wagen. Dort schlüpfte ich aus den Schuhen, weil sie ebenfalls voller Blut waren, das ich nicht an den Wagen bringen wollte. Es waren wieder einmal die Schuhe mit den Kreppsohlen, die ich angehabt hatte, als ich am Montag in die sterblichen Überreste von Howard Fepple getreten war. Vielleicht sollte ich mich doch von ihnen trennen. Ich holte eine braune Papiertüte aus einem nahe gelegenen Abfallbehälter und steckte sie hinein. Leider hatte ich kein Paar zum Wechseln im Kofferraum, aber ich konnte nach Hause fahren und dort andere anziehen. Allerdings fand ich ein altes Handtuch und ein ziemlich übel riechendes T-Shirt von einem Softball-Spiel im Sommer. Ich zog das T-Shirt über meine blutbefleckte Bluse. Im Wagen holte ich den treuen Hund heraus, wickelte ihn in das Handtuch und legte ihn auf den Sitz neben mir. Seine braunen Glasaugen starrten mich traurig an.

»Du bist immer noch ein Held, aber ein Held, der ein Bad vertragen könnte. Und ich muß Tim anrufen und ihm die Sache mit Radbuka erzählen.«

Morrell war erst zwei Tage weg, und ich fing schon an, mit Plüschtieren zu reden. Kein gutes Zeichen. In der Racine Avenue rannte ich auf Strümpfen die Treppe hinauf, Ninshubur fest in der Hand.

»Für dich werden wir Peroxyd brauchen, mein Freund.« Ich holte die Flasche unter der Spüle hervor und schüttete eine ganze Menge von dem Zeug über Ninshuburs Kopf. Um seine braunen Augen bildete sich Schaum. Ich nahm eine Bürste und schrubbte seinen Kopf und seine Brust. Dabei murmelte ich: »Wird diese kleine Pfote jemals wieder süß aussehen?«

Ich ließ ihn in einer Schüssel mit kaltem Wasser einweichen, während ich ins Bad ging, um die Hähne der Wanne aufzudrehen. Genau wie der treue Hund Ninshubur war auch ich voller Blut. Meine Bluse, ein geliebtes Stück aus weicher Baumwolle in meinem Lieblingsgoldton, würde ich in die Reinigung bringen, aber den BH, das rosa-silberne Teil, das Morrell so gut gefallen hatte, stopfte ich in einen Müllsack. Den Gedanken von Pauls Blut auf meinen Brüsten ertrug ich nicht, auch dann nicht, wenn es mir gelang, die braunen Flecken aus der silberfarbenen Spitze herauszubekommen.

Während das Wasser in die Wanne lief, rief ich Tim Streeter bei Max an, um ihm mitzuteilen, daß ich den treuen Hund hatte und daß Paul mit Sicherheit nicht in der Lage wäre, sie weiter zu belästigen, bevor Calia und Agnes am Samstag das Flugzeug bestiegen.

»Der Hund weicht jetzt in einer Schüssel mit Peroxyd ein. Ich stecke ihn in den Trockner, bevor ich das Haus verlasse. Hoffentlich sieht er hinterher wieder so präsentabel aus, daß Calia nicht ausflippt, wenn sie ihn zurückkriegt.«

Tim stieß einen Seufzer der Erleichterung aus. »Aber wer hat auf Radbuka geschossen?«

»Eine Frau. Paul hat sie ›Ilse‹ genannt, den Nachnamen habe ich nicht richtig verstanden. Klang irgendwie nach ›Bullfin‹. Ich stehe vor einem Rätsel. Die Polizei weiß übrigens nicht, daß ich in dem Haus war, und mir wär's lieb, wenn das weiter so bliebe.«

»Mir hat niemand verraten, daß du die Adresse von dem Typ kennst«, sagte Tim. »Hat den Hund wohl auf die Straße fallen lassen, bevor er weggeradelt ist, was?«

Ich lachte. »Ja, so ähnlich. Jedenfalls werd' ich jetzt ein Bad nehmen. In ein paar Stunden bin ich dann bei euch. Ich würde Max gern ein Foto und andere Sachen zeigen. Wie geht's der Kleinen?«

Sie war vor dem Fernseher eingeschlafen. Agnes, die ihren Termin bei der Galerie abgesagt hatte, lag zusammengerollt auf dem Sofa neben ihrer Tochter. Tim stand in der Tür zum Spielzimmer, von wo aus er sie beide sehen konnte.

»Und Michael ist auf dem Weg in die Stadt. Agnes hat ihn nach dem letzten Zwischenfall angerufen; er möchte bei ihnen bleiben, bis Agnes und Calia am Samstag nach Hause fliegen. Er ist bereits in der Luft und wird in ungefähr einer Stunde am O'Hare-Flughafen ankommen.«

»Trotzdem solltest du dort bleiben, auch wenn wahrscheinlich keine Gefahr mehr für Calia besteht«, sagte ich. »Es ist nur für den Fall, daß dieser Fanatiker Posner jetzt für Radbuka weitermacht.«

Er pflichtete mir bei, fügte jedoch hinzu, daß Babysitten härtere Arbeit sei als Möbelschleppen. »Ich bringe lieber einen Flügel in den dritten Stock. Da weiß man dann wenigstens, was man getan hat, und man ist fertig.«

Ich stellte mein Privattelefon auf den Anrufbeantwortungsdienst um, während ich ausführlich badete und meine Brüste abschrubbte, als sei das Blut durch die Poren in meine Haut gedrungen. Auch meine Haare wusch ich mehrmals, bis ich das Gefühl hatte, sauber genug zu sein, um aus der Wanne herauszukönnen.

Eingehüllt in einen Frotteemantel, kehrte ich ins Wohnzimmer zurück: Ich hatte Radbukas Mappe auf den Klavierstuhl fallen lassen, als ich in die Wohnung gerannt war. Einen langen Augenblick starrte ich Ulfs verunstaltetes Gesicht an, das nun mit dem Blut noch schlimmer ausschaute.

Diese Papiere hatte ich seit Pauls Auftauchen bei der Party von Max am Sonntag sehen wollen. Aber jetzt, da ich sie hatte, brachte ich es fast nicht fertig, sie durchzublättern. Das war wie bei den besonderen Geburtstagsgeschenken meiner Kindheit – manchmal toll wie zum Beispiel in dem Jahr, in dem ich Rollschuhe bekam, manchmal eine Enttäuschung, wie in dem Jahr, in dem ich mir ein Fahrrad gewünscht hatte, aber ein Kleid fürs

Konzert erhielt. Wahrscheinlich hätte ich es nicht ertragen, die Mappe aufzuschlagen und eine Enttäuschung zu erleben.

Irgendwann öffnete ich dann doch das schwarze Band. Zwei in Leder gebundene Bücher fielen heraus. Auf der Vorderseite war in abblätternden Goldbuchstaben jeweils »Ulf Hoffman« aufgedruckt. Deshalb also hatte Rhea Wiell so verächtlich gelächelt: Ulf war sein Vorname gewesen. Ich hätte jeden Ulf in Chicago anrufen können und Pauls Vater trotzdem nie aufgespürt.

Aus der Mitte des einen Buches hing ein weiteres schwarzes Band. Ich legte das andere weg und schlug dieses auf. Das Papier und die kunstvolle Schrift sahen ganz ähnlich aus wie die des Fragments, das ich in Howard Fepples Büro gefunden hatte. Ein von sich eingenommener Mensch, das hatte die Frau von Cheviot gesagt, der teures Papier für seine Buchhaltung verwendete. Ein häuslicher Tyrann, lediglich Herrscher über das winzige Reich seines Sohnes? Oder ein SS-Mann in Tarnung?

Die Seite vor mir enthielt eine Liste von mindestens zwanzig Namen, vielleicht sogar dreißig. Trotz der verschnörkelten Schrift fiel mir sofort ein Name ungefähr auf halber Höhe der Seite auf:

Radbuka, S †✓ 1943? 65

Daneben stand in so schwerer roter Schrift, daß sie sich durchs Papier drückte, eine Bemerkung von Paul: *Sofie Radbuka. Meine Mutter, die um mich weint, die für mich starb, die all die Jahre im Himmel für mich betet.*

Ich bekam eine Gänsehaut und mußte mich zusammenreißen, den Blick nicht von der Seite abzuwenden. Nein, ich mußte das Ganze als Rätsel behandeln, wie damals bei meiner Pflichtverteidigung eines Mannes, der seiner eigenen Tochter die Haut abgezogen hatte. An jenem Tag hatte ich vor Gericht mein Bestes gegeben, ja, aber nur, weil es mir gelungen war, mich von dem Fall zu distanzieren und ihn als logisches Problem zu sehen.

Alle Einträge folgten dem gleichen Muster: ein Jahr mit Fragezeichen, dann eine Zahl. Die einzige Abweichung, die ich feststellen konnte, war, daß manche ein Kreuz und dahinter einen Haken hatten, andere nur ein Kreuz.

Czestow, L †✓ 1942v.43?-72

Wostok, J † 1941?-45

Bedeutete das, daß sie 1943 gestorben waren oder 1941? Mit zweiundsiebzig, fünfundvierzig oder irgendwas.

Ich schlug das zweite Buch auf. Darin befanden sich ähnliche Informationen wie auf dem Fetzen, den ich in Fepples Aktentasche gefunden hatte: Daten, alle auf europäische Weise aufgeschrieben, also Tag vor Monat, die meisten davon abgehakt, andere nicht. Was hatte Howard Fepple mit einem Stück von Ulf Hoffmans altem Schweizer Papier gemacht?

Ich ließ mich auf den Klavierstuhl plumpsen. Ulf Hoffman. Al Hoffman. War er Paul Radbukas Vater? Der alte Vertreter der Midway Agency mit seinem Mercedes, der immer in seine Bücher eintrug, wer bezahlt hatte? Dessen Sohn eine teure Ausbildung genossen, es aber nie zu etwas gebracht hatte? Aber hatte er auch in Deutschland Versicherungen verkauft? Der Mann, dem diese Bücher gehörten, war in die Staaten eingewandert.

Ich suchte Rhonda Fepples Nummer aus meiner Aktentasche. Es klingelte sechsmal, bevor der Anrufbeantworter das Gespräch entgegennahm. Wieder bekam ich eine Gänsehaut, denn Howard Fepples Stimme bat mich, eine Nachricht zu hinterlassen. Ich erinnerte Rhonda daran, daß ich Detective Warshawski war, die sie am Montag besucht hatte, und bat sie, mich so schnell wie möglich unter meiner Handynummer anzurufen, die ich ihr durchgab. Dann wandte ich mich wieder den Büchern zu. Wenn Al Hoffman und Ulf ein und derselbe Mann waren, was hatten dann diese Bücher mit Versicherungen zu tun? Ich versuchte, eine Verbindung zwischen den Einträgen und meinem Wissen über Versicherungspolicen herzustellen, erkannte jedoch keinen Sinn. Im vorderen Teil des ersten Buches befand sich eine lange Liste mit Namen und anderen Daten, die ich nicht entschlüsseln konnte.

Anschütz, L 30 Nußweg (2 f f) N-13426-ö-L; 54 km; 20/10
Gerstein, J, 29 Schmi (30 l) N-14139-ö-L; 48 km; 8/10

Die Liste ging über Seiten. Ich schüttelte verständnislos den Kopf, beäugte die kunstvolle Schrift genauer, bemühte mich, ihr einen Sinn zu entlocken. Was daran hatte Paul zu der Überzeugung geführt, daß Ulf bei den Einsatzgruppen gewesen war? Wieso glaubte er, der Name Radbuka sei der seine? Die Papiere seien kodiert, hatte er mir am Vortag vor dem Krankenhaus entgegengebrüllt – wenn ich an Rhea glaubte, würde ich sie begreifen. Was hatte sie in diesen Papieren gesehen, als er sie ihr zeigte?

Und wer war diese Ilse Bullfin, die auf ihn geschossen hatte? War sie seiner Phantasie entsprungen? War die Person ein ganz normaler Einbrecher, und er hatte sie für einen Angehörigen der SS gehalten? Oder wollte diese Person an die Bücher gelangen, die sich jetzt in meinem Besitz befanden? Oder war noch etwas anderes in dem Haus gewesen, das der Eindringling nach seiner hektischen Suche mitgenommen hatte?

Auch daß ich diese Fragen an meinem Wohnzimmertisch auf einen Block schrieb, half nicht, obwohl es mir nun immerhin gelang, das Material ruhiger zu betrachten. Schließlich schob ich die Bücher beiseite, um nachzusehen, was sich sonst noch in der Mappe befand. In einem Umschlag steckten Hoffmans Einwanderungsdokumente, angefangen mit seiner Einreiseerlaubnis vom 17. Juni 1947 in Baltimore, zusammen mit »Sohn Paul Hoffman, geboren am 29. März 1941 in Wien«. Paul hatte das ausgestrichen und darüber geschrieben: »Paul Radbuka, den er aus England gestohlen hat.« In den Dokumenten stand auch der Name des holländischen Schiffes, auf dem sie angekommen waren, dazu kamen eine Bestätigung, daß Hoffman kein Nazi gewesen war, die Unterlagen über Hoffmans Aufenthaltsgenehmigungen, die regelmäßig verlängert worden waren, und schließlich seine Einbürgerungspapiere aus dem Jahr 1971. Darauf hatte Paul geschmiert: »Nazikriegsverbrecher: Rückgängig machen und wegen Verbrechen gegen die Menschlichkeit deportieren.« Paul hatte im Fernsehen gesagt, Hoffman habe ein jüdisches Kind gebraucht, um in die Staaten kommen zu dürfen, aber in den Einreisedokumenten konnte ich nirgends etwas über Pauls oder Hoffmans Religionszugehörigkeit finden.

Ich würde besser denken können, wenn ich mich ein bißchen ausruhte. Es war ein langer Tag gewesen, an dem ich nicht nur den verletzten Paul, sondern auch seine grausige Zuflucht gefunden hatte. Wieder stellte ich ihn mir als kleines Kind vor, eingesperrt in der Kammer, voller Angst, und die Ohnmacht in seiner heutigen Rache genauso groß wie damals in seiner Kindheit.

40 Geständnis

Ich schlief tief, aber wenig erholsam, gequält von dem Traum, in eine kleine Kammer mit hakenkreuzverschmierten Gesichtern eingesperrt zu sein, vor deren Tür Paul wie Rumpelstilzchen herumhüpfte und sang: »Du wirst meinen Namen nie erfahren.« Es war eine Erleichterung, als mein Anrufbeantwortungsdienst mich um fünf weckte: Eine Frau namens Amy Blount habe versucht, mich zu erreichen. Sie hatte gesagt, sie wolle mir anbieten, sich für mich ein Dokument anzusehen, und könne in etwa einer halben Stunde in meinem Büro sein, wenn mir das recht sei.

Eigentlich wollte ich zu Max. Andererseits hatte Mary Louise bestimmt einen Bericht über ihr Gespräch mit den Freunden und Nachbarn von Isaiah Sommers hinterlassen. Und außerdem würde Amy Blount möglicherweise tatsächlich etwas mit den Büchern von Ulf Hoffman anfangen können: Schließlich war sie Historikerin und kannte sich aus mit merkwürdigen Dokumenten.

Ich steckte Ninshubur in den Trockner und rief Ms. Blount an, um ihr zu sagen, daß ich auf dem Weg zum Büro sei. Sobald ich dort war, machte ich Kopien von ein paar Seiten in Hoffmans Büchern, darunter auch von denen mit Pauls dicken Randbemerkungen.

Während ich auf Ms. Blount wartete, las ich Mary Louises ordentlich getippten Bericht. Sie hatte wenig Erfolg gehabt in der South Side. Keinem von Isaiahs Freunden und Kollegen war jemand eingefallen, dessen Zorn auf Sommers so groß sein konnte, daß er ihn an die Bullen verpfiff.

Seine Frau ist ein jähzorniger Mensch, aber im Grunde, glaube ich, steht sie auf seiner Seite – ich denke nicht, daß sie ihn verraten hat. Terry Finchley sagt, die Polizei hat im Augenblick zwei konkurrierende Theorien:
1. Connie Ingram ist die Schuldige, weil Fepple versucht hat, sie anzugreifen. Die Theorie gefällt den Beamten nicht, weil sie ihr glauben, daß sie nicht in sein Büro gegangen ist. Aber sie gefällt ihnen wiederum doch, weil sie als Alibi nur ihre Mutter hat, die fast jeden Abend vor der Glotze sitzt. Außerdem können sie die Tatsache nicht außer acht lassen, daß Fepple (oder ein anderer) seinen »heißen« Termin am Donnerstag in den Kalender im Computer eingetragen hat, und da war Fepple nach Ansicht aller ja noch am Leben.
2. Isaiah Sommers ist der Schuldige, weil Fepple seiner Meinung nach seine Familie um zehntausend Dollar gebracht hat, die sie gut hätte brauchen können. Den Beamten gefällt diese Theorie besser, weil sie Sommers nachweisen können, daß er am Tatort war. Sie können zwar nicht beweisen, daß er jemals eine SIG Kaliber zweiundzwanzig besessen hat, aber sie wissen sowieso nicht, wo die Waffe herkommt. Terry sagt, sie würden es riskieren, vor Gericht zu gehen, wenn sie Connie als Verdächtige eindeutig ausschließen könnten; er sagt außerdem, da sie wissen, daß du dich zusammen mit Freeman Carter für Sommers einsetzt, brauchen sie hieb- und stichfeste Beweise. Sie wissen, daß Mr. Carter sie vor Gericht auseinandernehmen würde, weil sie Sommers die SIG genausowenig anhängen können wie irgend jemandem sonst.
Das einzig Merkwürdige an der Geschichte ist Colby, der Cousin von Sommers. Er ist der Sohn des *anderen* Onkels, derjenige also, den Sommers von Anfang an im Verdacht hatte. Er bewegt sich im Dunstkreis von Durhams Empower-Youth-Energy-Gruppe. Und er wedelt in letzter Zeit mit erstaunlich viel Geld herum, was alle überrascht, weil er normalerweise nie welches hat.

Das kann nicht das Geld aus der ursprünglichen Versicherung sein, kritzelte ich auf die Seite, *weil der Scheck bereits vor über zehn Jahren eingelöst wurde. Ich weiß nicht, ob das wichtig ist, aber geh der Sache morgen früh noch mal nach, und versuch jemanden zu finden, der weiß, woher er das Geld hat.* Als ich den Bericht auf Mary Louises Schreibtisch zurücklegte, kam Amy Blount. Sie trug wieder das strenge Tweedkostüm und dazu eine ebenso strenge blaue Bluse, die Dreadlocks hatte sie zurückgebunden. Mit der förmlichen Kleidung war ihre Vorsicht zurückgekehrt, aber immerhin nahm sie die beiden Bücher von Hoffman zur Hand, sah sie sich genau an und verglich sie mit der Fotokopie des Fragments, das ich in Fepples Aktentasche gefunden hatte.

Dann hob sie den Blick mit einem bedauernden Lächeln, das sie ein wenig zugänglicher wirken ließ. »Ich hatte gehofft, Ihnen ein Kunststück vorführen und Sie unheimlich beeindrucken zu können, aber leider kann ich das nicht. Wenn Sie mir nicht gesagt hätten, daß Sie die Unterlagen im Haus eines Deutschen gefunden haben, hätte ich auf eine jüdische Organisation getippt – mir sehen die Namen alle jüdisch aus, zumindest die auf dem Dokument, das Sie aus dem Büro der Midway Agency haben. Jemand hat Buch geführt über diese Leute, sie abgehakt, wenn sie gestorben sind; nur Th. Sommers ist noch am Leben.«

»Dann halten Sie Sommers also für einen jüdischen Namen?« fragte ich verblüfft, denn bisher hatte ich ihn nur mit meinem Klienten in Verbindung gebracht.

»In diesem Zusammenhang, ja. Schließlich steht er hier auf einer Seite mit Brodsky und Herstein.«

Ich warf selbst einen Blick auf das Papier. Konnte es sich um einen völlig anderen Aaron Sommers handeln? War die Versicherung deshalb ausgezahlt worden? Weil Fepples Vater oder auch der andere Vertreter den Onkel meines Klienten mit einem Mann gleichen Namens verwechselt hatte? Aber wenn es sich lediglich um eine einfache Verwechslung handelte, warum war es jemandem dann so wichtig gewesen, alle Papiere zu stehlen, die mit der Sommers-Familie zu tun hatten?

»Entschuldigung«, sagte ich, als ich merkte, daß ich ihren nächsten Satz nicht mitbekommen hatte. »Die Daten?«

»Was sind das für Daten? Anwesenheitsberichte? Zahlungsbelege? Man braucht kein Sherlock Holmes zu sein, um zu sehen, daß sie von einem Europäer geschrieben wurden. Und Sie wissen, daß der Mann Deutscher war. Abgesehen davon kann ich Ihnen auch nichts Neues sagen. Ich habe nichts Vergleichbares in den Akten gefunden, mit denen ich zu tun hatte, aber natürlich gibt es bei der Ajax nur Unternehmensakten und keine Aufzeichnungen über Kunden.«

Sie schien noch nicht gehen zu wollen, also fragte ich sie, ob sie weitere Anschuldigungen von Bertrand Rossy gehört habe, daß sie Ajax-Dokumente an Alderman Durham weitergegeben habe. Sie spielte mit einem großen Türkisring an ihrem Zeigefinger, drehte ihn und betrachtete ihn im Licht.

»Das war merkwürdig«, sagte sie. »Wahrscheinlich ist das der eigentliche Grund, warum ich vorbeikommen wollte. Um Sie nach Ihrer Meinung zu fragen, vielleicht auch, um mich mit Ihnen auszutauschen. Ich hatte gehofft, Ihnen etwas über Ihr Dokument sagen zu können, damit Sie mir mitteilen würden, was Sie von einem Gespräch halten.«

Mein Interesse war geweckt. »Sie haben Ihr Bestes getan, und ich versuche das meine.«

»Es fällt mir nicht leicht, Ihnen das zu sagen, und Sie würden mir einen großen Gefallen tun, wenn es unter uns bleibt und Sie die Informationen von mir nicht zur Basis irgendwelcher Handlungen machen.«

Ich runzelte die Stirn. »Ohne irgend etwas zu wissen, kann ich Ihnen nichts versprechen. Es könnte ja sein, daß ich dadurch mitschuldig werde an einem Verbrechen oder Ihre Informationen dazu beitragen, meinen Klienten vom Verdacht des Mordes zu befreien.«

»Ach! Sie meinen Ihren Mr. Sommers, Ihren nichtjüdischen Mr. Sommers. Nein, um solche Informationen handelt es sich nicht. Es ist… es ist politisch. Es könnte politischen Schaden anrichten und peinlich werden. Für mich, als jemand bekannt zu sein, der die Informationen herausgegeben hat.«

»Dann kann ich ohne Probleme versprechen, das, was Sie mir sagen, vertraulich zu behandeln«, erklärte ich ernst.

»Es geht um Mr. Durham«, sagte sie, den Blick immer noch auf ihren Ring geheftet. »Er hat mich tatsächlich gebeten, ihm

Dokumente aus den Ajax-Akten zu überlassen. Er wußte, daß ich an der Firmengeschichte arbeite – das wußte jeder. Mr. Janoff – Sie wissen schon, der Leiter der Ajax – hat mich bei der Gala zum hundertfünfzigjährigen Firmenjubiläum einer ganzen Menge von Leuten vorgestellt. Allerdings ist er dabei ein bißchen herablassend vorgegangen – Sie wissen ja, wie das geht: ›Hier ist das Mädchen, das unsere Firmengeschichte geschrieben hat.‹ Wäre ich weiß, hätte er mich dann auch als ›Mädchen‹ vorgestellt oder als ›Jungen‹, wenn ich ein Mann wäre? Aber jedenfalls habe ich den Bürgermeister und sogar den Gouverneur kennengelernt und ein paar Leute aus der Stadtverwaltung, unter ihnen auch Mr. Durham. Am Tag nach der Gala hat er, ich meine, Mr. Durham, dann angerufen. Er wollte, daß ich ihm alle Materialien aus den Archiven zukommen lasse, die seiner Kampagne nützen könnten. Ich habe ihm erklärt, das stünde nicht in meiner Macht, und selbst wenn dem so wäre, glaubte ich nicht an die Opferpolitik.«

Sie hob kurz den Blick. »Er war nicht beleidigt. Statt dessen – ich weiß nicht, ob Sie ihn je persönlich kennengelernt haben, aber er kann sehr charmant sein, und diesen Charme hat er bei mir spielen lassen. Und ich war … erleichtert, daß er mich nicht sofort als Verräterin unserer Rasse oder etwas Ähnliches beschimpft hat, wie Leute das manchmal tun, wenn man nicht ihrer Meinung ist. Er hat gesagt, er sei offen für weitere Diskussionen.«

»Und hat er die Diskussion mit Ihnen tatsächlich weitergeführt?« fragte ich, als sie schwieg.

»Er hat mich heute morgen angerufen und gesagt, er wäre froh, wenn ich seine Frage nach dem Material vergessen könnte. So etwas sei sonst nicht seine Art, und es sei ihm peinlich, daß ich ihn für einen Mann halten könnte, der sich so wenig um die ethischen Grundsätze schert.«

Sie wandte den Kopf ab. »Aber jetzt scheint das alles … Sie wissen ja, daß jemand meine sämtlichen Notizen gestohlen hat.«

»Und Sie überlegen, ob Durham hinter diesem Diebstahl stecken könnte? Beziehungsweise ob er nur angerufen hat, weil er nun ja sowieso hat, was er wollte?«

Sie nickte unglücklich, immer noch nicht in der Lage, mich anzusehen. »Bei seinem Anruf heute morgen war ich erst mal nur wütend. Ich habe gedacht, mein Gott, für wie dumm hält der Mann mich eigentlich? Aber das habe ich nicht gesagt.«

»Wollen Sie meine professionelle Meinung hören? Aufgrund der Informationen, die Sie mir gegeben haben, würde ich Ihnen beipflichten. Wenn man einen leeren Milchkrug sieht und eine Katze, die sich das Maul leckt, braucht man kein Genie zu sein, um sich einen Reim darauf zu machen. Aber die Sache hat noch einen anderen Aspekt.«

Ich erzählte ihr, daß Rossy und Durham sich am Dienstag nachmittag während der Demonstration unterhalten hatten und Durham dann eine Stunde später zu Rossy nach Hause gegangen war. »Ich habe überlegt, ob die Ajax versucht hat, Durham zu kaufen. Aufgrund Ihrer Informationen frage ich mich nun, ob Durham Rossy erpressen wollte. War irgend etwas in den Akten, dessen Bekanntwerden die Edelweiß um jeden Preis verhindern möchte?«

»Mir ist nichts aufgefallen, was ich für so geheim gehalten hätte. Nichts über den Holocaust zum Beispiel oder ernsthafte Ansprüche aus der Zeit der Sklaverei. Aber es waren Hunderte von Seiten Archivmaterial, die ich kopiert habe, um sie später möglicherweise für ein anderes Projekt zu verwenden. Die müßte ich mir noch einmal genauer ansehen. Doch natürlich kann ich das nicht.« Sie wandte den Kopf ab, damit ich Ihre Tränen der Enttäuschung nicht bemerkte.

Durham und Rossy. Was hatte die beiden zusammengebracht? Posner hatte gesagt, Durham habe mit seiner Kampagne erst nach seinen Demonstrationen vor dem Ajax-Gebäude angefangen. Aber das bewies nichts außer Durhams Lust, im Rampenlicht zu stehen.

Ich beugte mich vor. »Sie sind doch im Denken geübt. Ich habe Ihnen gestern gesagt, was hier los ist. Jetzt hat die Protestaktion von Durham komplett aufgehört. Dabei hat er letzte Woche vor dem Ajax-Gebäude und am Dienstag nachmittag im Gespräch mit Rossy noch den starken Mann markiert. Ich habe bei ihm im Büro angerufen; die Leute dort sagen, es freut sie, daß die Ajax den Holocaust Recovery Act gekippt hat, weil darin kein Abschnitt über eine Entschädigung afrikanischer Sklaven enthalten war. Deshalb halten sie sich fürs erste mit Demonstrationen zurück.«

Sie hob die Hände. »Es könnte so einfach sein. Möglicherweise hat es wirklich nichts mit meinen Unterlagen zu tun. Ich sehe, daß das Ganze ein komplexes Problem ist. Leider muß ich jetzt zu einem anderen Termin – ich halte um sieben ein Seminar in der Newberry Library –, aber wenn Sie mir eine der Fotokopien geben, schaue ich sie mir später genauer an. Falls mir dann noch etwas einfällt, rufe ich Sie an.«

Ich begleitete sie hinaus und schloß hinter mir alles sorgfältig ab. Die Fotokopien und die beiden Bücher selbst nahm ich mit, weil ich sie Max zeigen wollte. Vielleicht verstand er die deutschen Einträge. Und das Original war möglicherweise leichter zu entschlüsseln als die Kopie.

Ich machte einen kurzen Zwischenstopp zu Hause, um Ninshubur aus dem Trockner zu holen. Der kleine Hund war immer noch ein bißchen feucht und hatte ein fahleres Blau als früher, aber die Flecken um seinen Kopf und an seiner linken Seite fielen fast nicht mehr auf: Wenn Calia ihn erst einmal eine Woche überallhin mitgeschleppt hatte, wäre er so schmutzig, daß die leichten Blutränder ohnehin keine Rolle mehr spielten. Bevor ich ging, versuchte ich es noch einmal bei Rhonda Fepple, doch die war entweder immer noch nicht zu Hause oder hatte keine Lust, ans Telefon zu gehen. Ich hinterließ meinen Namen und meine Handynummer zum zweitenmal.

Gerade als ich in den Wagen steigen wollte, beschloß ich, noch einmal hinaufzugehen und meine Smith & Wesson aus dem Safe zu holen. Irgend jemand hantierte gefährlich nahe bei mir mit Schußwaffen. Und wenn dieser Jemand anfing, auf mich zu schießen, wollte ich wenigstens in der Lage sein, das Feuer zu erwidern.

41 Familienfest

Während ich nach Norden fuhr, schaltete ich die Lokalnachrichten ein. Die Polizei, hieß es, wolle unbedingt mit der Frau sprechen, die die Sanitäter in das Haus eines Angeschossenen beim Lincoln Park gelassen habe.

Sie hat den Sanitätern gesagt, sie sei mit dem Opfer befreundet, hat aber keinen Namen angegeben. Als die Polizei eintraf, war sie nicht mehr da. Ihren blauen Overall hatte sie zurückgelassen. Möglicherweise gehört sie zu einer Putzkolonne und hat einen Einbrecher überrascht, denn es fehlen keinerlei Wertgegenstände. Die Polizei gibt den Namen des Opfers nicht bekannt, das sich nach der Entfernung einer Kugel aus dem Herzen in kritischem Zustand befindet.

Genau. Warum hatte ich nicht einfach gesagt, ich gehöre zu einer Putzkolonne? Mein blauer Overall wäre die perfekte Tarnung gewesen. Hoffentlich dachten die Sanitäter, ich sei eine Illegale, die geflohen war, um der Polizei ihren Ausweis nicht zeigen zu müssen. Hoffentlich hatte ich nirgends Fingerabdrücke hinterlassen. Hoffentlich war derjenige, der auf Paul geschossen hatte, nicht noch irgendwo in der Nähe gewesen, als ich kam.

Als ich bei Max eintraf, war zu meiner Überraschung nicht nur Michael Loewenthal da, sondern auch Carl Tisov – und Lotty. Ihr war die Anspannung noch immer anzumerken, aber sie und Carl schienen tatsächlich miteinander zu lachen.

Agnes Loewenthal begrüßte mich mit einer überschwenglichen Geste. »Ich weiß, ich sollte mich nicht so offensichtlich darüber freuen, daß jemand im Krankenhaus liegt, aber ich bin trotzdem ganz aus dem Häuschen. Es ist wie Weihnachten und Geburtstag zusammen. Und sogar Michael ist hier, um sich gemeinsam mit uns zu freuen.«

Carl verbeugte sich mit großer Geste vor mir und reichte mir ein Glas Champagner. Alle bis auf Lotty, die nur selten Alkohol anrührt, tranken etwas.

»Bist du zusammen mit Michael gekommen?« fragte ich.

Er nickte. »Schließlich ist Max der älteste Freund, den ich habe. Wenn irgend etwas wäre – ein Kind ist auf jeden Fall wichtiger als ein Konzert mehr oder weniger. Sogar Lotty hat sich von ihrer Arbeit losgerissen. Und als wir hier waren, haben wir festgestellt, daß wir uns entspannen können und dieser Wahnsinnige nicht mehr auftauchen wird, jedenfalls nicht, solange die Kleine hier ist.«

Bevor ich etwas sagen konnte, kam Calia ins Wohnzimmer gerannt und brüllte: »Gib mir meinen Ninshubur!« Sofort ging Agnes zu ihr, um ihr zu sagen, sie solle ihre Manieren nicht vergessen.

Ich holte den Plüschhund aus meiner Aktentasche. »Dein kleiner Hund hat heute ein großes Abenteuer erlebt. Er hat einem Mann das Leben gerettet und brauchte dringend ein Bad. Deshalb ist er noch ein bißchen feucht.«

Sie riß mir den Hund aus der Hand. »Ich weiß, ich weiß, er ist in den Fluß gesprungen und hat die Prinzessin gerettet. Er ist feucht, weil ›Ninshubur, der treue Hund, von Fels zu Fels sprang, ohne auf die Gefahr zu achten‹. Hat der böse Mann ihm das Halsband weggenommen? Wo sind seine Hundemarken? Jetzt erkennt Mitch ihn nicht mehr.«

»Ich hab' ihm das Halsband vor seinem Bad abgenommen. Du kriegst es morgen zurück.«

»Du bist böse, Tante Vicory, du hast Ninshuburs Halsband genommen.« Sie rannte mit gesenktem Kopf gegen mein Bein.

»Nein, Tante Vicory ist gut«, widersprach Agnes. »Sie hat sich ganz schön viel Mühe gemacht, deinen kleinen Hund wieder zurückzubekommen. Und jetzt möchte ich, daß du dich bei ihr bedankst.«

Calia schenkte ihr keine Beachtung, sondern sauste im Raum herum wie eine wildgewordene Hummel und rannte gegen Möbel, gegen Michael, gegen mich und schließlich gegen Tim, der mit einem Tablett voller Sandwiches aufgetaucht war. Die Aufregung über das plötzliche Erscheinen ihres Vaters, der eigentlich noch eine ganze Weile weggewesen wäre, sowie über die Ereignisse des Tages hatten dafür gesorgt, daß sie völlig außer Rand und Band geriet. Zumindest brauchte sie keine Erklärung dafür, warum Ninshubur feucht und fleckig war, denn beides paßte perfekt zu ihrer Geschichte vom treuen Hund.

Michael und Agnes ließen ihr den Zirkus ungefähr drei Minuten lang durchgehen, dann marschierten sie mit ihr hinauf ins Kinderzimmer. Als sie weg waren, bat Max mich um eine detaillierte Beschreibung der Ereignisse im Zusammenhang mit dem Angriff auf Paul. Ich erzählte ihm alles, auch, daß Paul Bilder und andere Informationen über ihn und seine Familie in seiner Kammer aufbewahrte.

»Dann weißt du also nicht, wer auf Paul geschossen haben könnte?« fragte Max, als ich fertig war.

Ich schüttelte den Kopf. »Ich weiß nicht mal, ob der Betreffende hinter den Büchern her war, die ich in der furchtbaren Kammer gefunden habe. Vielleicht haben seine Erzählungen darüber, daß er Dokumente über die Beteiligung seines Vaters bei den Einsatzgruppen hat, dazu geführt, daß ein echter Nazisympathisant bei ihm aufgekreuzt ist. Solche Leute können ja nicht wissen, daß das Wahnvorstellungen sind. Möglicherweise dachten sie, er sei ihnen auf der Spur, und haben deshalb auf ihn geschossen. Und die böse Verführerin Ilse Bullfin hat Paul dazu gebracht, die Tür aufzumachen.«

»Wer?« fragte Max sofort.

»Hab' ich dir das nicht erzählt? Ich hab' ihn gefragt, wer auf ihn geschossen hat, und er hat gesagt, eine Frau namens Ilse. Den Familiennamen habe ich leider nicht richtig verstanden. Aber er klang wie ›Bullfin‹.«

»Könnte es auch ›Wölfin‹ sein?« fragte Max leise.

Ich versuchte mich zu erinnern, wie Paul den Namen ausgesprochen hatte. »Ja, das könnte sein. Ist sie Deutsche? Kennst du sie?«

»Ilse Koch, bekannt als die Wölfin. Eine der schlimmsten Bestien im Konzentrationslager. Wenn der arme Teufel tatsächlich glaubt, sie hätte ihn angeschossen... Diese Geschichte würde ich gern einem Psychologen erzählen – der Schrein, seine zwanghafte Beschäftigung mit dem Holocaust. Wahrscheinlich läßt er außer dieser Rhea Wiell niemanden an sich ran. Ich persönlich würde sagen, es ist nicht mal so sicher, ob überhaupt eine Frau auf ihn geschossen hat. Ich kenne mich nicht gut genug aus mit Wahnvorstellungen; vielleicht verwechselt er ja tatsächlich einen Angreifer mit einem SS-Mann, aber den Unterschied zwischen einem Mann und einer Frau würde er doch noch kennen, oder? Was meinst du, Lotty?«

Lotty schüttelte den Kopf. Jetzt wirkte ihr Gesicht wieder angespannter. »Mit solch pathologischen Verhaltensweisen kann ich nichts anfangen. Wir wissen ja nur, daß er sich seit einer Woche einredet, mit dir verwandt zu sein. Aber immerhin hält er dich noch nicht für eine Frau.«

Max wurde unruhig. »In welches Krankenhaus, hast du gesagt, wollten sie ihn bringen? Ins Compassionate Heart? Ich könnte jemanden hinschicken – er sehnt sich so nach einem Zuhörer, daß er sich vielleicht mit einem Arzt unterhält.«

»Aber dieser Arzt dürfte dir nicht verraten, was Paul ihm möglicherweise sagt«, erklärte Lotty sofort. »Du kannst nicht jemanden dazu anhalten, das Arztgeheimnis zu verletzen.«

Max wirkte schuldbewußt: Er hatte ganz offensichtlich vorgehabt, einen Freund vom Beth Israel in das Krankenhaus zu schicken und ihn um genau das zu bitten.

»Aber was ist so Interessantes an den Büchern, daß er sie geheimhält?« fragte Carl. »Läßt sich aus ihnen schließen, warum auf ihn geschossen wurde?«

Ich holte die Mappe aus meiner Aktentasche. Das Bild von der Frau hatte ich völlig vergessen. Ich legte es vor die drei auf das Beistelltischchen.

»Seine ›Retterin in England‹ hat er dazugeschrieben«, sagte ich. »Ich frage mich... kennt irgend jemand von euch die Frau?«

Carl betrachtete stirnrunzelnd das dunkle, traurige Gesicht. »London«, sagte er dann. »Ich weiß nicht mehr, wer, nur, daß es lange her ist, vielleicht während des Krieges oder gleich danach.«

»Es hing inmitten des Schreins für die Therapeutin, die er so verehrt, an der Wand?« fragte Lotty mit merkwürdig hoher Stimme.

»Weißt du, wer sie ist?« erkundigte ich mich.

Lotty machte ein ernstes Gesicht. »Ja, und ich kann euch sogar das Buch zeigen, in dem er dieses Bild gefunden hat, wenn es hier bei Max im Regal steht. Aber warum...«

Dann stand sie plötzlich auf, rannte aus dem Zimmer und leichtfüßig wie immer die Treppe hinauf.

Max sah das Bild an. »Mir sagt das Gesicht nichts. Das ist doch nicht die Ärztin, die Lotty als Teenager so verehrt hat, oder?«

Carl schüttelte den Kopf. »Claire Tallmadge war blond, die personifizierte englische Rose. Meiner Meinung nach war das immer mit ein Grund für Lottys Verehrung. Mich hat es fuchsteufelswild gemacht, daß Lotty es sich gefallen ließ, wenn die Familie sie ›das kleine Äffchen‹ nannte. Victoria, zeig uns doch mal die Bücher, die du mitgebracht hast.«

Ich reichte ihnen die Mappe. Max und Carl wichen zurück, als sie das verschmierte Gesicht auf dem Umschlag sahen.

»Wer ist denn das?« fragte Carl.

»Pauls Vater«, sagte ich. »Paul hatte jede Menge Fotos von ihm in der geheimen Kammer, alle genauso verunstaltet. Das Blut ist allerdings erst drangekommen, als ich das Buch mitgenommen habe.«

Nun kehrte Lotty mit einem Buch zurück, das sie beim Bildteil aufschlug. »Anna Freud.«

Wir sahen alle zuerst das Bild aus Pauls Kammer an und dann das identische aus dem Buch. Schließlich sagte Carl: »Ja, natürlich. Du hast mich zu ihren Vorträgen mitgenommen, aber damals hat sie anders ausgesehen – das hier ist ein so privates Bild.«

»Sie war aus Wien geflohen, genau wie wir«, erklärte Lotty. »Und ich habe sie maßlos bewundert. Ich habe sogar ehrenamtlich in dem Kinderheim gearbeitet, das sie während des Krieges in Hampstead geführt hat, habe Teller gespült und andere Sachen gemacht, die man als ungelernter Teenager tun kann. Minna hat das natürlich nicht gepaßt, aber egal. Eine Weile dachte ich, ich würde in Anna Freuds Fußstapfen treten und selbst Psychoanalytikerin werden, aber... auch das soll euch egal sein. Warum hält dieser Mann sie für seine Retterin? Glaubt er, in dem Kinderheim in Hampstead gewesen zu sein?«

Wir schüttelten alle verwirrt den Kopf.

»Und was ist mit denen?« Ich schob ihnen die Bücher von Ulf Hoffman hin.

»Ulf«, sagte Max mit Blick auf die abblätternden Goldlettern des Namens. »Wie dumm von mir, nicht daran zu denken, daß das viel öfter ein Vor- als ein Nachname ist. Kein Wunder, daß du ihn nicht finden konntest. Was ist das?«

»Ich glaube, sie haben etwas mit Versicherungen zu tun«, sagte ich, »aber ihr seht ja, daß Paul diese Unterlagen in die Mappe mit den Sachen über Einsatzgruppenführer Ulf Hoffman getan hat. Da sie sich in seiner Geheimkammer befunden haben, gehe ich davon aus, daß sie ihn von seiner Radbuka-Identität überzeugt haben, obwohl ich das auch nicht so recht verstehe. Ich habe diese Dokumente einer jungen Historikerin gezeigt, die im Ajax-Archiv gearbeitet hat. Ihrer Meinung nach sehen sie aus wie Belege einer jüdischen Organisation. Wäre das möglich?«

Max nahm das zweite Buch in die Hand und musterte es genauer. »Ist schon lange her, daß ich das letzte Mal versucht habe, die alte deutsche Schrift zu lesen. Ich glaube, das sind Adressen. Es könnte sich um eine jüdische Wohltätigkeitsvereinigung handeln. Eine Liste mit Namen und Adressen – vielleicht haben alle Angehörigen der Gruppe zusammen Versicherungen abgeschlossen. Die anderen Zahlen verstehe ich allerdings nicht. Es könnte natürlich sein, daß deine Historikerin recht hat: Vielleicht hat S. Radbuka fünfundsechzig Menschen mitgebracht und K. Omschutz vierundfünzig.« Doch dann schüttelte er, unzufrieden über diese Erklärung, den Kopf und wandte sich wieder den Büchern zu. »›Schrey‹. In welcher Stadt gibt es eine Straße, die ... Ach, Johann Nestroy, der österreichische Schriftsteller. Geht's hier um Wien, Lotty? Ich erinnere mich weder an eine Nestroy- noch an eine Schreygasse.«

Plötzlich wurde Lotty ganz blaß und nahm Max das Buch mit zitternden Fingern aus der Hand. Sie sah die Stelle an, auf die er deutete, folgte den Zeilen, las die Namen mit leiser Stimme vor.

»Wien? Ja, das müßte Wien sein. Leopoldsgasse, Untere Augartenstraße. Erinnerst du dich nicht an diese Straßen? Wohin ist deine Familie nach dem Anschluß vertrieben worden?« krächzte sie.

»Wir haben am Bauernmarkt gewohnt«, sagte Max.« Uns hat man seinerzeit nicht zwangsumgesiedelt; dafür haben sie drei uns unbekannte Familien in unserer Wohnung untergebracht. Ich wollte mir diese Straßennamen nicht auf ewig merken. Es wundert mich, daß du sie noch im Kopf hast.«

Seine Stimme klang bedeutungsschwer. Lotty bedachte ihn mit einem grimmigen Blick. Ich mischte mich hastig ein, bevor sie einen Streit beginnen konnten.

»Das hier sieht genauso aus wie das Papier und die Schrift von dem Blatt, das ich in der Tasche des ermordeten Versicherungsagenten von der South Side gefunden habe. Deswegen vermute ich auch, daß es sich bei denen hier um Versicherungsdokumente handelt. Der frühere Agent hieß Al Hoffman, und ich würde wetten, daß er Pauls Vater, Ziehvater oder was auch immer – war. Könnte Al eine Abkürzung von Ulf sein?«

»Ja, warum nicht?« Max sah mich mit einem ironischen Lächeln an. »Wenn er sich hier in Amerika so schnell wie möglich anpassen wollte, hat er sich bestimmt einen Namen ausgesucht, den alle besser aussprechen konnten als ›Ulf‹.«

»Und als Versicherungsvertreter war er sicher besonders interessiert daran, nicht weiter aufzufallen«, sagte ich.

»Ja, ich glaube tatsächlich, daß das ein Versicherungsbuch ist.« Carl hatte eine Seite voller Namen und Daten mit Haken dahinter aufgeschlagen, ganz ähnlich dem Blatt aus Fepples Büro. »Hat deine Familie die Versicherungsbeiträge nicht so gezahlt, Loewenthal? Der Vertreter ist jeden Freitag auf dem Fahrrad ins Getto gekommen; mein Vater und alle anderen Männer haben ihre zwanzig oder dreißig Korunas gezahlt, und der Vertreter hat sie in seinem Buch abgehakt. Na ja, du und Lotty, ihr wart ja aus dem gehobenen Bürgertum. Diese wöchentlichen Zahlungen galten nur für Leute mit geringem Einkommen. Mein Vater hat es furchtbar erniedrigend gefunden, daß er es sich nicht leisten konnte, in ein Büro zu fahren und sein Geld ganz offiziell einzuzahlen wie ein Mann, der etwas wert ist. Er hat immer mich runter auf die Straße geschickt mit den in Zeitungspapier eingewickelten Münzen.« Carl ging die Seiten mit der verschnörkelten Schrift weiter durch.

»Mein Vater hat seine Versicherung über eine italienische Gesellschaft abgeschlossen. 1959 ist mir plötzlich der Gedanke gekommen, daß ich mir diese Lebensversicherung eigentlich ausbezahlen lassen könnte. Es ging nicht um viel Geld, aber warum sollte ich es dem Unternehmen schenken? Es war ein ewiges Hin und Her. Doch sie haben sich nicht erweichen lassen: Ohne Sterbeurkunde und Policennummer wollten sie mir nicht weiterhelfen.« Er verzog verbittert den Mund. »Dann habe ich jemanden angeheuert – ich konnte es mir leisten, jemanden anzuheuern –, der die Unterlagen der Gesellschaft für mich durchgegangen ist und die Policennummer gefunden hat. Trotzdem haben sie nichts gezahlt, weil ich keine Sterbeurkunde vorweisen konnte. Diese Versicherungshaie in ihren Wolkenkratzern aus Glas. Ich bestehe darauf, daß das Cellini-Ensemble keinerlei Spendengelder von Versicherungsgesellschaften annimmt. Unser Management macht das natürlich wütend, aber ich denke immer: Es könnten die Münzen meines Vaters sein, mit dem sie sich einen Platz in der Kunst erkaufen.«

Max nickte verständnisvoll; Lotty murmelte: »Wahrscheinlich klebt am Geld immer das Blut irgendeines Menschen.«

»Glaubt ihr also, daß diese Zahlen sich auf Versicherungsabschlüsse beziehen?« fragte ich nach einer Weile. »Und die Kreuze könnten bedeuten, daß der Betreffende gestorben ist. Vielleicht hat er nur die abgehakt, bei denen er sich sicher war.«

Da begann das Handy in meiner Tasche auf dem Boden zu klingeln. Es war Rhonda Fepple, die mit der gedämpften Stimme der Trauernden sprach. War jemand festgenommen worden? Ihr sagte die Polizei ja nichts.

Ich ging mit dem Telefon in die Küche und erläuterte ihr den Stand der Ermittlungen, falls man sie als solche bezeichnen konnte, bevor ich sie fragte, ob Al Hoffman Deutscher gewesen sei.

»Deutscher?« wiederholte sie, als habe ich sie gefragt, ob er vom Pluto gekommen sei. »Das weiß ich nicht mehr. Aber jetzt, wo Sie's erwähnen: Ich glaube, er war tatsächlich aus dem Ausland. Mr. Fepple hat seinerzeit irgendwelche juristischen Sachen für ihn erledigt, als Mr. Hoffman Amerikaner werden wollte.«

»Und sein Sohn hieß Paul?«

»Paul? Ja, ich glaube, das könnte stimmen: Paul Hoffman. Ja, genau. Was? Hat Paul meinen Jungen getötet? War er neidisch, weil Howie die Agentur geerbt hat?«

Konnte Paul Hoffman-Radbuka ein Mörder sein? Verwirrt ja, aber ein Mörder? Möglicherweise hatte er Howard Fepple für einen Sympathisanten der Einsatzgruppen gehalten. Wenn er wußte, daß Fepple eins von Ulfs alten Versicherungsbüchern hatte, war er unter Umständen wahnsinnig genug zu glauben, daß er Fepple umbringen müsse. Das klang absurd, doch alles im Zusammenhang mit Paul Radbuka-Hoffman ließ sich nicht mit Vernunft erklären.

»Hätte Ihr Sohn es Ihnen erzählt, wenn er Paul Hoffman in letzter Zeit gesehen hätte?«

»Vielleicht nicht, wenn er irgendeinen geheimen Plan hatte«, sagte Rhonda teilnahmslos. »Er hatte gern Geheimnisse; sie haben ihm das Gefühl gegeben, wichtig zu sein.«

Was für ein trauriges Epitaph. Eher um mich zu trösten als sie, fragte ich sie, ob sie jemanden habe, mit dem sie reden könne, der ihr in dieser schwierigen Zeit helfen würde – eine Schwester vielleicht oder einen Geistlichen.

»Alles ist so unwirklich seit Howies Tod. Seitdem fühle ich gar nichts mehr. Nicht einmal der Einbruch ins Haus hat mich so aus der Fassung gebracht, wie man erwarten würde.«

»Wann ist denn das passiert?« Obwohl sie das so apathisch gesagt hatte, als lese sie von einer Einkaufsliste ab, ließ mich diese Information aufhorchen.«

»Ich glaube, es war an dem Tag, nachdem sie ihn gefunden haben. Ja, das stimmt, denn gestern war's nicht. Was wäre das dann für ein Tag gewesen?«

»Dienstag. Ist irgend etwas gestohlen worden?«

»Hier gibt es nichts wirklich Interessantes, aber den Computer von meinem Jungen haben sie mitgenommen. Wahrscheinlich kommen Banden aus der Stadt hier raus, um Sachen zu stehlen, die sie für Drogen verscherbeln können. Die Polizei hat nichts unternommen. Aber eigentlich ist mir das auch egal. Jetzt ist alles egal – und einen Computer hätte ich sowieso nie benutzt, soviel steht fest.«

42 Lottys großer Auftritt

Ich starrte durch das Küchenfenster hinaus in den dunklen Garten. Dieselbe Person, die Paul angeschossen hatte, mußte auch bei Rhonda Fepple eingebrochen sein. Sie?... Ilse die Wölfin... hatte Fepple umgebracht. Nicht wegen der Sommers-Akte, sondern aus einem völlig anderen Grund, nämlich um an das Fragment aus Ulf Hoffmans Kladde zu kommen, das ich in Fepples Aktentasche gefunden hatte. Und dann war diese Person auf der Suche nach dem Rest der Bücher durch ganz Chicago gefahren.

Howard Fepple hatte in seiner Aufregung über seinen baldigen Reichtum Druck auf den Falschen ausgeübt. Ich schüttelte den Kopf. Fepple hatte nichts über Hoffmans Bücher gewußt, seine Aufmerksamkeit war durch etwas in der Sommers-Akte geweckt worden. Er war aufgeregt gewesen, hatte seiner Mutter gesagt, sie würde schon bald einen Mercedes fahren. Er hatte herausgefunden, wie Al Hoffman trotz seiner lausigen Kundenliste Geld machte. Nicht wegen der Kladde.

Hinter mir hörte ich laute Stimmen, dann Türenschlagen und den Motor eines Wagens.

Konnte es noch einfacher sein? Konnte Paul Hoffman-Radbuka Fepple ermordet haben? Vielleicht war er so von seinem Wahn besessen, daß er Fepple für einen Angehörigen der Einsatzgruppe seines Vaters hielt. Aber wer hatte dann auf Paul geschossen? Ich begriff das Ganze einfach nicht, kam mir vor wie ein Hamster im Rad. Was war Fepple aufgefallen, das ich nicht sah? Oder welches Papier hatte er zu Gesicht bekommen, das nun in den Händen seines Mörders war? Die geheimen Dokumente von Paul, von denen ich mir eine Klärung aller Rätsel erhofft hatte, verwirrten mich nur noch mehr.

Ich ging zeitlich noch ein bißchen weiter zurück. Auf dem Fragment von Hoffmans Büchern, das ich in Fepples Tasche gefunden hatte, war auch der Name »Aaron Sommers« gewesen. War das der Onkel meines Klienten? Oder hatte es zwei Aaron Sommers gegeben, einen jüdischen und einen schwarzen?

Connie Ingram hatte mit Fepple gesprochen, so viel stand fest. Selbst wenn sie nie bei ihm gewesen war, hatte sie doch mit ihm gesprochen. Und er hatte ihren Namen in seinen Terminkalender im Computer eingetragen. War sie vielleicht doch zu Fepple ins Büro gegangen – auf Ralphs Anweisung hin? Ein schrecklicher Gedanke. Auf Rossys Anweisung? Wenn ich Connie Ingram eine Kopie von Hoffmans Büchern zeigte, würde sie mir dann sagen, ob sie etwas Ähnliches in Fepples Kopie der Sommers-Akte gesehen hatte?

Ich kehrte ins Wohnzimmer zurück. Lotty war verschwunden.

»Sie wird von Mal zu Mal seltsamer«, beklagte sich Carl. »Nach einem Blick auf die Seite, auf die dieser Wahnsinnige in Rot geschrieben hatte, daß Sofie Radbuka seine Mutter im Himmel sei, hat sie eine melodramatische Ansprache gehalten und das Haus verlassen.«

»Um was zu tun?«

»Sie wollte diese Therapeutin Rhea Wiell aufsuchen«, sagte

Max. »Offen gestanden finde ich, es ist höchste Zeit, daß jemand mit der Frau redet. Ich weiß, Victoria, du hast das bereits versucht, aber Lotty – sie hat den professionellen Hintergrund für eine echte Konfrontation.«

»Will Lotty das noch heute abend machen?« fragte ich. »Inzwischen ist es schon ein bißchen zu spät für einen Besuch in ihrer Praxis, und ihre Privatadresse steht nicht im Telefonbuch.«

»Dr. Herschel wollte in ihre eigene Klinik«, sagte Tim aus der Ecke, von der aus er uns schweigend beobachtet hatte. »Ihrer Aussage nach hat sie in ihrem Büro ein Verzeichnis, das Aufschluß über Ms. Wiells Privatadresse geben müßte.«

»Sie wird schon wissen, was sie tut.« Ich ignorierte Carls spöttische Bemerkung. »Bei der Konfrontation wäre ich wirklich gern dabei: Die Prinzessin von Österreich gegen die Hypnosepäpstin. Ich setze auf Rhea – sie leidet unter einer gesegneten Kurzsichtigkeit, die in so einer Situation der perfekte Panzer sein könnte... Max, ich lasse dir jetzt deine Ruhe. Ich weiß, daß es eine lange, harte Woche gewesen ist, auch wenn ihr durch die Attacke auf Paul nun aufatmen könnt. Aber zu den Abkürzungen in diesen Büchern wollte ich dich noch etwas fragen. Wo sind sie übrigens? Könntest du ...« Ich ging die Unterlagen auf dem Beistelltischchen durch.

»Lotty hat sie mitgenommen«, sagte Carl.

»Nein. Das ist nicht möglich. Diese Bücher sind wichtig.«

»Tja, sag das ihr.« Carl zuckte gleichgültig mit den Achseln und schenkte sich noch ein Glas Champagner ein.

»Verdammt!« Ich wollte aufspringen und Lotty nachlaufen, doch dann kam mir das Bild von der Flipperkugel in den Sinn, und ich setzte mich wieder. Zum Glück hatte ich ja noch die Kopien, die ich von den Seiten der Bücher gemacht hatte. Vielleicht gelang es Max auch mit ihrer Hilfe, etwas herauszufinden.

Er nahm die Seiten, und Carl las über seine Schulter mit. Max schüttelte den Kopf. »Victoria, du darfst nicht vergessen, daß wir im Alter von zehn Jahren das letzte Mal regelmäßig Deutsch gesprochen oder gelesen haben. Diese kryptischen Einträge hier könnten alles mögliche bedeuten.«

»Und was ist mit den Zahlen? Wenn meine junge Historikerin sich nicht täuscht mit ihrer Annahme, daß es um irgendeine jüdische Vereinigung geht, würden die Zahlen sich dann auf etwas Spezielles beziehen?«

Max zog die Schultern hoch. »Die Zahlen sind zu groß, um etwas mit der Familiengröße zu tun zu haben, und zu klein für irgendwelche finanziellen Daten. Außerdem ist kein erkennbares System drin. Kontonummern können es auch nicht sein – vielleicht handelt es sich um Bankfachnummern.«

»Das sind alles nur Mutmaßungen.« Ich knallte die Kopien frustriert auf den Tisch. »Hat Lotty sonst noch was gesagt? Ich meine, außer daß sie ins Büro will. Hat sie durchblicken lassen, daß diese Einträge etwas Besonderes für sie bedeuten? Schließlich kennt sie den Namen Radbuka.«

Carl machte ein säuerliches Gesicht. »Ach, sie hat mal wieder einen ihrer theatralischen Anfälle gehabt. Wenn sie so herumkreischt, kommt sie mir auch nicht erwachsener vor als Calia.«

Ich runzelte die Stirn. »Weißt du wirklich nicht, wer Sofie Radbuka ist, Carl?«

Er sah mich mit einem kühlen Blick an. »Alles, was ich über dieses Thema weiß, habe ich letztes Wochenende gesagt.«

»Selbst wenn Lotty eine Geliebte dieses Namens hatte, was ich nicht glaube – jedenfalls halte ich es für unwahrscheinlich, daß sie ihre Ausbildung unterbrochen hätte, um mit jemandem auf dem Land zusammensein zu können… Warum würde die Erwähnung dieses Namens Lotty noch nach all den Jahren so nervös machen und quälen?«

»Was in ihrem Kopf vorgeht, ist mir ungefähr so klar wie die Gedanken von Calias kleinem Plüschhund. Als junger Mann habe ich geglaubt, sie zu verstehen, aber dann hat sie mich ohne ein Wort der Erklärung oder des Abschieds verlassen, und dabei waren wir drei Jahre lang ein Liebespaar gewesen.«

In meiner Ohnmacht wandte ich mich Max zu. »Hat sie beim Anblick des Namens in dem Buch irgend etwas gesagt oder ist sie einfach gegangen?«

Max starrte vor sich hin, ohne mich anzusehen. »Sie wollte wissen, ob jemand der Meinung sei, sie müsse bestraft werden, und wenn dem so wäre, ob der Betreffende dann nicht begreife, daß die Selbstfolter die raffinierteste Form der Bestrafung sei, weil sich Opfer und Folterknecht nicht trennen lassen.«

Darauf herrschte so vollständiges Schweigen, daß wir die Wellen des Lake Michigan jenseits des Parks hören konnten. Ich sammelte die Papiere so sorgfältig ein, als handle es sich um höchst zerbrechliche Eier, und erhob mich.

Max folgte mir hinaus zum Wagen. »Victoria, ich kann mir keinen Reim auf Lottys Verhalten machen. So habe ich sie noch nie erlebt, außer vielleicht gleich nach dem Krieg, aber da waren wir alle... nun, die Verluste, die wir erlebt hatten... Sie, ich, Carl, meine geliebte Teresz, wir waren alle am Boden zerstört, und so ist mir Lottys Benehmen in dieser Zeit nicht besonders aufgefallen. Für uns alle sind diese Verluste wie Wunden, die bei schlechtem Wetter schmerzen.«

»Das kann ich mir vorstellen«, sagte ich.

»Ja, aber das ist es gar nicht, was ich dir sagen will. Lotty hat in all den Jahren nie über ihre Verluste gesprochen. Sie hat sich immer voll und ganz auf die Aufgabe konzentriert, die es als nächstes anzupacken galt. Nicht nur heute, wo wir alle mit der Gegenwart beschäftigt sind, sondern wirklich immer.«

Er schlug mit der flachen Hand auf das Dach meines Wagens, um seine Verwirrung und sein Erstaunen über ihr Schweigen abzureagieren. Der Knall kontrastierte unangenehm mit seiner leisen Stimme.

»Gleich nach dem Krieg standen wir alle unter Schock, und manche Leute hatten auch Schuldgefühle wegen der vielen, vielen Toten. Die Menschen – jedenfalls die jüdischen Menschen – haben nicht öffentlich darüber gesprochen. Wir wollten keine Opfer sein und darauf warten, daß ein paar Krumen Mitleid für uns abfielen. Wir Überlebenden trauerten hinter verschlossenen Türen. Aber nicht Lotty. Sie war wie erstarrt; ich glaube, das hat sie in dem Jahr, in dem sie Carl verließ, so krank gemacht. Als sie im nächsten Winter vom Land zurückkehrte, hatte sie diese Forschheit entwickelt, die wir heute noch an ihr kennen. Erschüttert wurde sie zum erstenmal durch das Auftauchen von Paul Radbuka.

Victoria, nach dem Verlust von Teresz hätte ich nie gedacht, daß ich mich noch einmal verlieben könnte. Und schon gar nicht in Lotty. Sie und Carl waren ein Paar gewesen, hatten sich leidenschaftlich geliebt; auch ich wurde die Bilder aus der Vergangenheit nicht los – sie war für mich immer Carls Freundin, trotz ihrer langen Trennung. Aber irgendwie sind wir doch zusammengekommen. Unsere Liebe zur Musik, ihre Leidenschaft, meine Ruhe – wir schienen uns zu ergänzen. Doch jetzt…« Er wußte nicht recht, wie er den Satz beenden sollte. Schließlich sagte er: »Wenn sie nicht bald zurückkehrt, ich meine emotional, verlieren wir uns für immer. Im Augenblick verkrafte ich keine weiteren Verluste unter den Freunden meiner Jugend.«

Er wartete nicht, bis ich etwas erwiderte, sondern drehte sich um und ging ins Haus zurück. Ich fuhr ernüchtert in Richtung Stadt.

Sofie Radbuka. »Wahrscheinlich hätte ich ihr Leben nicht retten können«, hatte Lotty zu mir gesagt. War sie eine Cousine gewesen, die in der Gaskammer gestorben war, eine Cousine, deren Platz im Zug nach London Lotty eingenommen hatte? Ich konnte mir die Schuldgefühle vorstellen, die einen nach so etwas quälten: Ich habe auf ihre Kosten überlebt. Ihre Bemerkung zu Max und Carl über die Selbstfolter.

Ich folgte der gewundenen Straße entlang des Calvary-Friedhofs, dessen Mausoleen Evanston von Chicago trennen, als Don Strzepek anrief. »Vic, wo steckst du denn?«

»Ich bin bei den Toten«, sagte ich düster. »Was ist los?«

»Vic, du mußt herkommen. Deine Freundin Dr. Herschel führt sich hier wirklich skandalös auf.«

»Wo ist ›hier‹?«

»Was meinst du… ach so, ich rufe von Rheas Haus aus an. Sie ist gerade zum Krankenhaus unterwegs.«

»Hat Dr. Herschel sie verprügelt?« Ich versuchte, nicht allzu hoffnungsvoll zu klingen.

»Mein Gott, Vic, hier geht's um 'ne ernste Sache, also mach bitte keine solchen Scherze und hör zu, was ich sage. Weißt du schon, daß heute jemand auf Paul Radbuka geschossen hat? Rhea hat's heute nachmittag erfahren. Sie ist ziemlich durcheinander. Und Dr. …«

»Ist er tot?« fragte ich.

»Er hat verdammtes Glück gehabt. Einbrecher haben ihn ins Herz geschossen, aber der Chirurg hat Rhea gesagt, die Waffe sei so kleinkalibrig gewesen, daß die Kugel im Herz steckengeblieben ist, ohne ihn zu töten. Offenbar passiert das manchmal.

Es heißt, daß er wahrscheinlich wieder völlig gesund wird. Jedenfalls ist Dr. Herschel irgendwie an Papiere von Paul rangekommen ...« Er hielt inne, als ihm der Zusammenhang klar wurde. »Weißt du darüber Bescheid?«

»Die Papiere seines Vaters? Ja. Ich hab' sie mir gerade bei Max Loewenthal angeschaut, und ich weiß, daß Dr. Herschel sie mitgenommen hat.«

»Wie ist Loewenthal daran gekommen?«

Ich lenkte den Wagen auf eine Bushaltestelle an der Sheridan Road, damit ich mich auf das Gespräch konzentrieren konnte. »Vielleicht hat Paul sie ihm gebracht, damit Max besser versteht, wieso sie verwandt sind.«

Ich hörte, wie er sich eine Zigarette anzündete und den Rauch inhalierte.

»Nach Aussage von Rhea hat Paul diese Papiere unter Verschluß gehalten. Sie war nie bei ihm zu Hause, aber er hat ihr das Versteck beschrieben. Er hat die Bücher mitgebracht, um sie ihr zu zeigen, doch nicht einmal Rhea, der er wirklich vollkommen vertraut, hat er sie über Nacht überlassen. Ich bezweifle, daß er sie Loewenthal geliehen hätte.«

Ein Bus hielt neben mir; ein aussteigender Fahrgast schlug verärgert auf die Motorhaube meines Wagens. »Gib mir doch die Einzelheiten, falls du sie kennst. Wo ist das passiert? Hat irgendein Patient vom Beth Israel die Schnauze voll gehabt von Posners Demonstrationen und das Feuer eröffnet?«

»Nein, es ist bei ihm zu Hause passiert. Er ist jetzt wegen der Narkose ziemlich benommen, hat aber zu den Leuten von der Polizei und zu Rhea gesagt, daß eine Frau bei ihm vor der Tür stand und mit ihm über seinen Vater ... Ziehvater ... sprechen wollte.«

Ich fiel ihm ins Wort. »Don, weiß er, wer auf ihn geschossen hat? Kann er die Person beschreiben? Ist er sicher, daß es eine Frau war?«

Er schwieg unsicher. »Nun, im Augenblick ist er ein bißchen verwirrt. Die Betäubung hat zu leichten Halluzinationen geführt. Er sagt, es war eine Frau, Ilse die Wölfin. Die Wölfin der SS. Aber das ist unwesentlich. Wichtiger ist, daß Dr. Herschel Rhea angerufen und ihr erklärt hat, sie müßten sich unterhalten. Ihrer Meinung nach ist Paul gefährlich labil, wenn er glaubt, diese Papiere bewiesen, daß er Radbuka ist. Und außerdem möchte sie gern wissen, woher er die Idee hat, daß Sofie Radbuka seine Mutter war. Natürlich hat Rhea sich geweigert, sie zu empfangen. Da hat Dr. Herschel angekündigt, ins Compassionate Heart of Mary zu gehen und persönlich mit Paul zu sprechen. Ist das zu fassen?« Seine Stimme wurde vor Entrüstung ganz hoch. »Der Kerl hat Glück gehabt, daß er überlebt hat. Mein Gott, sie ist selber Ärztin, da müßte sie doch wissen, was so eine Operation bedeutet. Rhea ist hingefahren, um sie aufzuhalten, aber auf dich hört sie wahrscheinlich eher, du bist eine alte Freundin. Bitte halt sie auf, Warshawski.«

»Ironie des Schicksals, Don. Ich flehe Rhea nun schon seit einer Woche an, ihren Einfluß auf Paul Hoffman geltend zu machen – so heißt er doch wohl wirklich? –, und sie ist mir ausgewichen, als hätte ich die Pest. Warum sollte ich ihr jetzt helfen?«

»Nun sei nicht so kindisch, Vic. Wenn du nicht möchtest, daß Dr. Herschel sich zum Narren macht, solltest du sie daran hindern, Paul ernsthaft zu verletzen.«

Da fiel der Scheinwerferstrahl eines Streifenwagens auf meinen Mustang. Ich legte den Gang ein und fuhr an einem Pizza-Laden vorbei, vor dem ein paar Teenager rauchten und Bier tranken. Eine Frau mit kurzem dunklem Haar ging mit einem Yorkshire-Terrier vorbei, der sich giftig auf die Biertrinker stürzte. Ich sah ihnen bis auf die andere Seite der Sheridan Road nach, bevor ich wieder etwas sagte.

»Wir treffen uns im Krankenhaus. Was ich zu Lotty sage, hängt davon ab, was sie gerade tut, wenn wir hinkommen. Aber die Bücher von Ulf Hoffman werden dir gefallen. Sie sind tatsächlich kodiert, und wenn es Rhea gelungen ist, diesen Kode zu knacken, vergeudet sie ihr Talent in der Welt der Psychotherapie – dann gehört sie in den CIA.«

43 Am Krankenbett

Das Krankenhaus Compassionate Heart of Mary lag am Rand des Lincoln Park, wo Parkplätze so rar sind, daß ich schon Leute mit den Fäusten aufeinander losgehen habe sehen, die einen ergattern wollten. Für das Privileg, die Begegnung zwischen Lotty und Rhea live mitzuerleben, zahlte ich in der Tiefgarage der Klinik fünfzehn Dollar.

Ich betrat das Foyer zur gleichen Zeit wie Don Strzepek. Er war mir immer noch ein bißchen böse wegen des Scherzes, den ich vorhin am Telefon gemacht hatte. Am Empfang erklärte man uns, die Besuchszeiten seien vorbei. Doch als ich mich als Pauls Schwester vorstellte und erklärte, ich sei soeben aus Kansas City eingetroffen, sagten sie mir, ich solle in den vierten Stock hinauffahren, in die Station für die Frischoperierten. Don bedachte mich mit einem wütenden Blick, verkniff sich aber eine Bemerkung und gab sich als mein Mann aus.

»Sehr gut«, lobte ich ihn, als wir in den Aufzug stiegen. »Sie hat's uns abgekauft, weil das nach einem kleinen Ehekrach ausgeschaut hat.«

Er lächelte widerwillig. »Wie Morrell das mit dir aushält... Nun erzähl mir was von Hoffmans Büchern.«

Ich holte eine der Fotokopien aus meiner Tasche. Don sah sie sich an, während wir den Flur zu Pauls Zimmer hinuntergingen. Die Tür war geschlossen; eine Krankenschwester erklärte uns, es sei gerade eine Ärztin bei ihm, aber da ich seine Schwester sei, könne ich vermutlich auch hinein.

Als wir die Tür aufmachten, hörten wir Rheas Stimme. »Paul, Sie müssen nicht mit Dr. Herschel sprechen, wenn Sie nicht wollen. Sie dürfen sich jetzt nicht aufregen. Später wird noch genug Zeit für Gespräche sein.«

Sie hatte sich schützend zwischen sein Bett und die Tür gestellt, aber Lotty war an seine rechte Seite getreten, ohne die verschiedenen Plastikbeutel zu berühren, die über ihm hingen. Trotz seiner ergrauenden Locken wirkte Paul wie ein Kind; sein schmaler Körper verschwand fast unter dem Oberbett. Seine Wangen waren blaß, aber er lächelte, offenbar erfreut darüber, Rhea zu sehen. Als Don neben sie trat, erstarb das Lächeln. Don merkte es und wich ein wenig zurück.

»Paul, ich bin Dr. Herschel«, sagte Lotty, die Finger an seinem Puls. »Ich habe die Radbuka-Familie vor vielen Jahren gekannt, in Wien und in London. Ich habe meine Ausbildung zur Ärztin in London gemacht und einige Zeit für Anna Freud gearbeitet, die Sie so sehr bewundern.«

Sein Blick wanderte von Rhea zu Lotty, und sein Gesicht nahm ein bißchen Farbe an.

Egal, wie durcheinander Lotty in Gegenwart von Max und Carl gewesen war, jetzt wirkte sie vollkommen ruhig. »Ich möchte, daß Sie sich nicht aufregen. Wenn Ihr Puls zu schnell wird, beenden wir das Gespräch sofort. Haben Sie das verstanden?«

»Sie sollten gar nicht erst mit dem Gespräch anfangen«, sagte Rhea, deren sonstige engelsgleiche Ruhe tatsächlich einmal Ärger wich. Als Don sah, daß Paul sich voll und ganz auf Lotty konzentrierte, nahm er Rheas Hand und drückte sie beruhigend.

»Nein«, flüsterte Paul. »Sie kennt meine englische Retterin. Sie kennt meine wahre Familie. Sie wird Max dazu bringen, daß er sich an mich erinnert. Ich verspreche Ihnen, mich nicht aufzuregen.«

»Ich habe Ulfs Bücher«, sagte Lotty, »und ich werde sie für Sie aufbewahren, bis Sie selbst wieder in der Lage sind, auf sie aufzupassen. Könnten Sie mir eine Frage dazu beantworten? Sie haben neben den Namen ›S. Radbuka‹ etwas geschrieben, nämlich, daß Sofie Radbuka Ihre Mutter war. Woher wissen Sie denn das?«

»Ich habe mich daran erinnert«, sagte er.

Ich stellte mich neben Lotty und paßte mich ihrem Tonfall an. »Als Sie Ulfs Bücher zu Rhea mitgenommen haben, hat sie Ihnen geholfen, sich daran zu erinnern, daß Radbuka Ihr eigentlicher Name ist, stimmt's, Paul? Es war eine lange Liste von Namen – Czestvo, Vostok, Radbuka und viele andere. Unter Hypnose haben Sie sich daran erinnert, daß Sie in Wahrheit Radbuka heißen. Das muß ein wunderbarer, aber auch sehr beängstigender Augenblick gewesen sein.«

Don schnappte vor Überraschung nach Luft und trat einen Schritt von Rhea zurück, die zu ihm sagte: »So war das nicht. Deshalb muß dieses Gespräch auch sofort aufhören.«

Paul, nun völlig auf mich fixiert, hörte sie nicht. »Ja, ja, so war das. Ich konnte sie alle sehen, die ganzen Toten. Alle Menschen, die Einsatzgruppenführer Hoffman ermordet hat, wie sie schreiend in die Kalkgrube stürzten… «

Lotty fiel ihm ins Wort. »Sie müssen ruhig bleiben, Paul. Quälen Sie sich jetzt nicht mit diesen schmerzhaften Erinnerungen. Sie haben sich an die Vergangenheit erinnert, und aus der Liste mit den Namen haben Sie sich für ›Radbuka‹ entschieden – Sie haben sich daran erinnert.«

Rhea sah sie von der anderen Seite des Betts giftig an. Wieder versuchte sie, das Gespräch zu unterbrechen, doch Pauls Aufmerksamkeit galt Lotty, nicht ihr.

»Ich hab's gewußt, weil ich als kleiner Junge in England war. Also mußte es so sein.«

»Mußte so sein?« fragte Lotty.

Paul war sehr empfänglich für Stimmungswechsel; als er die unerwartete Härte in Lottys Stimme hörte, zuckte er zusammen und sah weg. Bevor er sich zu sehr aufregen konnte, schnitt ich ein anderes Thema an.

»Was hat Sie zu der Überzeugung gebracht, daß Ulf Einsatzgruppenführer war?«

»Er hat die Toten jeder Familie und jeden *schtetls* aufgelistet, für deren Sterben er verantwortlich war«, flüsterte er. »Ulf… hat sich immer mit den Toten gebrüstet. Genauso wie er damit geprahlt hat, daß er mich quält. Ich habe diese ganzen Morde überlebt. Meine Mutter hat mich in den Wald geworfen, als sie gesehen hat, daß sie anfangen, die Menschen mit ihren Bajonetten in die Kalkgrube zu stoßen. Irgend jemand hat mich nach Terezin gebracht, aber natürlich… Damals wußte ich nicht… wohin wir gingen… Ulf muß gewußt haben, daß ihm ein Mensch entkommen ist. Er hat mich… in England aufgespürt, mich hierher gebracht… um mich jahrelang zu quälen… weil ich überlebt habe.«

»Sie waren sehr tapfer«, sagte ich. »Sie haben sich gegen ihn gewehrt, Sie haben überlebt. Er ist tot. Haben Sie schon vor seinem Tod von seinen Büchern gewußt?«

»Sie waren… in seinem Schreibtisch… eingesperrt. Im Wohnzimmer. Er… hat mich geschlagen… als ich als kleines Kind in… diese Schubladen geschaut habe. Als er gestorben ist… hab' ich sie genommen… und an meinen geheimen Ort gebracht.«

»Und heute ist jemand gekommen, um diese Bücher zu holen?«

»Ilse«, sagte er. »Ilse die Wölfin. Sie stand… vor der Tür. Zuerst war sie freundlich. Hat sie von Mengele gelernt. Zuerst Freunde, dann Folter. Sie hat gesagt… sie ist aus Wien. Hat gesagt, Ulf hat diese Bücher nach Amerika mitgenommen nach dem Krieg… hätte er nicht dürfen. Ich hab' nicht gleich verstanden… dann hab' ich versucht… mich an meinem geheimen Ort vor ihr zu verstecken… Aber sie hat zuerst… ihre Waffe gezogen.«

»Wie hat sie ausgesehen?« fragte ich, ohne auf Lotty zu achten, die mich zum Schweigen bringen wollte.

»Böse. Großer Hut. Sonnenbrille. Furchtbares Lächeln.«

»Als Ulf hier in Chicago Versicherungen verkauft hat, hat er da mit Ihnen über diese Bücher gesprochen?« fragte ich, um irgendwie herauszubekommen, ob er in letzter Zeit in der Midway Agency gewesen und möglicherweise Howard Fepple auf die Pelle gerückt war.

»Die Toten geben uns Leben, hat Ulf immer gesagt. Vergiß nicht… du wirst reich sein. Er wollte… daß ich Arzt werde… daß ich Geld verdiene durch die Toten. Ich wollte nicht… unter den Toten… leben. Ich wollte nicht… in der Kammer bleiben… Er hat… mich gequält… mich schwul und weichlich genannt… immer auf deutsch… immer in der Sprache… der Unterdrückung.« Tränen liefen ihm die Wangen herunter, und er begann schwer zu atmen.

Lotty sagte: »Sie müssen sich ausruhen, ein bißchen schlafen. Wir wollen schließlich, daß Sie wieder gesund werden. Ich verlasse Sie jetzt, aber bevor ich gehe, möchte ich noch eins wissen: Mit wem haben Sie in England gesprochen? Was hat Ihnen geholfen, sich zu erinnern, daß Ihr wahrer Name Radbuka ist?«

Er hatte die Augen geschlossen; sein Gesicht wirkte verhärmt und fahl. »Seine Auflistung der Toten, die er… selbst umgebracht hat… Er hat in den Büchern damit geprahlt… ihre Namen aufgeschrieben… Hab' alle Namen… im Internet überprüft… Einen gefunden… in England… Sofie… Radbuka… Als ich gewußt habe… welcher Name meiner… und daß ich nach England zu Anna Freud geschickt wurde... nach dem Krieg... Muß so gewesen sein.«

Lotty ließ ihre Hand an seinem Puls, während er einschlief. Wir anderen sahen benommen zu, wie Lotty alle Tröpfe überprüfte, an die Paul angeschlossen war. Als sie das Zimmer verließ, folgten Rhea und ich ihr. Rhea hatte hektische rote Flecken im Gesicht. Sie versuchte, Lotty auf dem Flur zur Rede zu stellen, doch Lotty marschierte an ihr vorbei zum Schwesternzimmer, wo sie nach der Oberschwester fragte. Dann erkundigte sie sich nach den Medikamenten, die Paul erhielt.

Don war erst nach uns aus Pauls Zimmer gekommen. Er begann mit besorgtem Blick und leiser Stimme ein Gespräch mit Rhea. Lotty hatte inzwischen ihre Unterhaltung mit der Oberschwester beendet und rauschte den Flur hinunter in Richtung Aufzug. Als ich sie einholte, sah sie mich streng an.

»Du hättest dir deine Fragen aufsparen sollen, Victoria. Ich wollte ganz bestimmte Dinge herausfinden, aber deine Fragen haben ihn abgelenkt und ihn am Ende zu sehr aufgeregt. Zum Beispiel wollte ich erfahren, wie er auf die Idee gekommen ist, daß Anna Freud ihn gerettet hat.«

Ich betrat zusammen mit ihr den Aufzug. »Lotty, hör auf mit diesem Käse. Genügt es nicht, daß du Carl vor den Kopf gestoßen hast? Willst du jetzt auch noch Max und mich vertreiben? Du bist wütend geworden, als Paul das erste Mal etwas von England erwähnt hat; ich habe nur versucht, ihn bei der Stange zu halten. Außerdem wissen wir, was diese Bücher für Paul Hoffman bedeuten. Ich würde gern erfahren, was sie für Ulf Hoffman bedeutet haben. Wo sind sie übrigens? Ich brauche sie.«

»Fürs erste wirst du ohne sie auskommen müssen.«

»Lotty, das kann ich nicht. Ich muß herausfinden, was sie Menschen sagen, die keine Toten darin sehen. Jemand hat auf Paul geschossen, um sie zu kriegen. Vielleicht hat die böse Frau mit der Sonnenbrille einen Versicherungsagenten namens Howard Fepple für sie umgebracht. In das Haus seiner Mutter ist am Dienstag eingebrochen worden. Jemand hat es durchsucht, wahrscheinlich nach diesen Büchern.«

Da fiel mir plötzlich Amy Blount ein. Auch bei ihr war am Dienstag eingebrochen worden. Es war naheliegend, eine Verbindung zu den Hoffman-Büchern herzustellen. Sie hatte Einblick in die Archive der Ajax gehabt. Was, wenn die grimmige Frau mit der Sonnenbrille gedacht hatte, Ulf Hoffmans Bücher seien in dem Archiv gelandet und Amy Blount habe ihnen nicht widerstehen können? Was bedeutete, daß es sich um jemanden handelte, der von Amy Blounts Recherchen in dem Archiv wußte. Was mich wieder zu den Leuten von der Ajax zurückführte. Zu Ralph. Zu Rossy. Und am Rande auch zu Durham.

»Jedenfalls«, sagte ich, als die Türen des Aufzugs sich im Erdgeschoß öffneten, »wenn jemand so scharf auf die Bücher ist, gehst du ein ganz schönes Risiko ein, wenn du sie bei dir behältst.«

»Das ist eindeutig mein Problem, Victoria, nicht deins. Ich gebe sie dir in ein oder zwei Tagen zurück. Ich muß sie mir zuerst genauer ansehen.« Dann marschierte sie weg, in Richtung des Ärzteparkplatzes, die ein Pfeil im Flur angab.

Don und Rhea traten gerade aus einem anderen Aufzug. Don sagte: »Begreifst du denn nicht, Schatz, daß dich genau so etwas angreifbar macht gegenüber der Kritik von Leuten wie Praeger – die Tatsache, daß du Menschen an diese Erinnerungen heranführst?«

»Er wußte, daß er nach dem Krieg in England gewesen war«, sagte sie. »Das ist nichts, was ich mir ausgedacht oder worauf ich ihn hingeführt habe. Und die Erinnerungen an die Kalkgruben – Don, wenn du dabeigewesen wärst – ich habe wirklich schon viele grauenvolle Erinnerungen von Patienten gehört, aber ich habe dabei noch nie weinen müssen. Es ist mir immer gelungen, die professionelle Distanz zu wahren. Doch zu sehen, wie die eigene Mutter lebendig in eine Grube gestoßen wird, die sie bei vorgehaltener Waffe mit Kalk hat füllen müssen, diese Schreie zu hören – und dann noch zu wissen, daß der Mann, der für den Tod deiner Mutter verantwortlich ist, solche Macht über dich hat, dich in eine kleine Kammer einsperrt, dich schlägt, dich verspottet… Es war einfach erschütternd.«

»Das kann ich nachvollziehen«, mischte ich mich ein. »Aber es sind so viele Unstimmigkeiten in dieser Geschichte. Selbst wenn Ulf Hoffman gewußt haben sollte, daß dieser eine kleine

Junge der Kalkgrube entgangen war – wie ist es ihm gelungen, seine Spur in den Kriegswirren nicht zu verlieren, zuerst in Theresienstadt und später in England? Wenn Hoffman wirklich Einsatzgruppenführer gewesen ist, hätte er während des Krieges mehr als genug Gelegenheiten gehabt, den Jungen umzubringen. Aber in Hoffmans Einreisepapieren heißt es, sie seien mit einem holländischen Handelsschiff von Antwerpen nach Baltimore gekommen.«

»Das heißt nicht, daß er nicht von England weggefahren ist«, sagte Rhea. »Und was Ihr anderes Argument anbelangt: Ein Mensch mit schlechtem Gewissen ist zu allem fähig. Ulf Hoffman ist tot; wir können ihn nicht fragen, warum er so besessen war von dem kleinen Jungen. Aber wir wissen, daß er geglaubt hat, ein jüdisches Kind könnte ihm bei Problemen mit den amerikanischen Einwanderungsbehörden helfen. Wenn er also darüber informiert war, wo sich Paul aufhielt, war es nur natürlich, daß er sich als sein Vater ausgeben und ihn bei sich aufnehmen würde.«

»Hoffman hatte ein offizielles Entnazifizierungsdokument«, widersprach ich. »Und in den Einreisepapieren stand auch nichts davon, daß Paul Jude ist.«

»Wahrscheinlich hat Ulf Hoffman diese Unterlagen vernichtet, sobald er hier war und sich vor Verfolgung sicher fühlte«, sagte Rhea.

Ich seufzte. »Sie haben wirklich eine Antwort auf alles, aber Paul hat eine Art Schrein für den Holocaust errichtet. Er ist voller Bücher und Artikel über die Erfahrungen von Überlebenden. Wenn er ganz in diese Welt eingetaucht ist, kann es gut sein, daß er die Geschichte anderer Menschen mit seiner eigenen Vergangenheit verwechselt. Schließlich sagt er selbst, daß er erst zwölf Monate alt war, als er nach Theresienstadt geschickt wurde. Wüßte er in dem Alter tatsächlich, was er sieht? Immer vorausgesetzt, er ist überhaupt Zeuge geworden, wie seine Mutter und das restliche Dorf auf die Art und Weise ermordet wurden, die er beschreibt.«

»Sie haben keine Ahnung von Psychologie oder von Menschen, die Folter überstanden haben«, sagte Rhea. »Warum bleiben Sie nicht bei den Dingen, bei denen Sie sich auskennen, was immer das auch sein mag?«

»Ich kann Vics Argumentation nachvollziehen, Rhea« sagte Don. »Wir müssen uns ernsthaft über dein Buch unterhalten. Wenn sich kein spezifischer Hinweis in Hoffmans Büchern befindet – zum Beispiel etwas wie ›Dieser Junge, den ich mitgebracht habe, ist nicht mein Sohn, er heißt eigentlich Radbuka...‹ Egal, ich muß sie mir jedenfalls genau ansehen.«

»Don, ich dachte, du bist auf meiner Seite«, sagte Rhea, und ihre kurzsichtigen Augen füllten sich mit Tränen.

»Bin ich auch, Rhea. Deshalb möchte ich ja nicht, daß du ein Buch herausbringst, in dem sich Unstimmigkeiten befinden, die Arnold Praeger und die Leute von Planted Memory so leicht finden können. Vic, ich weiß, daß du die Originale hütest wie die Kronjuwelen, aber könnte ich einen Blick darauf werfen? Das könnte ich in deinem Büro machen, in deiner Anwesenheit.«

Ich verzog das Gesicht. »Lotty hat sie mitgenommen, und das macht mich wütend, aber auch besorgt. Wenn jemand wegen der Bücher auf Paul geschossen hat, ist ihr Besitz ungefähr so gefährlich wie der von Plutonium. Sie hat versprochen, sie mir bis zum Wochenende zurückzugeben. Ungefähr ein Dutzend Seiten habe ich kopiert, die kannst du dir anschauen, aber...«

»Na, das ist ja toll«, sagte Don mit einem Seufzer der Verzweiflung. »Woher hast du die Sachen überhaupt? Wieso weißt du von Pauls Schrein? Du warst also in seinem Haus, stimmt's?«

Ich nickte widerwillig – jetzt konnte ich nicht mehr verheimlichen, daß ich dort gewesen war. »Ich hab' ihn gleich nach dem Angriff gefunden und die Sanitäter gerufen. Jemand hatte das Haus auf den Kopf gestellt, aber da gab es eine Kammer hinter den Vorhängen in seinem Holocaust-Schrein. Und in der hat der Angreifer nicht nachgeschaut. Es war wirklich schrecklich dort.«

Noch einmal beschrieb ich die Kammer, die Wand mit den Fotos und die Kommentare, die Paul auf die Bilder von Ulf Hoffman geschmiert hatte. »Die Sachen, die er aus Ihrem Büro mitgenommen hat, Rhea, waren auch da, um Aufnahmen von Ihnen drapiert.«

»Die Kammer würde ich gern sehen«, sagte Don. »Vielleicht

gibt es dort andere wichtige Beweisstücke, die dir nicht aufgefallen sind.«

»Dann geh ruhig hin«, sagte ich. »Mir ist einmal genug.«

»Keiner von euch hat das Recht, einfach in Pauls Privatbereich einzudringen«, sagte Rhea kühl. »Alle Patienten idealisieren ihre Therapeuten bis zu einem gewissen Grad. Ulf Hoffman war als Vater ein solches Ungeheuer, daß Paul ihm mich als die idealisierte Mutter entgegensetzt, die er nie gehabt hat. Vic, Sie waren in seinem Haus – heute morgen haben Sie mich angerufen, um mich nach seiner Adresse zu fragen. Warum haben Sie das getan, wenn Sie sowieso wußten, wo er wohnt? Und wie sind Sie in das Haus gekommen? Sind Sie sicher, daß Sie nicht selbst auf ihn geschossen haben aus Wut darüber, daß er unbedingt eine enge Verwandtschaft mit Ihren Freunden nachweisen wollte?«

»Ich hab' nicht auf ihn geschossen, auch wenn er allen fürchterlich auf den Wecker gegangen ist«, sagte ich mit sanfter Stimme, aber wütendem Blick. »Doch ich habe jetzt eine Probe von seinem Blut, auf meiner Kleidung. Die kann ich einschicken zum DNA-Test. Dann haben wir ein für allemal den Nachweis, ob er mit Max oder Carl oder Lotty verwandt ist.«

Sie starrte mich bestürzt an. Ich marschierte an ihr vorbei, bevor sie oder Don etwas sagen konnten.

44 Eine Dame verschwindet

Ich fragte mich, ob Paul in seinem Krankenhauszimmer sicher war. Wenn Ilse die Wölfin erfuhr, daß er ihren Angriff überlebt hatte, würde sie dann noch einmal wiederkommen, um ihr Werk zu vollenden? Die Polizei konnte ich nicht bitten, jemanden zu seinem Schutz abzustellen, wenn ich nicht vorher die Sache mit Hoffmans Büchern erklärte. Und davor, den Beamten diese Geschichte begreiflich zu machen, schreckte sogar ich zurück, zumal ich sie selbst nicht ganz verstand. Schließlich entschied ich mich für einen Kompromiß und fuhr noch einmal in den vierten Stock, um der Oberschwester zu sagen, daß mein Bruder Angst habe, die Angreiferin könne zurückkehren und ihn ermorden.

»Wir machen uns Sorgen um Paul«, sagte ich. »Ich weiß nicht, ob Ihnen das aufgefallen ist, aber er lebt in seiner eigenen Welt. Er glaubt, daß die Nazis hinter ihm her sind. Hat Dr. Herschel Ihnen gesagt, daß es das beste wäre, wenn niemand zu ihm hinein darf, es sei denn, in meiner Anwesenheit oder der seines Arztes oder seiner Therapeutin? Sonst könnte er sich so aufregen, daß er vielleicht ernsthafte Atemprobleme bekommt.«

Sie bat mich, einen Text fürs Schwesternzimmer zu formulieren, und überließ mir dafür einen Computer. Als ich fertig war, übermittelte sie die Nachricht ans Schwesternzimmer und sagte, sie würde dafür sorgen, daß die Zentrale eventuelle Anrufe oder Besucher umleitete.

Bevor ich nach Hause fuhr, schaute ich noch in meinem Büro vorbei, um Morrell eine E-Mail zu schicken, in der ich ihm die Ereignisse des Tages schilderte. *Bis jetzt hat mich noch niemand verprügelt und auf den Kennedy Expressway geworfen*, schrieb ich, *aber stressig ist's hier trotzdem.* Ich endete mit einer Schilderung des Gesprächs in Pauls Krankenzimmer. *Du hast Dich so lange mit Folteropfern beschäftigt – könnte es sich bei dieser Identifikation mit Holocaust-Opfern um einen Fall von dissoziativem Schutz handeln? Die ganze Geschichte ist wirklich gruselig.*

Ich schloß den Brief mit jenen Liebes- und Sehnsuchtsbeteuerungen, die man an Geliebte in der Ferne schickt. Wie hatte es Lotty all die Jahre ohne solche Gefühle ausgehalten? Hatten ihre inneren Qualen sie dazu gebracht zu glauben, daß sie Einsamkeit und Sehnsucht verdiente? Zu Hause setzte ich mich zusammen mit Mr. Contreras und den Hunden eine ganze Weile auf die hintere Veranda. Wir redeten nicht viel; ich genoß nur ihre Gegenwart.

Am Morgen beschloß ich, noch einmal bei der Ajax vorbeizuschauen. Ich rief Ralph von meinem Büro aus an und sprach mit seiner Sekretärin Denise. Wie üblich hatte er einen vollen Terminkalender. Wieder einmal setzte ich all meinen Charme ein, und wieder einmal gelang es Denise, mich irgendwo dazwischenzuquetschen, wenn ich es bis halb zehn zum Ajax-Gebäude schaffte. Ich packte die Aktentasche mit den Fotokopien aus Hoffmans Büchern und rannte zur Ecke North Avenue hinunter, um ein Taxi heranzuwinken.

Als ich Ralphs Büro erreichte, erklärte mir Denise, Ralph würde in zwei Minuten aus dem Büro des Direktors zurückkommen, und setzte mich mit einer Tasse Kaffee in sein Konferenzzimmer. Doch Ralph gesellte sich fast sofort zu mir. Er rieb sich die Augen und wirkte viel zu müde dafür, daß es noch so früh am Tag war.

»Hallo, Vic. Wir haben große Probleme wegen den Überschwemmungen in Kalifornien. Ich kann dir fünf Minuten geben, dann muß ich weiter.«

Ich legte die Fotokopien auf den Konferenztisch. »Die sind aus den Büchern von Ulf – Al – Hoffman, dem Agenten, der Aaron Sommers vor vielen Jahren die Versicherung verkauft hat. Hoffman hat eine Liste mit Namen und – vermutlich – Adressen geführt und diese mit kryptischen Initialen und Haken versehen. Kannst du dir einen Reim darauf machen?«

Ralph beugte sich über die Papiere. »Die Schrift ist ja fast nicht zu lesen. Kann man die irgendwie deutlicher kriegen?«

»Es hilft ein bißchen, wenn man sie vergrößert. Leider habe ich im Moment die Originale nicht, aber ich kann inzwischen manches von dem hier entziffern, weil ich mich schon seit ein paar Tagen damit beschäftige.«

»Denise«, rief er seiner Sekretärin zu, »könnten Sie einen Augenblick reinkommen?«

Denise trottete artig herein. Sie schien nicht verärgert zu sein über seinen herrischen Tonfall und trug ein paar Seiten zum Kopierer. Nach einer Weile kam sie mit unterschiedlichen Vergrößerungen zurück. Ralph sah sie an und schüttelte den Kopf.

»Ganz schön rätselhaft. Ich hab' ja schon 'ne Menge Agenturakten gesehen, aber ... Denise!« rief er noch einmal. »Rufen Sie doch bitte das Mädchen aus dem Archiv hier rauf, diese Connie Ingram, ja?«

In normalem Tonfall sagte er: »Mir ist gerade eingefallen, was merkwürdig war an diesen Unterlagen. Connie kennt bestimmt die Antwort.« Er wandte sich der Seite mit den Namen und Adressen zu. »Omschutz, Gerstein – sind das Namen? Was ist Notvoy?«

»Nestroy, nicht Notvoy. Eine Frau, die ich kenne, sagt, das sei eine Straße in Wien.«

»In Österreich? Wir hatten also einen Agenten in der South Side, der Versicherungen in Wien verkauft hat?«

»Möglicherweise hat er dort schon vor dem Krieg als Versicherungsvertreter gearbeitet, aber ich weiß es nicht. Eigentlich hatte ich gehofft, du würdest mir sagen können, ob diese Listen irgendwas mit Versicherungen zu tun haben oder nicht. Ein definitives Nein wäre fast genauso hilfreich wie ein definitives Ja.«

Ralph schüttelte den Kopf und rieb sich wieder die Augen. »Das kann ich dir nicht sagen. Wenn es sich tatsächlich um Versicherungsunterlagen handelt, könnten diese Zahlen, das 20/w und das 8/w, sich auf wöchentliche Zahlungen beziehen, ›w‹ wie ›week‹ – ›Woche‹, auf englisch und auf deutsch. In welcher Währung waren die Versicherungen abgeschlossen? Ergeben diese Zahlen irgendeinen Sinn als Zahlungen? Und das andere könnten, mal angenommen, es handelt sich tatsächlich um Versicherungsdaten, Policennummern sein, obwohl sie ganz anders aussehen als die, mit denen ich vertraut bin.«

Er hielt mir das Blatt hin. »Kannst du das lesen? Was ist denn das für ein Großbuchstabe? Das Ding, das aussieht wie eine Biene, die auf eine Blüte losgeht? Und dann diese Reihe von Zahlen und dahinter… ist das ein ›q‹ oder ein ›o‹? Dann wäre da noch ein ›L‹. Mein Gott, Vic, ich habe keine Zeit für solche Rätsel. Es könnte was mit Versicherungen zu tun haben, aber sicher weiß ich das nicht. Vielleicht könnte ich Rossy fragen. Der könnte eine Ahnung haben, wenn es sich um ein europäisches System handelt, doch wenn es aus der Zeit vor dem Krieg ist… Tja, die haben ihre ganzen Systeme nach dem Krieg geändert. Und außerdem ist er noch jung, 1958 geboren, da weiß er so was wahrscheinlich sowieso nicht.«

»Mir ist klar, daß das Ganze wie ein Rätsel aussieht«, sagte ich. »Aber ich glaube, daß Fepple deswegen umgebracht wurde. Gestern hat jemand, der vermutlich diese Papiere suchte, auf Al Hoffmans Sohn geschossen.«

Nun kam Denise herein, um Ralph mitzuteilen, daß Connie Ingram da sei.

»Connie. Kommen Sie rein. Alles in Ordnung? Hoffentlich sind die Befragungen durch die Polizei zu Ende. Connie, die Akte, die uns allen so viel Kopfzerbrechen bereitet: Aaron Sommers. Es waren keine persönlichen Notizen des Vertreters drin.

Irgend etwas daran hat mich gestört, als ich sie von Mr. Rossy geholt habe, und bei einem Blick auf das hier ist mir eingefallen, was fehlte.«

Er wandte sich mir zu, um es mir zu erklären. »Weißt du, Vic, der Vertreter würde sich Notizen machen mit Zahlen oder anderen Aufzeichnungen für die Akte – wir sind von der persönlichen Einschätzung der Vertreter abhängig, besonders bei Lebensversicherungen. Es könnte ja sein, daß der Versicherungsnehmer einen Arzt in der Hinterhand hat, der ihm ein positives Gesundheitszeugnis ausstellt, aber der Vertreter sieht, daß er lebt wie ich, von Pommes und Kaffee, und dann teilt er der Gesellschaft mit, daß bei dem Betreffenden wahrscheinlich gesundheitliche Risiken vorliegen und er höher eingestuft werden muß oder was auch immer. Jedenfalls waren keinerlei solche Notizen in der Sommers-Akte. Also Connie: Haben Sie jemals Aufzeichnungen des Vertreters in der Akte gesehen? Vielleicht hatte er ja eine Handschrift wie die hier.«

Ralph reichte Connie eines der Blätter. Sie bekam große Augen und schlug die Hand vor den Mund.

»Was ist los, Connie?« fragte ich.

»Nichts«, sagte sie hastig. »Die Handschrift ist so merkwürdig. Daß die überhaupt jemand lesen kann?«

Ralph sagte: »Haben Sie jemals irgendwelche Notizen von dem Vertreter – wie hieß er doch gleich? Ulf Hoffman? – gesehen, handschriftlich oder mit Maschine geschrieben? Nein? Ganz sicher nicht? Was passiert, wenn wir einen Anspruch erfüllen? Vernichten wir dann alle Unterlagen zu dem Fall? Das kann ich mir nicht vorstellen – Versicherungsleute lieben doch Papier.«

Denise streckte den Kopf zur Tür herein. »Ihr Anruf aus London, Mr. Devereux.«

»Ich nehm' ihn in meinem Büro entgegen.« Als er das Konferenzzimmer verließ, sagte er über die Schulter gewandt: »Das sind die Leute von Lloyd's, wegen der Überschwemmungskatastrophe. Laß die Kopien hier – ich zeig' sie Rossy. Und Connie: Denken Sie genau drüber nach, was Sie in der Akte gesehen haben.«

Ich sammelte meine Kopien ein und reichte Denise die Vergrößerungen, die sie gemacht hatte. Connie huschte hinaus, während ich mich noch bei Denise für ihre Hilfe bedankte. Auf dem Weg zum Aufzug sah ich Connie nicht wieder. Entweder war der Lift gerade gekommen und sie sofort eingestiegen, oder sie hatte sich in die Damentoilette verdrückt. Für den Fall, daß meine zweite Vermutung stimmte, entfernte ich mich von den Aufzügen, um den Blick auf den Lake zu bewundern. Die Empfangsdame der Chefetage fragte mich, ob sie mir behilflich sein könne; ich antwortete ihr, ich wolle nur ein bißchen nachdenken.

Etwa fünf Minuten später tauchte Connie Ingram auf, die sich hastig umschaute wie ein verängstigtes Kaninchen. Fast hätte ich dem Impuls nachgegeben, sie zu erschrecken, aber ich wartete dann doch geduldig beim Fenster, bis die Aufzugglocke ertönte, bevor ich mich zu ihr gesellte und mit ihr zusammen den Lift betrat.

Sie sah mich verärgert an, als sie auf die Achtunddreißig drückte. »Ich muß nicht mit Ihnen reden, das hat der Anwalt gesagt. Er hat gesagt, ich soll ihn anrufen, wenn Sie wieder auftauchen.«

Meine Ohren verstopften sich, als der Aufzug hinuntersauste. »Das können Sie machen, sobald Sie aus dem Lift aussteigen. Hat er Ihnen auch gesagt, daß Sie nicht mit Mr. Devereux reden sollen? Haben Sie sich schon eine Antwort auf die Frage überlegt, ob Sie irgendwelche Notizen des Vertreters in der Akte gesehen haben? Nur für den Fall, daß Mr. Devereux die Frage vergessen sollte – ich weiß, daß er eine Menge um die Ohren hat: Ich werde ihn regelmäßig anrufen, um ihn daran zu erinnern.«

Die Tür öffnete sich im achtunddreißigsten Stock. Connie Ingram schoß hinaus, ohne sich freundlich von mir zu verabschieden. Ich fuhr mit der Hochbahn zurück in mein Büro, wo ich eine E-Mail von Morrell vorfand.

> Jetzt weiß ich, daß ich als erfahrener Reisender mich in meinen Erwartungen von den Beschreibungen Rudyard Kiplings habe beeinflussen lassen. Ich war nicht vorbereitet auf die Schlichtheit und Größe dieser Berge und darauf, daß man sich neben ihnen wie ein Nichts vorkommt. Man ertappt sich dabei, trotzige Gesten machen zu wollen: Ich bin hier, ich bin am Leben, nimm mich zur Kenntnis.

Was Deine Frage zu Paul Hoffman oder Radbuka anbelangt: Natürlich bin ich kein Fachmann, aber ich glaube durchaus, daß jemand, der so gequält wurde wie er offenbar von seinem Vater, emotional sehr labil werden könnte. Die Tatsache, vom eigenen Vater gequält zu werden, muß sehr schmerzhaft sein; man würde denken, daß man selbst die Schuld an diesem Verhalten trägt – Kinder machen sich in schwierigen Situationen immer selbst Vorwürfe. Aber wenn der Betreffende sich einreden könnte, aufgrund seiner historischen Identität verfolgt zu werden – er war Jude, aus Osteuropa, hat die Todeslager überlebt –, dann würde das den Qualen Glanz und einen tieferen Sinn verleihen, und es würde ihn vor dem Schmerz bewahren zu glauben, ein schreckliches Kind zu sein, das dem Vater zu seinen Quälereien Grund gibt. So sehe ich das jedenfalls.

Meine geliebte Pfeffermühle, Du fehlst mir jetzt schon mehr, als ich Dir sagen kann. Es verunsichert, in dieser Landschaft so wenigen Menschen zu begegnen. Mir fehlt nicht nur Dein Gesicht – ich sehne mich auch danach, überhaupt wieder Gesichter von Frauen zu sehen.

Ich druckte den Teil aus, in dem es um Paul ging, und faxte ihn Don Strzepek über Morrells Privatgerät zusammen mit dem Zusatz: *Vielleicht kannst Du was damit anfangen.* Ich fragte mich, wie das Gespräch zwischen Don und Rhea ausgegangen war. Würde er weiterhin das Buch mit ihr machen wollen? Oder würde er warten, bis wir wußten, ob Max und Lotty bereit waren, einer DNA-Analyse zuzustimmen?

Paul Hoffman hatte seine Identität an einen sehr dünnen Faden gehängt, wenn er sie ausschließlich auf seine Namenssuche im Internet gründete, die schließlich den Namen Sofie Radbuka zutage gefördert hatte. Und dieser Faden war auch seine einzige Verbindung nach England unmittelbar nach dem Krieg.

Das erinnerte mich an das Bild von Anna Freud, das Paul in seiner Kammer aufgehängt hatte. Seine Retterin in England. Ich rief bei Max an und sprach mit Michael Loewenthal – Agnes war es gelungen, einen neuen Termin mit der Galerie zu vereinbaren, und so paßte er auf Calia auf. Er ging für mich ins

Wohnzimmer und teilte mir dann den Titel der Biographie mit, die Lotty am Vorabend geholt hatte.

»Wir fahren in die Stadt, um uns die Walrosse ein letztes Mal anzusehen; da könnte ich dir das Buch im Büro vorbeibringen. Nein, kein Problem, Vic, wir sind dir noch was schuldig, weil du dich so aufopfernd um unser kleines Monster gekümmert hast. Allerdings hätte ich noch eine Bitte an dich: Calia läßt uns keine Ruhe wegen des Hundehalsbands. Das könnten wir dann gleich abholen.«

Ich stöhnte. Das verdammte Ding lag bei mir zu Hause in der Küche. Ich sagte Michael, wenn ich es nicht mehr schaffte, das Halsband am Abend in Evanston vorbeizubringen, würde ich es Calia in London zuschicken.

»Entschuldige, Vic, die Mühe brauchst du dir nicht zu machen. Ich komme in ungefähr einer Stunde mit dem Buch vorbei. Hast du übrigens mit Lotty gesprochen? Mrs. Coltrain hat mich aus der Klinik angerufen. Sie macht sich Sorgen, weil Lotty sämtliche Termine für heute abgesagt hat.«

Ich erzählte ihm, unser Abschied am Vorabend sei nicht so herzlich gewesen, daß ich Lust gehabt hätte, sie anzurufen. Doch nachdem wir aufgelegt hatten, wählte ich Lottys Privatnummer. Es meldete sich nur ihr Anrufbeantworter, der mehrere Nummern für den Fall angab, daß es sich um eine medizinische Notlage handelte. Freunde bat er, eine Nachricht nach dem Piepston zu hinterlassen. Ich wurde den Gedanken an den Wahnsinnigen nicht los, der in der Stadt unterwegs war und Leute erschoß, um an die Bücher von Hoffman zu kommen. Aber bestimmt würde der Pförtner in Lottys Haus niemanden durchlassen, der dort nichts verloren hatte.

Ich rief Mrs. Coltrain an, die anfangs erleichtert war, von mir zu hören, und ganz nervös wurde, als sie merkte, daß ich nichts über Lotty wußte. »Wenn sie krank ist, sagt sie natürlich ihre Termine ab, aber dann spricht sie mit mir darüber.«

»Hat noch jemand bei Ihnen angerufen?« fragte ich voller Sorge.

»Nein, nur... sie hat eine Nachricht auf dem Anrufbeantworter im Büro hinterlassen. Ich hab's nicht glauben können, als ich sie gehört habe, und gleich bei ihr zu Hause und dann bei Mr. Loewenthal angerufen, um ihn zu fragen, ob sie etwas zu irgend jemandem im Krankenhaus gesagt hat. Aber niemand dort weiß etwas – nicht einmal Dr. Barber. Sie vertreten sich ja immer gegenseitig in Notfällen. Einer von Dr. Herschels Kollegen kommt mittags vorbei und kümmert sich um eventuelle akute Probleme. Aber wenn sie nicht krank ist, wo steckt sie dann?«

Wenn Max es nicht wußte, dann niemand. Ich versprach Mrs. Coltrain, in Lottys Wohnung nachzusehen. Keiner von uns sagte es, doch beide stellten wir uns vor, wie Lotty bewußtlos auf dem Boden lag. Ich suchte die Nummer von Lottys Hausverwaltung aus dem Telefonbuch und ließ mich zum Pförtner durchstellen, der Dr. Herschel an jenem Tag noch nicht gesehen hatte.

»Hat in dem Haus irgend jemand Schlüssel zu ihrer Wohnung? Könnte ich rein, um nachzusehen, ob alles in Ordnung ist?«

Er warf einen Blick in seine Liste. Lotty hatte die Namen von Max und mir für Notfälle angegeben; wahrscheinlich, sagte der Mann mir, konnte der Hausmeister mich reinlassen, wenn ich keine Schlüssel hatte. Wann würde ich kommen? In zwanzig Minuten? Dann würde er Gerry aus dem Keller holen, wo er gerade eine Boilerreparatur überwachte.

Als ich gehen wollte, rief Mary Louise an. Sie war in der South Side bei Gertrude Sommers – ja, die Tante meines Klienten –, die mir persönlich etwas sagen wollte. Ich hatte völlig vergessen, daß Mary Louise sich für mich über den dubiosen Cousin meines Klienten erkundigen sollte. Die Notiz hatte ich ihr am Nachmittag zuvor hingelegt, aber in der Zwischenzeit war so viel passiert, daß es mir vorkam, als sei ein ganzer Monat vergangen.

Ich unterdrückte ein Seufzen. Ich war müde und hatte es satt, vom einen Ende Chicagos zum anderen zu hasten. Ich sagte Mary Louise, daß ich, vorausgesetzt, es ereignete sich nichts Dramatisches bei Lotty, in ungefähr neunzig Minuten bei Gertrude Sommers sein würde.

45 Gerüchte

Der Pförtner von Lottys Haus hatte mich schon ein paarmal gesehen, aber er und Gerry, der Hausmeister, bestanden trotzdem darauf, daß ich ihnen einen Ausweis zeigte, bevor Gerry mit mir hinauf in den siebzehnten Stock fuhr. Normalerweise hätte mich das ungeduldig gemacht, doch jetzt bewirkte es, daß ich im Hinblick auf Lottys Sicherheit ein besseres Gefühl bekam.

Als wir ihre Wohnung erreichten, klingelte Gerry mehrmals, bevor er die Tür aufschloß. Er ging mit mir durch die Räume, wo wir keine Spur von Lotty entdeckten, aber auch keinen Hinweis darauf, daß eine gewaltsame Auseinandersetzung stattgefunden hätte.

Unter den mißbilligenden Blicken Gerrys suchte ich in allen Schubladen in dem kleinen Raum, den Lotty als Arbeitszimmer nutzt, und dann auch in denen in Lottys Schlafzimmer nach Hoffmans Büchern. Gerry folgte mir von Raum zu Raum, während ich mir vorzustellen versuchte, wo Menschen Dinge verstecken – zwischen Kleidern, unter Teppichen und Matratzen, in Küchenschränken, hinter Bildern an der Wand, zwischen den Büchern auf den Regalen.

»Dazu haben Sie kein Recht, Miss«, sagte Gerry, als ich in die Schublade mit Lottys Unterwäsche schaute.

»Sind Sie verheiratet, Gerry? Haben Sie Kinder? Wenn bei Ihrer Frau oder einer Ihrer Töchter in der Schwangerschaft Komplikationen auftreten würden, wäre Dr. Herschel diejenige, an die Sie sich wenden könnten. Sie nimmt ihre Arbeit so ernst, daß sie sich erst dann krank meldet, wenn sie hohes Fieber hat und Angst, daß dadurch ihr Urteilsvermögen beeinträchtigt wird. Und jetzt ist sie plötzlich verschwunden. Ich suche hier nach Hinweisen, ob sie aus freien Stücken gegangen ist oder nicht, ob sie eine Tasche gepackt hat oder nicht.«

So ganz schien er mir nicht zu glauben, aber er ließ mich weiter gewähren. Hoffmans Bücher fand ich nicht, also mußte sie sie mitgenommen haben. Es war ihre eigene Entscheidung gewesen zu verschwinden. Es mußte einfach so sein.

»Ist ihr Wagen in der Garage?« fragte ich.

Er setzte sich übers Sprechfunkgerät mit dem Pförtner in Verbindung; Jason sagte, er würde hinausgehen und nachschauen.

So könnte ein Eindringling ins Haus kommen: Er würde warten, bis der Pförtner in die Garage ging, und dann einem anderen Mieter hineinfolgen.

Als wir hinunterkamen, stand Jason wieder an seinem Platz. Dr. Herschels Wagen war hier – er verließ seinen Platz noch einmal, um ihn mir zu zeigen. Das Auto war zugesperrt, und ich wollte den beiden nicht vormachen, daß ich es trotzdem aufgebracht hätte, also sah ich nur durch die getönte Scheibe. Anders als ich läßt Lotty keine Papiere, alten Handtücher und verschwitzte T-Shirts in ihrem Wagen. Auf den Sitzen lag nichts.

Ich gab beiden eine Visitenkarte und bat Jason, die Bewohner beim Heimkommen zu fragen, ob sie Lotty beim Verlassen des Hauses gesehen hätten. »So bleibt die Sache unauffällig«, sagte ich, als er mir widersprechen wollte. »Anderenfalls müßte ich die Polizei ins Spiel bringen, und das würde ich ungern.«

Die beiden Männer wechselten einen Blick: Die Hausverwaltung würde nicht sonderlich begeistert reagieren, wenn Polizisten vorbeikamen und die Bewohner befragten. Jason und Gerry schoben ihre Zehner mit der angemessenen Würde ein und erklärten sich bereit, in Max' und meiner Abwesenheit niemanden in Dr. Herschels Wohnung zu lassen.

»Und Sie behalten den Eingangsbereich auch im Auge, wenn Sie gerade etwas anderes machen?« fragte ich.

»Es ist immer jemand im Eingangsbereich, Ma'am« sagte Jason ein wenig verärgert. »Und wenn ich ausnahmsweise mal in der Garage bin, kann ich ihn von den Monitoren aus beobachten. Wenn ich Pause habe, springt Gerry für mich ein.«

Ich wußte, daß das kein narrensicheres System war, aber es war mir auch klar, daß sie nicht mehr mit mir kooperieren würden, wenn ich weiter Kritik übte. Ich blieb eine Weile in meinem Mustang sitzen und massierte meinen Nacken. Was war mit Lotty passiert? Daß sie ein zweites Leben hatte, von dem ich nichts wußte, war mir in den vergangenen zehn Tagen klargeworden. Aber bedeutete das zwangsläufig, daß ich auf ihre Geheimniskrämerei Rücksicht nehmen mußte? Oder anders herum: Gaben mir unsere Freundschaft, meine Liebe, meine Sorge das Recht, in einen Privatbereich einzudringen, den sie unter so vielen Mühen geschützt hatte? Ich dachte über diese

Frage nach. Wahrscheinlich nicht. Solange diese verdammten Hoffman-Bücher sie nur nicht in Gefahr brachten. Aber das war gut möglich. Wenn ich nur jemanden fände, der sie für mich deuten konnte. Vielleicht würden sie ja Bertrand Rossy etwas sagen.

Ich legte den Gang ein und machte mich auf den schwierigen Weg in die South Side. Mit jedem Tag wird es komplizierter, durch das Zentrum von Chicago zu fahren. Es gibt einfach zu viele Leute wie mich, die allein im Auto sitzen. Auf der North Avenue, kurz vor dem Expressway, tankte ich. Die Preise gingen immer noch nach oben. Ich weiß, daß wir in Amerika nach wie vor weniger als die Hälfte für Benzin zahlen als die Europäer, aber wenn man billigen Treibstoff gewöhnt ist, ist eine Tankfüllung für dreißig Dollar trotzdem ein Schock. Ich folgte dem Dan Ryan Expressway im Schneckentempo bis zur Eighty-seventh Street, der der Wohnung von Gertrude Sommers am nächsten gelegenen Ausfahrt.

In den zwei Wochen seit meinem letzten Besuch schien sich nichts verändert zu haben: Das Chevy-Wrack stand immer noch vor dem Haus, und im Innern schrie nach wie vor das Baby. Mrs. Sommers selbst saß auch dieses Mal kerzengerade mit sorgfältig gebügeltem Kleid und abweisendem Gesichtsausdruck da.

»Ich hab' der anderen jungen Frau gesagt, sie kann gehen«, erklärte sie, als ich sie fragte, ob Mary Louise noch da sei. »Ich rede nicht gern mit der Polizei über meine Familie. Sie behauptet zwar, daß sie nicht mehr für die Polizei arbeitet, aber sie spricht immer noch so und sieht auch so aus.«

Ich mußte mich zusammenreißen, um meine Sorge um Lotty beiseite zu schieben und mich voll und ganz auf Gertrude Sommers zu konzentrieren.

Sie bot mir einen Stuhl an dem Sperrholztisch an der Wand an und nahm dann selbst Platz. Den Rücken hatte sie gestrafft, die Hände im Schoß gefaltet, und ihr Blick war so streng, daß es mir schwerfiel, ihn zu erwidern.

»Der Reverend hat mich in der Bibelstunde am Mittwoch angesprochen. Es ging um meinen Neffen. Nicht um meinen Neffen Isaiah, sondern um den anderen. Um Colby. Glauben Sie, wenn sein Vater ihn genauso nach einem Propheten benannt hätte, wie der andere Bruder von Mr. Sommers seinen Sohn, wäre er dann ein aufrichtiger Mensch geworden? Oder wäre er trotzdem den Versuchungen des Lebens erlegen?«

Ich sagte nichts, auch wenn ich mir nicht sicher war, ob es sich um eine rhetorische Frage handelte oder nicht. Sie würde Zeit brauchen, um zum eigentlichen Thema zu kommen. Und ich durfte sie nicht drängen. Ich schaltete das Handy in meiner Tasche aus; wenn jemand anrief, sollte das Klingeln sie nicht ablenken.

»Seit dem Tod von Mr. Sommers mache ich mir Sorgen um Isaiah. Er hat die Beisetzung aus eigener Tasche bezahlt, und er hat Sie angeheuert, wieder mit Geld aus der eigenen Tasche, damit Sie herausfinden, was aus dem Versicherungsgeld von Mr. Sommers geworden ist. Für diese guten Taten sitzt ihm jetzt die Polizei im Nacken, und auch seine Frau läßt ihm keine Ruhe. Er hat einen guten Job in der Maschinenfabrik. Sie hat Glück, daß sie mit einem so fleißigen Arbeiter und gläubigen Mann verheiratet ist, mein Mann war genauso. Aber sie ist wie ein Kind und will immer das, was sie nicht haben kann.«

Sie musterte mich mit strengem Blick. »Insgeheim habe ich Ihnen die Schuld für Isaiahs Probleme gegeben, obwohl er immer wieder gesagt hat, Sie wollen das Feuer austreten, es nicht schüren. Als der Reverend mit mir über Colby sprechen wollte, war ich zuerst nicht bereit, ihm zuzuhören, doch dann hat der Reverend mich an den Satz aus der Bibel erinnert: ›Augen haben sie und sehen nicht; Ohren haben sie und hören nicht.‹ Und da wußte ich, daß für mich die Zeit gekommen war zuzuhören.«

Sie nickte, als hielte sie sich selbst einen Vortrag. »Der Reverend hat mir gesagt, daß Colby plötzlich mit viel Geld herumwedelt, und ich habe mich gefragt, was er mir mitteilen will – daß Colby das Versicherungsgeld meines Mannes hat? Aber da hat der Reverend gesagt, nein, es ist ganz anders. Colby hat das Geld bekommen, weil er geholfen hat, eine Arbeit zu erledigen.

›Eine Arbeit‹, habe ich gesagt. ›Wenn mein Neffe Colby Geld fürs Arbeiten bekommt, danke ich meinem Herrn auf Knien.‹ Doch der Reverend hat gesagt: ›Er treibt sich mit ein paar von den Empower-Youth-Energy-Männern rum.‹ Und ich hab' gesagt: ›Alderman Durham tut viel Gutes hier im Viertel, da will ich nichts Böses über ihn denken.‹ Und der Reverend hat gesagt: ›Ich höre, Schwester Sommers, und denke auch nichts Böses über ihn. Ich weiß, was er für Ihren Sohn getan hat, als er ein Kind war, und wie er Ihnen und Mr. Sommers geholfen hat, als Ihr Sohn mit der Geißel der Muskeldystrophie geschlagen war. Aber ein Mann weiß nicht immer, was die linke Hand seiner linken Hand tut. Und manche der linken Hände von Alderman Durham finden einen Weg in die Brieftasche und Kassen der Leute.‹«

Sie brummte etwas, verbittert darüber, daß sie mir, einer Fremden, einer Weißen, Schlechtes über ihre Familie erzählen mußte. »Und der Reverend hat gesagt: ›Ich habe gehört, daß Ihr Neffe Colby Geld bekommen hat dafür, daß er bei der Polizei anruft und den Beamten sagt, sein Cousin Isaiah sei in dem Büro von dem Versicherungsagenten gewesen, der Sie um das Geld Ihres Mannes betrogen hat und dann ermordet wurde. Genau wie Kain Abel gehaßt hat, weil er ein rechtschaffener Mann war vor dem Herrn, hat auch Colby seinen Cousin Isaiah gehaßt. Ich habe gehört‹, sagte der Reverend, ›ich habe gehört, daß er den Anruf gern erledigt hat. Und ich habe gehört, als dieselben linken Hände der linken Hand von Alderman Durham eine Waffe brauchten, wußte Colby, wo man sie finden kann. Und als sie mit einem Schweißbrenner in eine Wohnung in Hyde Park eingebrochen sind, hat Colby gern für sie Schmiere gestanden.‹

›Ich werde nicht meine eigene Familie bei der Polizei anschwärzen‹, habe ich dem Reverend gesagt. ›Aber es ist nicht richtig, daß Isaiah ins Gefängnis kommt, was passieren wird, wenn die Polizei dem Haß seines Cousins glaubt.‹ Und als diese andere Frau heute morgen hier erschienen ist, um mir Fragen über Colby zu stellen, weil auch sie Geschichten über ihn gehört hatte, sind Sie mir eingefallen. Und ich habe gewußt, daß die Zeit gekommen ist, mit Ihnen zu reden.«

Ich war so verblüfft, daß ich nicht wußte, was ich sagen sollte. Alderman Durhams EYE-Team hatte den Auftrag erhalten, Howard Fepple umzubringen? Das konnte doch wohl kaum sein. Ich hielt es jedenfalls nicht für möglich, denn dem

Wachmann im Gebäude der Hyde Park Bank wären Angehörige des EYE-Teams mit Sicherheit aufgefallen. Man konnte sie eigentlich nicht mit zukünftigen Eltern verwechseln, die einen Lamaze-Kurs besuchten. Aber mit ziemlicher Wahrscheinlichkeit waren es Sympathisanten des EYE-Teams gewesen, die in Amy Blounts Apartment eingebrochen waren.

Ich rieb mir die Augen, als könnte mir das Klarheit bringen. Irgendwann beschloß ich, Gertrude Sommers die meisten Ereignisse der letzten eineinhalb Wochen zu erzählen und auch die alten Bücher zu erwähnen, in die Ulf Hoffman die Zahlungen seiner Kunden eingetragen hatte.

»Ich verstehe das alles nicht«, sagte ich. »Aber ich werde mit Alderman Durham reden müssen. Und möglicherweise muß ich mich hinterher auch mit der Polizei in Verbindung setzen. Ein Mann ist tot, ein anderer schwer verletzt. Ich begreife nicht, was für ein Bezug bestehen könnte zwischen Hoffmans alten Büchern und Alderman Durham...«

Ich schwieg. Aber Rossy hatte Durham am Dienstag auf der Straße angesprochen. Er war gerade aus Springfield zurückgekommen, von der Abstimmung gegen den Holocaust Asset Recovery Act, in der die Ajax sich hinter Durhams Forderungen nach Entschädigungszahlungen für die Nachkommen der Sklaven gestellt hatte. Und danach waren die Demonstrationen beendet worden.

Rossy kam aus einer europäischen Versicherungsgesellschaft. Carl hatte den Eindruck gehabt, daß Hoffmans Aufzeichnungen ähnlich aussahen wie die, die ein europäischer Versicherungsvertreter viele Jahre zuvor über seinen Vater angelegt hatte. War das die Verbindung zwischen Rossy und der Midway Insurance Agency?

Ich nahm meine Aktentasche und holte die Kopien von Hoffmans Büchern heraus. Mrs. Sommers beobachtete mich, anfangs ein wenig verärgert über meine mangelnde Aufmerksamkeit, dann jedoch interessiert.

»Was ist das? Das sieht aus wie Mr. Hoffmans Handschrift. Sind das seine Aufzeichnungen über die Versicherung von Mr. Sommers?«

»Nein. Doch ich frage mich, ob es sich um die Aufzeichnungen über eine andere Versicherung handeln könnte, die er vor fünfundsechzig Jahren in Europa verkauft hat. Sehen Sie sich das mal an.«

Ich zeigte ihr die Seite mit den Zahlen:

Anschütz, D. 30 Nestroyg (2 f) N-13426-Ö-L; 54 Kr; 20/10

Gerstein, J. 29 Schwei (3o. l) N-14139-Ö-L; 48 Kr; 8/10

»Aber das ist kein ›E‹, sondern ein ›N‹, also kann es sich nicht um eine Policennummer der Edelweiß handeln. Oder vielleicht doch, und sie haben ihren eigenen Unternehmenskode.«

»Sie wissen wahrscheinlich, wovon Sie sprechen, junge Frau. Aber mir sagt das überhaupt nichts.«

Ich schüttelte den Kopf. »Mir sagen die Zahlen auch nichts. Doch andere Dinge beginnen allmählich, einen schrecklichen Sinn zu ergeben.«

Nur, was die Versicherung ihres Mannes mit der ganzen Sache zu tun hatte, wußte ich nicht. Ich hätte liebend gern das Einkommen eines Monats und noch ein bißchen mehr gegeben, um sehen zu können, was Howard Fepple in der Akte von Aaron Sommers gefunden hatte. Doch wenn Hoffman vor dem Krieg Versicherungen für die Edelweiß verkauft hatte, wenn er einer jener Männer gewesen war, die jeden Freitagnachmittag mit dem Fahrrad ins Getto kamen, wie Carl es beschrieben hatte… Aber die Edelweiß war vor dem Krieg lediglich regional tätig gewesen. Behaupteten die Vertreter des Unternehmens jedenfalls. Und so hieß es auch in der Firmengeschichte.

Ich erhob mich abrupt. »Irgendwie wird es mir gelingen, alle Vorwürfe gegen Ihren Neffen Isaiah zu widerlegen, obwohl ich ehrlich gestehen muß, daß ich im Moment noch nicht weiß, wie. Und was Ihren Neffen Colby anbelangt – ich hab's nicht gern, wenn Leute irgendwo einbrechen oder anderen Leuten Waffen für Verbrechen besorgen. Allerdings habe ich das Gefühl, daß Colby mehr Gefahr von seinen Komplizen als vom Gesetz droht. Ich muß jetzt gehen. Wenn mein Verdacht sich bestätigt, liegt des Rätsels Lösung im Zentrum der Stadt, vielleicht auch in Zürich, nicht hier.«

Im Wagen schaltete ich das Handy wieder ein und rief Amy Blount an. »Heute hätte ich eine neue Frage an Sie, über den Teil der Ajax-Firmengeschichte, in dem's um die Edelweiß geht. Woher hatten Sie das Material?«

»Das hat das Unternehmen mir gegeben.«

Ich wendete, eine Hand auf dem Steuer, in der anderen das Handy. Plötzlich mußte ich bremsen, weil eine Katze über die Straße lief. Ihr folgte ein kleines Mädchen, das ihren Namen rief. Der Wagen brach nach hinten aus. Ich ließ das Handy fallen und lenkte den Mustang mit klopfendem Herzen an den Straßenrand. Was für ein Glück, daß ich das Mädchen nicht erwischt hatte.

»Entschuldigung – im Augenblick bin ich ziemlich durch den Wind. Ich versuche, zu viele Dinge gleichzeitig zu machen und fahre wie der Henker«, sagte ich, als ich mich genug erholt hatte, um das Handy wieder ans Ohr zu halten. »Waren das Materialien aus dem Archiv? Wirtschaftsberichte und solche Sachen?«

»Zusammenfassungen von Wirtschaftsberichten. Über die Edelweiß wollten sie nur einen kurzen Abschnitt ganz am Ende. Es ist ja die Firmengeschichte der Ajax, also habe ich es nicht für nötig gehalten, mir die Edelweiß-Archive anzusehen.« Sie ging sofort in die Defensive.

»Und was stand in den Zusammenfassungen?«

»Große Zahlen. Vermögenswerte und Rücklagen, die Hauptniederlassungen. Nach Jahren aufgelistet. An die Details erinnere ich mich nicht. Ich könnte die Bibliothekarin der Ajax fragen.«

Ein paar Männer traten aus einem heruntergekommenen Hof. Sie sahen zuerst mich und dann den Mustang an und hoben bewundernd den Daumen für uns beide. Ich winkte ihnen lächelnd zu.

»Ich möchte herausfinden, ob die Edelweiß vor dem Krieg eine Niederlassung in Wien hatte.« Die Umsatzzahlen der Edelweiß waren nicht wichtig, denn vielleicht war das Unternehmen in den dreißiger Jahren tatsächlich nur regional tätig gewesen. Aber es konnte trotzdem sein, daß es Versicherungen an Menschen verkauft hatte, die in den Wirren des Krieges umgekommen waren.

»Das Illinois Insurance Institute hat eine Bibliothek, in der sich etwas für Sie Interessantes befinden könnte«, sagte Amy Blount. »Dort war ich auch im Rahmen meiner Recherchen für die Firmengeschichte der Ajax. Es gibt da ein merkwürdiges Durcheinander von alten Versicherungsdokumenten. Das Institut ist im Insurance Exchange Building am West Jackson Boulevard.«

Ich bedankte mich bei ihr und legte auf. Das Handy klingelte, als ich gerade an der Stelle war, an der Dan Ryan Expressway und Eighty-seventh Street zusammentreffen. Der Schreck darüber, daß ich kurz zuvor fast ein Kind überfahren hätte, brachte mich dazu, mich auf die Straße zu konzentrieren. Die Gedanken an die Edelweiß wurde ich allerdings trotzdem nicht los. Das Unternehmen hatte die Ajax gekauft. Das war ein Coup gewesen, der Erwerb von Amerikas viertgrößtem Sach- und Lebensversicherer zu einem Schleuderpreis. Und dann hatte es sich plötzlich einem Gesetzentwurf gegenübergesehen, in dem es um die Erstattung von Vermögenswerten aus der Zeit des Holocaust ging, darunter auch Lebensversicherungen. So konnte von einem Tag auf den anderen aus der Goldmine ein Bankrottunternehmen werden, wenn es riesige Rückstände in puncto nicht ausbezahlte Lebensversicherungsansprüche gab, die alle gleichzeitig fällig wurden.

Schweizer Banken wehrten sich mit Zähnen und Klauen dagegen, daß die Erben der Holocaust-Opfer Anspruch auf Konten erhoben, die in den hektischen Jahren vor dem Krieg angelegt wurden. Und die europäischen Versicherungen mauerten genauso unnachgiebig. Vermutlich wußten nur sehr wenige Kinder, daß ihre Eltern eine Versicherung abgeschlossen hatten. Selbst wenn manche von ihnen wie Carl mit dem Geld für den Vertreter hinuntergeschickt worden waren, stellte er wahrscheinlich eher die Ausnahme dar, weil er wußte, bei welcher Gesellschaft sein Vater die Versicherung abgeschlossen hatte. Ich selbst war nach dem Tod meines Vaters beim Durchsehen seiner Papiere eher zufällig auf die Unterlagen über seine Lebensversicherung gestoßen.

Wenn nicht nur das Haus zerstört, sondern auch die Familie

und der ganze Ort ausgelöscht wurden, hatte man keine Dokumente, auf die man sich berufen konnte. Und wenn man doch seinen Anspruch geltend machte, verfuhr die Gesellschaft genauso mit einem wie mit Carl: Sie bestritt den Anspruch, weil man keine Sterbeurkunde vorweisen konnte. Banken und Versicherungen waren wirklich skrupellose Haie.

Wieder klingelte das Handy, doch ich nahm es nur vom Sitz, um es abzuschalten. Wenn Hoffmans Bücher eine Auflistung von Lebensversicherungen von Leuten wie Carls oder Max' Vater enthielten, also von Leuten, die in Treblinka oder Auschwitz gestorben waren, wäre diese Liste nicht so lang, daß die Edelweiß durch die Befriedigung der Ansprüche hohe Verluste erleiden würde. Dann hätten lediglich einige Hundert Menschen die Gewißheit, daß ihre Eltern oder Großeltern Versicherungen abgeschlossen hatten. Den großen Ansturm auf die Edelweiß würde es nicht geben.

Es sei denn natürlich, die verschiedenen Bundesstaaten begannen, Entschädigungsgesetze wie das zu verabschieden, das die Ajax in der Woche zuvor torpediert hatte. Dann würde die Gesellschaft eine Prüfung der Policenakten über sich ergehen lassen müssen – und zwar bei allen der ungefähr hundert Unternehmen, aus denen die Ajax-Gruppe bestand –, um nachzuweisen, daß sie keine Gelder zurückhielt, die eigentlich den Kriegsopfern in Europa gehörten. Und das würde eine hübsche Summe kosten.

Hatte Fepple sich auf diese Gelegenheit gestürzt? Hatte er genug Informationen in der Akte von Aaron Sommers gefunden, um einen Erpressungsversuch unternehmen zu können? Er war völlig aus dem Häuschen gewesen über eine neue Möglichkeit, Geld zu verdienen. Wenn das tatsächlich diese Möglichkeit gewesen war, hatte dann jemand bei der Ajax Anlaß gehabt, ihn umzubringen? Und wer hatte geschossen? Ralph? Der fröhliche Bertrand? Seine sanfte, aber doch stahlharte Frau?

Ich beschleunigte, weil ich so schnell wie möglich beginnen wollte, neue Informationen zu sammeln. Im Augenblick war ich noch dabei, ein Kartenhaus zu bauen; ich brauchte Fakten aus solidem Mörtel und Zement. Während ich auf den Jackson Boulevard einbog und in Richtung Osten in den Loop fuhr, trommelte ich an jeder Ampel ungeduldig mit den Fingern aufs Lenkrad. Etwas westlich vom Fluß, im Schatten der Union Station und der verrufenen Kneipen der Gegend, fand ich einen Parkplatz. Ich warf eine Handvoll Vierteldollarmünzen in die Parkuhr und lief die vier Häuserblocks nach Osten zur Insurance Exchange.

Dabei handelte es sich um ein altes Gebäude an der südwestlichen Ecke des Loop. Das Illinois Insurance Institute erwies sich als eins der ältesten und verstaubtesten Büros darin. In altmodischen Hängelampen befanden sich Neonleuchten, die irritierend flackernd das Gesicht der Frau gleich beim Eingang beleuchteten. Sie hob blinzelnd den Blick von der Post, die sie gerade fertig machte, wie eine Eule, die nicht daran gewöhnt ist, Fremde im Wald zu sehen. Als ich ihr erklärte, daß ich herauszufinden versuchte, wie groß die Edelweiß in den dreißiger Jahren gewesen war und ob das Unternehmen eine Niederlassung in Wien gehabt hatte, legte sie seufzend den Stapel Papiere beiseite, die sie gerade faltete.

»Keine Ahnung. Wenn Sie wollen, können Sie selbst in der Bibliothek nachschauen, aber leider habe ich keine Zeit, Ihnen zu helfen.«

Sie rutschte mit ihrem Stuhl zurück und öffnete die Tür zu einem düsteren Raum am hinteren Ende, der bis zur Decke mit Regalen voller Bücher und Akten war.

»Es ist alles ungefähr in chronologischer Reihenfolge«, sagte sie und deutete dabei mit dem Arm vage in die linke Ecke. »Je weiter Sie in die Vergangenheit kommen, desto ordentlicher wird's – die meisten Leute wollen Einblick in aktuellere Dokumente nehmen, und ich habe kaum die Zeit, hinterher wieder alles zu ordnen. Sie würden mir sehr helfen, wenn Sie die Unterlagen nach dem Lesen an denselben Platz zurückstellen. Wenn Sie von irgendwas Kopien machen wollen, können Sie mein Gerät benutzen, aber es kostet zehn Cent pro Kopie.«

Da klingelte das Telefon, und sie huschte nach vorne. Ich ging in die Ecke, in die sie gedeutet hatte. Dafür, daß der Raum ziemlich klein war, befand sich hier eine deprimierende Menge von Material – ganze Regale mit *National Underwriter* und *Insurance Blue Books*; Reden vor dem American Insurance Institute und internationalen Versicherungskongressen; Anhörungen vor dem Kongreß, die dazu dienen sollten herauszufinden, ob im Spanisch-Amerikanischen Krieg versenkte Schiffe nach Seeversicherungsrecht versichert waren.

Ich arbeitete mich so schnell ich konnte mit Hilfe einer mobilen Bücherleiter vor, bis ich eine Abteilung mit Dokumenten fand, die bis in die zwanziger und dreißiger Jahre zurückreichten. Ich blätterte sie durch. Mehr Reden, mehr Anhörungen vor dem Kongreß, diesmal über Versicherungsleistungen für Veteranen des Ersten Weltkriegs. Meine Hände waren schon ganz schwarz vom Staub, als ich es fand: ein kleines dickes Buch, dessen ursprünglich blauer Umschlag nun ausgeblichen grau war. *Le Registre des Bureaux des Compagnies d'Assurances Européennes*, 1936 in Genf gedruckt.

Ich kann Französisch nicht besonders gut lesen – anders als das Spanische ist es dem Italienischen nicht ähnlich genug, als daß ich der Handlung eines Romans folgen könnte –, aber eine Liste europäischer Versicherungsgesellschaften erforderte keinen Linguisten. Fast hätte ich den Atem angehalten, als ich damit zu der schwachen Lampe in der Mitte des Raums ging, wo ich mich abmühte, die winzigen Buchstaben zu entziffern. In dem schlechten Licht war es schwer, den Aufbau des Buches zu ergründen, noch dazu in einer Sprache, die ich nicht kannte, doch nach einer Weile begriff ich, daß die Niederlassungen zuerst nach Ländern und dann nach Umsatzvolumen geordnet waren.

1935 war das größte Unternehmen der Schweiz die Nesthorn gewesen, gefolgt von der Swiss Re, der Zürich Leben, der Winterthur Leben und einigen anderen. Die Edelweiß stand ganz unten auf der Liste, aber der Eintrag hatte eine Fußnote, die noch kleiner war als der Hauptteil der Unterlagen. Selbst als ich das Buch schräg und so dicht vor meine Nase hielt, daß ich ein halbes dutzendmal niesen mußte, konnte ich die winzige Schrift nicht lesen. Ich sah hinüber zum vorderen Raum. Die überarbeitete Kraft steckte offenbar noch immer Briefe in Umschläge. Ich wollte sie keinesfalls durch die Frage stören, ob ich das Buch ausleihen könne. Statt dessen ließ ich es in meiner Aktentasche verschwinden, bedankte mich bei der Frau für ihre Hilfe und erklärte ihr, daß ich wahrscheinlich am nächsten Morgen wiederkommen würde.

»Wann machen Sie auf?«

»Normalerweise erst um zehn, doch Mr. Irvine, unser leitender Direktor, kommt manchmal schon früher... Ach, nun schauen Sie sich Ihre hübsche Jacke an. Tut mir leid, daß es hier drin so schmutzig ist, aber ich bin ganz allein und habe keine Zeit, die ganzen alten Bücher abzustauben.«

»Schon in Ordnung« sagte ich freundlich. »Die kann man reinigen.« Das hoffte ich, denn mein hübscher Fischgrätblazer aus einem Seiden-Woll-Gemisch sah jetzt aus, als sei er von einem Anfänger grau gefärbt worden.

Ich rannte die ganze Strecke bis zu meinem Wagen und verfluchte die anderen Fahrer, die mich auf dem Weg zum Büro aufhielten. Als ich schließlich an meinem Schreibtisch saß, kämpfte ich mich mit einer Lupe durch die französische Fußnote, so gut es ging: Die kürzlich erfolgte Übernahme der Edelweiß AG durch die Nesthorn AG, die größte Gesellschaft der Schweiz, würde im folgenden Jahr dokumentiert werden, wenn die Zahlen der Edelweiß nicht... irgendwas wären. Egal. Bis zu diesem Zeitpunkt würden die irgendwas irgendwas Unternehmensberichte unabhängig erfolgen.

Eine Fusion von Nesthorn und Edelweiß, und jetzt hieß die Gesellschaft Edelweiß. Den nächsten Teil verstand ich nicht, also wandte ich mich der Auflistung der Niederlassungen zu. Die Edelweiß hatte drei, jeweils eine in Basel, Zürich und Bern. Die Nesthorn hatte siebenundzwanzig. Zwei in Wien. Eine in Prag, eine in Bratislava, drei in Berlin. Außerdem gab es eine in Paris, die gute Geschäfte gemacht hatte. Die Wiener Niederlassung in der Porzellangasse hatte die meisten Abschlüsse von allen siebenundzwanzig getätigt und 1935 ein fast dreißig Prozent höheres Umsatzvolumen erzielt als die nachfolgenden. War das Ulf Hoffmans Gebiet gewesen, wo er mit dem Fahrrad herumgefahren war und die Namen mit seiner verschnörkelten Schrift in sein Buch eingetragen hatte? Hatte er die Sorgen der Familien ausgenutzt, daß die antijüdischen Gesetze in Deutschland schon bald auch sie betreffen könnten?

Die Zahlen in Hoffmans Büchern, die mit einem »N« begannen, bezogen sich möglicherweise auf Lebensversicherungspolicen der Nesthorn-Gesellschaft. Und nach der Fusion mit der Edelweiß – ich wandte mich meinem Computer zu und loggte mich bei Lexis-Nexis ein.

Dort fand ich die Suchergebnisse zu meiner früheren Anfrage über die Edelweiß, aber dabei handelte es sich ausschließlich um zeitgenössische Dokumente. Ich überflog sie trotzdem. Sie informierten mich über den Erwerb der Ajax sowie die Entscheidung der Edelweiß, an einem Forum über europäische Versicherungsgesellschaften und nicht beanspruchte Lebensversicherungen aus der Zeit des Holocaust teilzunehmen. Dann folgten Berichte über die Einkünfte des dritten Vierteljahres und den Erwerb einer Londoner Handelsbank. Den größten Anteil besaß immer noch die Familie Hirst, und zwar mit elf Prozent des Aktienkapitals. Also stand das »H« auf Fillida Rossys Geschirr für den Namen ihres Großvaters. Der Großvater, mit dem sie früher immer die schwierigen Pisten in der Schweiz heruntergefahren war. Sie war eine risikofreudige Frau trotz ihrer sanften Stimme und ihrem Getue um die Rosmarin-Spülung für die güldene Mähne ihrer Tochter.

Ich lud diese Informationen herunter und begann eine neue Suche, diesmal nach alten Einträgen über die Nesthorn *und* die Edelweiß. Die Einträge der Datenbank reichten nicht bis zur Zeit der Fusion zurück. Ich reagierte nicht auf das Klingeln des Telefons und ließ den Anrufbeantwortungsdienst rangehen, während ich mich weiter mit Vokabular und Grammatik einer Sprache abmühte, die meine bescheidenen Fähigkeiten überstieg.

La revue d'histoire financière et commerciale vom Juli 1979 hatte einen Artikel, in dem es um deutsche Unternehmen zu gehen schien, die Märkte aufbauen wollten in den Ländern, welche Deutschland während des Krieges besetzt hatte. »Le nouveau géant économique« mache seine Nachbarn nervös, hieß es darin. In einem Absatz des Artikels stand, die größte Schweizer Versicherungsgesellschaft habe ihren Namen von Nesthorn in Edelweiß geändert, weil es zu viele Menschen gebe, die sich an die »histoire peu agréable« von Nesthorn erinnerten.

An die weniger angenehme Geschichte von Nesthorn? Das konnte sich doch nicht auf den Verkauf von Lebensversicherungen beziehen, aus denen die Ansprüche dann später nicht befriedigt wurden. Es mußte mit etwas anderem zu tun haben. Ob das in den folgenden Artikeln stand? Ich schickte sie Morrell per E-Mail, der keine Schwierigkeiten hat, Französisch zu lesen.

Erklärt irgendeiner dieser Artikel, was die Nesthorn in den vierziger Jahren getan hat, um von den europäischen Nachbarn als »weniger angenehm« eingeschätzt zu werden? Wie kommst Du mit Deinem Antrag für eine Reise zur nordwestlichen Grenze voran? Dann drückte ich auf die Sende-Taste und dachte, wie merkwürdig, daß Morrell, der mehr als zwanzigtausend Kilometer entfernt war, meine Worte praktisch zur gleichen Zeit sehen konnte, wie ich sie schickte.

Ich lehnte mich mit geschlossenen Augen auf meinem Stuhl zurück und erinnerte mich an Fillida Rossy während jenes Abendessens, als sie die Finger über das Silberbesteck mit dem »H« auf dem Griff hatte gleiten lassen. Was ihr gehörte, berührte sie, packte sie – oder was sie berührte, gehörte ihr. Dieses unablässige Nesteln an den Haaren ihrer Tochter und dem Pyjamakragen ihres Sohnes. Meine Hand hatte sie auf die gleiche beunruhigende Art gestreichelt, als sie mich am Dienstag abend ihren Gästen vorstellte.

Konnte sie die Edelweiß so sehr als ihr Eigentum betrachten, daß sie bereit war zu töten, um das Unternehmen vor Anspruchstellern zu schützen? Paul Hoffman-Radbuka war sich so sicher gewesen, daß eine Frau auf ihn geschossen hatte. Grimmiges Gesicht, Sonnenbrille, großer Hut. Konnte das Fillida Rossy gewesen sein? Hinter ihrer lässigen Fassade war sie jedenfalls gebieterisch genug. Mir fiel ein, wie Bertrand Rossy eine andere Krawatte angezogen hatte nach ihrer Bemerkung, das Muster sei doch sehr gewagt. Und auch ihre Freunde hatten tunlichst alle Gesprächsthemen vermieden, die sie möglicherweise verärgerten.

Doch auch Alderman Durham spielte eine Rolle in der Geschichte. Colby, der Cousin meines Klienten, der während des Einbruchs bei Amy Blount Schmiere gestanden und meinen Klienten an die Polizei verpfiffen hatte, war in Verbindung mit Durhams EYE-Team. Und das Treffen zwischen Durham und Rossy am Dienstag – hatte Rossy sich bereit erklärt, den Holocaust Recovery Act zum Ausgleich dafür zu kippen, daß Durham ihm eine Killerin vermittelte, die Paul Hoffman-Radbuka erschießen würde? Durham war ein so gerissener Politiker, da konnte ich es kaum glauben, daß er etwas tun würde, was geradezu zur Erpressung herausforderte. Außerdem konnte ich mir nicht vorstellen, daß ein so kultivierter Mann wie Rossy sich in eine Auftragsmordgeschichte verwickeln lassen würde. Es war kaum nachzuvollziehen, warum sie sich gegenseitig in eine so plumpe Angelegenheit wie den Einbruch in Amy Blounts Apartment hineinziehen würden.

Ich rief in Durhams Büro an. Seine Sekretärin fragte mich, wer ich sei und was ich wolle.

»Ich bin Detektivin«, sagte ich. »Mr. Durham und ich haben uns letzte Woche schon einmal kurz getroffen. Leider muß ich Ihnen mitteilen, daß ich im Rahmen meiner gerade laufenden Ermittlungen in einem Mordfall auf die Namen einiger entfernter Anhänger seines wunderbaren Empower-Youth-Energy-Projekts gestoßen bin. Bevor ich diese Namen an die Polizei weitergebe, wollte ich Alderman Durham den Gefallen tun, ihm zuerst davon zu erzählen.«

Die Sekretärin legte mich in die Warteschleife. Während ich wartete, dachte ich noch einmal über die Rossys nach. Vielleicht konnte ich schnell bei ihnen vorbeifahren, um zu sehen, ob ihr Hausmädchen Irina mit mir sprechen würde. Wenn sie den Rossys ein Alibi für vergangenen Freitag abend geben konnte, nun, dann kamen sie zumindest nicht mehr als Mörder von Fepple in Betracht.

Durhams Sekretärin meldete sich wieder. Ihr Chef sei bis sechs Uhr in Ausschußsitzungen; er würde sich gern um halb sieben vor einer Kirchenversammlung der Gemeinde in seinem Büro in der South Side mit mir treffen. Aber so, wie die Dinge lagen, wollte ich nicht mit Durham in dessen Revier allein sein, also erklärte ich der Sekretärin, ich würde ihn bitten, um Viertel nach sechs ins Golden Glow zu kommen. Sollte Durham sich doch in mein Revier begeben.

47 Bourbon und ein bißchen mehr

Ich ging die Nachrichten für mich durch, sowohl die im Eingangskorb als auch die E-Mails. Michael Loewenthal hatte die Biographie von Anna Freud vorbeigebracht. Der Tag war so lang gewesen, daß ich das Gespräch mit ihm völlig vergessen hatte – genau wie die Hundemarken für Ninshubur.

Die Biographie war zu dick, als daß ich sie ganz hätte lesen können, um den Namen Paul Radbuka oder Paul Hoffman darin zu finden. Also sah ich mir die Fotos an, eines von Anna Freud mit ihrem Vater in einem Café und eines von ihr in dem Kinderheim in Hampstead, wo Lotty während des Krieges Teller gespült hatte. Ich versuchte mir Lotty als Teenager vorzustellen. Sie war wahrscheinlich idealistisch und leidenschaftlich gewesen, hatte aber noch nicht jenen Panzer aus Ironie und Forschheit gehabt, der sie jetzt vor der Welt schützte.

Ich schlug das Register auf, um dort nach dem Namen »Radbuka« zu suchen, doch ich fand ihn nicht. Ich sah unter dem Stichwort »Konzentrationslager« nach. Der zweite Verweis bezog sich auf einen Artikel, den Anna Freud über eine Gruppe von sechs Kindern geschrieben hatte, die nach dem Krieg aus Theresienstadt nach England gekommen waren. Sechs Kinder zwischen drei und vier Jahren, die als kleine Einheit zusammenlebten, aufeinander aufpaßten und so eng miteinander verbunden waren, daß die zuständigen Behörden davon ausgingen, sie könnten nicht getrennt voneinander überleben. Es wurden weder Namen noch Hintergründe genannt. Das Ganze klang wie die Gruppe, die Hoffman-Radbuka in seinem Fernsehinterview in der vergangenen Woche beschrieben hatte, die Gruppe, in der Ulf Hoffman ihn aufgespürt und gewaltsam von seiner kleinen Freundin Miriam getrennt hatte. War Paul tatsächlich Teil dieser Gruppe gewesen? Oder hatte er sich ihre Geschichte einfach zu eigen gemacht?

Ich ging noch einmal ins Internet, um dort nach dem Text des Artikels zu suchen, den Anna Freud unter dem Titel »Gemeinschaftsleben im frühen Kindesalter« über die Kinder geschrieben hatte. Eine zentrale Forschungsbibliothek in London würde ihn mir für zehn Cents pro Seite zufaxen. Ein richtiges Schnäppchen. Ich gab meine Kreditkartennummer ein und forderte den Text an. Dann hörte ich die Nachrichten auf meinem Anrufbeantworter ab. Die dringendste schien von Ralph zu stammen, der zweimal angerufen hatte – einmal das Handy, als ich drei Stunden zuvor auf dem Weg zum Dan Ryan Expressway gewesen war, und erst vor kurzem, als ich versucht hatte, den »weniger angenehmen« Teil der Vergangenheit zu entziffern.

Natürlich war er jetzt wieder in einer Besprechung, aber seine Sekretärin Denise teilte mir mit, er wolle unbedingt die Originale der Kopien sehen, die ich ihm am Morgen gezeigt hatte.

»Die habe ich nicht«, sagte ich. »Ich habe sie gestern selbst nur kurz angeschaut, als ich die Kopien für ihn gemacht habe, aber jetzt bewahrt sie jemand anders auf. Soweit ich weiß, handelt es sich um sehr wertvolle Dokumente. Will Bertrand Rossy einen Blick darauf werfen oder Ralph selbst?«

»Ich glaube, Mr. Devereux hat die Vergrößerungen, die ich gemacht habe, Mr. Rossy heute morgen bei einer Konferenz gezeigt, aber Mr. Devereux hat mir nicht gesagt, ob Mr. Rossy sich für sie interessiert.«

»Würden Sie das, was ich jetzt sage, genauso notieren, wie Sie es von mir hören? Bitte erklären Sie Ralph, daß ich sie wirklich und ehrlich nicht habe. Jemand hat sie mitgenommen. Ich habe keine Ahnung, wo die Person, die sie genommen hat, ist, und ich weiß auch nicht, wo diese Person sie aufbewahrt. Sagen Sie ihm, das ist kein Scherz, es ist auch nicht der Versuch, ihn hinzuhalten. Ich möchte diese Bücher genauso dringend sehen wie er, aber ich weiß nicht, wo sie sind.«

Ich bat Denise, mir das, was sie notiert hatte, noch einmal vorzulesen. Hoffentlich überzeugten meine Worte Rossy, daß sich die Unterlagen von Hoffman wirklich nicht in meinem Besitz befanden – falls es Rossy war, der Ralph auf die Bücher angesetzt hatte. Und hoffentlich waren aus meiner Botschaft keine Hinweise auf Lotty herauszulesen. Der Gedanke machte mich nervös. Doch ich hatte keine Zeit, mich mit solchen Problemen zu befassen. Wenn ich mich sputete, schaffte ich es vielleicht vor meiner Verabredung mit Durham noch zu den Rossys.

Ich fuhr die etwas mehr als drei Kilometer zu meiner Wohnung und holte einen der Diamantohrhänger meiner Mutter aus dem Safe. Ihr Foto auf der Frisierkommode schien mich mit strengem Blick zu beobachten: Mein Dad hatte ihr diese Ohrringe zu ihrem zwanzigsten Hochzeitstag geschenkt, und ich hatte ihn zur Tucker Company an der Wabash Avenue begleitet, wo er sie aussuchte und eine Anzahlung leistete. Ich war auch bei der Zahlung der letzten Rate dabeigewesen.

»Ich verlier' ihn nicht«, versprach ich dem Foto. Dann eilte ich aus dem Raum, weg von ihrem Blick. Als ich am Bad vorbeikam, sah ich mein eigenes Gesicht in der Spiegeltür. Den Staub vom Insurance Institute hatte ich völlig vergessen. Wenn ich in dem Gebäude, in dem die Rossys wohnten, was hermachen wollte, brauchte ich eine saubere Jacke. Ich entschied mich für eine aus einem Wolle-Reyon-Gemisch, die locker saß, so daß sich das Schulterholster darunter nicht abzeichnete. Den Fischgrätblazer warf ich zu der blutverschmierten goldfarbenen Bluse in den Schrank im Flur. Doch dann fiel mir wieder ein, daß wir ja vielleicht noch eine DNA-Analyse von Pauls Blut machen lassen wollten. Ich steckte die goldfarbene Bluse in einen sauberen Plastiksack und legte ihn in meinen Safe im Schlafzimmer.

Ein Apfel aus der Küche mußte als spätes Mittagessen reichen: Ich war zu nervös, um mich zu einer ordentlichen Mahlzeit hinzusetzen. Da sah ich Ninshuburs Halsband neben der Spüle und steckte es in die Tasche. Ich würde versuchen, am Abend noch damit nach Evanston zu fahren.

Dann klapperte ich die Stufen hinunter, winkte Mr. Contreras kurz zu, der den Kopf zur Tür herausstreckte, als er mich hörte, und fuhr über die Addison Street am Wrigley-Field-Stadion vorbei, wo die Stände für eins der – zum Glück – letzten Spiele der Cubs in dieser Saison aufgebaut wurden.

Von einem halb legalen Parkplatz vor dem Haus der Rossys aus rief ich bei ihnen an. Es meldete sich Fillida Rossy. Ich legte auf und lehnte mich auf dem Sitz zurück, um zu warten. Bis sechs hatte ich Zeit, dann mußte ich zu meiner Verabredung mit Durham.

Um halb fünf kam Fillida Rossy mit ihren Kindern und dem Kindermädchen, das eine große Sporttasche trug, heraus. Genau wie am Dienstag abend zupfte Fillida wieder endlos an der Kleidung ihrer Kinder herum, band die Bauchschärpe des Mädchens neu, glättete den Kragen über dem mit einem Monogramm versehenen Pullover des Jungen. Als er zurückzuckte, begann sie, die langen Haare ihrer Tochter um ihre Hand zu winden. Währenddessen unterhielt sie sich die ganze Zeit mit dem Kindermädchen. Sie selbst trug eine Jeans und eine zerknitterte Sportjacke.

Nun lenkte jemand einen schwarzen Lincoln Navigator vor den Eingang. Während der Fahrer die Sporttasche in den Kofferraum stellte, legte Fillida fest die Arme um beide Kinder und gab dem Kindermädchen letzte Anweisungen. Dann setzte sie sich auf den Beifahrersitz, ohne den Mann zu beachten, der ihre Sporttasche verstaut hatte und ihr jetzt die Tür aufhielt. Ich wartete, bis die Kinder zusammen mit dem Kindermädchen die Straße hinaufgegangen waren, bevor ich zu dem Gebäude hinübermarschierte.

An jenem Nachmittag tat ein anderer Pförtner Dienst als der, den ich am Dienstag kennengelernt hatte. »Sie haben Mrs. Rossy gerade verpaßt; oben ist bloß das Hausmädchen. Sie spricht Englisch, aber nicht besonders gut«, sagte er. Als ich ihm erklärte, ich habe beim Abendessen einen meiner Ohrringe verloren und hoffe, Mrs. Rossy habe ihn gefunden, fügte er hinzu: »Sie können ja raufgehen und sehen, ob sie Sie versteht.«

Ich versuchte, ihr über die Gegensprechanlage begreiflich zu machen, wer ich war und was ich wollte. Die Mutter meines Vaters hatte noch Polnisch gesprochen, aber mein Dad nicht mehr, und so war die Sprache auch nicht Teil meiner Kindheit gewesen. Doch die wenigen stockenden Sätze, an die ich mich noch erinnerte, reichten, daß Irina mich hinaufließ, wo ich ihr den Ohrring zeigte. Sie schüttelte den Kopf und hielt mir einen langen Vortrag auf polnisch. Ich mußte mich entschuldigen und ihr sagen, daß ich sie nicht verstand.

»Ich nächster Tag alles saubergemacht, nichts gesehen. Aber bei Party, ich höre Sie sprechen Italienisch. Warum, wenn Sie heißen Warshawska?« Sie sprach meinen Namen polnisch aus und hängte die richtige Endung für eine Frau an.

»Meine Mutter war aus Italien«, erklärte ich. »Und mein Vater aus Polen.«

Sie nickte. »Verstehe. Kinder sprechen wie Mutter. In meiner

Familie auch so. Und in Familie von Mrs. Fillida. Mr. Rossy sprechen Italienisch, Englisch, Deutsch und Französisch, aber Kinder nur Italienisch und Englisch.«

Ich bekundete mein Mitgefühl darüber, daß niemand im Haushalt richtig mit Irina kommunizieren konnte. »Mrs. Rossy ist doch eine gute Mutter, oder? Sie spricht immer mit ihren Kindern.«

Irina hob die Hände. »Wenn sie sieht Kinder, sie immer hält wie... wie... Katze oder Hund.« Sie deutete eine Streichelbewegung an. »Kleider, o mein Gott, sie haben schöne Kleider, viel, viel Geld. Ich zahle für alle Kleider von meine Kinder soviel wie sie für ein Kleid für Marguerita. Kinder viel Geld, aber nicht glücklich. Keine Freude haben. Mister ist guter Mann, glücklich, immer höflich. Sie nicht, immer kalt.«

»Doch sie läßt die Kinder nicht gern allein, stimmt's?« bemühte ich mich, das Thema beizubehalten. »Sie empfangen Besucher hier, aber geht sie auch manchmal aus und läßt die Kinder allein zu Hause?«

Irina sah mich erstaunt an. Natürlich verließ Mrs. Rossy das Haus auch ohne die Kinder. Sie war reich, ging ins Fitneßstudio, zum Einkaufen, Freunde besuchen. Nur wenn sie zu Hause war...

»Ich glaube, ich habe sie letzten Freitag abend bei einem Ball im Hilton Hotel gesehen. Bei einer Wohltätigkeitsveranstaltung.« Ich mußte den Satz ein paarmal in unterschiedlichem Wortlaut wiederholen, bis Irina mich verstand.

Sie zuckte mit den Achseln. »Ist möglich. War nicht hier, weiß nicht, wo sie und Mister gehen. Ich früh in Bett. Nicht wie heute, wenn viele Leute kommen zum Essen.«

Das war mein Stichwort zu gehen. Ich versuchte, ihr ein Trinkgeld für ihre Hilfe zu geben, doch sie hob abwehrend die Hände. Die Sache mit meinem Ohrring tat ihr leid: Sie würde weiter danach suchen.

Als ich die Straße hinauffuhr, kam ich an den Kindern vorbei, die von ihrem Spaziergang zurückkehrten. Sie schlugen aufeinander ein, obwohl das Kindermädchen zwischen ihnen ging – glückliche Familien, wie Tolstoi sagt.

Dann waren die Rossys also vermutlich am Freitag abend nicht zu Hause gewesen. Das bedeutete allerdings nicht, daß sie in Hyde Park auf Howard Fepple geschossen hatten. Trotzdem konnte ich mir vorstellen, wie Fillida ihn anrief, sich als Connie Ingram ausgab und ihm einredete, sie sei scharf auf ihn. Ich konnte mir auch vorstellen, wie sie mit ihm und den werdenden Eltern der Lamaze-Gruppe das Haus betrat – vielleicht hatte sich ihr Mann auch darunter gemischt – und dann mit Fepple auf dessen Stuhl zu knutschen begann. Bertrand hätte sich ins Büro geschlichen, ihm einen Schlag auf den Hinterkopf versetzt, und sie hätte den Lauf der SIG in den Mund von Fepple gesteckt. Als Blut und Knochen spritzten, wäre sie aufgesprungen und hätte die Waffe unter seinen Stuhl gelegt. Sie war cool, aber nicht cool genug, ihm die Waffe in die Hand zu drücken, damit die Leute von der Spurensicherung Schmauchspuren darauf finden würden.

Anschließend hätten sie und Bertrand das Büro untersucht, die Sommers-Akte gefunden und sich aus dem Staub gemacht. Und gestern wäre Fillida in Hoffmans Haus gewesen. Wie hatte sie die Adresse herausbekommen, wenn mir das solche Mühe gemacht hatte? Ach ja, natürlich, über Hoffman. Sie kannten seinen Namen: Sie suchten ja nach ihm und den Aufzeichnungen über die Edelweiß-Nesthorn-Verkäufe. Wahrscheinlich waren Rossy die Augen fast aus dem Kopf gefallen, als Connie Ingram in der vergangenen Woche die Sommers-Akte direkt in Ralphs Büro gebracht hatte. Der Vertreter, den er aufspüren wollte, Ulf Hoffman, hier, direkt vor seiner Nase in Chicago. Vielleicht hatten sie eine Weile gebraucht, sich einen Reim darauf zu machen, aber irgendwann war ihnen klargeworden, daß sie seine Adresse auch dann noch herausfinden konnten, wenn er inzwischen tot war. Es gab ja zum Beispiel alte Telefonbücher.

All das konnte ich mir vorstellen. Aber wie sollte ich es beweisen? Mit sehr viel mehr Zeit und Geld hätte ich zu Ameritech gehen und mich dort nach alten Telefonbüchern erkundigen können. Die Leute von der Polizei waren nicht in der Lage gewesen, die Herkunft der SIG zurückzuverfolgen, mit der Fepple getötet worden war. Vielleicht hatte Fillidas Freundin, die Frau des Kulturattachés, sie im Diplomatengepäck mitgebracht. »Laura, Schätzchen, ich würde gern meine Waffe mitbringen. Die Amerikaner haben so ein merkwürdiges Verhältnis zu Waffen – sie tragen sie alle mit sich rum wie wir unsere Brieftaschen, aber ich müßte Tausende von Formularen ausfüllen, wenn ich meine durch den Zoll bringen wollte.«

Während ich den Lake Shore Drive zu meinem Treffen mit Durham entlangfuhr, dachte ich beklommen an Paul Hoffman in seinem Krankenbett. Wohin war Fillida Rossy mit ihrer Sporttasche gegangen? Besuchte sie noch so spät das Fitneßstudio, oder befand sich in der Tasche eine Waffe, mit der sie die Sache mit Paul zu Ende bringen würde?

Bei der Ampel an der Chicago Avenue rief ich im Krankenhaus an, aber man wollte mich nicht mit seinem Zimmer verbinden. Gut. Konnten sie mir etwas über den Zustand des Patienten sagen? Er war ernst.

Nachdem ich einen Parkplatz mit Parkuhr ein paar Häuserblocks südlich vom Golden Glow gefunden hatte, rief ich Tim Streeter bei Max an. Max war noch nicht von der Arbeit daheim; Posner war wieder vor dem Krankenhaus aufgetaucht. Zwar hatte die Demonstration einen ruhigeren Verlauf genommen, aber man diskutierte die Situation noch mit der Klinikleitung.

Tim langweilte sich; eigentlich wurde er nicht mehr gebraucht. Wenn ich Calia nun noch Ninshuburs Halsband brachte, waren alle glücklich und zufrieden.

»Ach, das verdammte Halsband.« Ich sagte Tim, wenn ich es nicht mehr schaffte, am selben Abend nach Evanston zu fahren, würde Calia sich eben damit begnügen müssen, es zu Hause mit der Post zu bekommen. Wichtiger erschienen mir da schon meine Sorgen um Pauls Sicherheit, von denen ich Tim erzählte.

Tim sagte, er würde seinen Bruder fragen, ob eine der Frauen aus ihrem Team ein paar Tage lang auf Paul aufpassen könnte. Er selbst hatte fürs erste die Nase voll vom Personenschutz; vier Tage mit Calia, und er war vor der Zeit grau geworden.

Nach Beendigung des Gesprächs legte ich müde den Kopf auf das Lenkrad. Zuviel passierte, was ich nicht verstand und nicht kontrollieren konnte. Wo steckte Lotty? Sie war am Vorabend voller Wut aufgestanden, weggefahren – und verschwunden. Ich wählte die Nummer ihrer Wohnung, wo sich wieder nur ihr Anrufbeantworter meldete. »Lotty, bitte ruf mich an, sobald du das hörst. Ich mache mir ernsthafte Sorgen.« Dann wählte ich die Nummer von Max, um eine Nachricht zu hinterlassen, doch Max war gerade zur Tür hereingekommen.

»Victoria, hast du etwas von Lotty gehört? Nein? Mrs. Coltrain hat angerufen und wollte wissen, ob es dir gelungen ist, in ihre Wohnung zu gelangen.«

»Ach verdammt – daß ich Mrs. Coltrain anrufen sollte, habe ich völlig verschwitzt. Ich mach' im Augenblick wieder zu viele Dinge gleichzeitig.« Dann erzählte ich Max von meinem morgendlichen Rundgang durch Lottys Wohnung und bat ihn, Mrs. Coltrain für mich Bescheid zu sagen.

»Wenn Lotty aus freien Stücken verschwunden ist, wieso hat sie uns dann nicht vorher informiert?« fügte ich hinzu. »Sie kann sich doch vorstellen, welche Sorgen sich alle ihre Freunde machen, ganz zu schweigen von Mrs. Coltrain und den Leuten in ihrer Klinik.«

»Sie ist völlig außer sich«, sagte Max. »Irgend etwas hat sie so aus dem Gleichgewicht gebracht, daß sie nur noch an ihre eigene kleine Welt denkt, nicht mehr an die größere mit ihren Freunden. Ihr Verhalten macht mir angst, Victoria. Ich fühle mich versucht, das Ganze einen längst fälligen posttraumatischen Nervenzusammenbruch zu nennen. Sie hat so viele Jahre so viel zurückgehalten, daß es jetzt über sie hereinbricht wie eine Riesenwelle. Wenn du irgend etwas von ihr hörst, egal um welche Uhrzeit, dann sag mir bitte sofort Bescheid. Ich mache es umgekehrt genauso.«

Es tröstete mich, daß Max sich genauso große Sorgen machte wie ich. Posttraumatischer Streß – diese Diagnose wird heutzutage so oft gestellt, daß man vergißt, wie schlimm ein solcher Zustand tatsächlich ist. Wenn Max recht hatte, erklärte das möglicherweise Lottys unerträgliche Nervosität in letzter Zeit und auch ihr plötzliches Verschwinden. Hätte ich mich nur nicht in den Sumpf dieser Ermittlungen hineinziehen lassen: Eigentlich wollte ich mich jetzt auf die Suche nach ihr machen und sie trösten, falls das in meiner Macht lag. Ich wollte ihr den Weg ins Leben zurück zeigen. Aber mir war nur zu deutlich bewußt, daß ich nicht die Macht dazu hatte. Ich war einfach keine *indovina*. Ich schaffte ja schon kaum die Ermittlungen.

Steifbeinig stieg ich aus dem Wagen. Es war halb sieben; ich war zu spät dran für meine Verabredung mit Durham. Ich ging die Straße zum Golden Glow hinauf. Man könnte das Lokal meine Stammkneipe nennen, weil ich es seit so vielen Jahren besuche, daß sie dort alles auf eine Rechnung schreiben, die ich dann einmal im Monat begleiche.

Sal Barthele, der das Lokal gehört, begrüßte mich mit einem Lächeln, hatte aber keine Zeit, zu mir zu kommen, denn an der hufeisenförmigen Mahagonitheke, die ich zusammen mit ihr und ihren Brüdern aus einer Villa an der Gold Coast gerettet hatte, als diese zehn Jahre zuvor der Abrißbirne zum Opfer gefallen war, standen jede Menge müde Leute aus den Büros. Auch das halbe Dutzend kleiner Tische mit den Tiffany-Lampen war besetzt. Ich ließ den Blick durch den Raum schweifen, konnte den Alderman aber nirgends entdecken.

Durham kam herein, als Jacqueline, die Kellnerin des Lokals, mit einem vollen Tablett an mir vorbeihastete. Sie reichte mir ein Glas Black Label, ohne ihre Schritte zu verlangsamen, und ging weiter zu einem Tisch, wo sie acht Drinks servierte, ohne einen Blick auf den Bestellzettel zu werfen. Ich nahm einen großen Schluck Scotch, um meine Sorge um Lotty zu betäuben und mich für das Gespräch mit Durham zu rüsten.

Jacqueline sah, daß ich mich zur Tür aufmachte, um Durham zu begrüßen, und deutete auf einen Tisch in der Ecke. Und tatsächlich, ein paar Sekunden später erhoben sich die fünf Frauen, die bis dahin dort gesessen hatten. Als Durham und ich schließlich Platz nahmen, leerte sich das Lokal schlagartig, weil die meisten den Sieben-Uhr-Zug erwischen wollten. Ich hatte mich schon gefragt, ob Durham mit einer Eskorte kommen würde. Jetzt, da nicht mehr so viel los war, sah ich zwei junge Männer mit EYE-Blazern gleich neben der Tür stehen.

»Nun, Detektivin Warshawski? Sie sind also immer noch dabei, afroamerikanische Männer mit allen Verbrechern in Verbindung zu bringen, die Ihnen vor die Nase kommen.« Das war eine Feststellung, keine Frage.

»Da muß ich mich gar nicht besonders anstrengen«, sagte ich mit freundlichem Lächeln. »Man liefert mir diese Nachrichten frei Haus. Colby Sommers zeigt nicht nur allen Leuten sein Geld, sondern erzählt auch Hinz und Kunz, was er gemacht hat, um es zu.., nun, ich nenne es ungern ›verdienen‹, weil das die harte Arbeit herabwürdigt, die die meisten Leute für ihren

Lebensunterhalt leisten müssen. Sagen wir lieber ›um es einzuschieben‹.«

»Nennen Sie es, wie Sie wollen, Ms. Warshawski. Das ändert nichts an Ihren häßlichen Anspielungen.« Als Jacqueline bei uns vorbeikam, bestellte er Maker's Mark mit Schuß. Ich schüttelte den Kopf, denn mehr als einen Whisky trinke ich nicht, wenn ich ein schwieriges Gespräch führe.

»Es heißt, Sie sind clever, Durham. Die Leute sagen, Sie sind der einzige, der dem Bürgermeister in der nächsten Wahl das Wasser reichen kann. Das sehe ich nicht so. Ich weiß, daß Colby Sommers Schmiere gestanden hat, als Anfang der Woche ein paar junge Leute vom EYE-Team in Amy Blounts Apartment eingebrochen sind. Während unserer Unterhaltung am Mittwoch habe ich mir Gedanken über einen anonymen Hinweis auf Isaiah Sommers gemacht, den die Polizei bekommen hat. Jetzt weiß ich, daß Colby Sommers diesen Anruf getätigt hat. Und ich weiß, daß Isaiah und Margaret Sommers an dem Samstag, an dem Fepple noch blutüberströmt in seinem Büro lag, dorthin gefahren sind, und zwar auf Ihre Empfehlung hin. Was ich nicht weiß, ist, was Bertrand Rossy Ihnen bieten könnte, daß Sie sich Hals über Kopf in seine Probleme stürzen.«

Durham bedachte mich mit einem freundlichen Lächeln, das seine Augen nicht erreichte. »Sie wissen nicht viel, Ms. Warshawski, weil Sie die Leute in meinem Bezirk nicht kennen. Es ist kein Geheimnis, daß Colby Sommers seinen Cousin haßt: Das wissen alle in der Eighty-seventh Street. Wenn er wirklich der Polizei gesagt hat, Isaiah habe einen Mord begangen, und wenn er sich mit Kriminellen abgibt, schockiert mich das nicht ganz so sehr wie Sie: Ich weiß um all die Demütigungen und all die Jahrhunderte der Ungerechtigkeit, die schwarze Männer dazu bringen, sich gegen sich selbst oder die eigene Gemeinde zu wenden. Ich bezweifle, daß Sie solche Dinge jemals verstehen werden. Aber wenn Colby versucht hat, seinem Cousin zu schaden, werde ich den zuständigen Polizeichef anrufen und fragen, ob ich zur Klärung der Angelegenheit beitragen kann, damit Isaiah nicht unnötig leiden muß.«

»Ich habe noch andere Dinge gehört, Durham«, sagte ich und schwenkte dabei den letzten Schluck Whisky in meinem Glas.

»Mit das Interessanteste war über Sie und die Entschädigungszahlungen für die Nachkommen von Sklaven. Eine wichtige Frage. Und gut geeignet, den Bürgermeister in die Zwickmühle zu bringen. Er kann es sich nicht leisten, die internationale Geschäftswelt vor den Kopf zu stoßen, indem er sich dafür einsetzt; er kann es sich aber genausowenig leisten, seine Wähler zu vergraulen, indem er sie ignoriert, insbesondere weil er die Verurteilung der Sklaverei durch den Stadtrat unterstützt.«

»Sie kennen sich also aus in der Kommunalpolitik, Frau Detektivin. Vielleicht bedeutet das ja, daß Sie für mich stimmen. Vorausgesetzt natürlich, ich bewerbe mich je um ein Amt, das für den Chardonnay-Bezirk zuständig ist, in dem Sie leben.«

Er versuchte bewußt, mich zu provozieren: Ich lächelte ihn fragend an, um ihm zu zeigen, daß ich seine Bemühungen bemerkt hatte, auch wenn ich den Grund dafür nicht kannte. »Ja, ich habe tatsächlich eine Ahnung von der Kommunalpolitik. Ich weiß zum Beispiel, daß es nicht so gut aussehen würde, wenn die Leute herausfinden, daß Sie mit Ihrer Kampagne erst angefangen haben, als Bertrand Rossy in die Stadt kam. Als er Sie ... überredet ... hat, das öffentliche Interesse von Joseph Posner und der Holocaust-Asset-Recovery-Frage abzulenken, indem Sie plötzlich die Sache mit den Entschädigungszahlungen für die Nachkommen von Sklaven propagierten.«

»Das sind wirklich häßliche Worte, Frau Detektivin, und wie Sie wissen dürften, habe ich nicht sehr viel Geduld mit Leuten wie Ihnen, die versuchen, mich zu verleumden.«

»Verleumdung setzt eine grundlose Anschuldigung voraus. Wenn ich mir die Mühe machen würde, zum Beispiel Murray Ryerson vom *Herald-Star* auf die Sache aufmerksam zu machen, wären wir mit Sicherheit in der Lage nachzuweisen, daß ein nicht unerheblicher Geldbetrag von Rossy zu Ihnen geflossen ist. Entweder aus seiner Privatschatulle oder aus der Betriebskasse der Ajax. Ich würde wetten, daß er das Geld aus der eigenen Tasche gezahlt hat. Vielleicht war er ja sogar schlau genug, es Ihnen in bar zu geben. Aber irgend jemand wird darüber Bescheid wissen. Man muß nur tief genug graben.«

Er zuckte nicht mit der Wimper. »Bertrand Rossy ist eine wichtige Größe im Geschäftsleben dieser Stadt, auch wenn er aus der Schweiz stammt. Und wie Sie schon gesagt haben: Vielleicht kandidiere ich tatsächlich eines Tages für den Bürgermeisterposten von Chicago. Es kann nicht schaden, Unterstützung in der Geschäftswelt zu haben. Aber am wichtigsten ist mir immer noch meine eigene Gemeinde, in der ich aufgewachsen bin. Und wo ich die Vornamen der meisten Leute kenne. Sie sind die Bürger von Chicago, die mich brauchen und für die ich arbeite, also sollte ich jetzt auch lieber zu einem Treffen mit ihnen gehen.«

Er leerte sein Glas und verlangte die Rechnung, doch ich gab Jacqueline mit einer Handbewegung zu verstehen, daß Sal den Betrag auf meine Rechnung setzen sollte. Ich wollte Alderman Durham nichts schuldig sein, nicht einmal einen Schluck Scotch.

48 Noch mehr Leichen

Am Ende von Werktagen wird es im South Loop schnell leer. Die Straßen nehmen dann jenes verlassene und verwahrloste Aussehen an, das vom Menschen genutzte Räume bekommen, wenn er ihnen den Rücken zukehrt: Jedes Stück Abfall, jede weggeworfene Dose oder Flasche sticht auf den leeren Straßen besonders deutlich hervor. Die Hochbahn, die über mir auf ihren Gleisen kreischte, klang so wild und fremd wie ein Kojote in der Prärie.

Ich ging die drei Häuserblocks zu meinem Wagen sehr schnell, schaute in alle Eingänge, wechselte immer wieder die Straßenseite. Wer würde sich zuerst auf mich stürzen – Fillida Rossy oder das EYE-Team von Durham?

Durham hatte mich nicht nur abblitzen lassen, sondern war dabei obendrein noch bewußt provozierend gewesen. Als hoffe er, die Konzentration auf Rassenfragen würde mich daran erinnern, über die Einzelheiten der Verbrechen nachzudenken, in die Colby Sommers verstrickt war.

Was war es, worüber ich nicht nachdenken sollte? Ich hatte das Gefühl, daß ich allmählich ein ziemlich klares Bild bekam, warum Hoffmans Bücher so wichtig waren. Und darüber, wie Howard Fepple ermordet worden war. Außerdem begann ich, die Verbindung zwischen Durham und Rossy zu sehen. Ihre

Bedürfnisse überschnitten sich auf wunderbare Weise: Rossy versorgte Durham mit einem Thema, das ihn ins Licht der Öffentlichkeit rückte, gab ihm das Geld, die Kampagne durchzuziehen, und manipulierte die Gesetzgebung dahingehend, daß sie die Holocaust-Problematik mit der der Entschädigungszahlungen für die Nachkommen der Sklaven koppelte und so die Sache groß und unangreifbar wurde. Durham seinerseits lenkte dafür die Aufmerksamkeit von der Ajax, der Edelweiß und den Holocaust-Zahlungen ab. Ein teuflisch genialer Plan.

Allerdings verstand ich nicht, was in der Sommers-Akte Howard Fepple Anlaß zu der Hoffnung gegeben hatte, daß er bald in Geld schwimmen würde. Vielleicht hatte es etwas mit Hoffmans europäischem Lebensversicherungsbuch zu tun, und Fepple wußte wie ich und jeder andere in der Versicherungsbranche, daß die Edelweiß sich keine Bloßstellung in Sachen Holocaust-Versicherungen leisten konnte.

Aber das erklärte nicht, wie Hoffman zu seinem Geld gekommen war. Vor dreißig Jahren hatte er seine Schweizer Arbeitgeber noch nicht erpressen können, weil Banknoten und Lebensversicherungen von Holocaust-Opfern damals weder in den einzelnen Bundesstaaten noch im Kongreß diskutiert wurden. Hoffman hatte also in kleinerem Rahmen operiert. Auf mich wirkte er nicht wie das große Verbrechergenie, sondern eher wie ein widerlicher Typ, der seinen Sohn mißhandelte und eine unauffällige Methode gefunden hatte, aus ein paar Pennies Dollars zu machen.

Ein Mann schoß aus dem Schatten vor mir auf mich zu. Ich hatte noch gar nicht gewußt, daß ich meine Hand so schnell in mein Schulterholster schieben konnte. Als der Mann mich um ein bißchen Geld anbettelte und mir sein Gestank in die Nase stieg, begann mir der Schweiß in den Nacken zu laufen. Ich steckte die Waffe in meine Jackentasche und fischte in meiner Aktentasche nach einem Dollar, aber er hatte die Waffe schon gesehen und rannte auf wackligen Beinen eine Nebenstraße hinunter.

Ich fuhr zurück in mein Büro und ließ dabei den Rückspiegel nicht aus den Augen. Als ich schließlich dort ankam, parkte ich den Wagen ein ganzes Stück entfernt von dem Lagerhaus, in dem Tessa und ich uns eingemietet hatten. Die Tür schloß ich mit der Waffe in der Hand auf. Bevor ich mich an meinen Schreibtisch setzte, durchsuchte ich Tessas Atelier, den Flur, die Toilette und alle Nischen meines Büros. Es ist schwierig, bei uns einzubrechen, aber nicht unmöglich.

Dann wählte ich die Nummer von Terry Finchley. Er war Mary Louises unmittelbarer Vorgesetzter während ihrer letzten drei Jahre bei der Polizei gewesen, und an ihn wandte sie sich immer noch, wenn sie Insider-Informationen brauchte. Ich wußte, daß er den Mordfall Fepple nicht persönlich bearbeitete, aber er hatte eine Ahnung darüber, wie die Ermittlungen vorangingen, weil er Mary Louise schon so manches darüber mitgeteilt hatte. Doch er war nicht da. Nach kurzem Zögern sagte ich dem diensthabenden Beamten, er solle ihm folgendes ausrichten: *Colby Sommers unterstützt das EYE-Team. Er weiß etwas über den Mord an Howard Fepple; er war außerdem in den Einbruch in Hyde Park verwickelt, wo euer Spurensicherungsteam am Mittwoch war.* Der Beamte versprach, meine Nachricht weiterzugeben.

Als ich den Computer einschaltete, hatte ich völlig irrationalerweise das Gefühl, im Stich gelassen worden zu sein, weil Morrell meine E-Mail nicht beantwortet hatte. Natürlich war es in Kabul mitten in der Nacht. Und wer wußte schon, wo er sich aufhielt. Wenn er bereits im Hinterland war, hatte er keine Gelegenheit, E-Mails zu verschicken. Lotty an einem Ort, an den ich ihr nicht folgen konnte, Morrell am anderen Ende der Welt. Ich fühlte mich furchtbar allein und hatte Mitleid mit mir selbst.

Immerhin war das Fax mit Anna Freuds Artikel über die sechs Kleinkinder in Theresienstadt eingetroffen. Ich wandte mich entschlossen dem Text zu, um mich nicht weiter in meinem Selbstmitleid zu suhlen.

Der Artikel war lang, aber ich las ihn mit voller Konzentration. Trotz des nüchternen Tonfalls war das Elend der Kinder deutlich zu spüren – sie hatten alles verloren, von der Liebe der Eltern bis zu ihrer Muttersprache, und mußten sich im Konzentrationslager allein durchschlagen. Irgendwie hatte sie das als Gruppe von Kleinkindern zusammengeführt, die einander unterstützten und füreinander einstanden.

Nach dem Krieg, als die Briten eine gewisse Zahl von Kindern aus den Lagern ins Land ließen, damit sie lernten, in einer Welt ohne Schrecken zu leben, kümmerte Anna Freud sich um diese sechs, weil sie noch viel zu jung für alle anderen Programme waren. Außerdem handelte es sich um eine so geschlossene Gruppe, daß die Sozialarbeiter Angst hatten, sie zu trennen, denn das hätte ihre traumatischen Erfahrungen nur noch verstärkt. Sie standen sich alle sehr nahe, aber zwei von ihnen hatten ein besonders enges Verhältnis zueinander: Paul und Miriam.

Paul und Miriam. Anna Freud, die Paul Hoffman seine Retterin in England nannte und deren Foto er aus ihrer Biographie geschnitten und in seiner geheimen Kammer aufgehängt hatte. Anna Freuds Paul, geboren in Berlin 1942, im Alter von zwölf Monaten nach Theresienstadt geschickt, genau wie Paul Hoffman in dem Fernsehinterview behauptet hatte. Der einzige von den sechs, über dessen Familie nichts bekannt war. Wenn man also Paul hieß, der Vater Deutscher war und einen mißhandelte, einen in eine Kammer sperrte, einen verprügelte, sobald man sich seiner Meinung nach zu weibisch verhielt, nun, dann konnte man schon auf die Idee kommen, die Geschichte der Kinder in den Lagern sei die eigene.

Doch Paul und Miriam waren nicht die richtigen Namen der Kinder von Anna Freud. Sie hatte Kodenamen verwendet, um ihren Privatbereich zu schützen. Aber das hatte Paul Hoffman nicht begriffen. Er hatte den Artikel gelesen, die Geschichte aufgesogen, sich seine kleine Spielkameradin Miriam vorgestellt, um die er in den letzten Wochen im Fernsehen so bitterlich geweint hatte.

Ich bekam eine Gänsehaut, und plötzlich verspürte ich große Sehnsucht nach meinem Zuhause und meinem Bett, nach einem Rückzugsort vor den erschütternden Traumata anderer Menschen. Ich war nicht in der Stimmung, in Richtung Norden nach Evanston zu fahren, also steckte ich Ninshuburs kleines Halsband in einen wattierten Umschlag, schrieb die Londoner Adresse von Michael Loewenthal darauf und dazu eine Notiz für den Zoll: *Gebrauchte Ware ohne Wert.* Dann klebte ich Luftpostmarken darauf und steckte das Ganze in einen Briefkasten. Auf dem Nachhauseweg hielt ich die Augen offen, aber weder Fillida noch das EYE-Team schien mir zu folgen.

Ich war froh, als Mr. Contreras mich bei meiner Rückkehr aufhielt. Als er hörte, daß ich den ganzen Tag außer einem Apfel nichts gegessen hatte, rief er aus: »Kein Wunder, daß Sie so niedergeschlagen sind, Schätzchen. Ich hab' Spaghetti auf dem Herd. Die sind zwar nicht selbstgemacht, wie Sie's gewöhnt sind, aber einen leeren Magen füllen die auch.«

Er hatte recht – ich aß zwei Teller voll. Hinterher fuhren wir mit den Hunden in einen Park und ließen sie in der Dunkelheit herumtollen. Ich ging früh ins Bett. In der Nacht quälte mich wieder einmal mein schlimmster Alptraum, in dem ich meine Mutter suchte und sie erst fand, als sie ins Grab gesenkt wurde, in so viele Verbände gehüllt und an so viele Schläuche angeschlossen, daß sie mich nicht sehen konnte. Ich wußte, daß sie lebte, mich hören konnte, aber sie gab mir kein Zeichen. Ich erwachte weinend und mit Lottys Namen auf den Lippen. Hinterher lag ich eine Stunde wach, lauschte auf die Geräusche der Welt draußen und fragte mich, was die Rossys gerade taten, bevor ich schließlich wieder in unruhigen Schlaf verfiel.

Um sieben stand ich auf, um mit den Hunden zum Lake zu rennen, während Mr. Contreras uns mit meinem Mustang folgte. Er machte sich große Sorgen, daß ich in Gefahr schweben könnte; mir war klar, daß er sich erst wieder beruhigen würde, wenn die Geschichte mit der Edelweiß geklärt war.

Der Lake war noch warm, obwohl die Septembertage immer kürzer wurden, und so ging ich mit den Hunden ins Wasser. Während Mr. Contreras Stöcke für sie warf, schwamm ich zum nächsten Felsen hinaus und wieder zurück. Als ich mich zu den dreien gesellte, war ich müde, aber erfrischt, und die Alpträume der Nacht verblaßten.

Während wir nach Hause fuhren, schaltete ich das Radio ein, um die Nachrichten zur vollen Stunde zu hören. *Präsidentschaftswahlen, bla bla, Gewalt an der West Bank und in Gaza, bla bla.*

Und nun zu den wichtigsten Ereignissen der Region: Die Polizei hat die Identität einer Frau bekanntgegeben, deren Leiche am frühen Morgen im Sundown Meadow Forest Preserve gefunden wurde. Ein Paar entdeckte die Leiche, als es heute um kurz vor sechs mit seinen Hunden im Wald

spazierenging. Bei der Toten handelt es sich um Connie Ingram, dreiunddreißig, aus LaGrange. Sie lebte mit ihrer Mutter zusammen, die sich Sorgen zu machen begann, als ihre Tochter gestern abend nicht von der Arbeit nach Hause kam.
»Sie hat keinen Freund«, sagte Mrs. Ingram. »Sie ist am Freitag oft noch nach der Arbeit mit ihren Freundinnen auf einen Drink gegangen, hat aber immer den Zug um drei nach sieben genommen.«
Als ihre Tochter nicht mit dem letzten Zug nach Hause kam, rief Mrs. Ingram bei der örtlichen Polizei an, wo man ihr sagte, eine Person könne man erst vermißt melden, wenn sie mehr als zweiundsiebzig Stunden verschwunden sei. Zu dem Zeitpunkt ihres Anrufs bei der Polizei von LaGrange war ihre Tochter bereits tot: Der Gerichtsmediziner von Cook County schätzt, daß sie gegen acht Uhr abends erwürgt wurde.
Connie Ingram hatte seit ihrem High-School-Abschluß bei der Ajax-Versicherung im Loop gearbeitet. Kollegen sagen, sie habe in letzter Zeit mit Anschuldigungen der Chicagoer Polizei zu kämpfen gehabt, sie sei in die Ermordung des langjährigen Ajax-Versicherungsagenten Howard Fepple zu Beginn dieser Woche verwickelt. Die Behörden von Countryside und LaGrange kooperieren in den Ermittlungen voll und ganz mit der Chicagoer Polizei.

Weitere Nachrichten aus der Gegend: Ein Mann aus der South Side wurde offenbar aus einem fahrenden Auto heraus erschossen, als er gestern abend von der Hochbahn nach Hause ging. Colby Sommers hatte als Junge am Empower-Youth-Energy-Programm von Alderman Louis Durham teilgenommen; Durham sagt, er spreche der Familie sein Beileid aus.

Lassen Sie auch den Kopf hängen, weil der Sommer zu Ende ist? Dann schalten Sie…

Ich stellte das Radio aus und lenkte den Wagen an den Straßenrand.

Mr. Contreras sah mich bestürzt an. »Was ist denn los, Schätzchen? War das 'ne Freundin von Ihnen? Sie sind ja ganz weiß im Gesicht.«

»Nein, keine Freundin. Das war die junge Frau aus der Leistungsabteilung, von der ich Ihnen erzählt habe. Als ich gestern vormittag bei der Ajax war, hat Ralph Devereux ihr vorgeworfen, etwas über diese verdammten alten Bücher zu wissen, mit denen Lotty sich aus dem Staub gemacht hat.«

Connie Ingram war auf dem Weg zum Aufzug ein paar Minuten verschwunden. Ich hatte geglaubt, sie verstecke sich vor mir, aber vielleicht war sie in Bertrand Rossys Büro gewesen, um sich einen Rat zu holen.

Offenbar hatte Fepple eine Probe dessen, was er wußte, an die Gesellschaft geschickt: Wie sonst hätte man dort sicher sein können, daß er wirklich in der Lage war, sie zu erpressen? Er hatte diese Probe an die kleine Connie Ingram geschickt, weil sie sein Kontakt zur Ajax war. Und sie war geradewegs zu Bertrand Rossy gegangen, weil dieser sich persönlich für ihre Arbeit im Zusammenhang mit der Sommers-Akte interessierte. Es mußte wahnsinnig aufregend für eine kleine Angestellte wie sie gewesen sein, von dem flotten jungen Manager der neuen Unternehmensleitung in Zürich wahrgenommen zu werden. Sie hatte ihm versprechen müssen, den Mund zu halten. Er hatte gewußt, daß sie Ralph, ihrer Vorgesetzten Karen Bigelow und allen anderen gegenüber nichts von seinem Interesse an dem Fall erwähnen würde, weil er ihre Aufregung deutlich spürte.

Doch sie war auch eine Angestellte des Hauses und hatte sich nach dem Verlassen von Ralphs Büro Sorgen gemacht. Sie wollte ihrer Abteilung gegenüber loyal bleiben, mußte aber zuerst mit Rossy sprechen. Und wie hat Rossy reagiert? Er hatte ein geheimes Treffen mit ihr am Abend arrangiert. »Jetzt können wir uns nicht unterhalten; mein Terminkalender ist voll. Treffen wir uns doch nach der Arbeit in der Bar gegenüber. Aber sagen Sie niemandem etwas davon. Wir wissen nicht, wem wir in diesem Unternehmen vertrauen können.« So ähnlich war der Wortlaut wohl gewesen. Und hinterher war er mit ihr in den Wald gefahren, wo sie sich vielleicht Sex mit dem Boß erwartet hatte, um sie zu erwürgen.

Bei dem Gedanken bekam ich eine Gänsehaut. Wenn ich recht

hatte... Peppy schob den Kopf winselnd von hinten auf meine Schulter. Mr. Contreras legte mir ein Handtuch um.

»Setzen Sie sich auf den Beifahrersitz, Schätzchen. Ich fahre Sie heim. Was Sie jetzt brauchen, sind Tee, Honig, Milch und ein heißes Bad.«

Ich wehrte mich nicht, obwohl ich wußte, daß ich es mir nicht leisten konnte, lange untätig herumzusitzen. Während er Wasser für den Tee erhitzte und Brot und Eier herrichtete, ging ich zum Duschen hinauf.

Unter dem heißen Wasser fiel mir ein, was Ralph am Vortag zu Connie gesagt hatte. Etwas wie: *Ich glaube nicht, daß in einer Versicherungsgesellschaft Akten weggeworfen werden.* Wenn Fepple ihr also eine Probe seiner Unterlagen geschickt hatte, war sie sicher noch dort.

Ich drehte den Wasserhahn zu und trocknete mich hastig ab. Angenommen, Rossy hatte alles in Hoffmans Schrift aus der Akte entfernt und hinterher die Mikrofiche-Kopie herausgesucht. Für ihn war es kein Problem, sich auch nach den Geschäftszeiten im Haus aufzuhalten: Er mußte eben noch ein paar Dinge überprüfen. Tja, er hatte die richtige Schublade gefunden, das Fiche herausgenommen und es vernichtet.

Aber wahrscheinlich hatte Connie eine eigene Ablage auf ihrem Schreibtisch mit den Dokumenten, die sie bei der Arbeit an einem aktuellen Fall benötigte. Auf die Idee war Rossy vermutlich nicht gekommen, schließlich hatte er in seinem Leben noch keinen Tag Büroarbeit erledigt. Ich hätte wetten können, daß sich eine Arbeitskopie von Fepples Unterlagen in der Ablage befand.

Ich schlüpfte in meine Kleidung: Jeans, Laufschuhe und der weitgeschnittene Blazer, unter dem ich meine Waffe verbergen konnte. Dann rannte ich die Treppe hinunter zur Wohnung von Mr. Contreras, wo ich mir die Zeit nahm, den heißen süßen Tee zu trinken, den er gekocht hatte, und Rühreier zu essen. Eigentlich hätte ich mich so schnell wie möglich auf den Weg machen wollen, aber ich schuldete ihm so viel Höflichkeit, wenigstens eine Viertelstunde an seinem Tisch sitzen zu bleiben.

Während ich aß, erklärte ich ihm, was ich vorhatte, und erstickte so seine Bedenken gegen meinen Aufbruch. Was ihn schließlich überzeugte, war, daß ich mich, wenn ich die Sache mit Rossy und der Ajax so schnell wie möglich hinter mich brachte, schon bald auf die Suche nach Lotty machen konnte.

49 Büroarbeit

Ich rannte noch einmal in meine Wohnung hinauf, um meine Tasche zu holen und Ralph anzurufen, damit ich nicht die ganze Stadt abklappern mußte, um ihn zu finden. Das Telefon klingelte, als ich oben ankam. Es hörte auf, bevor ich die Tür geöffnet hatte, fing aber wieder an, als ich in meiner Aktentasche nach meinem elektronischen Notizbuch suchte.

»Vic!« Es war Don Strzepek. »Hörst du deinen Anrufbeantworter eigentlich nie ab? Ich hab' in der letzten Stunde viermal draufgesprochen.«

»Don, nun mach mal halblang. Letzte Nacht sind zwei Menschen ermordet worden, die mit meinen Ermittlungen zu tun hatten, und das ist mir im Moment um etliches wichtiger, als deine Anrufe zu erwidern.«

»Nun, Rhea hat großes Glück gehabt, daß sie letzte Nacht nicht auch umgebracht wurde. Eine maskierte bewaffnete Person ist bei ihr eingebrochen, um sich diese verdammten Bücher von Ulf Hoffman unter den Nagel zu reißen. Wenn du dir jetzt also deine rotzigen Antworten verkneifen und mir zuhören würdest, dann würde ich dir raten, sie Dr. Herschel abzunehmen, bevor noch jemandem was passiert.«

»Bei ihr eingebrochen?« fragte ich entsetzt. »Woher weißt du, daß die betreffende Person die Bücher von Hoffman wollte?«

»Weil der Eindringling sie verlangt hat. Rhea hatte schreckliche Angst. Das Schwein hat sie gefesselt, sie mit der Waffe bedroht, alle möglichen Sachen aus ihren Bücherregalen gerissen, ihre persönlichen Dinge durchsucht. Sie mußte sagen, daß Lotty die Bücher hat.«

Mir blieb die Luft weg, wie nach einem Schlag in die Magengrube. »Ja, das kann ich verstehen.«

Meine Stimme war so trocken wie der Staub unter meiner Frisierkommode, aber Don war so mit seinen eigenen Sorgen beschäftigt, daß ihm das nicht auffiel. Um vier Uhr morgens war Rhea aufgewacht, weil jemand mit einer Waffe vor ihrem Bett stand. Die Person hatte eine Skimaske, Handschuhe und eine weite Jacke getragen. Rhea konnte nicht sagen, ob es sich um einen Mann oder eine Frau handelte, eine schwarze oder eine weiße Person, aber Größe und Entschlossenheit des Angreifers ließen sie auf einen Mann schließen. Er hatte ihr eine Waffe auf die Brust gesetzt, sie gezwungen, die Treppe hinunterzugehen und ihre Hände und Füße mit Klebeband an einen Stuhl im Eßzimmer gefesselt.

Der Eindringling hatte gesagt: »Sie wissen, was wir wollen. Sagen Sie uns, wo Sie sie versteckt haben.« Sie hatte geantwortet, sie wisse es nicht, und so hatte er sie angeherrscht, er spreche von den Büchern ihres Patienten Paul Hoffman.

Dons Stimme bebte. »Das Schwein hat gesagt, er hätte ihr Büro schon durchsucht. Sie meint, das Schlimmste wäre gewesen, daß sie ihn immer wieder bitten mußte, das, was er sagte, zu wiederholen – offenbar hat er so tief gesprochen, daß es nur schwer zu verstehen war. Er sprach ganz unten aus der Kehle; deswegen konnte Rhea auch nicht feststellen, ob es sich um einen Mann oder um eine Frau handelte. Und du weißt ja, wie das ist, wenn man Angst hat, besonders wenn man solche körperlichen Angriffe nicht gewöhnt ist. Dann verarbeitet das Gehirn die Informationen nicht wie sonst. Und wenn jemand eine Skimaske trägt, schaut er ziemlich furchterregend aus, überhaupt nicht mehr menschlich.«

Mir kam der Gedanke, daß Rhea nun ihre Theorien an sich ausprobieren und sich selbst hypnotisieren könnte, um zu ergründen, was ihr von dem Angreifer im Gedächtnis geblieben war, aber der Zwischenfall war so ernst, daß ich mich nicht über sie lustig machen durfte. »Dann hat sie also gesagt: ›Erschießen Sie mich nicht, Dr. Herschel hat die Bücher‹?«

»Der Eindringling hat ihr Porzellan auf den Boden geworfen. Sie hat mit ansehen müssen, wie er eine Teekanne zerbrochen hat, die die Urgroßmutter ihrer Großmutter 1809 von England mitgebracht hatte.« Dons Tonfall wurde schärfer. »Er – oder sie – hat gesagt, es sei bekannt, daß Rhea Paul Hoffmans Vertraute sei. Der Typ hat seinen Namen gewußt und alles. Es sei klar, daß Hofmann nur ihr die Bücher gegeben hätte. Da hat

Rhea gesagt, daß jemand anders die Bücher gestern abend aus dem Krankenhaus geholt hat. Als das Schwein sie daraufhin bedroht hat, war sie gezwungen, ihm den Namen von Dr. Herschel zu verraten. Nicht jeder hat dein körperliches Durchhaltevermögen, Vic«, fügte er hinzu, als ich schwieg.

»Vielleicht ist das gar nicht so schlecht«, sagte ich schließlich. »Lotty ist verschwunden und hat die Bücher mitgenommen. Wenn diese Leute immer noch nach Hoffmans Aufzeichnungen suchen, bestätigt das nur, daß Lotty sich tatsächlich aus freien Stücken zurückgezogen hat und nicht dazu gezwungen wurde. Die Polizei war wahrscheinlich schon da, oder? Hat Rhea den Beamten von der Verbindung zu Paul Hoffman erzählt?«

»Ja.« Ich hörte, wie er an seiner Zigarette zog, dann erinnerte Rhea ihn aus dem Hintergrund daran, daß sie Rauch haßte. Er entschuldigte sich mit einem »Entschuldige, Schatz«, das er in den Hörer sprach, obwohl es nicht an mich gerichtet war.

War das der Ort gewesen, an den Fillida Rossy am vorigen Nachmittag mit ihrer Sporttasche geeilt war? Zum Water Tower Place, um die Praxis von Rhea Wiell zu durchsuchen? Aber da die Bücher von Hoffman nicht dort gewesen waren, hatten die Rossys bis mitten in der Nacht gewartet, bis die letzten Gäste gegangen waren. Rossy hatte Connie ermordet, zu Hause die Besucher mit seinem Esprit unterhalten und war dann noch einmal aufgebrochen, um Rhea Wiell in ihrer Wohnung zu terrorisieren.

»Was hat Rhea den Leuten von der Polizei gesagt?« fragte ich.

»Sie hat ihnen gesagt, daß du am Donnerstag in Pauls Haus warst. Es könnte also sein, daß du Besuch von ihnen kriegst.«

»Sie ist wirklich eine unerschöpfliche Quelle der Freude.« Dann fiel mir meine sorgfältig formulierte Botschaft an Ralph vom vorigen Nachmittag ein, nicht ich habe Hoffmans Bücher, sondern jemand anders. Ich hatte versucht, Lotty zu schützen, dabei aber Rhea Wiell in den Blickpunkt des Interesses gestellt. Natürlich hatten die Rossys – oder wer auch immer hinter den Büchern her war – es zuerst bei der Person probiert, die Hoffman am nächsten stand. Ich konnte mich kaum beklagen, wenn sie sie zum Dank dafür mir auf den Hals hetzte.

»Tut mir leid, Don. Wer auch immer diese Bücher haben

will – er ist gefährlich. Ich bin heilfroh, daß er Rhea nicht erschossen hat. Aber wenn er zu Lotty geht und die Bücher dort auch nicht findet, glaubt er vielleicht, Rhea habe ihn angelogen. Und dann taucht er möglicherweise noch einmal bei ihr auf und fackelt diesmal nicht lange. Oder der Betreffende denkt, sie hätte die Bücher dir gegeben. Kannst du das Wochenende wegfahren? Nach New York oder London, irgendwohin, wo du dich einigermaßen sicher fühlst?«

Er war entsetzt. Wir unterhielten uns eine ganze Weile über die unterschiedlichen Möglichkeiten. Bevor wir das Gespräch beendeten, sagte ich: »Don, ich habe noch mehr schlechte Neuigkeiten für dich. Es geht um dein Buchprojekt. Ich weiß, daß der Anblick von Hoffmans Aufzeichnungen bei dir schon einige Zweifel hat aufkommen lassen, aber die Geschichte mit Paul, daß er als Kind in Theresienstadt war und nach England gebracht wurde, wo Hoffman ihn dann weggeholt hat, die hat er, fürchte ich, von jemand anderem.«

Ich erzählte ihm von Anna Freuds Artikel. »Wenn du herausfinden könntest, was aus dem echten ›Paul‹ und der echten ›Miriam‹ aus dem Artikel geworden ist... Nun, ich halte es für nicht geschickt, wenn du mit der Geschichte von Paul an die Öffentlichkeit gehst. Viele Leser würden den Artikel von Anna Freud wiedererkennen und wissen, daß er sich die Geschichte dieser Kinder angeeignet hat.

»Vielleicht läßt es sich ja nachweisen, daß er recht hat«, sagte Don ohne große Überzeugung. »Die Kinder sind mit Sicherheit nicht ewig in Anna Freuds Heim geblieben; irgendwo müssen sie aufgewachsen sein. Eins von ihnen könnte gut und gerne zusammen mit Hoffman nach Amerika gekommen sein, wo er den Jungen dann Paul genannt hat, weil er glaubte, das sei sein richtiger Name.« Er bemühte sich redlich, sein Projekt und Rhea zu verteidigen.«

»Vielleicht«, sagte ich zweifelnd. »Ich schicke dir eine Kopie des Artikels. Die Kinder wurden unter Aufsicht von Anna Freud durch eine Pflegefamilienorganisation an Adoptiveltern vermittelt. Ich habe das Gefühl, daß sie gerade Paul bei einem soliden Paar untergebracht hätten, nicht bei einem verwitweten Einwanderer, auch wenn er vielleicht kein Einsatzgruppenführer war.«

»Du versuchst, mein Projekt bloß deshalb zunichte zu machen, weil du Rhea nicht leiden kannst«, brummte er.

Ich hielt meinen Zorn nur mit Mühe im Zaum. »Du bist ein angesehener Autor. Ich will dich nur daran hindern, dich mit einem Buch zum Narren zu machen, dessen lückenhafte Argumentation auf den ersten Blick zu erkennen ist.«

»Ich glaube, das ist mein Problem und das von Rhea.«

»Wie du meinst, Don«, sagte ich. Mein Mitgefühl war verflogen. »Ich muß mich um zwei Morde kümmern und habe keine Zeit für diesen Käse.«

Dann legte ich auf und wählte die Privatnummer von Ralph Devereux. Er war inzwischen aus der Wohnung an der Gold Coast ausgezogen, in der er während unserer Beziehung gewohnt hatte, lebte aber immer noch in der Stadt, in der schicken neuen Gegend um die South Dearborn Street. Ich erreichte nur seinen Anrufbeantworter. Es war Samstag, und möglicherweise erledigte er ein paar Dinge oder spielte Golf, aber andererseits war eine Angestellte seines Unternehmens ermordet worden. Ich setzte darauf, daß er sich im Büro aufhielt.

Als ich bei der Ajax anrief, meldete sich tatsächlich Ralphs Sekretärin. »Denise, ich bin's, V.I. Warshawski. Die Sache mit Connie Ingram tut mir sehr leid. Ist Ralph da? Ich komme in ungefähr zwanzig Minuten vorbei, um mich mit ihm über die Situation zu unterhalten.«

Sie versuchte zu widersprechen: Er sei in einer Besprechung mit Mr. Rossy und dem Direktor. Er habe alle leitenden Angestellten der Leistungsabteilung um ihre Anwesenheit gebeten, und sie warteten nun im Konferenzzimmer. Die Polizei sei dabei, das Personal zu befragen – es sei völlig unmöglich, mich irgendwo einzuschieben. Trotzdem sagte ich ihr, ich sei schon unterwegs.

Als ich im Ajax-Gebäude eintraf, hatte ich Glück. Unten am Eingang stand Detective Terry Finchley und unterhielt sich mit einem seiner Untergebenen. Finch, ein schlanker Schwarzer Ende Dreißig, ist immer perfekt gekleidet; selbst am heutigen Samstag morgen war sein Hemd ordentlich gebügelt. Er rief mich zu sich, sobald er mich entdeckte.

»Vic, ich habe deine Nachricht über Colby Sommers erst heute morgen bekommen. Der Trottel, der gestern Dienst hatte, hat sie nicht für wichtig genug gehalten, um mich zu Hause anzurufen, und jetzt ist der Dreckskerl tot. Aus einem vorbeifahrenden Auto erschossen, heißt es. Was weißt du über die Sache?«

Ich wiederholte, was Gertrude Sommers mir gesagt hatte: »Das beruht alles auf mündlichen Informationen des Geistlichen ihrer Kirche. Der Mist ist nur, daß ich Durham gestern abend davon erzählt habe.«

»Willst du damit sagen, daß Durham für die Angelegenheit verantwortlich ist?« fragte er entrüstet.

»Der Reverend von Mrs. Sommers sagt, die linke Hand von Durhams linker Hand ist nicht immer so sauber, wie sie sein sollte. Wenn Durham mit jemandem von seinem EYE-Team darüber gesprochen hat, haben die vielleicht Fracksausen bekommen. Ich an eurer Stelle würde mit Mrs. Sommers reden und versuchen, mehr über diesen Reverend herauszufinden. Der scheint ziemlich genau Bescheid zu wissen über das Viertel.«

»Wenn du mit einem Fall in Berührung kommst, geht immer alles schief«, beklagte sich Terry. »Was machst du eigentlich hier? Sag jetzt bloß nicht, du glaubst, daß Alderman Durham Connie Ingram erschossen hat!«

»Ich bin hier, um mit dem Leiter der Leistungsabteilung zu sprechen. Er weiß meine Meinung besser zu schätzen als du.« Natürlich war das eine Lüge, aber Terry hatte mich beleidigt, und so würde ich ihm keine weiteren Angriffspunkte bieten, indem ich ihm meine Theorien über Fepple, Hoffman und die Schweizer erzählte.

Aber die Beleidigung hatte auch etwas Gutes: Als ich an ihm vorbei zum Aufzug ging, hielten mich die Sicherheitsleute nicht zurück. Sie glaubten, ich sei eine von Terrys Beamtinnen.

Ich fuhr hinauf in den zweiundsechzigsten Stock, wo die Empfangsdame der Chefetage trotz des Samstags an Ort und Stelle war. Arme Connie Ingram: Im Leben war sie nur ein kleines Rädchen im Getriebe des großen Unternehmens gewesen. Im Tod zwang sie die leitenden Angestellten dazu, ihr Wochenende zu opfern, um sich über ihre Person Gedanken zu machen.

»Detective Warshawski«, stellte ich mich der Frau vor. »Mr. Devereux erwartet mich.«

»Die Polizei? Ich dachte, Sie sind fertig hier oben.«

»Ja, Detective Finchleys Team schon, aber ich beaufsichtige die Ermittlungen zu dem Fall und zu dem Mord in der Agentur. Sie brauchen mich nicht anzumelden – ich kenne den Weg zum Büro von Mr. Devereux.«

Sie versuchte nicht, mich aufzuhalten. Wenn ein Angestellter ermordet wurde und die Polizei im Haus ist, gelingt es auch Empfangsdamen der Chefetage nicht mehr, Haltung zu bewahren. Ralphs Sekretärin musterte mich mit einem besorgten Stirnrunzeln, aber auch sie versuchte nicht, mich wegzuschicken.

»Er spricht immer noch mit Mr. Rossy und dem Direktor. Sie können hier draußen warten, wenn Sie wollen.«

»Ist Karen Bigelow im Konferenzzimmer? In der Zwischenzeit könnte ich mich mit ihr unterhalten.«

Denises Stirnrunzeln wurde stärker, doch sie erhob sich von ihrem Schreibtisch, um mich zum Konferenzzimmer zu eskortieren. Als ich eintrat, führten die sieben Leute an dem langen, ovalen Tisch halbherzig ein Gespräch. Sie hoben eifrig den Blick, sanken aber in ihre Stühle zurück, als sie sahen, daß ich es war, nicht Ralph. Karen Bigelow, Connie Ingrams Vorgesetzte, erkannte mich nach einer Weile und schaute mich finster und mit zusammengepreßten Lippen an.

»Karen, erinnern Sie sich an Ms. Warshawski? Sie würde sich gern mit Ihnen unterhalten.«

Wenn die Sekretärin des Chefs so etwas sagt, kommt das einem Befehl gleich. Obwohl es ihr nicht paßte, stand Karen Bigelow auf und begleitete mich in das Nebenzimmer. Ich begann mit den üblichen Floskeln in so einem Fall – daß mir Connie Ingrams Tod leid tue, daß er vermutlich ein großer Schock gewesen sei –, aber sie war nicht bereit, mir entgegenzukommen.

Da verzichtete auch ich auf jede Verbindlichkeit. »Na schön, dann machen wir's eben auf die harte, direkte Weise. Wir wissen alle, daß Connie vor Howard Fepples Tod mit ihm in Verbindung stand und daß er ihr Kopien von Dokumenten aus seiner Agenturakte geschickt hat. Ich möchte ihre Arbeitskopie sehen, das, was er ihr geschickt hat.«

»Damit Sie zur Polizei gehen und dem armen toten Mädchen noch mehr zur Last legen können? Nein, danke.«

Ich lächelte grimmig. »Dann gibt es also eine Arbeitskopie – das wußte ich nämlich bis jetzt noch nicht sicher. Wenn ich einen Blick hineinwerfen könnte, würde ich darin vielleicht den Grund für Howard Fepples Tod finden und auch für den von Connie Ingram. Nicht, daß sie ...«

»Das muß ich mir nicht anhören.« Karen Bigelow wandte sich zum Gehen.

»Nicht, daß sie etwas mit seinem Tod zu tun gehabt hätte. Nein, die Dokumente waren auf eine Weise gefährlich, die sie nicht begriff«, übertönte ich sie mit erhobener Stimme.

Gerade jetzt, im ungünstigsten Augenblick, kam Ralph herein. »Vic!« fauchte er mich wütend an. »Was zum Teufel tust du hier? Nein, mach dir nicht die Mühe zu antworten. Karen, wozu will Warshawski Sie überreden?«

Durch die lauten Stimmen neugierig geworden, waren die anderen sechs im Konferenzzimmer an die Tür getreten, doch Ralphs Gesichtsausdruck ließ sie sofort wieder zurückhuschen.

»Sie will die Arbeitskopie der armen kleinen Connie über den Fall Sommers sehen, Ralph«, sagte Karen Bigelow.

Ralph sah mich wütend an: Offenbar war er im Büro des Direktors gerade zur Schnecke gemacht worden. »Daß du es mir nie mehr wagst, in dieses Gebäude zu kommen und meine Angestellten hinter meinem Rücken zu beeinflussen!«

»Du hast ein Recht, wütend zu sein, Ralph«, sagte ich ganz ruhig, »aber zwei Menschen sind tot, und ein dritter befindet sich in kritischem Zustand, und zwar wegen irgendeiner Betrügerei, die die Midway Agency im Hinblick auf den Anspruch von Aaron Sommers versucht hat. Ich möchte herausfinden, um was es da genau ging, bevor noch jemand erschossen wird.«

»Damit beschäftigt sich schon die Chicagoer Polizei.« Er preßte die Lippen vor Zorn fest aufeinander. »Überlaß ihr diese Arbeit.«

»Das würde ich ja, wenn die Beamten eine Ahnung hätten. Ich weiß Dinge, die sie nicht wissen, oder zumindest ziehe ich logische Schlüsse, zu denen sie nicht in der Lage sind.«

»Dann sag den Beamten, was du weißt.«

»Würde ich ja, wenn ich Beweise hätte. Deshalb möchte ich Connie Ingrams Arbeitskopie sehen.«

Er starrte mich düster an und sagte dann: »Karen, gehen Sie

zurück ins Konferenzzimmer und sagen Sie den anderen, daß ich in zwei Minuten bei Ihnen bin. Denise, haben wir irgendwo Kaffee, Brötchen oder so was Ähnliches? Könnten Sie die Sachen reinbringen?«

Der Zorn ließ immer noch eine Ader an seiner Schläfe pochen, doch er bemühte sich, ihn nicht an seiner Untergebenen auszulassen. Mit einer Bewegung des Kopfes dirigierte er mich in Richtung seines Büros. Bei mir waren keine geschliffenen Manieren nötig.

»Na schön. Du hast zwei Minuten Zeit, mich zu überzeugen, dann bin ich wieder bei meinen Leuten.« Er schloß die Tür und warf einen deutlich sichtbaren Blick auf seine Uhr.

»Der Vertreter, der Aaron Sommers 1971 die Versicherung verkauft hat, war in illegale Machenschaften verwickelt«, sagte ich. »Howard Fepple wußte offenbar nichts darüber, bis er sich mit der Akte von Aaron Sommers beschäftigt hat. Ich war bei ihm im Büro, als er hineingeschaut hat: Es war ihm von den Augen abzulesen, daß sich irgend etwas darin befand – Dokumente, Notizen, was auch immer –, das seine Aufmerksamkeit geweckt hat. Als er Connie die Agenturmaterialien zugefaxt hat, war wahrscheinlich auch was dabei, was ihm seiner Meinung nach die Möglichkeit verschaffen würde, die Gesellschaft zu erpressen.

Niemand weiß, was der frühere Vertreter Ulf Hoffman getrieben hat. Alle Kopien vom Original der Sommers-Akte sind verschwunden. Übrig ist nur noch die bereinigte Version. Du hast gestern selber gesagt, daß eigentlich handschriftliche Notizen des Vertreters drin sein sollten, aber auch die sind verschwunden. Wenn Connie eine Arbeitskopie angefertigt hat, ist die Gold wert. Und sie wäre reinstes Dynamit.«

»Und?« Er hielt die Arme verschränkt, nicht bereit, auf mich zuzugehen.

Ich holte tief Luft. »Ich glaube, daß Connie direkt und unter vier Augen Bertrand Rossy …«

»Verdammt, nein!« brüllte er. »Was zum Teufel soll das jetzt wieder?«

»Ralph, bitte. Ich weiß, daß das für dich wie ein Déjà-vu-Erlebnis sein muß, wenn ich hier reinschneie und deinen Chef beschuldige. Aber bitte hör mir nur einen Augenblick zu. Ulf

Hoffman war in den dreißiger Jahren Vertreter für die Edelweiß in Wien. Damals hieß das Unternehmen allerdings noch Nesthorn. Er hat armen Juden Lebensversicherungen verkauft. Dann kam der Krieg, und kein Mensch weiß, was er die nächsten acht Jahre getrieben hat, doch 1947 ist er jedenfalls in Baltimore gelandet. Von dort aus ist er nach Chicago gezogen und hat wieder die einzige Arbeit getan, von der er eine Ahnung hatte: Er hat armen Leuten, diesmal Afroamerikanern in der Chicagoer South Side, Lebensversicherungen verkauft.«

»Das ist ja eine faszinierende Geschichte«, unterbrach mich Ralph voller Sarkasmus, »aber meine Leute warten auf mich.«

»Der alte Ulf hatte eine Liste seiner Wiener Kunden. Das sind die Lebensversicherungen, von denen die Edelweiß behauptet, sie nie verkauft zu haben«, sagte ich. »Die offizielle Version lautet, die Edelweiß sei damals nur regional tätig gewesen und habe nichts mit Leuten zu tun gehabt, die im Holocaust umgekommen sind. Die Edelweiß war damals tatsächlich ein kleines Unternehmen, aber die Nesthorn war der größte Versicherer in Europa. Wenn Hoffmans Bücher an die Öffentlichkeit kommen, wird die Scharade von Rossy und Janoff letzten Dienstag in Springfield – daß sie die Legislative dazu gebracht haben, den Holocaust Asset Recovery Act zu kippen – in einem völlig anderen Licht erscheinen.«

»Verdammt, Vic, das kannst du alles nicht beweisen!« Ralph schlug so heftig auf die Aluminiumoberfläche seines Schreibtischs, daß er vor Schmerz zusammenzuckte.

»Nein, weil die Bücher von Hoffman immer wieder verschwinden. Aber glaub mir, Rossy ist ihnen auf der Spur. Die Hauptstelle in Zürich kann es sich nicht leisten, daß das alles ans Licht kommt. Und die Edelweiß kann es sich nicht leisten, daß irgend jemand die Bücher von Hoffman sieht. Ich würde wetten, daß Rossy und seine Frau für Howard Fepples Tod verantwortlich sind. Ich würde außerdem wetten, daß er die arme kleine Connie umgebracht hat. Und ich würde wetten, er hat ihr erzählt, daß sie an einem höchst geheimen Projekt beteiligt ist, nur für ihn allein arbeitet, niemandem etwas davon sagen soll, nicht Karen, nicht dir, nicht ihrer Mutter. Er sieht gut aus, ist reich und hat Macht; sie hingegen war nur ein kleines Aschenbrödel. Wahrscheinlich war er für sie der Traumprinz.

Sie hatte sich Loyalität gegenüber der Ajax geschworen, und er war die Ajax, also kam sie nicht in Konflikt, nein, es war sogar ungeheuer aufregend.«

Ralph war kalkweiß im Gesicht. Unbewußt massierte er seine rechte Schulter, in die zehn Jahre zuvor eine Kugel aus der Waffe seines Chefs eingedrungen war.

»Vermutlich bringt die Polizei den Mord an Connie mit der Ajax in Verbindung, sonst hättet ihr euch nicht alle am Samstag hier versammelt«, sagte ich.

»Die Mädchen – Frauen –, mit denen sie am Freitag abend gewöhnlich noch auf einen Drink gegangen ist, erzählen, sie hat ihnen abgesagt, weil sie noch länger arbeiten mußte«, erklärte Ralph mit schleppender Stimme. »Aber sie hat das Gebäude nach Aussage ihrer Kollegen mit allen anderen verlassen. Als eine Mitarbeiterin sie aufgezogen hat, sie hätte wohl eine Verabredung, von der sie ihnen nichts erzählen wolle, war ihr das schrecklich peinlich, und sie hat gesagt, es sei ganz anders, man habe sie gebeten, nicht darüber zu reden. Die Leute von der Polizei sehen sich jetzt bei der Ajax um.«

»Läßt du mich nun einen Blick auf Connies Arbeitskopie werfen?«

»Nein.« Seine Stimme war jetzt kaum lauter als ein Flüstern. »Ich möchte, daß du das Gebäude verläßt. Und falls du mit dem Gedanken spielst, im achtunddreißigsten Stock auszusteigen und dich selbst nach der Kopie umzuschauen, dann vergiß es: Ich schicke sofort Karen hinunter zu Connies Schreibtisch, damit sie all ihre Papiere einsammelt und hier heraufbringt. Ich werde es nicht zulassen, daß du wie ein Cowgirl auf der Suche nach verlorenen Rindern durch meine Abteilung fegst.«

»Versprichst du mir eines? Nein, eigentlich zwei Dinge: Siehst du dir Connies Papiere an, ohne Bertrand Rossy davon zu erzählen? Und sagst du mir, was du darin findest?«

»Ich verspreche dir überhaupt nichts, Warshawski. Aber du kannst sicher sein, daß ich das, was von meiner Karriere noch übrig ist, nicht aufs Spiel setze, indem ich mit dieser Geschichte zu Rossy gehe.«

Bevor ich Ralphs Büro verließ, gab ich Denise noch einmal meine Visitenkarte. »Er wird sich mit mir in Verbindung setzen wollen«, sagte ich mit mehr Überzeugung in der Stimme, als ich eigentlich empfand. »Bitte teilen Sie ihm mit, daß er mich dieses Wochenende jederzeit unter meiner Handynummer erreichen kann.«

Es war schwer zu ertragen, daß ich nicht selbst einen Blick auf Connie Ingrams Arbeitskopie werfen konnte, aber Karen Bigelow fuhr mit mir bis zum achtunddreißigsten Stock und versicherte mir dort, daß sie die Leute vom Sicherheitsdienst holen würde, wenn ich auf die Idee käme, ihr zu Connies Arbeitszimmer zu folgen.

Sobald ich das Gebäude verlassen hatte, begann ich eine Reihe sinnloser Aktivitäten. Don Strzepek hatte beschlossen, meinen Rat, die Stadt zu verlassen, nicht anzunehmen, aber immerhin konnte er Rhea überreden, daß ich sie in ihrem Stadthaus an der Clarendon Avenue besuchen durfte. Anhand ihrer Beschreibung des Angreifers hoffte ich, herausfinden zu können, ob es sich um einen der Rossys gehandelt hatte.

Das war die erste vergeudete Stunde. Don ließ mich ins Haus und führte mich an einem kleinen Wasserfall mit darunter treibenden Lotusblüten vorbei zu einem Solarium, wo Rhea in einem großen Sessel saß. Ihre leuchtenden Augen betrachteten mich aus einem Kokon aus Umhängetüchern heraus. Während sie Kräutertee trank und sich von Don die Hand halten ließ, erzählte sie mir die Ereignisse der Nacht. Wenn ich genauere Fragen über die Größe, den Körperbau, den Akzent und die Kraft des Eindringlings stellte, lehnte sie sich in ihrem Sessel zurück und legte die Hand auf die Stirn.

»Vic, ich weiß, daß Sie es gut meinen, aber das habe ich alles schon diskutiert, nicht nur mit Donald und den Leuten von der Polizei, sondern auch mit mir selbst. Ich habe mich in eine leichte Trance versetzt und den ganzen Vorfall auf Band gesprochen. Das können Sie sich gern anhören. Wenn mir ein Detail besonders aufgefallen wäre, hätte ich mich zu diesem Zeitpunkt erinnert.«

Also hörte ich mir das Band an, doch sie weigerte sich, sich noch einmal in Trance zu versetzen, damit ich selbst ihr Fragen stellen konnte. Vielleicht, beharrte ich, war ihr die Farbe der Augen hinter der Skimaske aufgefallen oder die Farbe der Maske oder der weiten Jacke, die die Person trug – das, was sie in Trance erzählt hatte, beschäftigte sich mit keinem dieser Punkte. Darauf reagierte sie aggressiv: Wenn sie der Überzeugung gewesen wäre, daß solche Fragen zu nützlichen Antworten führen könnten, hätte sie sie selbst gestellt.

»Don, würdest du Vic bitte hinausbegleiten? Ich bin erschöpft.«

Ich hatte nicht die Zeit, mich mit ihrem Ärger oder ihren Argumenten herumzuschlagen, und so machte ich meinem eigenen Ärger lediglich dadurch Luft, daß ich einen Penny gegen den Fuß des Buddhas über dem Wasserfall mit den Lotusblüten schnippte.

Als nächstes fuhr ich zur South Side, zur Mutter von Colby Sommers, um mehr über den letzten Abend von Isaiahs Cousin auf dieser Erde zu erfahren. Mehrere Verwandte trösteten sie, darunter auch Gertrude Sommers, die sich anschließend leise mit mir in einer Ecke unterhielt. Colby war ein schwacher Junge und ein schwacher Mann gewesen; er hatte sich gern wichtig gemacht, indem er sich mit gefährlichen Leuten abgab, und jetzt hatte er leider den Preis dafür zahlen müssen. Aber Isaiah war ganz anders: Isaiah durfte keinesfalls Colbys Schicksal teilen.

Ich nickte düster und wandte mich Colbys Mutter zu. Sie hatte ihren Sohn ein oder zwei Wochen lang nicht gesehen und wußte deshalb auch nicht, was er getrieben hatte. Aber immerhin gab sie mir die Namen von Colbys Freunden.

Als ich sie in einem örtlichen Billardsalon aufspürte, legten sie die Queues weg und musterten mich mit vor Feindseligkeit funkelnden Augen. Auch nachdem ich den Dunst aus Marihuana und Verbitterung durchdrungen hatte, der sie umgab, sagten sie mir nicht viel. Ja, Colby war tatsächlich mit ein paar Brüdern zusammengewesen, die manchmal Dinge für Durhams EYE-Team erledigten. Ja, er hatte tatsächlich in den letzten Tagen mit Geld herumgewedelt, aber Colby war nun mal so. Wenn er Geld hatte, bekam jeder etwas ab. Und wenn er pleite war, erwartete er, daß alle für ihn zusammenlegten. Am letzten Abend hatte er gesagt, er würde etwas mit den Leuten vom EYE-Team machen, aber Namen? Nein, sie wußten keine Namen. Weder Geld noch Drohungen konnten sie umstimmen.

Frustriert verließ ich den Salon. Terry wollte Alderman Durham nicht verdächtigen, und die Leute von der South Side waren zu eingeschüchtert vom EYE-Team, als daß sie es verpfiffen hätten. Ich konnte natürlich selbst zu Durham gehen, aber das war vergeudete Zeit und Energie, wenn ich keinerlei Druckmittel hatte. Außerdem war es mir aufgrund meiner Sorge um Lotty und Hoffmans Bücher im Moment wichtiger, eine Möglichkeit zu finden, wie ich an die Rossys herankam.

Ich überlegte, ob ich irgendwie ihre Alibis für die letzte Nacht überprüfen könnte, ohne zu sehr aufzufallen, als mein Handy klingelte. Ich war gerade in nördlicher Richtung auf dem Dan Ryan Expressway unterwegs, und zwar auf dem Abschnitt, wo sechzehn Spuren sich immer wieder überkreuzten wie das Band beim Tanz um den Maibaum. Dies war nicht der Ort, um mich ablenken zu lassen. Ich nahm die nächste Ausfahrt, um ranzugehen.

Eigentlich hatte ich gehofft, Ralphs Stimme zu hören, aber es war mein Anrufbeantwortungsdienst. Mrs. Coltrain hatte mich von Lottys Klinik aus angerufen. Es sei dringend, ich solle sofort zurückrufen.

»Sie ist in der Klinik?« Ich warf einen Blick auf die Uhr am Armaturenbrett – am Samstag arbeitete Lotty immer von halb zehn bis eins; inzwischen war es nach zwei.

Die Leute, die am Wochenende im Büro meines Anrufbeantwortungsdienstes sitzen, kenne ich nicht; der Mann, mit dem ich es heute zu tun hatte, las mir die Nummer vor, die Mrs. Coltrain ihm gegeben hatte, und legte auf. Es handelte sich tatsächlich um die Klinik – vielleicht war sie dortgeblieben, um Papierkram aufzuarbeiten.

Normalerweise ist Mrs. Coltrain ruhig, ja fast schon majestätisch. In all den Jahren, in denen sie die Leute, die in Lottys Klinik kommen, nun schon empfängt und einweist, habe ich sie nur ein einziges Mal aufgeregt erlebt, und das war damals, als ein wütender Mob in die Klinik eindrang. Als ich sie anrief, klang sie genauso durcheinander wie an jenem Tag vor sechs Jahren.

»Ach, Ms. Warshawski, danke für Ihren Anruf. Ich… etwas Merkwürdiges ist passiert… ich wußte nicht, was ich tun soll… ich hoffe, Sie… es wäre gut, wenn Sie… ich will Sie ja nicht belästigen, aber… haben Sie Zeit?«

»Was ist los, Mrs. Coltrain? Hat jemand bei Ihnen eingebrochen?«

»Es geht um… um etwas von Dr. Herschel. Sie… äh… hat ein Päckchen mit einem Band geschickt.«

»Von woher?« fragte ich sofort.

»Das steht nicht auf dem Päckchen. Es kam mit Federal Express. Ich hab' versucht… es mir anzuhören. Etwas Merkwürdiges ist passiert. Aber ich will Sie nicht belästigen.«

»Ich komme zu Ihnen, so schnell ich kann. Es dauert höchstens eine halbe Stunde.« Ich wendete auf der Pershing Road und fuhr wieder zurück auf den Dan Ryan Expressway, wo ich die Strecke und die Zeit, die ich dafür brauchen würde, überschlug. Im Augenblick befand ich mich ungefähr fünfzehn Kilometer südlich der Klinik, aber der Expressway bog vor der Ausfahrt Irving Park Road scharf nach Westen ab. Es war besser, an der Damen Avenue herunter und dann direkt weiter nach Norden zu fahren. Knapp dreizehn Kilometer zur Damen Avenue, das hieß ungefähr zehn Minuten, wenn kein Stau war. Dann auf den Straßen der Stadt ungefähr fünf Kilometer zur Irving Park Road, das waren weitere fünfzehn Minuten.

Meine Knöchel waren ganz weiß, so fest umklammerte ich das Steuer. Was war los? Was war auf dem Band? War Lotty tot? War Lotty als Geisel genommen worden, und Mrs. Coltrain wollte mir das nicht am Telefon sagen?

Die Ampel an der Damen Avenue brauchte ewig, bis sie umschaltete. Ganz ruhig, redete ich mir zu. Kein Grund, hier die Pistensau zu spielen. Als ich die Klinik schließlich erreichte, stellte ich den Wagen ziemlich schräg ab und sprang heraus.

Mrs. Coltrains silberfarbener Eldorado war das einzige Auto auf dem winzigen Parkplatz, den Lotty am nördlichen Ende der Klinik hatte einrichten lassen. Die Straße wirkte verschlafen. Eine Frau mit drei kleinen Kindern und einem großen Wagen voller Wäsche war der einzige Mensch, den ich sah.

Ich rannte zur Vorderseite und rüttelte an der Tür, doch die war verschlossen. Dann drückte ich auf die Nachtglocke. Erst nach einer ganzen Weile fragte Mrs. Coltrain mit zitternd-blecherner Stimme, wer da sei. Nachdem ich meinen Namen gesagt hatte, dauerte es wieder etliche Zeit, bis sie den Summer betätigte.

Die Lichter im Wartezimmer waren ausgeschaltet, wahrscheinlich um mögliche Patienten abzuhalten. In dem grünlichen Licht, das durch die Glasbausteine drang, kam ich mir vor wie unter Wasser. Mrs. Coltrain war nicht an ihrem Tisch. Das ganze Gebäude wirkte verlassen – absurd, denn sie hatte mich ja gerade erst hereingelassen.

Nachdem ich laut ihren Namen gerufen hatte, drückte ich die Tür auf, die zu den Praxisräumen führte. »Mrs. Coltrain!« rief ich noch einmal.

»Ich bin hier hinten, meine Liebe«, hörte ich leise ihre Stimme aus Lottys Büro.

Sie sagte nie »meine Liebe« zu mir. Auch nach fünfzehn Jahren bin ich immer noch »Ms. Warshawski«. Ich zog meine Smith & Wesson heraus und rannte den Flur hinunter. Sie saß hinter Lottys Schreibtisch, die Wangen weiß unter dem Puder und dem Rouge. Erst nach ein paar Sekunden nahm ich Ralph wahr. Er hockte in einer Ecke des Raums auf einem von Lottys Patientenstühlen, die Arme an die Stuhllehne gefesselt, ein Stück Klebeband über dem Mund, die grauen Augen schwarz in seinem bleichen Gesicht. Ich versuchte mir immer noch einen Reim auf die Situation zu machen, als er das Gesicht verzog und mit dem Kopf in Richtung Tür deutete.

Ich drehte mich mit gezückter Waffe um, doch Bertrand Rossy stand bereits dicht hinter mir. Er packte meine Hand mit der Waffe, und so ging mein Schuß ins Leere. Mit beiden Händen hielt er mein rechtes Handgelenk fest. Ich versetzte ihm einen Tritt gegen das Schienbein. Sein Griff lockerte sich. Ich trat noch einmal zu, diesmal fester, und riß meine Hand los.

»An die Wand«, keuchte ich.

»Arrestate«, hörte ich da Fillida Rossys Stimme hinter mir. »Halt, oder ich erschieße diese Frau.«

Sie war aus ihrem Versteck aufgetaucht und stand nun hinter Mrs. Coltrain, der sie eine Waffe in den Nacken preßte. Fillida sah merkwürdig aus; erst nach ein paar Sekunden wurde mir klar, daß sie ihre blonden Haare unter einer schwarzen Perücke verborgen hatte.

Mrs. Coltrain zitterte, und ihre Lippen bewegten sich tonlos. Wütend ließ ich mir von Rossy die Smith & Wesson abnehmen. Er drehte mir die Arme auf den Rücken und fesselte sie mit Klebeband.

»Auf englisch, Fillida. Ihre anderen Opfer verstehen Sie nicht. Sie hat gerade gesagt, ich soll aufhören, oder sie würde Mrs. Coltrain erschießen«, fügte ich, an Ralph gewandt, hinzu. Ist das wieder eine SIG, Fillida? Schmuggelt Ihre Freundin, die Frau des Kulturattachés, sie für Sie aus der Schweiz nach Amerika? Die Beamten von der Polizei haben bis jetzt nicht herausgefunden, woher die stammt, mit der Sie Howard Fepple erschossen haben.«

Rossy schlug mir auf den Mund. Keine Spur mehr von seinem Lächeln und seinem Charme. »Wir haben Ihnen in keiner Sprache etwas zu sagen, aber Sie könnten uns eine ganze Menge verraten. Wo sind die Bücher von Herrn Hoffman?«

»O doch, Sie haben mir sogar sehr viel zu sagen«, widersprach ich. »Zum Beispiel, warum Ralph hier ist.«

Rossy machte eine ungeduldige Geste. »Es war das einfachste, ihn mitzubringen.«

»Warum? Ach, genau: Ralph, du hast Connies Arbeitskopie gefunden und sie zu Rossy gebracht. Ich hab' dich doch gebeten, das nicht zu tun.«

Ralph schloß die Augen, um mich nicht ansehen zu müssen, doch Rossy sagte voller Ungeduld: »Ja, er hat mir die Notizen von diesem albernen Mädchen gezeigt. Was für ein albernes, pflichtbewußtes Mädchen. Hübsch, wie ordentlich sie alle Akten aufbewahrt hat. Auf die Idee bin ich nicht gekommen – sie hat mir kein Wort davon gesagt.«

»Natürlich nicht«, pflichtete ich ihm bei. »Sie hat diese Arbeitsabläufe als selbstverständlich erachtet, und Sie haben keine Ahnung von den Organisationsprinzipien auf dieser Ebene.«

Diese beiden hatten so viele Menschen getötet, da fiel mir keine Möglichkeit ein, sie daran zu hindern, noch drei weitere umzubringen. Hinhalten, das war die einzige vernünftige Taktik. Und ruhig bleiben, im Plauderton weiterreden, damit sie nicht merken, wieviel Angst man hat.

»Hat Fepple gedroht zu enthüllen, daß die Edelweiß doch eine ganze Menge Policen aus der Zeit des Holocaust hatte? Hätte Connie Ingram überhaupt begriffen, was das bedeutete?«

»Natürlich nicht«, sagte Rossy ungeduldig. »Herr Hoffman hat in den sechziger und siebziger Jahren begonnen, Sterbeurkunden für seine europäischen Kunden bei der Edelweiß einzureichen – von den Leuten, denen er vor dem Krieg in Wien Lebensversicherungen verkauft hatte.«

»Ist das zu fassen?« ereiferte sich Fillida über Hoffmans Dreistigkeit. »Er hat die Lebensversicherungen vieler Wiener Juden kassiert. Er wußte nicht mal sicher, ob sie tot waren, weil er das nicht nachprüfen konnte, also hat er einfach die Sterbeurkunden gefälscht. Es ist ein Skandal, wie er sich an mir und meiner Familie bereichert hat.«

»Aber Aaron Sommers war kein Wiener Jude«, widersprach ich, für einen Augenblick vom eigentlichen Problem abgelenkt.

Bertrand Rossy fauchte: »Dieser Hoffman muß völlig verrückt gewesen sein. Entweder das oder vergeßlich. Er hatte 1935 einen österreichischen Juden namens Aaron Sommers versichert und 1973 einen schwarzen Amerikaner des gleichen Namens. Und er hat eine Sterbeurkunde für den Schwarzen eingereicht statt für den Juden. Es war alles so dumm und unnötig, aber für uns letztlich ein Glück. Er war der einzige Vertreter mit einem großen Bestand an Vorkriegspolicen für jüdische Kunden gewesen, den wir nicht hatten finden können. Und dann hat sich herausgestellt, daß er sich hier in Chicago aufhielt, direkt vor unserer Nase. An dem Tag im Büro von Devereux, als ich mir die Sommers-Akte angesehen habe und plötzlich Ulf Hoffmans Unterschrift vor mir hatte, konnte ich mein Glück fast nicht fassen. Der Mann, den wir fünf Jahre lang gesucht hatten, war hier in Chicago. Es wundert mich immer noch, daß Sie und Devereux meine Aufregung nicht bemerkt haben.«

Er schwieg, um in seiner Freude über seine gelungene Vorstellung zu schweigen. »Aber dieser Fepple war ein Volltrottel. Er hat eine von Hoffmans alten Listen in der Sommers-Akte gefunden, zusammen mit einigen unterschriebenen Blanko-Sterbeurkunden. Er dachte, er könnte uns wegen der gefälschten Sterbeurkunden erpressen. Er hat nicht mal begriffen, daß die Sache mit den Ansprüchen aus der Zeit des Holocaust viel wichtiger war. Viel, viel wichtiger.«

»Bertrand, genug davon«, sagte Fillida auf italienisch. »Bring sie dazu, uns zu verraten, wo Dr. Herschel ist.«

»Fillida, Sie müssen Englisch sprechen«, sagte ich noch einmal. »Sie sind jetzt in Amerika, und diese beiden unglücklichen Menschen hier verstehen Sie nicht.«

»Aber Sie verstehen mich«, sagte Rossy. »Wenn Sie uns nicht sofort sagen, wo diese Bücher sind, bringen wir Ihre beiden Freunde um, nicht schnell mit einer Kugel, sondern langsam und sehr schmerzhaft.«

»Die Frau gestern nacht, die Therapeutin von Hoffmans Sohn, hat gesagt, die jüdische Ärztin habe sie. Die Bücher gehören mir. Sie gehören meiner Familie, meinem Unternehmen. Ich muß sie wiederhaben«, sagte Fillida mit starkem Akzent; ihr Englisch war nicht so fließend wie das ihres Mannes. »Aber die Angestellte hier hat den Safe geöffnet, und der ist leer. Alle wissen, daß Sie mit dieser jüdischen Ärztin befreundet sind. Sie sind ihre beste Freundin. Also sagen Sie uns, wo sie ist.«

»Sie ist verschwunden«, sagte ich. »Ich dachte, Sie hätten sie. Ich bin erleichtert zu erfahren, daß sie in Sicherheit ist.«

»Bitte machen Sie nicht den Fehler anzunehmen, daß wir dumm sind«, sagte Rossy. »Diese Angestellte hier ist absolut entbehrlich, nachdem sie den Safe der Ärztin für uns geöffnet hat.«

»Mußte die arme Connie Ingram deswegen sterben?« fragte ich. »Weil sie nicht wußte, wo die Bücher von Ulf Hoffman waren? Oder weil sie Ralph oder den Leuten von der Polizei etwas von den gefälschten Sterbeurkunden oder Ihrem zwanghaften Interesse an Hoffman und Howard Fepple hätte erzählen können?«

»Sie war eine sehr loyale Mitarbeiterin des Unternehmens. Ich bedaure ihren Tod.«

»Sie haben sie zu einem hübschen Abendessen ausgeführt und den Charme spielen lassen, der auch die Enkelin von Großpapa Hirst dazu gebracht hat, Sie zu heiraten, und dann sind Sie mit ihr in den Wald gefahren, um sie umzubringen. Haben Sie ihr das Gefühl gegeben, Sie finden sie attraktiv? Gefällt Ihnen der Gedanke, daß eine naive junge Frau genauso auf Sie anspricht wie die Tochter vom reichen Boß?«

Fillida zog verächtlich die Lippe hoch. *»Che maniere borghesi.* Warum sollte ich mir Gedanken darüber machen, wenn mein Mann die Phantasien eines armen kleinen Mädchens wahr werden läßt?«

»Sie beklagt sich, daß meine Manieren bourgeois sind«, erklärte ich Ralph und Mrs. Coltrain, die mit vor Schreck glasigem Blick geradeaus starrte. »Wenn ihr Mann mit einer Angestellten schläft, bedeutet das in ihrer Welt nur eine Rückkehr zu mittelalterlichen Sitten. Die Herrscherin des Schlosses beschäftigt sich nicht mit solchen Dingen, weil sie trotzdem Herrscherin bleibt. Erschießen Sie jeden, der sich Ihnen nicht fügt, nur weil Sie die Herrscherin sind, Fillida? Weil Sie die Herrscherin der Edelweiß sind, darf niemand Geld von dem Unternehmen bekommen – Sie erschießen den Betreffenden einfach, wenn er versucht, seinen Anspruch geltend zu machen? Sie müssen die Edelweiß genauso festhalten wie Sie Ihr Silberbesteck und die Haare Ihrer Tochter festhalten, stimmt's?«

»Sie haben keine Ahnung. Die Edelweiß ist das Unternehmen meiner Familie. Der Großvater meiner Mutter hat es gegründet, aber damals hieß es natürlich noch Nesthorn. Die Juden haben uns nach dem Zweiten Weltkrieg gezwungen, den Namen zu ändern, aber sie können uns nicht zwingen, das Unternehmen aufzugeben. Ich schütze die Zukunft meiner Kinder Paolo und Marguerita, das ist alles.«

Trotz ihres Zorns hielt sie ihre Waffe weiter auf Mrs. Coltrain gerichtet. »Daß dieser Kretin Howard Fepple dachte, er könnte uns erpressen, ist einfach unglaublich. Und daß die Juden, die sowieso die ganze Zeit nur Geld wollen, glauben, daß sie zu uns kommen und noch mehr Geld von uns verlangen können, ist wirklich ein Skandal. Aber nun sagen Sie mir endlich, wo die Bücher von Signor Hoffman sind.«

Plötzlich fühlte ich mich sehr müde, und mir wurde bewußt, wie schwach und hilflos ich mit den Armen hinter dem Rücken war. »Ja, ja, diese Juden, die jede Woche ihre paar Pfennige an die Nesthorn zahlten, damit Sie am Mont Blanc Ski fahren und in der Via Monte Napoleone einkaufen konnten. Und nun wollen ihre Enkel, ihre kleinen Paolos und Margueritas, daß Ihre Gesellschaft ihnen zahlt, was sie ihnen schuldet. Wie schrecklich bourgeois: Begreifen sie denn die Sicht der Aristokratie nicht – daß der Versicherungsnehmer zwar die Beiträge leistet, die Versicherung aber nie ausbezahlt bekommt? Wirklich schade, daß die Chicagoer Polizei eine so beschränkte Weltsicht hat. Doch wenn erst ein paar Fasern von Berties Kleidung mit Stoffresten von Connie Ingrams Leiche verglichen worden sind, wird das großen Einfluß auf die Geschworenen der Bourgeoisie haben, das können Sie mir glauben.«

»Zuerst müßte die Polizei auf die Idee kommen, Bertrand mit dem Fall in Verbindung zu bringen«, sagte Fillida achselzuckend. »Aber die Gefahr sehe ich persönlich nicht.«

»Paul Hoffman könnte Sie identifizieren, Fillida. Bei ihm haben Sie nicht so sorgfältig gezielt, stimmt's?«

»Dieser Wahnsinnige! Der könnte mich nie identifizieren. Er hält mich für eine der Bestien im Konzentrationslager. Wer würde schon auf den Gedanken kommen, daß ich in seinem Haus war!«

»Max Loewenthal. Er weiß, was los ist. Und Carl Tisov. Und Dr. Herschel. Sie und Bertie, Sie sind wie zwei Elefanten, die im Dschungel eine Spur der Verwüstung hinterlassen. Aber Sie können nicht alle Einwohner von Chicago umbringen, ohne selbst erwischt zu werden.«

Rossy warf einen Blick auf seine Uhr. »Wir müssen gehen. Hoffentlich kommt Durham bald. Fillida, er hat gesagt, es soll keine Schußwunden geben, also brich der Angestellten hier den Arm. Damit die kleine Detektivin endlich glaubt, daß wir es ernst meinen.«

Fillida drehte ihre Waffe um und schlug mit dem Lauf auf Mrs. Coltrains Arm. Mrs. Coltrain schrie auf; der Schmerz hatte sie aus ihrer Erstarrung gerissen. Alle Blicke waren nun auf sie gerichtet.

In jenem kurzen Moment der Ablenkung warf ich mich gegen Rossy. Ich wirbelte herum, versetzte ihm einen Tritt in die Magengrube und drehte mich noch einmal, als er nach mir ausholte, um ihm gegen das Knie zu treten. Er schlug nach mir, hatte aber nie wie ich auf der Straße gekämpft. Ich duckte mich unter seinen Armen weg und rammte ihm den Kopf in den Solarplexus. Er wich würgend zurück.

Aus den Augenwinkeln sah ich Fillida zielen und ließ mich auf den Boden fallen. Inzwischen war ich völlig außer mir vor

Wut. Unfähig, meine Hände zu benutzen, trat ich, auf dem Rücken liegend, immer wieder nach Rossy. Ich brüllte vor ohnmächtigem Zorn. Nun stellte sich Fillida vor den Schreibtisch, um mich besser ins Fadenkreuz nehmen zu können. Ich wollte nicht so sterben, hilflos auf dem Boden.

Da hörte ich hinter mir Ralph wütend knurren. Er erhob sich, den Stuhl hinter sich herschleifend, und warf sich in dem Moment gegen Fillida, in dem sie abdrücken wollte. Der Aufprall brachte sie aus dem Gleichgewicht. Die Waffe ging los, doch sie stürzte zu Boden, und Ralph fiel mitsamt seinem Stuhl auf sie. Sie schrie auf, als er auf ihren Unterleib krachte.

Mrs. Coltrain stand vom Schreibtisch auf. »Ich habe die Polizei gerufen, Mr. Rossy, so heißen Sie doch, oder? Die Beamten werden bald hier sein.«

Ihre Stimme war noch ein bißchen zittrig, aber sie hatte die Klinik wieder fest im Griff. Als ich ihren bestimmten Tonfall hörte, mit dem sie sonst kleine Kinder davon abhielt, im Wartezimmer zu raufen, begann ich, immer noch auf dem Boden liegend, zu lachen.

51 Ein gerissener Kojote

Ich saß auf der Kante von Ralphs Bett und hielt seine rechte Hand mit beiden Händen umfaßt. Es war spät am Samstagabend, aber die Oberschwester hatte mir gesagt, er könne nicht einschlafen, bevor er nicht mit mir gesprochen habe.

»Viel Glück habe ich ja nicht mit meiner Unternehmensloyalität«, sagte er. »Warum hab' ich nicht wenigstens das zweite Mal auf dich gehört? So viele Menschen sind tot. Die arme Connie. Und ich hab' jetzt 'ne zweite Kugel in der Schulter. Wahrscheinlich kann ich's einfach nicht ertragen, wenn du recht hast, was?«

»Wenigstens ist es diesmal die linke Schulter«, sagte ich. »Jetzt bist du symmetrisch. Ralph, du bist ein guter Kerl und ein Teamarbeiter. Du wolltest, daß dein Team genauso gut ist wie du, und ich hab' dir gesagt, daß es das nicht ist. Du bist selber zu ehrlich, um Schlechtes über die Leute rund um dich herum zu denken. Und außerdem hast du mir das Leben gerettet. Da kann ich eigentlich nichts anderes empfinden als tiefste Dankbarkeit.« Ich hob seine rechte Hand an meine Lippen.

»Das ist großherzig von dir.« Er schloß einen Moment die Augen. »Connie. Warum hat sie das getan?«

»Ich glaube nicht, daß sie dir oder dem Unternehmen gegenüber illoyal war; vermutlich hat Rossy ihr einfach den Kopf verdreht. Da war der große Boß von der Muttergesellschaft in der Schweiz, und der hat ihr gesagt, sie soll ihm persönlich Bericht erstatten und niemandem verraten, was er sagt, weil jemand in der Gesellschaft Gelder veruntreut und dieser Jemand jeder sein kann, sogar du oder ihre Vorgesetzte Karen. So hat er's wahrscheinlich angepackt. Wenn man vierzehn Jahre lang als kleine Angestellte in einer Abteilung gearbeitet hat, findet man das natürlich aufregend, aber bei ihr kamen noch Loyalität und Zuverlässigkeit dazu. Er hat ihr aufgetragen, den Mund zu halten, und sie hat geschwiegen. Er war nicht nur kultiviert, sondern hatte auch Glamour.«

»Damit willst du mir wohl sagen, daß ich nicht mehr so viele Cheeseburger essen soll, oder?« meinte Ralph lächelnd. »Der Kerl ist bloß zwei Jahre jünger als ich. Wahrscheinlich sollte ich auch ein bißchen glamouröser auf meine jungen Angestellten wirken. Also hat er ihr zuerst den Hof gemacht und sie dann erwürgt. Was für ein schreckliches Ende. Können sie ihm irgendwas nachweisen?«

»Terry Finchley, der die Ermittlungen leitet, hat einen Durchsuchungsbefehl. Sie sehen sich Rossys Kleidung und seine Fingerabdrücke genau an – vielleicht finden sich Übereinstimmungen mit den Spuren an Connies Hals. Er und Fillida waren so von sich überzeugt, daß sie sich vermutlich nicht allzuviel Mühe gegeben haben, keine Spuren zu hinterlassen.

Aber mit Fillida ist das eine andere Geschichte. Ihr werden zahlreiche Vergehen zur Last gelegt: der Mord an Fepple, der Angriff auf Paul Hoffman und auf Rhea Wiell, doch sie ist reich und attraktiv. Sie suchen in Pauls Haus nach ihren Fingerabdrücken und Fasern von ihrer Kleidung, aber es wird dem Staatsanwalt schwerfallen, sie festzunageln. Ein Gutes haben deine Cheeseburger immerhin bewirkt: Als du auf sie gefallen bist, hast du ihr das Becken gebrochen. So schnell wird sie nicht mehr Ski fahren können.«

Er lächelte kurz, jenes schiefe Grinsen, das mich an den alten Ralph erinnerte, und schloß die Augen. Ich dachte, er sei eingeschlafen, doch als ich Anstalten machte aufzustehen, sah er mich wieder an.

»Was hatte Alderman Durham in der Klinik verloren? Ich hab' ihn gesehen, als sie mich rausgetragen haben.«

»Ach, Fillida und Bertrand waren völlig außer Rand und Band«, sagte ich. »Sie wollten uns drei mit einer Bombe in die Luft jagen, damit es aussieht wie das Werk von Abtreibungsgegnern. Sie haben Durham gebeten, die Bombe für sie zu besorgen – sie dachten, sie hätten ihn auf ihre Seite gezogen und könnten mit ihm umspringen wie mit einem ihrer Dienstboten.

Rossy hatte Durham ein paar Gefälligkeiten erwiesen: Zum Beispiel hatte er dafür gesorgt, daß der Holocaust Asset Recovery Act gekippt wird, wenn keine Zusatzklausel über Entschädigungszahlungen für Nachkommen von Sklaven aufgenommen wird, und er hat Durham Geld für seine Kriegskasse gegeben, damit der irgendwann seine Kandidatur für das Bürgermeisteramt finanzieren kann. Diese wichtige Frage der Sklavenentschädigung hätte ihm geholfen, einen großen Teil der Stadt hinter sich zu bringen. Und zum Ausgleich für diese Unterstützung hat Durham für Rossy die Verbindung zu irgendwelchen Muskelmännern von der South Side hergestellt, als Rossy in Amy Blounts Apartment einbrechen wollte, um an die Hoffman-Bücher zu gelangen. Aber der gute Durham ist ein gerissener Kojote. Er hat nichts schriftlich fixiert und Rossy auch nie direkt gesagt, daß er ihm solche Muskelmänner beschaffen könne.

Rossy hat gedacht, er hätte Durham in der Tasche. Aber Durham möchte lieber Bürgermeister als Al Capone werden. Also hat er bei der Polizei angerufen und gesagt, die Rossys wollten die Klinik in die Luft sprengen. Deshalb sind die Beamten dann gekommen, wenn auch ein bißchen spät.«

Nun sah Durham aus wie der große Saubermann. Im Vorübergehen hatte er mir spöttisch zugegrinst. Das war der Spott eines Mannes, der nicht dafür zur Rechenschaft gezogen werden würde, daß er Colby Sommers hatte umbringen lassen, und der nun obendrein ein hübsches Sümmchen Geld zur Verfügung hatte für seine Kampagne in der Stadt. Terry Finchley gegenüber hatte er, eher bekümmert als wütend, gestanden, daß manche der jungen Männer seines EYE-Teams leider noch nicht wieder so in die Gesellschaft eingegliedert waren, wie er sich das gewünscht hätte. Und Finch, normalerweise einer der geradlinigsten und besonnensten Polizisten der Stadt, hatte mir einen Vortrag darüber gehalten, daß es sich nicht gehörte, Durham gegenüber Anschuldigungen auszusprechen. Wenn ich auf jedem Schlachtfeld gewinnen müßte, um glücklich zu sein, wäre ich eine ziemlich traurige Detektivin, aber diese Niederlage wurmte mich doch.

Nun betrat die Oberschwester das Zimmer. »Er erholt sich von einem schweren Schock. Sie haben mehr als die erlaubten fünf Minuten mit ihm gehabt, also raus jetzt mit Ihnen.«

Inzwischen war Ralph eingeschlafen. Ich beugte mich über ihn, um ihn auf die Stirn zu küssen, in die ihm immer noch die langsam ergrauenden Haare fielen.

Unten auf dem Parkplatz des Beth Israel massierte ich kurz meine Schulter, bevor ich in den Wagen stieg. Sie tat mir weh, weil Rossy mir die Arme nach hinten gebunden hatte. Nach der Befreiung durch die Polizei war ich nach Hause gefahren, um mich auszuruhen, aber erholt hatte ich mich nicht.

Zu Hause hatte ich mich verpflichtet gefühlt, Mr. Contreras zu erzählen, was passiert war, bevor ich ins Bett fiel. Ein paar Stunden später war ich, nach wie vor erschöpft, wieder aufgewacht. Die ganze Energie, die ich in meine Ermittlungen gesteckt hatte, war kein Hindernis für die Rossys gewesen. Fillida Rossy, die das Unternehmen ihres Urgroßvaters, ihren Reichtum und ihren Status schützte. Und trotzdem war sie nicht die Lady Macbeth hinter Bertrand, denn der brauchte seine Frau nicht, um kriminelle Energie zu entwickeln. Er besaß selbst genug Arroganz und Anspruchsdenken.

Vor meinem Besuch bei Ralph hatte ich noch einen kurzen Zwischenstopp in meinem Büro eingelegt, um Morrell eine E-Mail zu schicken: *Ich wünschte, Du wärst hier. Ich sehne mich nach Deiner Umarmung heute nacht.*

Er antwortete sofort voller Liebe und Mitgefühl und fügte eine Zusammenfassung des Inhalts der Artikel über die Edelweiß an, die ich ihm am Tag zuvor geschickt hatte. Obwohl das jetzt nicht mehr wichtig war, erfuhr ich, daß die Nesthorn während des Krieges ziemlich viele Nazigrößen versichert und sogar Menschen im besetzten Holland und Frankreich gezwungen hatte, dem Unternehmen Lebensversicherungen abzunehmen. In den sechziger Jahren hatten die Verantwortlichen der Nesthorn es dann für klug gehalten, den Namen »Edelweiß« anzunehmen, weil es in Westeuropa noch immer starke Ressentiments gegen die Nesthorn gab.

Ich stieß ein freudloses Lachen aus und lockerte noch einmal meine Schultern. Als ich zu meinem Parkplatz ging, trat plötzlich eine riesige Gestalt aus den Schatten auf mich zu.

»Murray!« rief ich aus, die Waffe in der Hand, bevor ich merkte, daß ich sie überhaupt gezogen hatte. »Bitte jag mir nach so einem Tag keinen Schrecken ein.«

Er legte einen Arm um mich. »Du wirst wirklich langsam zu alt für solche Sachen, Warshawski.«

»Da könntest du recht haben«, pflichtete ich ihm bei und steckte die Waffe weg. »Ohne Ralph und Mrs. Coltrain könntest du mich jetzt im Leichenschauhaus besuchen.«

»Durham hast du vergessen«, sagte er.

»Durham?« fragte ich. »Ich weiß ja, daß er sich selbst als den Musterknaben hinstellt, aber dieses Lügenmaul weiß ganz genau, daß er für einen Mord verantwortlich ist!«

»Vielleicht. Vielleicht. Aber ich habe mich heute nachmittag mit Durham unterhalten. Leider mit dem Versprechen, daß nichts davon an die Öffentlichkeit gelangt. Er hat mir erzählt, gestern abend hätte er über dich nachgedacht und über Rossy, und da hätte er sich für den Lokalmatador entschieden. Er sagt, er habe einige Berichte über dich gelesen, und da stehe drin, daß du dir oft ganz schöne Prügel einfängst, aber am Ende meistens doch gewinnst. Wer weiß, Warshawski – wenn er eines Tages Bürgermeister wird, macht er dich vielleicht zu seiner Polizeichefin.«

»Und du kannst die PR für ihn übernehmen«, sagte ich. »Der Typ hat ganz schön viel Dreck am Stecken. Er wollte sogar dem armen Isaiah Sommers den Mord an Howard Fepple anhängen.«

»Er hat nicht gewußt, daß es Isaiah Sommers war, das sagen

mir zumindest meine Informanten bei der Polizei. Ich meine, er wußte nicht, daß Isaiah ein Angehöriger der Sommers-Familie ist, der er in den neunziger Jahren geholfen hat«, erklärte Murray, den Arm immer noch um meine Schulter gelegt. »Sobald er das wußte, hat er Rossy gezwungen, den Anspruch von Gertrude Sommers zu befriedigen. Und er hat die Beamten davon zu überzeugen versucht, daß sie weiter nach dem Mörder von Fepple suchen. Deshalb hat die Polizei auch keine Anklage gegen Isaiah Sommers erhoben. So, und jetzt bist du dran. Ich möchte die mysteriösen Bücher oder Kladden sehen, die die Rossys unbedingt haben wollten.«

»Tja, die hätte ich auch gern.« Ich wand mich aus seiner Umarmung und sah ihn an. »Lotty hat sich zusammen mit ihnen in Luft aufgelöst.«

Als ich Murray von Lottys Verschwinden nach der Auseinandersetzung mit Rhea an Paul Hoffman-Radbukas Krankenbett erzählt hatte, bedachte er mich mit einem ernsten Blick. »Du wirst sie finden, ja? Warum hat sie denn die Bücher mitgenommen?«

Ich schüttelte den Kopf. »Keine Ahnung. Sie haben ihr etwas verraten … was niemand sonst darin entdeckt.«

Ich beugte mich in meinen Wagen, um meine Aktentasche herauszuholen, und fand darin eine der Fotokopien, die ich von Hoffmans Büchern gemacht hatte. »Die kannst du haben. Ich überlasse dir die Geschichte, wenn du sie willst.«

Er betrachtete die Seiten in dem trüben Licht. »Aber was soll das alles bedeuten?«

Ich lehnte mich müde gegen meinen Wagen und deutete auf folgende Zeile: »Omschutz, K. 30 Nestroy (2h.f) N–13425–Ö–L.« »Soweit ich es verstehe, ist das eine Notiz über K. Omschutz, der in der Nestroystraße 30 in Wien wohnte. Das ›2h.f‹ heißt, daß er die Wohnung 2f im hinteren Teil des Gebäudes hatte. Die Zahlen sind die Policennummer; der Zusatz bezieht sich auf eine österreichische Lebensversicherung – ›Ö‹ für ›Österreich‹. Okay?«

Nach einem weiteren Blick auf die Seite nickte er.

»Das andere Blatt gibt den Wert der Police in österreichischen Schillingen sowie die wöchentlichen Zahlungen an. Das Ganze war also kein Kode, sondern bedeutete etwas ganz Eindeutiges für Ulf Hoffman: Er wußte, daß er K. Omschutz eine Versicherung mit einem Wert von vierundfünfzigtausend österreichischen Schillingen mit einer wöchentlichen Zahlung von zwanzig Schillingen verkauft hatte. Sobald Ralph Devereux von der Ajax klargeworden war, daß es sich um Lebensversicherungen aus der Vorkriegszeit handeln mußte, hat er diese Listen mit den Informationen zusammengeführt, die er in der Arbeitskopie seiner toten Angestellten gefunden hatte. Und danach hat er sämtliche Vorsicht vergessen und ist heute vormittag in das Büro von Bertrand Rossy gestürmt.«

Ralph hatte mir das im Krankenhaus nicht ohne bitteren Spott über seine eigene Tollkühnheit erzählt. Ich hatte die Schnauze allmählich voll von der ganzen Angelegenheit, doch Murray fand es so aufregend, ein paar Seiten aus Hoffmans Büchern in Händen zu halten und eine Story daraus machen zu können, daß er sich kaum noch einkriegte.

»Danke für die Informationen, Warshawski: Ich wußte ja, daß du mir nicht ewig böse sein kannst. Und was ist mit Rhea Wiell und Paul Hoffman oder Radbuka? Beth Blacksin war ganz schön angefressen, nachdem sie heute nachmittag in die Klinik gegangen ist und rausgefunden hat, daß die Sache vielleicht ein großer Schwindel ist.«

Gleich nach den Leuten von der Polizei waren die Fernsehteams gekommen. Ich hatte der Presse so viele Fragen wie möglich beantwortet, damit ich mich später nicht mehr damit auseinandersetzen mußte. Ich hatte von den Rossys erzählt, von den Ansprüchen der Holocaust-Opfer und von Ulf Hoffmans Büchern.

Ich hatte keine Ahnung, wie Dons weitere Pläne für sein Buchprojekt aussahen, verspürte aber keine Lust, darauf Rücksicht zu nehmen. Also erzählte ich den Presseleuten von Paul Hoffman, von dem Anna-Freud-Artikel und von Pauls geheimer Kammer. Als Beth beim Gedanken daran, diese Kammer im Fernsehen zu zeigen, leuchtende Augen bekam, erinnerte ich mich an Lottys Wut darüber, daß Bücher und Filme über die Vergangenheit nur unseren Sensationshunger befriedigen. Don, der die ganze Geschichte in einem Buch für Envision Press verarbeiten wollte. Beth, die wußte, daß die Verlängerung ihres Vertrages anstand, und sich ausrechnete, daß die Zuschauerzahlen für ihre Sendung hochschnellen würden, wenn es ihr gelang, Pauls Kammer des Schreckens zu filmen. Ich erzählte Murray, daß ich die Presseleute einfach hatte stehen lassen.

»Das kann ich dir nicht verdenken. Nachrichten zu sammeln bedeutet nicht, daß wir uns aufführen müssen wie die Schakale vor der fetten Beute.«

Er hielt mir die Wagentür auf, was er nur selten tat. »Laß uns ins Golden Glow fahren, V.I. Wir haben eine Menge nachzuholen, nicht nur in puncto Lebensversicherungen, sondern auch, was das Leben angeht.«

Ich schüttelte den Kopf. »Ich muß nach Evanston, zu Max Loewenthal. Aber wir können die Sache gern auf ein andermal verschieben.«

Murray beugte sich zu mir herunter und küßte mich auf die Lippen, dann schloß er hastig die Wagentür. Ich sah im Rückspiegel, wie er mir bis zum Ende der Auffahrt nachschaute.

52 Das Gesicht auf dem Foto

Das Beth Israel Hospital lag so nahe am Expressway, daß ich darauf nach Evanston fuhr. Mittlerweile war es nach zehn, aber Max hatte mich gebeten, trotzdem noch zu ihm zu kommen. Er fühlte sich sehr einsam an jenem Abend, weil Calia und Agnes nach London und Michael und Carl zum Rest des Cellini-Ensembles nach San Francisco geflogen waren.

Max bewirtete mich mit kaltem Hähnchen und einem Glas St. Emilion, das mich wärmte und tröstete. Ich erzählte ihm, was ich wußte, was ich erahnte und was am Ende bei der ganzen Geschichte herauskommen würde. Er nahm die Neuigkeiten über Alderman Durham gelassener hin als ich, war aber enttäuscht, daß Posner nichts mit alledem zu tun hatte.

»Bist du dir sicher, daß er nicht doch eine Rolle gespielt hat? Kannst du ihm nichts nachweisen, was ihn zwingen würde, vor dem Krankenhaus zu verschwinden?«

»Er ist ein Fanatiker«, sagte ich und ließ mir noch ein Glas Wein einschenken. »Obwohl er als solcher viel gefährlicher sein kann als Leute wie Durham, die das Spielchen aus Machthunger oder Geldgier spielen. Aber wenn es uns gelingt, Lotty und die Bücher von Hoffman zu finden, können wir die Sache mit den Lebensversicherungen, die die Edelweiß und die Nesthorn in den dreißiger Jahren verkauft haben, publik machen und die Legislative von Illinois dazu bringen, den Holocaust Asset Recovery Act neu zu überdenken. Dann gehen Posner und seine Maccabees zurück zur Ajax-Versicherung oder marschieren vor dem State-of-Illinois-Gebäude auf und lassen euch im Krankenhaus eure Ruhe.«

»Lotty und diese Bücher«, sagte Max und drehte dabei sein Weinglas in den Händen. »Victoria, als Calia hier war und ich mir Gedanken um ihre Sicherheit machen mußte, waren meine Sorgen um Lotty noch nicht so groß. Und jetzt, wo Carl wieder auf Tournee ist, begreife ich auch, daß ich mich vor seiner Verachtung geschützt habe. Lottys melodramatische Ader nennt er das Verhalten, das sie in letzter Zeit an den Tag gelegt hat. Wie sie am Donnerstag verschwunden ist – Carl sagt, vor all den Jahren in London war's genauso. Auch damals hat sie sich einfach umgedreht und ist gegangen, ohne ein Wort zu sagen.

Seinerzeit hat sie das ihm angetan, und er meint, ich dürfe mir nicht einbilden, daß sie mir nicht das gleiche antun würde. Sie verschwindet, sagt wochen- oder monatelang nichts, und dann kommt sie wieder, vielleicht aber auch nicht, doch eine Erklärung gibt sie nicht.«

»Und was denkst du?« hakte ich nach, als er schwieg.

»Ich denke, daß sie jetzt aus dem gleichen Grund gegangen ist wie damals, wie dieser Grund auch immer aussehen mag«, platzte es aus ihm heraus. »Wenn ich zwanzig wäre wie Carl damals, würde ich mich möglicherweise auch mehr in meinem Stolz verletzt fühlen und mir ansonsten nicht so viel denken. Mit zwanzig ist man einfach stärker seinen Leidenschaften unterworfen. Doch jetzt mache ich mir große Sorgen um sie. Ich möchte wissen, wo sie steckt. Ich habe ihren Bruder Hugo in Montreal angerufen, aber die beiden haben sich nie sonderlich nahegestanden. Er hat schon seit Monaten nichts mehr von ihr gehört und keine Ahnung, was in ihrem Kopf vorgeht oder wohin sie sich verkrochen haben könnte. Victoria, ich weiß, daß du erschöpft bist, das sehe ich an deinem Mund und deinen Augen. Aber könntest du etwas tun, um sie zu finden?«

Wieder massierte ich meine schmerzende Schulter. »Morgen früh fahre ich in die Klinik. Lotty hat Mrs. Coltrain tatsächlich ein Päckchen mit FedEx geschickt – sie hat den Text gerade in den Computer eingegeben, als Fillida Rossy sich auf sie gestürzt hat. Mrs. Coltrain sagt, auf dem Band befindet sich kein Hinweis darauf, wo Lotty ist – es ist ganz kurz und gibt nur Anweisungen für ihren Terminplan. Aber Mrs. Coltrain wird mich morgen vormittag in die Klinik lassen, damit ich es mir selbst anhören und den Umschlag genauer inspizieren kann. Sie hofft, daß es mir gelingt, irgendwelche Schlüsse daraus zu ziehen. Außerdem hat Lotty ihrer Aussage nach Papiere auf ihrem Schreibtisch hinterlassen; vielleicht verraten die mir etwas. Abgesehen davon kann ich Finch oder Captain Mallory bitten nachzuprüfen, welche Telefonate Lotty geführt hat. Dann wüßten wir, wen sie am Abend ihres Verschwindens angerufen hat. Und da wären noch die Passagierlisten der Fluggesellschaften. Es gibt auch andere Dinge, die ich tun könnte, aber das wird alles dauern. Wollen wir hoffen, daß wir einen Hinweis in ihren eigenen Papieren finden.«

Max bestand darauf, daß ich die Nacht bei ihm verbrachte. »Du schläfst ja schon im Stehen ein, Victoria. In dem Zustand solltest du nicht mehr fahren. Wenn du nicht unbedingt zu Hause schlafen willst, kannst du auch im alten Zimmer meiner Tochter übernachten. Ich habe sogar ein sauberes Nachthemd für dich.«

Es war nicht nur die Sorge um mein Wohlergehen, die ihn dazu trieb, mir dieses Angebot zu machen, sondern auch seine eigene Angst und Einsamkeit, aber für mich war beides gleich wichtig. Ich rief Mr. Contreras an, um ihm mitzuteilen, daß alles in Ordnung sei, und war letztlich doch froh, daß ich nur ins obere Stockwerk gehen mußte, um mich hinlegen zu können, und nicht eine halbe Stunde im Auto verbringen mußte, um nach Hause zu kommen.

Am Morgen fuhren wir gemeinsam zur Klinik. Wir trafen uns um neun mit Mrs. Coltrain, die genauso gepflegt erschien wie immer, als könnten die Rossys und ihr Mordversuch sie auch nicht stärker erschüttern als kranke Frauen und schreiende Kinder. Fillida hatte ihr den Arm mit dem Lauf der Waffe nicht gebrochen: Mrs. Coltrain hatte eine schwere Prellung, und ihr Arm ruhte in einer Schlinge.

Allerdings war sie dann doch nicht ganz so ruhig, wie sie wirkte: Nachdem sie uns mit dem Kassettenrecorder an ihren Schreibtisch gesetzt hatte, gestand sie mir: »Wissen Sie, Ms. Warshawksi, ich glaube, ich werde am Montag jemanden herkommen lassen, der die Türen von den Schränken in den Untersuchungszimmern abmontiert. Sonst kann ich nicht mehr ohne die Angst hineingehen, daß sich wieder jemand dahinter versteckt.«

Genau das hatte Fillida getan: Sie hatte sich im Schrank eines Untersuchungszimmers versteckt, bis sie wußte, daß niemand mehr in der Klinik war, und sich dann auf Mrs. Coltrain an ihrem Schreibtisch gestürzt. Als Fillida gemerkt hatte, daß die Bücher von Hoffman sich nicht auf dem Klinikgelände befanden, hatte sie Mrs. Coltrain gezwungen, mich zu holen.

Jetzt spielte Mrs. Coltrain Max und mir das Band vor, aber obwohl wir es uns – einschließlich einer halben Stunde knisternder Stille auf der zweiten Seite – bis zum Ende anhörten, erfuhren wir nur, daß Dr. Barber die beiden dringenden Operationsfälle am Dienstag an Lottys Stelle übernehmen und Mrs. Coltrain zusammen mit dem Chefchirurgen einen neuen Terminplan für die anderen ausarbeiten sollte.

Dann begleitete Mrs. Coltrain uns in Lottys Büro, damit ich mir die Papiere ansehen konnte, die sie auf ihrem Schreibtisch zurückgelassen hatte. Mir wurde flau, als wir den Flur hinuntergingen. Ich erwartete, das Chaos vom Vorabend dort vorzufinden: kaputte Stühle, Blut, umgeworfene Lampen und über allem das Durcheinander, das die Polizei hinterlassen hatte. Aber die zerbrochenen Möbel waren verschwunden, Boden und Schreibtisch gesäubert, und die Papiere lagen ordentlich auf einem Stapel.

Als ich erfreut ausrief, wie sauber alles sei, sagte Mrs. Coltrain, sie sei schon etwas früher gekommen, um alles in einen präsentablen Zustand zu bringen. »Wenn Dr. Herschel hier auftaucht, wäre sie sicher nicht begeistert über die Unordnung. Außerdem war mir klar, daß ich es selber nicht aushalten würde, die ganze Zeit das Bild von gestern abend vor Augen zu haben. Lucy Choi, das ist unsere Krankenschwester, war schon um acht hier, und dann haben wir uns zusammen an die Arbeit gemacht. Ich habe aber sofort alle Papiere, die Dr. Herschel hiergelassen hat, weggeräumt. Setzen Sie sich, Ms. Warshawski, und schauen Sie sie sich an.«

Es war merkwürdig, hinter Lottys Schreibtisch zu sitzen, auf dem Stuhl, von dem aus sie mich so oft begrüßt hatte, manchmal forsch, öfter jedoch mit Mitgefühl, immer aber voller Energie. Ich ging die Unterlagen durch. Ein Brief aus dem Archiv des Holocaust Memorial Museum in Washington von vor sechs Jahren, in dem Dr. Herschel mitgeteilt wurde, bedauerlicherweise ließen sich keine Aufzeichnungen über die Leute finden, die sie suche, Schlomo und Martin Radbuka. Man könne lediglich den Tod von Rudolph und Anna Herschel im Jahr 1943 bestätigen. Man verwies sie des weiteren auf verschiedene Datenbanken, die nach Holocaust-Opfern suchten und sich vielleicht als nützlich erweisen würden. Ihre Korrespondenz mit diesen Datenbanken zeigte, daß keine von ihnen für sie relevante Informationen hatte.

Außerdem hatte Lotty einen Stapel Mitteilungsblätter des Royal Free Hospital in London zurückgelassen, wo sie ihre Ausbildung zur Ärztin absolviert hatte. Ich überflog die Seiten. Zwischen zwei von ihnen steckte ein Foto. Es handelte sich um ein altes Bild, die Ecken vom vielen Anfassen schon ganz verbogen, auf dem eine sehr junge blonde Frau zu sehen war, deren Augen sogar auf dem verblichenen Papier vor Leben sprühten. Ihre Haare waren im Stil der zwanziger Jahre zu einem Bob geschnitten und gelockt. Sie lächelte mit dem herausfordernden Selbstbewußtsein eines Menschen, der weiß, daß man ihn liebt und daß seine Wünsche fast immer erfüllt werden. Es stand etwas auf der Rückseite, aber auf deutsch und in der alten Schrift, die ich nicht entziffern konnte.

Ich reichte das Bild Max, der es stirnrunzelnd betrachtete. »Ich kann die alte deutsche Schrift nicht sonderlich gut lesen, aber das Foto ist jemand namens ›Martin‹ gewidmet. Es ist eine Liebesbotschaft von – ich glaube, das heißt ›Lingerl‹ – aus dem Jahre 1928. Und darunter steht, an Lotty gerichtet: *Denk an mich, liebste kleine Charlotte Anna, und sei Dir gewiß, daß ich immer an Dich denke.*«

»Wer ist das? Könnte es Dr. Herschels Mutter sein?« Mrs. Coltrain nahm das Foto vorsichtig an den Ecken. »Was für ein hübsches Mädchen sie damals war, als das Bild gemacht wurde. Dr. Herschel sollte es rahmen lassen und auf ihren Schreibtisch stellen.«

»Vielleicht wäre es zu schmerzhaft für sie, das Gesicht jeden Tag zu sehen«, sagte Max mit schleppender Stimme.

Ich wandte mich den Mitteilungsblättern zu. Sie waren wie alle solche Publikationen voll mit kurzen Informationen über ehemalige Studenten, herausragende Leistungen der Fakultät, die Situation des Krankenhauses, besonders angesichts der starken Budgetkürzungen im Rahmen des schrumpfenden Gesundheitsetats. Im dritten Mitteilungsblatt stach mir der Name »Claire Tallmadge« ins Auge:

> Claire Tallmadge, MRCP, hat ihre Praxis aufgegeben und ist in eine Wohnung in Highgate gezogen, wo sie Besuch von früheren Studenten und Kollegen empfängt. Dr. Tallmadges Berufsethos hat ihr die Hochachtung von Generationen von Kollegen und Studenten des Royal Free eingebracht. Wir alle werden ihre aufrechte Gestalt im Tweedkostüm in den Stationen vermissen, aber das in ihrem Namen eingerichtete Forschungsstipendium wird die Erinnerung an sie noch lange wachhalten. Dr. Tallmadge hat vor, eine Geschichte von Frauen zu verfassen, die im zwanzigsten Jahrhundert Karriere in der Medizin gemacht haben.

Lotty Herschels Geschichte: Der lange Weg zurück

Als ich den Hügel erreicht hatte, konnte ich nicht mehr weitergehen. Ich konnte mich überhaupt nicht bewegen. Plötzlich bekam ich weiche Knie und mußte mich setzen, um nicht hinzufallen. Danach blieb ich sitzen, wo ich gelandet war, ließ den Blick über das graue, windgebeutelte Land schweifen, die Knie bis zur Brust angezogen.

Als ich merkte, daß ich das Foto meiner Mutter zurückgelassen hatte, war ich verzweifelt gewesen. Ich hatte meine Koffer mindestens ein dutzendmal durchsucht und dann in den Hotels angerufen, in denen ich gewesen war. »Nein, Dr. Herschel, wir haben es nicht gefunden. Ja, wir können verstehen, wie wichtig es Ihnen ist.« Doch auch dann mochte ich mich nicht mit dem Verlust abfinden. Ich wollte sie bei mir haben. Ich wollte, daß sie mich auf meiner Reise nach Osten beschützte, genau wie sie mich auf meiner Reise nach Westen beschützt hatte. Als ich ihr Bild nicht finden konnte, hätte ich fast auf dem Flughafen Wien-Schwechat kehrtgemacht. Aber zu diesem Zeitpunkt hatte ich schon nicht mehr gewußt, wohin ich zurückkehren sollte.

Ich lief zwei Tage lang in der Stadt herum und versuchte hinter der strahlend modernen Fassade die Straßen meiner Kindheit zu entdecken. Als einziges erkannte ich das Haus in der Renngasse wieder, aber als ich klingelte, begrüßte mich die Frau, die jetzt dort wohnte, mit Verachtung und Feindseligkeit. Sie weigerte sich, mich hineinzulassen: Da konnte ja jeder daherkommen und behaupten, er hätte als Kind in der Wohnung gelebt. Auf Schwindler würde sie nicht hereinfallen. Wahrscheinlich war es der Alptraum dieser Familie, daß jemand wie ich von den Toten auferstand und sein Zuhause von ihnen zurückverlangte.

Danach zwang ich mich, in die Leopoldsgasse zu gehen, doch viele der verfallenen alten Häuser waren verschwunden, und obwohl ich wußte, nach welcher Kreuzung ich suchen mußte, war dort nichts mehr vertraut. Mein *zeyde*, mein orthodoxer Großvater, war mit mir eines Morgens durch dieses Labyrinth zu einem Straßenhändler gegangen, der Schinken verkaufte. Dort tauschte mein *zeyde* seinen Mantel gegen einen Pergamentbogen voll dünngeschnittenem fettigem Fleisch ein. Er selbst rührte es nicht an, aber seine Enkel brauchten Protein; wir sollten nicht verhungern, weil wir uns an die Kaschrut-Regeln hielten. Wie meine Cousinen aß ich die rosafarbenen Scheiben mit Genuß, aber auch mit Schuldgefühlen. Sein Mantel ernährte uns drei Tage lang.

Ich versuchte, dieser Strecke zu folgen, landete jedoch am Kanal, wo ich so lange in das schmutzige Wasser starrte, daß ein Polizist zu mir trat, um sicher zu sein, daß ich nicht hineinspringen wollte.

Dann mietete ich einen Wagen und fuhr in die Berge, hinauf zu dem alten Bauernhaus am Kleinsee. Nicht einmal das erkannte ich mehr. Die ganze Gegend dort ist jetzt ein Erholungsgebiet. Der Ort, an den wir jeden Sommer fuhren, wo wir spazierengingen, ritten, von meiner Großmutter Botanikunterricht erhielten, an den Abenden sangen und tanzten, wo meine Herschel-Cousinen und ich auf den Stufen saßen und ins Wohnzimmer lugten, wo meine Mutter, der goldene Schmetterling, stets die Aufmerksamkeit aller auf sich zog – jetzt standen auf den Wiesen teure Villen, Geschäfte und ein Skilift. Ich konnte das Haus meines Großvaters nicht einmal mehr finden. Ich weiß nicht, ob es abgerissen oder in eine der schwerbewachten Villen verwandelt wurde, die ich von der Straße aus nicht sehen konnte.

Und so fuhr ich schließlich in Richtung Osten. Wenn ich keine Spuren des Lebens meiner Mutter und meiner Großmütter finden konnte, mußte ich eben ihre Gräber besuchen. Langsam, ganz langsam, so langsam, daß andere Fahrer mich beschimpften – sie hielten mich wegen meines Mietwagens für eine reiche Österreicherin. Aber irgendwann entdeckte ich den Ort doch. Ich stieg aus dem Wagen. Setzte meinen Weg zu Fuß fort, folgte den Schildern in unterschiedlichen Sprachen.

Ich weiß, daß Menschen an mir vorbeigingen, denn ich spürte ihre Schatten. Manche blieben stehen und sprachen mit mir. Worte flogen an mir vorbei, Worte in verschiedenen Sprachen, aber ich verstand keines davon. Ich starrte die Gebäude am Fuß des Hügels an, die verfallenen Reste des letzten Zuhauses meiner Mutter. Ich hatte keine Worte mehr, keine Gefühle, kein Bewußtsein. Deshalb merkte ich auch nicht, wann du zu mir tratst und dich im Schneidersitz neben mich setztest. Als du meine Hand berührtest, hielt ich dich für meine Mutter, die endlich Anspruch auf mich erhob. Als ich mich umdrehte, um sie zu umarmen, war meine Enttäuschung unbeschreiblich.

»Du!« Ich preßte das Wort hervor und gab mir keine Mühe, meine Bitterkeit zu verbergen.

»Ja«, sagtest du, »nicht die, die du gesucht hast, aber trotzdem hier.« Und du weigertest dich zu gehen, bevor ich gehen würde, nahmst eine Jacke und legtest sie mir um die Schultern.

Ich versuchte es mit Ironie. »Du bist wirklich die perfekte Detektivin, spürst mich sogar gegen meinen Willen auf.« Aber du sagtest nichts, also mußte ich nachbohren, fragen, welche Hinweise dich zu mir geführt hatten.

»Die Mitteilungsblätter vom Royal Free. Du hast sie auf dem Schreibtisch in deinem Büro gelassen. Ich habe den Namen von Dr. Tallmadge erkannt und mich daran erinnert, daß du dich an dem Abend bei Max mit Carl über sie gestritten hast. Ich bin nach London geflogen und habe sie in Highgate besucht.«

Ach ja, Claire. Die mich vor der Handschuhfabrik rettete. Sie rettete und rettete und rettete mich, und dann ließ sie mich fallen wie einen alten Handschuh. All die Jahre, all die Jahre dachte ich, es sei aus Mißbilligung gewesen, aber jetzt begreife ich, daß der Grund ... Mir fiel kein Wort dafür ein. Lügen, vielleicht.

Carl wurde immer so wütend. Ich nahm ihn mehrere Male zum Tee bei den Tallmadges mit, aber er verachtete sie so sehr, daß er sich irgendwann weigerte mitzugehen. Ich war so stolz auf sie alle, auf Claire und Vanessa und Mrs. Tallmadge und ihr Crown-Derby-Teeservice im Garten, aber er fand, daß sie mich herablassend behandelten, wie ihren kleinen jüdischen Affen, dem sie Apfelstückchen gaben, wenn er für sie tanzte.

Ich war auch auf Carl stolz. Seine Musik war etwas so Besonderes, daß ich hoffte, sie würde allen, besonders Claire, zeigen, wie besonders ich selbst war. Schließlich hatte sich ein begnadeter Musiker in mich verliebt. Aber auch das behandelten sie mit Herablassung.

»Ich komme mir vor wie der Leierkastenmann mit dem Affen«, sagte Carl wütend, nachdem sie ihn eines Tages gebeten hatten, seine Klarinette mitzubringen. Er hatte gespielt, Debussy für Klarinette, aber sie hatten weitergeredet und irgendwann geklatscht, als sie merkten, daß er fertig war. Ich erklärte ihm, es liege nur an Ted und Wallace Marmaduke, Vanessas Mann und ihrem Schwager. Sie waren Banausen, ja, aber daß Claire sich genauso unhöflich verhalten hatte, wollte ich nicht zugeben.

Dieser Streit fand im Jahr nach dem V-E-Day statt. Ich besuchte die höhere Schule, arbeitete aber bereits für eine Familie in North London, um mein Zimmer dort zu finanzieren. Claire hingegen wohnte noch zu Hause. Sie bewarb sich damals gerade um ihre erste Stelle als Medizinalassistentin, so trafen wir uns nur, wenn sie mich zum Tee einlud wie an jenem Tag.

Aber dann, zwei Jahre später, nachdem sie mich das letzte Mal gerettet hatte, wollte sie mich nicht mehr sehen und beantwortete auch meine Briefe nicht, als ich nach London zurückkehrte. Sie reagierte nicht auf meinen Anruf bei ihrer Mutter. Vielleicht gab ihre Mutter meine Botschaft auch gar nicht an sie weiter. Bei meinem Anruf sagte sie mir folgendes: »Meine Liebe, glaubst du nicht, daß ihr, ich meine, Claire und du, allmählich euer eigenes Leben leben solltet?«

Mein letztes persönliches Gespräch mit Claire fand statt, als sie mich drängte, mich für ein Geburtshilfestipendium in den Staaten zu bewerben, ganz von vorn anzufangen. Sie sorgte sogar dafür, daß ich die richtigen Empfehlungen für meinen Antrag bekam. Danach traf ich sie nur noch bei medizinischen Kongressen.

Ich sah dich, Victoria, kurz an, die du mit deiner Jeans neben mir auf dem Boden saßest und mich mit konzentriertem Gesicht betrachtetest. Am liebsten hätte ich wild um mich geschlagen: Ich wollte kein Mitleid.

»Wenn du bei Claire gewesen bist, weißt du auch, wer Sofie Radbuka war.«

Du reagiertest vorsichtig, weil du meine Aggressivität spürtest, und sagtest zögernd, du glaubtest, das sei ich.

»Dann bist du also doch nicht die perfekte Detektivin. Das war nicht ich, sondern meine Mutter.«

Das brachte dich durcheinander, und ich konnte mich einer gewissen Freude über deine Verlegenheit nicht erwehren. Du warst immer so direkt, stelltest Verbindungen her, spürtest Leute auf, spürtest mich auf. Solltest du jetzt ruhig ein bißchen verlegen sein.

Aber mein Bedürfnis zu reden war dann doch irgendwann zu stark. Nach einer Minute sagte ich: »Das war ich.« Es war meine Mutter. Es war ich. Es war der Name meiner Mutter. Ich sehnte mich nach ihr. Nicht nur damals, sondern jeden Tag, jede Nacht, aber damals besonders. Wahrscheinlich dachte ich damals, ich könnte sie werden. Oder daß sie bei mir wäre, wenn ich ihren Namen annähme. Ich weiß nicht mehr, was ich damals dachte.

Bei meiner Geburt waren meine Eltern nicht verheiratet. Meine Mutter Sofie war der Liebling meiner Großeltern. Sie tanzte durchs Leben wie durch einen großen, hell erleuchteten Ballsaal. Vom Tag ihrer Geburt an war sie ein leichtes, luftiges Geschöpf. Sie gaben ihr den Namen Sofie, nannten sie aber Schmetterling. Und daraus wurde schon bald Lingerl oder Ling-Ling. Sogar Minna, die sie haßte, nannte sie Madame Butterfly, nicht Sofie.

Dann wurde aus dem Schmetterling ein Teenager, und sie ging zusammen mit den anderen strahlenden jungen Frauen von Wien auf die Matze-Insel. Und genau wie moderne Teenager, die sich im Getto einen schwarzen Lover suchen, entschied sie sich für Moische Radbuka aus der Einwandererwelt der Weißrussen. Martin nannte sie ihn, gab ihm einen westlichen Namen. Er war Caféhausgeiger, das kam fast einem Zigeuner gleich. Und obendrein war er noch Jude.

Als sie siebzehn war, wurde sie schwanger mit mir. Er hätte sie geheiratet, das hörte ich die Familie hinter vorgehaltener Hand flüstern, aber sie wollte nicht – keinen Zigeuner von der Matze-Insel. Alle in der Familie waren der Meinung, daß sie in eine Klinik gehen, das Kind bekommen und es ganz diskret zur Adoption freigeben sollte. Alle außer Oma und Opa, die sie über alles liebten und sagten, sie solle das Baby zu ihnen bringen.

Sofie liebte Martin auf ihre Weise, und er verehrte sie wie alle in meiner Welt. Jedenfalls glaube ich, daß das so war. Bitte widersprich mir jetzt nicht und wiederhole auch nicht die Worte von Cousine Minna: Hure, Flittchen, läufige Hündin, all diese Worte habe ich mir acht Jahre lang in London anhören müssen.

Vier Jahre nach mir kam Hugo. Vier Jahre nach ihm kamen die Nazis. Und wir zogen alle auf die Insel. Wahrscheinlich hast du sie auf der Suche nach mir gesehen, die Überreste der engen Wohnungen in der Leopoldsgasse.

Meine Mutter wurde dünn und verlor ihren Glanz. Wer hätte sich denn in einer solchen Zeit auch bewahren können? Aber für mich als Kind ... Ich dachte, wenn ich die ganze Zeit bei ihr bin, schenkt sie mir ihre Aufmerkamkeit. Ich begriff einfach nicht, warum plötzlich alles so anders war, warum sie nicht mehr sang und tanzte. Sie hörte auf, Ling-Ling zu sein, und wurde Sofie.

Dann wurde sie wieder schwanger und war krank, als ich nach England abreiste, zu krank, um vom Bett aufzustehen. Aber nun beschloß sie, meinen Vater zu heiraten. All die Jahre hatte sie es geliebt, Lingerl Herschel zu sein, zu ihren Eltern zu gehen, wenn sie sich nach ihrem alten Leben in der Renngasse sehnte, und auf die Insel und zu Martin zurückzukehren, wenn sie ihn brauchte. Doch als die eiserne Faust der Nationalsozialisten sie alle ergriff, Herschels wie Radbukas gleichermaßen, und sie alle im Getto zusammenpferchte, heiratete sie Martin. Vielleicht tat sie es für seine Mutter, weil wir bei ihr wohnten. So wurde aus meiner Mutter für kurze Zeit Sofie Radbuka.

In meiner Kindheit in der Renngasse war ich, obwohl ich mir wünschte, daß meine Mutter immer bei mir bliebe, ein von allen geliebtes Kind. Meinen Großeltern machte es nichts aus, daß ich klein und dunkel war wie Martin und nicht blond und schön wie ihre Tochter. Sie waren stolz auf meinen Verstand, darauf, daß ich in der Schule immer die Beste oder Zweitbeste wurde. Sogar für Martin empfanden sie so etwas wie herablassende Zuneigung.

Aber für seine Eltern schämten sie sich. Als sie ihre Zehn-Zimmer-Wohnung in der Renngasse aufgeben und zu den Radbukas ziehen mußten, führte sich meine Oma auf, als habe man sie gezwungen, fortan in einem Kuhstall zu leben. Sie distanzierte sich von allen und sprach Martins Mutter immer mit »Sie«, niemals mit »du« an. Und ich wollte, daß Oma Herschel mich weiterhin am meisten liebte, denn ich brauchte diese Liebe. Wir waren so viele auf so engem Raum, da brauchte ich jemanden, der sich um mich kümmerte. Sofie hatte genug mit sich selbst zu tun. Sie war schwanger und krank, nicht gewöhnt an Entbehrungen. Und sie mußte sich die Gehässigkeiten der Radbuka-Cousinen und -Tanten gefallen lassen, die der Meinung waren, daß sie ihren Liebling Martin – Moische – all die Jahre schlecht behandelt hatte.

Das führte dazu, daß ich grob zu meiner anderen Großmutter war. Wenn ich *bobe*, meiner Großmutter Radbuka, die Zuneigung entgegenbrachte, die sie sich von mir wünschte, schob meine Oma mich weg. An dem Morgen, an dem Hugo und ich nach England abreisten, sehnte sich meine *bobe*, meine Großmutter Radbuka, nach einem Kuß von mir, aber ich machte nur einen Knicks.

Ich schluckte die Tränen hinunter, die in mir hochstiegen. Du, Victoria, reichtest mir eine Flasche Wasser, ohne etwas zu sagen. Wenn du mich berührt hättest, hätte ich dir eine Ohrfeige gegeben, doch dein Wasser nahm ich und trank es.

Zehn Jahre später, als ich in jenem heißen Sommer feststellte, daß ich von Carl schwanger war, wurde plötzlich alles dunkel in meinem Kopf. Meine Mutter. Meine Oma – meine Großmutter Herschel. Meine *bobe* – meine Großmutter Radbuka. Ich glaubte, ich könnte das, was ich ihr angetan hatte, wiedergutmachen. Ich dachte, wenn ich ihren Namen verwende, vergibt sie mir. Aber ihren Vornamen kannte ich nicht. Ich kannte den Vornamen meiner Großmutter nicht. Nacht für Nacht sah ich, wie sie ihre dünnen Arme nach mir ausstreckte, um sich mit einem Kuß von mir zu verabschieden. Nacht für Nacht sah ich meinen verlegenen Knicks und wußte, daß meine Oma mich dabei beobachtete. Aber egal, wie viele Nächte ich diese Szene durchspielte, ich konnte mich nicht an den Vornamen meiner *bobe* erinnern. Also nahm ich den meiner Mutter.

Eine Abtreibung kam nicht in Frage. Das war Claires erster Vorschlag gewesen. 1944, als ich immer an Claires Rockzipfel hing und versuchte, in den Naturwissenschaften so gut zu werden, daß ich wie sie Ärztin sein konnte, war meine ganze Familie bereits tot. Vor meinen Augen schoren sie das silberne Haar meiner Oma. Ich sehe es wie einen Wasserfall auf den Boden um sie herabgleiten; sie war so stolz darauf gewesen und hatte es nie geschnitten. Und meine *bobe*. Sie war unter ihrer orthodoxen Perücke schon fast kahl gewesen. Die Cousinen, mit denen ich das Bett geteilt hatte und die ich nicht leiden konnte, weil ich nicht mehr mein eigenes hübsches Bett hatte, auch sie waren inzwischen tot. Ich war gerettet worden, einzig und allein, weil mein Opa mich geliebt und das Geld aufgetrieben hatte, um Hugo und mich in die Freiheit zu schicken.

Sie alle, auch meine Mutter, die am Sonntagnachmittag immer mit mir gesungen und getanzt hatte, waren hier, hier in diesem Boden, verbrannt zu der Asche, die uns in die Augen weht. Vielleicht ist mittlerweile auch ihre Asche verschwunden; vielleicht haben Fremde sie mitgenommen, sich mit der Seife daraus die Hände gewaschen, meine Mutter das Waschbecken hinuntergespült.

Nein, eine Abtreibung kam nicht in Frage. Ich konnte all diesen Toten keinen weiteren hinzufügen. Aber ich hatte auch keine Gefühle mehr übrig, mit denen ich ein Kind aufziehen konnte. Nur der Gedanke, daß meine Mutter zurückkommen würde, erhielt mich während des Kriegs bei Minna aufrecht. Wir sind so stolz auf dich, Lottchen, sagte meine Oma, du hast nie geweint, du warst ein braves Mädchen, du hast fleißig gelernt, du warst sogar in einer fremden Sprache Klassenbeste, du hast die Feindseligkeit dieser Hexe Minna ertragen – ich stellte mir vor, wie sie mich am Ende des Krieges mit diesen Worten umarmten.

Ja, 1944 hörten wir in Einwandererkreisen schon, was passierte – hier und an allen anderen Orten wie diesem. Aber wie viele Menschen starben, wußte niemand, und so hoffte jeder von uns, daß seine Angehörigen verschont geblieben waren. Doch dann wurden sie alle mit einer einzigen Handbewegung hinweggefegt. Max suchte nach ihnen. Er fuhr auf den Kontinent. Ich konnte das nicht, ertrug es nicht. Ich bin seit 1939 nicht mehr in Mitteleuropa gewesen, aber er hat für mich gesucht und mir gesagt, daß sie tot sind.

Ich hatte das Gefühl, in der Falle zu sitzen: Einerseits wollte ich keine Abtreibung, andererseits konnte ich das Baby nicht behalten. Ich würde keinen weiteren dem Schicksal ausgelieferten Menschen aufziehen, der mir wieder von einem Moment auf den anderen weggenommen werden konnte.

Ich konnte es Carl nicht sagen. Wenn Carl gesagt hätte, komm, laß uns heiraten, laß uns das Kind aufziehen, hätte er nie verstanden, warum ich das nicht gewollt hätte. Das hätte nicht an meinem Beruf gelegen, den ich mit einem Kind hätte aufgeben müssen. Heutzutage schaffen viele junge Frauen das. Es ist nicht leicht, gleichzeitig Medizin zu studieren und Mutter zu sein, aber niemand sagt mehr, das ist es, deinen Beruf kannst du an den Nagel hängen. Doch 1949, das kannst du mir glauben, hat ein Baby noch das unwiderrufliche Ende einer medizinischen Ausbildung bedeutet.

Wenn ich Carl gesagt hätte, daß ich das Kind nicht behalten kann, hätte er mir immer vorgeworfen, mir sei meine Karriere wichtiger gewesen. Er hätte meine wahren Gründe nie verstanden. Ich konnte ihm nichts davon sagen. Ich wollte keine Familie mehr. Ich weiß, es war grausam von mir, ohne ein Wort zu verschwinden, doch die Wahrheit konnte ich ihm nicht sagen, und lügen konnte ich auch nicht. Also bin ich ohne ein Wort gegangen.

Später bin ich dann die Retterin der Frauen mit schwierigen Schwangerschaften geworden. Jedesmal wenn ich den OP verlasse, rede ich mir ein, nicht mich selbst gerettet zu haben, sondern ein kleines Stück meiner Mutter, die die Geburt meiner letzten kleinen Schwester nicht lange überlebt hat.

Und so ging mein Leben weiter. Es war nicht unglücklich. Ich dachte nicht ständig an die Vergangenheit, sondern lebte in der Gegenwart und der Zukunft. Ich hatte meine Arbeit, die mich reich entlohnte. Ich liebte die Musik. Max und ich – ich hätte nicht gedacht, daß ich jemals wieder jemanden lieben könnte, aber zu meiner Überraschung und Freude ist das zwischen uns geschehen. Ich hatte andere Freunde – und dich, Victoria. Du bist mir eine liebe Freundin geworden, ohne daß ich es merkte. Ich habe dich nahe an mich herangelassen, dich für mich zu einem weiteren Unterpfand des Schicksals werden lassen – und immer wieder bereitest du mir Qualen mit deiner rücksichtslosen Mißachtung deines eigenen Lebens.

Du murmeltest etwas. Es hörte sich nach einer Entschuldigung an. Ich sah dich immer noch nicht an.

Und dann tauchte plötzlich dieser merkwürdige Mann in Chicago auf. Dieser gestörte, unansehnliche Mann, der behauptete, ein Radbuka zu sein, obwohl ich doch wußte, daß keiner von ihnen überlebt hatte. Abgesehen von meinem Sohn. Als du mir das erste Mal von diesem Paul erzählt hast, ist mir das Herz stehengeblieben. Ich dachte, vielleicht ist er mein Kind, aufgezogen, wie er behauptete, von einem Einsatzgruppenführer. Doch dann habe ich ihn bei Max gesehen und wußte, daß er zu alt ist, um mein Sohn zu sein.

Aber irgendwann überkam mich eine noch größere Angst: Daß mein Sohn mit dem Wunsch groß geworden sein könnte, mich zu quälen. Ich denke… ich dachte nicht, ich weiß nicht, was ich dachte… Ich stellte mir vor, vielleicht hatte sich mein Sohn mit diesem Paul verbündet, um mich zu quälen. Also bin ich zu Claire geflogen und habe sie aufgefordert, mich zu meinem Kind zu lassen.

Als Claire mir in jenem Sommer zu Hilfe kam, hatte sie gesagt, sie würde mein Kind privat unterbringen. Aber sie hatte mir nicht verraten, daß sie meinen Sohn Ted Marmaduke geben würde. Ihrer Schwester und ihrem Schwager, die Kinder wollten, aber keine bekommen konnten. Wollen, bekommen, wollen, bekommen. Es ist immer die gleiche Geschichte bei solchen Leuten. Sie bekommen, was sie wollen. Und sie bekamen mein Kind.

Claire schloß mich aus ihrem Leben aus, damit ich nicht mitbekam, wie ihre Schwester und deren Mann mein Kind aufzogen. Sie tat so, als sei der Grund für ihre Distanzierung ihre Mißbilligung darüber, daß ich meiner Ausbildung zur Ärztin so wenig Bedeutung beimaß und schwanger wurde, aber eigentlich ging es darum, daß ich mein Kind nicht sah.

Es war merkwürdig, mein Treffen mit ihr letzte Woche. Sie war immer mein Vorbild gewesen in allen Dingen, wie man sich benimmt, wie man Dinge richtig macht, egal, ob beim Tee oder bei einer Operation. Sie konnte den Gedanken, nicht mehr mein Vorbild zu sein, nicht ertragen. All die Jahre der Kälte, der Entfremdung hatten einen einzigen Grund – die englische Kardinalsünde der Verlegenheit. Ja, wir haben letzte Woche zusammen gelacht und geweint, so wie es nur alte Frauen können, aber fünfzig Jahre kann man nicht mit einem Tag voller Tränen und Umarmungen vergessen machen.

Wallace haben Ted und Vanessa mein Baby genannt. Wallace Marmaduke, nach Teds Bruder, der in El-Alamein gefallen ist. Sie haben ihm nie gesagt, daß er adoptiert ist. Und sie haben ihm auch nicht gesagt, daß er jüdische Vorfahren hat. Statt dessen ist er mit jener Verachtung aufgewachsen, die ich mir anhören mußte, wenn ich auf der anderen Seite von Mrs. Tallmadges Gartenmauer kauerte.

Claire zeigte mir ein Fotoalbum, das sie von ihm angelegt hatte und mir hinterlassen wollte, falls sie vor mir starb. Mein Sohn war ein kleines dunkles Kind wie ich, aber auch der Vater von Claire und Vanessa war klein und dunkel gewesen. Vielleicht hätte Vanessa ihm die Wahrheit gesagt, aber sie starb, als er siebzehn war. Claire schickte mir damals eine Nachricht, eine merkwürdige Nachricht. Eigentlich hätte mir klar sein müssen, daß sie mir damit etwas mitteilen wollte, was sie nicht in Worten ausdrücken konnte. Doch damals war ich zu stolz, um hinter die Fassade zu blicken.

Und stell dir den Schock vor, als Ted letzten Herbst gestorben ist: Wallace ist Teds Papiere durchgegangen und hat seine Geburtsurkunde gefunden. Mutter: Sofie Radbuka, nicht Vanessa Tallmadge Marmaduke. Vater: unbekannt, nicht Edward Marmaduke.

Was für ein Schock, was für ein Familienaufruhr. Er, Wallace Marmaduke, ein Jude? Er war Gemeindevorsteher, Wahlhelfer der Tories, wie konnte er da Jude sein? Wie hatten seine Eltern ihm das antun können? Er ging zu Claire, überzeugt davon, daß das alles nicht stimmte, doch sie wußte, so weit konnte sie die Lüge nicht treiben. Und sie erzählte es ihm.

Daraufhin wollte er seine Geburtsurkunde verbrennen, jeden Gedanken an seine eigentliche Identität vernichten, aber seine Tochter ... Du hast seine Tochter Pamela kennengelernt? Sie war damals neunzehn und fand dieses dunkle Geheimnis höchst romantisch. Also hat sie die Geburtsurkunde ihres Vaters mitgenommen und die Nachricht unter dem Namen Questing Scorpio ins Internet gestellt, die du gefunden hast. Und als sie hörte, ich sei in der Stadt, ist sie sofort zu mir ins Hotel gekommen, mutig wie alle Tallmadges, die wissen, daß ihnen ihr Platz im Universum sicher ist und nicht weggenommen werden kann.

»Sie ist sehr hübsch«, sagtest du, Victoria. »Dr. Tallmadge hat sie zu mir ins Hotel gebracht, damit ich sie kennenlernen kann. Sie möchte dich wiedersehen, mehr über dich erfahren.«

»Sie sieht aus wie Sofie«, flüsterte ich. »Wie Sofie im Alter von siebzehn Jahren, als sie mit mir schwanger war. Ich habe ihr Bild verloren. Ich wollte sie bei mir haben. Aber ich habe sie verloren.«

Ich sah dich nicht an, dein besorgtes, mitfühlendes Gesicht; ich wollte nicht, daß du oder irgend jemand sonst mich so hilflos erlebte. Ich biß so heftig auf meine Lippe, daß ich den salzigen Geschmack des Blutes im Mund spürte. Als du meine Hand berührtest, schlug ich sie weg. Aber als ich den Blick senkte, lag das Foto meiner Mutter auf dem Boden neben mir.

»Das hast du zwischen den Mitteilungsblättern vom Royal Free auf deinem Schreibtisch gelassen«, sagtest du. »Ich dachte, vielleicht willst du es. Niemand ist ganz verloren, wenn man die Erinnerung an ihn in seinem Herzen trägt. Deine Mutter, deine

Oma, deine *bobe* – glaubst du nicht, daß du, egal, was mit ihnen passiert ist, ihre Freude warst? Du bist gerettet worden. Das wußten sie, diesen Trost hatten sie.«

Ich vergrub meine Finger im Boden, packte die Wurzeln des Unkrauts, auf dem ich saß. Immer wieder verließ sie mich. Meine Mutter kam zurück und verließ mich, kam zurück und verließ mich, und irgendwann verließ sie mich endgültig. Ich weiß, daß ich diejenige bin, die gegangen ist; sie haben mich weggeschickt, mich gerettet, aber mir kam es so vor, als habe sie mich wieder verlassen, und diesmal kehrte sie nicht mehr zurück.

Tja, und dann habe ich das gleiche getan. Wenn jemand mich liebte, wie damals Carl, ging ich. Ich habe meinen Sohn verlassen. Selbst jetzt habe ich Max, dich – Victoria –, Chicago verlassen. Alle, die mir wichtig sind, sollen die gleiche Einsamkeit spüren wie ich. Es ist nicht schlimm, daß mein Sohn meinen Anblick nicht ertragen kann, denn schließlich habe ich ihn im Stich gelassen. Auch Carls Bitterkeit verletzt mich nicht, denn ich habe sie verdient, sie gewollt. Egal, was er jetzt sagt, wenn ich ihm die Wahrheit eröffne, daß er all die Jahre einen Sohn hatte, egal, wie sehr er mich beschimpft, ich habe es verdient.

»Niemand verdient diesen Schmerz«, sagtest du. »Du am allerwenigsten. Wie kann ich dir böse sein? Dein Kummer quält mich. Genau wie Max. Ich weiß nicht, wie das bei Carl ist, aber Max und ich haben keinerlei Recht, dich zu verurteilen. Wir sind deine Freunde. Deine *bobe* hat der kleinen neunjährigen Lotty, die sich da allein auf den Weg machte, bestimmt verziehen. Kannst du dir jetzt nicht auch selbst verzeihen?«

Der Herbsthimmel war schon dunkel, als der junge Polizist verlegen den Strahl seiner Taschenlampe auf uns richtete; er wolle uns nicht stören, sagte er in stockendem Englisch, aber wir sollten gehen; es sei kalt und ziemlich dunkel auf diesem Hügel.

Ich ließ mir von dir auf die Beine helfen. Und ich ließ mir von dir auf dem dunklen Weg zurückhelfen.

Dank

Danke dem Wolfson College in Oxford, wo ich als Gast 1997 Recherchen im Archiv durchführen konnte. Danke auch Dr. Jeremy Black vom Wolfson College, der mir den Aufenthalt dort ermöglichte.

Das Brief- und Tonbandarchiv des Imperial War Museum in London ist eine wichtige Quelle der Information über den Kindertransport, Englands großzügige Aufnahme von zehntausend jüdischen Kindern aus Mitteleuropa in den Jahren unmittelbar vor dem Zweiten Weltkrieg. Wie die Bibliothekare überall auf der Welt waren auch die im Imperial War Museum unglaublich hilfsbereit. Sie ließen mich sogar einmal an einem Tag, an dem eigentlich geschlossen war und ich einen Termin verwechselt hatte, ins Archiv.

Das Royal Free Hospital in London hat mir ebenfalls Einblick in sein Archiv gewährt und mir gestattet, Lotty Herschel ihre Ausbildung dort absolvieren zu lassen. Auch ansonsten hat man mir dort immer geholfen.

Dr. Dulcie Reed, Dr. Lettice Bowen, Dr. Peter Scheuer und Dr. Judith Levy, die alle etwa zu der Zeit wie Lotty Herschel ihre Arztausbildung in Großbritannien machten, haben mir bereitwillig Auskunft über jenen Abschnitt ihres Lebens gegeben.

Ich habe es vermieden, das Archivmaterial und die Erinnerungen der vier genannten Ärzte einfach eins zu eins in Fiktion umzusetzen. Einzige Ausnahme ist die Szene, in der Lotty und ihre Zimmergenossinnen aus Fallschirmseide Unterwäsche nähen: Genau das haben Dr. Bowen und ihre Freundinnen gemacht. Eine erstaunliche Leistung, wie jeder, der je versucht hat, ohne Vorkenntnisse Unterwäsche zu schneidern, bestätigen kann.

Professor Colin Divall vom Institute of Railway Studies in York hat mir zahlreiche Informationen über Eisenbahnstrecken und Fahrpläne in den vierziger Jahren gegeben.

Wegen der Beschränkungen, die ein auf Chicago, moderne Verbrechen und V.I. Warshawski konzentrierter Roman dem

Autor auferlegt, konnte ich meine englischen Recherchen nicht in dem Maße nutzen, wie es mir lieb gewesen wäre. Vielleicht finden sie eines Tages noch in einer anderen Geschichte Platz.

In Chicago hat Kimball Wright mich hinsichtlich der in diesem Buch verwendeten Waffen beraten. Der Pathologe Dr. Robert Kirschner hat mir geholfen, den Tod beziehungsweise Fast-Tod verschiedener unglücklicher Charaktere realistisch zu gestalten. Dinge, wie sie in den Kapiteln achtunddreißig und dreiundvierzig beschrieben werden, passieren tatsächlich. Sandy Weiss hat mir wie immer in forensischen Fragen beigestanden.

Jolynn Parker hat für mich unschätzbare Recherchen zu einer ganzen Reihe von Themen durchgeführt, zum Beispiel hat sie Stadtpläne von jüdischen Vierteln in Wien während der dreißiger Jahre aufgespürt. Und noch wichtiger: Ihre aufmerksame Lektüre des Manuskripts hat mir geholfen, einige schwierige Probleme bei der Entwicklung der Handlung auszuräumen. Jonathan Paretsky hat mir beim Deutschen und Jiddischen geholfen – und beim Sterngucken.

Mein besonderer Dank gilt Kate Jones für ihre verständnisvolle Diskussion dieses Romans, sowohl nach seinem Abschluß als auch am Anfang.

Und wie immer war der erste C-Dog mit Ratschlägen, Ermutigungen – und erneuerbaren Kniescheiben – zur Stelle.

Noch eine letzte Anmerkung: Anna Freuds Aufsatz »Gemeinschaftsleben im frühen Kindesalter« befindet sich in Band IV ihrer gesammelten Schriften. Das Erwachsenenleben der Kinder, die sie darin beschreibt, stellt Sarah Moskovitz in *Love Despite Hate* dar.

PIPER

Anne Holt
In kalter Absicht

Roman. Aus dem Norwegischen von Gabriele Haefs.
365 Seiten. Geb.

Seit zwei Tagen hat es kein Lebenszeichen mehr von der kleinen Emilie gegeben. Dann verschwindet auch der fünfjährige Kim spurlos. Verzweifelt sucht Hauptkommissar Stubø nach Hinweisen – bis der entführte Junge wieder auftaucht: tot, mit einem zerknitterten Zettel in der Hand – »Du hast bekommen, was du verdienst«. Die Todesursache gibt Stubø ein Rätsel auf. Da verschwindet das dritte Kind. Stubø schaltet die kluge und sensible Inger Vik ein. Die Psychologin muß den Schuldigen finden, bevor er weiteres Unheil anrichten kann. Inger Vik aber recherchiert noch im Fall Aksel Seier. Seier soll vor über vierzig Jahren ein kleines Mädchen mißbraucht und getötet haben. Nach einem zweifelhaften Verfahren und Jahren der Haft hat man ihn später überraschend vorzeitig entlassen. Niemand weiß, wo sich Seier aufhält und wie es ihm heute geht. Doch es besteht eine Verbindung zwischen den Entführungen und Aksel Seier. Mit Lakonie und großem Feingefühl erzählt Anne Holt von einem zutiefst berührenden Verbrechen. Tragische Mißverständnisse und politische Skrupellosigkeit drohen die Lösung des Falls unmöglich zu machen.

PIPER

Daniel Silva

Der Auftraggeber

Roman. Aus dem Amerikanischen von Wulf Bergner.
479 Seiten. Geb.

In dem abgeschiedenen Küstenort in Cornwall heißt er nur der Fremde. Gabriel Allon, ehemaliger Top-Agent des israelischen Geheimdienstes, arbeitet dort als Kunstrestaurator. Er will unsichtbar sein seit der Ermordung seiner Frau und seines Sohnes durch Terroristen, und er hat sich geschworen, niemals in sein altes Leben zurückzukehren. Doch nun hat Geheimdienstchef Ari Shamron Allons Tarnung gelüftet und ihn auf die Fährte seines größten Feindes gesetzt: Tariq al-Harouni, den Mörder von Allons Familie. Nach dem erfolgreichen Attentat auf den israelischen Botschafter in Paris plant der fanatische al-Harouni die Liquidierung Yassir Arafats, der in seinen Augen die Sache des palästinensischen Volkes verraten hat. Aber er will auch Rache nehmen an dem Mörder seines geliebten Bruders – an Gabriel Allon...
Auf der atemlosen Jagd zweier Todfeinde schickt uns Daniel Silva um den gesamten Erdball und verwebt raffiniert die brisante politische Intrige mit dem persönlichen Schicksal.